Bettine von Arnim

Letzte Liebe

Das unbekannte Briefbuch

Korrespondenz mit

Julius Döring

Die Andere Bibliothek

Begründet von
Hans Magnus Enzensberger

Bettine von Arnim
Letzte Liebe
Das unbekannte Briefbuch

Korrespondenz mit
Julius Döring

Vollständig erschlossen, ediert,
sorgfältig kommentiert und
mit einem Nachwort versehen von

Wolfgang Bunzel

Inhalt

Briefe

BRIEF 1
Julius Döring an Bettine von Arnim,
Berlin, o.D. [Ende Januar 1839]

Gnädige Frau!

Begnadete, gebenedeite hätt ich beinah geschrieben.—Gleich hier im Anfang trat eine lange Pause ein in der Musik meiner Gedanken, die an Ihr Ohr klingen wollte. In dieser Pause war es mir als träte der Verstand der uralte Philister, in meine Stube. Ich habe den Mann nicht gern; aber er ist mir unentbehrlich; denn er weiß Alles, was ich nicht weiß. Nun, der kam im dicken Flausrock und doch frierend, stellte sich an den Ofen und fragte; was machst du da? Ich schreibe einen Brief.—An eine unbekannte Bekannte.—Ach, laß deine philosophischen Floskeln du weißt, ich kann sie nicht leiden. Ich sehe, du schreibst an eine Dame. Wer ist sie? Wie heißt sie? an die du schreibst?—Ich sagte leise, als schämt ich mich meiner Dreistigkeit: Sie führt zwei Namen. Mit dem einen nennt sie die Welt: Frau Baronin von Arnim geb. Brentano de la Rochée (verzeihen Sie, wenn ich den Unsinn des Adreßkalenders nachschreibe, trotzdem daß ichs besser weiß) mit dem andern nennt sie Bettina meine Zunge, wenn sie die Tempelschauer der seligsten Entzückung aussprechen will.—An Bet sagte der Verstand und fing an zu lachen laut und grell, daß meine Stube dröhnte. An Bet—ti—na lacht er, wiehert' er, höhnte er. Die Thräne liefen ihm von den Backen; er würgte innerlich am Lachen und schluchzte und lallte, daß mir angst und bange wurde um ihn; denn der Verstand ist engbrünstig und hat, wie[?] gar kein Herz, so eine sehr schwache, sehr kleine Lunge. Als er wieder zu sich gekommen war, brach er über mich los mit seichter Redefluth und fürchterlicher Zungenfertigkeit: Was das wieder für eine Phantasterei wäre für eine Thorheit; ob ich denn bedacht hätte, was ich thäte; eine Dame von Stande, von Rang; und ich —; welcher Verstoß der Etikette, ob ich denn dächte, die Dame hätte nichts besseres zu thun als mein Geschmier zu lesen; was ich denn eigentlich wollte, was ich bezweckte;

warum ich nicht lieber an den Mond schriebe; ob ich denn ein Tö[l]pel, so unbekannt mit der Welt wäre, um nicht zu wissen, wie meine Dame mich verlachen, mich bemitleiden würde; ob es mir denn lieb wäre, Candidat eines Irrenhauses genannt zu werden; er beschwor mich, mich doch nicht lächerlich zu machen, was das Schrecklichste wäre, das einem Menschen passiren könne. Endlich schwieg er, und ging fort, mit höhnischen Lächeln mich ansehend, als ich ihm erklärte, ich würde doch mich durch all seine Reden nicht irre machen lassen. Als die Thür hinter ihm zu war, da erst fielen seine Worte mir schwer auf's Herz, daß sein fester Glaube fast wankend wurde.—Ich sprach zu mir: bedenke, daß du in dem vornehmen öden, verständigen, ceremoniellen Berlin lebst, und nicht mehr in Halle bist. Ja, wenn Sie da wohnten, da hätt ich wohl gewußt, was ich gethan hätte. Die schönste Rose hätt ich Ihnen alle Morgen ins Fenster geworfen, und sehn und sprechen hätt ich Sie auch müssen. Unter die Linde vor Ihrer Thür hätt ich mich gestellt und auf Sie gewartet, und wenns auch einen Tag und eine ganze Nacht gewesen; am Morgen wären Sie dann aus dem Hause gekommen ich wäre Ihnen genaht und hätte gesagt; Tag und Nacht hab ich auf Sie gewartet; Sie hätten mich fragend angesehn mit Ihren großen Augen; dann wäre der Strom der Begeistrung, dessen Quellen mir aus Ihnen zuflossen, brausend losgebrochen und zu Ihren Füßen hingestürzt. Wäre die letzte Welle verströmt gewesen, hätt ich mich aus dem Staube gemacht, und ich hätte mir nichts daraus gemacht, wenn Sie auch über mich gelacht hätten. Wie die Lerche, wenn sie ausgesungen hat, hätt ich mich dann ruhig wieder niedergelassen auf die Heide meines damaligen philosophischen Weideplatzes. Aber hier! Ich ging heute vor Ihrem Hause vorbei. In diesem Pallast wohnt Bettina, dacht ich und wurde ganz traurig. Säulen vor der Thür, kalte, steinerne, keine warme blühende Linde. Doppelfester überall, daß kein Blick durchdringen kann.—Was vermögen aber Umgebungen über den feinen Geist, der sich in seiner ursprüglichen Wesenheit erkannt hat? Sie fand gewiß auch hierauf die, wie ich Sie allein kenne. Der warme, feurige Pulsschlag des Lebens, der die wunderbaren Blumen hervortrieb, an deren Duft, an deren Farbenpracht ich mich nicht genug erfreuen konnte, wird sich nicht dazu hergegeben haben nach der Pfeife und dem langsamen Takte eines albernen Übereinkommens zu tanzen. Ich glaube fest daran: und in diesem Glauben zuversichtlich bitt ich, nicht einmal um Verzeihung meines Wagnisses.—

Sie leben in der vornehmsten Welt mit Fürsten und Grafen. Haben Sie doch selbst einen Fürsten als Wächter Ihres Feennpallastes hingestellt. Ach, ich wollte Sie hätten das deutsche Volk, die deutsche Jugend zu diesem Ehrenamte erwählt. Fürsten sind kalt und lächeln nur gnädig und rühren sich nicht als höchstens mit dem Haupte, womit sie Gewährung nicken. Wir aber, wir hätten Sie auf unsern Schild erhoben und der Morgensonne entgegengetragen auf unsern blühenden Berg, und mit Jubel Sie, als unsre Königin begrüßt. Sie haben's nicht gethan, und ich will nicht mit Ihnen rechten; wir tragen aber doch Ihren Banner und Sie bleiben doch unsere Losung, wenn wir auch den Feldhauptmann nicht anerkennen, den Sie über uns gesetzt haben.—Immer hat mich das tief ergriffen und hoch begeistert, wie Sie für die Tyroler waren, für ein Volk. Ich möchte hier Manches aussprechen, was in mir gewühlt hat, aber in Berlin wag ich diese meine geheimen Gedanken nicht laut zu denken, wie viel weniger sie zu fixiren und dem Zufall Preis zu geben. Zu oft bin ich bei einem Hause vorbeigegangen, worin der Staat solche unreife Gedanken väterlich aufnimmt und sie auferzieht bis zu ihrer Mündigkeit.—— In Ihrer noblen Gesellschaft wird Ihnen gewiß viel Schönes, viel Kluges gesagt über Ihre Briefe, und man wird Ihnen weiß machen wollen, daß man sie goutire! Die Leute dort können nicht mehr anders sprechen: in ihrem Kopfe und auf ihrer Zunge finden sich nur wohlerzogne und höfliche Worte. Ich bin aber weder hochwohl- noch wohlerzogen und kann fürchterlich unhöflich sein. Ich hasse den Schein und die Lüge, und bin und werde nur etwas in und mit der Wahrheit. Jene kämpfen für den Schein, wir für die Wahrheit: so stehen wir uns in feindlichen Lagern gegenüber. Meiner Fahne müßt ich abtrünnig werden, wenn ich Ihnen etwas vorlöge. Dieses Papier ist kein köstlich duftendes Boudoir, wo Herren und Damen um den Theetisch sitzen und hohlen und bleichen Gespenstern gleich und complimentirende Worte von Mund zu Munde fliegen.—Ich kann nur sagen, was ich fühle, oder denke, und—schweigen. Ich bilde mir ein, nach den vielen Dompfaffenstückchen, die man Ihnen vorgepfiffen hat, hören Sie gern auch einmal wieder den Gesang eines freien Waldvogels. Wie ein stiller Abendwind bin ich über die dunkle Pracht Ihres Gartens hingestrichen, und nun schwing ich mich hinauf zu Ihren offnen Fenstern, um Ihnen zuzuflüstern, wie ich Sie empfunden. Der Abendwind kann wohl schmeicheln, aber nicht heucheln.—

Erzählen muß ich Ihnen doch, wie ich zuerst im Geist Ihre Bekanntschaft gemacht habe. Das war in Halle. Ein Freund gab mir dort Ihr Buch in die Hände, und schilderte Sie mir als ein psychologisches Phänomen; aus seinen Reden ging mir aber hervor, daß er selbst nicht recht wußte, in welchem Schulbuche seines philosophischen Systems er Sie unterbringen sollte. Die stechende Sonne des immerwährenden Denkens hatte die zarte Blume des Gefühls, die Abwechselung von Licht und Schatten liebt, so daß sie sich nur noch einmal aufrichtete, von Ihren frischen Quellen berührt, um dann ganz zu verwelken.—Ich brauchte nur wenig Zeilen zu lesen, um zu wissen, daß ich einen Schatz gefunden hatte.—Wir alle gehn in der Irre und im Dunkel: dann kommt plötzlich ein Licht, und erhellt unsere Wege.—Durch Geburt und Confirmation war ich Protestant; in Wahrheit gehört' ich keiner Kirche an. Der Heiland der Prediger, ein trockener, moralischer Begriff, oder ein bluttriefender Gott, konnte mich nicht erlösen, und ich wendete mich von ihm ab. Wessen Seele wirklich hungert und dürstet, den befriedigt wenig der Hinblick auf ein noch so prächtiges Gastmal, das seiner im Jenseits harren soll. Das Kreuz, das ich tragen sollte, hätte meine junge Brust zerdrückt; ich konnt es gar nicht herausbringen, warum ich's auf mich nehmen müßte. Man sprach mir von Sünde und von Sühnungstode: ich hatte keine Vorstellung davon, was Sünde sei, und war zu stolz mir ein fremdes Jahrtausende vorhaltendes Verdienst zu Gute kommen zu lassen. Die Welt ist ein Jammerthal hört ich Frömmler sprechen; ich wußt es besser, denn ich hatte Herz und Sinne, die mir ganz neue Dinge von ihr sagten. Tief in meinem Innern lag ein unauslöschliches Verlangen nach Glück und Genuß, das ich nur befriedigen konnte, wenn ich feste Wurzeln schlug in dieser Welt. Ständ ich hier nur erst fest, meint ich, würde der Baum schon wachsen, und sein Wipfel berührt werden vom Lichte der anderen Welt. Mit solchen Lehren nährte die Natur meinen Geist, und weil sie mir zusagten verschmäht ich alle andre Nahrung. Wie kalt, wie lieblos, wie aufdringlich, mit ihrer kathedermäßig vorgetragenen Weisheit waren die Menschen und wie warm, wie zutraulich und spielend mich unterrichtend war dagegen die Natur. Aus diesem süßen Frieden voll schöner Träume und hoher Ahnungen ward ich hinausgerissen zur zitternden Unruhe des Denkens, die mir die stillen Melodien früherer Tage nicht mehr beschwichtigen konnte. Ein ernster, strenger Mann, der Begriff, trat zu mir, und sprach: ich will dir zu Hülfe kommen in deiner Noth, und die zerstörte Welt in deinem Busen wieder aufbauen, daß du Ruhe und Genügen haben sollst, aber du mußt mir blindlings folgen und mich allein anbeten als den Gott der keine Götter hat neben sich. Ich that's, und ließ es ruhig geschehen, daß er alle Winkel meines Herzens durchsuchte, und, was mir Schätze geschienen hatten, als unnützer Plunder bei Seite warf. Als aber sein wühlender Eifer auch an die Natur kam, da wußt ich nicht, von Schmerz und Lust hin- und hergeworfen, ob ich auch sie sollte mir hinschlachten lassen, oder ihm Einhalt gebieten. — In solcher Stimmung, so vorbereitet traf mich Ihr Buch. Alles Große und Herrliche, das mir innerlich widerfährt läßt mich die Einsamkeit suchen, um es ungestört aufzunehmen. Auf einem Felsen, der weit in die Seele vorgeworfen ist, war ein unbesuchtes Ruhebänkchen: da lag ich an den schönen Sommertagen von 1836 und sog durstig in mich den goldnen Wein der Liebe des Kindes zum Dichter. Ich fühlte mich in eine höhere Welt emporgetragen, dem Einfluß eines mächtigen Geistes hingegeben, dessen

Offenbarungen verstehen zu lernen ein heißer Drang mich trieb. So muß uns aber das kommen, was Epoche machen soll in unserm Leben. Was wir leicht verstehen, darüber gehen wir auch leicht weg; aber der Schatten neben dem Lichte reizt uns bis auch er bestrahlt ist. Wieder und wieder las ich, bis die stille Harmonie des in mich übergeströmten Lebens lauter wurde und über sie im Gesange das Wort sich aufschwang, indem die Töne zum innigsten Verständniß kommen. Da lernt ich einsehen, wie wenig der speculative Gedanke fähig, ist die Natur zu fassen, und wie unendlich größer und reicher sie ist als seine kahlen Cathegorien, die alle ihren Werth in seinen Augen ausmachen. — Da horcht ich sinnend und bald bekehrt auf das Evangelium des neusten Bundes, das Sie predigten, des Bundes zwischen Geist und Natur, zwischen Leib und Fleisch. Wie mich nun die Welt mit wunderbaren Augen ansah! So frisch! so schön! ewige Jugend! unerschöpfliche Fülle! Das Sinnliche geistdurchhaucht! Das Geistige Welt geworden und voll Inbrunst mit allen Sinnen empfunden und ins menschliche Herz aufgenommen zu werden. — Nicht einen Augenblick zweifelte ich an der Wahrheit Ihrer Liebe zum Dichter. Sie mußten ihn lieben. Alles sehnt sich verstanden zu werden, überzugehen in ein höheres geistiges Leben. Wer uns dazu verhilft, ist unser Erlöser. Jeder Mensch hat einen andern Erlöser, ein anderes geistiges Leben. Göthe, der Dichter, war Ihr Erlöser. Sie waren der Apostel, der Mund der Natur, der mit dem Dichtergeiste sich besprach, in dem er und durch den er allein zum Bewußtsein seiner Göttlichkeit und Ursprünglichkeit gelangt. Wo wir Verständnis hoffen: da lieben wir, und was wir verstanden haben das lieben wir gewiß, es ist ja Fleisch von unserm Fleisch und Geist von unserm Geist geworden. Göthe liebte Sie gewiß. — O Sie! Jeder hat seinen besondern Erlöser! Das war das Wort, nach dem ich suchte mit Schmerz und Zittern in Dunkel und Sorgen, — und Sie haben's mir gesagt. Soll ich Ihnen da nicht danken! — Schon muß ich schließen. Ist es zu kühn, wenn ich Sie bitte, mir den Empfang meines Briefes zu melden, und wär's auch nur: erhalten, Bettina? Er kommt mir sicher zu durch die Adresse: An den c. jur.

Döring, Albrechtsstraße No 14, 2 Treppen hoch. Mit innigster Hingebung

Ihr

J Ingurd.

Erzählen Sie um Gottes Willen nichts von diesem Briefe an den Prof. Röstell, der würde mich verhöhnen, wenn er erführe, daß ich an Sie geschrieben habe.

BRIEF 2
Bettine von Arnim an Julius Döring, Berlin, 1.2.1839

Sie schreiben mir daß Sie weder Hochwohl noch Wohlerzogen seien, und fürchterlich Unhöflich sein können; Auch ich bin auf Erziehung nicht angewiesen sondern auf Natur, von der ich jedoch nicht wie Sie mit Der Waffe Der Unhöflichkeit begabt, mich genöthigt fühle mit Höflichkeit um den Sieg zu ringen.

Verzeihen Sie es daß die Zueignung des Briefwechsels den Studenten Denen sie gebührt und denen ich von Herzen zugethan bin (Sie sind doch wohl Student) vorenthalten wurde. Sie werden Ihre Vorwürfe zurück nehmen wenn ich Ihnen sage daß diese Zueignung eine Ehrensache war, wer seine Ehre zu lösen hat muß ihr Opfer bringen und kann auf eignes Belieben nicht Rücksicht nehmen. Der Student wird dies bejahen. echte Höflichkeit ist Wahrheit, wie alles Hohe im Gegensatz zum Niedern das unwahr ist weil es Das Hohe verläugnet. Gott konnte nicht unhöflich sein wollen. Durch Unhöflichseinwollen, machen Sie aus sich eine Karikatur vom Ebenbild Gottes nach welchem Sie geschaffen sind. Nehmen Sie dies als eine höfliche Entschuldigung, daß Sie vielleicht nicht ganz so schön sind als Sie nach der Anlage die als Gottes Ebenbild in Sie geprägt ist sein könnten. Sie schelten ferner mit der Ihnen angebornen *fürchterlichen Unhöflichkeit.* den Verstand der Ihnen verweist mir zu schreiben, ich zweifle ob Dies auch der Verstand wircklich war, und nicht vielleicht Ihre eigne Unhöflichkeit, die mir zuvor kommen will wenn ich Ihren HerzensDrang allenfalls nicht gut hiese um so alle Vorwürfe alles Aussöhnen auf meine Rechnung zu schieben, wo Durch Ihre heisse Sehnsucht Tag und Nacht unter meinem Fenster zu harren bis Sie mich sehen würden, mir jeden Morgen Rosen zuzuwerfen, mir Ihre Begeistrung zuzuströmen, sehr bitterer Art mich beschämen müßte; und so hatten Sie Ihre Genugthuung im Voraus gesichert. Ein Student ist klug. Sie fallen ferner mit jener Ihnen angestammten Unhöflichkeit gegen Die vornehme Welt aus, von Der Sie mich in Beschlag genommen wähnen, wie sehr verkennen Sie diese, die mit angestammter Höflichkeit es mir überläßt die Pfeife nach beliebigem Tackt zu stimmen ohne Ansprüche zu machen daß ich durch meinen Witz ihr ein Licht aufstecke. Wenn ich Ihnen also höflich bekenne daß mein höchster Tryumpf sein würde mein Banner von solchen Schützen erhoben zu sehen, die mit vollem Zutrauen, nicht den Verräther in mir fürchten, ja mit innerer Gewißheit daß kein Verderben von mir ausgehen werde sich ihren Launen ihrem Unmuth überlassen ohne Rückhalt Forderungen an mich machten die zu lösen Opfer nicht zu scheuen wären. Wenn ich Ihnen Dies hier bekenne so werden Sie's doch nicht bereuen daß Sie mir diese Ehre einst zugedacht hatten.—Und werden es für überflüssig halten mir Die Wahrheit Ihrer Betheurungen zu versichern *„der Abendwind könne schmeicheln aber nicht heucheln*". Denn ein Höflicher mißtraut Ihren Gefühlen nicht. Ihre Unhöflichkeit ist ferner im Aufruhr Ihr[e]r Geistesanfechtungen unter Waffen getreten gegen die Kirche die Ihrer freien Denckkraft „den Heiland als Prediger ein trockner moralischer Begriff den Bluttriefenden Gott["] aufbürden will von Dem Sie fühlen er könne Sie nicht erlösen. Sie sagen, „Sie wendeten sich von ihm, denn wessen Seele wircklich hungert und Dürstet den befriedigt kein Gastmal das *jenseits* seiner harren soll;—Das Kreuz habe Ihre junge Brust gedrückt Sie begriffen nicht warum Sie's tragen sollen, Sie seien zu stolz sich ein fremdes, Jahrtausende vorhaltendes Verdienst zu Gute kommen zu lassen die Frömmler sagten zwar die Welt sey ein Jammerthal, Sie wüßten es besser denn Herz und Sinne predigten Ihnen anders, in Ihnen liege unauslöschliches Verlangen nach Glück und Genuß, was Sie nur zu befriedigen glaubten indem Sie feste Wurzeln in Dieser Welt schlagen."—Dies ist der Grundton Ihrer religiösen Speculationen,—Seltsam!—ich dachte, der echte Mensch fühle sich von Ewigkeit geharnischt; wie Minerva aus Jupiters Haupt sprang.—Wer möchte lang wurzeln wollen um sich bewußt zu werden daß er Dencker sey?—Wer möchte die Urne zurecht legen wollen des Lebensstroms ihn ins Bett zu fassen nach Bequemheit des Genusses?—Wer hinge am Genuß, der seiner Freiheit in Begeistrung verglüht.—Was wollte einer auf Erden genießen?—Wie lang hat Dies Vorurtheil gedauert das alle andre Vorurtheile in sich schließt, über Die Ihr Euch beklagt!—Mache nur keiner Anspruch auf Glück als wolle er Sonnenstrahlen in den Sack packen und sie blos zu eigner Erleuchtung zu eigner Erwärmung herauslassen.—Christus gab dies eine Beispiel daß er keinen Genuß sich vorbehielt; und so die Grenze auf hebt wo Der Mensch die Welt mit Brettern vernagelt glaubt den Tod.—Er erfaßte mit Kraft zu leiden, was unsere sinnliche Natur an Schmerz fassen kann; und sein Geist der die junge Menschenwelt aus dem Keim trieb war ewig, nur sein Leib war Bluttriefend; lernen Sie's *einmal* begreifen ohne Verachtung so ist es genug, und dies „Jahrtausende vorhaltende Verdienst" werden Sie nicht mehr zu stolz sein in sich aufzunehmen, denn Sie werden fühlen es gehöre zur Organisation unserer geistigen Natur. Du brauchst nur zu Dencken so erfüllst Du alle Religionen und bist Jünger Der Gottheit wie der Natur. Liebet Euch untereinander, Dies Gebot hat sich auf Jahrtausende ausgedehnt und ist dennoch nicht begriffen. Wer liebt der trinckt den ewigen Tranck der Götter der Die Seele frei macht von Selbstsucht von Der Sorge; sie zusammen Drängt in ihre eigne Begeistrung so daß sie nichts mehr sey als ihre eigne Ewigkeit, wie denn alles Ewige nur alles in sich selbst ist. Wie Christus dies auch nur war im irdischen Leben, und daß ist Die Erlösung daß Wir haben fassen lernen durch ihn daß ein ewiges Ziel die irdische Fessel sprenge. durch Den SühnTod lernten wir, mit Dem Gedancken fassen was Wir selbst nicht zu thun wagen. Der Gedancke ist der Saame aus ihm sprießt endlich die Blume daß wir im Geist thun was im Gefühl uns unmöglich scheint, und dies ist der Instinckt der einst in einem künftigen Leben uns lenkken wird Gott gemäß handlen; so wie der Instinckt der den kleinen Vogel sein Nest bauen lehrt auch aus einem früheren Zustand herrühren mag wo er mit dem Geist fassen lernte was er noch nicht zu thun vermochte; so ist jede Geistige Vorbereitung eine sinnliche Organisation eines zukünftigen höheren Lebens. Wenn also Christus für uns starb so lernten wir Dadurch mit Dem Geist fassen wie dies Opfer nur der Wille der Freiheit in Christus war der jede sinnliche Fessel sprengte, und fassen Den Begriff wie man im höheren Leben die Fesseln mit dem Geist sprengt; und dieser Begriff wird sich im zukünftigen Leben zum Instinckt entwicklen durch den wir noch höhere Begriffe fassen die dann uns wieder als Instinckt uns höher leiten werden. Ich dencke das die Erlösung.—

Sie aber Die ein Gastmal wollen weil Sie hungert und dürstet, scheinen mir nicht das wahre Vertrauen zu haben in Ihren eignen Geist, der allein Sie nähren und befriedigen könnte und also auch nicht den Christus verschmähen müßte der auch allein vom eignen Geist lebte den er mit Recht seinen Vater im Himmel nante.

Was soll ich Ihnen noch sagen?—sein Sie mir gegrüßt.

am 1sten Februar. 1839 Bettine Arnim.

BRIEF 3
Julius Döring an Bettine von Arnim, Berlin, 4.[und 5.]2.1839

Berlin d. 4 Febr. 1839.

Gnädige Frau!

„Was soll ich Ihnen noch sagen?—Seien Sie mir gegrüßt," schreiben Sie mir. Als ich zum ersten Male Ihren Brief durchgelesen, und bei Seite gelegt hatte: da hatt ich weiter nichts behalten als die letzten Worte, und sprach sie still vor mich

hin, und fragte: ach, was mögen sie bedeuten? Wie eine Biene senkt ich mich in diese Blume, die ganz am Ende des Gartens plötzlich und unerwartet aufgeschossen war. Diesen Honig sammelt' ich mir aus ihr: Wenn mich jemand grüßen läßt, oder grüßt: nun,—so ist das eine gewöhnliche Artigkeit, die man in jedem Complimentirbuche, als zur guten Lebensart gehörig angegeben finden kann. Aber, wenn mich Bettina grüßt? Ist bei ihr nicht jedes Wort aus dem Geiste geboren, und voller Bedeutung? Wie dank ich Ihnen, wie bin ich stolz, daß sie mich gegrüßt haben! Dieser Gruß hat mich vor mir selbst geadelt, und mir Muth und Zutrauen gegeben, wieder an Sie zu schreiben, da Sie mich dadurch als einen Ebenbürtigen geehrt haben.—

Heut Abend hatt ich mich, als die Laternen draußen schon angezündet waren, in den dunkelsten Winkel meines Zimmers gesetzt, und Alles überdacht, was ich an Sie schreiben wollte. Ihren Brief wiederholt ich mir im Geiste; die Mißverständnisse zwischen Ihnen und mir, betrübten mich nicht mehr; denn ich war voll froher Hoffnung, sie lösen zu könen; Wort fand sich zu Wort und fügte sich zum Ganzen. Nun ich aber die flüchtigen Gedanken fest halten will: da ist Alles wie erstorben und entflogen, und keine Stimme antwortet auf meinen Ruf.—Getrost, schon wird es wieder lebendig in mir, und die verlassnen Hallen füllen sich wieder mit Gestalten, die hinüberwallen zu Ihnen.—Als ich meinen Brief an Sie abgeschickt hatte, war mir zu Muthe, wie Iphigenien als sie am Ufer des Meeres stand. Wie sie das Land der Griechen mit der Seele suchte: so sucht ich Sie mit banger Sehnsucht. Wie viel glücklicher bin ich als die griechische Königstochter; denn, wenn ihr die Welle zu Seufzer und Klagen zutrug: so brachte sie mir Ihren Brief. Ihr Buch gehört der Welt an, und zündet in tausend und aber tausend Herzen heilige Flammen der Begeistrung; aber Ihr Brief gehört mir, mir ganz allein, ist mein Eigenthum. Womit hab ich es nur verdient, daß Sie sich so freundlich zu mir herabgeneigt haben, und mir anvertrauten Ihrer Gedanken köstlichen Schatz? Lassen Sie mich dieses Vertrauens würdiger und würdiger werden. In Ihre Zauberkreise bin ich nun gebannt, und Sie müssen mich schon dulden, wie man seinen Schatten duldet.—Wie das meinem Stolz geschmeichelt hat, daß Sie sich auf meine Vorwürfe wegen der Fürsten einließen! Ehre ist die Atmosphäre unsers Geistes, ohne die er nicht leben kann. Dieß sei meine Antwort und Ihre Rechtfertigung.—Das Schicksal der Ihnen zugedachten Rosen hat mich geschmerzt. Mir war, als wäre Alles, wovon ich sprach, wirklich geschehen. Sie traten in das Zimmer, in welchem die Rosen auf dem Boden lagen. Sie nahmen die Rosen auf, steckten sie aber nicht an den Busen; sondern stellten sie mit lächelndem Spott in ein Glas mit Essig, daß die Blumen schnell verwelkten, und Farbe verloren.—Sie haben einen scharfen und durchdringenden Blick, und leicht erkannt, wie ich den Prolog, den der Verstand spricht, nur zu meiner eigenen Genugthuung geschrieben habe. Unrecht muß ich Ihnen aber geben, wenn Sie als mein innerstes Wesen jene *fürchterliche Unhöflichkeit* hervorheben und durchführen. Hinter der Schaale sitzt der Kern: Sie haben mich nur an der Schaale erfaßt, an meiner negativen Seite, nicht an meiner positiven. Sie sind der historischen Schule meines Standes mehr verwandt, daher darf ich Sie wohl bitten meiner historischen Deduktion der Unhöflichkeit ein augenblickliches Gehör zu schenken. In der frühesten Zeit, als die Höflichkeit noch nicht erfunden war, findet sich auch ihr Gegentheil nicht, die Unhöflichkeit. Jeder Mensch stand für sich da. Wer ihn in seinem Hausfrieden störte, den warf er zum Tempel hinaus; wer ihn sonst kränkte oder beleidigte, dem gab er auf handgreifliche Weise zu fühlen, daß er ein selbstständiges Wesen sei, das als solches anerkannt zu werden verlange. Was wir jetzt Unhöflichkeit nennen, war früher Rohheit, Brutalität. Die Einzelnen verloren später ihre absolute Selbstständigkeit, und wurden Glieder Eines Ganzen, des Staates. Damit trat auch die Höflichkeit auf, als die das äußere Benehmen der Einzelnen ordnende Regel. Ihr gegenüber stellte sich die Unhöflichkeit, und später der—Witz. Die Rohheit früherer Zeiten wird jetzt billig dem Pöbel überlassen. Nur die Rohheit ist, besonders, allein den Männern angestammt oder angeboren; aber weder die Höflichkeit, noch die Unhöflichkeit, die leider erst

Früchte der Civilisation, und des entwickelten Geistes sind. Jeder Höflichkeit liegt etwas Tiefes und Wahres zum Grunde, und das ist: Anerkennung und Schonung des Andern, als eines fereien, selbstständigen Wesens. Dieses Wesentliche kann aber zum Schein werden und sich verflüchtigen in einen Schwall herkömmlicher, nichtssagender Redensarten. Was haben wir nun für Waffen gegen ein solches Gespenst, das sich uns aufdrängt, uns hemmt, drückt, in freier, selbstständiger Entwicklung stört? Gewiß keine anderen, als die schwere Hiebwaffe der Unhöflichkeit, und die leichte, blitzende Stoßwaffe des Witzes. Ich bin nicht eingeübt auf die leichte Waffe: soll ich schutzlos da stehen? Das werden Sie von Ihrem getreuen Schildknappen gewiß nicht verlangen. Wo ich wahre Höflichkeit treffe: da kann es mir nicht einfallen, ihr das Gegentheil zum Schutze vorzuhalten; damit sie anerkannt werde, braucht sie nur da zu sein. Wer gegen sie sündigt, macht sich „zur Carrikatur vom Ebenbilde Gottes;" „der lebt in der Unwahrheit und Niedrigkeit, als gegenüber der Wahrheit und dem Hohen, das er verleugnet." Ja, setzt ich hinzu,: die Waffe, die er gegen Andere kehrt, würde sich gegen seine eigne Brut wenden; denn, wenn er Andere nicht als selbstständige und freie Wesen anerkennt, was hat er für ein Recht auf Anerkennung? — So wird endlich die Höflichkeit im Höchsten zur Toleranz. — Ob diese Höflichkeit sich in den vornehmen Cirkeln findet, in denen Sie sich bewegen, weiß ich nicht, da ich die noble Welt nicht kenne; aber mein plebejisches Herz meint, daß nicht Alles in der patricischen Welt Gold ist, was gleißt, und kann sich nicht denken, daß es da ohne Schellengeläut und blitzenden Flimmer abgehen solle. — Ihr Bannerträger wird sie gewiß, wenn Sie's ihm erlauben, zur Vertrauten seines Unmuths und Schmerzes über die Noth dieser schweren Zeit machen. jetzt aber muß er erst versuchen von dem Schmutz und Staube sich zu reinigen, wovon bedeckt Sie ihn erblicken, oder zu erblicken glauben. —

So weit hatt ich gestern Abend geschrieben. Als ich aber Worte suchte, um das Höchste, das ich mir im Gefühl schon zu eigen gemacht hatte, in Gedanken auszudrücken: da brausten die Geister stürmisch auf und trugen mich zügellos zwischen Himmel und Erde dahin, daß ich ihrer nicht Meister werden konnte. Ich mußte abbrechen und zu etwas Anderm greifen, um nur Ruhe zu gewinnen. Ich will versuchen, ob ich heute die Geister zu bändigen vermag.—Indem sie an mein vermeintliches Ableugnen Christi und der Kirche kommen, hüllt sich Ihr flammendes Herz in eine Wetterwolke heiligen Zorns, wird Ihre Rede zum rollenden Donner, zucken breite Blitze aus den dunkeln Wolkenschichten. Sie glauben, ich sei versunken in sinnlichen Genuß; Ihre Rede soll mich belehren; die Blitze sollen meine Brust nicht zerschmettern: Sie werfen sie nieder zum Sohne des Staubes, damit er an ihrem Boten hinauf klimme zu Ihrem Wolkensitze. In der That aber war nur der Nebel meiner unerfahrnen Worte, der mich in eine selbst für Ihr Auge undurchdringliche Finsterniß wickelte, Schuld, daß Sie nicht erkannten, wie ich ganz nahe neben Ihnen stand, so daß Sie mir die Hand hätten reichen können. Ich nehme nichts zurück von dem, was ich vom Genuß, von Christus und der Kirche gesagt hatte; setze aber hinzu, daß das, was Sie für meine Gegenwart hielten, einer für mich vergangnen Zeit angehört. Ich wollte Ihnen ein Bild meiner ganzen Entwickelung geben; aber der zu Ende gehende Raum zwang mich Sprünge zu machen und endlich ganz abzubrechen. Daher mag Ihr Irrthum gekommen sein; den ich segne, da er für mich eine reiche Quelle der Belehrung und Bestätigung geworden ist.—Ich sprach von dem Christus, den die Pastoren mir zur Anbetung hinstellten, nicht von dem, der mir später zum Bewußtsein kam. Von jenem, als von einem todten und vergangnen, wendete sich mein junger Geist ab, da er nach Gegenwart und dem Lebendigen sich sehnte. Widrig war mir das Aufdecken und wollüstige Betasten seiner Kreuzeswunden. Der abstrakte Begriff, den Andere aus ihm extrahirten, konnte meiner Seele nicht als das Höchste und die ihr angemessene Erfüllung gelten. Ich gab Christus, den ich für einen Stadtgott und eine traditionell geglaubte Wirklichkeit erklärte, auf, und wendete mich, und hing mein Herz an die Natur, um in ihr den wirklichen Geist und die Wahrheit zu suchen. Mit klopfendem Herzen drängt' ich mich durch den Strom frischen, rauschenden Lebens, mit allen Sinnen wühlt' ich mich in die Herrlichkeit der Natur ein, mit allen Sinnen trank ich den Strom des Geistes, der mir aus ihr entgegenquoll. Das war mein Genuß; das nannt' ich Wurzel schlagen in dieser Welt. *Ich habe nie andern Genuß als geistigen gekannt und verstanden.* Das rein Materielle war für mich todt und nicht vorhanden; wenn ich's mit dem Geiste nicht durchdringen konnte. Wie Abendlüfte nach einem heißen Tage, uns schmeicheln und unsere glühenden Wangen mit freundlicher Kühlung anfächeln: so giebt es auch Geister, die unser glühendes Herz mit Ruhe erfüllen, und mit süßen Wiegenliedern in Schlummer singen. Ist das kein Genuß? — Die Natur hat dasselbe Bedürfniß verstanden zu sein, wie der menschliche Geist; von Stufe zu Stufe des sich zusammenfassenden Lebens versucht sie's, dahin zu kommen. Der Felsblock, auf dem ich zuerst Ihr Buch las, war von Granit, rauh, nackt, starr, scheinbar unbezwinglich und unempfänglich für höhere Entfaltung. Wie rührt es mich, als ich nach längerer Zeit, ihn wieder besuchte, und zwischen seinen Spalten kleine Blümchen aufgeblüht fand, die mit ihren Glöckchen einen frohen Sieg des Geistes geistiger Verwandlung über die Materie einläuteten. — Durch die Natur vermittelt kehrt ich wieder zu Christus zurück. Die Natur hatte meinen Geist gestärkt und genährt mit ihrer Weisheit. Ich hatte gesehen, wie sie eine Fessel nach der andern abwarf, um sich freier zu bewegen und aufzugehen in ein höheres Leben. Die Kreise ihrer Entwickelungen aber waren feste und abgeschlossen, und als ich sie fragte: wie überwindest du aber deinen Meister, den Tod; da ließ sie die Schleier vor ihr Antlitz fallen, und wies stumm in die Luft und auf die Erde. Sollt auch ich zu den Uranfängen zurückkehren, und den ewigen Kreislauf der Natur von neuem beginnen müssen? Da lernt ich Christus begreifen als den mächtigen Geist, der uns durch sein Beispiel gezeigt hat, wie der Wille von innen heraus alles Äußerliche überwinden kann; wie er im Stande ist, den Tod, die letzte Schranke der Natur, zu durchbrechen; und schon hier Theil zu nehmen an einem höhern Leben und Genosse zu werden der Ewigkeit. Das Göttliche in

Christus ist eben das, daß er rein und allein durch sich diese Macht gewann, während wir andern Alle, an die das Leben früh Ansprüche macht und denen es nicht Zeit läßt zu einsamen Wüstenbetrachtungen, verwandter Geister bedürfen um zum letzten und höchsten Ziele unsers Denkens zu gelangen. Darum sagt ich, daß Jeder seinen besondern Erlöser habe. Alles, was uns frei macht, was uns ein höheres geistiges Leben aufthut, was unserm Geiste Flügel giebt: das erlöst uns. Ich sehe Christus als den kühnen Schwimmer an, der den breiten, reißenden, Alles verschlingenden Strom des Todes, an dem die verzagte Menschheit Händeringend und muthlos stand, zuerst mit gewaltigem Arm bezwang und das Ufer des ewigen Lebens erreichte. Wir sollen's ihm nachthun, zusehen hilft nichts.—Wer im Geiste lebt, und wen die Schwingen der Begeistrung hoch und höher tragen, der hat nichts gemein mit der Sünde, die tief unten ihr schmutziges, lichtscheues Wesen treibt. Darum hat Christi *Sühne* tod zwar Bedeutung für die Vergangenheit, aber nicht für den in der Gegenwart mündig gewordnen Geist.—Werden Sie mich nun als Jünger der neuen, unsichtbaren Kirche aufnehmen, deren Werden mit Schmerzen sich im Geistes ankündigt, deren Entstehen aus dem Verfall der alten bereits angekündigt ist?—Ich weiß gewiß, daß Sie mir antworten werden. Sie haben ja auch einst die Schmerzen des Alleinseins gefühlt, und ich habe Keinen, dem ich so vertraute, wie Ihnen.—Sie sollen mich ganz, und für Sie durchsichtig erblicken. Die letzte Maske falle von

Ihrem Waffenträger und Jünger

J. Döring.

BRIEF 4
Bettine von Arnim an Julius Döring,
Berlin, 6.2.1839

Sie wollen Antwort?—Denn wenn Sie keine erhielten was gäbs dann erst für Mißverständniße!—Diese sind zwar nur von Ihrer Seite Denn *Ich* hab Sie nicht mißverstanden. ich habe gescherzt; Wie sollte ich Verehrung anders aufnehmen?—so wollt ich scherzend Ihnen Ihre Unhöflichkeit beweisen wo Sie überschwengliche Begeistrung ausdrückten.—Aber wie sollt ich nicht erfreut sein Dadurch daß Sie mir vertrauen wie Der Keim Der Erde vertraut?—Was sagen Sie von Ebenbürtig?—Sind Sie nicht später geboren als ich, und zählen daher von Adam her der Ahnen Einen mehr?—Was ich von Den Rosen sagte weiß ich nicht mehr, aber es war Scherz, wenn ich sie nicht achten wollte, denn Rosen wollt ich nimmer verachten Die mir ein heiterer Knabe zuwirft, der einst noch manche brechen wird, aber Dann nicht für mich. Doch war unter dem Scherz ein kleiner Stachel verborgen, ich wollte Sie fühlen machen daß in Ihrem Brief den ich gern anmuthig nenne dieser eine Ausdruck der Feinheit ermangle. Daß Sie Ihr Vertrauen zu mir nicht hätten so bloß geben sollen indem Sie sich des Talents der Unhöflichkeit rühmen, das Sie gewiß nicht ausüben könnten ohne aus Ihrer Natur zu fallen Wie den[n] kein Großmüthiger Unhöflich sein kann. Was Sie „Schwall nichtssagender Herkömmlicher Betheurungen nennen das als Gespenst Sie verfolgt und belästigt[“], ist nur Das Tacktlose Verfahren derer die dahinter ihre Geistloßigkeit verbergen. Wer wollte Den Wehrloßen bekämpfen?—Wer wollte ein Gespenst mit Hieb- und Stoßwaffe verfolgen?—lassen Sie den Arm ruhen auf der Waffe die nur dann treffen soll um das Höhere zu erringen, nicht um das Geringe zu verfolgen. Sie reden ferner von höheren Zirkeln in denen ich mich bewege;—ich habe keine Zirkel, ich hab Die Freie Welt.—Der Mensch, den Gott geboren werden ließ, *„mitzufühlen Freud und Qual“* der leicht besser ist in seinen unbefangnen Anlagen als ich, und besser werden soll in seiner Entwicklung, vor Dem hab ich Ehrfurcht, daher meine Höflichkeit. Auch bin ich zu *vornehm*, mich einem Kreis anzueignen, denn ich fühle mich über denen die sich selbst was Dünken, Wer sich einen Kreis abschließt der ist ein Schwachsinniger ein Sclave aber nicht ein Freier, das heist kein Edler[.]

Sie bitten, mich zur Vertrauten Ihres Unmuths über die Noth dieser schweren Zeit machen zu Dürfen?—Ist Diese Zeit schlecht zu nennen in Der Durch Bedrängniß, das Große in jedem Herzen zur Sprache kömmt? — nennen Sie Die Jahreszeiten auch schlecht die nicht den Genuß der Früchte bieten, sondern ihn vorbereiten? — Wer Den Geist hat soll ihn aussprechen, wer ihn verläugnet verliert ihn. Der Geist straft Den Verräther, er ist die schwankende Himmelsleiter wer nicht aufsteigt stürzt herab. Ist also eine Zeit nicht schön in Der Wir Helden sein können unseres eignen Geistes? Und wie wär Heldenkraft zu erproben wenn Widerstand nicht wär? —

Sie wollen ferner „von Schmutz und Staub sich gereinigt wissen, von Dem Bedeckt ich Sie zu erblicken glaube." O Wehren Sie sich nie wessen man Sie beschuldigen wollte, es ist nicht der Nachbar dem Sie Verantwortung schuldig sind. Aufwärts streben, loßschüttlen vom Staub das edle Gefieder, und schweben über dem Staub, nicht, sich vertheidigen wollen; was geht den Der Vorwurf an, den sein Genius anhaucht? —

Jezt komm ich aber an einen Theil Ihres lezten Briefes der gar absonderlich ist, Wo Sie von meinem Vorwurf Ihres vermeintlichen Abläugnens Christi und Der Kirche sprechen. — und ich hatte Doch nur gespaßt um Ihnen Scherzweise vorzuwerfen, Sie seien sogar unhöflich gegen Christus und sein tausendjähriges Verdienst; freilich liegt in Diesem Scherz auch der Ernst, daß alles Göttliche auch in der Zeit sein ewiges Verdienst habe, da Die Zeit der Mutterschooß ist unserer Zukunft, wer nicht durch die großen göttlichen Einwirckungen in ihr sich entwickelt, der würde einer vollkommen organischen Bildung für ein höheres Leben entbehren, und also unvollendet bleiben. — Wie sollte ich Ihnen eine Verläugnung der Kirche vorwerfen? — sollte ich glauben der Christus sei in Der Kirche? — Gott bewahr! — Wenn er alles ertrug so wars Doch nicht *Langeweile* und so ließ er weislich sie ihre Kirchenthüre zuschließen und blieb Draußen bei Den lieben Ungläubigen, denen Das Göttliche, Element ist und die nicht sagen Christus allein sei das Göttliche oder Christus sei allein Das Was Die Kirche lehrt von ihm zu glauben. Und ob Die Menschen so oder so {denken glauben das ist vor Gott einerlei wenn nur seine himmlischen Elemente auf uns Wirken. Es ist noch was gewaltigeres im Menschen als Der Begriff, das ist Der Wille.

Also nichts von, „flammendem Herzen, das unter zukenden Blitzen und Wolkenschichten Donnerreden aus mir hervor braußt.“ denn ich bin kalter Natur, und habe keinen Geistes-eifer. Und wenn Ihnen in Diesen Blättern etwas anders scheint als nur Spiel, so glauben Sie nicht daran Daß es Geist wäre. Geist braucht keine Gewalt, er spielt, sonst wär er nicht Geist. Denn welcher Waffe welcher Vertheidigung bedürfte Er, der Freie der ewig im Flug ist?—Und wollten's die Menschen nicht mit so unerhörtem Ernst anpacken, leichtlich wären Die Festungen die sie jezt zu stürmen Anlauf nehmen, vor ihrem Geistesspiel niedergestürzt.

Also nichts von Mißverständnißen über Sie nichts von Erläuterungen Die zu neuen Mißverständnißen Anlaß geben würden. Was Sie begreifen sollen müssen Sie selbst denken und werden's auch. Alles was Sie über Genuß sagen, „den Sie nur als Geistig gekannt und verstanden, und daß das materielle Tod und nicht vorhanden für Sie sey, wenn Sie mit dem Geist es nicht Durchdringen könnten“—lasse ich dahin gestellt sein. Geist ist Leben, ohne es läßt sich nichts fassen und Genießen.—Indeß bin ich nicht so elend über Genuß—sinnlich oder geistig—entscheiden zu wollen, Genuß ist höher wie Der Mensch—und da ist zwischen Sinnlich oder Geistig, kein unterschied mehr;—zum wenigsten für meine Ahnung nicht, wenn auch für mein Durch philisterhaftes Weltleben gezähmtes Urtheil, was ich aber nicht anerkenne sondern hier feierlich vor Ihnen abschwöre, und dann es Ihnen abbitte daß ich Sie „Student“ sollte mit einem Philister-Urtheil besudlen wollen. Genuß ist Werden;—Aus der Gährung steigt der Genius auf, und regt Die Flügel Die früher gebunden waren. Drumm junger Mann, nicht allzu sehr loßgelegt mit Dem geistigen Genuß. Die Sinne sind der heilige Keim eines zukünftigen Lebens, sie sollen aus ihrem Erdenschlummer nicht geweckt, aber nimmer verachtet werden. Wenn etwas sinnlich ist, so ist es Das Leben was aus dem Geist hervorgeht; und wenn nicht die Sinne, was denn soll einst den Himmel bewohnen?—und Der Geist auf Erden ist Das Element in Dem die Sinne für Die Zukunft sich ausbrüten. Denn wie sollten Wir sonst ein höheres Leben fassen und fühlen und es erfüllen als nur mit Den Sinnen?—Denn darum ist ja Der Geist daß er zur sinnlichen Natur einer höheren Bildung werde.

Der Schleiermacher sagte einmal zu mir, Die Sünde sei eine Gnade Gottes denn sie allein bedingt die menschliche Freiheit.—und der Himmel ist lauter Geist sagte ich.—„ja Du hast recht, in Dem Die Sinnlichkeit als in ihrem echten Vaterländischen Boden wurzelt und gedeiht[“], sagte er.—Das war 8 Tage vor seinem Tod.

Dies schrieb ich hier auf um wenn es Ihnen ergötzlich Deucht, sich im Labyrinth dämmernder Anschauungen zu ergehen; ich hoffe jedoch daß es Sie nicht wieder auf Mißverständniße leite sondern zu heiterer Erkenntniß, daß es Ihnen nicht mehr deucht Die Natur werfe einen Schleier über ihr Antlitz, wenn Sie fragen „Wie überwindest Du Deinen Meister Den Tod[“], denn der Tod ist ihr Sclave nicht ihr Meister der Natur. und die „liebe Natur ließ ihren Schleier vors Antlitz fallen“ weil—weil—weil—Sie zu Dumm fragten. sein Sie nicht bös guter Student auf Ihre Dienerin Bettine Arnim!—

Mit[t]woch den 6ten Februar 1839.

BRIEF 5
Bettine von Arnim an Julius Döring,
Berlin, o.D. [12.2.1839]

Haben Sie meinen Brief nicht erhalten?—

Oder finden Sie sich getäuscht, oder beleidigt?—

Zweifelsbedrängniß lastet gar zu schwer auf einem zarten Gewissen!

Vielleicht hab ich zu ungeschickt mich ausgedrückt?

Vielleicht hat Sie der heimathliche Ton der lezten Zeile, wie er nur unter *Gespielen* gebräuchlich ist gekränckt?

Ich wollte Ihnen Doch nur den reinsten edelsten Wein einschencken wie ich glaube Daß ein edler Gast ihn verdient.

Nein ich mag Niemand weh gethan haben.

Ich anerkenne Ihre aufrichtige Gesinnung für mich, und gewiß: eben so aufrichtig ist hier meine Bitte um Ihre Verzeihung.

Einer Antwort bedürfen Diese lezten meiner Zeilen nicht, nur einer Willfährigen Aufnahme mit gesundem Urtheil.

BRIEF 6
Julius Döring an Bettine von Arnim, Berlin, 9. und 12.2.1839

Berlin d 9*ten* Febr. 1839.

Gnädige Frau!

Indem ich jetzt wieder einen Brief an Sie beginne, überfällt mich der alte Zweifel, der mich jedes Mal, wenn ich an Sie schrieb, beschlich, und abhielt, meine Gedanken zu gestalten und Ihnen anzuvertrauen. In meiner Gegend giebt es ein sonderbares Sprichwort; man sagt von einem närrischen Menschen: Er habe Raupen im Kopfe. Ich glaube gar, daß ich dazu ausersehen bin, die Wahrheit dieses Spruches zu beweisen. Kaum freu' ich mich über eine in meinem Herzen eben aufgebrochne Blume: so macht sich auch schon vom Kopf aus ein Zweifel, in Gestalt einer dicken, häßlichen, behaarten Raupe auf den Weg, kriecht langsam am Stiele heraus, legt sich breit oben hin und wühlt sich tief in den Kelch ein. Dann ist mir der Anblick der Blume ganz verleidet, und ich kann oft den Widerwillen nicht überwinden, die Raupe anzufassen, sie wegzunehmen und zu zertreten. Ich muthe Ihnen viel zu, wenn ich Sie bitte, eine solche Raupe zu zertreten. Ich denke mir Alles, was ich Ihnen mittheile, macht Ihnen nur Langeweile. Hat die Langeweile nun etwas so Abschreckendes für Sie, daß sie vor ihr, selbst wenn sie unter der Gestalt des priesterlichen Heilandes auftritt, die Flucht ergreifen: was für ein Schicksal wird ihr dann bevorstehen, wenn sie sich, unter der Maske eines armseligen Studenten, zu Ihnen drängt! Werden Sie ihr nicht die Thür weisen, und ihr Haus auf immer verbieten? Ich spreche mir selbst Muth dadurch ein, daß ich zweimal angeklopft habe, und daß Sie mir zweimal aufgethan haben: aber werden Sie mich nicht, wenn ich zu oft komme, höflich abweisen? Ich bin zu sehr Jurist, um auf ungewissem Fundamente das Gebäude meiner Hoffnungen aufzuführen. Zertreten Sie die Raupe, legen Sie den Grundstein, indem Sie mir sagen, daß ich Ihnen schreiben darf! Um Ihnen etwas zu werden, muß man sich nicht einbilden, Ihnen schon etwas zu sein. Wie milde sind Sie, daß Sie meine Anmaßung, über Mißverständnisse Ihnen ein Licht aufstecken zu wollen, nicht härter bestrafen, als indem Sie mir gebieten, darüber zu schweigen! Und doch kann ich mich kaum entschließen, jenes stolze Wort zu bereuen, da es mir einen Brief von Ihnen eintrug.—Was bin ich denn? Was will ich? Ich war für Sie so gut als nicht vorhanden, bis ich an Sie schrieb. Sie ließen sich das kindische Lallen meiner Begeistrung gefallen, und gaben mir Antwort. War ich durch einen Brief aus meiner Dunkelheit hervorgetreten? War es nicht genug, daß Sie duldeten, daß ein gepreßtes Herz vor Ihnen sich Luft machen durfte? Unbekannt, ungenannt welches Recht, welchen Anspruch konnt ich auf Ihr Wohlwollen haben? Hatt ich einen anderen Anspruch, Fürsprecher als nur [?] den [?] Geist, der sich von Ihren Früchten genährt hatte? Lassen Sie mir diese Hoffnung, und den Glauben, daß mehr, als „Höflichkeit“ Sie bewog, sich herabzulassen, mir zu schreiben.—Nun lassen Sie mich frischer ausschreiten. Wie Männer sind alle geborne Pedanten, und was wären wir ohne die Frauen? Unsere Brust ist, wie ein Gewölbe, mit vielen eisernen Thüren verschlossen. Die nennen wir: Miß—ver—ständ—nis—se. Man hört dem Worte an, daß es nur von Männern erfunden sein kann, es ist so schwerfällig, so massiv, so undurchdringlich. Diese Thüren zu sprechen muß unser erstes Bemühen sein, wollen wir in das Innere einer fremden Brust einziehen. Da kommen wir nun angezogen mit Hebeln und Brechstangen, und machen einen erschrecklichen Lärm, und quälen uns gewaltig im redlichen Schweiß unsers Angesichts. Meistens hilft doch alle Mühe nichts. Ja, wenn wir noch Glauben hätten, daß der Geist die Springwurzel ist, die durch bloßes Berühren alle Schlösser aufsprengt, dann wär uns geholfen. Ich weiß, daß Sie die Springwurzel haben: berühren Sie nur meine Brust, die glaubt, und Sie werden die Kraft Ihres Besitzthums erfahren.—Wie der Keim sich sehnt nach Entfaltung im Schooße der umhüllenden Erde: so sehn ich mich durch Sie ans Licht geboren zu werden. Sie stellen mich auf meine eignen Füße, und walten, daß ich durch mich selbst Alles werden soll. Ich hab auch nie etwas in mich aufnehmen können, ohne es innerlich umzuwandeln. Gewiß wird aus dem Keime nichts, als was schon embryonisch in ihm liegt; aber daß er dies werde, dazu bedarf er des Bodens, in dem er Wurzeln schlagen und hinaufstreben kann ans Licht der Sonne. Wenn die Blume sich erschlossen hat: dann weiß sie wem sie ihren Duft als Opfer zu streuen hat.—

D. 12[t] Febr.—Ein fataler Besuch unterbrach mich am Sonnabend, wo ich bis zu obiger Stelle geschrieben hatte, und blieb so lange, daß ich an demselben Tage meinen Brief nicht mehr fortsetzen konnte. Früher hatte ich mit diesem, meinen Commilitonen einige Berührungen, und hatt eine mitleidige Zuneigung zu ihm, weil mich seine, durch Blödigkeit und Menschenscheu verursachte infame Stellung dauerte. Dann kamen wir auseinander, und als wir hier wieder zusammentrafen, fand es sich, daß wir uns so verschieden entwickelt hatten, daß wenig oder gar keine Anknüpfungspunkte übrig blieben. Trotzdem verfolgt mich dieser Mensch mit einer blinden und traditionellen Anhänglichkeit. So drängt' er sich auch am Sonnabend mit seinem scheuen Faungesichte mir auf. Wenn ich mit Ihnen rede, sollte wenigstens diese Larve fern bleiben. Ich hatt auch große Lust, meine alte, rauhe, hallische Unhöflichkeit gegen ihn herauszukehren, und ihm zu sagen, daß seine Gesellschaft mir jetzt nicht lieb wäre, da ich mich eben in besserer befände. Zum Glück erinnert ich mich noch zur rechten Zeit Ihrer Anmahnung zur Höflichkeit, dazu jammerte mich sein gedrücktes Wesen, das sich, hülfsbedürftig, an mir aufrichten wollte; und so hieß ich ihn, nach einigem Kampfe, willkommen.—An den übrigen Tagen bis heute konnt ich wohl an Sie denken, aber nicht schreiben. Einst war es anders: da schweift ich lustig, wie ein Reh, zu

Thal, von Wiese zu Wald. Jetzt aber wird das Reh gejagt, das arme Reh. Aus einer Seite blutet es von einer Speerwunde des Römischen Rechts, aus der andern von der Kugel des deutschen; will es sich zur Seite wenden: so vertritt ihm den Weg das in Möchsgestalt Canonische Recht; will es umkehren: so treibt es das Kettenklirren des Criminalrechts wieder vorwärts. Da ist mir denn die Unterhaltung mit Ihnen, wenn mich meine Plagegeister auf Augenblicke verlassen haben, wie ein frischer Quell, der mir entgegenrieselt, der meinen lechzenden Durst stillt mit dem Trunk aus seinem kühlen Wasser, an dem ich mich lagre unter dem überhangenden Dach grüner Zweige, und wo die Vögel wehmütige Lieder singen vom alten, heitern, verlornen Glücke. — Ist Ihnen dieß Antwort auf ihr letztes, heutiges Briefchen? — Sie fragen: ob ich mich getäuscht gefunden hätte? Ja, ich hab es, aber wie! Ich glaubte, die Blumen Ihres Frühlings hätten sich jetzt zusammengenommen zur reifen Frucht, die auch herrlich sein müßte, aber doch Duft und Farbenpracht der Blüthenzeit vermissen lassen würde. Was fand ich? Neben dem Herbst hatte Ihr ewig junger Geist einen neuen, wunderbaren Blumen vollen [?] Frühling hervorgetrieben. So hab ich mich in Ihnen getäuscht. — Ob ich Ihnen zürne? — Kann man seinem eignen Geiste gram sein, der uns als Genius, in verklärter Gestalt, aus einem Andern anspricht? — Hab ich denn recht gelesen und verstanden, haben Sie mir wirklich geschrieben, daß Sie „heimathlich mit mir geredet hätten, wie man zu seinen Geschwistern spricht?“ Machen Sie mich nicht übermüthig! Hab ich denn wirklich eine Heimath in Ihrem Geiste gefunden, ich armer, der so lange in der Fremde umherging, an so manche Thür klopfte, und alle verschlossen, und jedes Haus schon besetzt fand? Wenn „überschwengliche Begeistrung“ mir ein so überschwenglich Glück erringen konnte: soll ich sie darum verdammen, muß ich sie nicht preisen? Ja, glauben Sie an die Wahrheit meiner Gesinnung, meines Gefühls; denn warum sollt ich Ihnen etwas vorlügen? Wer einmal aus dem Becher der Wahrheit getrunken hat; dem muß alles andere Getränk fade und schaal vorkommen; wer einmal in der Idee, so recht mit ganzer Seele gelebt hat, der wird sich dazu nicht hergeben, sich mit dem nichtigen Schein der Lüge zu umkleiden.—Die Lüge erträgt das Licht der Sonne nicht. Beleuchten Sie mit dem schärfsten Lichte Ihres Geistes meine Gedanken: sie haben sich davor nicht zu fürchten.—Wie mich das überschüttet hat, wie ein goldner Regen, daß ich nun eine Heimath, ein Vaterland habe! War denn nicht all mein Streben und Denken bisher, bewußt und unbewußt, hervorgegangen aus dem Gefühl, daß ich keine Heimath habe, und daß ich eine suchen müsse? Und nun hab ich in Ihnen eine gefunden,—nein—nicht gefunden; sondern sie ist mir gegeben, geschenkt, gerade wie's der Herr den Seinen giebt, ohne ihr Zuthun und Verdienst. Lassen Sie den jungen, müden Wanderer, nach beschwerlichen Wegen, ausruhn in dem seligen Gedanken, daß er nun eine Heimath hat, wo Alles bekannt und vertraut und zuthulich mit ihm ist, daß er Ihnen werth ist!—Ach, ich fürchte, ich habe schon zu viel gesprochen, und möchte doch gern noch mehr sprechen. Haben Sie Nachsicht mit meiner Jugend, die noch zu wenig kaltes Blut hat, um ihre Worte schicklich und abgemessen, wie's das Alter thut, zu wählen. Ich habe noch nicht gelernt, den Gegenstand meiner Verehrung auf einen marmornen Altar zu stellen, und in weiter Entfernung, in stolzer Demuth vor ihm mein Knie zu beugen. Was ich verehre muß ich näher am Herzen haben, um mich ihm ganz hingeben zu können.—

Wie Sie schon ein Vorurtheil, das Ihnen ein philisterhaftes Weltleben aufzwingen wollte, in meine Hände abgeschworen haben: so schwören Sie nur getrost jenem Leben überhaupt ab; denn was könne es Ihnen geben, was können Sie ihm sein? Ihre ewige Jugend wird doch nimmermehr von Greisen, nur von der Jugend erkannt, verstanden und geliebt. Dummen Leuten können und wollen Sie nichts sein; und kluge Leute, die haben den Kreis ihres Lebens abgeschlossen, und lassen nichts Fremdes eindringen in diesen Zauberring. Die werden Sie anstaunen als ein Phänomen, aber Ihre mühsam errungene Selbstständigkeit mit kecker Zuversicht gegen Sie behaupten. Ein Krystall ist in sich fertig; nur ein frisches Feld ist für neue Saat empfänglich. Alles Neue und Große muß sich doch an das Werdende wenden und an sich eine Stätte bereiten, worin es wohne. Die Brust der Jugend ist der Tummelplatz der Geister der Zukunft.—Freut es Sie nicht, wie ein junges, verschwiegnes Herz sich an Sie schmiegt und rückhaltlos und vertraulich sich vor Ihnen ausspricht?—Lassen Sie die Rebe nicht länger schwanken im Winde!—

Ich war Ihnen nicht böse, denn, wer könnt es sein wenn Sie freundlich bitten, es nicht zu sein. Sie hatten aber in Ihrem zweiten Briefe ein ominöses Wort gebraucht, und darauf sogar noch durch drei Gedankenstriche mehr aufmerksam gemacht, das den Studenten in mir provocirte. Rächen mußt ich mich dafür, wollt ich meine Ehre nicht aufgeben, aber wie? Bald kam ich darauf als meinen Stellvertreter im Ehrenkampfe Ihnen—die Langeweile zu schicken. Ich wollt' Ihnen ein Märchen erzählen, an dem ich auf meinen Spaziergängen spann. Darin sollten Feeen vorkommen und ein Feeenkönig und Gnomen und ein Zauberpallast. Ein junger Gnome kommt in den Pallast; die Herrin desselben bleibt ihm verborgen, ein Vorhang verhüllt sie ihm; er unterhält sich mit ihr, bis sie endlich singt:

So hör doch endlich auf zu fragen.
Ich stand dir Rede schon genug.
Was hilft mein Singen und mein Sagen:
Du bist ja *dumm*, und ich bin klug.

Darf ein besseres Schicksal hoffen Ihr
Ihnen
ganz zugethaner
J. Döring

BRIEF 7
Bettine von Arnim an Julius Döring,
Berlin, 15. und 16. [2.1839]

Wie könnte mich Langeweile befallen Da ich gesammelt bin im Geist, wenn ich an Sie schreibe, und auch wenn ich Sie lese—Ich soll sagen Daß Sie mir schreiben Dürfen?—

Haben Sie nicht aus eigner Willkühr gedurft bisher?—Warum jezt fragen? Wer ja Wollte Der Durfte nicht fragen sonst hätt ers nicht erreicht. Sie sinds der mich zum Schreiben bewegt, nicht ich Sie. Warum die Waffen niederlegen und Kapituliren, bei so trefflicher Anlage, den Sieg sich selber zu verdanken?—

Sie wollen mir gern etwas sein?—Sagten Sie nicht, Sie tränken Ihren eignen Geist aus Der Quelle des meinen?—Was können Sie mir *denn* anders sein Wollen, als Der Herr des Schenken der gemeinschaftlich mit Ihnen Den Becher leeren darf.—

Sie sagen: ich habe mich herabgelassen Ihnen zu schreiben?—Ach wie lange schon harre ich daß der junge kühne unbefangne zu mir Durch die Lüfte schreite mit Geistesaugen die Welt anschauen wie andre sie nicht sehen, mit Geistesmuth schwebend halten was andre zu berühren Das Herz nicht haben.

Stünd ich auch über Der Zeit, so stehe ich doch nicht über der Jugend die Diese Zeit Durchschreitet, Die auf ihrem Flug in Die Zukunft zu *mir* sich herabläßt, was Die wählt und genießt das wird Leben Durch sie, was sie verwirft oder versäumt in mir, das muß ich umsonst gewesen sein.

Ja es freut mich, dem mich versinnlichen zu können, der mit lieblichen Augen mich nicht sieht, der mich sucht der mich findet, aus eigner Willkühr den Genius in mir aufruft, daß er mir lehre das Knie beugen vor dem der zu mir bittet.

Und mich freut daß aus dem Antlitz der Jugend derselbe Geist mir entgegen lächelt, Der ihr wiederstrahlt in meinem Wort.—Sollte Die Sonne untergehen die jezt zwischen uns leuchtet so glauben Sie an Den neuen Aufgang eines zukünftigen Tags und verlangen Sie nicht von mir, jezt einen Grundstein zu legen zum Gebäude wo alles im Farbenbogen hinzieht am Himmel.

Nun lassen Sie mich auch frischer ausschreiten, wie Sie, wo sie sagen: „Wir Männer sind alle geborne Pedanten, und was wären wir ohne Die Frauen!“ solche pedantische Reden und Philister-bemerkungen sind zu langweilig um zwischen uns erörtert zu werden. Sie haben mir nimmer Darzulegen „was Wir Männer sind und was wir wären ohne Die Frauen!“—wär mirs interessant hierüber Betrachtungen anzustellen, wahrhaftig ich wär zu bescheiden irgend wem sie mitzutheilen. Was Männer wären ohne Frauen und was sie sind mit Frauen, ist mir beides gleichgültig; überhaupt was das ganze menschliche Leben ist, in seinen herkommlichen Fugen, das lasse ich unbeachtet. und hinter mir, nur was vor mir liegt, ist mir heilig weil es Unschuld ist, und wie denn nur Unschuld wahren Geist hat da sie nicht geblendet ist durch Vorurtheile so kann auch sie nur die „Springwurzel sein Die Die Brust entriegelt[“].

Es ist jedem gegeben Groß sein zu können jeden Augenbli[c]k und dieses einzigen was Glück ist, sich Theilhaftig zu machen ist eines jeden Aufgabe dazu gehört aber daß kein Vorurtheil in ihm sey als sey er „Arm weil er keine Heimath habe“. Ich sags Ihnen aus der innigsten Überzeugung, möchte—[?] ohne Heimath, ist man nur Dann bedauernswerth wenn der Geist unter Ihrem Geschick steht; und Der Geist soll sich erheben über jedes Geschick;—und Dann?—Dann mag er die Flügel ausbreiten, frei zu sein zum Fliegen über Land und Meer. Und die Heimath in Der er wurzeln wollte ist dann nur noch eine kindische Erinnerung einer früheren Unmündigkeit. Auf unserer kleinen runden Erde auf der sich keiner stossen und niemand herabfallen kann noch eine Heimath sich wählen, das wär überflüssig. Was haben Denn andre erworben mit ihrem Einwurzeln im fetten Boden?—Das Unkraut der Vorurtheile ist ihnen sämmtlich über Den Kopf gewachsen. Deucht Ihnen, Fremd zu sein in Dieser Welt?—so Denken Sie Wie Das Licht sich nur durch sich selber bricht, so fühlt auch der Geist, sich nur Durch sich selber. also dem Gefühl Ihres eignen Geistes gehen Sie nach, und alles andre suchen Sie nicht, wenn es nicht von selber auf Sie zukömmt das ist auch ein Vorurtheil daß Sie wollen Durch mich ans Licht geboren werden, Sie müssen sich selber ins Licht erzeugen; und das ist leicht für den dessen Geist die freie Natur athmet, denn es ist Natur gemäß.—Im Glashaus der Bildung würde Der Geist vergeblich

Himmelan streben, Drum sey doch froh Heimathloser Uneingewurzelter, daß Dirs so leicht gemacht wird Dich Himmelan zu schwingen[.]

Nicht wahr ich bin nicht hart, ich bin nicht streng, ob ich gleich mitleidsloß bin?—Denn auch im Flug umarmen [?] sich die Geister!—

Hier beantworte ich noch den zweiten Theil Ihres Briefs, wo am Sonnabend der Besuch des früheren Freundes Sie unterbricht in Ihren Mittheilungen. Sie sagen: „früher hätten Sie eine mitleidige Zuneigung zu ihm gehabt weil Sie seine Durch Menschenscheu verursachte einsame Stellung dauerte."—gewiß das war Damals Naturgemäß in Ihnen, und ein Gefühl das unwillkührlich also ohne Verdienst von Ihrer Seite den[n]och das Rechte war.—„Dann kamen Sie auseinander, und als Sie hier wieder sich begegneten traf es sich, daß Sie sich beide so verschieden entwickelt hatten, daß keine Anknüpfungspunckte übrig bleiben. Trotzdem verfolgt Sie „*dieser Mensch*" mit einer blinden und traditionellen Anhänglichkeit."—Wie sonderbar daß also *Dieser* Mensch einem uranfänglichen reinen Trieb „sich an Ihnen aufzurichten" wie Sie selber sagen treu geblieben.—Und Sie der reicher war und *geben* konnten wo Der andre Darbte, und dem Der Geist verliehen hatte Die Natur als Geliebte zu umarmen, wie ich aus Ihren früheren Briefen entnehme und der ein Selbstgefühl hatte von Glück das ihm in Dem Zuströmen aller Lebensquellen eine geistige Zukunft weissagt.—Sie hatten in jenem Augenblick keinen Thautropfen früherer Jugendgefühle ihm zu spenden in *diesem Menschen* ist doch etwas gutes, da so ohne alle geistige Fähigkeit von seiner Seite, ohne alle mitwirckende Kraft von Der Ihrigen, dies frühere Herzliche Vertrauen zu Ihnen ihm geblieben ist?—wie sehr ehrte er Sie Dadurch;—aber Sie sind ungehalten „Daß er sich mit seinem scheuen Faunengesicht Ihnen aufdrängte" und meinen „wenigstens wenn Sie mit *mir* reden sollte Diese Larve Ihnen fern bleiben."—Ach nein! es war recht gut daß er Sie unterbrach, denn wahre Großmuth ist immer höflich[.]

Sie schreiben mir Doch nicht aus der Fülle Ihres Herzens, Sie legten wohlgeordnet an einander was Sie glaubten mir zu sagen zu haben es war kein reines kindliches Einsehen in sich selbst, was Sie mir darboten, aber es war Der Wille dazu (denn ich will nicht ungerecht urtheilen) Der fand sich nicht zurecht, denn sonst hätt er wahrlich in Lieb zu dem Faunengesicht sich ergossen statt sich zu erboßen; sonst wär dem Vertrauen Desselben eine reine und hellklingende Antwort geworden; denn Gutsein muß man wenn man Die Wahrheit in sich finden will, und Güte hat keine Grenze sie giebt sich ganz hin, der Egoismus stellt sich nur Dar, der giebt sich nicht.—Sie waren also nicht im Begriff sich mir hinzugeben im Geist, Damals als das Vertrauen unter Der Larve des Faungesichts zu Ihnen trat; O Sie hätten sonst besser verstanden was ich bedarf von Ihnen, nehmlich den Freund der früher Ihnen schon zu Danken hatte und „der Sie jammerte weil sein gedrücktes Wesen sich hülfsbedürftig an Ihnen aufrichten wollte“ mit der vollen Anerkennung seines Vertrauens emfangen.—Nein Sie geben sich nicht hin in Ihrem Brief, Sie stellten sich nur Dar.—Und was Sie auch vor Dem Faunengesicht voraus haben mögen es war damals im Vortheil gegen Sie Denn es war Aufrichtig während Sie mit sich kämpften um höflich zu sein; hätten Sies recht verstanden Sie hätten Ihr Inneres eher an ihm aufrichten können, als Er mit seiner Sehnsucht an Ihrer blos Convenzionellen Höflichkeit.—Groß handlen kann immer nur Da Stattfinden wo Der Egoismus gar nicht ist, der eine Lüge ist, und so impertinent aufdringlich, daß der Geist nimmer über ihn hinaus sehen kann ins Licht.

Sie schreiben mir ferner was Sie abhielt mir zu schreiben „und daß Ihre Unterhaltung mit mir, wenn Ihre Plagegeister Sie auf Augenblicke verlassen wie frischer Quell Ihnen entgegenrieselt, Ihren Durst löscht, überdacht von blühenden Zweigen, und wo Die Vögel wehmüthig singen vom früherem verlornem Glück’“[.] Ey sind Sie Denn jezt nicht glücklich?—mir Deucht, ich würde zufrieden sein an Ihrer Stelle.

Ich habe freilich Heimathlich mit Ihnen geredet, denn ich bin zu Hause in meinen Gedancken das sehen Sie auch ein, und bin wie Der Araber gastfreundlicher, und wage den nicht zu verletzen selbst wenn er mein Feind wär, der einen

Pfirsich mit mir getheilt hat.—Aber Sie sind mein Freund nicht wahr?—Sie haben mir schon ein paar mal in Ihren Blättern angedeutet daß ich in Sie vertrauen soll, und „Daß Sie sich mit dem nichtigen Schein *Der Lüge* nicht umkleiden;“ und Sie fordern mich auf mit Dem schärfsten Lichte meines Geistes Ihre Gedanken zu beleuchten. Sie fürchten sich nicht Davor.—O machen Sie mir keine Betheuerungen, wo sezte ich je Mißtrauen in Sie?—verstehen Sie so wenig mein Vertrauen zu achten?—Die Luft mißtraut dem Athem nicht der sie einschluckt und Doch giebt sie sich ganz hin; so auch der Geist wie Die Luft ohne zu forschen wer ihn an sich zieht, denn Der Geist ist frei auch im Gefängniß deiner Brust.

Nun lieber junger Freund! Sie mahnen mich jenem Weltleben abzuschwören, von Dem Sie meinen [„]es könne mir nichts geben, ich könne ihm nichts sein.“—ja! ich will daß Sie meine Forderungen befriedigen, und will gewiß auch die Ihrigen erwägen, und befolgen tief im Herzen; Die Stimme aus Ihrem Herzen sagt mir gewiß das wahre. so wie ich glaub daß ich Ihnen die Wahrheit sage. Ich will besser werden Durch Sie, ich verspreche es Ihnen, als Anerkenntniß Ihres edlen Willens, ich will auch Ihnen etwas zu Danken haben.

Sie fragen „ob es mich nicht freut wie ein junges verschwiegnes Herz sich an mich schmiegt,“ ja es entzückt mich.—„und wie es rückhaltlos und vertraulich vor mir sich ausspricht.“—das lob ich!—und „ich soll Die Rebe nicht länger im Winde schwancken lassen;“—Ach wie kann ich leise und bescheiden genug diese Rebe fassen? daß ich ihr nicht zu nah thu?—

Geschrieben in Der Nacht vom 15ten zum 16ten zwischen Mitternacht und 3 Uhr.

BRIEF 8
Julius Döring an Bettine von Arnim,
Berlin, 19.2.1839

Berlin d. 19. Febr. 1839.

Meine gütige Freundin!

Nicht umsonst sollen Sie mir Muth gemacht haben zu wollen, und das Gewollte auszusprechen und zu fordern. Soll ich Sie noch immer anreden mit „Gnädige Frau", wie's Jeder thut, der mit Ihnen in gleichgültigsten Verkehr ist? Jedesmal, wenn ich diese Worte geschrieben hatte, hielt ich inne; denn mußt ich mich nicht fragen, was für ein Recht, was für eine Veranlassung hast Du, der „Gnädigen Frau" zu schreiben? Auch Ihre Bedienten reden Sie so an. Das stille Geläut meines Herzens verstummte vor diesen frostigen Worten. Wer wagt, der gewinnt, und auf halbem Wege kommen Sie mir entgegen.—Devise sind die Worte der Überschrift.—

Betheurungen, Versicherungen bedarf es nun gewiß nicht mehr. Lassen Sie mich aber aussprechen, was sie, wenn ich sie früher gebrauchte, sein sollten, was das *für mich* für eine Bedeutung hatte, wenn ich sagte: [„]Der Abendwind könne schmeicheln, aber nicht heucheln; ich lüge Ihnen nichts vor, weil ich die Wahrheit liebte." Weniger Sie, als mich selbst wollt ich dadurch von der Aufrichtigkeit meiner Gesinnungen und Gefühle überzeugen. Wüßt ich nicht, daß vor Ihnen nichts Erheucheltes besteht, daß Ihr Geist gleich dem Spiegel ist, dessen enttäuschende Macht der Dichter dem jüngsten Tage vorbehielt? ich aber hatte gesehen, wie die Lüge jetzt umhergeht und sich leicht in alle vom Wesen verlassenen Formen findet und fügt; ich merkte leicht, die Worte großer Todten jetzt umherfliegen, ruhelos, wie Schatten Nichtbegrabner, die um den Cocytus irren. Wer bürgte mir dafür, daß meine Brust nicht ebenfalls eine Herberge sei solcher Schemen? So waren mir jene Betheurungen ein läuterndes Feuer meines Herzens, durch welches die Gefühle gingen, in welchen sie bestanden. Ich gab mir dadurch die Gewißheit, daß ich kein Anempfinder sei.—Sie haben ganz recht herausgefühlt, daß ich mich Ihnen nicht hingab im Anfange meines vorigen Briefes. Eine klare, winterliche Reflektion beherrschte mich und gab mir Gedanken ein. Ich wollt' Ihnen einen wohlstylisirten, zierlichen Brief schreiben: ich wollte den Geist beherrschen, anstatt mich von ihm regieren zu lassen. Ich musterte meine Gedanken lange und ängstlich, und ließ sie Parade passiren, eh' ich sie vor Ihnen vorüberführte; ich wollte Ehre mit ihnen einlagen, mich als guten Exercirmeister zeigen, indem ich die Gedanken taktfeste präsentiren ließ und in schnurgrader Linie vorüberführte.—Es war doch alles nichts. much ado about nothing. Was hat der Verstand mit Ihnen zu thun, dieser Erzphilister? Er ist bornirt, er ist blind auf einem Auge; er sieht im unendlichen Reichthum der Dinge immer nur Eins, und dieses Eine, recht betrachtet, ist im Grunde seine eigne, liebwerthe Persönlichkeit, die er allein anerkennt, die er vergöttert, vor der er sein Knie beugt. Der Verstand ist der größte Egoist. In den untern Regionen des Lebens herrscht er absolut, und im Rechte hat er seinen Inhalt, seine Wirklichkeit und Geltung. Er ist aber nicht bloß Egoist; er ist schlecht und gemein, weil er das Hohe und Unendliche verleugnet und wegspotten möchte. Begeistrung scheint ihm ein vorübergehender Rausch, Seifenblasen; Über die Weissagungen der Pythia lächelt er mitleidig, zuckt die Achseln und murmelt: Unsinn, hätte was Besseres thun können.—Wer anders als er hat die Kluft gesenkt zwischen einem Diesseits und Jenseits, und so zwei Welten geschaffen, die sich nicht berühren können und dürfen? Viel ist's, wenn er dem Herzen erlaubt, die Regenbogenbrücke des Glaubens über den Schlund zu schlagen, in dessen entsetzensvoller Tiefe der Tod sich gelagert hat. Er weiß aber, daß sein plumper Fuß durch das leichte Gefüge brechen würde; darum erlaubt er nur luftigen Schatten hinüberzugleiten. Und in seine Macht war ich gegeben! Was er aus mir herausredete, hielt ich für weth, von Ihnen aufgenommen zu werden!—Nein, Sie sind nicht hart, Sie sind milde, zu milde; dafür will ich hart gegen mich sein.—Wenn aus demuthsvollem Herzen, das sich seines Reichthums nicht bewußt ist, die Frage gekommen wäre, ob das, was ich Ihnen mittheilte, Sie nicht langweilte, dann hätte sSie die Antwort, die Sie geben, verdient. Sie kam aber nur aus einem hochmüthigen Verstande. Glaubte er im Ernst die Frage bejahen zu müssen: so hätt er schweigen sollen, anstatt zu sprechen und einen fesselnden, ängstlichen Zauberschlaf zu verbreiten. Er lächelte aber selbstgefällig, verneinte die Frage gleich selbst, und dachte bei sich: ich bin doch ein leidlich kluger Mensch, wie könnt' ich jemals langeweilen! — Führ' ich Sie nicht ein in die geheime Werkstatt der Gedanken und zeige Ihnen, wie das zubereitet wurde, was Ihnen fertig zukam? Bin ich nicht offen, bis zur eignen Beschämung? Ach, ich habe Ihr Vertrauen gleich erkannt und geschätzt; und doch werfen Sie mir vor, daß ich's nicht gethan habe. Vertrau' ich Ihnen nicht das Geheimste? — ich sehe aber ein, daß ich allein an Allem schuld bin, und daß meine Ungeschicklichkeit nicht immer das rechte Wort, das einzige Medium unsers Verständnisses, finden kann. Verzeihen Sie mir, ich bitte aufrichtig darum. — Ich brach hier etwas ab, denn es war dunkel geworden. ich setzte mich in die Dämmerung, schloß die Augen und war bei Ihnen. Nein, das kann ich nicht verlangen, aß ich Ihnen das werde, was Sie mir sind. Die ganze Welt ringsum ist mir versunken, und ich lebe mein eigenstes, mein tiefstes, mein wahres Leben nur noch in Ihnen, im Gespräch mit Ihnen. Mein Denken senkt alle seine Zweige, alle seine Blätter, wie eine Trauerweide, sehnsüchtig hinab zum klares See Ihres Geistes. Am Tage kann ich nur mit Mühe an Sie schreiben; da stehen Sie mir so fern, da hat mein Gedanke so viel Schranken zu durchbrechen, so weite Wege zu durchlaufen, eh er zu Ihnen kommt, daß er müde wird, eh er bei Ihnen anlangt. Nun aber hab ich die Markisen niedergelassen, die Außenwelt ist ausgeschlossen; die Seele ist in sich zusammengedrängt, und nichts ihr unmöglich, Auch draußen ist's nun schöner; vom dunkeln Menschenwerk wird der Blick nun abgelenkt, und richtet sich empor zu den lichten Höhen. Ich brauche keine mystischen Beschwörungsformeln; mein Geist ruft sie, und Sie sind bei mir in Ihrer reinen Ursprünglichkeit und Schönheit. Ich glaube an die Macht des Geistes, und daß nichts ihm widerstehen kann, am wenigsten der Geist, wenn ihn der befreundete aufruft.—Lächeln Sie?—

Sie haben mir gezeigt, wie ich unrecht handelt an jenem frühern Freunde, der mich unterbrach, als ich an Sie schrieb. Ich hab das eingesehen, und verspreche, besser zu werden; und doch komm ich mit einem Aber angezogen. Sie werden mein Benehmen gegen Jenen weniger strafwürdig finden, wenn ich Ihnen sage, daß ich mehr mit dem „schönen Faunengesicht" meinte, als Sie herausliesen. Es war nicht das äußere Gesicht, das ihm die Natur gegeben hat, und daß man behalten muß, man mag's wollen oder nicht; sondern das innere Antlitz seines Geistes, das er verzerrt hatte zu diesen Zügen, und das er liebt in dieser Verzerrung, was mich abstieß.—Ich war blind, und sah nicht, wies in mir war; ich sucht, und wußte nicht, daß ich schon hatte, was ich suchte, bis Sie mir's sagten. Hab ich nicht ein Vaterland im Geiste, in meinem Geiste? Haben nicht alle Geister ein gemeinsames Vaterland? Hab ich nicht eine Heimath mit Ihnen?—Sagen Sie nicht selbst einmal, daß das Bedürfniß das sicherste Unterpfand der Gewöhnung ist? Aufs höchste war das Bedürfniß in mir gestiegen, mich mitzutheilen; die Schmerzen, die Freuden, die ich einsam in mir getragen hatte, auszuschütten in einen andern Busen. Meine Seele lechzte, wie ein von Gluthen geborstner Boden nach Regen [?] schreit. Und der Himmel ist milde, und schickt seine Wolken, daß sie Kühlung niederträufeln, und der Boden sich mit frischem Grün bekleide. Darum mußt ich Sie finden, darum neigten Sie sich zu mir.—Ist es denn wahr, daß ich Ihnen den Genius erwecke? Lassen Sie ihn reden zu mir die alte vertraute Sprache, die wiederklingt an den stillen Gewölben einer jungen Brust, die sich noch nicht vollgepackt hat mit Vorurtheilen; sie klingt doch fremd und gibt kein Echo in den Salons.—Wie gleichgültig, wie kalt trieben sich selbst die, die mit mir am vertrautesten thaten, vorüber; sie waren Alle viel zu sehr mit sich beschäftigt und warfen nur flüchtige Blicke auf mein Innres, das ich ihnen aufschloß. Sie durchschauen meine Schwächen. Sie sagen mir, was schlecht in mir ist; Sie haben Ihr Herz wie einen Himmel über mich ausgespannt, an dem ich nun als

Stern ziehe und meine Nahrung aus ihm sauge. O, trinken Sie mich, als Luft, die Ihnen nicht mißtraut, auch wenn sie wieder ausgestoßen wird, als schlecht und untauglich. Das Gute wird doch mit Ihrem Blute sich vermählen und durch Ihre Adern rinnen.—Drückt Sie ein Kummer, ein Schmerz, oder hab ich Sie nicht recht verstanden? Ist es nöthig, die Bitte hinzuzufügen, mich zum Vertrauten desselben zu machen, wenn Sie mich der Mittheilung würdig und fähig halten? Ich habe noch viel Raum in meinem Herzen; es würde mich kränken, wenn Sie mich vorbeigingen, und Ihren Schmerz einem Andern anvertrauten. Ist ein Kraut dafür gewachsen? Nennen Sie's nur, und ich wills holen, und wär's vom Ende der Welt.—Eine Nacht haben Sie durchwacht, um mir zu schreiben! Ach nein, das will ich nicht, das ist zu viel!—Ich will lieber entbehren, als schwelgen im Genuß, von dem ich weiß, daß er mit dem Opfer der nächtlichen Ruhe erkauft ist.—Werd ich nicht zudringlich, erschein ich nicht zu kühn, wenn ich Sie bitte, mich du zu nennen? In den Stellen Ihres Briefes, wo Sie's thaten, in überströmenden Herzen [?] milde lächelnd wie der Mond, da fand ich den rechten, vertrauten, heimathlichen Ton, wie ich ihn hören muß, um mich ganz hingeben zu können. Der klang mir wie eine Musik, die vor langer, langer Zeit gehört hat und mit Lust in sich getrunken; dann verschlingt der brausende Wassersturz des Lebens die stillen Melodien, bis wir müde werden in seinem Donner unterzugehen: da tönt leise, lieblich, wie Quellgeriesel Nächtens im Gebirge, eine Musik.—wir horchen entzückt, und es ist die alte, bekannte, fast vergessne Melodie. Die uns wieder aufnimmt in heimathlichen Frieden.—Geister sind Geschwister; was Convenienz um den Menschen gehangen hat, geht mich nichts an. Kennen wir uns, wenn wir uns begegneten? Und doch sind wir vertraut, und doch fragten Sie mich, ob ich nicht Ihr Freund sei.—

Sie glauben nicht, wie geschäftig ich jetzt bin., Mit Schaufel und Spaten arbeit ich jetzt, um die Götterbilder, die ein wüster Ausbruch mit Asche bedeckte, wieder auszugraben, und ans Licht der Sonne zu stellen, wo sie hingehören. Sie haben mir neuen Muth gemacht, den Tempel meines Herzens wieder herzustellen und ihn auszuschmücken mit den geretteten Schätzen. Ihnen vertrau ich, was ich keinem Andern, am wenigsten meinem philosophischen Freunde sagen würde, wollt ich nicht um alle meine Reputation bei ihm kommen. Ich geb es auf, mich einem Systeme auf Gnade und Ungnade zu überliefern, und mir von dem Form und Inhalt meines Denkens zuschneiden und zuwägen zu lassen. Ich zerschlage, die Ketten, durchbreche die Schranken und lasse mich vom Geiste tragen in den reinen Äther der Freiheit, der meine gedrückte Brust weitet und stärkt und empfänglich macht für neue Offenbarungen. Ein Systematiker erscheint mir jetzt, wie eine Raupe, die von einem Baume des Erkenntnisses zum andern kriecht, von dem und jenem Blatte nascht, bis sie denkt: nun ist's genug. Dann legt sie sich ruhig hin und fängt an zu verdauen: Darauf spinnt sie ihren Cocon. Weil sie alle ihre Fäden aus sich selbst zieht, glaubt sie die Welt neu aus sich heraus zu schaffen, und wird darin noch mehr bestärkt, weil ihr Gewebe zufällig rund wird, eben wie die Welt. Die Raupe ahnt nicht, daß es außer ihrer bornirten Welt noch Vieles giebt, wovon sie sich nicht träumen läßt; daß ein wahres Leben für sie erst beginnen kann durch den Tod (Hingabe an den Geist) aus dem sie aufersteht als Psycheschmetterling. — Sie wiegen sich im spielenden Glanz des Lichtes. Meine Verpuppung ist durchbrochen, und ich folge Ihnen. — Zu welcher Blume werden Sie mich führen? Ach, daß Sie's nur nicht müde werden, mit mir zu spielen, und im Spiel mir die Tiefen Ihres Geistes zu enthüllen! — Stürm ich nicht mit Bitten auf Sie ein? — Sogar am Schlusse noch trag ich eine vor. Wenn Sie an mich schreiben: reden Sie mich an; nennen Sie mich Student oder, wie Sie wollen; aber reden Sie mich an; und schreiben Sie Bettina drunter. — Nun hofft wieder von Tag zu Tag Ihr demüthiger Student

J. Döring

BRIEF 9
Bettine von Arnim an Julius Döring,
Berlin, [19. und] 22. [2.1839]

Ich kann Ihrer „Siegestrunkenheit“ nicht Beifall geben, mit Fordern ist noch nichts gewonnen. Gestern im Opernhause, sah ich die Karikatur Des Allerheiligsten, Den vacirenden Studenten, und hörte Den Ole Bul, ich ließ mich nach Dem Theater in seine Wohnung führen klopfte Abends um 11 Uhr an seiner Thüre, und ließ nicht nach mit Bitten; als Dies junge verklärte Antlitz auf der Schwelle seiner Thüre sich zeigte da reichte ich und alle Die mit mir waren ihm Die Hände; er fragte nach meinem Namen Den er nicht kannte.

Einen Lorbeerzweig, vor kurzem noch der höchste Gipfel auf dem höchsten Baum des Parthenon mir von Griechischen Studenten als Ehrenzeichen gesendet; schickte ich in Der Nacht noch dem Ole Bul mit meinem Buch, und schrieb: „Du Ole Bul hast gewaltiger und tiefer in mich hinein gesprochen als je das Kind sich vor dem Dichter auszusprechen vermochte, Drum schenck ich dir den Zweig.“ Ich nante ihn *Du* weil ich damit das allgemeine Verdienst bezeichne was er um Die Welt hat. Wollt ich auch andre *Du* nennen, wie könnte ich dann aus dem Mol ins Dur übergehen?—mit Dem Mol meine ich *Sie* mit dem *Dur* wenn ich in Ihnen Die Jugend im Allgemeinen mit *Du* anrede.

Machen Sie sich kein Gewissen von wegen „Dem Opfer meiner nächtlichen Ruhe.“ von Dem Sie glauben Ihr Genuß an meinen Briefen sei Damit erkauft. jede Zeit ist Heilbringend in Der Der Geist lebt, Der Schlaf stärckt Die abgenüzten Kräfte, der Geist wenn er Das Rechte thut stärckt wie Der Schlaf, nur der mißbrauchte Geist ermüdet Leib und Seele. Ich mache keinen Unterschied in Der Zeit wenn mein Interesse wach genug ist, um zu antworten denen Die mich fragen. sonst geschäh es vielleicht nie Da neue Interessen immer wieder die früheren verdrängen.

Hier muß ich noch eine überraschende Stelle Ihres Briefs hervor heben, von Der ich nicht begreife wie Sie Dazu kommen; Was kann Sie zu Dem Gedancken verführen, ich könne einen Kummer haben?—ich sagte: Nur Der sei Bedaurungswürdig dessen Geist nicht über seinem Geschick stände.—Nun Sie Dürfen immer von Dem meinen überzeugt sein Daß *Der* vom Geschick sich nicht überwältigen lassen würde. Das was jedem von Gottes Hand gereicht wird seis bitter oder süß; ist eine Gabe ihn zu vollenden.—Alle Verhängniße übers Herz, sind mit dem Geist aufzufassen, und so kann es immer Dabei nur Vortheil haben. Dennoch beantworte ich aufrichtig Ihre Frage Die zwar unpassend und daher eine Sünde gegen sich selber ist, die man nicht ungerügt sich selber verzeihen soll, von mir aber gern verziehen und nur deswegen ins Licht gestellt wird, weil es Sie ablenckte von Dem was Ihnen Durch mich zu Gute kommen könnte.

~~„Drückt Sie ein Kummer, ein Schmerz?—ists nöthig die Bitte hinzuzufügen mich zum Vertrauten Desselben zu machen?—wenn Sie mich der Mittheilung würdig und fähig halten, ich habe noch viel Raum in meinem Herzen, es würde mich *kräncken* wenn Sie mich vorbeigingen und Ihren Schmerz einem andern anvertrauten.“~~

Hier hab ichs ausgestrichen. Es soll nicht gewesen sein, daß Sie sich Diese Anmaßung zu Schulden kommen ließen, gegen *Mich*, die aus Ehrfurcht vor Der Bitte und Dem Vertrauen Der Jugend mit energischem Wohlwollen alles gegeben hätte was Sie wollen konnte.—und hier kann Sie schon etwas *kräncken*, was mich belangt, wenn ichs nicht thäte wie Sie es wollen?—Und hätt ich Schmerz, ich vertraute ihn Gott aber nicht dem Student.—Aber ich habe Gott nichts wie Lust und heiteren Lebensmuth zu vertrauen, und vor ihm auszuschütten das Füllhorn alles Guten was mir jeden Tag zu Theil wird. und allem was die unbefangne Jugend jeden Augenblick mir an frischen Blumen zuwirft, und jedem von allen die mir zurufen wird freudiger Gegenruf, aber keinem Hab ich Schmerzen zu vertrauen. Wenn ich Ihnen sagte, daß auch ich Ihnen zu verdancken haben wolle, so war dies weil ich erwarten Durfte Ihre Fragen würden Antworten aus mir ans Licht rufen, die Ihnen und Mir und der ganzen Zukunft heilig und eine Aufgabe reiner Speculation sein würden, ich hab Ihnen Diese Fragen in meinen ersten Briefen nah gelegt Sie haben sie mit Stillschweigen übergangen Wär mein Vertrauen eine Festung deren sich zu bemächtigen Ihr Auftrag war, man würde Sie vor ein Kriegsgericht stellen, weil Sie Die Gelegenheit versäumten, also nichts von Siegstrunckenheit, sondern Nüchterne Besonnenheit, die Sie überzeugen wird, daß dieses Übergehen gegen alle Tacktick war, ein Nichtachten meines reinen Willens meiner Großmuth, die gern mit vollen Händen giebt, ohne zu fragen, wem?—

Wenn ich Ihnen sagte daß ich lange schon Desjenigen harre der mit Geistes Augen Die Welt ansehen und von mir lernen solle das was andre zu berühren sich nicht getrauen, mit seinem Geist zu fassen, so war dies in Ihnen Dem Zufall bescheert den ich ehre aber es war für Alle.—Sie haben Diese Anregungen leichtsinnig übergangen, Sie haben die Blätter trotz meiner Warnung mit Rechtfertigungen angefüllt, oder mit anderm was auch liebenswürdig und schön sein mag was mich aber abspannt, und abzog vom Bedeutenden was ich allein weiß zu dem was jeder andre Ihnen eben so gut sagen konnte.—Entschuldigungen oder Rechtfertigungen sind überflüssig, denn ich dencke nichts von Ihnen, ich dencke für Sie und Alle.

Die Wahrheit ist gar wunderbar, alles ist Trug was nicht Sie selber ist, und sie selbst ist die höchste Weisheit, und Wir alle sind Unweise, und Gott vermählt in der einfachsten Wahrheit sich mit dem Menschengeist, daß der emfange von ihm und ans Licht gebäre. Und das ist der ganze Lebensweg, Das Licht nicht untern Scheffel stellen, mit dem reinen Strahl des Wissens die Schatten zu bannen.—Und Sie selber habens gewiß erfahren daß in den lichtesten Momenten in Denen Die Jugend ewige Begeistrung möcht trincken diese Schatten sie bedrohen; warum gingen Sie nicht auf diese loß auf die ich Deutete, vielleicht wären sie vor mir geflüchtet. Aber Sie haben sich vor ihnen gescheut weil Sie nicht vor mir bekennen wollten: „Hier steht mir Der Verstand still.“.—Vielleicht ist mir auf anderm Weg beschieden Ihnen zu geben was Sie bedürfen. bleiben Sie mir freundlich gesinnt.

Bettine.

am 22ten

Ich ließ den Brief bis heute liegen; um noch einmal zu erwägen ob er vielleicht zu hart sey. Wünschten Sie vielleicht ich hielt Sie für zu schwach, und diesen zurück?—Nein gewiß nicht.

BRIEF 10
Julius Döring an Bettine von Arnim,
Berlin, 23.2.[1839]

Gnädige Frau!

Ich singe jetzt: „Ein Veilchen auf der Wiese stand." Es ist ein lustiges Lied; warum kann ich dann nicht lachen?—Es ist traurig, wenn man mit dem Kalender nicht besser bescheid weiß, wie ich. Einmal sucht ich im Herbst, und nun gar im Winter den Frühling. Es kamen [?] auch warme Tage; kalte folgten; und der Winter hat Recht.—Streichen Sie mich nur aus in Ihrem Gedächtniß, wie Sie's mit jener Stelle thaten. Es war ein Spielzeug, mit dem *„das Kind"* spielte, und nun ist's weggeworfen.—Es ist Nacht jetzt, wo ich schreibe. Der Morgen wird wieder kommen und die Sonne mit ihm; wenn sie auch nicht alles wiederfindet, was sie verließ.—Vive le changement!—Der pauvre honteur will lieber verhungern, als um ein Almosen bitten.—Leben Sie wohl!

JD

BRIEF 11
Bettine von Arnim an Julius Döring,
Berlin, o.D. [23.2.1839]

Ich denck deine Sinne sind wach und glücklich während Du singst, und erheben von Wollust getragen sich über Beifall und Danck.

Du bist mir wieder gut, ich mag deine Gunst nicht wieder verscherzen, und will mich zusammennehmen daß ich einst sagen kann, *der ist mein!*—Das reizt mich. Ich mache keine

Ansprüche wenn ich dich mein nenne Du gehst weg und stehst nicht mehr mir gegen über, aber wohl der Zukunft die Alles von dir [?] will. O laß dies der Vergangenheit das Wort reden die alles geben will.

Frag deinen Genius ob ders erlaubt daß Du ohne Rückhalt dich mit mir einlassen darfst.—Du wollest nur zu mir hingehen, an Den Ort wo der offne Kelch deines Herzens zufällig einen Thautropfen auffing der vom Frühlingswind mit süssem Saamenstaub geschwängert. war nur wegen Den vielen Blumen Die da wachsen und dem Thau den der Wind dort aus ihren Kelchen auf dich schüttelt, wollest Du hingehen zu mir, die du zu Früh für dich geboren weißt; um dich in der Vergangenheit zu wiegen. So trags deinem Genius vor.

BRIEF 12
Julius Döring an Bettine von Arnim,
Berlin, 24. 2. [1839]

Gnädige Frau!

Ihr Billet hat mich überrascht, und, weil dieß, überrumpelt. Ich ließ Ihnen sagen, ich würde kommen und wußte kaum, was ich sagte. Ich werde mir die Ehre nehmen, sagt ich zu Ihrem Bedienten. Sie werden also die Ehre haben, verbesserte er meinen Ausdruck. Ihre Bedienten verstehen mehr von Höflichkeit, als ich.—Ich bin wild aufgewachsen, und scheu, wie ein Waldvogel. Nur im grünen Busche kann ich singen, wie's mir in die Kehle kommt. Ein alter Dompfaffe wollte mir einige Kunststücke beibringen. Ich hab es aber nie über den Anfang und einzelne Töne hinaus gebracht.—Ich kann nicht kommen: Entbinden Sie mich meines Wortes. Verlegen, stumm, linkisch, dumm würd ich vor Ihnen stehen; und Sie würden mich auslachen. Ich würde befangen sein, und kaum ein Wort vorbringen können. Was soll ich mehr noch sagen? Ich fürchte mich vor Ihren braunen Augen. Wollten Sie mich schon einmal vor ein Kriegsgericht stellen und wohl gar erschießen lassen: so afficirte mich das nicht sonderlich, denn ich wußte, daß es mich freisprechen werde, wenn es meine

Vertheidigung gehört hätte. Die Zuversicht hab ich jetzt nicht; ich ließe mich wortlos verurtheilen.—Wenn Sie mich gesehen haben, werden Sie sagen: Geh, du warst und bist dumm, anmaßend; ich will mit dir nichts mehr zu thun haben. Ich bin nur frei, und stark und kühn unter meines Gleichen oder wenn ich im Geiste allein war mit mir: da kannt ich keine Schranken, da war mir nichts zu hoch und steil. Gesellschaft: fürchterlicher Name; Visite, wie ein Regenschauer überfiel mich der Gedanke. Ich habe weder das eine, noch das andere gesucht, und gemacht hier in Berlin.—Ich klingle an Ihrer Wohnung; der Portier öffnet. Ich frage, wo Frau von Arnim wohnt; man weist mich zurecht. Ich klopfe an Ihre Thür: Sie rufen herein. Da steh ich vor Ihnen, und kann kein Wort vorbringen. Sie sehen mich an, und fragen nun? und sagen: sooo!—Nein, ich kann nicht kommen.—Und doch, welchen Köder werfen Sie dem scheuen Vogel vor: mit Ihnen allein zu sein, vor Ihnen sich aussingen zu dürfen!—Vielleicht macht mir der Abend mehr Muth. Sollt ich nicht kommen: so denken Sie, daß ich im Geiste bei Ihnen bin, wie schon so lange; und daß ich nun Sie zu kennen, Sie kennen zu lernen kaum nöthig habe.—Farewell.

JD

BRIEF 13
Julius Döring an Bettine von Arnim, Berlin, 12.3.1839

Gnädige Frau!

Soll ich Ihnen nicht einen Gruß zurufen an diesem schönen, sonnenfrohen Tage?—Sie fragten mich gestern: ob ich nicht dichte? Ich wußte wohl, daß ich in der frischen Gluth der Begeistrung, als in Halle zum ersten Male Ihre Briefe gelesen, auch ein Sonett niedergeschrieben hatte. Heute sucht ich und fand's[.] Soll der Waldhornist Ihnen ein Abendständchen bringen?—Hören Sie!

An Bettina.

Vertraut und fremd geworden und geblieben
Ist mir die Welt, seitdem mir aufgegangen
Das Hohelied, das deine Lippen sangen
Dem Dichter, dem du zugewandt dein Lieben.

Aus mir heraus in mich zurückgetrieben
Hab ich an Einsamkeit mein Herz gehangen:
Da kühlt mir kaum der Abend Gluth der Wangen:
Im Himmelsroth seh ich sie abgeschrieben.—

In dieser Stille schütteln ihre Schwingen
Die, Tön', in's Herz gebettet; dunkle Klüfte
Und Strom, und Wald, und blaue Höhen klingen,

Im Wollustschauer zittern leise Lüfte.
Verhallend, aufwärts deine Melodieen,
Als Sterne blinkend, nun am Himmel ziehen[.]

Berlin, am 12 März 1839. JD.

BRIEF 14
Julius Döring an Bettine von Arnim,
Berlin, 14.3.[1839]

Soll ich noch antworten? klopfet an: so wird euch aufgethan. Wenn der Ton, den Sie erklingen ließen, an meine Brust schlägt: so kann nur mein ganzes Herz antworten.—Glaube ist der feste Ankergrund, in dem unser Schiff wurzelt, und der es festhält, wenn die Fluthen es umtosen. Ich glaube, daß Sie mir die Wahrheit sagen; daß es Genius im warmen Neste meines Herzens des Flüggewerdens harrt, wo er sich dann Ihnen nachschwingen wird.—Ja, jetzt glaub ich's fest. In Stunden der Begeistrung sprach ich auch wohl schon zu meinem Genius: nie will ich dir untreu werden; und ehe der Hahn dreimal gekräht hatte, hatt' ich ihn dreimal an die Philister verleugnet und verrathen.—Wüßten Sie, wie Ihre

Blumen allein im Garten meines Herzens blühen und duften! Aber die blaue Blume, die letzte: ich weiß nicht, sollt' ich sie pflanzen, sollt ich sie auf der Brust tragen? Sie duftet mir, wie ein Märchen.—Vergangenheit und Zukunft sind nichts: nur die Gegenwart *ist*. Auf ihrem Boden blühte die Vergangenheit; ihr Schoß umfängt den Keim der Zukunft.—Soll ich noch antworten? Ich kenne nur Eine Antwort in ungebundner und gebundner Rede:

Wer aus dem Dunkeln plötzlich sieht in's Licht:
Der wird zuerst, geblendet, nichts erkennen;
Es wird der Glanz ihm in den Augen brennen:
Er wendet sich, bedeckt sein Angesicht.

Doch ist das Auge Sehnsucht nach dem Licht';
Gern will das Licht Apostel sich ernennen;
Sie suchen sich, auch während sie sich trennen;
Sie finden sich, die Welt, gestaltet, spricht.

Auch ich ging meine Wege hin im Dunkeln,
Und wußt' es kaum, und hörte kaum die Frage:
Warum deckst du dich zu mit Finsternissen?

Da, plötzlich, ward ein Schleier weggerissen;
Ein hell'res Licht brach an als das am Tage,
Und, was erst schmerzt', jetzt freut mich scharfes Funkeln.

Wann darf der Student kommen?

JD.

BRIEF 15
Julius Döring an Bettine von Arnim,
Berlin, 17.3.1839

Zwei weiße Tauben zu Ihnen flatternd. Ist dem Dichter nicht Vieles erlaubt, was andern Menschen nicht gestattet wird?—War ich zu kühn oder eingebildet, so lassen Sie's mich nur wissen, daß ich heut Abend *nicht* kommen darf. Bis 8 ½ Uhr werd ich hangen und bangen.

Kennst du den Garten?

Als sich die Morgenröthe niedersenkte:
Da sah ich waldbewachsne Hügel steigen
Aus einem Garten; Baumeswipfel schweigen,
Bis Licht und Rede Phöbus ihnen schenkte.

Dann kam ein Morgenlüftchen das sich drängte
Durch dichte Büsche, Klang in grünen Zweigen,
Zum Thale stieg, wo Blumen still sich neigen,
Weil sie mit Thau sein voller Becher tränkte.

Das wär für Nachtigalln ein Ort zum Wohnen
Bei Duft und Blumen unter Laubeskronen,
Da, *wo sie Niemand suchen wird und ahnen*.

Verhaltnem Odems würden Blumen lauschen;
Die Bäume leise, und als Echo, rauschen,
Nur an Gesang, nie an die Welt, sie mahnen[.]

Wie stolz die Lieder sind, die schwachen Klänge:
In deiner Seele Symphonie zu klingen,
An deine Seite sich hinaufzuschwingen,
Als sei ihr Platz dort, ferne von der Menge!

Wie stolz die Lieder sind, die schwachen Klänge:
Geduldig lassen sie, statt wegzuspringen,
Von Hyacinthen Opferduft sich bringen,
Als ob ihr Werth sich solchen Lohn erzwänge!

Nein, nicht die Stolzen nenn' ich mehr die meinen:
Sie hätten, was sich ziemte, wissen müssen,
Sie ließen kalt vom Lichte sich bescheinen,

Sich ungerührt von diesem Hauche küssen.—
Wär ich, wo sie: ich wäre, düftetrunken,
Zu Füßen dir, und dir ans *Herz* gesunken[.]

Berlin d. 17 März 1839. JD.

BRIEF 16
Bettine von Arnim an Julius Döring,
Berlin, o.D. [18.3.1839]

Blonder! mit ihren Silberschwingen haben sie die Nacht den Strahlenkreis mir angefacht mit dem Du mich umzogen.

Heut Morgen, wollt ich gleich reden mit Dir, da kamen viele hinter einander, denen mußt ich Rede stehen und das verhielt meinen Gedancken zu Dir den Athem.

Lieber Blonder!—zu Füssen wolltest Du mir fallen und dann ans Herz?—Ach!—frühere Gelübde verhindern dies.—Wie gerne wollt ich sonst!—Hier meine Beichte; Am Tage wo ich übermüthig Sünde hat begangen, da trieb am Abend, Bangen mich aus meinen Wänden. Ich ging die finstre Straß entlang, vorbei, wo mein Gewissen ich verhaftet fühlte, ein Blick auf zwei verhangne Fenster war mir aufs Herz gefallen, und trieb mich wieder hin zur Schwelle, und Dort—so einsam wars, kein Stern am Himmel, kein Laut nah oder Fern; es war recht still;—Die Geister konntens hören was ich gelobte. *„Immer zu Füssen liegen Ihm, an Dessen Herzen ich, eben mich versündigt hatte, wollts mir gewogen bleiben.*[“]

Es blieb gewogen, war nicht gestört durch meine Sünde. Ich muß nun auch, ich kann nicht anders, an jener Stelle liegen wie ich gelobte.—Du stehst auf heitrer Höh, die Nebel unter Dir, Die eine Weile Dich umkleidet, mit sanftem Morgenduft, sie ballen sich zu Deinen Füssen und küssen sie, sie lösen ihr Gelübde, und wolltest Du ans Herz sie heben,—Thauthränen wärens des reinsten Seegens auf Stirn und Brust, der hohe Mittag wird, sie trocknen.—Und Du!—wenn Nebel Dir zu füssen lagern so dencke ihrer, die sich Bettine nent, und Deine Freundin.

BRIEF 17
Julius Döring an Bettine von Arnim,
Berlin, 19.3.1839

O Bettina!

Die Gedanken steigen mir auf und ab, und schwanken hin und her, daß ich nichts unterscheiden kann. Nur das Eine seh ich klar, daß ich heut Abend nicht kommen kann.—Übermorgen Nachmittag oder Abend reis ich ab von hier—von dir. Soll ich nicht noch einmal dich sehen schleierlos und ganz, daß ich dein Bild rein in die Ferne trage?

Berlin d. 19 März 1839.

BRIEF 18
Bettine von Arnim an Julius Döring,
Berlin, 19.[3.1839]

Warum bist Du nicht gekommen?—

Und hab auf dich gewartet—und warte noch—und mein Athem hindert mich zu lauschen ob Du kömmst, weil mirs Herz so schwer ist, Denn Du kömmst nicht, denn es ist schon zu späth Und Doch was soll ich anders thun bis ich dich wiederseh, als warten.—so gings der Psyche wenn sie die Arbeit von neuem mußt beginnen.—Du kennst mich nicht—sonst hättst du mirs nicht gethan. Morgen wenns wieder Nachmittag ist und ich seh den Tag sich brechen in Der Dämmrung dann wird mirs leichter sein, jezt bin ich traurig.

Was muß ich doch durch dich gewahr werden in mir, wovon ich nichts wußte; es ist mit Schmerzen verwebt, die mir neu sind ich muß es hinnehmen ich habs gelobt.—Ich sag Dir alles,—ja ich sags, und wenns auch blos ein Spiel meiner Phantasie wär, daß ich so bin und daß Du es bist.—Die Bettine ist kalt, aber die leiseste Wunde schmerzt in der Kälte und entzündet sich, und brennt so sehr! und Thränen fliesen.

am 19ten

BRIEF 19
Bettine von Arnim an Julius Döring,
Berlin, 20. [3.1839]

am 20ten

Gestern war Dein Haus schon zu, meine Zeilen kamen zurück, später noch kam Dein Abschied.—Komm, wenns Nacht ist, dann wart ich bis Du kommst, komm und bleib lang.—Was willst Du?—ja ich wills!—Die Dornenrose an Die Brust Drücken?—ja!—ich will sie küssen mit ihren scharfen Dornen Die mir's Herz ritzen, komm! ich wart auf Dich wenns Dunkel ist biß Du kommst. Wem klag ichs wenn Du fort bist Wie Weh das thut[.]

Du hast heises Blut sagst Du, ich hab kaltes Blut, ich fühl schmerzlicher was brennt.

BRIEF 20
Julius Döring an Bettine von Arnim,
Berlin, 20.3.1839

Ja, du hast mich lieb, Bettina, ich weiß es, ich fühl's.—Was soll der Zweifel, daß Alles nur ein Spiel sei der Phantasie, daß du *so* bist, daß ich *so* bin? Ist Liebe nicht die Macht über das Leben, die uns zu dem macht, was wir noch nicht sind? Was wär sie sonst?—

Als ich vorgestern Abend nach Hause kam: fand ich deinen Brief. In tausend Irrgänge führt er mich, aus denen ich mit Schmerzen den Ausgang suchte und nicht finden konnte. Ich floh in die Arme des Schlummers: auch da erschreckten mich Träume. Gestern am Tage lag Alles in einander: Schmerz, Zweifel, Trennung. Ich konnte nicht kommen. Am Nachmittag lief ich hinaus dem Schnee und Wind entgegen. Das machte mich still und ruhig. Am Abend wurd es mir so kühl und frei in der Brust: da kam die Muse. und sprach zu mir. War ich nicht bei dir gestern Abend: hat es dir keine Stimme gesagt?—

Ich komme heut Abend, wenn die Sterne blinken, die heiligen Wächter der Menschengeschicke. Sie werden auf uns blicken durch alle Nebel und durch alle Wolken.—Mich anzusagen, eilen vorauf die Grüße, die mir die Musen anvertraut haben, dir zu bringen.—Nicht mehr richte ich meine Gedanken auf den schlafmützigen, eingebildeten Götzen, den die Verkehrtheit auf den Thron der Welt heben will: jetzt bet' ich wieder zu den Musen, und sie erhören mein Gebet durch freundliches Niedersteigen; daß ich's thun kann, wem verdank ich's als dir?—

Die Musen seien zwischen dir und mir. Jedes Wort, das sie nicht hören können, sei Lüge und Sünde, wie denn alle Sünde nichts ist als Lüge.—In wenig Tagen nimmt mich ein erbärmliches, beschränktes Philisterleben auf in seinen Familienschooß. Da gilt es Ausdauer zeigen, und mit Muth die Wasserprobe bestehen.—Da muß ich wach sein, wenn die Tempelschänder auf den Altar, über das Opferfeuer meines Herzens, das du mir von Neuem angefacht hast, ihren Kochtopf stellen wollen; wenn sie mit Pflügen angezogen kommen, um meinen Blumengarten umzuackern und ein Kartoffelfeld draus zu machen.—Wächst mir ja der Philister über den Kopf: so geb ich dir das Recht, nein, ich bitte dich, mich zu vergessen.—Auch der Philister wird dann froh sein, zu vergessen, was er gedacht und gefühlt hat, seit er dich kannte.—

Was ich will?—Die Liebe zwischen uns kann und darf nie vollkommen und fertig sein. das, was Andre abschreckt, reizt mich, da es mir Bürge ihrer Dauer ist. Wenn der Faden des Seidenwurms, der uns, kaum sichtbar, verknüpft, zerschnitten ist von der Atropos; so werden seine Enden nicht verflattern. wie im fortwachsenden Leben wird ein anderer Seidenwurm eine Laube um uns wölben aus tönenden Silberfäden.—

Zum letzten Mal ist's, daß ich an dich schreibe aus so großer Nähe, daß mir ist, als sähst du mir zur Seite, auf mein Papier.—Fast will mich das traurig machen, daß es bald nicht mehr so ist. Was soll aber Trauern? Was will die Klage? Wenn ich nur weiß, daß du mich lieb hast, daß du mir die Pforte meines Herzens öffnest, so oft meine Gedanken daran klopfen: so ist Alles gut.—

Hoch auf dem Berg' geboren ist die Quelle,
Der Erde Liebling, hat sie gleich zu wallen
Hinab zur Tiefe heimliches Gefallen,
Gemach und spielend drängt sich Well' auf Welle.

Sie überhüpft des Waldes Klosterschwelle.
Drin blühen Blumen; ernste Stimmen schallen.
Sie weilt nicht gern in kreuzgewölbten Hallen,
Statt schwülen Dunkels liebt sie Luft und Helle.

Im Sonnenschein aufjauchzend hört sie rufen
die Tiefe; stürzt hinab des Berges Rufen.
Fühlt sich zu jähem Sturze fortgezogen.

O, breite nun den schaumgewebten Schleier,
Natur, um deiner Quelle Liebesfeier,
Und wirk hinein des Friedens schönen Bogen.

Das ist des hohen Sommertages Gluth,
Wo kleiner Wolken weiße Friedensfahnen
Zu Schwertern werden dunkler Centimanen,
Und mit der Erde kämpft der Erde Brut;

Wo zitternd jede Blum' im Staube ruht,
Die Bäume flüsternd Sturmes Rütteln ahnen,
Und Donner murmelnd an das Wetter mahnen,
Das flammenträchtig zieht herauf mit Wuth.—

Auf keinem Berg', auf Lenzeshügel steh' ich,
Hinauf zum Himmel, dich erblickend, seh' ich;
Die Brust klingt weich und hell, wie eine Flöte.

Wenn aber graue Nebel, welche schleichen
Dort unten, thalwärts, meine Brust erreichen:
Nimmst du mich auf, du liebe Abendröthe?

Ich halte dich, unsichtbar, doch mit Macht,
Umkreise dich mit meiner Töne Reigen.
O, sprich ein Wort; sag' nur: Ich bin dein eigen.
Ich hör's im Schweigen, sprichst Du's auch so sacht.

Dann sei, als Morgengabe, dir gebracht
Ein Blütenkranz von goldnen Himmelszweigen;
Tief in der Erde Schachten will ich steigen,
Gesellen irdische und Himmels Pracht.—

Du aber öffne mir des Herzens Garten:
Wo Tags gepflanzt, des Abends die Gedanken,
Wie Fabelblumen um den Mond sich ranken;

Wo Erd' und Himmel ineinander glühen,
Und alle Finsternisse farbenblühen.—
Wie will ich lieben ihn, und treulich warten!—

O Worte, die mir nicht gefallen,
Die nur ein Herz, versagend, spricht:
Du willst um mich als Nebel wallen;
Gestaltlos lieben kann ich nicht.

Warum der Freude Quell verstopfen?
Du sagtest: zög ich dich ans Herz
Du könntest nur als Thräne tropfen
Auf Stirn und Brust mir, niederwärts

Laßt mich an deine Brust nur sinken.
Gewiß; du bleibst kein Nebel mehr.
All' deine Thränen will ich trinken:
So wird dein Himmel wolkenleer.

Berlin d. 20 März 1839. JD.

BRIEF 21
Julius Döring an Bettine von Arnim,
Wolmirstedt, 27. und 28.3.1839

Aber der Schmetterling, der erste den ich sah in diesem Jahr, was wollte der heute? Noch ist's ja nicht Frühling draußen, noch blüht keine Blume, noch grünt kein Blatt, auf das er sich setzen könnte, und noch wehen kalte Winde, und nur die Sonne scheint schon warm. Ich dacht an dich, Bettina, der ich nur so frei bin heute Vormittag, als ich im Garten hinter dem Hause auf und ab ging. Da schwang sich spielend der Schmetterling über die Planke, und flatterte wie scherzend, um mich. Wollt er ausruhen von langem Fuge auf der einzigen Blume, die weit herum blühte, auf meinem Herzen, das sich, wie die Sonnenblume, beständig zu dir hinwendet, der stillen Nachtviole, die nur des Abends duftet wenn die Philister an's Schlafen denken und des Nachts wo sie dem Monde un den silbernen Sternen ihre Seele zuhaucht? Da war es mir als sei der Schmetterling ein Gedanke von dir zu mir herüber, der sich verkörperte, und den die Geister der Luft, die dir unterthänig sind, mir zutrugen. Ist heute nicht Mittwoch und war ich nicht vor 8 Tagen bei dir, wo du mir beim Abschiede den Ring gabst, du, Bettina? — Da setzt ich mich gleich nieder um an dich zu schreiben und einen von den vielen Briefen, die ich in Gedanken an dich gerichtet hatte, wirklich und ersichtlich zu machen; denn ich weiß nicht, ob meine Gedanken auch zu geflügelten Boten werden, glaub's aber nicht, weil du dich sonst nicht würdest retten können vor den Schaaren von bunten Schmetterlingen, die dich umflattern würden. —

Kaum kann ich weiter schreiben; denn von der Straße herein zur Stube ebner Erde, wo ich schreibe, schallt Geschrei spielender Kinder, und im Zimmer nebenan schwatzen und lachen heut zwei junge Mädchen, die mich ganz aus dem Concept bringen. Hätt ich nur ein einsames Plätzchen, wo ich ungestört an dich denken könnte; könnt' ich meine Sinne verschließen vor dem alltäglichen Treiben, das mich umschwirrt und ängstet, und ich sag das nur, damit du dich nicht wunderst, daß meine Handschrift etwas weniger fest und wie hingezittert aussieht. —

Ich sehe deinen Ring an: da kommen mir die Gedanken. Mir ist wieder, als sei ich noch in Berlin, und hätte eine Einladung zu dir. Da zieh ich an der Schelle; der Portier öffnet. ich steige die beiden, nun schon wohlbekannten Treppen hinauf. und klingle. Das Herz pocht mir, wie jedes Mal wenn ich zu dir ging. Der Bediente öffnet; ich frage Ist Frau von Arnim zu Hause?, und kann mir doch selbst die Frage bejahen. Mantel und Hut lege ich im Vorzimmer ab und lasse mich anmelden. Ich soll eintreten: da find ich dich entweder in der vorderen Stube, wo du Lieder von Göthe die du selbst componirtest, oder Lieder für die Landshuter Studenten am Clavier gesungen hattest. Dann gingen wir in die hintere Stube; da setztest du dich aufs Sopha und ich mich auf einem Stuhl dicht daneben, und nun sprachst du, während ich meiner Muse zuhorchte. Wie war's aber das vorletzte Mal, daß ich dich sah? Da stand die Lampe, als ich ins Zimmer trat, am Fenster, trauliche Dämmerung rund umher. Du standest am Ofen und zogst mich an's Herz; wir konnten nicht sprechen. Darauf setzten wir uns; ich hielt deine Hände in meinen; in die Augen einander sehen, das war unser Gespräch. Endlich sagtest du: o Gott die Zeit verstreicht, und ich hätte dir viel zu sagen. Wie eine Traumwelt überschattet mich der Abend, nur die Hyazinthen blühten, und der Flieder feine langen, schwanken Blüthenzweige zu uns herniederbog. Aus dem Busen zogst du den Ring, und stecktest ihn mir an den Finger und sagtest: dein Name sei innen eingegraben. Da küßt' ich erst deine Hände und dann deine Lippen.—Wie war ich traurig in meinem Glück; denn während ich kaum ausruhte im Schooße deiner Liebe, trieb mich das Schicksal schon wieder fort, in die Ferne.—Als ich in meiner Wohnung war küßt ich ganz still und scheu deinen Ring, denn mir war, als müßt er verschwinden bei jeder rohen Berührung.—In der Nacht träumt ich, ich hätte Alles nur geträumt, was ich am Abend erlebt hatte; mit der Frage: ach, was fang ich an, wenn das nur geträumt ist? erwacht ich am nächsten Morgen. Da fiel mein erster Blick auf den Ring, und ich wußte, daß Erlebtes war, was der Traum mir als Traum vorgespiegelt hatte. Das machte mich unendlich froh und heiter. Ich sang die lustigsten Lieder und dachte gar nicht an den nahen Abschied. Da kam dein Zettelchen. Auch in dir fand ich dieselbe Stimmung. Der Mensch sollte nie traurig sein. Melancholie hängt Blei an die Flügel des Geistes; bannt ihn in seines Geistes Bergwerk, abgeschlossen vom Tageslichte; nur die Geister der Tiefe sind traurig, die Geister der Höhe sind lauter Lust und Freude und spielen im Sommenglanze. Kaum wurde des Abschiedes gedacht. Ein letzter Händedruck und Kuß und: Ade!—Auch ich wußte nichts von Thränen, von fürchterlichen Schmerzen; mir war als taumle ich von einem Göttermahl nach Hause, als schlüge mein Herz in blühendem Lenze wie eine Nachtigall, als böge sich mein Haupt unter der Last von frischen, grünen Kränzen.—Ich dachte: Müßt' ich des Wunsches mich nicht schämen,

Und wär's des Segens nicht zuviel:
Tagtäglich möcht' ich Abschied nehmen.
Weil mir sein Schmerz so wohl gefiel.

Am Freitag Nachmittag ging ich noch einmal, zum letzten Male unter den Linden. Als ich von deiner Wohnung, nachdem ich sie fest meinem Gedächtnisse eingeprägt hatte, fortging, kam's mir vor, als säh ich dich aus der Thür nach der Oper zu schreiten. ich dacht' aber: nein, sie kann's nicht sein, du hast dich wohl geirrt und ging dem Brandenburger Thore zu. Lange war ich noch nicht gegangen, da rief's in mir, und wenn sie's doch wär, möchtest du sie nicht noch einmal sehen? Rasch dreht ich um, die Linden hinauf, eben als ich das Opernhaus erreichte, ging der bunte Mantel hinein.—Abends um 10 Uhr reist ich ab; zwei gute Bekannte geleiteten mich zur Post. Der Himmel hing voll schwarzer, regenschwerer Wolken; die Nacht war kalt. Ich hüllte mich in meinen Mantel und schlief bis wir in Potsdam ankamen. Dann weiter war's gethan um meine Ruhe: da weckte mich der Schmerz, und eine Schaar trauriger, schwarzbeflorter Gedanken. Das dehnte und wühlte, und zerrte in meiner Brust, daß sie's kaum ertrug. Nur einen Brosamen von des Reichen Tische, nur einen Lichtstreifen in der Finsterniß seufzt ich. aber die

Nacht blieb dunkel; ich war sehr traurig. In Berlin knüpfte mein Herz an deins ein kurzer, leiser Faden: da brauchtest du nur zu locken: so war dein Vogel bei dir und konnte dir ins Auge sehen, und den Laut deiner Stimme hören. Nun aber—mir war, als würden alle Fibern und Fasern meines Herzens gedehnt und schmerzlich gestreckt, daß der Faden nicht zerrisse, der mich mit dir verknüpft.—Warst du nicht der Gipfel meiner Jugend, meiner Freiheit und meines ungebundenen Strebens? Nahm ich nicht, indem von dir, auch Abschied von der schönsten Zeit meines Lebens? Nun drängt sich das Philisterleben näher an mich, das ich mir bisher fern gehalten hatte, das ich keinen Blick hatte thun lassen in mein Innres, dem ich nicht einen Augenblick meiner Zeit bisher geopfert hatte. Jetzt soll mir sein langweiliges Tagewerk als mein Beruf gelten, nur Stunden und Augenblicke der Muße, zur Erholung will's mir erlauben mich dem hinzugeben, in dem allein ich mich heimisch fühle, in das hinein-und-hinüberzuwachsen alle Keime sehnsüchtig geschwellt sind. Jetzt soll mich nicht mehr der Flug der Begeistrung dir nachtragen, Bettina, du glänzender Paradiesvogel, der in beständigem Fluge die Erde nie berührt; jetzt soll ich langsam und bedächtig mich durch den Staub des gemeinen Lebens hindurcharbeiten. Die Quelle, die oben auf dem Berge lustig klang an Gestein, und Blumen küßte, silberhell und rein, in muntern Sprüngen forthüpfte, soll jetzt geführt werden durch den stehenden Sumpf des Philisterlebens. Wird sie da ganz rein und klar bleiben? Wird sie nicht zuletzt kühl und verständig geworden, den Kopf schütteln über ihre frühere Ungebundenheit und Wildheit?—— Soll ich so werden? Willst du das, Bettina? In die Wüste gestoßen, weiß ich wohl Oasen, aber die Wege dahin kenn ich nicht: wer wird mich dahin führen? Wer kann's, wem folgt ich als dir?—Sei du nur bei mir und mir zur Seite: so fürcht ich nichts, nicht einen Sirocco, der Staubwolken aufwirbelt; so fühl ich nicht den Brand der Sonne; denn deine Rede ist wie ein Trunk Wassers für die lechzende Zunge.—Du stehst mir bei; ja, das glaub ich.—du sagtest ja: du hättest mich lieb, und ein ander Mal: was ich in deinem Namen mir antwortete, wenn ich im geist mit dir spräche, das solle sein, als hättest du's selbst gesprochen.—Liebhaben; wie ist das, wenn ich dich lieb habe? Herr Dr. Carrier ist gleich fertig mit einer Normalantwort: in der Liebe liebt man nur seinen eigenen Genius. So wäre ja die Liebe Egoismus, und man sieht nicht ein, warum man, um sich selbst zu hätscheln, eines Andern bedarf. Liebe ist Demuth, ist Hingabe völlige. Sie will des Jochs loswerden; es wird geschenkt, genommen. Es ist nicht mehr heimisch in sich; und sucht es sich selbst, und findet sich ganz anders wieder, kaum erkenntlich, mit fremden Zungen redend.—Wenn nicht Kälte meine Finger erstarrte und ein Schleier vor meinem Gehirn hinge: so könnt ich hier manches sagen.—Warum schweigen Liebende und lassen die Augen reden? Warum machen sie das Licht und nicht die Luft, den Schall zum Boten von Einem zum Andern?—Eine neue Welt ist's, in welche die Liebe einführt; die athmen wir ein, und versenken sie heimlich und schweigend in die Brust. Das sind herrliche Gestalten, die sich da bewegen zwischen den plötzlich aufgeschossnen Tempeln, freundlich und stumm sich neigend, gehen sie umher in der neuen Stadt Gottes. Das Leuchten ihrer Gewänder wirft weit hin ihren Schein und strahlt aus den Augen. Alle aber sind noch begnügt in sich, sie wollen noch nicht geweckt sein im grünen Grase, wo sie ruhen. Da ist kein Verlangen aus sich heraus zu treten: Alles sanftes Schaukeln und Wiegenruhe.—

Eben hör ich die Straße hinab die Post rasseln.—Wenn ich dich nur nicht abziehe von Höherm und Größern, Bettina, daß ich dich bitte, mir bald zu schreiben, sei's, was es sei.—Den nächsten Monat werd ich noch im elterlichen Hause bleiben. So erhalt ich in dieser Zeit, so wie überhaupt immer wenn ich keine besondere Adresse gegeben habe, einen Brief von dir, wenn du bei meinem Namen bemerkst: abzugeben beim Gerichtsrath Döring zu Wolmirstedt bei Magdeburg;—du ahnest kaum, welche Freude ein baldiger Brief machen würde deinem

Wolmirstedt d. 28 März 1839. JD.

BRIEF 22
Bettine von Arnim an Julius Döring,
Berlin, [25., 26., 30. und] 31.3.1839

Ich hätt gleich am ersten Abend Dir schreiben sollen, denn was ich zu Dir Dencke gehört Dein, Du bist starck Die Wahrheit zu fühlen. nicht wie andre. Du welkst nicht im Feuer. Der Demeter im Arm liegst Du. Wahrheit ist Feuer und macht unsterblich; sie fliegt auf von mir zu Dir wie Samenflocken. Wie hab ich mich aus dieser Geistversargten Zeit heraus gesehnt, und nun Der Keim hervorbricht ist Dencken zu Dir sein Leben, sonst nichts.—so wills der in deinem Herzen mich aufkeimen ließ, und nun laß mich drinn ergehen, laß mich erruhen in meinem Glück.—Ein neues Dencken ists. Nicht Witz, nicht Klugheit; nicht wie Menschen Dencken, werden Wir sein. Du und ich.—Noch bin ich blind, aber ich vertrau daß mich der Geist leitet. und Du?—Einziger Der mich sieht, der mit stillem Vertrauen mir lauscht mit Den Sinnen mich aufnimt, die in Flammen aufrauschen über meinem Wort.—laß uns freudig sein, Wir Zwillingskeime in einem Feuergedanke dem Genius erglühend, zugleich angefacht von seinem Odem.

Lieber ich erwach aus Träumen, Diese Worte, sie sind nichts,—Samenflocken, Der Genius weht sie zu Dir.—eben wars noch Montag, und nun nach dem kurzen Traumversinkken, ruft der Wächter schon Drei Uhr in Der Nacht. Drei Tage Drängen sich schon zwischen Uns.

Der Fuß der so lang schon auf meinem Schreibtisch stand ich hab ihn oft angesehen, zerstreut und in Gedancken, oder wenn manchmal ein Flüchtiger Klang der Sehnsucht mich aufregte und konnt nicht fassen was ich meinte, dann haftete mein Blick unwillkührlich auf dem Jünglingsfuß; im Beschauen seiner strengen Formen beschwichtigten sich meine Sinne die manchmal das Unmögliche wollten. Am Abend wo Du von mir gegangen warst, hätt ich auch gern Das unmögliche gewollt, mein Blick haftete am Fuß wie auf der Spur des fliehenden Tritts den man hätte fesslen mögen, immer!—jezt steht Der Fuß an meinem Bett mit Schneeglöckchen umpflanzt, Winterblume Die dem Frühling Trotzt. versteh ich

Den Fuß?—ich küsse ihn beim Einschlafen wo ich Gelübde lösend der Nebelwolke gleich Dich umwog mit Gedancken die dann in Träumen, segnend zerrinnen. so tröst ich mich, um deine Nähe Die Du mir genommen hast. Und der Genius erfaßt mich Thaudurchdrungen Sonnedurchglüht mich, die ich, Schritt vor Schritt folge ihm der Gelübde bildet in meinen Sinnen, und wiegt mir den Geist daß der ihm einschlafe im Arm, unter seinen Küssen zuckend träumend, nicht erwachend.

Der Genius will daß alles Wahrheit sey—und warum nicht!—hab ichs gefühlt im Busen, in der aufgehenden Liebe zu Dir, leise Nebel umhüllt Deinen Pfad umwallen, hab ichs sehnlich gewollt, so solls auch wahr sein. Alles soll wahr sein zwischen uns beiden aller Traum, jeder Wunsch endlich soll mächtig für uns einstehn; das ist der Liebeszauber, Dem sind wir hingegeben und glauben an seinen Winck, aber nicht andre, wir nur fühlens angehaucht von ihm.—Ja wir sind glücklich wir beide Thautruncknen.—Und wie Der Wind aufbraußt und in Die Ferne jagt, so steigen Gelübde auf die jagen zu Dir. und der Genius erläßt mir keins, er lehrt mir sie alle lösen, erweitert den Kreis dieser Flammengewandeten, Schaumkreisenden, die ihn umwogen. und kein Zagen verdrängt mein Ahnen ich werde sie alle erfüllen.—Dein Geschick nehm ich auf mich.—Auf meinen Armen werd ich doch tragen können den ich liebe da ich so viel trage was mich nicht rührt, und schlepp es zur Stätte wo es die Menschen hinwollen. Über den Erdkreis hinauf tragen an meinem Herzen, das Herz was pocht von meinem berührt, wahrlich das will ich. und bete freudig zum Genius der so mich beglückt durch Heldengluth die er mir ins Herz sprüht. das ist Wollust, die zu fühlen, nicht wahr?—Sei Du aber aufrichtig, und sag mir Deutlich von Dir was ich wissen muß.—Was Dir im Weg steht, sprichs aus ohne Hehl, du hasts versprochen, alles mir zu vertrauen, denn ich kann dir vielleicht einen Weg bahnen wenn Du mir alles auch das Geringe in deinem Schicksal vertraust, das ist kein Verrath an andern wenn Du mir alles sagst denn ich will nimmermehr zulassen daß du einen andern Weg gehest als der Deine Natur heiligt. Drum will ich alles wissen.—du hast einen Weg zu gehen, anders wie Andere, Du siehst es deutlich, schon im Eingang, wo Meteore gewaltiger innerlich aufleuchten. was meinst Du?—Ich hab Deine Gedichte gelesen, jeden Abend seit Du weg bist. ich erwachte in Der Nacht, zum Durchlesen und Durchdencken nicht aus Liebe, denn ob ich auch liebe Die wars Doch nicht, denn ob auch mit Liebe emfangen, die Frucht gestaltet sich doch aus eignem Lebenstrieb, und es entspringt mit physischer Gewalt im Geist was aus der Emfindung hervor ging; so ist dein Wort Fleisch in mir geworden.—ich könnte Dirs noch anders sagen, aber Du verstehst mich, alle Wahrhafte Emfindung trägt die Macht des göttlichen Schalls „Es werde" vorwärts in die Zukunft und wenn tausende singen, so ist doch nur Der der wahre Dichter Der Durch die unmittelbare Wahrheit seiner Emfindung dieses göttliche Werde in sich trägt.

Ich hab keinen Lebenshauch mehr emfunden in Der Poesie seit Damals Die Sonne mir unterging wie Goethe mich verworfen hat. Denn Der hat mich auch verläugnet, aber meine Liebe war grösser als sein Irrthum.—jezt hauchst *Du* lebendig in mich, wärs nicht so, dann liebt ich dich nicht, denn was bewegt mich dich zu lieben?—Wollen wir festhalten aneinander, so müssen wir zusammen auch Ewiges erwerben; Denn Lieb die nicht Ewiges erzeugt vergeht, ob sie noch so sehr nach Ewigkeit schmachte.—Denn nur im Erzeugen wird Die Ewigkeit errungen.—Und Leben ist nur Trieb nach Unsterblichkeit, sonst nichts, ist Leben. Viele singen seit der Dichter auf reinem Wolkensteg seinem Volk entwandelt ist. Aber ich, die Hüterin ist jenes verlassnen Sitzes, und der Zeichen genug thue um erkannt zu werden, als Die Macht hat zu binden und zu lösen, ich bin ihnen nicht Deutlich.—sie sagen zwar, ich habe ursprünglich, was andre Durch Forschen und Folgern erst erringen. aber Daß ich darum noch ganz Anderes habe in mir davon ahnen sie nicht, und wer nicht ahnet Wer könnte Den erleuchten!—aber Du hast mich geahnt, und wie sollt ich doch der Lieb entbehren, da ich in ihr nur mir selber gegeben bin, so hat deine Liebe mich aus dem Schlaf geweckt daß ich den Blick in mich richte, den Schatz zu heben den Der Dichter mit vergöttlichten Sinnen, von seinem Volke scheidend, versöhnend in mich gehaucht.—und ich will Dirs geben, sei Dichter; und lass von Deinen geweihten lippen, nimmer den Rhytmus entströmen, als nur was Du im Augenblick fühlst und erlebst, denn nur im Lebendigen kann Unsterbliches sich gestalten.—

sei tief wahr, sonst kannst Du nicht über Den Wolken fortschreiten wo er voranging; und Goethe ist nichts als nur durch die Wahrheit. Die Lüge schwindelt, aber Die Wahrheit schreitet auf den Wassern, und durchwandelt Die Lüfte, und es ist so, Daß nur der ganz aus dem Geist der Wahrheit sich erzeugt, Dichter sein kann und Drum bin ich Dir gegeben daß alles was andre läugnen oder mißverstehen in mir für Dich sich spiegle. ja in meiner Brust wirst du Dich Durchspiegelt emfinden in allem was deine Sehnsucht sich erzeugen möchte, eine Wahrhaftigkeit von Der Natur erzeugt und genährt, die keiner philosophischer Bekräftigung bedarf, um ihrer sicher zu sein.—auch in deinen Worten sei ganz einfältig zu mir damit Du ja nicht die Wahrheit verscheuchst, die allein Dich mir giebt dies heise Verlangen Dich zu haben ist ja die Beschwörungs-formel des Genius die Wahrheit in Dir aufzurufen. und kein Geist ersteht, er sei denn heiß aufgerufen von Der Wahrheit.—O lieber!—Der Genius spricht, nicht ich.—Sey mir gut, ich flehe,—auch ohne Den Genius sei mir gut; denn ich bin nichts ohne Dich, ich danck Dir alles, und der Danckt der will die Liebe.

Der Mensch ist geboren ins Erdenleben, einmal, aber ins Geistes-Leben erzeugt sich einer im andern immerdar erneuend.

Du glaubst an Die Sterne die Sterne werden wieder an Dich glauben, und dir vergelten, denn alle Natur giebt, die wir mit dem Aug des Verlangens anschauen, und was thut die Liebe anders als den Geist anerkennen im Geliebten und ihn auf sich wirken lassen, drum, die Sterne wirken auf dich weil deine Liebe ihren Geist aufruft. und selbst die Gebilde Deiner Phantasie werden eigenmächtig, und wirken mit ihrem Geist auf dich, wenn deine Liebe ihn anerkennt und ihn aufruft. und das ist der Zauber von dem Die Menschen fablen und nichts wissen. denn Der Mensch nach Gottes Ebenbild geschaffen, hat Macht zu erzeugen im Geist, eigenmächtige Gewalten, die angezogen von seiner Liebe ihn beglücken. und darum soll er Weisheit suchen die aus der Wahrheit hervorgeht, daß er weisheitsvolle Gewalten schaffe. so Du mich, und ich dich, wenn Wir wahrhaft bleiben. lange Jahre war ich getrennt von einer solchen Gewalt, die meine Liebe in früheren Jahren aufgerufen hatte aber weil ich unwahr nicht in Dem Element verharren konnt wo Die Geister uns begegnen Ach ich war gar zu allein. Meine Liebe ist Umgang mit jenen Geistern die mein Kinderglaube einst anlockte im Kloster am einsamen Ort, und blühendes reifendes welkendes in der Natur mir aussprach was Die Geister mir einprägten, ich emfands wie nährende Kraft, wie Saame mir in Die Kinderbrust gelegt, und nun ich Gedancken habe die selbst mich belehren, und allein mich belehren, da ich keine andre Quelle trincke der Weisheit, als blos Geisterhauch, so fühl ich, das ist die Frucht jener früheren Hingebung. und bin erfüllt, selig, ja trunken vom Geisterathem-trincken. Siehst du, Das nenne ich frei sein vom Bösen, im Element sein meiner Natur, das ist nicht grad eine und Dieselbe Stätte früher Wars Sonnenaufgang heises Brüten in der Mittaghitze und kühles Thautrincken, und Nachts rief michs vom sichern Lager, hinaus auf steile Mauern wo ich keck den Sternen Trotz bot, daß mir nicht schwindle, frei stehend auf dem schmalen Raum der Thurmmauer wie ihnen auch nicht, Dort in der tiefen Höhe; und heimlich dachte ich mir sie müßten doch wohl meine Verwandschaft mit ihnen anerkennen und so wie Du in Deinen Selbstgesprächen für mich geantwortet hast, so antwortete ich mir in jener Namen, ach da gabs seltsame Reden, und Verheisungen. ja Die Sterne schworen auch, alles solle Wahr sein was ich mir in ihrem Namen betheure. Was haben die mir denn nun versprochen mit meinen eignen Lippen?—vielleicht daß sie mir wieder begegnen wollten, so wie damals am weiten Himmelsraum nur unsicher und schwanckend in ihren Strahlengeberden einst mir nah zu treten im engen Raum wo ich sie fassen könne und Deutlich und genau in ihren Zügen lesen, was sie meinen; und wollten meine sehnsüchtige Begierde stillen ihr Licht zu trincken. Ach, ich wollt es nicht nur trincken, aus Lichtdurst, ich wollt zwischen Den Strahlen durch mich an sie Drängen, geharnischt stählern und kühl, und zusammen klirren mit ihnen. Das war nicht unterwerfende Liebe blos in mir; es war auch eine überwindende gewaltsame, die mir Feuer aus dem Geist schlug. und die geheime Lust zu zwingen was ich liebe, war in diesem Trieb bekundet. damals hat sichs gleich offenbart in meinem Wesen mit Goethe, so unschuldig bewußtloß ich war, über den Geist in mir. so sehr und oft von den Menschen, meiner Dummheit überwiesen, und meiner unverständlichen Neigungen (die Wahnsinn schienen) wegen beklagt und verdammt; was ich sorglos zugestand; so war ich gleich mit Ihm auf einem Festen Fuß, keinen Augenblick scheute ich zu sagen ich weiß alles besser als Du! das sezte den Goethe freilich in Erstaunen er begriffs nicht, daß ichs keck und ohne Überlegung sagte: Ich will Dich belehren, ich kann von Dir nicht lernen du kannst von mir lernen, er war sogar zornig auf mich, wenn ich von seinen Lippen weg ihm seine Weisheit abstreifte wie ein kalter Wind die Blüthen abstreift. und dann ihn anglänzte mit meinen Augen und mit meinen Gedanken in ihn hineinprallte, er wehrte sich gegen meine Küsse weil ich den Stamm geschüttelt hatte und des Laubs und der blüthen beraubt.—aber dann war an mir die Reihe schmerzlich süsser Hingebung, ich legte mich vor Ihm nieder am Boden, und war nicht boruhigt, er sezte dann, den Fuß auf meine Brust, daß ich seine Schwere fühlte dann wandelten sich die Thränen in Lust und heiteres Lachen, ich umfaßte so am Boden liegend seine Kniee, und sagte:—„so lieb ich Dich, und willst nicht einmal von mir Dulten daß ich den Geist an Dir auslasse?[“]—da war er auch reuig und voll Lust, und wollte alles gern von mir annehmen; und zog mich ans Herz, aber dann hatte sich die Weisheit in Küssen verwandelt. Ach lieber Blonder, wie schön war Das!—Wie hatten Die Sterne Doch ihre Gelübde gelöst, wie kräftig ließen sie sich mit mir in Streit ein, und schlugen das elecktrische Feuer aus meinem Geist, der Weisheitszornig loßraste siehst Du, das war Das Sternengelübde, was ich im Kelch der Liebe zu trincken bekam, und wenn ich denn hinaufsah ans Firmament und sah die da oben, die vor wenig Augenblicken sich angesogen hatten mit des Dichters Lippen an meine, dann schauerte mir;—und auch einmal—am lauen Sommer abend, bei offnem Fenster, da hatte er meine Brust geküßt, und auf einmal sagte er: hör wenn Du abends dich auskleidest und Die Sterne leuchten wie jezt, so lasse sie auch dich anleuchten, dencke daß die Sterne dich geküßt heute mit meinen Lippen, und daß ich dann dich wieder küsse mit ihren Strahlen wenn Dus ihnen gestattest in einsamer Nacht daß sie dich anleuchten.—das sagte mir Goethe, er auch emfand, es waren Die Sterne es waren Die Geister, die aus allem sich erzeugen was lebt, denn Daß die Sterne strahlen das ist Lebens Geist den sie ausströmen Geist aber ist selbstständig so wie er angezogen wird vom Leben so bemächtigt er sich auch desselben und wirckt auf es, mein Wille trat mit den Sternen in Streit weil ich sie fassen wollte und ich packte sie mit meinen Augen an ihren Strahlen fest die sie zu mir ausliesen, da waren die Strahlen Geister. die mit mir zusammen Die Gelübde lösend ihrer Natur, eins wurde denn alles Leben ist Gelübde, es ist ein Binden und ein Lösen durch welches neue Phasen eintreten; neue Schöpfungen, denn wo Lebendige Bewegung ist im Geist da stocken nimmer die Erzeugungen und in Dir und mir auch, ich hab schon lange auf dich geharrt, dir alles zu geben was Sternenstrahl von Oben in mir erzeugt und solltest du dich auch wundern,—Ach nein Du wirst dich bald nicht mehr wundern alles wird Dir deutlich und Natürlich scheinen, aber das Alltagsleben Das wird dir bald unsinnig scheinen. Du bist mir verheisen durch die Sterne in dir sammelt sich das Element in dem Die Geister mit mir verkehren, und fürchte dich nicht.—Du weckst die Wahrheit in mir mit deinem Geist der auch Wahrheit ist, und du hast Gewalt über mich daß ich meinem Gewissen folge wenn es auch noch so unerhörtes mir zumuthet. bleibst du mir und fürchtest dich nicht so werden sie näher treten und Deutlicher sprechen die Geister.

Ich küsse Deine Hände und mir wogen Thränen im Herzen weil ich geküßt bin von Dir. geschrieben am Mitwoch in der Nacht.—

Und heute am Sonnabend früh kommt dein Brief, ich sehe daß ich dir alles in Diesen vorläufigen Blättern beantwortet habe was du fragst, und mehr noch vielleicht, ja bau auf mich mit deinem ganzen Lebensgeschick, ich wills wenden, die Sterne müssen parieren, sie müssen Dir geben frei zu sein um Deiner Tiefsten Geistesbestimmung nachzugehen denn so solls nicht sein daß du dich beugst, dein besseres Selbst aufgiebst um der Chimäre Willen eine Ernährungsbahn zu beschreiten die gar nichts ist als nur das auflösen alles dessen was unsterblich macht. ich hab ein Beginnen, das heist einen Anfangsfaden für dich in Händen wenn Der dir zusagt—aber dazu schreib mir Deutlich mit dem Buchstaben der gemeinen Lebensverhältniße schreib mir, wie ist dein Vater, wie stehst du zu ihm wird er Dir nachgeben, wenn Du ihm einen Vorschlag den ich Dir machen will ans Herz legst. wenn Du ihm sagst, zu deiner Ausbildung sei Dir ein Antrag gemacht der Ehrenvoll sey, auf ein Jahr allenfal[l]s, ohne Kosten für ihn von höchster Wichtigkeit für Dich, deinen Wünschen vollkommen entsprechend deine Anlagen erweiternd, dich mit bedeutenden Menschen in nahe Verbindung setzend. wenn du ihm das alles vorlegst, ihm zugleich darlegst, wie nach einem Jahr, Dir und ihm ja nichts verloren sey. glaubst Du im Guten mit ihm dich zu verständigen—das schreib mir, laß sonst deinem Vater noch nichts aus.—als vielleicht nur, das Du noch Wünsche für Deine Zukunft habest. pp—weiter nichts—wenn Du mir hierauf geantwortet haben wirst dann wollen wir weiter gehn im Text.—Wie konntest Du nur Dir einbilden ich sei an jenem Abend in Die Oper gegangen?—wie warst Du *dumm!*—nein! einmal gehe ich nicht an öffentliche Orte ohne in Begleitung meiner Familie. dann an jenem Abend war ich bei Dir, und ich auch war versuncken in die Erinnerung jener Augenblicke und war ganz bei Dir, wärst du heraufgekommen. da hättest Du mich gefunden an Der Stelle auf dem Soffa wo ich oft mich in dich hineinträume.—Wir haben uns zusammen gefunden die himmlischen haben uns zusammen geführt, du hast auch einen Geist von ihnen geweiht, du sollst nicht versincken ich will Dich durch die Sandbäncke durchschiffen, und wie ich manche Kunst geübt, manche Sprache, regiert, ja manches Herz schon gelenckt habe von Denen ich keine Vorübung Wissenschaft und Kunde hatte, und habs weiter gebracht, so will ichs auch mit Dir vollenden. ich bin keinen Augenblick im Zweifel es werde mir gelingen schreib mir Deutlich, fasse Dich, daß du einfach bist wie mit deinem Stubenkameraden, der ich von herzen bin; im tiefsten Sinn bin ich dir

31te März 1839 ergeben Bettine.

BRIEF 23
Julius Döring an Bettine von Arnim, Wolmirstedt, o.D. [3.4.1839]

Endlich hab ich wieder Ruh und Muße dir zu schreiben. Alles im Hause schläft und schnarcht; ich allein bin noch wach und die Stille der Nacht ist die Wiege meiner Gedanken zu dir.—Am 1st April erhielt ich deinen Brief, am 1sten April! Meine Gedanken wogten dir gleich zu wieder in Antworten und Sorgen. Ich hatt auch am Vormittag Zeit und Gelegenheit; aber am 1st April! Am andern Tage war ich mitgeschleppt zu einem Balle; dann langweiliger Besuch uswusw. Aus dem Schutte dieser umwölkten Tage laß mich meine Götter graben.—Dein Brief ruhte auf meinem Herzen; alle Tage las ich ihn; nun leg' ich ihn zu meinen andern Schätzen.—

Meiner Schwester hab ich deinen Briefwechsel mit Göthe zum Lesen gegeben. Sie ist entzückt von dir, und spricht oft von dir. Sie sagt wohl zu mir: Wenn ich nach Berlin komme, Bettinen möcht ich sehen; möcht ich sprechen; dann wieder: ach! nein, ich will doch lieber nicht hingehen, ich bin doch viel zu dumm; was sollt' ich sagen!—Siehst du, wie du die Jugend mächtig berührst, und in ihren unbefangenen Herzen immer eine Saite anschlägst, die Dir Gruß und Dank zuklingt!—Und doch, was zieht sie an in dir? Ist's dein ganzes Wesen, die spielende Weisheit, oder nur das Spiel mit der Weisheit, die sich dir in der Liebe, und durch sie offenbarte?

Dein naives, unmittelbares und rein natürliches Wesen; Poesie, die ihr als stilles Lüftchen das Haar leicht kräuselt und den Duft vieler Blumenbeete zuträgt, muntre Schalkhaftigkeit, zieht sie an. Sie faßt nicht mehr von dir. So ist ja Alles gewesen, was die weisen Kritiker über dich herausspintisirt haben. Immer war's nur Eins, nur eine Seite, die sie in ihrer Bornirtheit hervorhoben, bald dein Verhältniß zu Göthe, bald deine Poesie, bald deine Philosophie.—

Will ich nicht mehr, bist du mir nicht mehr als alle andern Menschen? Warst du mir nicht gegenwärtig in Allem, liebt ich dich nicht deiner ganzen Natur nach? Von da an wo du sagst im Böhmengebirg: ich faules Kind, bis da, wo dir der Genius die tiefsten Offenbarungen eingiebt: möcht ich das Geringste missen? Und wenn ich dich so aufnehme, Bettina, ganz und rein, mußt du mich nicht lieben mehr als alle Andern? Und du thust es, ich weiß es, ich fühl's; die Stimme, die mir Antwort giebt, wenn ich heiß und brünstig frage, sagt mir: ja.—Du dankst mir, du bittest, weil du dankst, um meine Liebe; dir weckt meine Hingebung und gläubiges Aufnehmen den Genius, daß er in neue, unbekannte Regionen eindringe. Wie soll ich dir aber danken, du, die du mir den Geist allein aufrecht erhältst, daß er nicht in Lethargie versinke, wie's immer sonst war, wenn er angehaucht wurde täglich vom Moderdunst des faulen Philisterlebens? Hast du mir nicht einen Port eröffnet, in den ich hineinsteuern kann? Hast du mir nicht eine Stätte in deiner Brust bereitet, in der Alles, was mehr in mir ist, Leben gewinnt, und das Falsche und Schlechte von selbst abfällt?—

Du wärst reich auch ohne die Liebe zu mir; ich wäre ein Bettler ohne die Liebe zu dir, ich wär eine Welt ohne Gott, ein Himmel ohne Sterne, eine Wiese ohne Quell, ein Dichter ohne Muse.—So ist wohl Liebe gegenseitiges Danken; gegenseities Bedürfniß, Frühlingskuß der schlummernden Geister.—Gegenseitiges Erzeugen in ein höheres Element ist sie. Da ist kein Mensch, der durch sich selbst würde zu dem, was er werden kann und soll. Das eben ist der Geist, daß er nicht sei verschlossen in eines Menschen Brust. Wie soll ichs sagen? Er will ein sinnliches Dasein haben, ein leben in Andern;—ich stammle.—Aus Liebe hat Gott die Welt geschaffen und den Menschen. Vernehmlich tönt der Pulsschlag seines Herzens für den, der Ohren hat zu hören. So hält die Welt Gott seine eigne Seligkeit entgegen und schmiegt sich an ihn und zieht sie an[s]* Herz. Da weiß man kaum noch wer der Schöpfer und wer der Geschaffne ist.—Ist Liebe nicht recht eigentlich gegenseitiges Erschaffen und Gebähren?—Das werden Wenige ahnen, was uns zu einander führt, und Niemand wird's glauben, wenn wir sagen, daß es die Liebe ist.—Wahre Liebe dürstet nach dem Trank der Unsterblichkeit. Was wissen die gewöhnlichen Verliebten davon?—Ich kann nicht weiter schreiben. Ich denke nicht mehr, ich träume nur noch. Ich habe mich gebettet in dein Herz, und du wiegst mich still in Schlummer und goldne Träume.—

Ich hatt' in's Herz den kleinen Keim gelegt
Der Liebe still, in jüngstverflossnen Tagen.
Ich fühlt' ihn freudig starke Wurzeln schlagen,
Von raschem Wachsthum innerlich bewegt.

Nichts hemmt das Streben, einmal erst erregt:
Als Baum seh' ich den Keim zum Himmel ragen,
Und Sonn' und Stern' als goldne Früchte tragen,
Von seinen Zweigen alle Welt umhegt.

Wie klein erscheinen nun der Erde Gipfel!
Sie ruhn, wie Kinder, unter seinem Wipfel,
Mir ist, als ob's aus Zweigen säuselnd riefe:

„Nun bist du frei, an Wahrheit nur gebunden.
Hast du mich recht als eignes Selbst empfunden:
So offenbart sich spielend alles Tiefe."

Nur das Wahre ist ewig; wie Wahrheit dann der Gott ist, der zur Erscheinung kommt. Wer liebt, der will die Wahrheit, weil er Ewigkeit will. Wahrheit will gesucht sein; um sie darf man nicht markten und feilschen; Hingebung will sie; wer sie nicht ganz aufnimmt ist nicht in der Wahrheit. Wahrheit wohnt im Himmel, und da ist sie das Verlangen wirklich zu werden auf der Erde durch uns. Liebe ist die Kraft, die uns nicht ermatten läßt im Fluge zu ihr, die uns tragen hilft die schwersten Lasten.—Schlicht und einfältig soll ich sein, wenn ich zu dir spreche, weil du fürchtest, daß ich die Wahrheit verscheuche durch Prunk von Worten. O, laß mich die Wahrheit aussprechen, wie ich's vermag: der Frühling spricht auch nur Eines aus; er ist auch nichts als: Es werde. Das wird offenbar in Quellgeriesel, im Gesang der Vögel, in Keimen und Blühen. So laß auch meine Gedanken ausschlagen in Blüthen und Bilder; wenn nur die Wahrheit bleibt. Lüge ist Rauschgold; das sieht auch aus wie Gold, ist aber nur Schaum und knattert nur; Wahrheit ist ächtes Gold, das hat Kern und guten Klang.——

Dichter laß mich sein und werden; nur in der Welt der Dichtung fühl' ich mich heimisch; sie hat auch eine Wahrheit, wenn sie der gemeine Verstand auch nicht ahnt und begreift.—Das Alltagsleben ist mir schon längst wie unsinnig erschienen wie ein Treiben von Narren, die übereingekommen sind sich für klug zu halten. Früh kam ich vom elterlichen Hause fort, eh' ich noch eingeschult war in den Fernen des gemeinen Lebens, die den gewöhnlichen Menschen fesseln bis zum Tode. Das Leben in der großen Handelsstadt an der Elbe kam mir wunderlich vor; ich ließ es sein wie's wollte, es berührte mich kaum. Ich war still, in mich zurückgetrieben, wo in den Busen eine Traumwelt sich niedersenkte, in der ich mich erging. Auf Augenblicke glaubt' ich dieser Welt, und dem, was sie mir mittheilte. Nirgends aber fand ich außer mir eine Bestätigung derselben; um mich herum bewegte sich ein Leben, das ganz andern Gesetzen, einer ganz andern Ordnung gehorchte. ich wurde irre an mir; die Kraft und der Muth, mir selbst zu folgen, verließen mich. Ich wollte mich in Verbindung setzen mit der Außenwelt, ich wollte mit ihr reden, wenn auch nicht auf die gewöhnliche Weise. Mir selbst nicht mehr vertrauend, sah ich mich um nach einer festen Grundlage und Stütze, nach einer Rüstung, die mich schützen sollte gegen die Streiche des Lebens. Nicht zu fremd durfte das Gesuchte sein der Welt, die ich aufgab: ich glaubte es in der Philosophie zu finden. Ich ergab mich einem Systeme; ich wollte nichts mehr anerkennen, als was da hineinpaßte. Die Natur sprach nicht mehr zu mir. Doch, in Augenblicken der Einsamkeit: da überschlich mich ein wehmütiges Gefühl und die Frage ließ sich nicht abweisen: ob das Errungne der vielen Opfer werth gewesen sei; ob ich gewonnen hätte, was mich ganz erfüllte, daß der Geist kein weiteres Verlangen hätte? Dann brach wohl meine eigenste Natur, fast wider meinen Willen hervor, wie ein verstopfter Quell, und es klangen mir im herzen Worte, die die Mauth der Philosophie nicht hätten passiren können. Da sang ich:

Nicht im Dichterflug erschlaffe!
Mußt dich hoch und höher wagen.
Eine Götterwelt erschaffe
In dem Busen, ohne Zagen.

Andre laß am Boden kleben,
Ruhn in nebelvollen Klüften.
Laß den Busen hoch sich heben
In den himmlisch reinen Lüften.

Hast auch Du vom Gift getrunken,
Mitgefühlt den Schmerz der Zeiten:
Nur in Ohnmacht nicht versunken,
Mußt dir Gegengift bereiten.

Halt den Schmerz dir klar vor's Auge
Mach das Dunkel licht und helle.
Auch aus gift'gen Blumen sauge
Honig zu des Liedes Zelle.

Nicht zur Tempelschänderrotte
Schmachgefallen laß dich dingen.
Du, gieb Raum dem innern Gotte,
Laß den Geist von ihm durchdringen.

Und nicht lange wird es währen,
Schon durch Dämmerungen schweb' ich,
Wird er völlig dich verklären,
Und du sagst: Im Lichte leb' ich.—

Was sprach ich da vom innern Gotte? Könnte mir die Philosophie ihn geben, ihn nur erklären? Ich selbst wußte nicht, wer er war, aber ich fühlte ihn und diente ihm. Weiß ich's nun? Bist du's, willst du's sein, Bettina?—

Ja, jetzt seh ich's, es war der Geist, der die Schranken des Systems durchbrach, in welche der Hochmuth des absoluten Denkens die Welt eingehegt hatte. Es war das Werdende, das sich aus dem Erstorbnen und Abgeschlossenen entwickelte. Es war ein Lockruf zu dir, zu deinen Füßen hin, um von deinen Lippen Weisheit zu trinken, die keines weitläufigen Apparats und Gerüstes bedarf, um zu sein und fest zu stehen.—Wer geben kann ist es dem nicht Freude zu geben?—O, Bettina, laß uns fest an einander halten.

Geschrieben an dem Tage, wo ich vor 14 Tagen zum letzten Mal bei dir war[.]

BRIEF 24
Bettine von Arnim an Julius Döring,
Berlin, o.D. [4.4.1839]

Lieber Student! auf deine speculativen Gedancken über Liebe und Weisheit, geb ich dir zur Antwort: Wahrheit ist ideale Gewalt in ihr erzeugt sich der höhere Mensch ins ursprünglich Göttliche; das ihn wieder gebären wird, in der Lüge erzeugt sich der Mensch wie Unkraut, von selbst und in Fülle, aber kein Gott ist der ihn wieder gebäre. Nur in der idealen Gewalt erscheint der Gott im Menschen; Und Du, im Lebenseingang fühlst dich zu ihr hinüber gezogen.

Ich möchte Dich nicht verwirren, ich möchte recht einfach mit Dir reden; Du mußt Dich selber belehren, dadurch daß Du *wagst*, was Du *denckst*. Wer kann dich hindern, selber dich zu erzeugen im Geist?—Warum nicht, so gut wie jener der sich Meister wähnt und Lehrer kannst auch Du deiner eignen Anschauung mit freudiger Zuversicht folgen?—Warum zagen der eignen Wahrnehmung zu trauen, der eignen Mahnung zu folgen. Das geistige Auge ist ja sehend, wie das leibliche. Du willst mir folgen?—Nun wohl, lerne Dich selber fassen und alles Geheimniß tieferer Offenbarung wirst Du in dir selber wahrnehmen. Dich selber fassen?—wie ist Das?—einfach!—erst besinne dich und präge Dir fest ein Das Ideal deiner eignen Natur, denn die allein ist deine Wahrheit das andre alles ist Lüge, von der scheide Dich ab, und was in Dir diesem Ideal nicht entspricht wird vor dem reinen Willen weichen, dich selbst eigen zu erfassen, und das ist nur, zu vollbringen zu was Du Die Aufforderung, den Trieb in Dir fühlst, und nur durch diese eigenmächtige Entwicklung kannst du das einzige gewinnen, und zwar in seiner Urform, als reinstes Ideal, weswegen der Mensch Aufforderungen und Prüfungen mannigfacher Art erfindet; nehmlich: *Charackter* Nie einen Widerspruch in sich zu erfahren dazu müßte die Seele frei sein, und gepanzert wie ein Held aus Gottes Haupt springen, aber auch Der Gott mußte eine Schwangerschaft erdulten ehe er dem Menschen die Weisheit gebar.—Zähle Du nicht darauf du werdest ohne Wancken auf lichter Bahn bis zum guten Ziel gelangen, das Du nur aus Ahnung noch nicht aus Überzeugung ins Auge fassest. daß nicht Zeiten kommen wo Du über dich selber im Dunckel, voll Zweifelmuth sein werdest. Aber der echte Heldencharackter ist bald darüber erhoben, und wird starck in sich Und wäre ein Held, der nicht erst Durch Kämpfe dazu geworden?—Drum ist dies innerliche Feld voll aufsteigender Phantome der Zweifel und Aufregungen des Geistes eigentlicher Tournierplatz auf dem er seine Kräfte übt. Einbildungen und Hinderniße sind jene Riesen jene Ungeheuer und Tückischen Zwerge die der Ritter früherer Zeiten mit gefeieten Waffen bekämpfte, wahrlich das grösseste Ungeheuer ist Vorurtheil und Aberwitz der Allgemeinheit, dieses hat alle Posten besezt und läßt den reinen Sinn nicht Durch er muß ersticken, im Dampf von Egoismus und bornirter Furcht, das ganze lebendige Leben ist ausgesperrt durch Etikette, die bald für Tugend bald für Sitte, bald für Pflicht oder für Nothwendigkeit, bald für Schicksal gelten muß.

Wahre Leidenschaft die nur in solchen sich erzeugt und behauptet in welchen Die Natur sich selbst in höherer Begattung regeneriren will, ist als Verderben und Versündigung gestempelt, und da ist Keiner von Den Philistern den die heiligen Ahnungsschauer überfielen wo ihnen einer begegnet den Die Götter durchwandlen, und ihrer Macht aus ihm leuchten. Da ist keiner Der da zagte das Ungewöhnliche zu verletzen wo es sich verklärt zeigt; nein sie sind alle bereit mit Hebel und Stange den zu verfolgen der sich seinem Genius nachschwingt; was ist denn Ideal? — ist es nicht die Urmelodie nach welcher die göttlichen Erscheinungen in sinnliches Leben übergehen? — soll Die nicht widerklingen in unserer irdischen Natur aus Der Wir hervorgingen? — Und der Dichter in dessen Geistesspiegel das Menschenideal sich verklärt oft in geistigen Bildern, das sinnliche Lebensprinzip, oft mit sinnlichen Gewalten Durchsezt wonach die geistige Natur ewig lechzt, Du auch lechzest, und dein Geist will sich tränken. — und alle Poesie ist nur Lechzen Des Geistes. — jener Ariosto, hat aus Durst die Ebentheuer, die Lust, den Übermuth, mitten im irdischen Bedarf, gesungen sein Geist hat mit SchöpferDrang gerungen, in jener idealen Gewalt (Wahrheit) seiner selbst mächtig zu werden. — die Menschen nennen Fabel jene Helden Die der Dichter erzeugte. Sorgloß um die nächste Zukunft, mächtig jedes Augenblicks brachen sie hervor wie die gefüllte Blüthe die ihre Knospe berstet um ins Licht zu dringen. Gewand, Speise, irdischer Bedarf, nicht bedacht. — Der war kein Edler unter ihnen, den Die Sorge um Irdisches einen Augenblick in Anspruch nahm. Auf ungebahnten Wegen in der Wildniß, sicher, die Ebentheuer die ihrem Geist, ewiger Frische Kühnheit hervorrufen werden Ihnen dort aufstossen, schritten sie vorwärts, so wuchs der freie, der Heldengeist im irdischen Leib, aus dem er hervorbrach in so voller Blüthe, und alles überragte. und selbst aus dem Bettler-Gewand, aus der Raserei der himmlische Lebensfunke leuchtete und alles umher zur Demuth zwang. Wir aber haben kein ander Ziel mehr als unsere Felder zu pflanzen; um Daß Rüben ohne Zahl gedeihen, sorgen wir daß Wir sie zu rechter Zeit düngen, und da ist kein Koth zu schlecht, wir befassen uns Damit, weil Wir Nutzen und Entschädigung in unsern Rüben erwarten die wollen Wir umsetzen in Purpur um unseres Geistes Bettlerblöse damit zu Decken, und Ansehen und Macht anzuwenden, auf Was?—Wieder auf Koth, denn Feuer schlagen, werden wir nicht mit Irdischem, aus dem Geist. Wir können also nur mit Koth im Koth für Koth leben.—und statt das irdische Bettlergewand, mit des Geistes Heldencharackter zu sprengen, verhüllen Wir unsern Bettler-Geist mit der Paradedecke Des Scheins, unter welchem Wir verschrumpfen statt unsterblich zu werden, gleich jenen Rüben aus welchen Rübezahl ein Scheinvolk bildete zu seinem Dienst, verschrumpfen wir mit unserer Zeit, und unserm Gott dem Popanz Rübezahl mag dann ein neues Scheinvolk dienen. Wann wird die Zeit anbrechen, wo Wir dem innern Drang folgend, nicht mehr blödsinnig die geebnete Straße der Philister beschreiten!—Auch dich seh ich zaghaft, eine Bahn zu verlassen für Die jene Philister Dir gut sagen, um mit verbundnen Augen einer Zukunft zu vertrauen, für Die allein dein eigner Geist einzustehen hat, und blos dadurch daß Du dem Genius folgst, und nicht das Gewöhnliche aber das Ungewöhnliche das Hohe ungeahnte vollbringst dein Verlassen der geebneten Straße gerechtfertigt sey.—Was ich Dir hier sage würden die Philister Frevel nennen, ich aber habe keinen Zweifel, gewohnte Gleise die im trägen Schritt das Leben abwärts leiten, ohne es auch nur einmal geistig zu erschüttern, zu vertauschen gegen freies Aufsteigen in reinere Lüfte. Sieh ob Du Der Welt beweisen könnest, du habest ein Recht dazu dich über das gewöhnliche Lebensprinzip zu erheben, dies wäre zwar der Ehre werth, die wie mir Deucht dir am Herzen liegt, allein die ist doch nur Mitgift, Nebentrieb, nicht der inmitten göttliche Herzkeim deiner Natur. Weißt Du was Das ist Charackter?—Dies feste stete Folgen einer innern Stimme, und zugleich die tiefe Bildsamkeit dem Genius ergeben, dies zweifellose Ergreifen dessen was uns ahnt ohne nur zu wanken?—In jedem Menschen ist mitgeboren dies Vermögen in und durch sich die

Welt zu regeneriren, sie der bösen Einflüsse baar als Ideal in und ausser sich zu emfangen zu bilden. Aber Die Gewohnheit die Menschenfurcht, der Schauder vor Unsterblichem, vor diesem Uferlosen Ocean der Doch nur Gottes Schoos ist in dem Wir alle wohnen, die verhindern Daß der Mensch seiner selber mächtig werde.—Aber wahrlich dies ist der einzige Zweck unserer Menschwerdung, nehmlich Charackter zu gewinnen, denn Der allein ist der Organismus eines zukünftigen hoheren Lebens, denn alle Prüfung alles Geschick reizt zur Selbstständigkeit, und jeder fühlt, daß ihr allein alle Herrschaft über alles Geschick über alles Gelingen zustehe.—Und wenn Du keine Flügel hast, wie willst Du Dich aufschwingen?—Nun sieh doch!—ist denn Dein geistig Treiben nicht ein Fliegen?—Was ist deutlicher in Uns ausgesprochen als diese Sehnsucht zum Fliegen?—beneidet Der Knabe nicht den Vogel?—ja ist er nicht im Zweifel, ob der Vorzug Mensch zu sein nicht besser gegen ein paar Flügel ausgetauscht wäre?—und Die ersten Spuren der Melancholie, rühren sie nicht von einem physischen Gefühl des Gebundenseins her?—Und fühlen Wir nicht, der Aufschwung in Die Lüfte, könne Uns der irdischen Schwere entreissen?—Charackter aber ist nichts anders, als, Die Kraft zum Flug entwicklen. Und wahrlich der Geist hier auf Erden bildet den Leib eines zukünftigen überirdischen Lebens. So sorge denn daß dein Geist aus dem Nest des trägen Erden lebens aufstrebe und die Flügel deiner Zukunft in Dir vorbereite Wie in der Puppe der Schmetterling sich bildet, daß wenn sich das Licht aufthut er sich von Der Finsterniß trenne ihm entgegen zu fliegen. Und wie aus unendlichem göttlichem Seyn die Quelle Der Dichtung hervorströmt um zu Läutern in ihren Wellen, und in Mangellose Schönheit zu übertragen durch ihre Begeistrung was erst unsicher und schmerzlich sich nicht erkannte so zweifle ich nicht deine Augen werden auch einst hellsehen in ihrem Spiegel zu was es gut war daß du der Dornen nicht achtest, durch die du dich Durchreissen mußt, denn dies allein schon ist unsterblicher Gewinn für dich selber gewiß wenn auch kein sichtlicher Erfolg für die Welt draus entstünde. Und dies brauch ich dir nicht zu betheuern: Tapferkeit ist Geist.—Tapferkeit sezt ihren Willen Durch, wer aber auf die innere Stimme lauscht, um den eignen Willen zu fassen der vernimt göttliche Weisheit, denn die innere Stimme ist das Leben, und wer sich selber in ihr begreift der ist eine Stimme Gottes und ein Widerhall seiner Gewalten; und ertönt in manchem Busen wo die eigne Stimme gedämpft war, und weckt sie wieder.—und Die Dummen kann Gott nicht brauchen.—Und das ist der Unterschied ob man sich göttlichem Dienst weihe oder ob man sorge daß nichts das gewöhnliche Lebensgleis, verrücke; aber der Tapfere sorgt um nichts, er schwingt sich auf der reinen Bahn eines höheren Seelenbedürfnißes über die Lüge, über die Schändung der Menschenwürde die Seelenkeuschheit ist. und jener Weg der dem sogenanten Nützlichen fröhnt, der nur auf eignes irdisches Genügen berechnet ist, wer diesen einschlägt, der hat seiner Seele Keuschheit aus Feigheit vor dem Kampf, eingebüst denn er hat ja jenes Ideal das mit ihm erzeugt war aus Göttlicher Kraft, verläugnet. Drum wer Muth hat der freut sich der Kämpfe die er zu bestehen hat, und wenn er über sich hört, im Traum versuncken Waffengeklirr, dann fährt er auf aus dem Schlaf der Ermüdung wie jene Ariostos-Ritter, Abentheuer ist ihm lieb sei es was es sei da göttlicher Geist elecktrisch sich im Streit entladet.—Du?—zagst Du vor Der Zukunft?—Ach nein! dies wird nicht sein, gewiß du bist zu voll reinen Willens zum Höchsten. Haben doch so manche im Vertrauen auf das Göttliche dem Irdischen Trotz geboten;—du auch, nicht wahr?—ist doch der einzige Weg der zu Gott führt Inner Uns,—wie kömmts Doch daß der Mensch zagt inner sich selber Den Weg zu wandlen, lieber den äusseren mit gebeugtem Nacken sich aufladet des irdischen Tages Bürde, und meint das sichere ihn gegen alles Mißgeschick,—ja gewiß, denn argeres kann ihm nicht widerfahren als zu ohnmächtig zu sein Gewalt zu bestehen, da hat er denn nichts mehr zu befahren, aber der Tapfere bringt mit Freudiger Gewalt unter die Füsse was widerstrebt. und sein Genuß ist, daß seine elecktrische Natur das göttliche Feuer auffange und wieder entlade. aber Das ist wohl der sicherste Beweiß daß ein Gott sich erzeugt so wie der Mensch den Blick nach innen wendet, weil der Mensch sich davor fürchtet, weil die göttlichen Anforderungen ihm zu gewaltig sind ach und das erbärmliche Erdenschicksal, das jeder zu beklagen versteht, wir wollens doch den innern Anforderungen jener Gottheitsstimme nicht opfern, so elend und nichtig es ist, denn wir sind zu elend um göttlich sein zu wollen[.]

Wer liebt der bietet Trotz allem was das Geliebte ihm gefährdet. Und Du hast das heiligste Gelübde mit auf die Welt gebracht, und oft war es gefährdet, aber Du bist erstarckt, daß du nicht mehr schwanckst daß Du die Waffen für es zu führen dich getraust. Nicht wahr Du liebst, und hast dem Geliebten jene Gelübde der Treue gethan schon in Der Kindheit hast Du zur Muse gebetet.—was dem reinen Menschen auch nur in einem Moment als göttlich erscheint, dem bleibt er treu.—Was kann auf diesem Erdenrund dir widerfahren als nur dies einzige daß Du dir selber entsagest, alle Liebe, zu mir, ist ja einzig Suchen deiner selbst, dein Ziel zu erreichen! was hätte Dich zu mir geleitet, wenn nicht das geheime elecktrische Feuer deiner eignen höheren Natur dich zu entzünden. Und herr Docktor Carierre mag doch so unrecht nicht haben wenn er sagt, man liebe nur im Andern seinen eignen Genius.—Du sagst ja selbst in deinem Brief ich solle Dich nicht verlassen, dann vertrauest du daß du nicht untergehest—und ich soll Dir helfen daß du dich durchringest—Was wär auch alle Liebe?—wann sie umsonst ist.—Lieber Ingurd! Alle Menschheit ist ein Leib, und es wäre sinnlos nicht eingreifen zu wollen wo offne Sinne Uns zu emfangen bereit sind, denn mit eignen Augen nicht sehen zu wollen, oder mit eignen Ohren nicht hören, oder mit den Sinnen nicht empfangen was sie berührt, wäre nicht sinnloser als den Augen die uns erkennen den Ohren die Uns verstehen uns nicht hingeben. Wir sind ja Eins mit ihnen, denn Alles was Uns zu fassen vermag ist ein Leib mit Uns, und drum ist alles geistige Ergreifen eine sinnliche Bildung des Geistes, und dies ist Natur gemäß daß die Organe meines Geistes in den übergehen, der meiner bedarf, denn Dies Bedürfniß ist Naturaffinität, Daß ich ohne Sorge ohne Vorsatz mein Lebensgefühl, mein Geistvermögen, in Dir und Durch Dich entwickle so gut wie Durch mich selber, denn Du verstehst, und emfindest dich in meine Geistnatur, und regst Ahnungen in mir von noch unberührtem unausgesprochnem, wie Denn lebendige Beziehungen, immer neu Ergebniße bilden, und Licht ausströmen. so weit war die Menschheit bis jezt nicht, daß ein Geist sich Lebenstheil des andern emfand, ja daß sie ihre Intelligenz im Andern entbunden gefühlt und so sich ihrer selber mächtig geworden wäre. Der Dencker lebt für sich, gleich einem Drachen hat sich der Philosoph über seinen Denckschatz geworfen, und, immer im Gefühl was er erdacht habe, was er aus der Fundgrube der Speculation ergattert habe sei sein Eigenthum, hat er sich selber zu einem absonderlichen Geistesgespenzt gebildet, das nicht zusammenhängt mit Fleisch und Blut des Allgeistes.—Philosophie ist Gespensternatur des Geistes, Larven sind es, Der Weltsystheme, und daß es nur Larven sind was Philosophie aufstellt, beweißt die Wahrheit die nicht durch isolirten Menschenwitz in Gestalt und Systhem gefaßt werden kann; Wahrheit kann sich nur geben Durch Lebensgeist der in Allen anklingt, und durch Alle sinnlich manifestirt wird. Geist der Wahrheit giebt sich nicht im Einzelnen durch Voraussetzung durch Annahme durch Combination. Sie giebt sich organisch, sie bildet gleich einen sichtbaren Leib. Denn Wahrheit, wie kann sie anders, als Leben bewährend sich erweisen, und wo könnte sie zusammengedrängt in dem Einen Der sich Philosoph nent nur walten, und die Andern sollten im kräftigen Blüthenalter, wo der Geist elecktrisch emfänglich ist, mit Anstrengung sie zu fassen ihr alle Opfer bringen, und ihrer doch nicht mächtig werden können, im Gegentheil in jedem Augenblick aus dem üppigen Boden ihrer fruchtbegierigen Natur, die Untugend sehen aufkeimen die sie ganz mit Unkraut überwuchert.

Hochmuth!—Diese Geistessperre aller Emfindungen, diese freche Umzäunung und Verpanzerung gegen das Lebendige selbst, was ewig im Menschengeist wogt, wie kann Der in Mitten tieferer Erkenntniß entspringen?—und doch ist diese der Hebel und der Ziehhaken aller Philosophie.

Weisheit wehrt sich keiner Erscheinung sei sie Fabel, sei sie Ereigniß, Phantome verwandlen sich in ihr Licht, Befähigungen gehn in sie über, Wahrheit, die echte Philosophie die durch alle Geister zugleich in Die Wirklichkeit tritt, und ein Meer das alle zugleich hebt; und es ist da, wir habens nicht zu erfinden, so wie Gott da ist, wir haben ihn nicht zu Demonstriren. — Es wär also Nichts, eine Philosophie aufzustellen, aber wohl wär es etwas, die Vorurtheile wegzuräumen die Uns hindern in ihr Uns zu verklären. — Und wo müßten Wir da anfangen? — O von allen Seiten ist der Verhack von Verrücktheit gleich groß, sowohl durchs Herz wie Durch den Begriff wie Durch Die Seele hast du Die abentheuerlichsten Wege tiefster Verwirrung aufzuräumen, den Wahnsinn der Erdenbürgerlichkeit mit dem Reinigungsfeuer in Asche zu verwandlen — die ihren eignen ausgesognen Boden wieder Dünge. Daß die Saat echter Menschlichkeit wieder drinn gedeihen könne; Denn wenn erst alles niedergebrannt wär wovor Wir das Licht nicht sehen können, dann würde ohne Systhem ohne Gewand und nicht angekettet sondern ein wallendes Meer die Philosophie uns tragen, ein Element von Dem Wir fühlen es nähre die leibliche Gesundheit unseres Geistes, und der Geist erstarcke darinn, daß er Herr werde Des Elements, nicht das Element Herr über ihn. Drum wer ein einziges Vorurtheil in sich überwindet der ist der wahren Philosophie näher gerückt als wenn er sich noch so sehr eingehegelt hätte. Was hilfts zu Demonstriren das Ich und das Nichtich, wenn ich nicht Muth habe wie der Ritter sanckt Martin vom Roß herab meinen Mantel mit dem Schwerdt zu theilen, und mein entblößtes Ich unter seinem Huf, damit zu decken, und dann mit Anstand die Tracht des halben Mantels zur Würde zu erheben Muth und Witz habe? — Was kann mir Weisheit sein, wenn ich sie in Kauf gebe, den Acker meines Nachbarn um den halben Preiß zu feilschen? — Wenn ich die Großmuth umgehe da ich nicht einsehe daß die Rechte die ich gegen Andre zu wahren gedenke nur Vorurtheile sind die mir göttliche Weisheit verbergen? — Sinnliche Gerechtigkeit ist die Pforte zu aller Weisheit; sie ist reinste Anerkenntniß der Andern, und tiefste Selbstverläugnung, Denn Wir müssen nicht Weisheit sein wollen, wir müssen sie genießen wollen. Und wenn es wahr ist daß ein Geist sich Lebenstheil des Andern emfinde und daß ein ewiges elecktrisches Berühren und Entbinden Unter den Geistern sei, so kann es nur auf diese Weise Statt haben. Und ich kann nicht Dulten daß einer glaube er habe Weisheit; er kann nur in ihrem Meer wogen, er kann nur ein tüchtiger Schwimmer in ihr sein, aber sie aus sich erzeugen das kann er nicht.—Aber eins was Der gar nicht bedenckt der philosophisch die Menschheit entwicklen wollte, ist, daß die sinnliche Handlung den Geist erzeugt, daß er Durch sie zum Krüppel wird oder zum Ideal, und darum, weg mit allen Vorurtheilen, die Die Lüge in die eigne Brust tragen und dort pflegen. und glaub nicht ein einzig Vorurtheil sei ausgerottet bis alle ausgerottet sind, denn in jedem einzelnen gebären sich alle wieder.

Vielleicht hab ich manches in Diesen Blättern Doppelt gesagt ich bin zu oft unterbrochen worden; mein Interesse war, dir Fragen vorzulegen, nicht Dir zu antworten, Das was in dir selber sich aussprechen wollte möglichst frei in Anregung zu bringen, in deinem Brief äussert sich Mißmuth über deine Lage, Du fühlst dich abgespannt in ihr, Das ist allemal noch schlimmer als Dein Geschick selber, was so viel andre mit Dir Theilen, Du spielst Dir also noch ärger mit wie Dein Geschick, sollst ihm daher nichts vorwerfen sondern ein bischen strenger gegen Dich sein. Du klagst über langweiligen Besuch, über das Hinschleppen zum Balle;—Ich bin manchmal in den Wald gegangen in Der Meinung Beeren da zu pflücken, und hab keine einzige gefunden, dann kam ich nach Hause, nicht ermüdet, nicht abgespannt, den[n] Der Eifer des Suchens, die kleinen Versehen wo ich eine Beere zu finden glaubte, das alles hatte mich ergözt, und ich vermißte nicht daß im Wald keine Beeren waren.—Wenn Du nun auf deinem Balle in deinen Gesellschaften jedes Gesicht drauf ansiehst ob es Dir nicht so viel Genuß gewähren könne als eine vereinzelte Beere Die Du im Wald zufällig pflückst, wenn Du bedenckst daß unter jedem Wams oder Schleier, ein Herz klopft, das Gefühlsfähig ist, welche bessere Erndte könntest Du Da machen als ich im Wald; und doch, auch wenn Du

Dich irrtest wie ich, wo ich im Wald, jeden Strauch umsonst durchsuchte so wär schon Der reine Wille der Anerkenntniß, das Voraussetzen Des Edlen in Deines Gleichen, ein Doppelter Ersatz, und dann mußt Du auch bedencken daß manche heilige Anlage tief verborgen sind in der Menschen brust. Daß manches Gute, ja Große nicht aufkeimt ans Licht weil es verschüttet worden, und so kann ein Herz auch unter Stummen Blinden und Tauben sich ergehen, ohne Abspannung und dann ist in einem Wohlorganisirten Geist, ein so guter Stahl eine Federkraft der Ironie die eigentlich regenerirend ist, es weckt so viel Lebensmuth, dies Bewußtsein des Unerschöpflichen im Menschen daß ich nicht begreife wie einer sich verlassen fühlen könne oder Unbehaglich, der da ist wie Du sagst: „Die Jugend ist feurig."—Dies Wort gefiel mir damals so gut von Deinen Lippen. Nun wenn sie feurig ist so kann sie ja in Der Wüste selber, wie Robinson ihre Flammen leuchten lassen, und kann der *eignen Energie* vertrauen daß sie nicht untergehen werde. Untergehen? Versinken! Diese Unmöglichkeiten darfst Du Dir nie einfallen lassen, dem echten Menschen sind es Unmöglichkeiten, wer Gott nicht läugnet der fühlt in jedem Moment in jeder Lage eine Aufgabe, ein Göttlich Geschenck um Witz und Sinne zu schärfen,———hier bin ich unterbrochen worden ich wollte noch was sagen, Du magst dies selbst ergänzen gewiß Du fühlst ich habe recht. sei freudig in Dir, in der jugendlichen Hoffnung eines hohen Lebenszieles. denn Du fühlst ja selbst alles was wir erreichen wollen lägs nicht als Saame im Boden der innern Überzeugung wie sollte es gedeihen? und lässest Du Dir diese Überzeugung nicht rauben was kann Dich niederschlagen?—Niederschlagen!—sag mir ist dies Wort nicht Schmälig?—Welcher Jugendmuth hat sich nicht über seine Lage hinaussetzen müssen?—Sind nicht alle Lagen und Verhältniße zu eng für den Genius, ist der nicht die Blüthe; so enger sie verschlossen war, in der Hülle, um so kräftiger bricht sie Durch!—ist es nicht die erste Erprobung der echten Stählung im Geist?—und läßt die echte Klinge sich biegen als blos um ihre Schnellkraft zu verdoppeln?—und dann ist sie gut und ist eins mit dem Willen des Helden Der sie regiert—.—So wie Wir anerkennen daß in der Natur sich spiegle wie der Mensch sich entwickle von hier hinüber in die noch unbetretne Welt, so müssen wir wohl auch durchemfinden daß Der sinnliche Mensch in seiner energischen Entwickelung eine geistige Bedinge. und wer durch seinen Geist nicht Heldennatur entwickelt auch selbst im sinnlichen Leben, der konnte auch im Geist kein Held sein.—Siehst Du!—ich meine so: Der Geist Durchdrungen von Energie wird so wohl in seinen kühnen Speculationen wie in seinen sittlichen Verhältnißen sich als Held bewährn, nähmlich Muth und Unüberwindlichkeit im Geist wie in Den Sinnen.

du sprichst mit Mir in deinem Brief, von dem Wie Andre mich verstehen, und Daß Du mich tiefer verstehst. und Daß die Kritiker nur Oberflächliches über mich „*herausspintisirt*“ haben. Lieber Blonder, von vielen Menschen habe ich dieselbe Versicherung erhalten, nähmlich daß sie mich tiefer verstehen. ich fühlte da heraus was ich in diesen Blättern sage, daß Wahrheit Trotz Vorurtheil und Leidenschaftlichem Widerspruchsgeist immer etwas Allgemeines ist, was Wir einathmen wie Die Luft, Alle zusamt, viele erquickt die Luft viele beruhigt sie Andre wieder begeistert der Frühlingsathem, und wessen Busen offen ist sie zu genießen fühlt ihr Durchströmen, und wer sie zu Trincken nicht satt wird der ist von ihr ewig genährt. Und Du sagst zu mir „ich soll Dich mehr lieben wie alle Andre. weil Du mich tiefer begreifst!“—Siehst Du nicht daß es meines Geistes Streben ist Dir Heilsam und Trinckbar zu sein, auch in diesen Blättern?—Und was willst Du mehr?—und frage nicht was ich Andern bin. und da eine Stimme Dir Antwort giebt die Dich beglückt, wenn Du „heiß und brünstig fragst“ so traue ihr, und gehe nicht an mich zurück noch einmal zu fragen, Denn Der Geist der Dich reizt und mit dem Du Dich verwandt fühlst, der lebt inner seiner Wirkungen und ich vermag nichts, und wahrlich was Du ergreifst in mir das kann ich dir nicht entreißen, und ich müßte Dann mit meinem Genius mich entzweien, sonst kann es Dir nimmer fehlen daß Du deiner eignen Begeistrung Nahrung aus mir schöpfest so lang sie selber nicht erstirbt. Und glücklich ists daß Du fühlst „das Falsche und Schlechte falle von selbst ab in Unserem Umgang."—wenn Dem so ist, dann glaub daß auch mir ein gleiches wird; und auf Was sollten wir Dann noch mehr Anspruch machen?—

„Wahre Liebe Dürstet nach dem Tranck der Unsterblichkeit. Was wissen die gewöhnlich Verliebten Davon?" so steht [es] in deinem Brief. und Dann schläfst Du ein und fühlst Dich in Schlummer gewiegt! ja närrischer Freund, eine Liebe ist, die ist tiefes Bewußtsein, das läßt sich seine Unsterblichkeit nicht rauben; aber was ist Unsterblichkeit?—es ist Leben in sich, sich ewig in sich selber erzeugend und nicht abhängend von Anderm; drum ist Geist berechtigt auf Unsterblichkeit, weil er darauf angewiesen ist sich durch sich selber zu nähren. Wahre Liebe ist Geist; nicht abhängend von andrer Liebe, nein, Alle Liebe umfassend. und die ist unsterblich, und was Die Liebe nicht umfaßte das wäre ihr Ersterben, ihr Ausweichen von der unsterblichen Bahn, die ewig bevölkert ist von allem was Geist ist. wolltest Du also mit einem Geist dich in der Liebe nicht begegnen, siehe dann müßte Deine Liebe die Bahn der Unsterblichkeit verlassen. also sei unsterblich in Der Liebe Das heißt: Umfasse allen Geist.—Aber Die Knospe die im kühlen Nachtthau eingeschlummert noch träumt, von goldnen Spiegelungen, wenn plötzlich dir Die heise Lebenssonne den Busen durchbrennt und dich weckt zur Entfaltung, dann zweifle ich nicht daß dein Herz und Dein Geist im Durst nach Allumfassung die Bahn Der Unsterblichkeit hinaneile.

Der Keim den Du so klein ins Herz gelegt
Kann Der schon Stern und Sonnen-Früchte Tragen
Dann muß es feurig Dir im Geiste Tagen
In dem Dein eignes Selbst sich spielend regt.

Und nun komm ich endlich ans Lezte was ich Dir zu sagen habe, für diesmal von Deinen Lebensplanen, von Deiner Zukunft; Dein Vater ist (wie ich aus deinem Brief lese) gleich einem Guten Gärtner bedacht bei Zeiten Dich einzupflanzen in Die Baumschule Der Nüzlichkeit, und dies wäre grade keine heterogene Art Dich selber zu entwicklen, denn Widerstand muß sein sonst schlägt kein Feuer aus dem Geist.—eine juristische Basis, von der ab der Dichter seinen eignen Weg einzuschlagen sich gedrungen fühlt, ist sogar ein Schwerpunckt der den Ringer im Gleichgewicht hält. Ein mal kann Das, was andre mit pedantischer Wichtigkeit als ihren Lebensinhalt und Faden, fortspinnen, von einem solchen mit leichter Hand gelenckt ja wenns Glück gut ist, durchschnitten oder gar ausgerottet werden, man kann lernen Den Geist in ihre Spitzbubensprache übertragen und sie samt ihren Verkehrtheiten ersticken wo sie zu üppig ins Kraut schießen. man kann am rechten Ort auftreten Menschenrecht vertheidigen es schützen und einhegen, man kann Der Wucht der Übermacht mit Mauerbrechern entgegen arbeiten, und kurz, der Dichter steigt erst als Phönix auf in die Unsterblichkeit wenn er sich selbst als Opfer brachte, und mit seiner Asche das Salz der Erde gedüngt hat. und der echte Geist wirckt grade Durch die heterogensten Vermittelungen am kräftigsten. Nicht wahr Du giebst mir recht?—und fühlst dich geborgen in dieser Ansicht, und zuverlässig auf dein eignes Gewissen. wo Du dem Vater nicht widersprichst, und doch deiner Eigenthümlichkeit keine Ketten anlegst.—Es sind keine Worte, mit denen ich dich hier abspeise ich fühle mit wenn die Jugend den Nacken unters Joch beugen soll, mein Zorn regt sich mit Dir gegen alles was den Adel Deiner Seele verlezt. Aber was die Menschen die Philister dir zur Lebensaufgabe machen dessen kannst Du leichtlich dich bemeistern und bist dann Herr und Umsichtig in jenem Wust ihrer egoistischen Verrücktheit.—Was ich dir aber zudencke was Deinem noch jungen und doch so feurigen Streben ein himmlischer Thau ist, den wenn es möglich zu machen ist, du jedenfals auffangen mußt mit den Durstenden Zweigen voll Blüthenknospen, das ist: Du sollst eine unbestimte (nehme an) eine kurze Zeit, ein Geschäft übernehmen was Dir nach allen Seiten hin Schleußen öffnet, und dein Schiff alsbald zum Schwimmen bringt. Mein Bruder Clemens in München, Du wirst von ihm vielleicht gehört haben, dieses tiefe Criterium der reinen Tonleiter in der Poesie hat mir vorgeschlagen mit ihm zusammen die Schätze Der Volkspoesie, welche sich noch in Arnims Nachlaß befinden, als einen 4ten Band zum Wunderhorn auszuarbeiten; obschon es mir eine zusagende Arbeit wäre so hab ich doch gefühlt daß es für dich von ausbildender Kraft sein müsse, von tausend glücklichen Resultaten rasch dich so vieler Dichter und Zeiten Erzeugniße zu bemächtigen; ihre Melodieen zu ergänzen ihrem Sinn nachzuspüren, so viele Historische Notitzen und verborgne Schätze mit denen du bekannt würdest, die dir Stoff und Element würden, noch ausser dem daß du mit bedeutenden Menschen bekannt würdest, daß du lerntest ohne die engen Bande der convennienz zu sprengen dich frei durch die Welt durchrudern, keinen Wettlauf scheutest, und keine Herausforderung! dies alles [Ende fehlt]

BRIEF 25
Julius Döring an Bettine von Arnim,
Wolmirstedt, 5.4.1839

Du hast mich überrascht, erfreut, verwirrt, Bettine, mit deinem Antrage. Du willst mehr geben, als ich je wollte: Lenkerin meines Geschicks willst du sein. Soll ich, darf ich dir folgen? Ich wollte nur, daß deine Liebe nicht müde würde, mich aufzurichten, wenn die Last des Philisterlebens mich zu Boden gedrückt hätte. Du willst mir die Last vom Rükken nehmen, und mir eine freiere Bahn öffnen zu meinem Ziele.—Du, die du schon so Vieles trägst, willst dich noch beladen mit dem Schicksal eines Menschenlebens, und es tragen, wohin es möchte.—Kann ich das annehmen?—Die Wahrheit und die Liebe zu dir spricht aus mir.—Du fragst wie mein Vater ist? Urbild eines Philisters, das ich in früherer Zeit in den Rahmen eines Gedichtes faßte. Die unterstrichenen Worte sind wörtliche Redensarten von ihm.

Soll ich stets verschließen
In des Herzens Kammer
Meiner Wonnen Sprießen
Meinen Schmerz und Jammer.

Meiner Wangen Brennen,
Heißer Herzens Schläge
Krankheit hör ich's nennen,
Narrheit allerwegen.

„*Nütze deinem Lande*
Das bedenk im Leben.
Komm nur zu Verstande
Wird sich Alles geben.

Lieblings-redensart {
Kannst vom Ofen locken
Auch den schlechtsten Köter
Mit poet'schen Brocken
Oder Verseköder.

Ein *Desert* nur wäre
Poesie dem Magen,
Füllte nicht die Leere,
Machte Unbehagen.

Wär nach Plato's Rathe
Doch mit Schmach vertrieben
Dichtkunst aus dem Staate,
Prosa nur geblieben.

Mit *Gedanken*houris
Liegst du träg' im Grase.
Steck' *in's Corpus juris*
Lieber deine Nase[.]

Dichter, *überflüssig*,
Können nichts vollbringen.
Männern überdrüssig,
Mögt ihr Kindern singen.["]

Bevormundendes Wesen auch des mündig Gewordnen; ängstliche Nützlichkeitspraxis, Leugnen oder Ignoriren dessen, was nicht unmittelbar seine engen Kreise berührt, ist sein Charakter.—Er will mich versorgt wissen, da er wenig Vermögen besitzt, und ich ihm schon ein enormes Geld gekostet hätte. Ich sprach mit ihm, so zurückhaltend und so unbestimmt, wie du's wünschtest, von deinem Plane mit mir. Er ging schwer darauf ein, und gab nur unwillig eine kurze Unterbrechung meines Eintritts in die praktische Carrière, die ihm die allein eines Menschen würdige scheint, zu.—In deine Hände befehl' ich mich.—Mag sich mein Geschick wenden, wie's will; ich bleibe der deinige.

Wolmirstedt d. 5 April 1839. JD.

BRIEF 26
Julius Döring an Bettine von Arnim,
Wolmirstedt, 25.4.1839

Ich bedenke deine Worte still im Herzen mit reinem Willen und innigem Verlagen, mir ihren Inhalt anzueignen. Wenn dir nicht gleich Erwiederung wird auf manche Fragen, welche du mir vorgelegt hast: so bitt ich, nicht zu meinen. daß ich sie leichtsinnig übergangen habe; sondern sei versichert, daß die Saaten, welche du so freigebig auf dem zu ihrer Aufnahme bereiten Boden meiner Seele ausgestreut hast, noch nicht gereift sind, und daß ich nicht gern Unreifes dir wieder geben möchte.—Deine Briefe könnt ich eintheilen in Tages- und Nachtbriefe; so, daß die erstern mehr zum Kopfe, die andern mehr zum Herzen sprechen. Ein Tagesbrief war dein letzter, und nur am Ende brach eine Dämmrung mit Abendroth an.—Ich bin jetzt ausschließlich beschäftigt mit juristischen Studien, da ich in wenigen Tagen mein erstes Examen zu machen gedenke. Darum kann ich erst jetzt, nur im Fluge und wenig schreiben. Könnt ich dir nur einmal einen Gedankenbrief, den ich in der Stille der Nacht dir schreibe, zukommen lassen, der würde mehr und Besseres enthalten, als hier die langsame und schwerfällige Feder verzeichnet. Dazu kommt noch, daß ich das einmal Gedachte ungern und deshalb mit minderer Klarheit zum zweiten Male denke.——Siehst du: so war der erste Eindruck deines Briefes. Es war mir wie eine Aufforderung, ein Gelübde abzulegen in deine Hände. Ich küßte deinen Namen auf goldnem Grunde und versprach: „immer mehr zu sein." Denn das glaub ich, so lange ich wahr bin und dir die Wahrheit sage: so lange bleibt du mir; und ich möchte dich um Alles nicht missen. Wahrheit, die ich suchte, die mir früher die Brust wie der Alles auf seinem Wege zermalmende Wagen des indischen Gottes durchrollte: klingt jetzt wie eine gewaltige, aber erhabene und beflügelnde Musik in meiner Seele. Meines jungen Herzens Tempel will ich säubern von Lüge und allem Schein, und ihn schmücken mit Kränzen meiner Liebe, daß du gern wohnst daselbst.—Wer recht in der Wahrheit lebt, der kennt kein Schwanken und Zagen; denn Wahrheit macht fest, stark, muthig, freudig, feurig. Tauche dich ins Meer der Wahrheit, wie Siegfried ins Blut des Drachen, und sie wird dich unverwundbar machen für jegliche Waffe.—Die Wahrheit ist da auch ohne uns; aber sie wird für uns nur durch uns. Wie das reine Licht sich bricht in die Farben: so erscheint Gott auf Erden im Menschen, in der eigenthümlichen Natur eines Jeden. So viel Göttliches muß er durch sie verwirklichen als er zu fassen vermag. Soll der Mensch aufgeben das Göttliche um irdischer Ruhe und Menschenfurcht willen, weil das Göttliche sich in dieser dumpfen Zeit nur durchsetzt durch Kampf nicht bloß mit dem Ungöttlichen, sondern auch mit dem, was sich für Göttliches ausgiebt?—Wer mit bloßer Bildung sich genügen läßt, dessen geistiges Auge ist blind, weil er aus Faulheit, oder Feigheit nur sehen will und anzuschauen sich getraut, was Andere gesehen haben, oder erblickt zu haben ihm überlieferten. Aber nicht das ewige Einerlei, die starre Ewigkeit ist Gott; sondern die Macht die sich in allem Wechsel des Erschaffnen erhält und durchführt. Und wär Gott erschienen in seiner ganzen Fülle in Christus: so könnt er jetzt nicht mehr erscheinen als Jesus von Nazareth. Der Geist ist Sehnsucht nach Allumfassung, Verlangen vom Meer der Ewigkeit getragen zu werden. Erzeugend und erzeugt zugleich ist Gott. Zu einem reinen Tone soll jede ursprüngliche Natur werden, daß sie mit einklinge in die Harmonie der Gottheit.—All mein geistiges Treiben war ein dunkles Suchen nach Wahrheit, als dem Himmelsschlüssel, der mir ein geistiges Leben öffne. Ich glaubte der Philosophie, daß sie die die absolute Wahrheit sei, und war bereit ihr das Opfer meiner eignen Natur, das sie gleich am Eingange ihres Tempels verlangte, zu bringen. Aber ein dunkler Instinkt sagte, mir, daß mit dem zürnenden Jehovah die Zeit der blutigen Opfer vorüber sei, und daß ich mein eignes Ich nicht zu tödten brauche, um zur versöhnten Gottheit zu gelangen. Siehe, da fand ich einen Widder, lieber will ich den schlachten. — Wenn der flügge Vogel sich aus dem Neste erhoben hat, und er zum ersten Mal die Kraft seiner Flügel versucht, sich aufzuschwingen, da ergreift ihn wohl, wenn er sich ermüdet auf einen Felsengipfel gesetzt hat und er hinabblickt in einen tiefen Abgrund Schwindel und Angst, daß er hinabstürze, daß er der Flügel vergißt, die ihn so hoch getragen haben und höher tragen werden. So ich. Hab ich erst mehr Luft unter mich gebracht und die Kraft des eignen Willens erprobt: so wird mehr zur Sonne hinauf als hinab zur Erde mein Blick sich wenden. Darum richte nicht zu streng augenblickliches Zagen und Zweifelbedrängniß. — Ich weiß nicht, wie mein Lebensfaden sich abwickeln wird. Aber im Labyrinthe, auch ohne Ariadnens Faden, wird mir nicht zu bang werden so lange die Gestirne der Poesie durch die geschwarzte [?] Kuppel in das wüste, unerquickliche Treiben scheinen und den Blick zu ihrer reinen Höhe aufflügeln. — Durch Kampf zum Sieg! — Freilich wird der Kampf mehr in Abwehr als Angriff bestehen: wer wird sich gern mit Schmutz besudeln. — Was soll ich mit Embryonen von Gedanken dich behelligen: habe so schon dein Gebot wegen Länge meiner Briefe überschritten. — Dein Vorschlag sagt mir ungemein zu, so viel ich davon weiß. Möchte gern etwas für dich thun. Des Knaben Wunderhorn war das erste Buch, wodurch mir die Herrlichkeit des deutschen Liedes, des Volksliedes aufging, ein Saamenkorn der Liebe zum deutschen Volke. Das Wunderhorn blies mir die Schillersche Reflexionspoesie mit wenigen Klängen weg. — Das wär herrlich, wenn ich das vergelten könnte. — Schreib bald, wenn auch nicht, (so gern ichs hätt',) wenn die Nacht hereinbricht: so doch, wenn sich Tag und Nacht scheidet und die Nacht heraufzieht, und das Herz, wie eine Nachtviole anfängt zu duften.—Wie ich an dich gedacht, zeige das erste der beiliegenden Gedichte, das ich auf dem Rückwege von Magdeburg, zwischen deinem ersten und zweiten Briefe, in die Brieftasche schrieb.—Und das zweite?—Ach laß bald wieder deinen Geist zu mir herüber in mich hinein leuchten. Da ist kein Klang hier, der mich lebendig berührte, und deine Briefe sind die einzige, frische Quelle für die lechzende Zunge, so weit ich schaue.—Eine stille Myrthe steht neben meinen Schreibtische[.] Still bin ich und froh, auch jetzt, wo ich dir Lebewohl sage.

Wolmirstedt d. 25 April 1839. JD.

BRIEF 27
Bettine von Arnim an Julius Döring,
Berlin, 28.4.1839

Sonntag um 12 Uhr Nachts

Mein Brief war mit Tagsbesonnenheit geschrieben um dich nicht als trunknen Recruten zu werben.—Lassen wir Der Zeit Zeit Rosen zu bringen; mir wärs ein Opfer dich in München zu wissen, so viel weiter wie Magdeburg von wo die Briefe schon zögernd genug herüber kommen.—Damals als ich im Geist einen Kreis um Dich zog da ließ ich meine Ansprüche heraus. Was könnte ich auch von Dir verlangen Dürfen als nur eine Deinen Genius nicht verläugnende Dich selbst bewährende Humanität gegen mich, und wenn du nichts von mir wolltest so wärs ja doch überflüssig dir was sein zu wollen. Doch weil es Nacht jezt ist wo ich aufrichtiger bin so gestehe ich dir .... Obschon es Nacht ist so mag ich weiter nichts sagen, was erfindet die Einbildung der Ungedult nicht für Unmöglichkeiten—und wenn Der Frühlingswind den Schmetterling mit fortträgt was kann er dafür wenn er in der nächsten Blütenhecke hängen bleibt. so Dacht ich als dein Brief sich länger erwarten ließ. ich dachte vielleicht sei Der Cocon dir ins Wasser gefallen und Du ständest am Brunnenrand ihn wieder herauf zu winden, und haspeltest vergeblich ihn ab. und wenn das leise Fädchen risse, bei Tag und Nachtleuchte wärs nicht mehr zu finden. Dort in München würden vielleicht deine Duftenden Rosen die du mir so gerne giebst alle entblättert in christliche Dornenkronen geflochten.—Ich hatte mir gedacht es sei wichtig für deine Zukunft wenn dein Name mit dem von Clemens und Arnim in einem Buch was durch die ganze Welt geht zu erst in Die Welt käme; und hätte mirs nicht verziehen wenn ich Dirs nicht anbot; denn an solchen Schicksalswincken kann man sich verstehen lernen.—Doch lassen wir das bis auf später beruhen, wenn ich erst mehr Dir drüber sagen kann,—Denn es ist Nacht und du könntest am End bezweiflen ob ich auch Nachts keine Briefe mehr schreibe die zum Herzen sprechen.—Lieber!—Was kann ich dir mehr sagen als was ich selber gewahr werde in mir, wo ich dich schlafend sehe, und mich zu deinen Füssen versunken in Das Glück des Naheseins; ich weck Dich nicht, selbst wenn Du in andre Paradiese dich träumst als die ich durchwandle, Du stehst ja hier im Eingang, und die Reviere hier leiten Dich ins Unendliche. ich bin nur froh daß ich noch bei Dir sein Darf.—— Nun ists schon tiefer in der Nacht, da könnt ich wohl noch heimlicher zum Herzen reden?—Schlaf nur fort und träume—daß süsse Trauben über Deinen Lippen reifen—träum weiter—Daß die Rebe ihre Rancken um dich schlinge.—Es ist doch Nacht—Du träumst ja nur, Du wirst mir nicht schlimm Deuten was Du nur träumst?—Die Blätter spielen im Nachtwind dir um Brust und Schläfe—Das träumst Du.—ist Dirs Unlieb daß die Rebe zärtlich spielt mit Dir im Traum?— Es ist schon zwei Uhr in der Nacht, ich hab so viel zwischen Diesen Zeilen geträumt, alles hab ich mit emfunden als ob ich selbst die Rebe wär, und hab mich hineingereift in Die Traube die Dir der Traum gegönnt.

Ach ich bin nicht weise!—verlang keine Weisheit in der Nacht von mir; ich seh im Geist was ihn entzückt, wenn Das Weisheit ist dann bin ich weise. In tiefer Nacht allein mit Dir im Tiefen Traum, abgeschlossen in einer Welt allein für Uns geschaffen, wirst Du der Zeiten je vergessen?—Nein —! sag Nein! Du wollest nie vergessen daß der Geist mit der Rebe Dich umschlungen hat im Traum.—

Du hast Recht daß du wahr sein willst im Schreiben,

damit ich dich fühlen kann in jeder Zeile, denn das allein bringt uns einander nah, dein Geist muß meinen umhalsen nicht wahr?—und ich dich festhalten mit meinem Geist. wie mit der Hand, wie mit dem Blick deinen fesslen.—Und die Wahrheit, muß auch wahrhaftig sein in sich, sie hat eine Persönliche Natur, die muß idealisch sein das ist ihre persönliche Wahrheit in sich.—So wie jeder Mensch idealisch muß werden um wahr zu sein, so muß die Wahrheit auch in ihrem Ausdruck in ihrer Persönlichkeit ihr eignes Ideal werden.—Wenn Du also meine Briefe nicht leicht verstehest, so ist das weil es mir an idealischer Kraft fehlt die Wahrheit auszudrücken. aber je vertrauter wir mit der Wahrheit werden je idealischer wird sie in Uns. Wir wollen beide ganz einfach sein und keine Wendung keine Verhüllung suchen. Denn Wir wollen ja doch immer vertraulicher werden, eben um Der Nähe willen die Wir begehren, denn Du möchtest mir Nah sein und ich auch Dir.—und je einfacher Wir sind, je unmittelbarer berühren wir Uns.—Wir wollen so miteinander sprechen als wenn jeder mit sich selber spräche, das wird die süsseste Nähe sein.—Wirst Dus können?—versuchs einmal, es ist vielleicht schwerer als Wir Dencken, denn Trotz unserm besten Willen liegt immer noch die Lüge zwischen Uns bis die Wahrheit sich idealisch in uns bildet.—Wie schön wirds sein, ich freu mich darauf, wenn wir es wircklich dahin bringen mit unseren Sinnen unserem Geist weit höher uns zu erheben als daß Wir Darauf achteten unsere Schwäche zu bemäntlen oder einen Anstrich uns zu geben.—Ach fürchte Dich vor nichts!—Wer das Ideal seiner eigenthümlichen Natur nicht verläugnet, in dem kann es auch nicht untergehen; der Mensch braucht nur wahrheitlebend zu sein um daß die Schwächen und Das Böse dem Ideal platz machen, und du hast so feinen Tackt für Diese, du hast gleich die Stimmung meines Briefs heraus gefühlt.—ich bin sehr leicht erregt, ein einzig Wort legt mir Flügel an, aber auch oft wider Willen bin ich durch ein geringes etwas aus der Stimmung gehoben, Dies Etwas lag in Deinem Brief, ein Verzagen eine Unsicherheit lag drinn es wär vielleicht natürlicher gewesen du hättest einfach gefragt: „Was willst du mit mir denn anfangen?"—erst später nach mehrmaligem Lesen fühlte ich deinen Willen zum Verständniß Durch. Nun wollte ich dir in meinem lezten Brief keinen Stein in den Weg legen ich gab Dir im Voraus zu was Du selber jezt ahnest daß der äussere Lebensweg dem innern oft als Schutzwehr Dient, und wenn Der Genius mächtiger wird ihm von selbst weicht.—Und Du hast Offenbarungsfähigkeit genug daß der Genius in Dir mächtig werde mögen Die Musen Dein höheres Leben einstweilen noch im Geheimnißzustand bewahren bis mannigfaltigere Bedingungen es mit deinem Schicksal in Conflict bringen. Was ist Schicksal mein Freund?—Schicksal ist nichts, du brauchst dich nicht zu quälen mit der Wahl, ergreife was Du willst, du hast immer dasselbe Elend in Händen. Die alte Staatsmaschine ist aus so viel überflüssigem Räderwerck zusammengesezt, in dem eine Schraube oder ein Nagel zu sein das nent der Mensch einen guten Lebensweg beginnen und so gehts fort vom Vater zum Sohn, und an der Maschine wird alles Maschine und der Mensch, das Innere des Menschen wo bleibt das?—es ist 3 Uhr, im nächsten Brief will ich keine Philisterdemonstrationen halten wie hier, gewiß ich will anders schreiben. Und Du?—wann wirst Du mir denn einen Nachtbrief schreiben?—schreib doch alles grad wie Du in Gedancken mit mir sprichst. denn ich sprech mirs vor wie ich mirs Dencke. vielleicht bin ich in deinem Namen viel wärmer als Du bist. schreib mir doch ohne Dich zu besinnen.—Deine Gedichte lese ich oft sie freuen mich, ich hab Zutrauen zu Dir, es ist mir als sei Wahrheit in ihnen.—Heut will ich gern meinen Brief abschicken sonst würde ich dir mehr sagen darüber. Ach schreib mir doch *An Dich* das heist laß mich dein Ich sein.—Wahrheit liegt schon zwischen Uns denn ich fühl deine Stimmungen von Dort Durch, aber Wir wollen ganz Vertraulich sein, und ich will dir gewiß sagen was ich Nachts Dencke, es ist so schön im nächsten Brief will ich dir von meinen Nächten erzehlen. Und du!—was Du willst was Du weißt das sage mir wie Dir selber. Wir sind nur Einmal auf der Welt, wir wollen unsere Einzige Bekantschaft nicht versäumen

28ten April 1839 ich küsse Deine Hände Bettine

BRIEF 28
Bettine von Arnim an Julius Döring,
Berlin, 3.5.1839

Du bist liebenswürdig! soll ich von süssem Glück sagen so weiß ich Dich und die anziehende Kraft zwischen Uns beiden ist idealischer Trieb, und in meiner Seele ist ein Trieb für Dich als solltest Du aus ihr geboren werden ich könnte Dich nimmer austauschen gegen anderes Fühlen und Dencken, es sei denn Du fällst ab von mir aus eignem Versagen.—Ich hab deinen Brief noch immer wieder gelesen; Du schreibst: *„So lang ich dir Die Wahrheit sage so lang bleibst Du mir.“* ja!—ich möchte Dich so nahe haben, und die Lüge zwischen Uns, ist ja weder Ich noch Du. ich möchte Dich haben ohne Wendung ohne Verkleidung, wie sich dein Gefühl aus Deiner Brust hervorspricht. halbe Worte verstehen sich auch, was sich mit *einem* Laut ausdrücken will das lasse gewähren. und lasse es mir so zukommen so wie es sich selber bietet, halb oder ganz oder verwirrt. Daß Wir recht Uns heimlich fühlen daß unser Vertrauen ganz Element werde.—Du schreibst weiter: *„Und ich möchte Dich um alles nicht missen.“* wie kommen Doch diese Worte aus Deiner Feder?—fühlst Du dich so wenig Eins mit mir daß davon Die Rede sein kann daß man sich nicht missen möchte?—Damals wie Du meiner noch nicht sicher warst, da hast Du in Gedancken mich gefragt ob ich dich liebe.—Ich hab nicht so gefragt in meinen Gedanken an Dich, ich war gleich ganz hingegeben ohne Rückhalt ohne Bedencken ohne Furcht; und wo Der Instinckt so scharf und Willensfest ist, das ist Genie. und bösartige[s]* Philisterwesen ist es, wenn Der Mensch Zweifel oder Bedencken hegt gegen den eignen Trieb; ich hab Dies aber nicht, was meine Seele will das führ ich durch jezt ist mein Trieb deine idealische Natur fassen lernen, und sie so in Anspruch nehmen daß Du selbst ganz in ihr Dich an mich wenden mußt. daß nehmlich dein ganz Leben Genie sein müsse; und mein Instinckt ist daß ich dich aller andern Welt vorziehe und von Dir fordere was ich in keinem Andern ahne. So bin ich mitten im Leben für dich und mit Dir Begriffen, und fällt mir nicht ein, daß ich dich nicht missen möchte so wenig wie mich selber.—ja es Deucht mir ein Frevel so was zu dencken, und vertheidige dich. kränckst Du mich mit solchen Worten,—Das Will ich nicht leiden.

BRIEF 29
Julius Döring an Bettine von Arnim,
Wolmirstedt, 11.5.1839

Nun athm' ich wieder auf. Sollt ich mit Schande bestehen vor den Philistern, deren äußerlichen Weg ich zu wandeln habe? Da mußt ich durch die Beinhäuser des erstorbnen Rechts gehen, und die pedantischen Warnungstafeln des gegenwärtigen Rechts lesen: so daß ich nach Tagesarbeit am Abend müde war; und mich zu den Regionen, in welchen du heimisch bist, nicht hinaufschwingen konnte und mochte, damit nicht der Contrast mir mein Maulwurfstreiben ganz verleide.—Am vergangenen Montag ging ich nach Magdeburg; am Mittwoch macht' ich glücklich mein Examen; am Donnerstag kehrt' ich hieher zurück. So bin ich jetzt in der kurzen, noch freien Zwischenzeit zwischen Universität und Staat.—Gestern schon wollt ich schreiben; aber es litt mich nicht am Schreibepulte; ich mußte hinaus. Mir war als müßt ich erst mit dir reden durch die Natur, eh' ich dir schriebe. Ich eilte nach einem Walde, in der Nähe des Städtchens. Da legt ich mich in's Gras, und sah still empor zum klaren, tiefblauen Himmel. Über mir wölbte sich eine mächtige Eiche mit zarten, hellgrünen Blättern, und seltsam gewundenen Zweigen, in denen der Wind und meine Gedanken auf- und abkletterten. In stiller Grazie wiegte sich der Wipfel. Zur Seite standen blühende Sträucher, und rund herum schlugen Nachtigallen. Da war kein Mensch weit und breit: da hab ich lange mit dir geplaudert.—Ich glaube gar, ich habe dort geträumt; denn, als ich die Augen aufschlug, war Alles still, ich hörte deine Stimme nicht mehr, und nur die Bäume rauschten im Winde, wie im Traume. Gestern sah ich dir ins Auge, und zog deine Hand an meinem Mund: das war meine Vertheidigung. Heute muß ich mich schon mit Worten wehren;—oder hab ich's nicht nöthig? Liegt denn in jenen Worten, die dir mißfallen, Möglichkeit eines Abfalls von dir? Sagen sie nicht, nur mit andern Ausdrücken, daß ich dich lieb habe?—Soll der vom Tode nicht sprechen, der den Odem der Unsterblichkeit trinkt? Wäre das nicht Feigheit? Der Strauß versteckt den Kopf vor dem Jäger, und glaubt, daß er nicht gesehen werde, weil er nicht sieht. Soll ich dem Jäger nicht entgegengehen, den ich nicht scheue?—Hast du dich nicht an den Rand schwindelnder Abgründe gewagt, und erhöhte nicht deine Lust das Gefühl der sichern Kraft neben der drohenden Gefahr?—Wie wär's, wenn ich aus der Defensive zur Offensive überginge? Traust du mir ganz und giebst dich mir ohne Rückhalt? Ich übergehe die drei Punkte deines nächtlichen Briefes, die plötzlich, wie Felsen, den Strom vertraulicher Mittheilung unterbrechen. Wenn mich meine Gedanken über diese Grenzsteine hinaustrugen; so sah ich, wie durch einen Nebel, in ein blühendes Thal.—Was sind das aber für Schreckbilder, die du verdeckt in dir herumträgst, die ich nicht fürchten soll, gegen deren Anblick du mich mit Muth erst stählen willst?—Hältst du mich für ein Hasenherz? Schon manchem Gedanken bin ich nahe gerückt, ohne Furcht, vor dem Menschen, die sich nur in gewöhnlichen Gleisen bewegen, zurückbebten. In der Nähe verlor er alle seine Schranken. Warum sprichst du nicht aus, was du doch gedacht hast? Ist es Wahrheit, warum sollt' ich sie nicht wissen: da du auch mir nahe sein willst, und nur die Wahrheit es ist, die uns zu einander führt, und zwar nicht ein Stückchen Wahrheit sondern die ganze Wahrheit? Nur wenn wir ganz durchleuchtet sind von der Wahrheit: so daß wir einander durchsichtig werden für alle Regungen des Kopfes und Herzens haben wir einander ganz. Glaubst du, daß ich dich mißverstehen, und Worte übel deuten werde, die von innrem Zusammenhange losgerissen, allein dich mir offenbaren in ihrer Vieldeutigkeit. Weiß ich nicht, daß deine Blüthen auf dem Boden der Wahrheit wachsen, im Innern eines Gemüths, das nur aus sich, nicht durch Vergleichung mit Andern verstanden werden kann? Oder, willst du erst die Knospe meines Herzens in der Frühlingssonne zum Kelche entfalten lassen, ehe du dich herniedersenkst als Thau in ihre, zu deinem Empfange offne Schale.—So sprach ich mit dir: Wenn die Rebe mich umranken will; sollt' ich's ihr wehren, da ich meine Lust habe an ihrem Umschlingen? Wenn ihre Blätter mit wechselnden Lichtern und Schatten mir um Brust und Stirn spielen: ziehen da nicht goldne Träume ungeahnten Glücks durch meine Seele? Wenn die süße Traube hoch über mir gereift ist: sollt' ich da nicht im Traum die Hände nach ihr ausstrecken, wenn ich sie auch nicht erreichen kann, es sei denn, daß ihre eigne Schwere sie zu mir niederbeuge?—Auch ich habe schöne Träume.—Es ist noch früh am Morgen: eben schlägt es 5 ½ Uhr. Die Hähne krähen; sonst ist Alles still. Ich könnte die Augen schließen und fortträumen, um das Ende meines letzten Traumes zu erfahren. Wir fuhren über das silberne, still wogende Meer in rosenbekränztem Nachen, auf der Flucht vor der faulen, verstockten Gegenwart. Ein guter Fahrwind blies ins Segel und zog es rasch fort durch schaumgekrönte Wogen. Ich stand am Steuer und du lehntest dich an mich. Deine Augen funkelten übers Meer hin, und du redetest zu mir, wie wir dem unbekannten Gotte auf ferner Insel Altar und Tempel bauen wollten, um ihm allein zu dienen. Wie du sprachst: da rauschten die Wasser auf, und es stieg, nicht allzu fern, eine Göttergestalt herauf, in Schleier gehüllt, auf Augenblicke, dann versank sie wieder mit stummen Blicken. Aus Wellenschäumen bildeten sich Gestalten und zogen vorüber, wie Nebel, in die Ferne. Dann stiegen die grünen Küsten einer Insel auf, die voll war von hohen Bergen und schimmernden Hügeln. Ehe wir landeten erwacht ich; aber noch im Wachen war mir, als schwämmen wir auf dem Meere und als lehntest du dich an mich.—Siehst du: so bin ich im Wachen und Schlaf um dich und bei dir (auch in dir?) und ich rede mit dir, wie mit mir selbst.—Wenn nicht augenblickliche Stimmung deinen klaren Blick trübt: so mußt du das auch erkennen. Darum bin ich so vertraulich und anschmiegsam, weil ich in dir mich selbst wieder erkenne, und doch anders. Ich wär ein selbstvergötternder Thor, wenn's nicht so wär. Nicht das Bekannte hat Reiz, aber die Ferne und das Geheimniß lockt zu sich.

Daran erkenn ich, daß du das Bild meiner eignen höhern Natur bist, daß ich dich nur habe in den Stunden der Begeistrung, und daß nie der Quell der Begeistrung mir aufsteigt, ohne dein Bild wiederzuspiegeln.—Nun will ich aufhören zu reden, und horchen und horchen bis deine Gegenrede herüberklingt, und wenn ich horchen möchte an der Kammer deines Herzens auf alle dort flügge werdende Stimmen: so darfst du mir das nicht übel nehmen und kannst mich nicht entfernen, weil ich bin jetzt ein privilegirter Horcher i. e. Auscultator V.R.W.

Wolmirstedt d. 11 Mai 1839. JD.

BRIEF 30
Bettine von Arnim an Julius Döring,
Berlin, [9. bis] 17.5.1839

Nachtbrief am Himmelfarthtag.

Wärs wie sonst ich würde Dir Die ganze Nacht schreiben, so wach bin ich zum Dencken, so viel Blumen blühen hier auf meinem Tisch die ich nach und nach versammelte weil sie mich an Dich gemahnen, heute Morgen war ich früh ganz allein im Thiergarten da kam mir das junge Laub vor wie Du; es ist wahr du bist jung und frisch wie's Laub, aber eins ist nicht wahr, was ich doch am liebsten wollt um mich ganz vor Dir aussprechen zu können und ich kanns dir nicht geben Dies eine ich kanns nicht hüten ich kanns nicht befördern. und fragst Du, was ists,—so muß ich antworten *Ein Narr sein wie ich*; aber Du meinst, das könnest Du wohl behaupten zu sein; Da muß ich aber Den Kopf schüttlen.—Du junge lichte Natur wie's Laub, Wie möcht ich doch daß Du allseitig dich selber emfändest und würdest starck, ein Held, ein Herrschender unter Allen.—und es haftet mein Blick auf Dir mit magischem Willen, und deucht mir alles Zauber was ich zu Dir Dencke und umstelle deinen Fuß mit Blüthen daß die Geister deine Schritte begleiten sollen, die weise Hyazinthe ist deine Blume ich will deiner gedencken wo ich sie sah, auch wenn Du meiner nicht gedenckst, aber wie könnt das sein?—Das wär ein ewiger Schimpf sollt ich dich nicht fassen und wieder gebären, so daß es einst der Mühe lohne gelebt zu haben für Dich.

Gestern war Aristokratische Gesellschaft bei Savigny, mehrere Fürstlichkeiten waren aus Neugierde hingekommen mich dort zu finden aber weils schöner war und dir näher deiner im Geist zu warten, blieb ich zu Hause dein Stuhl an meiner Seite, der Flieder regnete seine Blüthen auf meine Schreibereien herab, dem sah ich eine Weile zu und Dachte: Heute spricht mein junger Freund recht leise, je leiser je heimlicher;—Da hab ich recht gelauscht dein heimlichstes Herz zu verstehen da lehnt ich meinen Kopf gegen Dich hin und erträumte dich zu mir, ich war überrascht wie ich aufsah dir nicht ins Auge zu sehen. Auch in deinen Briefen hat ich eine Weile gelesen, da wo Du eifersüchtig bittest ich solle Dich vor allen Andern lieben, es gefällt mir daß Du so bittest.—Ich zwar bitte um nichts, ich weiß wohl warum, mir wärs kein Genüge wenn du liebtest das du mich vor allen andern liebtest.—O Nein mir würde Das nicht genügen.—Was Du nicht mußt das wollt ich nicht, und was Du müßtest darum dürft ich nicht bitten; und was ich meinem Zauber nicht zu Dancken hab darauf wollt ich verzichten, und ich verzichte jeden Augenblick und fühle mich nicht weniger begabt im Entsagen, als wär ich noch so sehr geliebt.—Und so hab ich dir immer zu Danken Darum daß du einen Augenblick geliebt hast.—Gute Nacht.

Freitag Nacht.

Heut Früh war ich wieder Draus, morgens um 6 Uhr ist die Sonne schon so heiß wie lang hab ich keinen Frühlingsmorgen gesehen, wie viele hab ich versäumt, die Frühlinge haben mich aber auch versäumt keiner hatte mir was zu sagen unter so viel Blumenaugen war keins das nach mir sich umsah, drum hab ich ihn versäumt, Dies Jahr glaubt ich Dich und ihn, eins durchs andre verstehen zu lernen. Gestern Keime heute Knospen, Morgen gewiß schon Blüthen, ob ich hin geh hinein zu sehen? ich Will lieber nicht hin gehen, sind mir Doch alle Blüthen Fremd und ich bin ihnen Unbekannt. was soll ich dort.—

Sollst Du Blume schön entfaltet
Fragen nach dem Keime noch?

Was soll ich doch auf diesen Vers erwiedern dem ich nicht huldigen kann?—

Ist der Liebe Keim erst offen
Der des Geistes Blum entblüht
Wie soll Liebe da nicht hoffen
Daß der Geist nur ihr erglüht?—
Nach dem Keime nicht mehr fragen
Der Dich hat hervorgeblüht?—
Ach in kurzen Maientagen
Ist der Liebestraum verglüht.
Geist der nichts von Lieb will wissen
Ist vom Stamme loßgerissen.

Und das macht mich traurig, daß ich dir auch nicht weiter schreiben mag heute könntest du doch die vielen Rosen sehen die an meinem Bett über deinem Fuß blühen, und auf mein Kopfkissen niederschwancken und verduften in wunderlichem Traumdencken, ich will die Geister an deine Schritte fesslen mit ihnen. Soll ich dich fassen, soll ich dich lassen, ist dirs zum Spasse daß ich dich fasse Ach lieber dich lassen als nur zum Spassen.

Sonnabend Nacht

Früh Morgens Blüthe vom Kirschbaum gepflückt im Thiergarten aufs Herz gelegt; Am Abend beim Auskleiden fand ich sie verwelkt, es betrübt mich, es warnt mich, laß ab vom Ingurd, du siehst der Frühling welkt leicht auf deinem Herzen, er sagt, er möchte dich um alles nicht missen, du bist ihm nicht eigen er fühlt dich noch ausser sich, solche Naturen welken leicht in ihren Hingebungen, wie die Blüthe welkt vom Stamm gerissen; fühlte er sich eingewurzelt in Dir, er würde nichts ahnen vom Missen.—Und weine nicht drum wenn es nur ein Traum war, denn es trift nur Dich, nicht Ihn, denn ist Euer beider Geist nicht ein Leib und eine Seele dann wird deine Natur sich nimmer in ihm spiegeln, und sieh nur die welke Kirschblüthe an, sie wollte dein warmes Herz nicht missen aber sie welkte und weiß nichts mehr davon. fasse

Dich und leb mit deinem Genius allein, auch ihm kannst du das Haupt unter die Sohle legen und wenn sein geflügelter Fuß deine Stirne berührt und deine Brust. dann wird dich andre Begeistrung erfüllen. und wie Du übergehst aus einem Leben ins andre wenns nur in Begeistrung ist; das ist deine Aufgabe. deine höchste, laß ab vom Ingurd.

Sonntag Nacht.

Heute Morgen im Thiergarten da kam der Schwan ans Ufer wo ich stand er wollte Brod von mir, er murrte wie ich ihm nichts geben konnte. Verzeih mir Ingurd was ich gestern Nacht schrieb du bist mein Genius, unter deinem Jünglings Fuß will die Brust in Begeistrung ihren Athem aushauchen. wurzle ein da, daß du vergessen magst daß du mich um alles nicht missen mögtest.—ich mögte dir noch viel sagen aber das Gefühl geht weiter wie der Geist und kann sich in irdischer Sprache nicht ausdrücken.—O sei nicht böse auf sie die zu deinen Füssen liegt, und da will sie sich begraben wo dein Fuß abgleitet von ihrer Brust oder von ihrer Stirne fest soll dein Fuß stehen ganz fest auf meiner Brust; was schaust du mich zweiflend an?—Du verstehst micht nicht?—frag nur dich selber, und die erste Antwort die Dir dein Genius giebt, die glaube, sie ist die rechte dann wirst Dus verstehen.

Donerstag

Sonntag Montag nicht an Ingurd geschrieben—am Dienstag deinen Brief erhalten und wollte Abends Dir schreiben aber Da kam um 6 Uhr ein junger Mann, mir Dringend emfohlen, ein Doctor der Philosophie, Der ging nicht, und obschon ich deutlich sagte daß ich erwartet sei und ihn schon beinah an der Thür hatte so wendete er wieder um und fragte: „sind Sie so dringend beschäftigt daß Sie mich dieser einzigen 4tel Stunde meines Lebens berauben müssen?—ich der logische Dencker der mit Leidenschaft an Der Philosophie hing, und auf mühsamem Weg sie mir eigen machte und alle Fesslen mit großer Anstrengung zerriß um ihr anzuhängen und nur in Ihrem Buch mich wiederfand?“—und ich mußte lachen wie er mir erzehlte Socrates habe Viele Stunden auf einem Fleck gestanden und in die Sonne gesehen, denn dies haben mir beinah alle jungen Philosophen erzehlt;—so blieb er bis Mitternacht, erzehlte mir sein ganzes Leben, wie er seine Mutter zärtlich liebe, wie er ihr entlaufen sei um nicht Theologe zu werden und dann Hofmeister und Dann Pfarrer, wie er da auf eigne Hand kümmerlich studiert habe und alles Durchgesezt, da sei er oft Nachts in wilden Träumen aufgefahren weil es ihm Das Herz zerrissen daß die Mutter ihm nicht versöhnt war, und jezt endlich sei es ihm gelungen, er werde Professor pp—bei dieser Mittheilung war er so bewegt daß er sich des Weinens zu enthalten suchte; er sagte mir noch, daß er seine ganze academische Laufbahn nur allein an mein Buch anknüpfen könne und er müsse mir ein Theil seiner Manuscripte vorlesen bei seiner Rückreise in 4 Wochen, dann solle ich ihm ein paar Tage Zeit gönnen.—Ich selber bin hierüber nicht wenig verwundert, daß Menschen so viel philosophischen Stoff in meinem Buch finden um wieder eins der Betrachtung darüber zu schreiben, aber ich dachte an des Loewen Rachen in dem die Bienen Honig eintragen und sagte ihm: Wenn auch Socrates vom Aufgang bis Untergang im Anschauen des griechischen Sonnenhimmels versuncken *stehen* blieb, so bin ich bei Der ersten Wolke die über meiner deutschen Sonne hinzog *sitzen* geblieben, und mein Denckkreis ist ganz enge was Ihr aber in diesem von Euerem eignen speculativen Ertrag herbergt und sichert das mag Euch gedeihen, daß endlich das Land wo Milch und Honig fleust aus Eurem Geist Urbar werde.—ich mußte es geschehen lassen daß er meine Hände küßte, zum erstenmal seit du fort bist.—Das war am Dienstag, am Morgen war eine portugiesische Jüdin bei mir gewesen, die zitterte und blaß war vor Herzklopfen sie hielt einen Brief in der Hand in dem sie ihre Gefühle ausgedrückt hatte wir waren aber gleich heimlich zusammen und sprachen viel miteinander über Die Juden und über ihre Familie de Castro die jezt in Altona ansässig, sie sagte mir daß ihre Mutter 75 Jahr alt, sich habe mein Buch vorlesen lassen und daß sie mich viel tausendmal seegne.—Dieser Seegen ist mir ein erfreulich Geschenck denn er beweißt mir wie wahrhaftig das Vertrauen dieser alten Jüdin in mich ist, und dies ehrt mich als ein Zeichen meiner eignen Wahrhaftigkeit, denn sonst würd ich kein Vertrauen erregen, und ich muß immer mehr glauben daß aus dem Willen der Liebe aller Geist hervorgehe wenns nehmlich wahr ist daß ich Geist habe wo kann er anders herkommen als aus der Liebe denn ich weiß daß mein erstes Denckerwachen war: Ach könnt ich doch die ganze Welt umarmen.—

Und gestern am Abend ging ich zur frl: Lange da ging mir ein junger Mann nach, er fragte ob er eintreten Dürfe, Wir glaubten er habe irgend einen Grund einen Auftrag pp um einzutreten Ach sagte er zu mir sind Sie denn nicht gewohnt berühmt zu sein und daß man Ihre Spur verfolgt um Ihnen ins Gesicht zu sehen und Ihnen auszusprechen wie man sein Herz sein Leben Ihnen weiht im Stillen. und ich möchte Ihnen dienen, für Sie arbeiten pp—er blieb auch bis späth sprach viel von Kunst von Philosophie die Geschichte von Socrates in Der Sonne kam wieder vor, noch kein Stadtgespräch war so verbreitet.—er ging mit Der Betheurung daß er mir sein Leben weihe, ich solle ihm übergeben was mir zu lästig sei bei der Ausgabe von Arnims Wercken. abermals die Hand geküßt beim Abschied Wo soll ich die Hand hinverstecken lieber Ingurd die Du im Traum geküßt hast. ich muß mir einen Stauchen (Muff) anschaffen.—Der junge Mann fragte noch: Sind Sie denn schon so gewohnt berühmt zu sein Daß Sie so natürlich sind?—Der närrische Kerl!—ich sagte ich sei meine Berühmtheit noch gar nicht gewahr worden.

Beiliegenden Brief von meinem Bruder Clemens lese Durch der junge Mann von dem die Rede ist bist Du,—Die Aufgabe für *jeden* der sie übernimt ist diese:—Erst die Schriften von Arnim mir ordnen zu helfen täglich eine Zeit von mehr oder weniger Stunden, dies liesse sich sehr gut vereinen mit Arbeiten eines jungen angehenden juristisch angestellten, der hier in Berlin arbeitete die Kosten des theuereren Aufenthaltes würden gedeckt sein, es braucht nur zugeschossen zu werden von mir was es mehr kostet hier anständig und bequem zu leben, als in einer kleinen Stadt.—Arnims Nachlaß ist wahrscheinlich das köstlichste was Die Zeit zu bieten hat, wer sich aber dieser Unternehmung widmet der hat den großen Vortheil sich in die gewaltigen Materialien und Lebensgänge der Poesie versezt zu fühlen Wie in die reiche Höhle wo des Köstlichen eine unendliche Fülle ist. denn jener war ein Genius unverstanden seiner Zeit, und die Spuren seiner Tritte glänzen wie Diamant.—Wem soll ichs gönnen daß er Diese Spuren betrete, wenn nicht einem Fuß der mir geheiligt ist?—soll ich sie vernichten weil ich keinen Dazu finde unter Allen Die mir Liebe Betheuern?—Und hier wo ich weiß daß die Liebe reichlich gelohnt wird durch den Dienst selbst?—bietet denn Das Leben so oft, so leicht einen Weg auf dem man dem Genius treu bleiben könne ohne der feigen Philistersatzung auf ihres Gesetzes Tafel zu speien oder mit Füssen zu treten?—sind einem so leicht die Zügel in Die Hand gelegt alles zu beherrschen in der Stille während heimlich die tiefgelegte Wurzel der Eigenthümlichkeit unbetheiligt ihren Baum treibt; und endlich Kraft gewinnt Herr und Meister zu werden und in freier Willkühr sich blühend über das ganze ZeitenLand zu verbreiten?—wie hier wo den Fordrungen die einem die kleinliche Schicksalswage des äusseren Lebens stellt vollkommen genügt wird, während innerlich die Götter im Venus berg Tafeln?—lieber Ingurd ich dencke hier des jungen Mannes der so leidenschaftlich seine Mutter liebt daß er verzweiflungsvoll sich von ihr loßriß um der innern Mahnung zu folgen seines Wissenschaftlichen Instinckts. und wie ers durchgesezt hat ganz nur auf sich selber angewiesen, eine lange Zeit diesem Obzuliegen, und jezt mit sich zufrieden, mit der Mutter auch die es anerkennt, seinem Lebensweg treubleibend, eine ungebeugte Lebenskraft als höchstes Kleinod in sich trägt; und ich dencke wie dieser vor wenig Tagen hier auf dem Stuhl saß wo du auch gesessen, und wie er mir Recht sprach Glauben schenckte meine Forderungen an Geist und Herz der Menschheit in sich anerkannte wie Du auch es gethan hast; und ich dencke daß jenem keiner so die Hand reichte wie ich es kann, durch glückliche Constellationen begünstigt, so muß ich jenem zuerkennen Daß er Anlage hat zum Helden was sich auch in seinen scharfen männlich edlen Zügen ausdrückt. und ferner muß ich dich um Verzeihung bitten daß—— Daß ich dir was zu verzeihen habe.—Mein mir Geliebter!—ich seh an Dir hinauf und flehe, sei großmüthig, verzeih's ihr daß sie Dich tadelt.—Weil Du—Ach.

Ich spreche hier weiter, wie sich das Ordnen von Arnims Schriften noch gestalten würde für meinen Mitarbeiter. Durch Grimm unterstützt würden Die Liederquellen die seitdem noch aufgefunden untersucht gestimmt und zusammen mit Clemens in München ins rechte Gleis gebracht; dazu eine Urlaubsreise benützt. pp.—die Lebenanregende Quellen die hier zuströmen brauche ich nicht zu erweisen, es ergiebt sich von selbst.—lieber Ingurd ich hab deine Verzeihung, nicht wahr, daß ich dir meine schon im Voraus zusichere; und so sind wir beide versöhnt noch ehe wir Uns entzweiten.—Ich bin auch gar nicht betrübt Daß Du es nicht bist der Dies alles übernehmen will, denn es würde mir unendlichen Nachtheil bringen denn Du sagst ja wie vom Zaun gebrochen (und also prophetisch) „*Nicht* das Bekannte hat Reiz aber Die Ferne und das Geheimniß lockt zu sich."—wenn Du nun täglich in meiner *Nähe* arbeitetest, wo blieb da Die Ferne, und das Geheimniß die Dich locken, wenn Du mich Täglich sprechen hörtest wo blieb der Reiz den das Bekannte nicht hat?—das gäb am Ende eine Janus-Geschichte, du sässest mir gegenüber mit dem Antlitz und wendetest mir doch ganz und gar den Rücken. Ich schließe Diese Episode mit der Bemerckung: Du mußt starck sein Glück zu tragen du mußt starck sein zu versagen. beides hat Gewinnst zu wagen und Verlust von seelgen Tagen.—

jezt wende ich mich endlich an den Inhalt deines Briefes den ich mit Freuden emfangen und gelesen habe aber nicht mit Bangen und Herzklopfen wie sonst, das lange Warten hat mich gedultig gemacht.—aber Doch hat mich der Brief herzlich erquickt weil er heiter ist und ganz verständlich und das Wandlen Deiner Gedancken so zierlich bezeichnet wie der leichte Fußtritt eines schelmischen seiner Gewalt bewußten Knaben, zwischen Blumenbeeten. ich verstehs, und daß du mich auslachst versteh ich auch, und hast Recht, denn Die Reih ist an Dir zu lachen; und fahr mich nur immer auf silbernen Fluthen der Insel zu voll schimmernder Höhen, und wage zu erwachen noch ehe wir landen um dem Traum nach zu spotten der mich in Deinen Arm lehnte. im Traum mein Freund kannst Du meiner nicht spotten; aber wohl im Wachen, und so ist es nicht Ritterlich von Dir daß du das Traumfeld verliessest um mirs ins Gesicht vorzuwerfen wie ich mich von deinen Träumen verführen lasse.—schlaf doch lieber fort, und träume weiter, im Traum rückt alles näher an die Seele, weil Die Wircklichkeit so sehr mißbraucht ist, so hat sich alle idealische Wirckung in Den Traum geflüchtet. träumst Du von blühenden Gefilden so wird dich ihr Eindruck Tage lang begleiten und wirst ein heimliches Emfinden des Frühlings in Dir haben, während in Der Wircklichkeit du an allem vorüberstreifst ohne daß es dich fasse.—drum stosse mich nicht muthwillig aus der Traumwelt. hinaus in die Wircklichkeit wo alles in Mißverständniße sich umsezt was im Traum so schön gelöst war.—Wüßt ich gewiß daß du jezt träumtest und wolltest mir versprechen im Wachen großmüthig zu vergessen, dann schlief ich im Traum noch einmal ein an deinem Herzen und Traumgenießend säh ich mich schlafen neben Dem Träumer der im Traum sich unbewacht glaubt neben Der tief schlafenden, und so könnte ich träumend ausspühren was die tiefste Stimme im Traum aus dir spricht zu der die du im Schlaf versuncken wähnst.—aber ich trau dir nicht, du bist kein echt Somambüler und die Wircklichkeit liegt hart in deinem Herzen gefangen, du Drückst ihr den Daumen aufs Aug, sie darf sich nicht rühren so schiebst Du den Riegel vor und spottest ihrer daß sie Dir gefangen ist.—Drum ists gut daß ich nur Nebel bin, und während deine Gedanken dich über die „*Felsen die den Strom vertraulicher Mittheilung unterbrechen hinaus tragen um durch den Nebel ins blühende Thal zu sehen*“ wird der Nebel durchs Herz aus jeder Spalte entweichen und's blühende Thal wird hell und breit im Sonnenschein vor dir liegen, und dir ewig bleiben, aber der Nebel wird entwichen sein und du wirst ihn nicht missen. so muß es sein, denn Schmerz der Sehnsucht will ich dir nicht als Erbtheil lassen.—Über meinen früheren Brief kann ich dir keine Rechenschaft geben ich weiß nichts mehr von seinem Inhalt. es ist so lange her daß ich ihn schrieb.—auf deine Verteidigung liegt die Widerlegung schon in Den paar Zeilen von Sonnabend Nacht.—Du bist ein Sophiste mein lieber, und bist wircklich der VogelStrauß den du zum Gleichniß nimst, und versteckst deinen Kopf, und meinst ich sähe ihn nicht, aber ich respecktire deine naive Unschuld und lasse Gnade für Recht ergehen.—Den Brief meines Bruders schicke früher als dir vielleicht die Lust oder die Möglichkeit wird zu antworten, schicke ihn gleich mit umgehender Post wenn auch ohne begleitende Worte, denn wie gesagt, ich hab mich fügen gelernt in der lezten langen Pause, wo du meiner so sicher warst.—17ter Mai 1839.

BRIEF 31
Julius Döring an Bettine von Arnim,
Wolmirstedt, 19. bis 21.5.1839

Am Pfingstsonntage d. 19. Mai. Als ich den Brief an dich heute abgeschickt hatte, wurde mir so fröhlich zu Muthe, wie ich gestern traurig war. Ich hatte mir dir geredet, und alle disharmonischen Klänge, die sich in die Melodie unserer Liebe hatten drängen wollen, waren gelöst; mein Herz und deines stimmten wieder zusammen in einem Klange.—Alle Tage will ich an dich schreiben, sei's auch nur Geringes, seien's wenig Worte. Vor dir möcht ich ausbreiten mein ganzes Leben, daß es grüne und blühe im Lichte der goldnen Sonne deines Geistes. Ich will dich einführen in die stillen Kammern meines Herzens, und die Werkstätte der Gedanken vor dir öffnen. Wie sie wild mit einander stritten sonst, die Kinder des Herzens, die rosigen Gefühle, und die Geburten des Kopfes, die stolzen, herrschsüchtigen Gedanken, und die Entscheidung schwankte so oft hinüber und herüber! Wann werden sie den großen Tag der Versöhnung feiern? Das wär mir ein rechter Pfingsttag! Ist der Gedanke nicht die stolze, die Welt mit Licht überströmende, einsame Sonne; und ist das Gefühl nicht eine warme, süße, duftende liebeathmende Macht,—wo Stern an Stern in schöner Eigenthümlichkeit hervortritt? Aber, wenn sich Nacht und Tag begegnen: da erblühen Morgen- und Abendröthen. Gleich ihnen wandelt vorauf und zieht nach der Dichter dem Phöbus Apollon, dem Gott, der ihm den Busen bewegt. So scheint der Dichter tröstlich und freudig über die dunkle Erde hin.—So festtäglich ist heut meine Stmmung: still, heiter und rein.—Es ist schon spät am Abend. Unzählige Bienen umschwärmen noch in ruhiger Geschäftigkeit den vollblühenden Baum. Ihr Gesumme tönt wie das Läuten ferner Abendglocken zu mir herein.—Was läßt mich so froh horchen auf die stillen Leute draußen? Ist es, weil mir die Welt erscheint, wie dieser blühende Baum, und die Bienen, die den Honig herauswühlen aus den Blüthen, wie Menschen mir vorkommen, die unverzagt dem Impulse ihrer ursprünglichen Natur folgend dem Leben sich hingeben, und freut mich's, daß der Klang ihrer Thaten tönt wie frommes Glockengeläut dem fernen Lauscher im Himmel?—Ich mußte oft aufblicken zwischen diesen letzten Zeilen, denn mir war, als kämest du leise heraufgeschwebt den Gang zwischen den Blumenbeeten; ich fuhr auf; sah nichts[.] Ich mußte mir wohl sagen, daß du fern von mir bist, und nur meine Gedanken bei dir sein können.—Bettine, ich bin an deiner Seite; ich halte deine Hände und küsse dich auf den Mund. Da bedarf es keines Muffes. Sei still! Es ist ganz dunkel.—Gute Nacht!—

Am Pfingstmontage d. 20 Mai. Eigentlich noch Nachtrag von gestern Abend, als es tiefer hineinging in die Nacht, und zu dunkel war, um noch schreiben zu können. Verzeihung, wenn ich mich in die Haut des todten Löwen gesteckt habe. Die Ohren hätten mich freilich schon verrathen, auch ohne mein Geständniß.—

Bei dir, hatt' ich übernommen,
Dir der Sterne Geist zu bringen.
Da versagt ich ihnen Kommen:
Mußt' ich küssend dich umschlingen.

Jetzt, aus deinem Arm getrieben;
Fern dir, wie dem Gott der Beter;
Sind die Sterne mir geblieben,
Leuchtend dort im nächt'gen Äther.

Wandeln hinter Wolkendecken,
Blicken hie und da durch Spalten.
Muß zum Scherz, und heitern Necken
Deiner Liebe sich gestalten.

Aber, wenn die Wolken schwanden,
Rein und hell die Sterne blinken—
Freudig hab' ich gleich verstanden
Leises Flüstern, stummes Winken.

Sieh! Dann scheint es mir zur Stunde,
Daß mich deine Augen grüßen,
Und als ob mit deinem Munde
Mich die Sternenlippen küssen.

Zwei Wäldchen sind bei meinem Patmos; das eine jenseit des kleinern Flusses, das andere diesseits. Gestern war ich im jenseitigen Hölzchen[.] Oben in den Zweigen sangen die Vögel, und unter den grünen Bäumen lustwandelten im Festtagsputz die Alten und die Jugend des Städtchens. Alle trugen in den Händen grüne Maien. Junge Bursche und Mädchen thaten sich in Trupps zusammen und zogen singend unter den hohen Eichen hin. Von jubelnden Stimmen und lautem Gelächter hallte der Wald wieder. Heute ging ich zum Holze diesseit des Flüßchens.—Hatt's alle Jahr gesehen und nicht drauf geachtet, aber dießmal fiel's mir schwer auf's Herz. Von der Sonne hell beleuchtet, sah ich den einen Theil des Holzes schon angethan mit dem hellgrünen Brautkleide; aber der andere war noch nackt und blätterleer. Da mußt ich deiner gedenken, und wie du mich verglichen hast mit dem jungen Laube. Ach! das junge Laub, wie gern möcht es aus dir keimen und dich umkleiden—was wehrst du's ihm?—Heut Abend las ich wieder in deinen Briefen an mich. Da sind die Lesefrüchte. Wär's erst so, daß du den Pulsschlag deines Lebens in ihnen fühltest!—

Ach, wie lang', eh' ich dich kannte,
Hab' ich deiner schon geharrt.
Wie ein Licht, das fern entbrannte,
Leuchtet mir die Gegenwart.

Nicht ein jetzt erst Angefangnes
Fühl' ich reiche Liebeslust.
Zukunft, Gegenwart, Vergangnes
Trag' ich dich in meiner Brust.

Kämpftest wie ein stolzer Krieger,
Wolltest Liebesheros sein.
Unbewußter Herzbesieger,
War schon, eh' du kämpftest, dein.

Sah dich—doch durch Nebelschleier;
Hielt dich—doch nicht lebenswarm.
Und du kamst: mein Blick ist freier,
Und ich halte dich im Arm.

Immer heller will es tagen:
Überwunden ist die Zeit!
Herz an Herz wir können sagen:
Liebe ist von Ewigkeit!

Ich war von Schmerz befangen;
Versenkt in bösen Traum.
Ein Frühling kam mit Prangen
Und schwand: ich merkt' es kaum.

Und, wie ich ihn vergessen:
So auch vergaß er mich.
Der Jugend Gluth indessen,
Der Jugend Lust entwich.

Dann kam ein frisches Lenzen,
Ein Jubel um und um.
Mein Haupt blieb leer von Kadenzen,
Mein Herz war kalt und stumm.

Die Mauer ist gefallen,
Die mich vom Frühling schied:
Ich hör' im Herzen schallen
Der Liebe hohes Lied.

Des Frühlings warme Triebe
Durch's Herz erquickend gehn.
Das Räthsel meiner Liebe
Lehrt mich der Lenz verstehn.

Am 21 Mai. Eben läuten die Glocken Einem zu Grabe;—und vom Baume fallen die Blüthen zur Erde, wie Schneeflocken, daß der Boden weiß bedeckt ist.—Aber ich bin kein Young; und mich tragen rauschende Wogen frischen Lebens. Im blühendsten Leben ist der Tod: so wie im welksten Tode das Leben. Was hier unten klingt wie dumpfes Grabegläut: das schwingt sich zu den lichten Höhen als Auferstehungsjubel.—Nur Ein Tod wär nie zu überwinden. Das wär der in deinem Herzen, wenn ich die Flammenprobe nicht bestände, und du meine Asche streutest in die gleichgültigen Winde. Auf! wappne dich, mein Geist!—

BRIEF 32
Bettine von Arnim an Julius Döring,
Berlin, o.D. [20. und 21.5.1839]

Nachtbrief. Pfingst Montag.
Ich weiß eine Glocke Die hör ich gern läuten, sie hat einen Dreisilbigen etwas harten Klang, und tönt weit in die Ferne, ich hab sie in Schwung gebracht, und hör sie jetzt von Dir bis zu mir herüber tönen, das freut mich. Wie klingt doch die Glocke? rath es.—

Ich will dir ein Märchen erzehlen: Es war ein mal eine süsse Mondnacht, in Der lag ein Kind, das schlief so tief, es war neu geboren und hatte vom Leben noch nichts genossen wie den Schlaf. die Mondnacht küßt das Kind, es wacht auf und weils auf der Lippe ihren Kuß fühlt so saugt sichs an und trinckt ihr Licht, und das Licht sättigt nicht den Durst, es reizt ihn, so ist das Kind Mondtrunken geworden, und alle Philister haben sich drüber erstaunt und dies Kind den Ihren als Warnungszeichen gedeutet, wie Trunkenheit zu meiden sei, denn weil durchaus kein Philister aus einem Trunknen werden könne.—gelt das ist ein schönes Märchen?—

Ich will Dir noch eins erzehlen Einmal war wieder eine süße reife Mondnacht sie läßt sich ein ins Gespräch mit jenem unter dem Kirschbaum, durch den ihr Licht zu ihm hindringt, sie sagt: sprich mir von Dir Da Du Mondtrunken heissest.—er sagt: Ich weiß nur dies: *Ich hab dich lieb.* so sagt die Mondnacht: Dies gefällt mir aber nicht.—und ein leiser Wind hebt sich aus ihren breiten Schwingen und schüttelt den Kirschbaum daß alle Blüthen herab stürzen auf ihn, und ihn begraben, bedaure ihn nicht, denn nicht alle die nicht im echten Sinn der Trunkenheit zu antworten verstehen werden unter Blüthen begraben.—

Ich will dir noch ein Märchen erzehlen von Der Mondnacht; sie kehrt wieder und weckt den Blüthen-begrabnen mit ihrem kühlen Thau er tränckt ihm alle Glieder, und sie sagt: Weißt du mir nichts zu sagen von Dir Da Du Mondtrunken heissest.—er sagt: Ich weiß nur dieß: *Ich liebe dich.* so sagt die Mondnacht: Dies gefällt mir, denn du sprichst wie einer der trunken ist von meinem Licht. und sie schüttelt von ihren Schwingen den Nebelschleier, und verbirgt sich drinn mit ihm, und lehrt ihn von Der Liebe reden und vergessen beide der Welt.—

Was ich mit der welken Kirschblüthe angefangen?—ich hab sie auf deinen Fuß gelegt an meinem Bett, und wie ich schlafen ging hat sie unter meiner Wange gelegen auf meinem Kopfkissen.— Gute Nacht es ist schon nach 1 Uhr, schon drei Nächte duftet das Geisblatt über deinem Fuß in meine Träume.—du durchschiffst Silbermeere im Traum mit mir, um dem unbekanntem Gott auf fernen Inseln einen Tempel zu bauen, und ich hab an der Traumstätte selbst einen Tempel errichtet von Duftenden Blumen, die mein Lager und meinen Schlaf dem Tempeldienst weihen.—und wenn ich jezt vom Schreibtisch aufsteh, um schlafen zu gehen wirst Du mich in den Traum begleiten?—thu es doch, sprich doch mit mir heute Nacht, recht deutlich, damit mich morgen den ganzen Tag das Gefühl begleite daß ich in der Nacht Dich gehört habe.

Dienstag.

Im Entsagen willst Du dich üben?—Wer hat dir denn Das erlaubt?—während ich dir predige Du sollst die ganze Welt an dich reissen, so schmiegst du dich gleich vorne herein in den Ruhesessel der Entsagung;—er ist bequem nicht Wahr?—bist Du ein Sonnenkind?—kannst du dich rühmen daß du einer seiest vom Hyperionengeschlecht?—und wolltest entsagen da Doch der Tag dir verkündet daß dein Genius am Himmel steht und die Menschheit beleuchtet, wenn auch nicht erleuchtet?—

Du weißt wohl und fühlst es daß tausend Keime in Dir dem Licht entgegen sich sehnen, und darfst nicht fragen ob Du so arm seist daß Du nur eine Blüthe mir trägst?—und dann sagst du ich soll den Baum plündern, und bist gleich bereit tausendfältig an meinem Herzen zu welken?—Tritt mich mit Füssen aber wolle nicht welken.—und willst nicht mehr bitten um Liebe,—und ich hörte diesen Gesang doch gar nicht ungern.—„Frei muß die Liebe sein" meinst du, ja was da lebt muß frei sich fühlen im höchsten Sinne erhaben über alle Willkühr, und darum unverletzlich, Die Willkühr ist die Knechtschaft. Sünde, aber die Freiheit ist der Gott in Uns.—Und es könnte sich einer täuschen über beides und könnte Willkühr für Willen der Freiheit auslegen. du aber täusche Dich nicht, denn von Dem allein hängt es ab daß du dir selber angehörest.—Und fassle mir nichts vom Verlassen, und hab auch in Gedanken keinen Faden zerschnitten im Gegentheil, hab dich nur fester mit umwickelt; und wie könnte ich vom Leben lassen, das sich in mir nährt?—und ich werde dich niemals verlassen, und bilde dir nicht ein daß ich mich je an *„lieb gewordne Gewohnheit“* könne hingeben, das wär philisterhaft.—und *„getäuscht“* hab ich mich auch nicht in Dir, denn Deine Natur ist immer größer und heiliger in ihrer Entfaltung, als in meiner Voraussetzung, und wo hast Du je gesehen daß die Sinne der Natur der Eigenthümlichkeit vorgegriffen hätten —, magst Du sein wie Du willst so bist du immer geheimnißvoller (das heist erhabner) als ich Dich errathen oder auch erfordern könnte.—Deine ganze Zeit spricht durch dich zu mir und hat Gewalt über mich, und was ich auch noch mit meinem Geist verrichten könnte was wärs wenn ich nicht der Zukunft diente?—*„Willst Du dich nun meiner Liebe entwinden?“* so schlimme Deutung lasse Dir nicht einfallen gegen mich, Liebe ist was anders als daß man in ihren Nymbus eingreifen Dürfe.—Wenn sie auch alles zur Wissenschaft umbilden selbst die Philosophie, (die Frevler) die doch nur Offenbarung ist, so wird die Liebe ihre Wissenschaft vernichten; diese nimmer in ihrer innern Wesenheit ergriffne.—Und wenn auch der Philosoph sagt wenn ich mich selbst erzeuge so bin ich mit Gott. so muß ich sagen; gründe erst Die Natur (die Liebe) damit Du ihr Gott sein könnest.—nimm diese Äusserungen nicht mit der philisterhaftigkeit der Philosophie auf. sondern mit dem Salz der Energie, die Leben und Gesundheit trinckt aus allem was s[ic]*h ihr Darbietet.—Und sag mir etwas über den Brief von Clemens, und über Das was ich dir anbiete, und schlage ab was D[u]* nicht willst und fordere keck, entschuldige Dich über nichts, alles äussere im Leben sind Zufälligkeiten die auf jeden Fall zur Selbsterkenntniß führen, hast Du jezt einen Reitz dem du nachgehen mögtest, einen Instinckt, der Dich treibt, und du wagst es nicht, nun so sei Dies Opfer dennoch nur ein äusseres, und alles was in der Heiligung der Selbstverläugnung geschieht wird Blüthe tragen und Früchte.—Und dies ist ja die eigentliche Werckstätte göttlicher Erzeugung, nehmlich die Selbstverläugnung. Durch diese wandelt sich eben der Lebenskeim in tausend verschiedne Erscheinungen die immer nur wieder der Genius sind.—und dein feines blüthenreines Gewissen ist mein Richter wie deiner ich unterwerfe mich ihm unbedingt; und bin selig daß ich mich auch unter die Fittige Deines Geniuses bergen könne gegen meine eignen Blindlings-Ansichten.—Trag mich, hilf mir Freund, durch die Fluthen zur Stätte dem Gott der Begeistrung einen Tempel zu bauen, ja hilf mir nur so weit als es durch den Philistersumpf geht; dann will ich mit Göttersprüchen der Offenbarung dir alles vergelten.

Ich lege meine Stirn in deine Hände mein Liebster

Bettine

BRIEF 33
Bettine von Arnim an Julius Döring,
Berlin, [25. bis] 30.5.1839

Montag Nacht.

Was Du süsses erlebst im Träumen im Wachen es ist dein eigen dir kann sie Niemand rauben Du hast sie erfahren Die Wollustschauer der Begeistrung die den vollblühenden Baum Der Jugend Durchwehen, das alles entzückt mich, nur eines thu mir zu lieb, mach mirs ein bischen bequem, setze mich auf keinen Blumenthron lasse mich nicht von Oben herab mit Dir sprechen, und lieg mir nicht zu Füssen, ich halts keine Minute aus. müßte ich allem nachkommen was Deine Träume über mich dir vorfablen, ich würde flüchten vor der unmöglichen Aufgabe, wenn Die Mutter ein Kind geboren, und es verkündete ihr einer ihr Kind habe ein überirdisch Ansehen, dann würde sie Dencken: Ach dies Kind gehört einer höheren Welt und nicht ganz mein, und ihre Mutterliebe würde Dadurch bedrängt sein Daß sie es verehren müßte. Ach lasse uns doch lieber sein wie zwei Spielkameraden, weißt du in jenem früheren Brief hat es dich so gefreut als ich dirs anbot? ist dirs nicht mehr genügend daß ich grade nur soviel sei wie jeder von Uns beiden ist?—wärst Du hier es wär bequemer ich würde gleich dir die Lippe schließen wolltest du so schwärmen, und Dir wärs recht.—wärst Du hier, was hätten Wir alles erlebt was nur in tieferem Verständniß sich entwickelt.—

Mitwoch nacht.

Ich fühle mich so ermüdet seit ich in Arnims Papieren suche, ich muß mich zusammenraffen um die Gegenwart nicht zu versäumen. Gestern war ich ganz verloren, ich konnte nicht zu mir selbst kommen. Was erzehlst Du mir doch am Pfingstabend von summenden Bienen die um blühende Bäume schwärmen man sollte glauben Du fabelst, so kalt ists hier und so wenig Frühlingsmäßig, obschon die Linden grün sind unter meinem Fenster. Gestern konnt ich auch nicht schreiben, wenn ich nicht ganz zufrieden in mir bin, und mit mir, dann scheu ichs mich an Dich zu wenden.

Donnerstag früh.

Du wendest dich an mich als an Dein besseres Selbst, und doch fühl ich jeden Augenblick Dich als mein tiefstes Gewissen das mich rügt dies zu thun oder jenes zu lassen. ich fühle mich als der jüngere der Unmündige, und in deinem Wesen ist mehr tief begründetes Übergewicht, als Du dir bewußt sein kannst. ich hab mich ganz in Die Schule gegeben dieser Urtendenzen in Dir, ich fühle sie an Dir heraus und weil Du noch der Morgenthau bist so badet sich meine Seele in Dir. Und um mich her war Die Lebensalltäglichkeit so hoch aufgethürmt daß ich meinen Schritten keinen Rath wußte um zu mir selber zu kommen, und so wie ich früher ein Kind war in freier Luft, so möcht ich jezt wieder es sein geläutert im Feuer Deiner Brust.

Ich hab Vertrauen in Dich, ich fühl meine Zukunft in Dir in noch unentweiheter Anlage und du fühlst dich beglückt in Dieser Doppelspur deiner Lebenswege. Bin ich allein so seh ich mich um nach dem Gott der mich taufe, (Taufe ist ein *Antrauen* an Den göttlichen Geist) ich will gereinigt sein von allem was allmählich meine ursprüngliche geistige Kraft bezwungen, getauft auf die Zukunft in Dir.—Wie belehren doch die Vorurtheilslosen Schritte im Leben, wie fühl ich mich belehrt durch mein Hingeben an Dich, ists Doch als wär ich Gott viel näher, denn was könnt ich von Gott anders wollen als daß sein Geist immerdar mich warne und mahne. Du hauchst jenen Kinderfrühling wieder in meine Brust wo Die Geister mit mir umgingen ich dencke wieder mit den Geistern, der Geistergeist hat so süssen Reitz im mannigfaltigen Wechsel aller Lebensregungen denen er sich anschmiegt man fühlt alles entsprieße diesem unerschöpflichen unergründlichen Quell. Deine Lieder trincke ich aus der kühlen Mitte dieses Borns und noch feucht vom Trunck netzen meine Lippen Danckbar deine Stirn. oft kommt mirs vor als lehren Uns die Geister eine Ursprache um noch ungeahntes auszusprechen. wir lallen sie nach; wenn sich ihr Geist in Uns entwickelt so keimt auch allmälig die Fähigkeit sich in den Genius jener Sprache zu verwandlen, was man begreift in das verwandelt man sich. so deucht mir unser Beider Sein wie eine Dencklehre aus einer höheren Atmosphäre; und wenn Wir uns hinein leben, hinein üben Dann haben Wir sie ausgesprochen für Die Menschheit, das ist dann Philosophie Weisheit, die unmittelbar den menschlichen Geist wiedergebärt. Ich geh jezt schlafen, segne mich doch in deinem Herzen mit Deiner Lippe, und sei willig über mir zu stehen mich zu lencken weil ich gern folgen möchte Dir, in blindem Vertrauen, und möchte so dein Männerrecht Dir schützen und früh dich gewöhnen daß du in deiner eignen Willenskraft deinem Genius huldigst.

am Freitag.

Du sagst am 19ten. „Ist der Gedancke nicht die stolze, die Welt mit Licht überströmende Sonne?[“]—und ich frage: Ist Dencken nicht das Kinder-auge was sinnend in Die Sonne schaut?—Sinnen ist Dencken und Fühlen zugleich.—von „Herrschsüchtigen Gedancken“ weiß ich nicht, aber wohl von einem inneren Willen der der bildende Trieb in Uns ist, durch welchen der Mensch aus eigner Mitte hervorgeht. Dieser Trieb wird von Verworrenen oft als ein Hinderniß bekämpft, geht er unter so bleibt der Mensch an Vorurtheile gebunden, wird nie Frei, und möchte er auch das Leben von jeder Seite ergreifen, er wird nicht ausser der bezeichneten Grenze schweifen, die die sandige Bahn von Tag zu Tag umfaßt. keine Wissenschaft Keine Philosophie, sie gehe denn hervor aus dem freien Dencken, ohne Vorwahn, und wenn endlich ein Hegel auftritt und sich selbst gibt als den Schatten Der Die Sonne hinter ihm bezeichnet; so sind seine stummen

Jünger noch Keine Dencker und seine Anbeter noch keine Gottesgelehrten. Was ist Philosophie?—Der freie Wahlplatz aller geistigen Strebungen; ja mehr noch: alles was aus dem Urprinzip der Eigenthümlichkeit hervorgeht sei es Dencken, sei es Handlen, sei es blos instincktmässiges Üben einzelner Kräfte, Lebensregung, Lebenslust Schwingen Springen Tanzen Schleudern Aufjauchzen, jodeln auf Vaterländischen Bergen; alles ist Keim freier Geistigkeit, und also stilles Wircken Erzeugen des göttlichen Geistes.—Was wär das für ein Gott der Uns gebieten wollte zu glauben?—Gott kann wollen daß der Mensch kein Narr sei, aber alle sind Narrn geworden im Glauben.—Wie kommt dir Das vor?—Zweiflen ist aber leider Gottes auch Glauben, und noch obendrein ist es, seine Beängstigung an ein Phantom hängen, und einer Der zweifelt, aus dem wird immer wieder zur Gespensterstunde das Zweifelgespenst aufsteigen, wenn er auch hundertmal meint es bekämpft zu haben. Freies Dencken ist Erzeugen der Wahrheit Anerkenntniß des Wahren An sich glauben ist eitele Müssigkeit im Geist, aus sich hervorgehn, ist, den Geist Gottes in sich bewähren.—Wenn mich einer fragte: glaubst du an was Du Denckst?—ich müßte antworten: Nein!—ich hab keine Zeit dazu denn ich muß fortDencken.—Und wenn Der Docktor Strauß die Wunder wegdemonstrirt so thut er etwas überflüssiges, und die Poeten sollten sich gegen ihn wehren, daß er die Kristalle göttlicher Fähigkeiten zerstört.—er hätte freilich sagen können es giebt kein Wunder, denn Christus konnte auf den Wassern gehn, das war kein Wunder, er konnte Wasser in Wein verwandlen; denn die Philister verwandlen ja auch Wein in Wasser, und haben sie nicht Finsterniß erzeugt mitten im Schooß des Lichts, während Christus nur einzelne Blinde sehend machte;—Und was liegt dran ob man mit leiblichen Augen ein Wunder erkenne wenn geistig dies Wunder geschieht, und der Geist es in sich bewährt fühlt?—ist denn nicht der Geist unsere Zukunft?—was liegt an irdischen Bescheinigungen Der Wunder, da Die Erde Das Ei ist das Wir bald Durchbrechen und wo Wir ihre Documente ihre Pflicht und Eid Leistungen hinter Uns lassen. Ach wie mühsam strebt Doch der Mensch und versäumt darüber seine beflüglende Verwandlung.—sie kleben an einem Gedanckenschema als obs der Nachen sei der sie Durch die Fluthen trüge, und könnten doch lieber selbst schwimmen; und halten fest dran damit sie der Wind nicht davon trage und könnten Doch Sturmgetragen, oder im stillen Sonnenleben in den Lüften Dahin seeglen.—Aber alles Leben geht nur hervor aus der eignen ungestörten Kraft jenes Triebes. und bewahre Dir ihn mein Freund. Du auch hast Wasser in Wein verwandelt, und meine Lippe hat ihn gekostet, und meine Sinne haben seinen Geist geprobt.

Was hab ich doch da alles geschrieben, ich überlese es nicht damit mir nicht noch mehr vom Geist aufgetragen werde denn Der kann nimmer fertig werden.—vom Philosophen also, Dieser schlancke meiner Verehrer Einer, mußte mir als Strick Dienen jene Glocke anzuziehen, die einen Dreisilbigen Klang von sich giebt. *Eifersucht.*—er ist noch an selbigem Abend als er auf deinem Stuhl gesessen in die Ferne gezogen, und meiner Seele spiegelte sich sein Bild als jener Strick mit Dem ich Die Glocke in Schwung brachte.—Was enthalten aber Die Märchen? wenn ich Dir nun bekennte: Dasselbe was Du über Den Klang meiner Glocke emfindest. Eifersucht. Daß Du mich *Lieb hast* statt *mich zu lieben.*—Dies alles sind Spiele Scherze augenblickliche Stimmung, achte nicht drauf.

Seit 8 Tagen hab ich in Arnims Papieren gearbeitet, muthig eingegriffen in alles wovor ich bisher zagte, ich bin müde, ich bin nicht ganz so starck wie es meiner Natur sonst eigen ist, ich hab oft den ganzen Tag versäumt im Ausruhen wenn ich eine Stunde lang mich damit beschäftigt hatte dies ist auch schuld daß mein Brief an Dich länger ausblieb wie gewöhnlich, weil ich ermattet war von Dem Anhauch vergangner Zeiten. Ich werde wenns nicht unmöglich wird, weggehen von Hier, nicht um mich zu erheitern oder zu zerstreuen, sondern vielmehr mich zu sammeln mich wiederzufinden, denn ich war mir theilweise verloren durch vieles was mir gar lang und schwer auflag und täglich ohne Aussicht es zu überwinden sich erschwerte. Wenn ich wieder komme nehm ich alles auf mich, Gott hat mich dazu bestellt; ich sehe immer mehr ein daß nur ein innig Vertrauter in Diesem Labyrinth sich zurecht finden kann, und warum sollt ich mir nicht allein zumuthen was mir Das Geschick zumuthet; mit dem Deutschen Volke in dessen Verpflichtung du mich, seiner Gesangsreliquien wegen, so feierlich bedingt hältst. daß du mich selbst meiner tieferen Interesse zu Dir entbindest um nicht den tauglicheren zu diesem Geschäft die Volkslieder zu ordnen vielleicht zu übergehen, nun mit Dem breche ich übers Knie, das heist ich lasse den Geist meiner Laune vermählt mit dem Des Zufalls eine lustige Ehe führe[n.]* Was sie aushecken wird immer noch kühn genug gegen alle P[re]*tensionen sich behaupten können. ich habe also zum wenigsten eine Bedingung der Freiheit meinem Genius zu Dancken, nemlich Sorgenfrei zu Werke zu gehn, und dann liegt mir auch darin ein Reitz, daß wie ich im Leben immer ungerufen, und ohne zu fragen noch zu folgern eingriff und gar nicht um Erlaubniß fragte und gar keine Bedingungen machte und gar keine Rücksicht hatte sondern tha[t]* wie es mir recht Deuchte, und keiner „Bedencken erwähnte" so hab ich auch nie in meinem Leben, mir zu lieb einem andern was abgefordert und hab also der Menschheit in Dieser Beziehung nur zu Dancken daß sie mich zur Selbstständigkeit erzog und kann ihr nicht vorwerfen daß sie mich verhätschelt habe.

Was Den Clemens anbelangt so irrst Du wenn Du glaubst seine Katholische Richtung könne seiner Wahl in Weltlicher Poesie Eintrag thun, davor würde ich mich am wenigsten Fürchten, allein gewiß ist Daß eine tiefe Ironie dazu gehört Die Liebe fort und fort in sich zu erziehen für ihn, die er oft so unvorhergesehen preißgiebt, und ihrer Doch so sehr bedarf; dazu mag wohl ein junges Gemüth wie Du, zu viel Selbstverläugnung nothwendig haben.—Verzeih was dir nicht ganz genügt in Diesem Brief. Ich bin müde oder Wie soll ichs nennen, was ich bin. Du sei mir Treu, sei Dir selber Treu in mir, denn ich geb dir alles als dein Eigen Was du von Liebe in mir niederlegst. den 30ten Mai 1839 Bettine

BRIEF 34
Julius Döring an Bettine von Arnim,
Wolmirstedt, 30.5. bis 5.6.1839

Am 30 Mai. Wenn ich dir wieder von meinen Träumen erzähle: wirst du mich darum schelten? Ach nein, auch Tagesbesonnenheit ist mir nicht fremd. Wenn das, was uns beglückt, jetzt nicht wirklich ist: so thut sich die ahnungsvolle Welt der Träume auf, und erfüllt ist da, was wir ahnten und hofften. Der Schlaf ist wie ein süßer Wein; den trinkt die tagesmatte Seele, und wird sie trunken, so hat sie Träume. Der immer Nüchterne weiß nicht, was das heißen soll, daß im Wein Wahrheit liege! Was hab ich aber auch mit dem zu schaffen! — Nicht die Träume der Nacht bleiben mir, wohl aber die des Abends. In die nächtliche Finsterniß reicht selten ein Strahl der Erinnerung hinab. Durch die abendliche Dämmerung seh' ich die Traumgestalten schreiten, und die Reden ihres Mundes kann ich vernehmen. — So war es neulich, als ich an dich denkend in den Wegen des abendlichen Gartens auf- und abging. Es war still geworden am Himmel und auf der Erde. Die Sonne war schon untergegangen. Das Gewitter, welches den Tag mit Schlachtenlärm erfüllt hatte, war zur Ruhe gegangen; nur einzelne, zerstreute Wolken trieben sich noch in den Lüften herum, und rauschten bisweilen die Bäume an. — Am liebsten hör ich die Sprache der Stille. Da fühl' ich den weichen, leisen, schmeichlerischen Odem der Natur, da hör ich ihr Herz schlagen; da plaudert sie ihre heimlichen Gedanken aus, weil sie sich unbelauscht glaubt, da erhorch' ich dann und wann einzelne Worte. Das klang lieblich, was ich vom Selbstgespräch der Natur erhorchte am Maienabend. Sie flüsterte: Mein Herz ist voll Liebe, und Liebe ist mein Hort, und ich freue mich, wie mir die Liebe so nahe ist. Dann reichte sie den Blumen einen frischen Nachttrunk und wie sie den getrunken hatten, schlossen sie die Augen und es schlummerte eine nach der andern ein. Nur zwei Blumen blieben wach. Das war die Nachtviole und der Flieder. Bei der Nachtviole stand ich und sog in mich das berauschende Geheimniß ihres Duftes. Mir schien, als hätt ich schon einmal diesen Duft getrunken; aber nicht hier, — und wo sonst? Von der Nachtviole ging ich hinunter zum Flieder. Der streckte seine schwanken Zweige sehnsüchtig, mit halbgeöffneten Blüthen hinaus in die Nachtluft. Wie voll Anmut sind seine weichen Formen! Wie ist er so ganz zärtliche Lust, und Hingabe und schmeichelndes Anschmiegen! Wie sehnt er sich immer und immer wieder nach liebender Umarmung! Ach, wie die ausgestreckten Arme des Flieders immer vergebens herumschwankten in der Luft, immer vergebens er sich sehnte nach dem Gegenstande seiner Liebe: das war wohl traurig! Ich wandte mich ab und blickte aufwärts, meinen Stern zu suchen. Als ich ihn nicht finden konnte, weil Wolken ihn verdeckten: da ward auch ich traurig. Da setzt ich mich auf eine Bank, und verhüllte mein Gesicht. Die schwarzen Schatten der Trauer wichen; der Mond ging mir im Innern auf; da hatt' ich folgendes Gesicht. — Ich lustwandelte auf einer Wiese beim Scheine der Morgenröthe. Die Blumen funkelten im Thau, Lerchen hingen in den Lüften und schlaftrunke Wolken zogen langsam der steigenden Sonne entgegen. Durch die Mitte der Wiese floß ein Bach, und in der Ferne lag das blaue Gebirge. Die Blumen schwatzten närrische, aber süße Dinge. Ich war zerstreut; ich hatte kein Ohr, wie sonst, für ihr fröhliches Geplauder. Zum Bache ging ich; ich ahnte, er würde mir Höhers zu sagen haben. Die Blumen wollten mich nicht scheiden lassen; sie wollten mich festhalten mit schmeichelnder Bitte; sie drängten sich im Kreise um mich. Da fragt ich: Was wollt ihr Blumen denn von mir? Was soll ich nur mit euch? Zornig überschritt ich den Zauberkreis. Der Bach floß ruhig und seine Wellen rauschten mich an mit starker Verheißung. Geh' nur hinauf, sprach er, zum Berge: von dem ich hinabstieg; da ist der Mittelpunkt der Welt und du wirst dein eignes Herz dort wieder finden. Die blaue Blume ist eine arge Lügnerin. Dort oben aber ist Wahrheit. Auch mich findest du dort wieder. Zum Weltmeer eil ich; von ihm erheb ich mich in die Lüfte und thaue wieder nieder als Wolke zur Quelle. — Da macht ich mich auf, und hatte keine Ruhe, bis ich am Fuße der Berge stand. Ein Schmetterling, mit zierlichem, buntem Gefieder war mir gefolgt von der Wiese bis zum Gebirge; ich mocht ihn verscheuchen, so viel ich wollte, er folgte mir doch oder flatterte mir voran. Der Berg war steil und hoch. Unten grünten Wiesenmatten, Wälder umwanden seine Mitte, oben aber auf dem Gipfen lag ewiger Schnee.—Der Schmetterling flatterte voran und ich folgte ihm. Die Mühe des Steigens lohnte das geheimnißvolle Rauschen der Wälder und Rieseln der Quellen, Bewußtsein der Jugendkraft und an freien Stellen entzückende Aussichten, von denen immer mehr die Ferne den verhüllenden Schleier nahm. Endlich kam ich an auf dem Gipfel. Da war eisige Kälte; der Schmetterling, der mich nicht verlassen hatte, lag wie todt zu meinen Füßen. Der Odem war mir beklemmt und ich fror. Aber ich dachte, nun kannst du schauen die Herrlichkeit der Welt, sie liegt zu deinen Füßen, und du bist Gott näher als sonst; er wird sich dir deutlicher offenbaren und dein ganzes Herz erfüllen. Da erhob ich die Augen, und schaute um mich und hinab: ach! was seh ich? Ein graues Meer überdeckte blühende Thäler und grüne Hügel und die Berge ragten kaum mit ihren Spitzen aus den Alles ausgleichenden Wogen hervor. Schmerzlich kam das Gefühl des Alleinstehens über mich und die Erinnerung an die frohe, glänzende Welt, die ich in übermüthiger Lust verlassen hatte, preßte mir die Brust zusammen. Plötzlich rief eine Stimme in mir, erst leise dann lauter: Nicht hier findest du den Gott, den du suchtest; steig hinab und er wird sich dir zeigen dort unten; nicht das Eine, nebelgraue Meer ist er, sondern die bunte Fülle des freudigen Lebens. Rascher, als ich hinaufkam, ging's hinab. Der Schmetterling erwachte aus seiner Erstarrung und zeigte mir, lustig flatternd den Weg. Wärme rann wie ein Strom durch meine Glieder, mein Herz pochte und ich breitete die Arme aus, wie Flügel, um hinabzufliegen ins Thal, das meiner harrte. Auf andern Wegen stieg ich hinab. Vor mir lagen nicht mehr goldne Kornfelder mit blauen Blumen durchflochten; die Wiese mit kleinen, bunten Blumen lag hinter mir; der langsam wandelnde Bach ging mir nicht mehr zur Seite. Als ich den Berg hinabkletterte, breitete sich ein hügelvolles Land vor mir aus; hohe Bäume trugen prächtige Blüthen; ein Strom stürzte sich mit tosenden Wasserfällen von den Höhen nieder, schlängelte sich zwischen den Hügeln hindurch und strömte ins Meer, das am fernsten Horizont aufdämmerte. Zur Linken auf dem Flusse auf hohem Uferhügel schimmerte er hell herüber, wie eine weiße, ruhende Wolke. Durch Wälder und hohe Pflanzen kam ich zu einem großen Garten. Der dehnte sich nach allen Seiten aus, mit einer hohen Mauer umzogen, und lief endlich den Uferhügel hinan, den ich schon von ferne gesehen hatte; aber auf dem Hügel stand die Wolke und die Wolke war ein Schloß aus weißem Marmor. Die Thüren des Gartens standen weit offen, aber zur Seite derselben standen zwei Wächter. Die fragten mich: ob ich auch gut und kein Philister wäre; wär ich's nicht; oder wär ich's: so sollt ich lieber gar nicht in den Garten eintreten. Ich lachte die seltsamen Kerle aus und ging in den Garten.—Was soll ich dir erzählen von dem Jauchzen meiner Seele beim Anblick so vieles wunderbar Schönen, das ich erblickt im Garten: du weißt es ja.—Auf freiem Hügel, dem Schlosse gegenüber, stand ich. Vor demselben lagen in stolzer Ruhe ein Löwe und eine Sphynx. Ich umwandelte den Pallast. Rings herum führte eine hohe Säulenhalle und nach allen vier Weltgegenden thaten sich vier Thore auf. Durch die östliche Thür ging ich hinein. Die Halle war menschenleer, aber an den Wänden standen alte Götterbilder und zu ihren Füßen dufteten frische Blumen.—Die Herrin des Schlosses blieb mir verborgen. Ich suchte sie in allen Gemächern und fand sie endlich oben auf dem platten Dache. Kaum wagt ich die Augen aufzuschlagen, als ich zu ihr trat; denn es ging ein Glanz von ihr aus, der mich blendete. Sie hatte Mitleid mit mir, und forderte nicht, daß ich reden solle. Sie führte mich an den Rand des Daches und zeigte mir die ganze Landschaft. Der Berg, von dem ich hinabgeflüchtet war, war nun lieblich anzuschauen, da die Abendröthe einen Kranz von Rosen um seinen weißen Scheitel gewunden hatte. Des Meeres Brandung hallte weit hin durch die Stille. Die Herrin schwieg, und schüttelte die schwarzen Locken, und strahlte mich an mit freundlichen Augen. Sie fragte mich: Was hast du nun aber mir zu sagen? Erzähle!—Konnt ich reden? Ich bog mein Knie, und huldigte ihr als meiner Gebieterin. Da hob sie mich auf, und zog mich an ihr Herz.—

Am 1 Juni. Wieder vergebliches Hoffen, umsonst herzklopfende Erwartung. Kein Brief von dir!—Ich schreibe nicht eher wieder, bis beruhigt oder erfüllt ist meine bange, ungewisse Ahnung.—

Heute ist d. 5 Juni, und der Brief liegt noch: Hättest Du doch etwas Herzklopfen, wie ich als dein Brief länger als gewöhnlich ausblieb!—Dein Brief hat mich seltsam bewegt. Ich kann mir keine Rechenschaft von dem Gefühle geben, das er in mir hervorrief.—Gleich hätt ich geantwortet, wär's mir möglich gewesen. Aber Tags mußt ich auf dem Gerichtshause so vielem Plunder die schwarzaufweiße Ewigkeit geben, daß am freien Abend Hand und Gedanken mir erlahmten. Werden die Geister der Vergangenheit dir zu mächtig, so quälen mich die Gespenster der Gegenwart.—Ich war auch, nicht müde, aber verdrossen, ärgerlich, weil ich bemerkte, daß schon jetzt das Fegefeuer meiner Bußzeit mir das Blut zu Kopfe trieb. Ich griff mit sehnenden Armen in die ferne Zukunft, um sie mir näher hervorzuziehen.—Wie du meine wahre Gegenwart bist: so führt mich die Zukunft immer zu dir. Meinen Willen dem deinen unterzuordnen, mich in dir zu wissen, von dir Bestätigung dessen, was wahr und gut in mir ist, zu erhalten: dazu treibt mich mein Gefühl. Wenn mancher Liebende sich Strahlenkränze wünscht, um sie um der Geliebten Haupt zu winden, soll ich dich nicht zu einem Blumenthron führen, um dir als meiner geliebten Königin zu huldigen?—Steigst du herunter vom Throne, und willst mit mir wandeln, Hand in Hand, zwischen Blumenbeeten: so will auch ich sein wie ein Spielkamerad, und dir vorplaudern närrische Dinge, und glauben, daß es auch dich freut, weil es mir Freude macht.—Da will ich auch gleich einen Knabenwunsch äußern—Ich wollt' ich wär ein Postillon! Was thät ich, wär ich's? Ich bliese, aber recht schön müßt ich blasen können. Berge, in Morgenroth getaucht, brausende Wälder, donnernde Ströme, der blaue, sehnsüchtige Ton der Ferne: das Alles müßte aus meinem Horne hervorquellen. Und wo wollt ich, das Alles ausschütten? Vor deinem Fenster, im staubigen Berlin vor bestäubtem Reisewagen. Hörst du nichts? Schläfst du noch? Schon lange schmettr ich in die Lüfte: immer lauter. Erwache; kanns die Mathematik, kannst du's noch viel eher; mache Unmöglichkeiten möglich: reise! Der Wagen steht gepackt vor deiner Thür.—Wenn du des Nachts durch einen mondbeschienen[en] Wald fährst, und die Quellen heimliches Zwiegespräch halten wenn die schlafenden Bäume träumend lispeln; wenn eine Blume am Wege sich verlangend nach dir umsieht, als wollte sie mit dir; wenn die Sonne sich über die Berge erhebt und dir ins Auge schaut; wenn nach heißem Tage kühle Lüfte dich umwehen: dann denke, daß ich bei dir bin, und meine Gedanken dich begleiten.—Bitte, reise. Es ist schön das Reisen! Der Gefangene fühlt am innigsten das Glück der Freiheit!—Du wolltest ja Althaldensleben dir ansehen?——

Willst du mich denn nicht haben in Berlin?—Ich habe noch nichts für dich gethan, und möchte doch so gern meine Liebe zu dir bekunden auch in Werken.—Am Faden der Geduld würd' ich mich vielleicht zurechtfinden in den Labyrinthen, in welchen du umherirrst.—Es wird finster. Ich muß schließen. Da hab ich nichts mehr zu sagen, als: liebe nicht zu sehr deine Selbstverleugnung! Du sagst: Alles, was ich von Liebe in dir niederlege, das solle mein eigen bleiben; so sprech ich nicht[.] Was du mir gegeben: das laß ich nie wieder los, und wenn du's zurückfordertest, ich könnt' es dir nicht wiedergeben, weil ich nicht mehr Dein und Mein unterscheiden kann.—Ich bin bei dir in meinen Gedanken, und sehe zu, ob du meinem Ich ein warmes Bett bereitet hast in deiner Brust.—Und fragst du: wie's deinem Ich in meinem Herzen ergeht: so will ich dir vertrauen, daß ich ihm noch heut die ersten Rosenknospen zeigen, und morgen die erblühte Rose brechen will. Freut es sich?

JD.

BRIEF 35
Bettine von Arnim an Julius Döring,
Berlin, 5. [bis 8.] 6. [1839]

Mitwoch Nacht am 5ten Juni

Ich muß mich schämen vor Dir, Daß ich so kleinmüthig bin.—All diese Tage hatt ich Lust dir zu schreiben, aber nach der ersten Zeile ließ ich die Hand sincken, ich drückte den Kopf in die Ecke um vieles zu dencken über dich aber schreiben mocht ich nicht.—ich möchte Dir gern jeden Gedancken zuflüstern so wie ihn der Moment giebt aber aus dem Lebensstrom Des Geistes herausschöpfen und im Brief dir zu schicken, ist vielleicht nicht was dein Geist verlangt; und ich bin auch ganz verzagt vor Dir, Namenloser;—Du hast mir in Deinem lezten Brief so viel gesagt, ich hab ihn heut wieder gelesen, Du hast mir einen so großen Reichthum von Liebe Dargebracht, ich bin zu schüchtern sie anzunehmen, wie ein Kind dem zu großen Geschenck aus Verschämtheit den Rükken wendet und wagt nicht es als Eigenthum anzuschauen obschon ihm das Herz pocht und die Wangen glühen, so geht es mir.—ich muß mit dem Kopf schütteln wenn Du mich so hoch stellst, und muß Dencken: Wär ich ihm Doch wie täglich Brod von dem man aus Hunger ohne Lob und ohne Tadel seinen Täglichen Antheil verzehrt und worum Keine Bitte und Kein Danck statt findet weil es Lebensgewohnheit ist, es zu genießen.—Du hast mir gesagt Du habest eine Stimme in Dir die Dich meiner Liebe versichert.—Glaub gewiß daß ich ihr gern folge weil sie mich wie ein Kind zum Guten bewegt und wärst Du bei mir, so würden meine Thränen über Deine Wangen rinnen, Denn ich lehne in Gedancken meine Stirn an Die Deine.—Denck Doch nur Gestern kam ein Brief an mich der ein Sonett enthielt aus der Albrechtstraße mit deiner Hausnummer, ein Student der Deine Wohnung bezogen, schickte es mir.—Hast du an Die Wand was gekritzelt oder an die Fensterscheiben, was ihn auf derlei Gedancken brachte?—hast Du eine angefangne Zeile an mich liegen lassen, sind versunckne Träume aus dem Bettstroh wieder aufgestiegen und haben ihm in den Ohren gelegen?—Du mußt's auf dich nehmen wenns Dich verdrießt daß auf deinen Poetischen Stoppeln noch solche Nachlese gemacht wird. Anbei Das Sonett, untersuche wo es herstamt.

Donnerstag Nacht.

Deucht mir Doch als sei ich allein jezt und nicht mit ihm dem ich hier Rede zu stehen gewohnt bin.—Wie wars Doch heute vom frühen Morgen bis in Die Nacht?—Heute Morgen in meinen Papieren gewühlt, einen Aufsatz durchlesen und geordnet den ich in meiner Jugend über Die Unterdrückung der Juden geschrieben habe von großer Reinheit der Sprache die beinah Gesang ist, jenachdem Der Inhalt feuriger und tiefer, steigert sich das Melodische. Musick ist der sinnliche Boden meines Geistes, der Rührung bemächtigt sich eine Metrische Gewalt die den Gedancken anleitet, und der sich die Emfindung mit Zuversicht hingibt—und diesen metrischen Steigerungen eignet der Geist sich an, um sich selber zu fassen. der Geist erzeugt sich aus sich selber das ist der Gott, und Gott haben Das ist der Geist.

Später kam Veit Wir sprachen über Leidenschaft, sie müsse jede sittliche Forderung unangetastet lassen, Die Leidenschaft sei eine Flamme die auf einsamen Bergen lodert Die bewohnten Thale Des Lebens die Die Sittlichkeit umfriedet sollen von dieser Flamme mit in Brand gesteckt werden. Savigny kam sprach mit Veit über Buchhandel;—später ging ich zur Alexandrine sie war ausser sich weil ich sie einen Tag nicht gesehen hatte; ne me delaissez point chère m^{dme} Arnim ma vie depend de vous, si vous me quittez j'en mourrerais.—Wie seltsam!—schon Jahre opfere ich meine Zeit Dieser Pflicht so daß ich beinah einsam geworden bin, ohne daß ich mich auf eine tiefere Weise in Anspruch genommen fühle als blos alle Verkehrtheit alles Unglück dieser Familie mit großer Gedult wieder ins Gleis zu bringen, Tag für Tag ohne Ungedult, ich muß mir sagen es ist Genie in Diesem Vermögen mich aufzuopfern.—Nach Tisch war ich einen Augenblick mir selber überlassen da hab ich an Den Ingurd gedacht da hab ich mir vorgenommen auf eigner abgesonderter Höhe diesen freundlichen Umgang mit ihm als ein heilig Feuer zu unterhalten und in dieser Flamme meinen Geist zu reinigen; Da hab ich Tief hinein gesehen in Den Lebensverkehr der Menschen keiner pflegt den Keim in Der Brust des andern, es findet keine Gartenkunst im Geist statt, und Doch sind so viele Gedancken so viele Neigungen und Leidenschaften in Der Seele Die eines fruchtbaren Bodens, der Pflege des Gärtners bedürfen denn sie sind Geistespflanzen die oft verwildern oder ersterben Wie schön wärs wenn Der Ingurd aus tiefem Geistesboden freudig aufwüchse und daß ich nach eignem Vermögen ihn fort und fort pflegte.— ich kann es, ich kann Dem Genius treubleiben Der Durch ihn mich aufgerufen hat.—Am Abend mit Savigny im Theater Die Bajaderen Tanzen sehen

Die Abwaschungen des Vishnu im heiligen Flusse

Das Gefecht des Gott Rama seine Geliebte zu befreien

Die Feier der Frühlings-wiederkehr

Die Taube und der Palmbaum zur Feier des Friedens zwischen Gott und den Menschen.—es macht Den Eindruck von Gebet; man fühlt sich ihren Bewegungen Geistesverwandt.—es erwacht ein Instinckt in der Seele Diesen Gebetstänzen, im Geiste sich anzuschließen, und ihre Heiligungen auf sich wircken zu lassen. Wenige Zuschauer haben geahnt, noch wenigere begriffen was in diesem Anschmiegen Der Glieder liege, durch alle Gelencke an Den Tackt Der Musick, die im Ton eines Horns im Rhytmus-verändern, durch leisen Trommelschlag, und dem Hersagen heiliger Gesänge besteht.—mir kam es vor als biete sich die offne Seelenknospe den Strahlen der Gottheitssonne daß die ihnen Wärme geben soll; Diese Religion ist Natur sie ist nicht Speculation, ich hab mich gleich organisch in ihr berührt gefunden von Der Christlichen Religion fühl ich mich geschichtlich berührt, Erbauung deucht mir eine ganz absurde Wirkung die weder aus der Seele hervorgeht noch in sie eindringt; ich möchte den Christus aus seiner Gemeine weglocken ihn in Die Einsamkeit führen, und dort dem Wort mich hin geben, wo es ursprünglich aus dem Licht hervorgeht und nicht vom Textverdrehten Christenthum als Zeichen der Seele aufgebrennt wird.—von Der Heidnischen Religion fühl ich mich symbolisch Durchdrungen, alle Philosophie bildet sich in Persönlichkeit hinüber; alle Wahrheit die uns antastet, hat ein persönlich Verhältniß zu Uns, hat eigenthümliche Rechte die sie an Uns geltend macht, daß Wir ihr nach gehen wie man dem Umgang mit großen Geistern nachgeht. Der Geist läßt sich nie herab er ist erhaben über alles, aber er sucht und findet sich selbst, da wo Wir glauben uns herabzulassen. Apoll unter den Hirten ließ sich nicht herab, er war Hirt das Hirtenleben war ihm angemessen pp —. Abends um 11 Uhr kam ich nach Hause und schrieb bis hierher.—

Freitag Nacht.

Hier hab ich dir einen Tagslauf von mir aufgezeichnet.—heut um 4 Uhr erhielt ich deinen Brief den ich gleich erbrach, aber noch nicht gelesen habe es ist Mitternacht ich gehe zu Bett ihn zu lesen.

Sonnabend Nacht.

Wahrlich ich hielt deinen Brief in der Hand von 4 Uhr bis Mitternacht ohne den Inhalt zu lesen als nur Bruchstückweis, so war ich von einer Hand in die andre gegeben. aber gestern Nacht hab ich ihn recht fleissig studiert, und hab wieder alle guten Vorsätze gefaßt; deine Blumenbetäubung hat mich angehaucht und in den Traum eingeführt der von ihr aus über Dich kam. ich hab alles Deutlich mit gesehen und erlebt sogar unzehlige Sandbäncke und Klippen sah ich aus jenem grauen Meer hervorragen, von Denen du nichts erzehlst; Dort sah ich dem Brechen der Wellen zu und manches Wrack von Schiffen Die glaubten eine glückliche Fahrt zu machen.—Dann wenn ich recht rathe hast du die Arme die auf dem Blumenthron nicht aushalten wollte zur Buse auf ein spiegelglattes Dach geschrotet wo sie oben nicht einmal Dir entgegen zu laufen wagt aus Furcht auszugleiten und Den Hals zu brechen; wenn Du diesen Traum der Wircklichkeit vergleichst so verwundre Dich, nehmlich der Sonetten Dichter aus N° 14 in der Albrechtstr: war unterdessen auf deinem Stuhle mir gegen über, Das Auditorium Dem ich meinen Aufsatz über Die Juden vorlas, dann kam ein Wircklicher Jude der mir von Doctor Carriere mit Emfehlungsbrief zugeschickt war, ich trug diesem auf seinem Gönner zu schreiben daß er mir niemand mehr emfehle weil meine Zeit die Schwindsucht bekomme. Der Sonetten Dichter ist als

Riesengenie aus Bonn mir emfohlen auch Dort hab ich die Emfehlungsquelle vergraben lassen. Du siehst also wie dein Traum Dich irr geführt hat. Da ich hier unter Krautstrünken und nicht erhaben auf dem MarmorDach stehe denn ausserdem hat mich die Wirklichkeit schonungslos in Die Zange gepackt und mich auf merckwürdigen Wegen zwischen zwei Eheleute getragen, damit ein Gift was zwischen beiden seit 35 Jahren geschlummert hat nun nicht alle Aufopferung zu Wahnsinn und Verzweiflung umwandle.—

Am 5ten Hast Du meinen Brief erhalten, du kannst dir keine Rechenschaft von Dem Gefühl geben was er Dir erregt. das hast Du auch für mich nicht nötig denn ich weiß sehr wohl was er Dir für einen Eindruck machte, aber Du selbst solltest Diesen Eindruck verstehen daß wär mir ein Beweiß daß deine Liebe über deine Eigenliebe siegt. Nun mein Brief machte Dir den Eindruck wie wenn ein Gewitter in Der Luft schwebt ohne zum Ausbruch zu kommen es war Dir schwer und ängstlich zu muth, es war als hättest Du Was versäumt was vergessen. was Du dir getrautest immer lebendig im Geist zu erhalten.—Du giebst mir den Rath zu reisen, weil der Gefangne das Glück der Freiheit am Deutlichsten emfinde. bist Du der Gefangne der sich nach Freiheit sehnt?—mein Lieber! wie sehr bist Du im Wahn!—glaub nicht daß einer mehr genieße dems glücklicher geht. Du! Du bist der glückliche unter allen. wenn Du mir prophetische Gabe zutraust so glaub an mich, daß Du glücklich sein wirst. und wenn es so wird wie Der Gott dir in den Buson geschrieben Dann wird noch die Sonne mit dem lezten Strahl dein Haupt erleuchten Du wirst nicht im Schatten vergehn.—Du wolltest gern nach Berlin kommen?—um mir zu helfen?—Entweder ich folge deinem Winck und komme hin und rede mit Dir, und seh dirs an Den Augen ab, und lausch dirs von Der Lippe weg was dir genehm ist. oder ich muß mit ungünstigem Wind der mich noch mehr von Dir entfernt steuern. von Diesem allem kann ich dir erst in 3 Wochen Bescheid geben. hab Gedult wie es auch komme die Rosen Die Du pflegst sie mir zu pflücken will ich an Dir verdienen. Du fragst ob mein Herz sich der Rosen freue? nun wie solls sich nicht freuen, es liebt dich. Bettine

BRIEF 36
Bettine von Arnim an Julius Döring,
Berlin, o.D. [7. bis 9.6.1839]

Freitag Abend

Heute Morgen lief mir ein Spinchen übers Papier beim Schreiben, das bedeutet Glück. ich hoffte auf einen Brief; Der Tag ist herum. ich bin nicht mißmuthig, denn Ansprüche hab ich in meinem Leben nicht gemacht und verwöhnt bin ich nicht. aber mein Blick der sonst nur flüchtig über alle Bedrängniß hinstreifte haftet heute darauf, und ich bin ganz zaghaft daß ich mich entschädigen wollte in Dir für Alles. Du warst mir zwischen rauen Felsschichten ein weiches Moos ein Lager zu Träumen zu heiligen Märchen. Was hab ich Dir Doch zu Leide gethan Daß Du mich versäumst? —

Sonnabend Nacht.

Ich schäme mich vor Dir Daß ich dich mit meiner Sehnsucht anhauche, während du vielleicht vom Gewitterwind dich durchwehen lässest, im kühlen Regen der auf dich träufelt dich wohl fühlst, und heiter, Vergangnes und Zukunft abwägst. Was soll ich da mit meiner Sehnsucht daß ich dich umhalsen möchte und einen Augenblick dich aufhalten, mich zwischen Die Geheimniße zu drängen von Dir und deinem Genius. — Mein Lieber! — Du schreitest vorwärts, Durch den Triumphbogen durch den Die Zukunft Sieges froh Dir entgegenglänzt. Mit der Sonne Aufgang beginnst Du, und das Morgenlicht deiner Tage streift flüchtig über Die Nebel hin Die vor Dir aufsteigen, und Drängt sie zurück daß ihre Thränen Den Staub netzen. Wie kann ich so traurig sein daß heute Sonnabend ist und Mitternacht, und kein Brief mir etwas von Dir erzehlt. Mir Deucht ich sollte mich schämen, und sollte zufrieden sein mit dem Was Du mir giebst, und mir selber mein Trost sein. — Die Zukunft trincken in Gesichten und Träumen; und so auch, und vor Allem Dich in mich aufnehmen. So verlangts Doch mein Herz jezt daß ich deine Zukunft liebe, so umfliegen jeden Abend meine Gedanken Dein Geschick, wie eine Schwalbe den Thurm umfliegt an Dem Sie ihr Nest angemördelt hat. — Ich will Dich nicht festhalten, ich hab keine Schlinge sie Dir umzuwerfen, blos mein Aug versenckt sich in Dich; Trag den Blick in Deiner Brust über die frühen Thaupfade über die Sonnenhügel fort bis zum abendlichen Ruheplatz, dort besinne dich auf mich, da werden Die Rosenschlingen welken die Der Zufall in den Weg warf, aber der Strahl der aus meinem Aug dich anleuchtete in Deiner Morgenzeit der wird nicht erloschen sein.—Laß Dichs nicht anfechten, daß mein Herz heut auf einmal laut klopft, weil Du säumst zu kommen in Deinem Brief.—Was weiß ich von besseren Tagen zu reden, als Der Heutige, wo mein ganz Geschick ist, daß ich wartete vom Morgen zum Abend, und dann nachher wie es dämmerte mußt ich seufzen weil ich nichts mehr erwarten konnte. und jezt um Mitternacht muß ichs Dir klagen. und so gings immer, vom frühen Morgen meines Lebens hab ich gehofft, und dachte Was sich gleicht das findet sich, und ich bin schweigend auf Dornen geschritten denn ich war nicht unter den Meinen, und bin einsam geblieben mit mir.—Es wird Dir leid thun wenn ich dir Diese Zeilen schicke, daß Du mich heute versäumt hast.—Denn Du kömmst mir Doch wieder, denn Wie sollt ichs doch verschuldet haben an Dir?—Ich wollt schlafen gehen, aber was hilft das?—Was soll Die Ruhe wenn sie nicht den Festtag der Begeistrung beschließt.—Ich ging ans Fenster und sah in den Nachthimmel, da singen die Studenten unter Den Linden, nicht mir, sie wissen nichts von mir.—.

Sonntag Nacht.

Heut Durft ich nicht den Abend erwarten, der Mittag schon brachte mir deinen Brief der gleich melodisch ertönt, aber ich bin rasch ihrem Reigen entschlüpft und Dir entgegen geeilt um in deiner einfach ungebundnen Rede auch deinen Sinn ungebunden und Deutlich zu vernehmen. Aber Dießmal versteh ich die ungebundne Rede nicht.—Du fragst „ob ich dich vergessen habe“?—du vermuthest ich lebe „in neuer frischer Gegenwart“ und meinst ich sei „kälter geworden“.—Ach Gott!—Was soll ich dir antworten auf dies alles?—spricht kein Zeugniß für mich?—Ich könnte ja nur Dagegen fragen, Warum Du Dir selber einen Vorwurf machst, und fühlst Dich im veralteten Datum angeklagt.—Ach sag mirs doch warum wirfst Du Dir vor Daß Du mir so lange nicht geschrieben?—Wars Dir Pflicht die Du versäumtest?—Wars nicht Gesang der Nachtigall in FrühlingsNächten, die jezt pausirte?—Was hast Du Dich anzuklagen Daß Du so lange schwiegst? Sind Dir nicht frühere Tage verflossen ohne mich, Warum nicht auch jezt?—

Ach ich muß Dir bekennen Daß ich, deinen Brief der Doch in Liebe zu mir geschrieben ist, nicht verstehe.—Du klagst Dich an, ich weiß nicht wessen, Du klagst um Rosen die Du nicht gebrochen, und um Sterne Die Dir verblichen, und fürchtest mir zu mißfallen weil Du rasest, und in Der Raserei mir Die Wahrheit sagst die zu bekennen dir Überwindung kostet.—„Die milde Frühlingssonne ist leidenschaftliche Sommersonne geworden“, schreibst Du!—ist Das dein Bekenntniß!—und ist es Deswegen daß du zu schreiben säumtest, weil Du Gott weiß wie von Leidenschaft ergriffen zu sein glaubst?—Nun ich—kann Dir hier nur antworten: kämst Du ermüdet aus dem Kampf mit jenen Elementen von Denen Du sagst sie haben Gewalt über Dich, als Sieger oder Unterlegen, ich wollte mit immer gleicher Liebe Dich aufnehmen, und Balsam Dir in Die Wunde gießen, und dich ausschlafen lassen in meiner Einsamkeit wenn Dir Die Ruhe bei mir behagt.—Aber das kanns doch auch nicht sein, denn Diese Leidenschaft, wo ist sie Denn geblieben?—ist sie verflogen? regt sie sich noch in Dir?—und ist es Deswegen daß du mich in deinem Gefühl von ihr absonderst und sagst mir, daß was Du später mir vertraut, als in Deinem lezten Brief hier in Berlin, das sei Unwahrheit.—Was hast Du mir doch seit dem gesagt was nicht eben aus der selben Harmonie entspringt?—Wie kann ich doch das was jezt Lüge sein soll absondern?—Ich weiß wohl daß auch dem reinsten Willen zur Wahrheit dennoch schwer ist sie zu fassen, in Worten, und daß es eine Kunst ist die geübt sein will, und doch nur wenigen gelingt, denn sie auszusprechen ist höchste poetische Gewalt, deswegen ist aber Das Schwancken das Suchen das Verfehlen noch nicht Unwahrheit Auch ich stammle nur, und sage nicht im unfehlbaren reinen Sinn was ich für Dich Fühle, aber doch kann ich von Dem ausgesprochnen nichts zurück nehmen weil ich auf die früheren Accorde nicht zurück komme; eins ging aus dem andern Hervor und ob die spätere Harmonie der früheren nicht verwandt ist, sie hatten doch Mittelglieder Durch die sie sich folgerten.—Es macht mich traurig daß Du widerrufst.—Ich gebe zu Daß Du nach Schönheit verlangst, daß Du mich für Schön hieltst und mich liebtest weil Du überall das Schöne liebst.—Obschon ich selten mit dem Wahrhaft schönen mich berührt habe, so weiß ich dennoch daß es unwiderstehlich ist, wie könnt ich also der Schönheit hier nicht nachstehen wollen. In was deine Liebe sich versenckt das wird Schön durch sie.—Was in mir schön ist will ich dir sagen, meine Liebe zu Dir ist schön.—ich bin nie unwahr gegen Dich gewesen, nur hielt ich an mich um deine Hingebung nicht zu fesslen, denn so ein junger Knabe will gleich sein ganzes Dasein und auf immerdar geben, er bringt mit vollen Händen sein ganzes Selbst, und wills verschlossen Wissen im Busen den er sich auserkohr zu seines Daseins Geheimniß.—soll ich dir meine Liebe schildern wie ich sie in der Wahrheit fühle so muß ich sagen sie enthält alle Begeistrung alle Regung nur dies eine nicht, das Begehren.—Mein Genius hat mich im Entsagen die Tiefe der Liebe verstehen gelehrt. und ich glaub nicht daß andre so viel von ihr wissen wie ich,—und sie verstehen ist das nicht Genuß der Liebe.—so genieß ich dich denn indem ich alle Ansprüche an Dich mir versage.—Was sprichst du doch von symbolischer Liebe und individueller?—liegt das Universum nicht in jeder Liebe ist sie nicht Symbol ihrer selbst? Was hast Du Freund?—Daß Du mir eine Liebe der Speculation zuDenckst. Du willst versuchen in mir *eine Idee* zu lieben, wie ich nur in Dir die Jugend und Zukunft liebe?—so sagst du?—Nun was könnt ich dann noch ausser Jugend und Zukunft, in Dir umfassen?—Du bist's ja.—O sei mir nicht so wunderlich!—hänge mir keine Idee an. Ideen sind selbstständig, sie bedürfen keiner Basis, ich bin ein ganzer Bienenkorb voll Ideen sie überschwärmen alle Blüthen-Felder. säßest du an meiner Seite wie viel Honig hätten diese Bienen schon in dir zusammengetragen.—Möchten Wir uns doch verstehen Du sagst Lust am Fliegen und am Wurzelschlagen sind die sinnlichen Triebe deines Geistes?—und ich sage Dir alles Himmlische schlägt Wurzel und Treibt aufwärts aus sinnlichem Trieb; Und wärst Du ein Kind das heute zum ersten mal Die Augen aufschlägt und sieht mich an, und ich verstünd es Deinen Blick zu fesslen daß Du an mir haften bliebst, was wär denn dabei zu fürchten zu besorgen zu reflecktiren? — Selbstvergessen sein ist noch nicht dem Leben Des Geistes verfallen. — O im Gegentheil, ihm hingegeben tiefer, bedeutender, als irgend wie, und nur seinen Lieblingen gewährt der Gott des Lichts solche himmlische Bande die den Geist fesslen mit heiliger Anmuth, und ihn reitzen und ihn fühlen machen daß er selber himlischer sinnlicher Trieb ist. und die Götter sind Sinnenbewegte. — Und du und ich sind in jener Namen versammelt, und so sind Wir auch Sinnebewegt und fühlen Den Gott zwischen Uns, der Die Weisheit im Blut aufsteigen läßt und die in süssen Reden von Den Lippen fließt, und wahrlich wo Der Geist nicht versiegt was hast du da zu fürchten? — oder was hättest Du versäumt. — So sprich mir Doch deutlich wenn Du wieder schreibst. fürchte Dich nicht vor Dir selber. — verstehe mich, und dichte mir keine Kälte an. Dichte mir keine „neue frische Gegenwart" an, keinen neuen Jünger dessen Sonnett ich nur sendete weils doch seltsam ist daß dieselbe Wohnung ihn aufnahm, so machte ich einen Scherz draus.

Adieu eben komme ich aus der Blumenausstellung ich dachte dort an Dich. So müßte es Duften wenn unsre Gedanckenblumen bei einander blühen. Wären Wir Doch Gärtner und zögen zusamen Geistes blumen in einem Garten und gingen miteinander zwischen ihren duftenden Reihen. — Adieu sei wieder gut mit Dir und mir.

BRIEF 37
Julius Döring an Bettine von Arnim,
Wolmirstedt, 9. und 10.6.1839

Sonntag d. 9 Juni.

Die Sterne haben's mir versprochen,
Und halten ihr gegebnes Wort:
„Eh' noch dein Sommer angebrochen,
Sollst du aus dieser Ebne fort.

Du bist geschaffen nicht zum Pflügen,
Und zu bestelln mit Korn das Land;
Nicht Scheuern würden dir genügen,
Gefüllt durch Schweiß bis an den Rand.

Dein Streben geht nach andern Schätzen,
Und du begehrst ein ew'ges Gut.
Nicht Tropfen kühlen Labes letzen
Der Seele Durst, der Lippen Gluth.

Den Busen unsern Strahlen offen,
Hast du dein Leben uns geweiht.
Setz' auf die Sterne nur dein Hoffen:
Wir bleiben bei dir allezeit.

Wir werden lösen deine Bande,
Eh' sie zu Boden dich gedrückt,
Ein Phönix, nach des Nestes Brande,
Sei dann in unser Reich entrückt.—"

Mit stillem Vorwurf sieht mich das Datum des Tages an, an dem ich dir zuletzt schrieb. Ich mag gar nicht sagen, wie weit der Monat bis heute schon vorgerückt ist. Du glaubst wohl, ich krieche jetzt zu Kreuze und bettle um Gnade: das thu ich nicht. Entweder du hast mich vergessen und lebst in neuer, frischer Gegenwart, oder du gedenkst meiner noch, und wartest, kälter geworden, auf eine reguläre Antwort.

Soll dir mein Brief den Lethebecher aus der Hand zu schlagen sich unterstehen? Wendest du dein Denken noch auf mich: da hätt ich dir zeigen müssen ein Schiff, auf schwarzem Meere, mit vollen Segeln, jetzt von den Sternen regiert in stillem Oceane, dann mit übermuthiger Lust von eigner Hand geführt durch ein aufbrausendes, wildbewegtes Meer, Schaumlilien ums Schiff, Rosen vom Sturm getragen in der Luft, von Inseln hergeweht, an denen es vorbeisauste in schneller Fahrt; endlich einen alten, kränklichen Mann am Steuer, der das sturmfrohe Schiff ängstlich langsam über eine grünüberwachsene See fährt.—So war's und so war es nicht. Ich habe selbst kein Bild vor der Seele, konnt ich und kann ich dir eins hinmalen?—Fast war es so: Ich sprach in meinem letzten Briefe von Rosenknospen, die ich dir brechen wollte. Nun lag ich in der Rosenlaube, und es war Nacht, und die Sterne standen über mir. Da konnt ich meine Blicke nicht wenden von ihrem Lichte, und mein Ohr lauschte lange dem Geistersäuseln, das herüberklang aus weiter Ferne. Auch ich sprach hinauf zur Höhe, und in Pausen kam Antwort hernieder. Drauf war es mitten in der Nacht. Da ward mein Herz ungeduldig und sehnte sich die Sterne herab in den Arm, und rief hinauf, o ihr Lippen, droben so bleich, blüht auf in meiner Nähe! Die Sterne schüttelten das Haupt, und blieben bleich und fern und schwiegen. Da wandte sich mein Schmerz an die Rosen und sprach, bittet ihr für mich. Aber die Rosen sprachen für sich und es ward ganz anders, als ich dachte. Die eben noch oben offne Rosenlaube war jetzt zugedeckt von hastigen [?] grünen Trieben, so daß ich die Sterne nicht mehr sehen konnte. Eine heiße Dämmerung schlich in der Laube umher, und pochte die Rosen aus Knospenschlaf zum Blüthenbewußtsein. Wie sie über mir, daß ich sie erreichen konnte, schwankten und zitterten, die duftgefüllten Kelche! Eine lockende Stimme rief: streck aus deine Hand; so kannst du die Rosen brechen, die allein für dich duften und prangen, aber fasle dir nichts vor von Sternenküssen. Die Sterne küssen die Erde, und die Erde die Sterne, und als Kind der Erde mag dich im Vorbeistreifen anhauchen ein flüchtiger Sternenkuß. Trinke den Thau aus vergänglichen Rosenkelchen, die ewigen Sterne haben ihn nicht.—Noch eine andre Stimme, aus dunkelm Herzensorte, ward laut, aber ich hörte ihr Zürnen damals nicht, erst später vernahm ich, was sie wollte.—Eine Glocke läutete unaufhörlich in meiner Brust. War es ein Wunder, daß ich berauscht wurde, von Farben, Düften, Klängen? Die Rosen hab ich nicht gebrochen; die Rosenlaube ist jetzt verschwunden, in die Ferne getragen, wie das Bretterhäuschen: die Sterne scheinen wieder meinen Nächten. Meine Gedanken nehmen Flügel und schwingen sich zu den Sternen; aber mein Herz ein dummes, weinendes Kind, verlangt nach den Rosen.—Können die Sterne mir vergeben, daß ich offen und aufrichtig genug bin den Vorhang aufzuheben, anstatt dahinter ein verdecktes Spiel zu treiben?—Du könntest mich hier fragen, ob ich rase? Darauf müßt ich mit ja antworten; aber auch rasend will ich die Wahrheit dir sagen, wie ich's versprach, trotz Überwindung, die es kostet, und trotz Besorgniß zu mißfallen, und verlassen zu werden.—Die Elemente wirken auf mich. Aus der feiertägig milden Frühlingssonne ist eine heiße, leidenschaftliche Sommersonne geworden. Mein Geist, wie die Sonne jetzt, brütet Gewitter aus; die Luft und meine Seele ist schwül und täglich bereit zu Ausbrüchen. Die Pflanze ist das Streben der Erde in die Elemente hinaus, ihr Leben eine Hingabe an sie. Mein Geist hat auch Pflanzliches; er kommt mir vor wie eine exotische Blume mit Flügeln. Lust am Fliegen und am Wurzelschlagen sind seine sinnlichen Triebe, und ziehen mich bald hinauf, bald hinab. Wie die Wurzeln der Fichte, im Gebirge, vom Felsblock herab, den Weg zur Erde suchen, an die sie sich anklammern wollen: so sucht auch ich einen Boden, der mich trüge. Es war mehr als ein Bild, wenn ich dich bat, meinem Geiste in deiner Brust ein Fleckchen Erde zu gönnen, damit er aufkeimen könne aus warmer, dunkler Verschwiegenheit an das laute Licht. Du hast dich lange gewehrt und endlich hast du's gestattet. Nun rag ich hinaus in die Elemente, und freue mich an ihren Kämpfen und ihrer zitternden Unruhe und helfe Gewitter zusammenrühren, und locke Blitze, und grüße mit Brausen die Donnerwetter, schleudre Hagel, und stürze

Wasserfluthen über Philisterfelder. Im Kampfe der unorganischen Kräfte der Erde wittre ich die geistige Zukunft. Mir ist als würden von Regen zernagte, alte Felsen einstürzen und im Sturze stehende Wasser unsers Lebens, worin nur Frösche sich wohlbefinden, zuschütten; als wären Königseichen morsch geworden, und müßten fallen, wenn der Sturm, der sich in der Ferne zusammenzieht, über sie hin saust. Von der Wittrung der Zukunft leb ich; denn die Gegenwart macht mich mehr erden- als europamüde. Wirst du meinen Hunger wieder, wie einst, mit Früchten stillen wollen, die ich nur zeitigen helfen soll, die vielleicht meine Enkel verzehren? — Das Volk der Philister ist zahlreich geworden wie Sand am Meer, und das Volk Gottes ist klein an Zahl und vereinzelt, und muß den Philistern Frohndienste thun, gemessene und ungemessene. Dulden ist jetzt unser Muth; ausdauernder Widerstand unser Sieg; aber, wenn die Haufen sich schaaren, und die Waffen funkeln im Morgenroth der neuen Sonne: das wird schöner sein und von freudigem Muthe die Brust schwellen. —

Heute morgen ist mir die Erinnerung dessen, was ich gestern schrieb, so dunkel, wie die des Gewitters, das während des Schreibens sich entlud. Durchlesen will ich das einmal Aufgezeichnete nicht wieder: sonst würd ich vielleicht den ganzen Brief vernichten, noch länger würde sich meine Antwort verzögern, und das möcht ich nicht. — Wie ich in meinem letzten Briefe in Berlin unsern Umgang bezeichnete: so möcht ich ihn festhalten und pflegen. Was ich damals ertastete mit den Fäden des Gefühls war das Richtige; was ich hinzusetzte später oder wegnahm war Unwahrheit. Dem Schönen dien' ich und lieb' es, wenn ich's finde. Du bist schön: darum lieb ich dich. Aber die Liebe ist symbolisch oder individuell. Die Speculation will die erstere, die Jugend die letztere. Wenn ich aus dieser in jene übergehen wollte, hast du mich oft genug zurecht gewiesen. Ich will versuchen in dir eine Idee zu lieben, wie du in mir nur die Jugend und Zukunft lieb hast. — Anbei erhältst du das Sonnett deines neuen Jüngers zurück; an dem ich durchaus keinen Antheil habe. — Ich sitze vor einem Vorhang und weiß nicht was für ein Schauspiel sich gestalten wird; aber mein Vertrauen zu dir läßt mich nicht verzagen. Dg.

BRIEF 38
Bettine von Arnim an Julius Döring,
Berlin, [19. und] 21.6.[1839]

Mitwoch.

Hätte ich heute nicht meinen Schreibefinger verwundet so würde ich mehr schreiben, als blos daß mir zwar Das Herz nicht klopft, aber daß ich ungedultig bin wenn Die Briefe zu lang ausbleiben.

Ich bin mißmuthig:—ich möchte fort;

Ich möchte wircklich sein wo Du nicht weit davon wärst.

Ist der Wunsch unsinnig?—

In 4 Wochen kann ich vielleicht fortreisen von hier. wo soll ich hin schreib mir doch, wo soll ich hin?—

Wenns wär auf einen Abend Dich zu besuchen in deinem Garten.

Freitag.

Ich hab noch zwei Tage auf Deinen Brief gewartet. Du bist Doch nicht kranck?

Schreib Doch nur wenige Zeilen, was mich freuen kann.—Ich geb Dich nicht los—Du wirst mir Doch nicht unter Den Händen verschwinden?—Du kannst doch nicht blos ein Phenomen meiner Phantasie sein; Du mußt doch leben?—Alles ist mir verschwunden.

Wie seltsam wenn Du auch eine Illusion wärst.

Nun eh Du verschwindest so küß ich dich noch einmal und Drück Dich ans Herz, und das ist doch wircklich in meinen Sinnen. und ich wills bewahren zur Erinnerung daran wie meine Gedancken dich erzeugt hatten; wo Du wircklich warst und so liebenswürdig und mir so lieb.

BRIEF 39
Julius Döring an Bettine von Arnim,
Wolmirstedt, o.D. [Ende Juni 1839]

Den dichtbelaubten Baum meiner Jugend schauert's vor einem kühlen Winde nach Gewittern. Es geht ein Flüstern durch alle Zweige und Blätter. Was reden sie mit einander? Sie flüstern einen Namen und es ist dein Name. Der Baum hängt voll Regentropfen und es ist Abend, die Sonne untergegangen. Das Licht küßt die Tropfen nicht weg, und wenn der Wind an den Zweigen rüttelt, so fallen sie zur Erde. Da ist keine Rose mehr, wie noch jüngst, am Fuße des Baumes, die in ihrem Kelche die Thauperlen auffinge.—Warum nennt der Baum deinen Namen? Wiederholt er ihn um ihn nicht zu vergessen? Ist es unabweisliche Mahnung der Pflicht, die ihm diese Laute abpreßt? Noch Vieles könnt ich fragen und doch wär's nicht das Rechte. Ich kann nicht vergessen, was so innig mit meiner Seele verwebt ist.—Aber die Pflicht? Geh mir mit der Pflicht!—Das ist der hohle Götze, den die Philister anbeten, der sie an einem Narrenseil durch ein Narrenleben führt. Sollt ich vor dem mein Knie beugen? Die Pflicht ist das grobe weitmaschige Netz, das der Staat und die Pastoren ausspannen. Vierschrötige Philister können damit gefangen werden, aber schmächtige Leute, wie ich, schlüpfen durch die Lücken. Erst wenn das Netz unter mir ist breit ich meine Flügel aus und fliege. Und du glaubst, ich zapple im Netze?—

Nun weiß ich, was der Baum wollte mit Nennung deines Namens. Eine Beschwörungsformel ist er mir, ein Zauberwort, das mir die Pforten der Phantasie aufriegelt. Da schreiten wir durch eine Welt von Bildern, und ich zeige sie dir, und du nickst mir zu verständnißinnig. Dann enthüllst du schönere, lieblichere Bilder, als ich zu schaffen vermag, und ich nehme sie in mich auf und trinke sie durchs Auge. So wandeln wir traulich beisammen, und das ist mein Glück; und ich fühl's, daß mein innerstes Leben dieser Welt angehört.—Wahrlich, die Rosen thun dir keinen Abbruch, und wenn sie auch funkelten im Thau wie Diamanten.—Komm nur zu mir und träume dich her zu mir. Dein Mooslager in meiner Brust ist unberührt und soll dir immer bleiben. Mache dir's bequem; deine Ruhe soll Niemand stören: denn ich will sie bewachen. Wenn Schlaf und Traum über dich kommen: so wehre ihnen nicht. Es ist süß, dich schlafend zu wissen in meiner Brust. Bist du erwacht: so erzähle mir deine Träume, die ich so gern höre.—Wärst du doch gestern Abend bei mir gewesen in der Weinlaube unsers Gartens. Da hab ich viel mit dir geredet; da stiegen helle Bilder auf, die ich entzückt anschaute. Nun hat sie der Schlaf alle verwischt, Laß sehn, ob ich mich besinne.—Auf dem Felde schlug eine Wachtel, ein ferner Gesang schwang sich zu mir herüber; fast war Alles still. Die Rosen, die Gänge entlang, strömten Düfte aus. Da senkte sich eine Wolke zu mir nieder und nahm mich auf und trug mich davon. Da sah ich einen breiten Strom mit silbernen Wellen langsam dahinwallen zwischen hügligen Ufern. Mitten in der Strömung schwamm eine Rose. Ganz wie vor Kurzem sprach ich zu mir. Da fuhr ich über denselben Fluß und trug eine Rose in der Hand, und warf sie in die Fluthen in spielenden Gedanken. Ich dachte, den Flußnajaden sollt es ein Opfer sein, den Wasserjungfern der deutschen Sage. Mit lieblichen Angesichtern, gekleidet wie andre Mädchen erheben sie sich von ihrem krystallnen Bette und mischen sich unter die Menschen, und nichts verrät ihre dämonische Abkunft als ein kleines nasses Fleckchen an einem Ende ihrer Schürze. Manch junges Blut haben sie gelockt ins kalte Wassergrab.—So dacht ich damals. Jetzt sah ich die Rose wieder und sie erschien mir als ein Bild meiner Liebe zu dir. Mit silbernen Wellen wallt dein Leben durch unsre Zeit, und Viele stehen am Ufer und sehen dir nach und löschen ihren Durst durch dich. Ich stand auch am Uferrande und spiegelte mich in deinen Wellen als ein blühender Rosenstrauch. Aber das Spiegeln in dir genügte mir nicht; ich wollte dir mehr und näher sein, und begehrte von dir getragen zu werden. Da riß ich mich vom Stamme los und zu dir nieder, und deine Wellen nahmen mich auf und trugen mich in weichen Armen. Nun kann ich von dir nicht lassen, und nicht ruhen bis uns der Ocean seine Pforten öffnet: die Ewigkeit sich uns aufthut.—Darauf mußt ich lächeln über meine phantastischen Luftwanderungen, und entließ ich die Wolke, die in so seltsamer Gestalt unter den Sternen hinstrich, daß ich der Lust nicht wiederstehen konnte auf ihr einen Luftritt zu machen. Eine Dissonanz meiner Seele erklingt bei diesen Worten, deren Lösung zu finden ich jetzt mich mühe. Eine göttliche Nichtwirklichkeit und eine ungöttliche Wirklichkeit, liegen hart bei einander in mir, und meine Seele ist bis jetzt der Tummelplatz dieses Widerspruchs und Widerstreits, und Zeuge des Sieges bald der einen bald der andern gewesen. Das Bewußtsein von der Verkehrtheit dessen, was ist, und von der Schönheit dessen was sein sollte, aber nicht ist, trag ich in mir; warum hat das Verkehrte solche Macht über mich, daß ich nicht allein es nicht abwehren kann, daß es auch das Wahre mit lächerlichen, grotesken Lichtern mir zeigt? Ich athme auf nebelfreien Höhen reine Himmelsluft; die Gestalten meiner Phantasie wandeln als wirkliche in lieblichen Auen; ich fühle mich frei und groß und stark; das Herz der Welt schlägt in meiner Brust; in mein Herz hat sich der Strom der Ewigkeit ergossen, und die dem Leben entfremdeten, erstarrten Krystalle aller Zeiten aufgelöst, daß sie wogen als Ein Meer, das ich umspanne mit dem Sonnenauge meines Geistes; der Odem Gottes spielt um meine Brust: da reißt mich plötzlich die Wirklichkeit aus allen meinen Träumen, wie ein boshafter Kobold. Der spricht schonungslos von meiner Schwäche und Ohnmacht, von hohler Größe, von nichtigen Phantastereien; Läden und Fenster und Thüren reißt er auf und läßt das freche, neugierige Licht der Wirklichkeit ein, damit es mir die Lügenhaftigkeit meiner Phantasie zeige, die mir Dekorationen und Flugmaschinen und pappene Meere und Marionetten für Wirklichkeit ausgegeben hatte.—Sag mir ist das Schwäche, wenn ich so bin? Kannst du mir das Wort finden, das die finstern Geister auf immer an ihren Abgrund fesselt, so daß sie nie mehr heraufsteigen können zu den Gipfeln, die im Lichte einer fernen Sonne erglühen?—Der Humor hebt den Widerspruch nicht auf; die Philosophie legt eine Binde über das eine Auge, und behauptet, daß er nicht da sei, weil sie nur Eins sieht mit dem Einen Auge.—Aber am Abend, den ich dir schildere, wußt ich nichts von Zerrissenheit; da war ich heiter und stark und horchte gläubig auf die Worte, die mein Genius zu mir sprach. Da dacht ich an die Stelle in deinem letzten Briefe, wo du sagst: deine Liebe zu mir sei deine Schönheit. Alle Liebe muß frei sein und sich selbst Gesetz, und darf keine Gebote von außen, von ihr Fremdem annehmen. Aber das Gesetz der Liebe kann rein ausgesprochen werden von einen reinen Herzen; dieß Gesetz ist aber keine Schranke, keine Fessel für die Liebe, sondern ihr eigenstes Wesen, dem sie bisher bewußtlos folgte; darum hebt dieß Gesetz das alte, starre Gesetz auf und die Liebe selbst herrscht. Alle Wahrheit hat weltüberwindende Kraft; darum fallen dem Gesetze der Liebe die Menschen zu; aber ihre Seelen verzagen vor dem Göttlichen, das in jedem Augenblicke neu sich gestaltend jeden Augenblick mit Aufforderungen an sie tritt, die alle Kräfte in Anspruch nehmen; sie wollen das Göttliche für alle Zeiten an eine bestimmte Form fesseln, damit ihre Schwäche einen bequemen Ausgangs- und Haltpunkt habe. Darum graben sie mit schweren Händen die Gebote der Liebe in eherne Gesetzestafeln, und jede Übertretung derselben erscheint ihnen als Sünde. Das Göttliche selbst, weil es neu und frisch sich gestaltet, unbekümmert um seine frühere Form erscheint so als Vergehen und Willkür, die ihr eignes Gesetz, der Befangenheit verborgen, in sich trägt. So ging es auch dir, und die Welt erhob ein großes Geschrei gegen dich, die reine Priesterin der Liebe, die im Zorn die Gesetzestafeln der Philister zerschlug. —Warum behellige ich dich mit meinen Grübeleien? Thorheit! Deine Liebe zu mir ist deine Schönheit und ihr Abglanz umstrahlt auch mich. Dg.

[Nachschrift am Rand der ersten Seite:] *Kömmst du nicht nach Althaldensleben?* Wie gern möcht ich dir ins Auge sehn.

BRIEF 40
Bettine von Arnim an Julius Döring,
Berlin, o.D. [Juli 1839]

Lieber Freund so lange hab ich dich hintan setzen müssen, weil zu überhäufte Forderungen meine Zeit in Anspruch nahmen und mich in fortwährender Aufregung erhielten mich ermüdeten und zu allem Andern unfähig machten. Endlich ists als wolle es wieder Tagen, und da besinne ich mich gleich auf dich. Du mußt mirs verzeihen daß ich dich einen Augenblick ausser Acht ließ während ich zwischen Charybdis und Scylla steuerte. Die eine brüllt Göttern und Menschen zum Entsetzen die andre speit ins Meer daß sie den Abgrund von den Wassern entblößt sie schlagen nieder mit gewaltigem Ruder was ihnen naht, sie fressen eine Rinderherde wie nichts, sie werden nie satt sie bellen wie Die Hunde vor ewigem Hunger über ihnen wird Der Himmel nie heiter, trübes Wetter so lang ich mit Gefahr zu scheitern sie umschiffte. nun kann ich mit Ruhe mich umsehen nach dem Strudel der eben noch mit großem Geprassel auf mich einschlug. Nichts mehr Davon Die Sache geht dich nichts an also erzehle ich dir auch nicht. Wünsche mir Glück, ich bin heiterer Wie je und zu allem aufgelegt was mir grade einleuchtet, und bei solcher Stimmung leuchtet mir manches ein was eben keiner begreift der nicht mit der elecktrischen Kette verbunden ist die durch mich geht. Deine beiden Briefe hab ich unterdeß mehrmals gelesen, wenn auch ein Mißverständniß hier und da in den geschriebenen Blättern waltet, was kümmerts Uns? Unser Heil hängt davon nicht ab, und gewiß sprächen Wir von Lippe zu Lippe wir würden keinen Hauch versäumen. Ich hab zu sehr kühnen Muth als daß ich dich nicht verfechten sollte gegen alles was dich der Begeistrung entziehen möchte in meiner Brust. Mein Leben Wie Du es bisher kennst ist noch nicht mein Leben. Das ist es, daß ich mächtig mich in allen Lebensgeheimnißen der Entwicklung entgegendränge. und Du auch, es gährt in deinem Innern weil Du Dich entfaltest dem Licht das Dich erzeugt hat.—Ich bin dir ganz von Herzen hingegeben, ich denck an Dich mit heissem Willen. Und ich emfinde es als ein groß

Geheimniß daß Du in meinen Schooß geflüchtet bist, es gehört zur Vollendung meiner Natur Dich im Geist emfangen zu haben, sie wird nicht lässig werden Dich ans Licht zu reifen; und wenn einem schwachen Philister solche Aufgabe zu gewaltig Deucht, da jeder Doch für sich lebt, und keine solche Verheisungen erfüllen kann den Andern im Geist wiederzugebähren, ohne sein ganzes Geschick dran zu setzen. so liegt in meiner Seele der Widerhall jener Zeugungskraft die durch das Wort: Es werde Himmel und Erde erschuf, Gott hat keinen Augenblick Zeit dabei verloren im Gegentheil er würde sie verloren haben hätte er die Welt nicht geschaffen; so auch ich, würde meine Zeit verlieren, wollt ich meine Zeit aufsparen, sie gehört dein willst Du sie trincken; lässest Du sie fließen so hast Du keinen Durst auf mich. Und wenn Du meinst ich liebe in Dir nur Die Zukunft und Die Jugend, so frag ich Dich: Was bist Du Doch anders als Diese?—Ja liebe Jugend Du bist Die Zukunft. Und wärst Du sie nicht wie wollt ich dich erfassen und dich zu meiner Gegenwart machen?—hinter mich greifen kann ich doch nicht aber Die Zukunft kommt mir entgegen, und was erleuchtet doch die Dunklen Wege Der Ahnung, als nur Die Zukunft!—denn alle Ahnung geht dem Licht nach, der Zukunft entgegen denn sie will Erfüllung die allein, liegt in der Zukunft, und du weißt es, und all Dein Hoffen ist ja Doch Zukunft, nur wenn ich dich also in Deiner Zukunft nicht liebe so entwischest du mir. Sieh also über was Du Dich beklagest!—Du kommst mir entgegen, ich breite Die Arme aus dich zu umfassen und du wehrst Dich, und meinest Nein so solls nicht sein. So fühle doch daß Was geliebt ist das hat Anspruch an vollkomnere Beglückung in Dem Liebenden also nicht der Moment der Gegenwart allein, deine Jugend deine Zukunft kann und soll sich in mir (beglückt fühlen), das heist: der Vollendung entgegenbilden.—Ich bin auch nicht bange Du werdest mir mißlingen.

Nein Du wirst mir gelingen. und wirst mich nicht verläugnen denn es ist die Zeit daß die jünglinge mit Lust aus meinem Geist aufblühen, denn ich bin ein Baum der trägt Jünglingsblüthen. Die sind eben am Aufbrechen und wie sollt ich nicht der Zukunft leben da sie aus dem Marck meines

Geistes hervor geht. Manche streifen nur an mir hin sie verläugnen mich nicht aber sie begreifen mich nicht, denn sonst würden sie ihren Willen in meinen Geist legen, und nicht selbst philosophische Weisheit machen wollen, nun!—Diese gehen irre Das sag ich dir. denn meine Weisheit ist: Aufnehmen nicht Ausbrüthen. ich auch trincke Licht sonst thu ich nichts, das ist meine ganze Weisheit. grade wie man einen Champagnerspropfen auffliegen läßt und dann bis zum lezten Tropfen austrinckt das ist meine Lust, und dann frag den Hegelianer wie weit er doch kam in seinen Studien während der Geist den Der Gott in den Wein gebannt hat mir Die Augen öffnete Daß ich hellsehend werde.—Weißt du woran alle Weisheit scheitert?—Daran daß die Philister ihr eine Grenze setzen, denn grade über Der Grenze erst, fängt die Weisheit an. Denn Was Wir wissen das haben Wir unter Die Füsse gebracht, aber Die Weisheit die reißt uns im Flug mit auf; und fragt nicht ob Wir berühmte Menschen werden wollen und sei Du nur auf dem Platz, mit zu fühlen mit zu Dencken, und lasse Dich nicht anfechten vom Widerstreit, von dem Du in Deinem Briefe sprichst zwischen der Göttlichen Unwircklichkeit und der ungöttlichen Wircklichkeit.—Was kann Das doch sein?—Der Fehler liegt wohl darin Daß Du Dir selbst ein geschnitztes Bild machest Dasselbige anzubeten; nähmlich daß du Gestalten Deiner Phantasie verfolgst, sie zu erhöhen auf einem Standpunckt der deinem Reitz zum Großen entspreche. Aber siehe da!—alles Will freien Willen haben auch das was Du glaubst aus eigner Willkühr erzeugt zu haben, auch die Erscheinungen deiner Phantasie wollen sich aus sich selber erzeugen, und willst du dich ihrer bemeistern so wird ihre Schönheit wie Du selbst sagst zur Karikatur.—lege keinen Maaßstab an Deine Stimmungen, so werden sie sich auch nicht verzerren widersetze dich nicht dem Gewöhnlichen und wolle es nicht von Dir stossen. Denn Der Friede mit dir selber allein kann Dein Gehör schärfen daß du Gottes Stimme hörest.—Du fragst ob es Schwäche sei daß dir die „freche Wirklichkeit das Lügenhafte Deiner Phantasie zeige[“] das ist nicht Schwäche aber Wohl daß deine Phantasie es ertrage ohne Daß sie dich selber durchläutere mit

Demuth vor deinem Genius. „Nicht mein Wille sondern Dein Wille geschehe!“ und du wirst sehen Daß alle Karikatur zurückweicht. — „Alle Wahrheit hat Weltüberwindende Kraft“ sagst Du selber, so harre ihrer Denn, und fürchte Dich vor nichts.

Leb wohl es ist nach Mitternacht ich bin müde lasse mich nicht zu lange auf eine Antwort warten, die Tage seit deinem lezten Brief sind mir im Aufruhr verflossen noch bin ich nicht ganz wieder gesammelt du fühlst es Diesen Zeilen wohl so innig sie auch zu Dir gemeint sind. es schwebt mir allerlei im Geist was ich nicht Ruhe genug habe zu fassen. — Dich bald wiedersehen hoffe ich gewiß sei es daß ich hinkomme oder auf andre Weise. heute kann ich noch nichts gewisses Darüber sagen aber im nächsten Brief vielleicht. Bettine

BRIEF 41
Julius Döring an Bettine von Arnim, Wolmirstedt, 30. und 31.7. [1839]

D. 30 Juli. Neulich war ich im Freien: da war ein gewaltiger Sturm. Der Forst brauste und beugte sich fast bis zur Erde, aber das Gras auf der Wiese rührte sich kaum. — Da dacht ich, wie mir das gefallen würde, wenn ich ein Blümchen wär im Grase. Das ist versteckt hinter hohen Halmen; Niemand sieht es, kein Mensch sucht es, aber es weiß, daß es süßen Duftes die Fülle hat und daß Licht und Finsterniß sich versöhnt haben in seinen hellen Farben — ein stilles Leuchten, eine Altarflamme. Stürme brausen über das Blümchen hin ohne es zu knicken; es lacht ihrer aus sicherm Hafen. Zur rechten Zeit kommt die Nacht und tränkt es mit kühlem Thau; dann schließt es die Augen zu, und im Traume sieht es die Sterne dahinziehen über seinem Haupte. Die Morgenröthe blickt durch Halmjalousieen, und die Sonne weckt es auf Mooslager und küßt ihm den Schlaf weg von den Augen; da lacht es hinauf in den blauen Himmel so froh, daß es ganz verborgen ist. So blüht die Blume eine schöne Zeit und Niemand weiß es oder ahnt es; so welkt die Blume und stirbt ohne Seufzer und Niemand weiß es oder ahnt es. — Wie gefällt dir das?—Aber von der Blume erhob ich meine Augen zu einer Eiche. Die steht auf einem Hügel. Ihre Wurzeln haben sich tief in die Erde gewühlt; mit breiten Zweigen, mit gewundenen Ästen ragt sie hoch hinauf in die Lüfte. Sie kennt die Ruhe kaum; unter Kampf hat sie sich aufgerungen, in Kämpfen wächst sie. Donner umhallen sie, Blitze winden sich durch ihre Zweige gluthhauchend; Stürme rütteln an ihrer Wurzel; aber der Gedanke an ihr verheißne Jahrhunderte läßt sie nicht verzagen und wenn es still wird hebt sie stolz ihr unbesiegtes Haupt empor. So ist sie dem Wandrer in der Ebne ein Leitstern geworden, zu dem hin er seine Schritte lenkt; denn weithin ist sie sichtbar im Lande. Unter ihrem Laubdach ruht er aus und erquickt sich in ihrer schattigen Kühle, und er hört ihr Sturmlied so gern als das stille, sanfte Säuseln des Abendwindes in ihrem Laube. Auch das ist schön, eine Eiche zu sein und Jahrhunderte zu überdauern!—

Warum sich meine Wangen färben?
Wovon mein Auge heller strahlt?
Im Feuer soll das Niedre sterben;
Mit Licht hat mich mein Gott bezahlt.

Hab ich die Macht auf Herzensschwingen
Zu fliegen meinem Schöpfer nach:
So kann ich auch die Gottheit zwingen
Herab in irdisches Gemach.

Ich kann die Wonne kaum ertragen;
Ich beb', ich bin nicht mehr allein.
Da sich im Busen Blitze jagen,
Da strömt ein Meer in mich herein.

Fast wird mir bang in mir zu wissen,
In kleinem Herzen welchen Gast.
Genüg' im Innern muß ich missen
Von heißem Schöpfungsdrang erfaßt.

Mit goldnen Sohlen, festen Schritten
Mit lautem Rufen, mir bewußt,
Ein Strahlenmeer in Herzens Mitten
Durchwandelt Gott die junge Brust.

So durchwandelt Gott meine Brust, und und wo sein Fuß den Boden betrat: da sprießen goldne Blumen auf, in den Kelchen wiegt sich ein Vogel und singt Liederchen und ich lalle sie auch. Aber der Vogel verstummt, aber die Blume wird welk. Ich möchte, daß Gott einen Baum pflanzte in meinem Busen, der langsam wüchse aber Früchte trüge gereift im Himmelslichte. Ich möchte Gott einen Tempel bauen mit gewölbter Kuppel, ruhend auf marmornen Säulen, in dem er gern wohne und sein Bildniß hinstellen, daß ihn auch Andre schauen mögen von Angesicht zu Angesicht wie er sich mir offenbart hat.—Aber vor Plänen kann ich nicht zum Plan kommen; hab ich ein Ziel wie kann ich's erreichen, rasch wie ich's verlange, da die Philister meine Zeit gepachtet haben, und den Diebstahl bald bemerken würden wenn ich sie für mich benutzen wollte.—Ich unterdrücke hier Stimmen des Unwillens und der Ungeduld, daß ich meine Jugendkräfte unnütz vergeuden soll und verscheuche von mir das Bild eines Stromes der von Bergen stürzend im Ebnensande versiegt. Die Schule der Prüfung ist erst angegangen, ruhig muß ich auf den Bänken harren bis das Schicksal sagt missa est schola. Die Zukunft kann und darf mich nicht vergessen; sie wird mein Vertrauen nicht mit Achselzucken abspeisen und mich mit Blicken auf das Jenseits vertrösten.—Deine Worte sind golden und ich wiederhole sie täglich: [„]daß ich die Stimme Gottes nur höre, wenn Frieden und Stille in mir ist."—Stille oder Donnerwetter: beides ist mir lieb; aber fatal ist, wie's jetzt ausschaut. Ein matter, verdrießlicher Wind trägt langweilige Wolken auf seinen Armen über das Land hin, langweilig ist sein Gespräch mit den Bäumen und die Wolken weinen einige sentimentale Thränen in die rührende Unterredung hinein. Ich bin nicht trübe gestimmt, aber ärgerlich, weiß selbst nicht worüber, und möchte die Schuld gern aufs Wetter schieben. Das merkst du wohl; darum sag ichs selbst.—Du merkst es nicht, darum muß ichs noch mehr [?] sagen: daß Alles nur Scherz war, was ich von dem großen Gedankenstriche auf voriger Seite an geschrieben habe; daß mir einfiel deine Liebe auf eine große Probe zu stellen; daß ich neugierig war zu vernehmen, was du sagen würdest, wenn du hörst, daß dein Jünger sich von schnatternden Gänsen und kläffenden Hunden einschüchtern läßt die seinen Kahn umschreien, während er zwischen ihnen hindurchfährt, indeß du unverzagt zwischen Scylla und Charybdis hindurchgesteuert bist.—Nein den Triumph konnt ich dir nicht lassen.—Ich erhebe mich in die Lüfte, ich schwebe lächelnd aufwärts; die Welt liegt zu meinen Füßen. Schon bin ich dir näher; gefesselte Geister erlös' ich von ihren Banden, freie Unholde schlag ich in Ketten; ich öffne die Hand: da braust der Sturm herauf; ich schließe sie: da kriecht er demüthig in seine Höhlen zurück. Mir laß ich einen Triumphbogen durch die Sonne selbst aus grauen [?] Wolken mit prächtigen Farben bauen; ich ziehe durch sein Thor dir entgegen. Ich freue mich meiner Herrschaft: die Welt ist mir unterthänig.—O, ich bin lustig, freudig, sehr freudig.—Du spielst Versteckens mit mir; in jedem Briefe machst du mir Hoffnung dich bald zu sehen, in jedem schiebst du sie weiter hinaus. Ich errieche [?] Unmöglichkeiten, die solche auch für dich sind.—Mein Ohr aber möchte gern einmal wieder den Champagner deiner Rede trinken, nachdem es sich so lange mit Landbier hat begnügen müssen; mein Auge möchte dich gern wieder umkreisen und sich in dein Auge eintauchen um Licht aus ihm zu saugen, lange genug hat es dunkle Steppen durchwandert.—*Mitte August etwa am 12ten reise ich nach dem Harze und bleibe 14 Tage im Gebirge.* Meine Seele hat große Sehnsucht dahin. Dg. W. 31/7

BRIEF 42
Bettine von Arnim an Julius Döring,
Berlin, 31.7.[1839]

Mein lieber Freund hat mir lange nicht geschrieben[.]

BRIEF 43
Bettine von Arnim an Julius Döring,
Berlin, 2.8.1839

Ehe die Familie aufs Land ging hätte ich die Stadt nicht verlassen können, Dort aber verhindert der Bau einer neuen Schloßtreppe zu wohnen, wenn man sich nicht am Seil in einem Korb will hinaufwinden lassen. Die Bärwalder Schloßtreppe also ist schuld daß ich nicht gereist bin, jezt ist Philipp Nathusius im Begriff nach Cassel und durch Thüringen eine Reise zu machen, Du gehst wenig Tage nach ihm auch weg so ist denn Der Monat August nicht zu benützen. meine weitere Reise hab ich aufgegeben wegen unzähligen Angelegenheiten Die eine längere Abwesenheit verhindern; Der Druck von Arnims Wercken schreitet rasch fort, Die Correkturen wecken mich jeden Morgen, ich hatte im Anfang gezagt vor Dieser Aufgabe ich konnte sie jedoch nicht von mir abwenden, nun ich mich drein ergebe so kann ichs hoffentlich auch Durchführen. Dein Brief von Gestern spricht von lauter Dingen die ich anders sehe wie Du. erst vom gewaltigen Sturm der im Forst braußte. Sturm und Gewitter haben mich immer zur Fröhlichkeit gestimmt zur Ausgelassenheit selbst, nie zur feierlichen Betrachtung. Das Blümchen was eine schöne Zeit blüht von dem Du mit Wehmuth sagst daß Niemand von ihm weiß, daß es stirbt ohne Seufzer daß niemand es ahnt. Nun wohl Die Deutschen haben eine ironische Wurzel in der Sprache sie sagen Niemand weiß es, stadt Jemand weiß es nicht. Da nun Jemand Niemand ist, so brauchst du auch nicht zu seufzen Daß Niemand es weiß. Was gewußt, gefühlt zu werden in Der Zeit geboren ist das Theilt sich mit wie Die Luft die Wir einathmen; und manches hat Einfluß, vorbereitenden oder nachwirckenden was selbst sich nicht ahnet, und nichts davon weiß; wer fühlt daß er im Geist erzeugt sey der hat genug der Aufgabe, denn sich selber dem Geist verheisen Diese Verheisung in Erfüllung gehn machen, dazu gehört das ganze Leben. Was will die Sehnsucht anders, als sich der Liebe vertrauen?—Was ist des Menschen höchstes Ziel als nur, im Vertrauen auf eine Höhere Stimme in ihrem Sinn Wirken und sich ihr nachbilden; alles andre ist Nebenabsicht, die der schwächeren Menschennatur oft allein Trieb ist zum Wircken, das ist aber Die echte Wurzel aller Philisterei, sei es den Geist belangend Wissenschaftlich oder im Handel und Wandel. Das Einzige, Wenn Du gefragt wirst um den Zweck deines Beginnens ist dir bewußt zu sein erlaubt, nehmlich: *Weil es schön* ist. alle andre Zwecke sind Lüge gegen Dich selbst und entspringen aus Eigensucht. Philisterei.—Wenn Hegel Dencker war so war Das schön und was er Dachte war Offenbarung, wenn er aber sich marterte um ein philosophisches Systhem zu bauen und damit die Menschheit erlösen wollte so war es Eigensucht (Philisterei) und konnte auch keinen andern Saamen streuen als nur Unkraut. Wie ist doch der Geist Mächtiger als der ihn Trinckt!—Wie kommts, daß indem Wir den Geist emfangen wir nicht unsere Eigensucht ablegen? Was heißt das, den Leib des Herrn emfangen?—alle haben gleichen Theil an ihm, er ist der Geist der in seiner Wirckung alle Schrancken aufhebt. Denn was soll der Leib des Herrn in uns wircken als daß wir Eins seien mit ihm und daß der Geist sinnlich in uns werde?—Was ist aber die sinnliche Wirckung des Geistes auf uns, als daß Wir ihn wieder erzeugen durch *seine* Gewalt, nicht durch *unsere*. Wenn also auch Die Eiche stolz ihr unbesiegtes Haupt über Den Stürmen erhebt so ist sie darin nicht geistig groß, sondern nur eigensüchtig. sie ist nicht durchDrungen von Dem Geiste des Lebens wenn sie auf Jahrhunderte Trotzt. sie ist nicht der Natur vertrauungsvoll hingegeben wenn auf Donner und Blitz und alles Ereigniß der wechslenden Jahrszeiten ihr ein selbstisches Gefühl von höherer Kraft die Antwort dictirt; Die Natur hält die Eiche an ihren Wurzeln fest und wühlt in ihrer Laubkrone und der Geist des Lebens, der in ihr wirckt allein ist das hohe. nicht daß sie so starck so hoch gewachsen ist so breiten Schatten giebt; so sicheres Obdach.

„So Durchwandelt Gott meine Brust“ sagst Du nachdem Du deine Hymne gesungen.—Wunderlicher Heiliger!—Du willst also mit Gott anbinden?—Marmorsäulen ihm aufstellen und eine Kuppel drüber?—und sein Bildniß im Tempel aufstellen, und ihn andern zeigen wie er sich Dir offenbart hat?—hier möchte ich auch ausrufen, wie einer meiner Brüder zum andern der eine heftige Rede mit paulinischem Eifer hielt,: „Kerlchen Du willst Papst werden gesteh's nur." —Wie kannst Du einen Gott im Bildniß aufstellen wollen der sich dir im tiefsten Geheimniß offenbart, und als der Gott deiner selbst sich Dir fühlbar macht? —ist es nicht die Aufgabe deines Lebens Dich selbst zu begreifen, und ist es nicht die Erfüllung des Geistes ihn zu begreifen? —und Gott Darstellen, da mußt du zuvor seiner ganz bewußt sein. —Mir im Gegentheil sind die seltnen und kurzen Momente in denen der lebendige Geist mich elecktrisch berührte (was ich allein unter Gott begreife) so wenig ins äusere Bewußtsein getreten daß ich sie weder auszusprechen vermag noch Zeugniß von ihnen geben kann, aber Die Wirckung ist das wahre in mir, was immer wieder Keime aus der Seele entfaltet sie nährt und schüzt; und der Unsterblichkeit ewige Jugend in mich einpflanzt, die mich ewig wieder neu anreizt alles zu lernen, zu erfas[s]*en daß ich wie ein Kind, ein Schüler alles anschaue zum ersten mal. —denn, hab ich früher Die Natur mit meinem kindischen Geist zu fassen versucht so lernte ich den Buchstaben nachlallen, —dann wieder von vorne studiert, lernte ich der Worte Sinn fassen, und ferner, den Geist in mich aufnehmen den Der Sinn bedarf; und abermal, mit diesem Geist, Geist begreifen und mich nachbilden aller Weisheit die sich hierdurch mir offenbart. —so ist das göttliche Abc Buch beschaffen daß der Strahlenrand der es umfaßt immer wieder in sein Zentrum leuchtet. —Ob Die Zukunft deiner Vergesse? —Mein Freund deine Zukunft ist deine eigne Lebensknospe daß diese aufblühe daß die Zukunft aus dir hervorleuchte das ist deiner Tage heilige Mitgift du wirst sie nicht vergeuden. —

Du freust Dich auf deine Reise nach dem Harz, bleibst 14 Tage im Gebirg! —Wie glücklich bist Du, so wenige von Denen Du vielleicht glaubst das Glück habe sie besser bedacht als Dich, kommen dazu sich auf etwas zu freuen, noch wenigere haben einen reinen Genuß. —Aber ich kann mich freuen, dich wieder zu sehen, und werde einen reinen Genuß haben mit Dir zusammen zu sein. Drum behalt mich lieb

am 2ten August 1839 Bettine

BRIEF 44
Julius Döring an Bettine von Arnim,
Wolmirstedt, 28.8.1839

Du denkst wohl ich treibe mich noch im Gebirge herum? So reichlich wurde mir Erholung nicht zugemessen. Nur 8 Tage war ich im Harze und schon seit 4 Tagen bin ich von dort wieder zurück. Gleich hätt ich dir geschrieben nach meiner Rückkehr;—aber ich konnte nicht gleich begreifen wie der Apostel der Jugend auch alte Gedanken haben und dicke Gedankenstriche nicht verstehen konnte, oder—wollte.—Sieh nur meinen letzten Brief an.—Wenn ich nach der Ordnung verfahren will: kann ich noch nicht von meiner kleinen Reise sprechen; vielleicht schweig ich ganz davon in diesem Briefe, da ich hoffe, daß günstige Stunden die Bruchstücke des unterwegs Niedergeschriebnen zu einem Ganzen abrunden werden, das sich die Freiheit nehmen wird, dir unter die Augen zu treten, wenn es nur erst geboren ist.—— Zwei Briefe hab ich vorher zu beantworten, einen kurzen und einen langen. Den kurzen möcht ich am längsten, den langen ganz kurz beantworten. Jenen hab ich auswendig gelernt oder besser par coeur; das ist keine Hexerei, es stand weiter nichts drin als: „Mein lieber Freund hat mir lange nicht geschrieben." und mit ihm zugleich kamen zwei Theile von Arnims Werken an.—Wärst du den Abend an welchem ich von einer Reise zurückgekehrt dein Geschenk und deinen Brief vorfand, da gewesen: ich hätte dich begraben unter Blumen die ich dir zugeworfen. Nun mach ich's wie damals, als ich bei dir war, wenn du mich auffordertest zu sprechen: ich erhebe meine Augen zu dir und lasse sie fest auf deinen ruhen, und in meinen Augen steht die Frage geschrieben: Wie kannst du mich lieb haben?—— Länger wird nun die Antwort auf den langen Brief. Es freut mich über denselben mich aussprechen zu können.—Du bist böse darüber, daß die Blume nicht damit zufrieden ist, daß Niemand von ihr weiß noch sie ahnt, da doch dieser Niemand ein Jemand, dieser Jemand die ist, an welche ich eben schreibe.—Ei du weltumfassender Geist, der alles Schöne an sein Herz zieht und es in sich trinkt als süßen Wein der Begeistrung, verlangst du Beschränkung auf

Ein Herz, ohne die vollste Liebe dafür zu gewähren?—Auch in Einem Herzen hätt ich Ruhe, wenn es mir, nur mir gehörte—jetzt möcht ich in tausend Herzen Wurzeln schlagen wenn auch nur neben andern Blumen.—Was ist denn das, was mich immer aus mir heraustreibt, daß ich keine Befriedigung finde in der Stille des eignen Busens? Was können denn Andre mir geben, was ich nicht schon in mir habe? Ist es Verlangen nach Ruhm, das mich spornt und treibt innerlich zu gestalten, um äußere Anerkennung der Gebilde meines Geistes zu erlangen? Was könnte Ruhm mir geben? Ein erhöhtes Gefühl meiner selbst, ein stolzes Vertrauen auf meine eigenen Kräfte; ein Haschen nach der Gunst der Menge, die immer neu errungen sein will, wenn sie nicht verloren gehen soll, denn nichts ist wandelbarer als sie, und den Götzen von gestern bedeckt heute der Staub der Vergessenheit. Daran müßte das stille, langsame Heranbilden der Zukunft zur Gegenwart verloren gehen, weil nur das Fertige den Beifall der Menge gewinnt, nicht das, was in der Knospe des Werdens sich noch verhüllt. Da müßt ich mich selbst aufgeben, wenn ich nach Ruhm haschen wollte.—Was ist's dann aber, das mir keine Ruhe läßt, wenn's nicht der Durst nach Ruhm ist? Ist es, daß der Geist, der mich berührt und weckt und nährt, vom ruhmlosen Gefühl eines Mangels in sich bewegt wird? Der Geist Gottes schwebte auf den Wassern als er Himmel und Erde geschaffen aber die Erde noch wüste und leer und es finster war auf der Tiefe. Ist meine Unruhe dieß Schweben, bis es Licht wird?—Ist es Trieb alles Geistes nicht in seiner reinen Innerlichkeit zu bleiben; führt ihn die tiefgepflanzte Sehnsucht der Erde entgegen sich ihr zu vermählen zum schönen Bunde? Ist der Geist das Verlangen die Welt zu sich heraufzuziehen, und die Welt die Sehnsucht an seiner Brust zu ruhen? Wenn das wahr ist, da wäre der Geist selbstsüchtig wenn er in der reinen Sphäre seiner selbst bliebe; wenn er nicht die Welt umfaßte mit liebenden Armen, und ihrer Sehnsucht mit dem Kuß der Liebe entgegenkäme.—Rührt daher meine dunkle Lust zu schaffen und das Innere auszusprechen in Formen und Gestalten in Tönen und Klängen? Dann wär's nicht Ruhm, um den ich aus eigner

Willkür und Macht würbe; dann folgt ich nur der Stimme des Geistes, die, wie aus der Ferne, zu mir herüberschallt, und trüge seine Fahne als getreuer Bannerträger. Was meinst du, der ich nichts verhehle; die geheimsten Regungen meiner Seele liegen offen vor dir da; hast du sie besser durchschaut als ich und ist es anders? —

Noch Eines in deinem letzten Briefe muß ich besprechen: du findest eine Verschiedenheit zwischen dir und mir auch darin, daß dich der Sturm ausgelassen und fröhlich macht, mich dagegen zur Betrachtung reizt. Auch auf mich wirkt alles Große und Gewaltige, wie ein Sturm, wie auf dich und erregt dieselben Gefühle aber Betrachtung und Nachdenken folgt darauf. Soll das Große und Herrliche vorüberwehen wie der Wind; oder soll ich seiner Meister zu werden suchen dadurch daß ich's zum Meinigen mache? Die Momente der Begeistrung sind kurz, sollen sie spurlos vorübergehen? Begeistrung befruchtet den Geist, aber seine Gestalten gehen nicht von selbst hervor wie die Pflanze die sich entwickelt aus dem warmen Dunkel des ersten Keimens. Das ist nicht Philisterei, die sich selbst zermartert um ihr hohles Ich als das All hinzustellen, wenn ich des Geistes mächtig zu werden suche, der das Wasser des Lebens bewegt im Rauschen der Begeisterung. Hat nicht Jakob mit Jehovah gerungen bis er sich ihm ergab? — Das ist wohl organische Verschiedenheit beider Geschlechter: dieß freudige Empfangen des Geistes und vertrauensvolle verhüllte Wirkenlassen deinerseits: und dasselbe Empfangen aber Festhalten für den Tag des Bewußtseins meinerseits. — Lebe wohl, schreib bald an mich.

Wolmirstedt d. 28 August 1839. Döring

BRIEF 45
Bettine von Arnim an Julius Döring,
Berlin, 31.8. [1839]

Es freut mich dich wieder in Der Heimath zu wissen. wo meine Gedancken gewohnt dich zu besuchen. Die Brieflichen Mißverständniße übergehe ich um nicht neue hervorzurufen, nur Eins merck ich an, wenn nehmlich manches in Deinen

Briefen nicht von mir aufgefaßt wird wie Du es meinst oder willst, so ist dies niemals weil ich dich nicht verstehe sondern weil ich durch das Gitter deiner Eigenthümlichkeit, belaubt und umblüht mit Gefühl und Neigung, manchmal wie schwirrende Nachtschmetterlinge Fledermäuse und Motten, gewahr werde auf die ich Jagd mache. Alles was mich Selber berührt, Hochstellend schmeichlend, verheissend betheurend, sagt mir nicht zu; Was daher in Deinen Briefen Darauf hinzielt, das wird von mir zwar nicht mißverstanden aber lieber umgangen oder umgewendet. wenn Du mich zum Beispiel einer Eiche vergleichst die den Stürmen Jahrhunderte Trozt so beweise ich mich gern als ein Brombeerstrauch der dich im Vorübergehen stachelt, oder eine Nessel Die Dich brennt.—Nein ich bin nicht „böse daß die Blume unzufrieden ist weil niemand von ihr weiß da Doch dieser Niemand Jemand ist"—ich will nur sagen daß auch selbst Jemand, Niemand ist für den Der harrt auf Jemand um seiner Begeistrung Abbild in ihn zu prägen. Begeistrung die Doch nur aus der Energie Des Alleinstehens sich hervorbildet, und nur so wirckt sie in ihrer Freiheit vollen Kraft, denn wer aus Andrer, Herzen Begeistrung sammlen will der hängt von Diesen ab; mehr sag ich nicht, der Begeistrungsfähige versteht dies nicht allein, er fühlt auch daß Begeistrung zuförderst isolirt. und wer in Tausend Herzen Wurzeln schlagen will der ist nicht der Begeistrung Blüthe selbst, die in blauer Himmelsluft ihr Aug aufschlagend und bewußtloß die Sonne in sich trinckend Andre mit-berauscht.—Nein guter Ingurd, ich bin nicht „der Weltumfassende Geist" von dem Du sagst „daß er alles Schöne an sein Herz zieht und es in sich Trinckt als süssen Wein der Begeistrung"—Nein! ich verlange nicht einmal Ein Herz, da ichs nicht zu erfüllen vermögte. lange schon hat mich der Geist gelehrt, daß, Lieben und Geliebt zu werden eine Region sei in der zu Schwimmen, ein günstiger Wind die Seegel ihm nicht bläht.—Drum auch, verlang ich nicht Beschränckung auf Ein Herz von Dir, wie Du mir schuld giebst, da ich wohl weiß daß Ich, Dir *nicht* die „vollste Liebe dafür gewähre".—Was Ich dir gewähre ist edle Gastfreiheit, in der ich mir selber genüge Ruhe, im Port meiner Eigenthümlichkeit, so lange sie Dir zusagt. reinen unverfälschten Sinn Der ewig neu Die Wahrheit faßt aus eigner Lebenskraft, nicht Durch andrer, und was ich möglich machen kann Dir mitzutheilen frei von Schlacken, edles Metall, ich gebs, weil dus begehrst, nicht weil ich liebe, Nein, weil Dein Vertrauen zu mir Die Stimme Gottes ist, der ich antworte. Den Wahn gieb auf, als wolle ich alles Schöne ans Herz ziehen Begeistrung draus zu schöpfen, dies wär Der Brunnen der Danaiden, aus dem zu schöpfen bin ich nicht verdammt. Was ich bis jezt Andern gewährte es waren Bürden die im Gleichgewicht, schwebend zu tragen mein Genius mich anreizt, und daß es mich nicht niederbeuge alles was im Leben Ansprüche an mich macht, auf seine Macht mich verlassend, zu befriedigen Das ist die Aufgabe die mein Genius mir zu lösen giebt. Es könnt wohl sein daß ich nicht immer frei von selbstsüchtiger Liebe zu Werke ging, und, Natürlich, Wem man ins Leben einzugreifen ihn anzuhauchen mit Geistesathem, bestimmt war, seis auch wie zufällig, da ist es leicht daß Liebe sich der Pflege herrschend anmaßt, aber, *Ich* mein Freund bin bald zurecht gewiesen, und Dieses Liebenwollen, wird mir leicht wie Frühlingsduft vor Den Lippen weggeweht, noch eh sie sich öffneten ihn einzuathmen.—Werfs mir nicht vor, glaubs nicht daß ich geliebt sein wolle, denn Wollt ich auch, so will Der höhere Wille ich soll Den Trunck absetzen von der Lippe ohne sie zu netzen.—Also! sie trinckt nicht „den süssen Wein der Begeistrung in sich“ deine Freundin, und harrt auf keine Liebe und nimmt keine Herzen in Beschlag, Nein, sie unterwirft sich dem was Andre ihr zumuthen. das ists was meine Beziehung zu den Menschen bildet, und nichts anders.—Aber Herzen in denen ich Wurzel schlagen möchte so wie Du es möchtest!,—das sollte mir fehlen!!—ich hab genug zu thun, daß mein Gewissen rein sei, vor den Mondstrahlen die in der Einsamkeit mich anleuchten, daß mein Geist sich sammle wenn Die Sonne mir auf den Kopf brennt, und daß ich Seufzerfrei meine Gefühle dem vorüberjagenden Wind auf die Schwingen lade. und wenn ich dem allem genügen soll was ein inneres Werden und Wirken von mir verlangt, so bin ich müde wie der Lastträger am

Abend, und muß das Schäferstündchen aufgeben, auch wenn ich in Träumen das süsseste davon wähnen Dürfte.—Du verstehst mich wohl mein Lieber Freund *Träume*! gebrochne Strahlen des Sonnengotts! ich verlange sie nicht verwirckLicht.—Ich spreche scharf und Deutlich mich vor dir aus, damit durch die Verschiedenheit zwischen uns Beiden du dir selber um so Deutlicher werdest und nicht auf mich dich verlassest, dein Inneres zu beleuchten, sondern daß du dich selber beantwortest.—Denn eine Scheidewand ist, sie fällt nur nieder wenn Zweie Eins sind und nicht mehr verschieden, dann begreift jeder sich in dem andern, dann schwebt wechslend der Geist des Einen über der Seele Des Andern und bedarfs keiner weiteren Selbsterkenntniß. Im Gegentheil aber, wo Zweie *nicht* Eins sind wie hier, und die Geister beider, nicht ihre Seelen wechslend umleuchten, da ists grade die Verschiedenheit beider die jedem sich selbst zurückgiebt, Du gehörst dein Durch mich, der Du nicht angehörst.—Diese heilige Scheidewand zwischen Uns weißt Dich an in Tausend Herzen Wurzel zu fassen, indem sie mich lediglich von Diesen Tausend Herzen ausschließt, wie du unwillkührlich beweißt indem Du rügst, daß ich die Blume befriedigt wissen will, wenn sie nur blüht, auch wenn Niemand von ihr Wisse.—Nun siehst Du wohl ein, daß in Diesem Willen mehr ein Geschenck meiner Eigenthümlichkeit für dich liege als daß es ein Begehren sei mir Deine Natur anzueignen, deren freiheit mir so heilig ist daß ich ihre Grenze nicht zu berühren wage und mich selbst ausser jenen Tausend Herzen banne in denen Du dein Land baust.—Ich nehmlich!—Ich würde grade in Der Blüthe selbst, die Leidenschaft aushauchen, aber nicht ins Herz sondern in die freie Luft, wo keine Bedingung dem freien Spiel der Flamme wehrt, oder gar Rauch erzeigte wo sich jener Feuerstrom der Begeistrung rückhaltslos verbreiten will. du aber willst deine Begeistrung betten, das heißt du willst Wurzel fassen und zwar Tausendfältig in jedem Herzen, während ich meine Gefühle den Winden preißgebe bewahrst Du Die Deinen unter der Lebenerzeugenden Fruchtgebährenden Muttererde einer dir verheisenen Zukunft neben andern Blumen aufzublühen, und dort den Boden jedes Herzens elecktrisch zu durchzükken.—Du—„willst die Welt umfassen mit liebenden Armen, um ihrer Sehnsucht mit dem Kuß der Liebe entgegenzukommen"—so stehts in deinem Brief geschrieben Ich die Täglich erfahre wie Der Staub der Vergessenheit (der nach Dir: heute den Götzen bedeckt der gestern verehrt war) von eifrigen Götzendienern abgewischt wird, ich strecke nicht die Liebesarme Der Sehnsüchtigen Welt entgegen, denn sie opfert ja verstandloß, und kann nur als Götzen auch das Lebendige anbeten, ihre Sehnsucht geht nicht nach dem lebendigen Kuß des Geistes der beschwingt die Lüfte Durchschneidet von elecktrischer Gewalt fortgerissen sich dem Ziel pfeilschnell einverleibend.—Hätte ich Macht, wie Das Erdbeben würd ich den Götzen erschüttern, daß er über Der Welt zusammenfiel, die Macht soll sich so weit erstrecken als sie sich üben läßt, denn was zu vernichten ist dem steht der lebendige Geist immer Feindlich entgegen.—Du—streckst liebend die Arme der sehnsüchtigen Welt entgegen, denn was Leben ersehnt dem kommt der Lebendige Geist immer liebend entgegen.—Du siehst was ich hier will—die geheimsten Regungen deiner Seele von Denen Du sagst daß ich sie besser Durchschaue als du, dir zu eigner Beurtheilung anheimgeben.—Nein ich durchschaue sie nicht besser ich glaube was Du mir sagst, und Trete bescheiden an Die Seite des Wegs den du zu wandlen bereit bist.—Die Welt mit der Du in den Liebesbund eintreten willst, berührt mich nicht elecktrisch wie Dich, ich wend mich von ihr ab, weil—weil—weil—ich keine Liebe fordere und auch mir keine Sehnsucht gestatte der meinigen einen Gegenstand zu gewähren, denn ich will nicht aus der Rolle fallen die mir der Genius im großen Geisterdrama aufgegeben. Leb wohl mein Lieber Du wirfst mir Blüthen zu, ich dir Schneeballen, jeder giebt was er hat, du wandelst auf Frühlingsmatten ich auf Eisschollen.—Für die Kinder ist der Winter für den Jüngling ist der Frühling, mich hat der Winter zum Kind gemacht, das lachend mit dem Schnee Ball spielt, unter dem früher ich die grünen Keime sorgfältig hütete die der jüngling jezt in seinem Frühling zur glühenden Rose entfaltet.—

Ein Gewitter scheidet den Frühling vom Winter, ein Zeigen daß beide getrennt bleiben sollen. Einst küßt ich deine Hände es war aus Dehmuth, daß der warme Lebenvolle Frühling alle Keime in denen er einst aufbricht, so vertrauungsvoll unter der kalten Decke barg, nun hat die Glut den Schnee weggeschmolzen der Winter mußte scheiden von Dem warmen Licht suchenden Leben das bald in Tausend Herzen keimen wird, unterdessen Er langsam den Geist zurückzieht auf den Innern Herd, denn auch der Winter hat eine Gluth. nur strömt er sie nicht aus.—

Es ist wieder einmal 3 Uhr in Der Nacht,—Du hast wohl keine Sehnsucht mehr mich wiederzusehen, da du die Welt mit Tausend Herzen als Braut Heimführen willst so werd ich mich hüten Dir in den Weg zu kommen während Du um sie freiest.—Adieu in 8 Tagen werd ich wohl Berlin verlassen haben.

am 31ten August. Bettine

BRIEF 46
Julius Döring an Bettine von Arnim,
Wolmirstedt, 4.9.1839

Warum machst du das Herz mir schwer, daß seine Flügel zu schwach sind es zu tragen und es den Boden netzt mit seinen Thränen?—Was sprichst du von Lebewohl, von heiliger Scheidewand, von Verschiedenheit, warum zweifelst du an meiner Sehnsucht dich wiederzusehen? Ich dir nicht angehören?! Du willst nicht geliebt sein?—

Mein Kopf ist kalt, aber mein Herz ist warm. Gestern morgen, wo ich deinen Brief erhielt, wehte ein kalter Wind aber die Sonne schien warm. Da ließ ich meinen kalten Kopf so lange von der Sonne bescheinen bis er gleiche Temperatur hatte mit meinem Herzen; da schwieg auch der kalte Wind.—

Wie bin ich verwirrt, daß ich nicht weiß woaus noch wo-ein.—Der Garten liegt wohl vor mir, den du durchwandelt hast, aber du bist nicht mehr darin. Wer sagt mir, warum du hier eine Blume abgebrochen und in den Weg geworfen hast, warum die Mauer in Gartens Mitten gezogen ist, die mir den

Weg versperrt? Bist du jenseits und harrst meiner? — Daß es so wär! —

Ich kenne die Welt nicht, ich weiß nichts von ihr. Wenn nur sie es ist, die eine Scheidewand zwischen uns auferbaut: so geb ich sie auf und die Mauer muß fallen. Was könnte sie mir gewähren, was mir durch dich nicht schon zu Theil wurde? Du schwebst über meiner Seele; ich glaube dir, daß die Welt eine eitle Götzendienerin ist; daß ihr Eins fehlt und darum Alles; die Liebe, die allein erfreuen kann, wenn sie Opfer darbringt. — Daß ich nur eine Stunde bei dir sein könnte, es wäre besser als bogenlange Briefe. — Ist es denn nicht allein mein Verlangen geliebt zu sein, wo ich liebe, was mir Zweifel aufwirft, nicht als ob Ein, (dein) Herz mir genügen könnte nein, ob es wollte und dürfte? Ist das Maaß der Liebe je voll? — Was hat denn Leben und spricht zum Leben als was von der Liebe erzeugt und geschenkt wird. Fernerhin wolltest du nur gehorsam gegen deinen Genius mir Antwort geben auf die Fragen, die mein Vertrauen dir zur Lösung vorlegt; fernerhin wolltest du nur die Last tragen, die dir auferlegt zu werden deine Bestimmung sein soll? O, gieb deinen resignirten Gehorsam auf; was könnte dein Genius dir aufgetragen haben, für den, der dich nur flüchtig berührt! — Ja, ich sag es, steig herunter von der kalten Höhe des Entsagens, wo nur dein eigner Geist dich anweht im Hauch der Winde, und dein Blick flüchtig durcheilt die grünen Thäler. Steig hernieder ins blühende Thal, ergehe dich in Frühlingsgärten die alle dir offen stehen; herrsche, sei stark und unverzagt im Fordern. Ist das nicht das rechte Geheimniß der Liebe, daß sie bedenkenlos fordert vom Andern, daß er ihr Alles gewähre? — Das ist ein schönes Bild wenn zwei Opferflammen zusammenlodern, und sich trennen, die eine höher hinauflodert als die andere, bis sie sich wieder vereinigen in Einer Flamme. —— Ob dich mein Brief noch trifft in Berlin? Wohin reisest du? Selten sind meine Hoffnungen und Ahnungen in Erfüllung gegangen. — Was soll ich noch weiter schreiben! — Lauter Fragen lauter Ausrufungen würden's, ein buntes Gemisch das die erste Aufregung nicht beherrschen und bedenken kann. Wär's männlich, wenn ich in Klagen ausbrechen wollte, wo du schweigst? — Lebe wohl. Reise glücklich; kehre bald zurück. — Ich harre deiner.

Wolmirstedt d. 4/9 39. Julius Dg.

BRIEF 47
Bettine von Arnim an Julius Döring,
Berlin, 11. 9. [1839]

Du beklagst dich daß mein Brief dich verwirre und ich kann mich doch besser in Diese Verwirrung finden als in Deinen Tausendblumenfrühling Meinen früheren Brief hattest Du erst nach 5 Wochen beantwortet, dann schriebst du von Deiner Blüthe Sehnsucht in den Herzen; Was konnt ich anders Dencken als, du seist so mitten in deiner Tausendfelder Wirthschaft, daß dir die Zeit zum Schreiben mangle und auch das Dencken dran; auf Tausend Herzen zu vigiliren da kann auf eins man nicht besonders achten, wie kann es auch anders kommen? — so hab ich mich getröstet, und wie's einem kalten Winterabend ziemt mich zurükgezogen; das hat dich ein wenig gebeizt, das freut mich! — Ach lieber Ingurd! vermögten es die Geister miteinander umzugehen so kühl und unbemäntelt wie Gott sie geschaffen, wie anders würden sie einander bald erfassen, aber sie hängen den Theaterpurpur um, ihre Würde gegen einander zu behaupten; auch ich erlaub mir oft, so einen alten Mottenpelz von Hermelin anzulegen, und einen Zepter mit einer Angelschnur daran Die ich auswerfe. — Wärs anders lieber Ingurd, käm mein Geist Dir nah, unverwahrt unbedeckt wie Gott ihn eingiebt, ach wie anders wär es dann! Aber! Wer hat das Genie reiner Natürlichkeit? — Und wer verträgt's? — Wärs so zwischen Uns, wie anders würde der Geist unsre Sprache lenken! — Wie sehn ich mich danach! — könnt ich doch lallen und rauschen und pfeilschnell dahin taumeln mit meinem Geschwätz, wie der Bach zwischen Klippen Durchbricht, was würden für Geheimniße meinen Lippenwellen entrauschen, unbekümmert wie der sie aufnähme den sie umspühlen. Nacktheit des Geistes ist innerste Wahrheit die in Licht ausströmt.

Aber was Menschen als ihr Eigenthum des Geistes behaupten das ist alles blos Gewandung, Poesie und Philosophie, Decoration und Musterbild kleinlicher Systheme die Dem Geist die Nacktheit wehren, vor der alles ins Nichts versinken würde was der Mensch zu wissen glaubt.

Ich denke gern Der Winterzeit wo du Abschied nahmst, am Abend wo du gebeten hattest ich soll mich Schleierlos Dir zeigen wie ich innerlich zu dir gesinnt sei.—Du ließest auf dich warten, da war ich ungedultig biß du kamst und lehnte mich aufs Treppengeländer und sah wie die Gasflamme spielte, mit meinem Hauch der in der kalten Luft sichtbar war, und ich war so kalt und doch fror mich nicht, und mein Herz zitterte so sehr.—Was war es doch?—Was erwartete ich doch mit so viel Ungedult?—Ich ging zurück ins Zimmer, und als du kamst, da mußt ich mich zusammennehmen daß die Sprache mir nicht stockte und konnt es kaum, so Tief war ich bewegt durch dein Verlangen ich soll mich Schleierlos dir zeigen.

Ich will so gern Die Wahrheit dir heut sagen mißdeut sie nicht wenn Du sie nicht verstehst.—So muß der Geist emfinden der durchs Zauberwort herbeigerufen ist, wie ich an jenem Abend in Deiner Gegenwart emfand. Wie jener, die höhere Macht; so fühlte ich, den Genius über mir, und brannte vor Begierde des Anschauens. Gern hätte ich geschwiegen, gern kein Glied geregt, ich war scheu die Stimme zu erheben, und deine Hand die in der meinen lag frei zu lassen. allein ich That dies alles gegen meine Neigung, und hüllte so mich wieder in den Schein, von dem ich doch so gerne frei mich dir gezeigt hätte. Frei vom Schein sein, das heist ganz dem Genius hingegeben sein. Es ist kein ander Reich; Was der Wahrheit gewonnen ist, das ist vom Genius durchdrungen, durch den allein nur alles wirklich ist und nicht mehr Schein. Und alle Liebe wird nur allein Durch ihn verwircklicht, der Drang der Liebe ist Drang zu ihm. Die Menschen meinen sie können Gott anbeten,—Gott anbeten ist das höchste Genie und dies ist Eins sein mit der Wahrheit. Wenn Wir uns wieder sehen dann will ich dem Genius treu sein das gelob ich Dir, und weil du's gerne willst, ich lese es aus deinem Brief, so will ich kommen.—ich würde schon am 14ten abgereist sein, in diesem Augenblick ereignet sichs daß ich noch wohl bis zum 16ten oder 18ten zurückgehalten bin. schreib mir gleich, ob dirs so recht ist und daß du zu mir nach Magdeburg kannst kommen auf einen Tag vielleicht, nicht wahr, so lang kannst du wohl abkommen, den Tag vor dem ich abreise schreib ich Dir.—Nun merck dir wohl daß du *niemand* davon sprichst; niemand solls wissen, denn sonst wär meine Zeit Dort verloren, und andre Menschen kämen dazwischen. Also einen goldnen Tag versprech ich mir von Dir, wenn du mir ihn schencken willst. und dann, vielleicht, kanns kommen Daß Wir noch einen Tag zusammen sind, und———Wir wollens erwarten.—freu Dich drauf und sags nicht wieder. und schreib mir gleich mit wenig Worten wo ich in Magdeburg kann absteigen, nicht in einem ersten Gasthaus wo viel lärm ist mir ist einerlei wo ich wohne, wenn es so ist daß ich mit Dir kann sein; oder meinst Du daß Wir eine Station weiter zusammen reisen?—ich komm in meinem Wagen ganz allein[.]

BRIEF 48
Julius Döring an Bettine von Arnim,
Wolmirstedt, 14.9.1839

Kaum daß ich schreiben kann! Du kommst! Ich werde dich wiedersehen! Wie mein Herz dem nahen Tage entgegenschlägt! Mein Herz und meine Arme sind dir aufgethan.—

Willst du fern vom Kaufmannsgetümmel des Breitenwegs in Magdeburg logieren: so wähle die Stadt Prag oder den Wiener Hof, der in der Nähe des Domes liegt. Schreib mir, welchen Gasthof du gewählt hast, daß ich nach dir fragen kann; auch, wann du in Magdeburg einzutreffen gedenkst, daß ich mich frei machen und die zwei kleinen Meilen von Wolmirstedt nach Magdeburg dir entgegen eilen kann. Wenn du am 18*ten* in Magdeburg sein könntest: hätt ich die meiste Zeit. Aber komm, wann du willst, ich werde mich schon losmachen.—Wohin willst du denn weiter reisen?—

Ich schweige. Was brauchen's Andre zu wissen daß du kommst und daß auch du mich wieder sehen willst und mit mir allein zu sein begehrst.—Daß nur nicht Alles ein Traum ist, ein goldner, der entschwindet beim Erwachen[.]

W. d. 14 Sept 1839. Dg.

BRIEF 49
Bettine von Arnim an Julius Döring,
Berlin, 16.9.[1839]

Schließe deine Arme wieder und auch dein Herz denn sollte ich kommen, was mir bis jezt noch sehr wahrscheinlich ist, so würde ich deine *geöffneten Arme* umgehen merck dirs, und dein Herz selbst aufzuschliessen würde mir besonderes Vergnügen gewähren.

Ich werde Donnerstag Nacht oder Abend abreisen also am Freitag 20ten gegen 5 Uhr Abends im Wiener Hof weil er nah am Dom ist eintreffen—

BRIEF 50
Julius Döring an Bettine von Arnim,
Wolmirstedt, 19.9.1839

Ich kann meine Arme fest verschränken;—dann hält's schwer sie wieder aus einander zu sprengen, wenn's Herz nicht thut. Wie kann das Herz dieß vollbringen wenn's verschlossen ist in dunkler Kammer und der Schlüssel weggeworfen, der es öffnen kann allein, kein Dietrich.

Am 20t kann ich nicht in M. sein; ein älteres Versprechen bindet mich hier gerade für diesen Tag. Mein Wort brech ich um Alles nicht.

Am Sonnabend Vormittag werde ich nach M. gehn. Gewiß du bist noch da und ich werde dich wiedersehen. Farewell.

W. d. 19 Sept. 39. Dg.

BRIEF 51
Bettine von Arnim an Julius Döring,
Bärwalde, 14.10.1839

Willst du wissen wie es zwischen mir und dem Philipp steht, worauf du doch gewiß neugierig bist so verspreche mir daß Du nie über die Lippen bringen wollest was ich dir mittheilen werde. ich weiß daß du Wort halten wirst und werde Dir auf dieses Versprechen hin die Abschrift eines Briefes schikken den ich in 3 Nächten geschrieben er ist 27 Seiten lang. aber auch das verspreche mir daß du ihn nicht zeigst nicht abschreibst und gleich wieder schickst; er ist von meinen Kindern abgeschrieben. ich weiß daß es dir wichtig sein muß ihn zu lesen, du wirst darinn bestättigt finden was ich dir sagte und auch was ich dir versprach. mir ists in Althaldensleben übel gegangen. von den lieben Grimm zurückkehrend, die so mild und freundlich und herablassend meine Scherze aufnahmen, so ohne Arg gegen mich; in ein Haus einkehrend wo man mich eingeladen, wo ich dem Sohn seit Jahren alles Freundliche erzeugt hatte was in meiner Macht war sowohl durch Emfehlungen nach Italien, als auch durch Vorschläge zu Philipps höherer Entwicklung. ich hatte ihm Emfehlungen in München Franckfurt a/m Weimar Cassel verschaft, seine Rezensionen besorgt kurz Alles gethan um ihm Licht und Luft zu schaffen, lezlich kam ich um seiner Gesundheit willen die wirklich schlecht ist und leicht in Auszehrung ausarten kann. jedoch war ich keinen Moment heimathlich da im Gegentheil, die Mutter emfing mich so kalt, beinah verletzend daß ich gern gleich am andern Tag weggereist wäre hätte ich meine Schatulle gehabt, ich witterte eine geheime Kritick die in der Luft wehte, und die sogar am Sonntag wo ein paar Personen zu einem kleinen Ball gekommen waren ziemlich deutlich sich Luft machte. Gern wär ich mit dir und deiner Schwester an jenem Abend noch bis zu Eurem Wagen gegangen und hätte dort mit Euch allein gesprochen, und Euch beide herzlich umarmt, aber glaub nur ich durfte nicht, ohne dem Argwohn tausend lügenhafte Lesarten an Die Hand zu geben. solche Menschen wissen nichts von Unschuld sie wissen nur von Form und diese bemäcklen sie ewig; dies soll jedoch nichts an den glücklichen Tagen verringern die mir durch dein edel Gemüth was ich jezt besser kenne durch dein reines Herz und durch deinen scharf aufnehmenden und tief anreitzenden Geist zu Theil geworden sind. gedencke der himmlischen Spaziergänge in Goßlar der Reise dahin die ausgefüllt war mit Geistergespräch und der gewaltigen und schönen Mittheilungen zwischen uns beiden, und wie dein edel Herz so willig allem besseren sich fügen wollte wie mich das rührte. und alle Launen die die guten Götter wie Zephirlüftchen uns zusendeten. wie waren wir glücklich lieber Ingurd, o sei nicht geckränckt daß der Widerhall so hart nachklang.—lies den Brief ich will ihn gleich mitschicken denn Du hältst mir das Versprechen was ich dir abfordere.—aber schicke den Brief gleich zurück.—Was Eure Bekanntschaft anbelangt so laß den Philipp dir entgegenkommen ich mercke einen aristokratischen Geldstolz in der Soverainität Hundisburg und Althaldensleben, er hat sich sogar gegen mich in seiner Herablassung notabel gemacht. hast du Kraft genug dem Philipp wohl zu thun, so thue es, wolle dich nicht messen nicht vergleichen mit seinem jungen Autorstolz.— sei ganz freimüthig, nicht zurückhaltend, denck daß man immer was dran setzen könne ein Herz zu gewinnen, und gewinnst du ein Herz dann hast du auch Macht über seine Launen seine Schwächen kannst sie nach und nach besiegen. hat doch Gott den Menschen gemacht und ihn nicht besser fertig krigen können warum sollten Wir unserer Widerspenstigen Natur nicht in jedem andern etwas zu gute halten.—Aber lieber Ingurd sei vorsichtig und verrathe dem Philipp nichts vom Brief nichts vom Ulrich Hutten, von Dem ich durchaus will daß er ihn zurück nehme weil es ein ganz unreifes ja wahnwitziges Ding ist kranckhaft verwirrter Unsinn theilweis durch Schleiermachers Religionsreden gestüzt, und durch andre Ingredienzen die aber kein Heilmittel für den Unsinn sind.—so etwas würde dir nie begegnen Danke Gott daß deine Carriere einfach war, daß kein sentimentaler Hofmeister dir den Kopf verwirrte daß keine Schmeichler dich Blödsinnig machten, daß du Wissenschaften berühren Durftest daß du Männer gehört hast, selbst der Oelgötze der Zeit hat dir genüzt.—Der Philipp hat nicht studiert, seine Worte klingen dort unter den Affenliebenden Müttern und Vetterschaften wie Perl und Edelstein die von Den Lippen fallen, seine unentwickelten Triebe nach Wissen sind durch das ewige Schmeichlen gleichsam in Bann gethan. Er ist kranck der Philipp, sein Vater hat ihm das Haus gebaut, ihm wird vorgefabelt was er sei und sein könne will er einen Weg machen so wird die Straße ihm unter den Füssen gepflastert. er meint einem solchen wie er müsse es von selbst gelingen zu wirken und zu schaffen, doch weiß er nicht was, *„und spät erst wird ihm offenbar, er sei nur was ein andrer war.“*—ich hab ihm sehr gerathen sich Freunde zu machen, hilf mir ihm das erleichtern indem du ihm gleich einen unbefangnen herzlichen Willen zeigst. es ist auch für dich eine schöne Aufgabe. es ist nichts schöner als in andrer Herzen das Edle zu pflegen. mir zu lieb kannst du es wohl auf dich nehmen, daß du reinen Sinnes mit ihm umgehst. wenn er Dich dazu auffordert nämlich. es wird auch über mich die Rede sein wenn Ihr zusammenkommt, halte nicht zurück mit deiner Ansicht über mich denn ich weiß du bist zu großartig als daß du dir eine Prahlerei über Die Lippen kommen ließest.—suche das Gute in ihm wolle das Schlechte das Schwache nicht finden, du bist der Glücklichen Einer die sich ihre Bahn selber machen, dadurch stehst Du voran allen die Dort im Hanfsamen sitzen. ich verlaß dich nicht und mit meinen Händen will ich gern über Den Abgrund reichen Dir zu Dienen, ich will Dir Freunde werben. was mir gut ist was mich liebt das soll Dich auch lieben, denk doch Ingurd welche edle Freunde wirst du dann haben!—fühl es Ingurd daß Du glücklich bist und mehr als wenn Du noch so sehr gesegnet wärst mit dem was man irdisch Glück nennt.—der Philipp sagte mir auch: „Wär ich arm, ich wär wohl besser und glücklicher.“ Du siehst aus meinem Brief an ihn wie sehr ich ihn liebe, denn sonst hätte ich nicht scharf ihm ins Gewissen reden können[.]

Nun leb wohl, es ist kein Wunder daß ich *schreibemüde* bin.

Schreib mir ein paar Worte indem dein Glück nachhalle, ich bin begierig darauf.—und fühl wie mein Vertrauen zu

Dir aufrichtig und rein ist. O Ingurd! ich weiß dich wohl zu unterscheiden von den andern, deß sei gewiß Bettine.

Nicht wahr es ist kein Verrath an ihm daß ich dir den Brief zu lesen gebe? du wirst schweigen, und wirst fühlen daß er Dich auch angeht. und es wird deinen Tackt für das Rechte in allen Verhältnißen des Lebens schärfen.—Alles setze Dran, um meiner Gesinnung Ehre zu machen, wenn das Christenthum nicht dich zum großen Weltmanne bilden kann, nicht dir die reinste Politick lehrt. nicht Dir die Diplomatischsten Wendungen an Die Hand giebt dann ist es nicht von Dir verstanden.—Alles muß dem Christenthum weichen, denn es enthält den Keim der Lebenslehre, aber nicht seine verschrobenen Satzungen seine Kirchenlehre und verrückten Religionspartheiungen sind es, es ist sein Geist den man zwar gefangen zu halten meint in Der Form, der aber schon lange den Windlen entflohen ist in denen man ihn eingewikelt glaubt, und alle Menschen kümmern sich um jene leere Windlen und streiten sich wie sie anzubeten seien.—Du mußt mit freiem Blick Alles anschauen sonst bist Du nicht im Christenthum,—Du mußt seine Religionen emfinden können in seiner Ursprache denn sie sind alle aus dem Instinckt hervorgegangen der Uns mit dem Göttlichen vermählt.—aber weil die Menschen jeden Augenblick gegen den Bund mit der Gottheit sündigen so haben sie statt der Vermählung einen Götzendienst draus gemacht.—Die Frau in Goslar die uns erzehlte sie habe ihre Leiden allemal der Mutter Gottes anvertraut und diese habe ihr auch allemal geholfen sprach hier aus dem natürlichen Instinckt sich aus dem irdischen Elend zum Göttlichen zu erheben, sie vertraute einem innern höheren Impuls ihre Leiden. das machte ihre Seele frei vom Druck, sie fühlte daß das Glück in dem nicht bestehe was ihr mangle sondern in dem Freundschaftsbund mit höheren Mächten, und das war was ihr unter ihrer Liebe zur Mutter Gottes gewährt wurde. Das süsse Vertrauen zum Genius!—lache mich nicht aus mein Lieber, über meine speculative Betrachtungen von Dieser alten Frau, und daß ich ihren sogenanten Aberglauben in Lebensgenie umsetze; denn ich könnte Dir noch mehr beweisen, selbst daß die

Persönlichkeit der Muttergottes das wahre Spiegelbild ihres Genius ist, daß überhaupt keine Vorstellung unter welcher der sehnsüchtige Menschengeist sich dem Göttlichen hingiebt eine nichtige sei, oder eine falsche. denn so wie du deinen Vater deine Mutter deine Geliebte an ihren Zügen erkennest. so erkennst du auch deinen göttlichen Instinckt an jener inneren Vorstellung die Dir überwinden hilft und dich frei machen. — das ist alles! — und sei es Die Muttergottes, sei es ein göttlicher Philosoph, sei es die Allmacht Gottes selbst, das was dein Bedürfniß war tritt dir als freie Göttermacht entgegen wo Du dich von den Fesslen lösen willst die dich drückten. Was ist Unglück als nur Fesslen, drum ist der Geist ein Streiter, der muß Muth haben, Muth ist Freudigkeit, die ist Begeistrung; — Begeistrung sind Flügel mit denen der Muthige vertrauungsvoll sich über sein Gefängniß schwingt. — Wenn jene alte Frau mit der Muttergottes im Bund ihre irdischen Kämpfe bestand so war das ihre eigne höhere Seele die sich in inniger Verwandtschaft, mit der Mutter der Schmerzen fühlte, — sie hatte mehrere Kinder im eignen Schooß sterben sehen, es waren große Söhne sie rief die Vergangenheit die Trost und Verheisungen einer künftigen Wiedervereinigung enthielt, zu Hülfe, diesen Kampf durchzukämpfen. siehst du darinn nicht Dieses Weib sich verwandlen in ihre eigne höhere Natur, indem sie zur Muttergottes betet? — ein andrer betet zum Plato, ein andrer zu den Sturmwinden, zur glühenden Sonne zur Frühlingsluft, zum heissen kampfbegeister[te]n Volk das im Ringen nach Freiheit alles in die Schanze schlägt, was andern irdisch Glück heiset ja das ewige Leben, besteht darinn daß alle Geistesgewalt sich elecktrisch fortbewege, auch meine soll sich einst fortbewegen im Philipp und in Dir, dafür will ich sorgen. — und mein Geist steht in Flammen gedenck ich Euer. — dies lezte Spiegelbild des Genius, nämlich eines kampfbegeister[te]n Volkes das möge doch eine Zeitlang bei dir auch Stellvertreter deines eignen göttlichen Selbsts sein. Du mögest bedencken daß wenn Nationen sich sammlen konnten in einen Willen, diesem heiligen Instinckt einer reineren Verfassung eines dem Bedürfniß ihrer Seele entsprechenden edleren Verhältnißes zur Macht die sie lenckt wie im Vertrag zu einander Bahn zu brechen, daß dann der Einzelne nimmer zagen Dürfe, dem geringsten was seiner höheren Entwicklung entgegentritt wie auch dem was Dir unüberwindlich scheint, gewappnet entgegen zu treten.—Schicksalsumwälzung ist nichts so bald du nicht fürchtest den Schnuppen zu kriegen wenn Du ohne Nachtmütze schläfst, oder eine Leere im Magen zu fühlen die dich am Dencken hindert wenn Du Morgens keinen Kaffe trinckst, oder kranck zu werden wenn Die Schlafenszeit sich in Wachen und Thätigkeit umwandlen soll, oder wenn Du im zerrissnen Rockermel und ohne jabot nicht geniert bist die Größe deines Geistes deine Rangordnung zu behaupten.—pp—Sobald das, was die Menschen als das Bürgerliche Heil der Ansiedlung auf dieser Erde zubetrachten gewohnt sind, Dich nicht umpfählt, und einDornt in unübersteigbare Hecken, weil sie dir Gesicht und Hände zerkratzen, so kannst Du froh deiner Zukunft entgegen sehen sie wird nicht verpfuscht werden.—Du wie jeder Der seinem Genius im Arm stolz einhertritt über den Lapalien der Zeit, wirst die Fülle der Begeistrung ausströmen über Deine Zeitgenossen die werden um Dich herstehen wie Die jungen Pflanzen im Thau, sie werden an Dich heranwachsen, und du wirst Herrschermacht im Busen fühlen; und Die wird dich beglükken; und nicht der König heiset fühlt das Beglückende des Herrschens, denn leider liegt der i[m]*mer in tiefsten Banden falscher Politick, verrückter blödsinniger Diplomatick, und unbegründeter Furcht vor seinen eignen Schritten, denn es ist nicht sein Genius dem er vertraut; er ist von ihm abgewendet er sieht auf die Verwirrungen die hervorgingen aus Mißtrauen aus bösem Gewißen aus Selbstsucht, er fürchtet in die Schlingen des Gordischen Knotens sich zu verwicklen den der Unsinn schürzte; er hebt das Schwerd nicht wie Caesar ihn zu zerhauen. ja er fürchtet sich selber vor dem was seine eigne Zaghaftigkeit hervorbrachte, alle Anstalten der Vorsicht der Sicherstellung sind Schergen und Sclavenwächter. und gegen was man seine eigne Einsicht und natürlichen Instinckt in Banden legt, das wird deswegen nicht minder Wahr bleiben und Gewiß ist, ein einziger Funke an dem ein Heldenherz zündet ist eine elecktrische Kette die bis ins tiefste Marck der Lebenskraft geht, sie weckt, mitten im Verderben das wie nichtiger Staub von ihm abfällt. und so könnte in jedem Augenblick der höhere Genius das Scepter ergreifen und den Erdensohn auf dem hölzernen Thron mit sich aufschwingen daß er von oben herab Gottheitsthau über seine Völker gieße. und dann wär er erst Einer Der Herrscher sich nennen dürfte und auch mit jedem Athemzug die Luft in sich sauge die er als Seegen wieder ausströmt.—Aber der Hölzerne Thron!—Ach Gott sie klemmen sich fest auf seinen Sitz auf dem sie sich kaum zu strecken wagen viel weniger sich auf zu schwingen.—Und doch wie nah geht mirs.—daß ich nicht wie Demeter ins Feuer der Unsterblichkeit sie halten solle.—sie sind Menschenkinder und ihr Beruf Unsterblich zu sein wird ihnen durch den Betrug und die Unform der Erdenlast entwendet.—

Lebwohl!—magst Dus so lese dem Philipp Theilweise diesen Brief vor wenn Ihr Euch zufälig seht,—von Da an wo ich über Religion spreche.—oder schreibs ihm ab wenn Du willst und schicke es ihm das wird eine Gelegenheit geben deine Unbefangenheit deinen guten Willen zu ihm deutlich hervorgehen zu lassen und auch ihn überzeugen, daß nicht Coqetterie und alberne Liebelei zwischen uns ist, sondern Daß deine Zukunft, dein Lebensprinzip in meinem Geist gepflegt wird.

Meine Ad[re]*sse ist: Beerwalde bei Dahme.

am 14ten O[ctob]*er 1839.

Ich emfehle Dir nochmals die unmittelbare Zurücksendung meiner Abschrift vom Brief an Philipp. und die strengste Verschwiegenheit. im übrigen handle gegen ihn wie dirs nach dem Sinne ist denn Du must ihn Dir gegenüber besser beurtheilen können als ich, also thue nichts nach mir sondern nach eignem Gefühle Grüße Dein lieb Schwesterchen.

BRIEF 52
Julius Döring an Bettine von Arnim,
Wolmirstedt, 28.10.1839

Anfangs, nachdem ich durch deinen Brief erfahren hatte, daß du in Bärwalde angekommen warst, hofft ich auf einen Sonnenblick, den ich auffangen wollte um dich aus der Ferne freundlich anzuleuchten—aber graue Wolken lagen und ziehen am Himmel.—Nun hat sich meine Schwester mit dem Bruder der blauen Blume, des Halberstädter Blauauges verlobt. Das hat mich sonderbar bewegt. Du solltest ihn sehen: es ist ein schöner Mann; schöner als Philipp, der schönste den ich bisher gesehen habe. Es ist ein Mann; seine Stirn nicht hoch aber straff und fest, das sanfteste blaue Auge darunter, dem man es nicht anmerkt, daß es auch Blitze schleudern kann, wie die Narbe in seinem Gesicht bekundet, die er sich in einem Duell geholt hat, als er für das Blauauge seine Klinge zog. Dunkles Haar und Bart; prächtiges Kinn, recht wie ein eherner Schild, den er einer Welt in kühnem Muthe entgegenwirft. Es ist ein Heldengesicht, so zuverlässig und ehrenfest. In rascher Zuversicht hat sich das wie ein schwanker Epheu nach einer Stütze tastende Herz meiner Schwester ihm angeschmiegt.—

Nun beginnt die zweite Nacht, die ich wachend verdenke. In vergangner Nacht zogen die Gedanken an mir vorüber wie Nebel, der neulich am Abend im Holze aufstieg und mit silbernen Wogen mich umzog, aus denen Gestalten auftauchten und wieder vergingen. So war mir gestern, ein wilder Tanz von Seufzern und Jauchzem. Ich dachte—ich weiß nicht mehr was; ich konnt's nicht halten, ich konnt's nicht fassen—nun ist's vergangen, ich bin ruhiger geworden.—

Ich muß mich besinnen, was ich dir schreiben wollte.—Den Brief an Philipp erhältst du einliegend zurück. Ich habe ihn mehrmals gelesen, aber Niemand gewiesen oder etwas davon mitgetheilt. Dein Vertrauen zu mir glaube ich dadurch nicht verrathen zu haben, daß ich mir einzelne Stellen, wie namentlich die schönen Worte Sailers über Christus, abgeschrieben habe. Es sind nur solche Stellen, die nicht an den Empfänger individuell gerichtet, sondern zu Jedem, der Ohren hat zu hören, gesprochen schienen.—Als ich meinen kleinen Brief betrachtete und die vielen Bogen des andern sah: da machte mich der Gedanke eigen traurig, daß du mit einer Feder, die du an einen Andern *ab*geschrieben hattest, einen Brief an mich anfangen konntest. Als ich ihn gelesen hatte, wünscht' ich auch krank zu sein und einen Ulrich Hutten geschrieben zu haben. Zwar sagt ich mir: sie liebt dich und ihn wie Zwillingssöhne; ist der eine gesund der andere krank: so wird sich die ganze Liebe dem Leidenden zuwenden, ihm zu helfen ihn zu heilen; ist sie mit dir Hand in Hand durch Blumenfelder und über quellenlaute Berge gewandert: so läßt sie dich stehen wenn sie sieht daß der Andere im Begriff ist in einen Morast zu versinken, und fliegt auf ihn zu und sucht ihn zurückzuhalten mit Blumengewinden und mit flammendem Schwerte und nur seiner begehrt und gedenkt sie—natürlich—aber es blieb in meinem Herzen ein dunkler Platz, den alle Reflexion nicht hell machen konnte.—— Herr Gott was für eine Menge Nachtvögel hast du in Althaldensleben aufgestört und scheu gemacht; das flog und schwirrte mir um den Kopf mit tollem, albernem Geschrei; ich aber lachte hell auf: da wurden sie müde ihres Gekreisches und flogen wieder weg.—Du verlangst daß ich dem Philipp deinen Brief vorlese oder ihm schriftlich mittheile damit er nicht glaube, daß von alberner Liebelei zwischen uns die Rede sei. Ich habe ihm nichts gesagt, was ihn auf solche Gedanken hätte bringen können. Nehmen Sie sich in Acht vor der Bettine, sie ist indiscret, sagte ein junges Mädchen zu mir, sie hat uns am Sonntag Abend in Althaldensleben ihre Reiseabentheuer von Anfang bis zu Ende erzählt. Ich habe nicht weiter gefragt, was du mitgetheilt hast.—Philipp soll nicht wohl sein, einen neuen Anfall vom Fieber haben; sonst hätt ich wohl schon an ihn geschrieben oder wäre zu ihm hinübergefahren oder gegangen. Meinen Stolz als Gleicher von ihm behandelt zu werden, müßt ich freilich aufgeben; aber ich würd es dir zu Liebe thun und um ein Herz zu gewinnen, das du werth hältst von dir elektrisch berührt zu werden. Ich hatte ihm die Hand geboten; warum hat er sie nicht ergriffen.—Ach lassen wir den Philipp seine Wege gehen und sich selbst wieder zurecht finden, wenn der Genius in ihm wohnt, bedarf er keines Ariadnefadens; ich will ihn dir überlassen; ich wüßte doch nicht, was und wie ich's mit ihm beginnen sollte. Ich bin selbst noch zu jung und meine Flügel sind noch schwach, als daß ich einem andern voranfliegen könnte.—

Nichts, was wir mit einander im Scherz und Ernst, im Handeln und Denken, im Reden und Schweigen erlebt haben, ist mir verloren.—Auch mir ist ein Glanzpunkt der Erinnerung, auf dem das Auge gern verweilt, der Aufenthalt in Goslar. Gedenkst du des Kaiserworths, und wie wir dessen Inschriften zu entziffern strebten? Eine starke aber liebeswarme Hand hatte sie niedergeschrieben, nun konnte die jüngere Zeit kaum ihre Schriftzüge enträthseln. Weißt du noch, wie wir uns die Kapelle des verfallnen und abgebrochnen Doms zeigen ließen, und erinnerst du dich des Mannes der uns die wenigen Überreste alter Herrlichkeit zeigte und seiner matten elegischen blauen Augen und seiner wie ein beständiges Seufzen klingenden Stimme. Mag dir's wohl gehen treue Seele.—Dann auf den Wall zum Zwinger mit den dicken Mauern. Was bekümmerte dich so als du zum Fenster hinaussahst? Wie Himmelsstiegen eine Treppe nach der andern höher hinauf; immer übersehen wir ein Stück Himmel mehr und ein Stück Erde dazu. Hast du die prächtige Linde auf dem weichen, grünen Hügel schon vergessen?—An unsre nächtliche Fahrt durch's Ockerthal denkst du wohl nicht gern?—Ich könnte fortfahren in meinen Erinnerungen und dir eine Menge kleiner Bilder hinmalen; ich weiß aber nicht ob's dich ergötzt.—An die Grimms hab ich nicht geschrieben; ich kann nicht dazu kommen aus Respekt vor ihrer Größe. Als ich bei ihnen war und ihr freundliches, herzliches Wesen sah, konnt ich wohl mit ihnen sprechen; nun ich von ihnen gegangen bin ist der Klang ihres Namens so Alles übertönend in mir laut geworden, daß ich mich nicht getraue, an sie zu schreiben. Sei du ein Dolmetsch meiner Gefühle für sie, und bezeig ihnen meine Ehrfurcht und meinen Dank.—Ach, Bettine, wie hab ich so große Sehnsucht nach dir, wie gern möcht ich dir nahe sein, mich schweigend in die Tiefen deiner Seele zu versenken. Zu deinen Füßen möcht ich sitzen und lautlos deiner Rede lieblichem Rieseln lauschen; mit meinen Lippen möcht ich den Himmelsthau trinken der herniederträufelt, ohne ein Wort zu sagen. Du hast mich erquickt wie ein Gewitterregen junge Saaten. Auch ich fühl's, daß es von nun an anders zwischen uns sein wird als sonst, reiner, offener, nackt. Wenn ich nicht wahr zu dir bin, wenn Müdigkeit mich beschleicht, wenn ich vom Widerstande der Außenwelt überwältigt im Gehenlassen Frieden und Nebeneinanderstehen mit ihr suchen sollte: so wird ein Gedanke an dich mich vom Lotterbette aufjagen wie der Klang der Trompete ein Streitroß. Ich fühl's ich bin flügge geworden und dem Neste entwachsen, das mich bisher mit schöner Wärme vor rauhen Winden schützte. Der Grasmücke ist nicht mehr wohl beim Geschrei ihrer Vettern im Sperlingsneste;—sie sieht von Ferne einen grünen Wald ihr winken und breitet die Flügel aus dahin zu fliegen.

Wolmirstedt d. 28 Oktober 1839. Dg.

[Auf drei beiliegenden Blättchen:]

Kaisersworth.

Zwischen Kaisern soll ich ruhen,
Die schon längst gestorben sind.
Über ihre Gräber schwingt sich
durch den Mondschein her der Wind.

Noch im Bild die Kaiser wachen
Für ein Reich, das nicht mehr ist.
Und mit Schwert und Scepter schirmen
Sie ein Volk, das sie vergißt.—

Immer noch, wie schon vor Zeiten
Auf dem Markt der Brunnen rauscht.
Lustig fort sein Wasser rieselt
Als ob noch ein Kaiser lauscht!

Mitternacht!—Gleich Flügelschlagen
Dringt vom Markt herauf ein Ton.—
Schwingt sich auf der alte Adler,
Oder fliegt der junge schon?—

Zur Ferne ließ ich meine Blicke schweifen,
Mit leisem Flügelschlage zu umschweben
Ein Plätzchen, wo erwuchs' mir junges Leben
Zum starken Baum;—es blieb ein Nebelstreifen.

Mich rückwärts wendend, sucht' ich zu ergreifen,
In mich zu trinken, was sich einst begeben;
Entgegen drängt' ich mich der Zukunft Streben.—
Nicht meinem Durste wollten Trauben reifen.

Nun ist gestillt mein sehnendes Verlangen,
Allüberall kann ich mich Blüthen prangen,
Was ich errungen, ist nun erst mir eigen;

Denn mich bescheint die Sonne aller Gnaden,
Im kühlen Meer der Liebe durft' ich baden
Um neugeboren aus der Fluth zu steigen.

Der
Burgfrau und den Burgfräulein
auf Bärwalde.

Schon glühn im Morgenstrahle
Die Berge rings umher.
Noch dunkel ist's im Thale
Und dumpf und nebelschwer.

Da hält vor einem Schlosse
Auf steiler Bergeswand
Ein Sänger hoch zu Rosse
Die Cither in der Hand.

Es spielt mit seinen Haaren
Der morgenfrische Wind.
Die Hände träumend fahren
Über die Saiten geschwind.

„Gelobt sei Christ!“ so singt er,
„Der Winter ist vorbei.
Gleichwie ein neubeschwingter,
Ein Vogel bin ich frei.

Ein gar zu traurig Leben
War’s hier zur Winterszeit.
Von Forsten rund umgeben,
Die Wege rings verschneit.

Des Spinnrads dumpfes Schnurren
War oft der einz’ge Ton.
Der faulen Rüden Knurren
Gab Unterhaltung schon;

Wenn nicht die Frauen sprachen
Vom glänzenden Turnier,
Wo Zwei den Arm sich brachen,
Den Hals der Eine schier;

Wenn nicht der Ritter, wähnend
Er hätt’s noch nicht erzählt,
Mich hätte täglich gähnend
Mit Fehden viel gequält.

Da klopfte heut’ ein Finger,
Ich rief sogleich: herein!
Da trat in meinen Zwinger
Frau Minn’ im Sternenschein.

Sie sprach: Ich habe wieder
Das Land beblümet sacht.

Nun singe frische Lieder
Von mir und Frühlings Pracht.

Da bin ich aufgesprungen,
Noch Niemand war erwacht,
Hab' mich auf's Roß geschwungen
Und mich davon gemacht.—

Nun will ich wieder stürzen
Mich in des Lebens Drang.
Und frohe Fest[e] würzen
Mit Saiten und Gesang.

Nun will ins Thal ich steigen,
Das wird ein Jubel sein!
Mich schwingen in dem Reigen
Mit einem Jungfräulein.

Und laß ich erst erklingen
Mein Lied im Walde dann.
Der Vogel fängt zu singen
Zu belauben der Wald sich an.

Ich hab nicht Hof noch Stätte,
Weiß nicht woein, woaus.
Der Rasen ist mein Bette,
Die Wälder sind mein Haus.

Doch, wo nur Burgen blinken,
Drauf schwör' ich einen Eid,
Da giebt man mir zu trinken
Und Roß und Geld und Kleid.

Nun richtet Herz und Sinne,
In's Leben frisch geblickt,
Euch wieder auf die Minne
Die Seel' und Leib erquickt."—

Er schweigt und spornet wieder
Zum Thale Rosses Lauf.
Doch klingt sein Lied noch wieder,
Schwingt sich als Lerche auf.

W. 28/10 39. J. Dg.

BRIEF 53
Bettine von Arnim an Julius Döring,
Bärwalde, 1.11.1839

Lieber Freund ich will nicht rügen daß ich seit 4 Wochen wo ich getrennt von Dir bin kein Wort von Dir erfahren habe, denn es kann möglich sein daß zu viel Arbeit dich bedrängte obschon in zwei Minuten zwei Zeilen geschrieben mich vollkommen befriedigt haben würden, allein am 14ten October schickte ich Dir von hier ein Briefpakett, dessen Einlage Die Copie von einer langen Epistel an Deinen Nachbar in Althaldensleben ich mir *sogleich* zurück erbat. ich hatte sie Dir geschickt weil ich dich dadurch glaubte in die richtige Anschauung meines Verhältnißes zu ihm zu setzen, und dadurch dein Vertrauen zu mir zu stärken denn ich mochte es nicht im mindesten Verletzt wissen.—ich schrieb dir zugleich daß ich verlange du sollest keine Abschrift jener Kopie nehmen und weiß daß Du mir hierin Folge leisten wirst. Was konnte Dich also haben abgehalten, ein Couvert um jenes zu machen und mir augenblicklich zurückzusenden?—einmal bin ich in Sorgen ob mein Pakett richtig bei dir angekommen, zweitens hab ich die Kopie nothwendig um an Philipp der mir einen wunderschönen Brief hierauf geantwortet, der ihm diese Rüge wahrlich doppelt und Dreifach zur Ehrenkrone windet, weiter zu schreiben.—und drittens wär mirs ein Beweis deiner Achtsamkeit gewesen auf das was ich dir anemfehle was mich gar innig gefreut haben würde.—Ich hab auch ein wenig mein Gewissen bedrängt, dadurch daß ich dich zum Vertrauten und Mitwisser dieses Verweises gemacht ohne Philipps Wissen; der nicht verdient daß man zum

Verräther an ihm werde. wenn ich also von deiner reinen Güte von deiner Fügung in meinen Willen und deiner Liebe zu mir nicht das erlange Das du mir gleich die Kopie zurück sendest, wenn Du mir in 4 Wochen nicht Lust hast ein einziges Wort zu sagen, da Wir doch vorher so heimlich waren wie Die Kinder, so muß ich zweiflen ob du mein Vertrauen verdienest das ich dir so gern schenckte und ob ich durch dasselbe den edlen Philipp nicht wircklich verrathen habe der so gut ist, und so mit voller Liebe die harte Prüfung aufgenommen hat. Aber lieber Freund ich glaube auch von Dir daß es nur ein böser Zufall und nicht böser Wille oder Nachlässigkeit ist der mir so lange, Nachrichten von Dir vorenthält.—Wenn Du doch wüßtest wie sehr ich mich auf den ersten Brief von Dir freue!—Wenn Du doch wüßtest mit welchen Hoffnungen ich immer der Botenfrau entgegengehe—Wenn Du doch wüßtest wie ich deine Zukunft im Herzen trage, und wie ich bei allem was ich noch vorhabe, immer dein Geschick im Aug behalte und du kannst überzeugt sein daß es nur auf dich ankömmt daß diese Theilnahme an Dir, ein fortwährender Begleiter Deines Lebens sei, so innig und Wahr wie unsere Gespräche in den Abendstunden, und im Wagen, und wahrlich ich werde Dir nie meine Liebe entziehen, sondern sie wird lebendig bleiben und daher immer wachsen.

Ich hab eben ein Epistel an Savigny über die Grimm pp—und alles mögliche geschrieben. sie ist 8 Bogen lang es würde mir so interesant sein daß Du sie lesen mögtest—ja es wär dir gewiß für dein ganzes Leben lang nützlich—damit du sähest—Wie Weit man mit der Wahrheit herausgehen kann und soll, und diese Epistel ist zugleich in Abschrift an die bedeutendste Person im Staat gesendet.—Auch von Dir ist darinn die Rede Aber ich kann die Kopie die ich davon habe nicht entbehren und eben daß ich die obige nicht zurückerhielt das macht daß ich mir nicht getraue sie Dir zu senden, sie ist viel zu wichtig als daß ich sie einen Augenblick der Gefahr der Vernachlässigung aussezte. Wenn Dir was dran gelegen ist, so schreib—entweder ich schicke sie dir und du theilst sie dem Philipp mit oder ihm und er theilt sie dir mit. so etwas verbindet besser, als zufällige geschraubte

Gespräche. und ich werd einstens nicht mehr unter Euch sein wo Euer Leben noch weit weit reichen soll und mit allen Kräften der Wahrheit dienen Und sollt beide von meinem Herzen überzeugt bleiben.—

So sei mir doch Treu *Bärwalde bei Dahme*

1ster November 1839. Bettine

[Nachschrift am Ende der Seite (auf dem Kopf stehend):] Mache deine Briefe an mich nicht frei, sie werden sonst vernachlässigt auf der Post von Dahme.

BRIEF 54
Bettine von Arnim an Julius Döring,
Bärwalde, 1.11. [1839]

Wie traurig ist mirs deine Handschrift anzusehen sollt ich deine früheren Briefe wieder zur Hand nehmen Das wär mir jezt wo Wir uns so viel besser kennen wie damals doch schmerzlich Daß es abgebrochen haben sollte zwischen uns zwei nachdem Wir so viel miteinander besprochen haben was größer ist als Wir beide. nachdem mein Gelübde dir zu dienen mit meiner Liebe und meinem Geist so fest in mir gewurzelt war. Deutschland! ich hab allein Liebe zu Dir emfunden in Deiner Jugend, und Deine Jugend steht mir allein nah in meinen zwei jungen Freunden. und ich werd nicht von ihnen lassen auch wenn sie mich verließen—Aber siehst du wie kranck es mein Gemüth macht daß ich keine Nachricht von Dir habe,—und daß ich mir allerlei einbilde als könnest Du mich nicht lieb mehr haben, und das ist doch unmöglich—Ich hab gar viel entbehren müssen und ertragen, Aber Alles, bloß um in Euch mir die Zukunft zu erhalten und ich Will Euch mir erhalten auch selbst wenn Ihr an mir zweifel[t.]*

Mit zwei Worten kannst Du den ganzen Drückenden Zauber lösen.

BRIEF 55
Bettine von Arnim an Julius Döring, Bärwalde, 6.11.1839

Auf ein andermal warte nicht mehr auf den Sonnenblick um mir ein Zeichen zu geben, Daß Du immer noch meine beiden Hände fest haltend zu mir gewendet bist, Ach Gott hast Du denn in jener unbefangnen Zeit wo Wir nur dem Himmel Rechenschaft zu geben hatten und nicht den Menschen und wo Der ganz mit Uns einverstanden war, nicht gelernt mit mir sprechen wie Dir Der Schnabel gewachsen ist? wenn Du in den Granatapfel eines Sonetts die süßen Körner des Erlebten Des Emfundnen zusammenfassest, wenn seine Feuerblüthe über Dieser schönen und heiligen Frucht sich wölbend alle einzelne Momente im Schooß birgt und sich über ihnen schließend sie noch krönt mit Derselben Blume die zuerst sehnsüchtig aus der Knospe zum Lichte gedrungen war? — so kann ich diese Frucht nur mit Liebe bewahren Denn sie hat den Kelch voll Saamen der Zukunft. aber nicht sie verzehren wie deine Briefe als ein Trunck der *mir* aus Der Kelter fließt, nicht andern. — So gestehe ich dir Wenn ich Deinen Brief öffne so sehe ich manchmal mit Neid daß ein Gedicht mir Den Platz geraubt wo Wir miteinander schwätzen konnten. Diesmal hast Du's gut gemacht du hast ihnen einen aparten Platz angewiesen. Lieber Ingurd, wo Wir fern voneinander sind, lasse Uns Doch immer miteinander sein als hielten Wir uns noch immer bei Der Hand, nämlich recht Unmittelbar, Du warst oft Schweigsam und Doch voll Güte für mich, ich weiß es gewiß daß kein Herz williger zu mir ist als das Deine; nun Darauf baue ich ewig fort ich will fortan mich hier im großen Saal der mein Arbeitszimmer ist, wenn ich in Der Nacht wo alles ringsum schläft mich zu Dir wenden als ob Du noch vor mir ständest, und Du stehst auch vor mir, ich bin nicht allein, die warmen Tage Drausen im Freuen steigen zwischen meinen Vier Wänden auf und füllen um Mitternacht alles mit Sonnenschein. Hier rechts rauschen die Wasserfälle Durchs Bogenfenster herüber bis zu meinen Füßen und Die Tannen und Die Waldberge, steigen mir Gegenüber auf und hier lincks liegt das Thal vom Zwinger aus mit seinem sanften Teppig und mit seiner ganz Lebenvollen Grabesstille, die mich plötzlich so tief ergriff, daß ich in Diesem Augenblick wieder zittern muß und Weinen, weil mir ein junges Kind begraben liegt daß mit 19 Jahr Nackt wie er aus dem Bade kam auf meiner Brust, die ich unter ihm lag verschieden ist, so freudig starb er, Adieu Mutter Du siehst mich nicht wieder! — Nun wars so still Dort, ich sah hinaus in Die Weite Die Wolken rechts, am Horizont die dem Blauen Himmel sich aus dem Weg räumten und Die sonnige Stille über allem Drang Der Natur zum Leben und jeder Halm den die Sonne herauf zieht und der Hügel wo Die Linde stand die in unbewegter Luft auch sich nicht regte, und unter Uns die Gärten, wo ein so engbegrenztes Leben sich umthat, selbst die paar Lämmer die weideten von Kindern am Strick geführt, die brachen mir Das Herz. Aber gleich fühlte ich in Deiner lieben Nähe den Balsam der mich wieder beruhigte, und den mir Gott geschenckt hat so sichtbar mit Willen mir auf die Seele tropft daß sie Die Lippen schon öffnet um zu trinken Dem nächsten Thau entgegen. — O glaube nicht daß ich das Leben jener Tage nicht ganz so vollgewichtig in mich aufgenommen wie Du! — und glaube nicht daß ich dich verläugne vor irgend einem. Dem Philipp hab ich gesagt jene Tage Waren mir Die schönsten, denn, sagt ich mein junger Freund forderte unbefangen meine Seele und meinen Geist zum innigsten und Tiefsten was mir der Genius eingab, der wenn er mit Zuversicht des Vertrauens aufgerufen ist hell und laut ertönt. und ich sagte ihm Daß Wir großes miteinander gesprochen Was die Philosophen Wahrnehmungsgeist nennen, was ich aber Lebensgenius nenne der immer in Mitten jener sei die in seinem Namen versammelt sind. — Und Dir sage ich es hier auch noch einmal in dem ich Dir Danke, denn Du hast mich überschwenglich glücklich gemacht, durch alles, durch dein äusseres Wesen so wohl was so schönes Zeugniß von Deiner Seelenstimmung gab, wie durch deine Liebe und das feste ernste Versichertsein deines Gefühls zu mir. ich baue fortan Darauf, und will daß es ein Grundstein sei deiner ganzen Zukunft, denn ich weiß daß nichts in der Welt sei es irdisch sei es geistig einen höheren Standpunckt anweisen könne als

Die Liebe zu mir.—Jene Tage mein Freund haben an mir nicht minder große Gewalt geübt, und haben mich unmittelbar in die Blüthe getrieben einer Energie, die Durch Schicksale und wenn ichs recht sagen soll, durch Erdreistung der Philister gegen mich, ganz hart angefallen war, ich habs Dieser himmlisch Lieben Zeit zu Dancken mit Dir daß ich jezt die ganze Bewegkraft meiner Seele wieder frei habe und weil Gott mir eine Zunge gegeben hat zu reden so rede ich wo ich Jahre lang gewohnt war zu schweigen, und rede rein und kalt, wie Die Felsen reden die man nicht wegdemonstriren kann weil sie eben vor uns stehen. Nächsten Posttag werde ich dir die Abschrift schicken eines Briefs den ich an Savigny geschrieben mit dem ich (seit er auf andere Wege gelenckt ist worden als wo ich ihm begegne was lange schon her ist,) nie ein vertraulich Wort gesprochen, und da er sich selber Der Kunst rühmt die Leute in Respeckt halten zu können, so kannst du wohl dencken daß ich nie aus dem Kreis herausstreifte und ihm hätte aussprechen können was er eigentlich Wissen konnte, nämlich daß ich all sein Thun und Lassen für abweichend von seinem wahren Beruf hielt; ich hab ihm also gethan was noch Niemand gewagt hat, ich hab ihm die Wahrheit gesagt, verwahrt mit dem reinen Zeugniß meines Gewissens, und vertheidigt durch alle Zeugniße unumstößlicher Begebenheiten; Dieser Brief hat nach meiner Handschrift 32 Seiten, er umfaßt der Lebenslehren Tiefste sie gehören also Euch An Die Ihr noch unbefleckt im Morgenthau steht, bewahre diese mit Schweigen aber lasse es in Deiner Seele stark werden was du fühlst daß so nur, und grade nur so die heilige Revolution der Zeiten sich wie ein von Gott und der Natur geschützter mächtiger Baum heraufthue.—Diesen Brief hab ich abgeschrieben für den Kronprinzen und werde ihm eben so deutlich dazu schreiben. dies alles verschweige. Willst Du ihn abschreiben so erlaube ich's—dem Philipp Theile ihn mit, auf welche Weise Du magst ob persönlich oder durch die Post ist mir einerlei, Philipp wie Du, und Ihr alle keinen ausgenommen den *ich* zum wenigsten erreichen kann, gehören dem Besseren an das sich ungehindert entwickeln muß. Fort mit kleinlicher Eifersucht, sie geht Uns nichts an, ich gieße den Kelch der Weisheit voll über Dich so viel ich ihrer zu schöpfen vermag, O was willst Du noch weiter? — Du sagst in deinem Brief *dein Stolz als Gleicher von ihm behandelt zu werden* müßtest du aufgeben wenn Du zu ihm gingst. ehe er bei Dir gewesen. O narrischer Kerl! — Du hütest dich Philister zu sein! o wache auf, und stehe ganz starck da. was willst Du mit diesem verfluchten Stolz? hier wo es nicht der Mühe werth ist daß einer dem andern Den Rang ablaufe hat er Die Marotte (zu Deutsch Narren Kappe) so lasse sie ihn allein Tragen. wärs noch: wer den Vorrang haben solle bei einem Treffen oder wer der erste in der Vestung ist! — der wa[h]re Stolz hat keinen Stolz, der meint nicht er müsse als Gleicher behandelt werden der sucht seines Gleichen anderswo in der Sfäre wo's Leben gilt. — er geht mit allen gleicherweise um er beobachtet die Sitte die ihm den Platz anweißt ohne im mindesten in seinem Wesen beengt zu sein daß er vielleicht auf der hintersten Banck seinen Platz habe. Der wahre Stolz ist der bescheidenste er giebt jedem Die Ehre die jener selbst verlangt wohl wissend daß darauf nichts ankomme. und daß es nur zu beschmutzenden Anregungen Anlaß geben könne und die innere Seelenwürde beflecken, um solche äussere Ehren zu streiten, zu geitzen oder gar zu feilschen. hat Dir Philipp die Hand nicht gereicht die Du ihm reichtest nun so reiche sie ihm künftig mit dem Geist ob er sie dann auch noch abweißt, sei nämlich so voll lieblichem Zutrauen (nicht zu ihm das verlang ich noch nicht einmal von Dir) zu deinem eignen Wohlwollen in seiner Gegenwart, nehme dich nicht in Acht die Grenze der Philister zu halten, besteht er darauf nun so lasse ihm so viel Ehrenplaz als er sich anmaßt und denke doch daß er nur so viel gelten kann als Du Werth drauf legst — und wenn Du gar keinen drauf legst, so wird ihm jener Platz bald langweilig und tod Deuchten. es giebt andre Schranken an denen der Stolz seine Nahrung findet und seine Lust die erlaub ich dir! — sei mild so lange es nicht gilt. mein Freund wenn du den Philipp siehst so denke nicht daran deinen Verstand deine Urtheilskraft zu zeigen, und nicht eine Rolle zu übernehmen der Gebildetheit. — betrachte Dir Die Bäume seines Gartens lasse dir den freundlichen Elster auf den Pelz rücken mit seinen philosophischen Erworbenheiten die ihm so köstlich sind wie dem Professor Weiß in Berlin seine Mineralien. als der Diebstahl von vorigem Jahr dort, entdeckt wurde fiel Weiß seiner Frau um den Hals und rief entzückt und mit Thränen: mein Onix! mein Onix! ich soll ihn wiedersehen! er ist gefunden. Nun Wohl Du verstehst mich heute drängt mich die Botenfrau, die schon wartet.—Deine liebe Schwester!—ich weiß wohl du giebst sie hin! und wer giebt der muß entbehren.—dein einzig heimathsherz das wird dir nicht mehr allein gehören. so ists alle Lebensepochen sind gleichsam Knospen, heut noch alle zusammengedrängt in schöner Innerlichkeit gedeihend und beim ersten warmen Sonnentag der die Knospe brütend Deckt, sie[h] da springt sie auf und das innere Leben ist aus. Guter Ingurd führe das Knospenleben weiter in meiner Brust, wir wollen Uns ineinander Verschränken in der Zukunftsknospe. stärck dich!—für alles was ich dir sage was ich dir fordere. sag dirs Täglich daß nichts dich in Banden halten Darf nicht Gewohnheit nicht Sorgen nicht *Furcht*. du mußt frei wie Die Kaiser am Kaisersworth über allem Treiben stehen frei und ruhig wies steinerne Bild das wie Du selbst sagst wachet für ein Reich das nicht mehr ist, aber in der stillen Mitternacht hörst du den Flügelrausch der jungen Zeit, die keiner hört von Denen unter Dir.—ja wahrlich im mächtigen Bild aufgepflanzt was so lange Jahre als verschlossne Hieroglyphe dasteht wird sichs Leben regen.—sammle Dich Freund, und dencke fürder nicht an kleinliche Eifersucht, alles ist dein was ich habe, auch das was ich andern gebe.

Ja wie Du mein Ingurd fühl ich in allem was uns geworden ist den Flügelschlag des Geistes wie du fühl ich mich beglückt durch Scherz und Ernst im Thun und Denken.—schreib mir doch alles was du dich erinnerst mit Deutlichen Farben mahle es, daß ichs recht mit dem Geist und auch recht mit den Lippen lesen kann.—Du frägst mich nach der nächtlichen Fahrt Durchs Okerthal. Wie war Das?—schreib mirs alles, denn Durch den Namen kann ich mich nicht zurechtfinden schreib mirs Doch! ich will's so gern von Deiner Hand geschrieben lesen Alles wie es war.—Aber jene Nacht ist mir auch lieb in Oschersleben, wo Die Musick durch die Fenster Tönte und Du schliefst im Kabinet, und ich hatte unter dem Schatten Der Hochzeitssträuße die Die Lampe auf mich warf Wache haltend die glücklichste Emfindung; ja ich weiß nicht zu sagen daß ich je in meinem Leben glücklicher gewesen wäre.—Was Dir Die jungen Mädchen gesagt haben von mir die mich in Althaldensleben gesehen haben ist so: Alles umstand mich, eine Dame die ich nicht kenne so viel ich weiß aus Neuhaldensleben bestürmte mich mit Fragen über meine Reise, hätte ich da schweigen sollen?—ich erzehlte also wie ich dich zur Reise aufgefordert und daß wir den Harz verlassend lieber nach Cassel gereist seien wo Du sehr glücklich unter vielen großen liebenswürdigen Mensehen selbst einen so glücklichen Eindruck gemacht habest daß ich glaube Dir Dadurch viel Freude und auch noch wesentlichere Vortheile verschaft zu haben; ich erzehlte manche kleine Geschichte: wie wir bei dem Ilsenstein uns verirten und nachher umgekehrt pp—später sagte Die Dame beim Abschied gar spöttisch zu mir: sie wünsche, daß ich auf der Heimfahrt keine Abentheuer zu bestehen habe, wie auf der Ausfahrt. ich antwortete unbefangen: Warum nicht?—es ist ja das schönste was einem begegnen kann!—Jezt hab ich noch eine Bitte an Dich: du schreibst mir, ich möge von Dir ein paar Worte an Grimm schreiben zum Danck daß sie Dich so freundlich aufgenommen, also fühlst du in Dir das Bedürfniß ihnen deine Achtung und Liebe ausgedrückt zu wissen! das freut mich, ich hatte nicht daran gedacht, aber ich fühle jezt daß diese Emfindung aus dem edlen Tackt deiner Natur hervor geht—wie schön ist Das von Dir?—Doch wie kömmt mir Das vor, daß während dich ein scharfes Gefühl, für das Was Dir recht und Billig, anweißt dem Philipp nicht mehr zuvorzukommen als er Dir.—Du hier ganz aus dem Gleis fällst.—und deinen Platz mit der Feder der ein Ehrenplatz ist auf dem Du Dich als Mensch fühlst edel genug um mit den Edelsten verkehren zu können, daß du den nicht behaupten willst sondern mir aufträgst ich solle Dich wie ein kleines Kind vertreten?—O Nein!—mache Doch gleich den Anfang mit Der Zukunft!—Das ist der wahre Adel, nicht schüchtern zurückhufen wo Du eine warme herzliche Erkenntlichkeit solchen an Den Tag legen sollst die über ihrer Zeit stehen, so wie *du* einst über ihr stehen sollst wenn Du es nicht vermagst sie mit dir aufzureißen. daß sie durch dich und mit Dir lebe.—Nein! dreist, grade wie Der Ritter der sich Turnierfähig weiß mit gestrecktem Leib reinem Muth und freundlichen Sinnen in die Schranken tritt, und da dennoch mit bewußtem Gefühl seine innigste Bescheidenheit an Den Tag legt Bewährten Männern an Der Seite stehen zu Dürfen, so thue Du auch, und ich bitte dich verschiebe es nicht. denn hier ist nicht von gemachten Prunkreden zu sprechen, hier darfst du sprechen wie Das Kind spricht welches immer die edelste Sprache ist, die Kindessprache.—schreib Dem Jacob und Wilhelm zugleich—wie es wahr ist—daß alles in ihrem Hause erlebte dir heilig ist und daß, wie sehr du auch schon vorher ihnen zugethan warst du jezt durch ihre Freundlichkeit berechtigt fühltest um ihre Freundschaft zu werben, und das solle geschehen dein ganzes Leben hindurch. es solle ihr Handlen dir zur Richtschnur dienen, und ihr Recht das sie geltend gemacht solle an dir Seegen bringen. und deine Zunge werde nimmer gegen sie sündigen und auch nicht dulden daß andre in deiner Gegenwart an ihnen sündigen. sieh du fühlst so muß es sein und thue wie ich dir sage und lasse—Dir keine Verzagtheit zu Schulden kommen wo du fühlst du beleidigst dich selbst.

Als ich dir vorschlug ein Theil meines Briefs dem Philipp vorzulesen so war es nicht um dadurch eine Verschanzung gegen böse Reden aufzuwerfen, das fiel mir nicht ein. ich glaubte Dir Dadurch einen schicklichen Grund zu geben wie du hinübergingst.—weil es mir nicht gefällt daß Ihr beide wie die stolzen Holzpuppen Euch gegenüber steht, wo es doch auf *Nichts* ankommt, das große Nichts, der Oelgötze, dem Alle ihr Opfer bringen und sich einander die Rippen einstossen um den Platz bei dem großen Nichts zu behaupten, unterdessen Das *Etwas* zum Teufel geht.—Ich erlaube dir dem Philipp in meinen Briefen zu zeigen was Du willst—ich verläugne Dich nicht, und nicht die Liebe die mir eingiebt dir alles zuzutragen was deinem Leben heilbringend ist. und so bitte ich dich nochmals lasse alle kleinliche Eifersucht. keiner kann dir wehren der größeste Held werden zu wollen. denn alle mal muß man sich das höchste Ziel stecken. Denn! Warum ein geringeres als das Höchste? ich frage Dich!—Aber freilich wenn Du's nicht erreichst das ist deine Schuld, weil du dich bei dingen aufhältst die dir nichts sein sollen. Hat die Liebe eine Ewigkeit zu vertreten, so muß sie ein ewiges Ziel haben. Die FriedensZweige die ich jezt zwischen Euch in die Erde pflanze mit meinem Seegen die sollen noch über Meiner Vergangenheit (Grab wollt ich sagen) zum Palmenhain aufwachsen. Ich küsse Dich auf deine Stirne du bist mir Schön denn ich sehe klar die Regungen deiner Seele in Deinen Zügen geschrieben die alle ganz edel sind ich habe Respekt vor Dir mein liebes liebes Kind

am 6ten. November 1839 Bettine

dein Brief kam 4ten.

BRIEF 56

Julius Döring an Bettine von Arnim,
Wolmirstedt, 6.11.1839

Deinen Brief mit der Einlage vom 14^t^ vor. Monats, erhielt ich erst den 20sten. Durch meine Abwesenheit gehäufte Arbeiten; die Verlobung meiner Schwester, der ich zu schreiben hatte; der Wunsch aus deiner Philippica mir so viel wie möglich anzueignen, was bei einmaligem Durchlesen derselben mir nicht möglich gewesen wäre, verzögerten eine Antwort bis zum 27 oder 28st. Deinen Brief vom 1st d. M. fand ich gestern, d. 5^t^ vor. Ist es doch, als ob wir durch 50 Meilen von einander getrennt wären!—Ich will nicht hoffen, daß mein Brief auf der Post verloren gegangen ist. Ich schickte dir darin den Brief an Philipp zurück, und hatte ein paar fliegende Blätter beigefügt, zum Theil Erzeugniß unserer gemeinschaftlichen Reise, damit du aus ihnen ersehest, wie ich deiner in der Abwesenheit gedenke.—Dein letzter Brief hat mich sehr gekränkt. Du befürchtest mir voreilig und unverdienterweise Vertrauen geschenkt zu haben. Ist denn unser Zusammensein auf der Reise ganz spurlos an dir vorübergegangen? Hatt ich denn eine Heimlichkeit vor dir? Hab ich dir nicht Thür und Thor meines Kopfes und Herzens geöffnet, damit du dich drin umsehest, ob dir's behage dich in mir niederzulassen? Warst du nicht offen und zutraulich zu mir und hast du mir nicht Manches gesagt, das wie ein geheimes Selbstgespräch klang, welches ein böser Sinn dir leicht hätte übel deuten können? Ich nahm es rein auf, weil ich dir und deinem Genius vertraute, weil ich wußte, daß der Lichttrunkene, öde, dunkle Wege nimmermehr durchkriechen könne. — Hätt ich dich verrathen wollen; welchen Stoff hatt ich gesammelt um dich vor der Welt zu verläumden! — Ich habe Niemanden von dem Briefe an Philipp gesagt; ich habe seitdem ich mit der Schwester in Althaldensleben war, nicht den geringsten Verkehr mit Philipp gehabt, weil an ihn die Reihe war mir entgegen zu kommen, nachdem ich den ersten Schritt ihm entgegen gethan hatte. —

Du hast mich nicht lieb, sonst hättest du nicht denken können, daß ich dein Vertrauen zu verrathen fähig sei. — Das macht mich traurig und ich frage: warum mir das? —

Das Vertrauen ist wie eine zarte Blume; wenn sie einmal geknickt ist, richtet sie sich schwer wieder auf. —

Der edle Philipp bleibt dir ja: was ist da gelegen an dem namenlosen

W. d. 6 Nov. 1839. Dg

O, warum sagtest du mir, daß du mit mir geredet habest, wie mit keinem Andern? Und nun? —

BRIEF 57
Bettine von Arnim an Julius Döring,
Bärwalde, 12.11. [1839]

Hier liegt Dein Brief, er kam als der Postbote schon abgegangen war ich konnte also nichts mehr sagen. zu meinem Pakett. der Brief enthält auch ein paar Zeilen die ich wie jene früheren in Berlin wegstreichen möchte, nicht weil sie mich berühren; vielmehr wenn sie in Deinem ganzen Leben gegen irgend Wem gerichtet wären, habe er es gut oder böse mit

Dir gemeint. Ich maße mir in Diesem Augenblik nicht mehr so viel über Dich an etwas aus deiner Seele wegstreichen zu wollen, so mag es auch auf dem Papier stehen bleiben.—Du *fragst* ob du von mir nicht manches gehört habest was ein *Böser* Sinn mir habe übel Deuten können?—falsch Deuten kann man auch das Beste ist meine Antwort hierauf aber unrecht Deuten konnte nur der Dumme. *Dummheit ist Boßheit* sagt Schleiermacher.—rühme Dich also nicht daß Du es *rein aufnahmst* weil Du meinem Genius vertrautest.—sondern Dencke daß dich Gott hätte müssen verlassen haben wenn es anders in Dir gewesen wär.—Du sagst ferner: „hätt ich Dich *verrathen* wollen; welchen Stoff hätt ich gesammelt um Dich vor der Welt zu verläumden!“—O! ich gebe Dir Die Erlaubniß dazu, gern lasse ich mich ans Kreuz schlagen, wenn es Dir ferner hin Dann einleuchten wird Daß du an Dem Der Böse gegen dich gewillt ist nicht zum Verräther werden sollst. denn ich muß wohl hier in Deine Seele hinein mich Dencken, die Die Möglichkeit einer bösen Auslegung, schon als Mangel an Vorsicht für einen Fehler ansieht, dem eine Verläumdung als gerechte Strafe folgt. Also kreuzige mich mein Freund, Du Thuest damit nach meinem Wunsch; da ich doch jene traurigen Zeilen die Du gegen mich gewagt hast nicht ungeschrieben machen kann.—und wage nach diesem nie wieder, einem den Du *gerecht* beschuldigen könntst mit Verläumdung, Dieses vorzuhalten daß Du es habest Thun können und habest es doch aus gutem Willen unterlassen. lasse zum wenigsten Den Vortheil aus deiner Unweisheit ziehen daß sie Dir zur Warnung diene: daß man *unfähig sein müsse* manches zu Denken und daher nimmermehr es aussprechen, weil man sich damit selbst vernichtet. und weder, Die sich an Dir versündigen noch die es scheinen sollst Du je nur als möglich aussprechen verläumden zu können. *ausser, mich*, die zu deiner tieferen Belehrung es Dir als Aufgabe giebt mich zu verläumden, *jenen Stoff den Du gesammelt hattest* Preiß zu geben und ihn jedem anbieten der sich mit Dir Darüber einverstehen will.—

Meinen Brief der Dir Anlaß zu dieser Äusserung gab, kannst du wenn Du Dich in Der Kunst zu lesen üben willst auch noch verkehrt lesen. nämlich so: „Lieber Freund! — jezt sind es über 4 Wochen daß ich keine Zeile von Dir hörte, wie wundert mich das, und wie ist mir bang um Dich, verrathen könntest du mich nicht wollen dazu bist Du zu rein, aber vielleicht hast Du mich nicht ganz so lieb wie es mich gefreut hätte von Dir, denn deiner Liebe hätte ich noch viel geben können was dir heilig sein mußte, denn Du bist ja noch gar eine Junge Pflanze die des Thaues noch viel nöthig hat, und ich kann Dir noch manche Knospe helfen zur Blüte bringen die du ohne mich gar nicht ins Leben rufen kannst. — Aber was ist das? — Daß Wir uns so lang Täglich ja Stündlich gesehen haben und daß du so lange Zeit her nicht versuchtest mir was zu sagen?" — ich hätte hinzusetzen können „Der Philipp der nie mich um Liebe gebeten hat, nie mir welche geschenckt, nur von mir forderte, ich solle mich um dies und jenes bekümmern was ihn angehe der Dies schon 4 Jahre so mit mir macht, der hat mir vom 20ten an wo er auch meine Epistel erst erhalten, zum wenigsten 4 Mal geschrieben." — . [„]er hatte mir nichts zu sagen als nur was ihm im allgemeinen Wichtig war nun Dachte ich mir hätte Doch der liebe Freund mir nur ein einzig Wort gesagt? — "

„Das Vertrauen ist wie eine zarte Blume, wenn sie einmal geknickt ist richtet sie sich schwer wieder auf" — so schreibst du, — das hättest du bedencken sollen ehe Du den Brief schriebst; wenn Du das weißt, warum hast Du nicht sorgfältiger auf deine Worte geachtet die du an mich gerichtet hast.

Du schreibst ferner: „Der edle Philipp bleibt Dir ja: was ist da gelegen an Dem Namenlosen Ingurd."

So mir Gott hilft so spanne ich alle Seegel auf, und nicht Sturm, nicht schlechtes Fahrzeug, nicht Kampf mit dem Feind, soll mich abhalten *Den* in den Hafen zu bringen und wenn es meinen letzten Athemzug mir wegnimt. und wenn er selbst sich gegen mich empört und sich von andern gegen mich ließe Verläumdungen aufbürden, was schon öfter geschehen ist da er in einem Kreis lebt der nicht anders von mir urtheilen kann, und weil Philipp leichtgläubig ist und von andern sich lencken läßt was er mir als seine schwache Seite bekannt hat. — siehst du! — Trotz bietend dem Geschick, und

Trotz bietend seinem eignen Willen, werde ich den Philipp so lenken daß er ganz edel sei und daß er mir verbleibe. — eben so viel ist mir gelegen „an Dem Namenlosen Ingurd". — wenn Du aber meinst Der könne mich schadlos halten für Dich, so sage ich Dir die ganze Welt kann mich nicht schadlos halten, diese ganze Welt die ich mir noch aneignen werde noch ausser dem Philipp, denn keiner soll mir entgehen da ichs vermag der ganzen Welt zu sagen was ihr Noth ist und sie dadurch meinem Geist einzubürgern so werd ich das nicht bleiben lassen, um keines willen der mir entgegen kommt und dem ich mit Liebe gegeben habe was ich vermochte nicht an mich denckend, nein nur an ihn. — aber ich werde auch um jener aller Willen mir keinen rauben lassen, und den vorab nicht, dem ich im Heimlichen Gebet das heiligste zugeeignet habe was mir Der Geist schenckte, den ich wie ein Kind spielen ließ mit Laune und Lust und Schmerz, vor dem ich kein Hehl hatte meiner innersten Natur, weil ich wohl wußte: Kinder mißverstehen nichts. Ja Der Ingurd wird schon wieder zu Kreuz kriechen wenn er mich erst gekreuzigt haben wird, davor ist mir nicht bange sie, Die Bettina Arnim, ist nicht so elend daß sie feilschte mit Der Liebe sie wird Die Überfülle Euch schencken, und Was Ihr ihr wieder bietet dafür, das wird sie alles Euch wieder zuwenden und sieh auch ein, Daß Du nicht hättest zu mir schreiben sollen „Der *edle* Philipp bleibt Dir", warum brauchst Du das Wort edel in Diesem Sinn? — warum erlaubst du Dirs? — ist dies nicht schon Vorrath an meinem Vertrauen indem Du ihn entgelten lässest was Du nur durch mein Vertrauen wußtest? — meinst Du du habest keine Sünde der Philipp ist edel. Du hast die Wahrheit gesagt im Hohn.

Freilig sagte ich Dir, daß ich dir gesprochen habe wie mit keinem andern, denn mit keinem andern war ich so ganz in mich selbst übergegangen, das war so der Wille der Geister — in jenen Augenbliken warst Dus auch werth und es war organisch so in mir vorbereitet. — mit vielen hab ich noch gesprochen mit jedem anders, gewiß so wie es die ewig-konsequenten Erzeugungen Des Geistes es von selbst bedingten. und ich hab in dieser Beziehung mir keine Schuld zukommen lassen. ich hab allen gegeben wie sie es bedurften. Und Dir hab ich mehr Antwort gegeben in mir selbst, was ich dir sagte sagte ich mir.—Und du warst Damit nicht zufrieden!—und du konntest sagen Du könntest aus allem, Stoff zur Verläumdung sammlen wenn Du wolltest???——

Weißt Du das es einem solchen wie mir erst der wahre Zauber ist der wahre Lebenspuls, zu schwimmen wenn alle Rettung verloren scheint und die mir zu gewinnen die mich aufgeben; und selbst: von keinem verstanden zu sein von jedem gehöhnt von jedem belastet mit Schmach, mit Füßen getreten zu sein von Euch allen, was könnte mir das verschlagen, mir und meinem Genius?—also, noch einmal kreuzige mich und dann krieche Zu Kreuz. und lerne: keine kleinliche Eifersucht hegen. wenn andre zum Firmament der Sterne blicken. und dencke daß es Euch allen geschehen werde daß ihr meiner vergessen werdet, und wird keiner Dran Denkken etwas an mir haben zu wollen, und diese Zeit ist nicht fern; also warum dann um etwas Eifersucht hegen, was Die erste starcke Lebenswelle über Bord werfen wird, und bei Dir zuerst.—

Und wenn ich einem Gutes Thun kann, warum soll ich nicht es thun?—und hab ich dem Philipp anders gethan als was Gott durch mich zu ihm geredet hat?—Mich überHäuft die Arbeit so, daß ich keinem Schlaf mehr Raum geben kann, um 1 Uhr zu Bett, wo ich zu aufgeregt durch Arbeit nicht schlafen kann, und oft noch ein Schauspiel lese oder sonst etwas, kaum Das der Saal warm ist in Dem ich arbeite so bin ich beim Schreibtisch und ohne aufzustehen kaum 4 Minuten zum Mittagessen, so arbeit ich fort, ich thu es um Euch ein Monument hinzustellen an Dem feine Sinne alles Wahr nehmen können, was ich Dir und andern nicht gesagt habe oder was Ihr mißverstanden habt. in 4 Wochen hoffe ich so weit zu sein daß ich in Berlin den Druck anfangen kann. leb wohl und behalte alles in feinem Herzen. Aber Das mercke Dir, ich verlange von keinem, und gebe jedem was er fordert.

Bettine

hätte ich an Deiner Stelle jenen Brief in dem ich bitte mir ihn sogleich zurück zu schicken erst so spät emfangen. dann würd ich zum weni[gs]*ten mit umgehender Post geschrieben haben: „Ich [habe]* deinen Br[ief er]*st jezt erhalten, erlaube mir daß ich ihn noch 8 Tage behalte“—Diese wenige Zeilen waren genug mich zu versichern das er richtig angekommen war, und es war das was Du jedem Menschen der dir eine solche Anforderung machte, schuldig warst. nur die gewöhnliche Emfindung dessen was sich ziemt hätte dich dazu bewegen müssen nichts mehr verlangte ich.—statt dessen hast du in meinen Zeilen gelesen (die schon 3 Wochen aus meinen Händen waren ohne das ich wußte was aus ihnen geworden) ich habe Mißtrauen in Dich. was ich doch grad verneine, und sprichst zu mir von Dingen Die Du hättest thun können O ich bitte, mache Dich nicht selbst zu was geringerem, als du je werden kannst, Du kannst in deinem innern Gewissen nicht auf mich lügen wollen, Du kannst dir nichts anders sagen als daß ich voll Güte gegen dich war, wie es in einer Seele als die meine ist nicht anders sein konnte also nicht mein Verdienst.—Ach! schon ehe Dir Die Haare gewachsen sind hast du dich den Philistern geweiht[.]

BRIEF 58
Bettine von Arnim an Julius Döring,
Bärwalde, o.D. [zwischen dem 12. und 30.11.1839]

Hier schicke ich Dir die Abschrift meines Briefs an Savigny, Theile sie dem Philipp mit. wie und auf welche Weise Du willst, ist dir daran gelegen so darfst Du sie abschreiben denn lieb wär mir wenn du sie mir zurückstelltest da ich selbst keine habe sie ist vom Esel des Dorfs der Schulmeister ist, geschrieben.—ich kann Dir heut nichts sagen wo bei ich verweilen möchte da Die Sonne Untergeht und die Botenfrau auf heissen Kohlen steht. bleib mir Gut und sei auf deiner Hut. das heist guck der Blauen Blume nicht zu tief untern Hut.—Warum ich Dir Savignys Brief zu lesen gebe das wirst du emfinden wenn er sich zu Fleisch und Blut in Dir wird verwandelt haben. und so wollt ich er leuchtete auch dem Philipp ein[.]

Freu Dich doch auf der Günderode ihre Briefe in 4 Wochen geh ich nach Berlin sie Drucken zu lassen

Bettine

BRIEF 59
Julius Döring an Bettine von Arnim, Wolmirstedt, 30.11.1839

Wolmirstedt d. 30 Nov. 1839.

Sollte nun der Faden des Cocons zerreißen, den du mir spielend einst schenktest, nun da so viel von dem feinen Gespinnst schon abgewickelt ist, daß es wie ein Schleier uns umwehte, unter dem wir traulich zusammen waren recht wie zwei Spielcammeraden? — O nein, gewiß nicht. —— Du wirst nicht übel deuten, daß ich auf drei Briefe erst jetzt antworte. Ich war nicht krank; ich bin zwar inmitten der Philister und was ich seh und höre ist Philisterthun und Philisterrede, aber eine ruhige Stunde zum innerlichen Sammeln und Schreiben an dich hätte sich wohl gefunden; ich schwankte auch nicht zwischen Trotz und zu Kreuzekriechen, wie dein letzter Brief erwartete: was war es denn, warum ich mich nicht zu dir wendete? Fühlt ich dich nicht fortwährend in mir als befruchtende und erhaltende Kraft? Hatt ich nicht oft Gelegenheit der Großmuth deiner Gesinnung nachzustreben? Hatte mich je ein Geist so wie du berührt, so mich durchflammend und durchleuchtend, so mich begeisternd zu kühnem Fluge, und Vertrauen einflößend auf die Kraft der unversuchten, jungen Schwingen? — Meinst du, daß ich das einen Augenblick vergessen hätte? — So war es wohl Geistesträgheit, daß ich mich zu dir nicht erheben konnte; so war es wohl der Gesang der Philistersyrenen, der mich mit eintönigen Gesanges gleichen Klängen in Halbschlummer lullten, weil ich mein Ohr vor ihren Stimmen nicht verstopfte? So fuhr ich wohl nur zuweilen aus dem Schlafe auf und redete im Traume mit dir, aber das Wachen war von Andern in Beschlag genommen und gefangen in den Schlingen der Syrenenklänge? — Aber still! Ich rede noch immer zu dir, als dürft ich dir wie sonst, wie *sonst*! zu Füßen sitzen und als hörtest du noch gern die wenigen stillen Laute, die aus meinem Herzen von meinen Lippen klingen. Und weiß ich denn, ob du mich nicht schon zu den Todten geworfen hast? Denn den Todten wär ich gleich zu achten, wenn ich dir gleichgültig geworden wäre, wenn das junge Leben, das sich an dir aufranken wollte, ja das nur aus besserer Zukunft seine Nahrung sog und die ersten Streiflichter ferner Morgenröthe vorausahnte, vergessen wäre! — Vergessen ist ein traurig Wort, aber trauriger klingt: verstoßen oder verworfen! — Ich weiß nicht warum mich der biblische Gedanke an den verlornen Sohn so tröstet, warum ich so Theil nehme an seinen Schicksalen. Ach! vom Reichthum zur Armuth herabgesunken mußte er am Ende mit den unsaubern Thieren aus einem Troge Träbern essen. — Aber als er zum Vater voll Reue zurückkam, da war große Freude und ein Festmahl wurde bereitet. — Hab ich denn auch Schweine gehütet und von den Träbern gegessen; kehr ich nun zurück zu dir, wie der verlorne Sohn zum Vater? Und du? — Ich kann und mag dich nicht kreuzigen, wie du schriebst, und dann zu Kreuze kriechen. Ich will mich auch nicht entschuldigen; denn alle Entschuldigung ist Lüge und ich will die Wahrheit sagen. Ich muß aus innerstem Herzen sagen, ich begreife selbst nicht, wie ich meinen letzten Brief habe schreiben können. — Es war in der Zeit als ich die wenigen Zeilen schrieb, als sei ich in der Gewalt eines Dämons, der mein gutes, reines, argloses Gewissen gewaltsam schweigen heiße und mir die Worte zuflüstere, die ich niederschreiben solle. — Ich war und bin solcher Schlechtigkeit nicht fähig als wie mein Brief dir vorlügen wollte. Ein Dämon hielt mir einen Hohlspiegel vor, in dem erblickt ich mich aber verzerrt und ich gab dir nicht ein Bild meines wahren Antlitzes, sondern die Carrrikatur, die mir aus dem Spiegel entgegenblinkte. Wie mit Widerstreben schrieb meine Hand die Thorenworte nieder. — Glaubst du nicht an den Dämon: so hab ich nichts, was mich vor dir rechtfertigen könnte; denn ich lachte des albernen Geschwätzes, das von Stadt und Land über dich erging, und Verläumdungen, die ein prüdes, gottverlassnes Völkchen gegen dich ausgeheckt hatte, glaubt' ich nicht. — Deiner Gewalt über mich allzu schnell dich begebend, meinst du, du getrautest dich nicht mehr in meinem letzten Briefe und aus meiner Seele Einzelnes, was meiner unwürdig sei, auszustreichen. O, nur zu, nur scharf und rasch durch meine Seele gegriffen! Ich bitte dich mehr zu thun als du im Sinne hattest: verbrenne den ganzen Brief, wie man es sonst mit vom Dämon besessenen Menschen thut, und streue seine Asche in die Lüfte; daß von seinem Dasein keine Spur bleibe in dem Verkehr zwischen dir und mir.—

Du sagst einmal, daß Bedürfniß die sicherste Bürgschaft der Gewährung sei. Das glaub ich auch und darum werden wir einander bleiben so lange als dein Geist die Lust und die Begeistrung zum Ausströmen sich erhält und meine Seele deines Geistes begehrt als des Lebensodems, den zu trinken ihr bestimmt ist. Du willst fortleben in andern Geistern als die geheime Macht, die im Innern umgestaltend endlich hinaustritt in die Welt, um sie einer neuen Ära würdig umzuschaffen. Ich bin die Lust des Aufnehmens der tiefen Strömungen deines Geistes, die sich gern in mich ergießen; weil sie ein nämliches Bett in mir finden und nicht vorher erst einen Morast wegzuspülen haben.—Da müssen wir immer vertrauter werden: so daß wir zuletzt miteinander reden werden so heimlich wie im Selbstgespräch.—Ja, laß mich deines Geistes ein Bewohner sein, der ihn in die Zukunft hinausträgt und für dieselbe erhält.—

Ich habe mich wieder muthiger geschrieben; kühler und heller ist es in mir geworden; der Sturm der Leidenschaft, der die Krone meines Herzens durchsauste, hat sich gelegt; alle große Vorsätze sind wieder fester in mir geworden; ich folge wieder der Stimme meines Genius, die ich nicht hören wollte weil eine andere süße Stimme in mir beschränkten Daseins trauliche Dämmerung anpries; jetzt aber ergreift mich wieder der heiße innerliche Drang und reißt mich hinaus auf ungeebnete Bahnen und durch Dornenwege, und macht mich schlachtenfroh wie das Roß, wenn es das lustige Schmettern der Trompete hört.—Nun aber wende dich auch wieder zu mir und laß uns sein wie Waffenbrüder eines Gefolges.—Du sprichst viel von der Religion in deinen letzten Briefen, von der Religion die schon deine ersten Briefe an mich herausgefühlt hatten, daß ich über sie gern belehrt sein möchte. Was du von ihr sagst macht nur begierig mehr von dir zu erfahren.—Ich lese jetzt Schleiermachers Reden über die Religion: die erste Bekanntschaft, die ich hiedurch mit diesem Manne mache, weckt die Begierde mehr von ihm zu erfahren; den natürlichen Gang seines Geistes kennen zu lernen, der im Buche oft zum steifen dialektischen Menuetpas ausgeartet ist und nur zuweilen wie unbewußt, seine angeborne Grazie verräth und angelernte Regeln vergißt. Du versprachst mir von ihm zu schreiben. Thu das ja, von eurer ersten Bekanntschaft an bis zum Lorbeerkranz, den du ihm auf den Sarg legtest. Es wird das ein Denkmal seines und zugleich deines Geistes werden.—Schreib bald! Ich fürchte keine kleine Empfindlichkeit von deiner Seite.—Die Abschrift deines Briefes an Savigny ist nun schon fast 14 Tage beim Philipp, dem ich sie durch die Post mit ein paar begleitenden Zeilen schickte!—Sei wieder gut deinem

Ingurd.

BRIEF 60
Bettine von Arnim an Julius Döring,
Bärwalde, 5. und 6.12. [1839]

am 5ten December

Ich habe alles voraus gewußt daß es so kommen werde, mit deinen Syrenenklängen pp. aber Doch ists nicht verzeihlich, daß du nicht jenen verführerischen Gesang mir lieber mittheiltest. ich hätt auch gern zugehört;—Du sprichst Fragweise von Träbern ob du die vielleicht mit den Schweinen gespeißt habest? ich kann darauf nicht antworten aber Wenn Du sie versucht haben solltest, so schreib mir doch das nächstemal wie sie Dir geschmeckt haben?—und jene Syrenen-Stimmen die Dir ein beschränucktes Dasein so verschmeichelt ins Herz sangen! ich seh sie vor Augen Du brauchst mir sie nicht zu malen.—Aber lieber Freund weißt Du Wie's ist mit Dir?—grade wie mit Einem der Die Violine oder Bratsche bei einem Quartett mit zu spielen hat, während den Pausen einschläft, und plötzlich aufwacht mit Hast den Bogen ergreift und da fortfährt wo er eingeschlafen war, während die Andern doch schon in ganz andere Musicktheile sich hinüber gespielt haben. — du kommst: ich soll Dir von Der Religion forterzehlen, ich weiß nichts mehr Davon. Also vom Syrenengesang und von den Träbern unmittelbar zur Religion! hab ich dir nicht gesagt daß sie alles sey? — was wirckliches Leben in der Wahrheit ist und alles andre ist Lüge. und wer nicht blos dies eine im Geist hat, daß seine Handlung fortwährend *Gebet* sei, daß Der immer rückwärts gehet, das heist er geht ohne Augen und ohne Sinn. Hör, ich hab immer Gedancken wozu ich mir Worte erfinden muß; um es Deutlich zu machen. Die ganze Welt war bisher in all ihrem Streben und Thun nur ein Folgern des Einen aus dem Andern, „es muß aber ein *Urhandlen* geben, und das ist Religion, dieses Urhandlen ist die volle unberührte Religion des Menschen, sie ist eine Sprache, der Mensch muß sie verstehen und Dann ihren Willen thun, alles andre im Leben ist Nebensache, nur Zufälligkeit. — Man hat oft geredet von Gleichheit der Menschen und der Stände, man hat Revolutionen gemacht um sie zu bewircken, es ist nach allem Stürmen und Toben niemal was Draus geworden als nur elender Wrack, und Alles hat sich wieder gesondert, gemessen, abgewogen, Verdienst und Stand.[“] Aber Gleichheit ist Doch, aber Wo ist sie? in Was? — Im Geist; in ihm und Durch ihn allein kann sich Der Keim Der Gleichheit entwicklen, aus ihm entspringt jenes Urhandlen was Religion ist, und dieses Urhandlen stellt alles Leben auf die gleiche Stuffe. Wenn es so kommt daß ich Dir aus dem Willen der Wahrheit, meine Anschauung gebe, so stehen Wir ganz gleich, insofern auch Du ohne Verberg und ohne Rückhalt mit mir sprichst; Fehler kann Einer haben, oder Doch auch durch Gründe bewegt werden so oder so zu handlen die grade nichts anders sind, als auf seine Seele oder Sinne Einwirckendes. — Nun warum nicht? — warum sollst Du dem Was Dir schmeichelt dich nicht hingeben? — Das ists nicht was dem Geist in Den Weg tritt, im Gegentheil, da Der Geist auch aus dem Sinnengefühl hervorblüht warum konnte es nicht die leise Emfängniß des Geistes sein, was eben dich so sehr reizt, das Du dich ihm hingeben mußt, und daß du ganz und gar Davon eingenommen bist.—Was dich ergreift das fühlst du als Schönheit, was Du als solche fühlst das muß schön in dich übergehen. wenn es Dich so, und nur so berührt, so muß es auch zur Entfaltung deines Lebens beitragen, du bist kein verschlossner Same, Du bist ein Wachsendes; denn Du emfindest ja!—aber wenn Du mit eignem Willen eine Entzauberung herbeiführst, so bist du dadurch der Wahrheit nicht näher getreten, im Gegentheil du hast dich einer Einwirckung der Sinnlichen Kräfte die Deinem Geist zuströmen wollten entzogen. Zugleich lieber Freund hast Du dadurch nicht Macht über Dich selbst gewonnen, denn Die geht nur hervor aus dem unmittelbaren Hingeben an allen Einfluß, und dann muß dieser Einfluß in Dir sich zu Geist verwandlen. Siehst du, das ist so etwas, wodurch du mich verstehen kannst was ich meine mit dem Urhandlen; alles muß im LebensGeist zu Unschuld werden; wie alles in der Pflanze zur Nahrung wird. Unschuld allein ist Geistesnahrung.—was dich also auch ferner berührt, im Leben, daß es sich nur gleich in Die Nahrung deines Geistes verwandle; denn Darum berührt es Dich ja blos. Denn alles was in Beziehung zu Deiner Emfindung steht das ist ja zur Lebensnahrung dir geeignet.

Ich stell mir nemlich dein Verhältniß zu den Syrenen *so* vor: der liebenswürdige Bräutigam Deiner Schwester hat Dir zurück gespiegelt in seinem Glück, was Dir, Du kannst es nicht läugnen auch als höchst beglückend erscheinen mußte.—grade Dadurch daß Du mit mir gewesen warst, wo Du so dringend zum Entwicklen Deiner Innerlichkeit angeregt wurdest, warst Du noch emfänglicher geworden, und der Syrenengesang war Dir so ganz Durchdringend süß geworden daß—jezt komme ich an einen Hauptpunckt—daß also: Die Bettine dir beinah wie: Falschsingend vorkam.—das hat dich zu jenem Brief veranlaßt. Das beweißt nur Lieber Freund, daß Deine Weihung leicht zerstreut werden kann, deine Festigkeit ein Pfeiler ist der leicht umfällt.—aber das ist noch gar kein Beweiß von der Mangelhaftigkeit, deiner Geistes-Constitution. (Charackters.) sondern vielmehr nur ein Beweiß daß Du Dich selber nicht verstehst. denn sonst würdest Du erstens dir nicht solche Aufgaben machen wobei Du nicht bestehen kannst das heist Du würdest dich nicht als Pfeiler hinstellen wollen wo Du Doch nicht Säulenartig sondern wellend bist, wie Wasser.—Warum wenn Du hingerissen warst vom Syrenengesang mußte es die Arme Syrene entgelten?—Daß dieser Gesang der Dich reizte dir jezt nur wie Irrthum von Dir deucht?—Nichts soll Irrthum in Dir sein können.—Du sollst zu Allem Das edelste und reinste Verhältniß haben müssen du sollst nichts verwerfen was dich berühren kann, aber du sollst es stimmen zu der reinsten wahrhaftigsten Unschuld zur Nahrung deines Geistes nemlich.—Das ist Religion, das ist Urhandlen, das ist die Gleichheit aller Lebensquellen. Ich glaub Du verstehst mich Deutlich. ohne daß ich noch weiter rede.—Verhalte Dich zu andern, wie ich mich zu dir verhalte; als ich dich sah, als Du mir ein Heis Verlangen bekanntest mir näher zu kommen, als Du mir sagtest, du habest an viele Thüren geklopft, keine habe sich dir aufgethan, als du mir deine Schmerzen Deine innere Zerrissenheit bekanntest, da hab ich dich in die Nahrung meines Geistes verwandelt, nemlich in reine Unschuld meines Geistes.—So hast Du mich genährt im Geist, du bist Unschuld in mir, auch dann wann Du fehlst, du kannst nie Schiffbruch in mir leiden.—Wenn nun die Syrenen Dir vorsangen und du glaubtest am End es sei falscher Gesang, warum suchtest du nicht diese Töne zu stimmen?—warum nicht ihnen höheren Geist einflößen, damit sie mit dem Bedürfniß deines Geistes einstimmen mußten, dann hätte Dein Geist Nahrung, das heist Entwicklung gehabt, und Du hättest auch entwickelt vielleicht, oder Doch Anregung zu dem gegeben was nicht Philisterthum sondern Leben ist.—ich könnt noch mehr sagen. ich überlasse dirs. es selbst zu Denken. weil du falschfühlend warst in Bezug auf mich, so fühlst du dich auch jezt gekränckt und ermüdet durch das was Dir Anreitzung dazu gab.—Verwandle künftig alles in Die Unschuldsnahrung die deinem Geist Nothwendig ist das wird dich immer mehr in jenem Urhandlen, wodurch allein Gleichheit hervorgehen kann, üben, und du wirst am Ende nicht mehr anders können als nur *so* handlen.—Was sagst Du mir von Schleiermacher?—du liest seine Reden über Religion?—nun ich hab nie was von ihm gelesen.—Dazu war ich zu flatterhaft, oder auch zu lebendig die Monologen hab ich gelesen, und habe ihm immer die Langeweile vorgeworfen die ich dabei gehabt habe. seine Predigten hab ich nicht gelesen, kurz nie ein Wort von ihm, in seine Kirche bin ich gegangen, hab aber in den Frühpredigten geschlafen, in den andern geträumt, und nur von Zeit zu Zeit etwas aufgeschnapt wodurch ich mir den Zusammenhang des Inhalts aneignete und nachher mit ihm Drüber sprach, er wußte Dies und wunderte sich nicht darüber. er sagte ja auch im Sterben: Religion und tiefste Speculation sei Eins und dasselbe. du siehst also daß ich aus bloser Religionsanlage seine Predigten nicht und seine Bücher nicht genießen konnte

Du sagst noch ferner in deinem Brief: „Ich bin die Lust des Aufnehmens deines Geistes der sich gern in mich ergießt weil er ein reinliches Bett in mir findet, und nicht vorher erst einen Morast wegzuspühlen habe."—Wo ist denn jener Morast?—auf was Deutest Du da?—jener Morast war auch zusammengelaufnes Spühlig vom Philisterthum, er hatte sich nicht nach manigfacher inniger Berührung mit mir, gesammelt, und sich grade *gegen mich* behauptet wie *dein* böser Dämon, der ohne allen Grund,—ja grad herausgesagt, aus dem Grund aller reinen Herzensgüte mit der er von mir beschenckt war sich erhob, mir zu fluchen; nun? was ist denn hier das weniger Verwerfliche?—der Morast der aus Unsinn, fabelhaftem eitlem Streben, ohne innere Richtung ohne Maßstab und Gewissen sich sammelte, oder der andre Der vom Teufel besessen wird?—ich lasse Dir die Wahl was Du schlimmer findest.—Wenn ich den Morast wegspühle und auf jenem Grund wachsen dann mir die liebsten Blumen wenn mein Geist davon grade die innigste *Nahrung* empfängt, Daß jene Stätte jezt lautere Unschuld haucht.—Oder auch wenn jener Dämon des andern, sich auflöst in flüchtige Lebensregungen und eben ein Besitzender statt eines besessnen aus ihm wird und die Sprachen die sonst keiner versteht von ihm emfangen werden im Geist?—welcher ist hier der begehrungswürdigste der wesentlichste?—ich lasse Dir die

Wahl!—von mir aber Wisse daß ich keinen lasse, der Eine wie der andre hat ein bestimtes Verhältniß zu mir was ich Dir bin kann ich jenem nicht sein. was jener mir ist, das wirst du mir nicht sein.—Auch er ist mit mir in der selben Zeit in Zwist gerathen, das heist viel mehr, er hat mich wie Du zum Tempel hinausgeworfen;—es ist recht närrisch.—noch hab ich keine weitere Nachricht von ihm.

am 6ten November. Adieu Bettine

Honig sauge aus Allem, aber kein Gift.—Und selbst wenn Du durch deine Liebe durch dein Hingeben bei andern nichts erwirbst, sondern vielmehr, nicht verstanden nicht gewürdigt wirst, so lasse Dich das nicht stören, mache keine Forderungen, denn manchen Menschen hat Gott nur die Gabe Des Gebens verliehen, und sonst nichts, sie müssen sich selber genügen, so schwer ihnen Dies auch eingeht so sind sie nicht die wenigst bedachten. denn ihnen Traut Gott mehr zu wie jedem andern.—lerne Geben, ohne zu fordern, ja es muß so sein. schencke immer Den reinsten Wein ein, und weise den Bettler nicht von Deiner Schwelle; dabei glaube nicht daß Du größer seiest weil Du giebst, du giebst ja nur weil Du hast, und hast nur weil Dir gegeben ist.—Noch Eines. Über Den Philipp aergere Dich nicht, du kannst nicht Freund mit ihm sein, weil Du kein Genie hast, was du deinem Herzen nach so wie du es in dir als wesentlich emfindest doch haben müßtest, dein Genie ist durch philisterhafte Eigensucht unterdrückt.—vielleicht mit Der Zeit ändert sich das, hätte unser Herr Christus so mit den Menschen umgehen wollen, er hätte gleich die Thür in Die Hand genommen und wär wieder hin wo er hergekommen war. Was hilft einem alles Religionsstudieren wenn kein Funcke lebendigen Feuers durch die Brust fährt.—ich sage das nicht um Dich zu was zu bewegen, sondern nur im Allgemeinen. Du sagst mir garnichts Darüber daß ich dir meinen Brief an S: lesen ließ, hat es Dich vielleicht gewundert?—legst du mir es als eine Indiscretion aus?—oder Wie?—ich will Dir sagen was ich für einen Beweggrund dazu habe. Die Grimm liegen mir am Herzen ich möchte sie in ihr rechtes Licht gestellt wissen, ich möchte in jedem den Enthusiasmus für sie anfachen der Ihnen gebührt sie haben Die erste die einzige große Freie Handlung gethan und da muß man freilig alles dran setzen, daß die Begeistrung immer aufs Neue für sie angefacht werde ich mache es dir auch zur Pflicht denn Du kannst ohne große verfängliche Reden doch immer der Wahrheit der höheren nemlich dich weihen, und nicht wie jene Anderen nur unschlüssig über sie sein sondern dich der gerechten Stimme auch weihen.—von Savigny hat es mir zwei Briefe eingetragen, die er nicht geschrieben würde haben wenn er nicht fürchtete daß dieser Brief dahin käme wohin er ihn nicht haben will, beide Briefe sind so gewendet als ob ich über ihn gelogen habe und habe ihn verläumdet, ich hab ihm aber geantwortet, „und wenn ich auch dich verläumdet und verlogen habe, so sind immer noch die Grimm Da Deren große Handlung du nicht gewürdigt hast die du weder vertheidigt noch verdamt hast. Du schreibst mir du könnest nicht darüber urtheilen weil du keinen klaren Begriff davon habest?—so laß mich doch immer Lügen und Verläumden, aber thue was ganz Deutschland von Dir erwartet, untersuche ihr Recht und und spreche aus daß sie recht haben".—Wenn Der Kerl gescheut wär so würde er es thun und es wär für sein Bestes.—Nicht wahr du wirst dir das zu Herzen nehmen, und immer frei und groß handlen?—ohne Überspannung, aber groß und rein. Siehst Du, darum hab ich dir den Brief geschickt, um dich ein bischen mit zu dem zu erziehen was politische Religion ist die Gelegenheit kommt nicht jeden Tag wo man wenn auch nur ein geringes Beispiel geben kann und Beispiel wirckt.

An meinen Arbeiten rücke ich täglich vor, wenn nur die Briefschaften nicht wären, die bringen mich manchmal ganz aus dem Text du hast keinen Begriff wie das ist, an einem Tag kommen oft 5: bis 6 Briefe einmal meine Kinder dann Geschäftsleute. Dann solche Geschichten wie die von Savigny aber Doch hoffe ich soll zu Ostern alles erscheinen was ich zum Druck bestimmte, der erste Band vom Briefwechsel der Günderode ist abgeschlossen, der welcher noch zum Tagebuch an Goethe kommt ist größten Theils fertig. nun hab ich ungefehr noch die halbe Arbeit vor mir, und hoffe damit in 6 Wochen zu Rande zu kommen dann lasse ich sie Drucken in Berlin, daß soll nicht länger wie zwei Tage und 4 Wochen dauern hat mir Die Druckerei versprochen, zu dem Ende reise ich nach Berlin, besorge Die Correcktur und beende Während der Zeit mehrere Zeichnungen Die in Kupfer gestochen werden sollen.—Nach Ostern verlasse ich Berlin ganz, aber wo ich hingehen werde ist noch nicht bestimt Vielleicht nach Cassel.

Adieu ich bin nicht „wieder“ sondern immer gut, nicht meinem sondern wer weiß welcher Syrenen ihrem Ingurd.

Mein liebster Ingurd!—Du kannst mir nichts weiß machen so wenig wie Dir selber, ich fühle sehr Deutlich daß du nicht mehr so zu mir bist wie Du auf der Reise mit mir warst aber Darauf hab ich auch nicht gezählt, aber darauf zähle ich, daß du einst nach einer Reihe von Jahren sagen wirst, unter allen Tagen, waren jene die einzig genußreichsten, und keine Zeit war, noch wird je wieder so sein. und mags auch kommen wie es will, ich kann mir sagen daß ich dir von Der reinsten Lebensfreude, dessen was ich vermochte mit vollen Händen gegeben ohne auf mich zu dencken, nur auf dich.—es ist Natürlich mein Freund daß die Syrenen einem eine kleine Emfindlichkeit erregen, aber man überwindet sie auch. und überläßt es ihnen denn, wenn sie den Freund zu fesslen vermögen.—auf den lieben Philipp mag wohl böse Rede über mich auch Einfluß haben. muß mirs gefallen lassen.

[Nachschrift am Anfang der ersten Seite (auf dem Kopf stehend):] die bestrichelten Zeilen sind aus einem Brief von mir an die Günderod da ich 18 Jahr alt war, also magst du der Unschuld dieser Erkentniß um so eher trauen

BRIEF 61
Bettine von Arnim an Julius Döring,
Bärwalde, 9.1.1840

Ich hätte gerne warten wollen bis du mir selbst schriebst um jeden Schein von Ansprüchen oder Vorwürfen zu meiden über Gewohnheitshöflichkeiten Die mir nichts gelten, ich bitte dich sehe also diese Zeilen für nichts dergleichen an. die Nothwendigkeit Die Briefcopie an Sav: zurückzuerhalten zwingt mich dazu, eine fortlaufende Correspondenz über dies Thema das von Grimm sowohl wie von andern Seiten sich zu mir und durch mich wendet und dreht, hat mirs schon lange als wesentliche Unterstützung meines Gedächtnißes wünschen machen. jezt aber hängt davon viel ab daß ichs so schnell als möglich zurückerhalte, Nathusius hat mir vor 3 Wochen berichtet er habe es an Dich zurück gegeben; ich erwarte also mit umgehender Post die Zurücksendung; Du kannst beschäftigt sein oder sonst keine Laune zum Schreiben haben aber versäume doch ja nicht selbst ohne Brief mir Diese Bitte um schnelle Sendung zu gewähren ich hab dir vor 4 Wochen Den Hölderlin zum Weihnachten geschickt als etwas was für mich ungemeinen Werth hat und wie mir scheint einem Jüngling das liebste Buch sein müßte, ich hoffe daß ich nicht irrte als ich glaubte Dir eine große Freude damit machen zu können. Nächstens erhältst du die Kronenwächter von Arnim. Ich grüße Herzlich deine liebe Schwester

am 9ten Januar 1840. Bettine

BRIEF 62
Julius Döring an Bettine von Arnim,
Wolmirstedt, [Ende Dezember 1839 bis] 15.1.1840

Tausend Dank für den Hölderlin! Ich habe mich gefreut über das Äußere und Innere, über die zierliche, feine Schaale und über den klaren, großen melodischen Inhalt doch mehr noch darüber, daß er mir gleichsam ein Gedenkbuch meiner unvergeßlichen Reise mit dir ist, ein Zeichen, daß du dich ihrer und des goldenen sonnigen Morgens vor Goslar noch immer erinnerst;—denn da war es wo du mir versprachst, ihn mir zu schenken.—

Fast hast du errathen, wie es gemeint war mit den süßen schmeichelnden Syrenenklängen, die in mein Herz drangen wie ein warmer Strahl der Frühlingssonne und es einwiegten daß ich wieder träumt, wie früher, von Kindesglauben und stillem, heimlichen Glück, wo die Welt fernab liegt und das

Herz seine Wohnung hinbaut in den leeren Raum ruhig und zufrieden mit dem, was es besitzt.—Ja, sie klangen süß die Zauberlieder, die spielend des Innern Sturm mir beschwichtigt, und, daß ich's nur sage, noch jetzt hör' ich, wie aus der Ferne, ihre weiche Melodie.—Zum Theil nur hast du aus meinem Briefe herausgelesen, was ich dir ganz zu vertrauen aus einem dunkeln Gefühl mich scheute.—Nicht nur im Spiegel fremden Glücks erblickt ich eine von der Sehnsucht gewünschte Gestaltung des eigenen: mich strahlten mit frohem Lichte zwei blaue Augen an, und wie ein Schmetterling leicht hinfliegt über die Blumen und ihren Duft in sich trinkt, so durft auch ich mit raschem Athemzuge den Duft einer Rose in mich trinken.—Und dennoch war ich nicht glücklich, und dennoch war mir als nagte ein verborgner Wurm an der üppigen Blüthe meiner Hoffnung.—

Nun beantwortest du dir wohl selbst die Frage: wie mir die Träbern geschmeckt haben? Einzelne ganze Beeren fanden sich noch unter den ausgepreßten und zu den ausgekelterten bracht ich den Weingeschmack auf der Zunge mit—als der nicht ausreichte: da fühlt ich so etwa, wie dem verlornen Sohne zu Muthe war.—

Ich fühle jetzt selbst das Unschickliche des Übergangs von den Träbern zur Religion.—Mir war's als sei etwas zwischen mich und dich getreten; darum sucht ich nach einem Anknüpfungspunkte, und wie ein blöder Mensch, der in eine fremde Gesellschaft tritt in seiner Verwirrung das erste, was ihm auf die Zunge kommt, spricht ohne zu bedenken ob es auch passend sei: so wollt ich mit dir wieder über Religion reden, weil dieser Gegenstand mir zufällig im Augenblicke des Schreibens durch Schleiermacher nahe gerückt war.—Was du trotzdem über Religion sprichst hab ich mir auf meine Weise angeeignet: will ich aber hier unterdrücken, damit ich nicht gar zur Kapelle hinausgeworfen werde, als ein Träumer, der die übrigen Spieler durch sein unzeitiges Einfallen aus dem Contexte [?] bringt.—Auf die Briefe der Günderode, Arnims Werke und deine Zeichnungen, die du mir nur einmal in Berlin flüchtig zeigtest, freu ich mich sehr.—Ich werde unterbrochen und muß für heute schließen. Ade.—

D. 13 Januar 1840.—Ich weiß nicht mehr wann ich die frühern Zeilen schrieb. Die Unterbrechung währte länger als ich damals dachte. Kaum genesen schreib ich dir. Weihnachten und das Neujahr gingen still und traurig an mir vorüber.—Warum sollt ich dich mit Krankengeschichten unterhalten?—Die Krankheit hat eine seltsame Wirkung auf mich zurückgelassen. Manches was mir sonst nahe stand, ist in eine dämmrige Ferne entrückt; Manches, an das ich sonst nicht mehr dachte, ist mir wieder nahe gekommen und lieb geworden.—Ich träumte von lichterhellen Weihnachtsbäumen, die ich mit Kindesaugen anstaunte ob ihrer ungeahnten Pracht; dann war ich wieder, wie jetzt, mit unruhigem Herzen bis eine helle milde Stimme mir zurief: Friede sei mit dir: da ward eine kühle Stille in meiner Brust, und mich umleuchtete die Herrlichkeit des Herrn.—Doch genug von diesen Träumen, die mir nur darum so wichtig sind, weil sie sich mir jetzt in der Erinnerung nicht als Spiele meiner Phantasie sondern mit dem Scheine des wirklich Erlebten aufdrängen wollen.—

D. 15 Januar 1840.—Gestern erhielt ich deinen Brief. Je milder seine Worte sind um desto schärfer würde Vorwurf mich treffen, wenn ich ihn nach Obigem verdiente.—Verzeih daß ich dir der Brief an Sav. noch nicht zurückgeschickt habe. Ich wollte ihn mir wie du erlaubt hattest, abschreiben lassen; während meiner Krankheit dacht ich nicht daran: so ist es leider unterblieben, obwohl ich mich durch fleißiges Lesen seines Inhalts bemeistert habe.—

Vorgestern dacht ich beim Schreiben, wär es noch wie sonst—und gestern kam dein Brief, obwohl anders wie früher einmal einer als ich längere Zeit geschwiegen hatte.

Lebe wohl.—Der Schwester werd ich deinen ihr gewiß wohlthuenden Gruß bestellen. Ich muß vom Schreibtisch wieder hinein ins Aktenjoch.—Ade

Dg.

BRIEF 63
Bettine von Arnim an Julius Döring, Bärwalde, 20.1.1840

am 20ten. Januar
1840

Über meine Liebe hab ich zwar nie Rechnung geführt, oder mir eine Übersicht verschafft. Doch möcht ich Heute einmal mich als Verwalter eines Gutes Das Du mir in deinem Herzen und Geist anvertrautest mit Dir auseinander setzen. und Dann mag es bei Dir stehen wie Du sie beide ferner verzinsen magst. Ich hab kein Gedächtniß, von einem Tag zum andern erlischt mir beinah die Erinnerung der Ereigniße, aber Der Gesamteindruck trägt mich in neue Sphären, in denen ich Lebensbalsam trinke. und das Gemeine schwindet mir ganz.—Was glaubst Du wohl, daß das Tiefste und lebendigste und Gewaltsamste im Geist und in Der Seele ist, wenn nicht dieses?—Wichtig nennt man manches im Leben. Aber was ist wichtig?—Nur was Den tiefsten innersten Menschen erzieht, was ihn weckt und mit einem höheren Streben vertraut macht, und dann mag das andre sein wie es immer will. Ob Du da oder Dort deine „Wohnung hinbaust in den leeren Raum ruhig und zufrieden mit Dem was dein Herz besitzet.“ (so sind die Worte deines Briefs) so giebt diese Ruhe mir den Beweiß daß an jener Stelle nichts anderes gedeihen sollte.—Mein Freund, wer je sein eignes Glück sucht und will dafür sein Herz hinschencken, dem wird das Herz zum Sclavendienst erniedrigt oder vor Die Füsse geworfen, und das Glück eine unauflösbare Hieroglyphe. Erinnerst Du Dich jener ersten Briefe an mich, wo du mir schriebst: „ich habe an so viele Thüren geklopft und keine hat sich mir aufgethan von Haus zu Haus bin ich zurückgestossen worden.“—ich aber habe dir geöffnet und war wie ein Kind zu Dir, weil ich nicht anders zu sein vermag, und weil ich nicht um einen Tag älter bin als das junge Zutrauen was in mich sich geboren hat, weil keine Vergangenheit hinter mir liegt Die mich Thörigt dem Frühling entwendete weil mein ganzes Leben Frühlingsathem ist und ich der Frucht nicht gedenke, sondern meines Geistes Streben ist zu blühen.—In deinem Herzensalter wo man noch nicht verholzt ist, und also die Wahrheit einem noch nicht so unmöglich deucht da war ich dir zwar ein Phänomen aber Doch keine Chimäre nicht wahr?—Du glaubtest an mich?—und trotzdem daß ich alle Spannung zwischen Uns aufhob, was gewöhnlich sonst den Reitz eines Interesses eine Weile Dauern macht, so waren doch jene Stunden und Tage in Denen es Uns beiden gegönnt war mit einander zu sein heilig, frei von aller Kleinheit des Lebens, ja Wunderbar an Schönheit, obschon Uns keine Wunder geschahen; so hab ich doch Wunder erlebt; Wenn ich in Der Nacht neben Dir saß, und dein gesammelter Blick mir darauf deutete Daß Du dich anstrengtest samt mir ein tieferes Geistes-verständniß zu fördern zwischen Uns, ein Band was ewig unauflösbar sein muß, weil es sich gleich im Beginn zum Organ bildet und gleichsam Durch die Sinne (die nur Vorläufer sind um jene heilige Verwandschaft zu gründen) die Seele reizt und den Geist, daß sie sich hingeben, sich verschwistern; so hat mein Geist sich deiner Seele hingegeben, hat diese sich nicht angesaugt, so war es Mangel an höherer Lebenskraft sie entwickelt sich vielleicht später, unter anderen Lebensbedingungen, aber Dann auch mühsamer schmerzlicher, Verlust fühlend, Versäumtes bereuend.——so hat aber auch meine Seele deinen Geist gesucht und hat gern sich ihm ansaugen wollen und ihn trincken; so wenig du vielleicht annimst oder Dir bewußt bist daß mich dein Geist belehren konnte und zwar jeden Augenblick in Dem ich auf dich gerichtet war.

Wenn ich an Diese Tage Denck so frei von Störung, eine Atmosphäre in Der Die Blüten Des Witzes und Der Anmuth fort und fort uns umDufteten. in Der Das Alltagsleben uns zur Fabel ward, und keine Fabel hätte seeliger erfunden werden können als die Wirklichkeit; muß ich da nicht mir sagen Gott hat mich lieb daß er mir diese Tage anvertraute und mir sagte bilde Draus was Du vermagst.—und siehe Er war zufrieden mit meiner Tagesarbeit. aus süßem reinem Selbstgenuß strömte Die Fülle des Edlen.—so seh ich jene Tage an, als ein Wunder Des Gelingens; und die Quelle die mir aus ihnen entsprungen versiegt nicht; sie sprudelt auf zu meinen

Füssen wenn ich in Gedanken steh, und mein Geist dehnt sich in Die Ferne und was ich nicht vermochte das gelingt mir wenn ich in ihre klaren Wellen seh;—lasse uns davon abbrechen denn Die Wellen erbrausen von Der Erinnerung und verschlingen meine Thränen.—

Wie wars Doch mit Dir?—beim Abschied?—ich mußte Dir versprechen daß ich andre nicht so lieben wolle wie Dich, es schmeichelte mir lieber Ingurd daß du mir Das sagtest.—ich wär so gern noch von Dort über deine Heimath zurück gereist aber ich fürchtete den Wahnwitz der Menschen zu steigern;—und wie ich nachher jenen Brief erhielt wo Dieser Wahnwitz dich mitergriffen zu haben schien da mußt ich wohl Gott Danken daß ich mirs so versagt hatte.—

In Diesen Tagen Dacht ich, ob wohl in Berlin die weißen Hyazinthen schon blühen, und da fiel mirs ein daß es noch kein Jahr ist wo du mir sagtest ich soll dir zusagen Daß ich Dich streng fassen wolle wenn du dem Gerechten Edlen, dem Adel der höheren Geistesnatur dich abwendest;—und da sah ich in Gedanken wie fein wie leise dies Gewebe ist, wie der Faden jenes Cocon.—hast Du ihn noch?—und daß das ganze Leben nichts ist als ein Willkührliches Zertreten jener Keime, Die unschuldige Saat von Gottes Hand in den Boden der Seele eingestreut.—Der Poesie—Denn was ist göttliche Saat, als nur Poesie?—Diese zertritt die sogenante menschliche Gesellschaft mit dem Hohn und Der Verläumdung, und das ist das Werk des Teufels.—Und was nicht reine heilige Poesie ist das ist Teuflisch.—Denn was ist denn Göttlich?—meinst du daß es sich einbürgern könne in Der Gemeinheit im Eigennutz in der Verläugnung des Geistes?—Nein!—Nur Poesie ist Gott.—heiliger Boden wo alles Leben aufathemt, blüht und den Athem und Die Früchte sinken läßt nur um aufs Neue zu athmen aufs Neue zu blühen.—Siehst Du das offne Thor vor Dir, Du meinst Du seiest geschieden von ihm Durch das Traumland seine Pforten seien nicht an Die Wircklichkeit angelehnt, und doch mein Freund, nichts ist wirklich als was den Geist göttlich macht. und alles andre ist schauderhaftes Nichts, Gespenster Wüste, die reißen sich mit traurigen Geberden um Die vermeinte

Wirklichkeit und zerren sich ewig darum, aber Dem göttlichen Saamen lockern sie das Herz nicht auf, und so werden sie auch nie in Die Wirklichkeit hinüber blühen. — Ein Klang in goldnen Saiten, der gar bald verhallt dem Ohr ist der Ewigkeit einverleibt, denn er ist ein Theil dessen wovon Die Harmonieen sich Den Sinnen fühlbar machen, aber ein ganzes Menschen-Leben ja alle Zukunft und alle Vergangenheit die nicht Märtyrer ward eines höheren Strebens, die ist Gespensterhafte Vernichtung ihrer selbst. — Und ein kleiner Vogel der sich Dem Gott der Poesie unbefangen auf die Finger sezt mit denen er in Die heiligen Saiten eingreift; und durch und durch erschüttert zusammensinckt vom Schlag des Plectrums Was ist Der? — er ist vergöttert. — und doch ist ein Vögelchen ein unverständliches Nichts in der weiten und breiten Erdenbasis Des Philisterthums. — Was red ich da? alles ist als säß ich noch neben Dir im Wagen, und mirs zu bekräftigen daß deine Seele in meiner Wohne hieltest du meine beiden Hände in Den Deinen, und von Deinem Athem ströme mir mein eigner Geist zurück, Daß ich ihn Dir Doppelt wieder geben soll; und es ist, als müsse ich dir jeden Weg nach dem Du dich sehnst mit meinem Geist versperren, und dir sagen gehe erst durch meinen Geist und dann wandle frei, Denn Du wirst kein Ende finden, denn Du selbst wirst dann mit der Stimme der innern Offenbarung versöhnt sein, und die allein macht *Ewig* denn sie nimt kein Ende und jeder Gedancke aus ihr ist der Ewigkeit angewiesen daß er in tausendfältige Blüten ersprieße. — denn lieber Ingurd nicht alle Menschen vermögen es, diese innere Stimme in sich zu wecken dazu gehört ein feinerer Organischer Reitz, aber es ist gewiß die erste die einfachste Stuffe zur Unsterblichkeit, und jeder soll danach trachten daß sie ihm ertöne und von Dir hab ich immer geglaubt deine Seele sei dazu eingerichtet denn was hätte dich sonst mit mir zusammen geführt? — mir ist dies nicht ein gewöhnliches Ereigniß das ich nach Willkühr wieder abschütteln Dürfte, so wie Du dich zu mir gewendet hast hab ich den Boden dem Gott einen Keim vertraut geweiht geachtet. — Wie es nun auch in Deiner Seele beschaffen ist die Du mir nicht „Schleierlos" zu zeigen Den Muth hattest; nim meinen Dank für alles Vergangene; und denke mich nicht anders als wie einer der Die Arme niedersinken läßt von Der Umarmung weil Der Lebensstrom ein Geliebtes ihm entreißt und der Den Blick in sich kehrt weil die Ferne ihm sein Bild entrissen hat.

In der Mitte vom Februar werde ich nach Berlin gehen meine Kinder sollen Dem Hof vorgestellt werden der Kronprinz hat mich mehrmals drum ersuchen lassen so wie um meine Bekanntschaft. Taube Ohren—aber jezt hat er mir selbst geschrieben und ich kanns nicht länger vermeiden. schon war man bereit hier her zu reisen und mich mit allen dringenden Gründen dazu zu bewegen und bald wär mein altes Raub-Ritternest mit neuen Höflingen besezt gewesen wenn ich nicht geschwind geschrieben hätt ich würde von selbst kommen. Doch geh ich nicht vom Fleck hier bis alles was ich Euch schencken will zum Druck bereit ist, ich hab bis jezt angestrengt gearbeitet, und seltsamer weise viel mehr bei dieser Arbeit des Schlafs bedurft als sonst, oft bin ich mitten im Schreiben umgesunken; aber Dafür sind die früheren Zeiten mir so wach geworden, daß ich nicht wie Thomas durfte sagen lasse mich die Finger in Deine Wunde legen wenn ich glauben soll daß du es bist.—Die Günderode steht vor mir, und sie ruft mich oft wenn am Abend das Licht brennt von meinem Platz. dort in Die Ecke wo Die grünen hohen Tannen stehen von Weihnachten her, die bis an Die Decke reichen vor einem Soffa, und da wickle ich mich in Den Mantel weil ich nicht widerstehen kann ihr in Gedanken zu begegnen und da befällt mich der Schlaf; weißt Du wie er Dich als befiel wenn ich mit dir sprach.—es ist gar seltsam daß dem Geist gleich der Schlaf begegnet so wie er zu einem tieferen verborgnen sich neigt, gleich als ob die Günderod schlief und ich müßt nun auch schlafen weil ich ihr durch die geweckte Erinnerung wieder nah gekommen.—aber am Tag fühl ich mich so nah mit allem Vergangnen, daß ich durch und durch von der steten Gegenwart alles wircklich Erlebten überzeugt bin.

Als heute Dein Brief ankam war ich eben beschäftigt einen Brief von mir einzufügen wo ich durch die Bekanntschaft eines alten HandelsJuden, (von denen die auf der Straße rufen habt Ihr nichts zu Handlen?)—einen Deutlichen Begriff von der Patriarchen-Würde emfinde und wie der mich nun oft besucht und mich segnet und mir Die Hand auf den kopf legt und mich sein lieb Töchterchen nennt, und wie ich eine solche Ehrfurcht vor ihm habe daß ich mich allem füge was er mir sagt, und während mich Savigny, mit dem ich damals zusammen in Marburg wohnte, einen hoffärtigen Schußbartel nennt so bin ich dies sehr zufrieden und freu mich drüber, wenn mir Der gut Handelsjud, seine freundliche Meinung nicht ändert, ja ich gestehe Der Günderode daß mir nie an Der Achtung eines Menschen etwas gelegen Daß sie mich meinetwegen für verrückt halten sollen; aber Dieser Mann soll nie an mir zweiflen.—Wer Dies mein Buch liest und nicht mich liebt der hat nie Jugend im Herzen gehabt. und ich hab jeden Tag an dich gedacht während ich es ordnete. schon bin ich über die zweite hälfte Des zweiten Bandes und seh in 14 Tagen dem End entgegen. welche reine heilige Labyrinthe der Seele und des Geistes!—wie freu ich mich es der Deutschen Jugend zu schenken!—Heut erhielt ich aus London ein Heft gedruckter englischer Gedichte von einem S^r: Thomas Wade alle über Die Günderode. nach dem was im Briefwechsel steht.—Adieu bleib mir freundlich sei es mit Dir bestellt wie es wolle; ich glaube wohl mit Zuversicht glauben zu dürfen, daß was Dich mit mir entzweit ein Irrweg ist. und daraus schließ ich daß du einst noch von deinem jezigen Weg zurück kehrst oder daß es auf ewig zwischen Uns abgethan sei und ich keine Verantwortung mehr vor Gott über Dich habe.—Doch wie es auch kommt die Milde gleiche alles aus.—ich hatte keine Zeit meinen Brief durch zu lesen, nim alles zum besten wenn Dich etwas stört. ich verlaß mich auf meinen liebenden Willen. komm ich nach Berlin so zieh ich weiße Hyazinten so lang die blühen werd ich dich nicht mißverstehen wollen Bettine

[Nachschrift am Anfang der ersten Seite (auf dem Kopf stehend):] ich werde dir die ganzen Acten zwischen mir und Grim und Sa: abschreiben laßen den famosen Brief des Müfling von Kranichen au[ch]

BRIEF 64
Bettine von Arnim an Julius Döring,
Bärwalde, 13.2.1840

Obschon ich nicht Ursache habe irgend einen Brief von Dir zu erwarten so schreib ich doch ein paar Zeilen daß du nicht vergeblich an mich schreiben sollst.—Das eine wär mir zwar lieb gewesen zu wissen *ob Du gesund bist*, alles andre stelle ich Gott anheim und lasse mir gefallen nichts drüber zu hören. hier hast du das 5te schiefe Eck meiner Thurmstube. wo ich die Briefe der Günderode zusammen gebracht; und in manchen Nächten auch an Dich geschrieben und gedacht. ich weiß nicht wann ich wieder hierher komme. Das Fenster was sich am Thurm auszeichnet auf der kleinen Vignette ist das was rechter Hand von Der Zeichnung ist.—Adieu du hast mir hier auch manche trübe Stunde gemacht.

Bettine

Ich wollt nur das eine daß ich wüßte ob du gesund bist. am 18ten 19ten trift mich ein Brief in Berlin

13ten Febr: 1840

BRIEF 65
Julius Döring an Bettine von Arnim,
Wolmirstedt, 11., 17. und 18.2.1840

Wolmirstedt d. 11 Februar 1840.

Den Tisch hab ich mir zum Schreiben an's Fenster gerückt, in dem blühende Hyacinthen stehen. Da duftet und leuchtet auch hernieder auf mein Papier die weiße Hyacinthe. Sie blickt so süß, so schlaftrunken, so traumselig—Es ist Abend; die Läden sind verschlossen. Draußen aber weiß ich den Mondschein flimmern und die Sterne blinken. Eben noch horcht ich auf eine sanfte Musik die stille Wünsche erweckte—nun ist Alles wieder in todter Stille, kaum daß ein Hund bellt. Da muß ich immer und immer wieder die weiße Hyacinthe betrachten. In ihrer Atmosphäre fühl ich mich ruhig, sicher und geborgen. Da steig ich auf aus der dunkeln Erde, da wachs ich empor im himmlischen Lichte, da blüh ich unbefangen und rein auf und hauche meine Seele aus in die Lüfte. Wie er mich umfängt der ewig gleiche Frieden des Pflanzenlebens und die unruhige Seele beschwichtigt durch sein Anschaun! —

Ich kann heute nicht schreiben — zusammenhängend — nach wenigen Worten leg ich die Feder bei Seite und träume. Da weckte mich eben der Klang eines Posthorns, eine Extrapost fuhr vorbei. Da dacht ich mir; wenn du das wärst und du kämst mich zu holen und wir zögen nun hinaus in die weite Welt, so lang der Himmel blau; wie wär das schön! — Aber es ist nichts; ich weiß es wohl; irgend ein Spleen will sich mit Extrapost entfliehen, oder ein Kaufmann jägt seinen Kunden nach. — Ach! ich muß nur die Hyacinthe anschauen; schon schwankt der Lilienkelch im Brausen rauher Lüfte und die Elfenträume flattern davon. —

D. 17t Februar. Als ich im plötzlichen Mißmuth am 11ten abbrach, nahm ich mir vor gleich am folgenden Abende weiter zu schreiben. Morgen und Abend kamen und gingen dahin, fast eine Woche ist vorbei, ohne daß ich, körperlich leidend und geistig gedrückt, die rechte Stimmung zum Schreiben finden konnte. — In der Zeit ist Philipp von Althaldensleben bei mir zum Besuche gewesen. Ich hatte ihm im Anfange Decembers des vorigen Jahres geschrieben, er möchte, wie er mir Hoffnung gemacht habe, einmal zu mir kommen. Wir wären so nahe im Raume bei einander, ob wir uns nicht im Geiste einander näher treten wollten? Es wäre wohl besser, wenn wir die steife und fremd thuende Haltung aufgäben. Ich hätte keinen Freund; wenn ich ihm bei näherer Bekanntschaft zusagen würde: so möge er in die dargebotne Rechte einschlagen. — Ich deutete noch mehr Herzlichkeit und Entgegenkommen an, als ich aussprach. Kurz! gegen meine sonstige Natur, die eremitenartig zurückgezogen wartet, daß Welt und Menschen auf sie zukommen, war ich ihm entgegen gegangen bis vor seine Thür, und hatte ihm gewinkt, er möge nur herauskommen zu mir, meine Arme ständen ihm offen. — Wer nicht antwortete, nicht kam: war Philipp. Vor einigen Tagen schickte er mir eine Karte: er sei hier, und wolle mich auf ein paar Stunden besuchen. Der närrische, kleine Elster, mit dem langen dunkeln Haar, der dünnen, heisern Stimme, den klug blickenden Augen, und der zwischen Philisterthum und philosophischer und poetischer Erhebung schwankenden und mitten inne schwebenden Seele hatte Ph., seinen frühern Zögling, hieher begleitet, war aber, in rücksichtsvoller Zurückgezogenheit, im Gasthofe geblieben um unsere Zusammenkunft, als Fremder, nicht zu stören.—Ph. schien eine Annäherung zu wünschen, aber durch Kälte und abgemessenes Benehmen jede Übereilung fern halten und vermeiden zu wollen. Er meinte; man müsse sich nicht gleich an den Hals fliegen; Freundschaften, wie Ehen, würden im Himmel geschlossen; man hätte nur das Zusehen und Abwarten; von selbst kämen sie Einem zugeflogen.—Ich ließ ihn gewähren, obwohl ich innerlich über das Pathos seiner Rede und seine feierliche Autorenmiene lächeln mußte.—Es wurde dann viel von dir gesprochen, indem Ph. dir die Ehre eines Anknüpfungspunktes zwischen uns beiden zutheilte. Du solltest diese beiden närrischen, widerstrebenden Kerle zusammenkoppeln!! Ph. fragte mich, was ich denn von dir hielte und wie ich zu dir stände? Ich war ganz frappirt von dieser Frage, und brachte dann lauter dummes, ungereimtes Zeug vor, wobei ich nichts fühlte. Ich verstand selbst nicht, was ich sagte, und Ph. schien es auch so zu gehen; er sah mich schweigend und nachdenklich an, als sucht er einen Schlüssel zu der räthselhaften Antwort.—Jetzt weiß ich, warum ich kein bestimmtes Bild von dem habe, wie ich mit dir stehe: Nur über Fertiges und Abgeschlossenes vermag man zu urtheilen; wie ist das aber möglich, über etwas Werdendes, in fortwährender Entwickelung beständig sich Veränderndes?—

Mein Vater mischte sich auch in's Gespräch. Er sagte ganz stolz, wie man ein historisch merkwürdiges Stück zeigt: Auf dem Sessel, wo Sie sitzen, hat Fr. v. Arnim auch gesessen. Er wollte auch ein Wort über deinen Charakter mitsprechen, und meinte: du habest auf ihn den Eindruck von—Quecksilber gemacht. Damit wollt er die stete Beweglichkeit deines Geistes bezeichnen.—— Ph. sagte, dir gegenüber hab er sich stets gebunden, unfrei und wie des eignen Willens beraubt gefühlt; ob mir das auch so ergangen wäre?—Was meinst du, das ich geantwortet habe?—Er fuhr fort: Mit dir in Gesellschaft Andrer zu sein, mache ihn stets befangen und ängstlich. Ich wußte nicht, was er damit sagen wolle. Als er mir nähern Aufschluß gegeben, mußt ich lachen; denn ich sah einen Philister mit bedenklichem, nach allen Regeln wohl dressirtem Gesichte ihm über die Schultern gukken.—Er scheint viel Familienpietät zu haben. Um eine Lebensbeschreibung seiner Großmutter, der in Gott ruhenden Philippine Engelhard u.s.w., von der uns Wilhelm Grimm so viel lustige und schnurrige Geschichten erzählte, zu schreiben will er nach Kassel reisen und von den Grimms noch einiges Detail zusammentreiben.—Beim Abfahren reichten wir uns die Hand; versprachen uns gegenseitig zu besuchen und ich, ihm einige von meinen Gedichten mitzutheilen; was ich aber bis jetzt noch nicht gethan habe.—Ich höre Jemand kommen, wahrscheinlich ein Besuch.—

D. 18 Februar. Heute erquickte mich dein Brief, den ich am Nachmittag erhielt, nachdem mich die fürchterlichste Langeweile in einer 7 Stunden langen Sitzung gemartert hatte. Deine anspruchslose Güte, die mein langes Schweigen—du willst also gern etwas von mir hören?—mit Unwohlsein zu entschuldigen bereit ist, hat mich zugleich erfreut und beschämt.—Für das Bildchen der alten Burg und die Zeichnung deines Zimmers drinnen meinen besten Dank. Ich wünschte nur Beides früher erhalten zu haben, nicht erst nun Beides schon von dir verlassen ist. Die tägliche Umgebung wirkt auf den Menschen zurück. Gern hätt ich den Anhaltspunkt, den ich jetzt habe, für meine Gedanken gehabt, wenn sie dich in der alten Ritterburg aufsuchten. Die Zeichnung liegt vor mir.—Alles ist mir drin verständlich, nur nicht die Katze und Maus auf dem aufgeschlagenen, an der Erde liegenden Folianten. Soll die Maus einen modernen Schriftsteller bedeuten, der seinen litterarischen Hunger an den Schätzen der Vorzeit stillen will, hiebei aber von einer kritischen Katze, wie vom Müllnerschen Fatum, überrascht und jämmerlich ums Leben gebracht wird?—Während ich jetzt schreibe, bist du wohl schon wieder in Berlin und sitzest auf dem Sopha und ich kann mich auf den Sessel daneben träumen.—Ich muß schließen und möcht es doch nicht gern mit der traurigen Ahnung thun, daß es mir im Leben ergehen wird wie es mit diesem Briefe mir ergangen ist, und das Beste, was ich in mir trage, unausgesprochen und unausgebildet bleibt. Da muß ich mich wohl, wie die alte Rath Göthe mit dem Himmel trösten.—Noch Eins.—Du hast wohl dein Versprechen, mir *die Correspondenz über die Grimms* zu schicken, vergessen?—Wenn's schicklich wär beschrieb ich auch noch den vierten Rand; ich kann mich heute gar nicht von dir trennen. Pflege die weiße Hyacinthe und gedenke des Ingurd. JDg

Dir, o Liebe, Macht der Mächte,
Dient' ich schon in Kindheitstagen
Sah ich durch die stillen Nächte
Geister Sternenflammen tragen.

Niemals hab ich widerstanden
Ihrem Winken, ihrem Rufen,
Die allein mich recht empfanden
Eine neue Welt mir schufen.

Darum stieg's empor zu ihnen:
„Geister, die mich nährten, tränkten
Stets in Demuth wollt' ich dienen,
Willig nehmen, was sie schenkten."

Aber, im Gelübd' erblühend,
Wünscht' ich rasche, starke Schwingen,
Um erklirrend, funkensprühend
Geist die Geister zu umschlingen.

Und ich wußte, daß die Sterne
Liebe liebend anerkannten,
Daß auch sie auf ihrer Ferne
Näher mir zu treten brannten.

Überwunden alle Klippen!
Heldentrotzig, unterwürfig
Aus dem Kelch von Dichterlippen
Wein der Sternenliebe schlürf' ich.

Also sah' ich: Alles Leben
Ist ein Binden, ist ein Lösen;
Folg' ich ohne Widerstreben
Bin ich rein und frei vom Bösen.

Thu' hinweg die schwarzen Kleider,
Wisch' die letzten Thränen ab!
Was betrauerst du den Leider,
Der, verhüllt von Nacht und Grab,
Längst den Tod hat überwunden
Und des Himmels Weg gefunden?

Ist der Heiland aufgefahren,
Und verlassen diese Welt:
Kann ich niemals den gewahren,
Der das Herz allmächtig hält.
Strebt zu ihm hinauf mein Trachten,
Muß ich diese Welt verachten.

Ja, ein Kreuz hat sich geschoben
Zwischen Erd' und Himmeslicht.
Erde sieht den Himmel droben,
Himmel sieht die Erde nicht.
In dem kühlen Weltenschatten
Ruhn die frommen Geistesmatten.

Einst in's welke Erdenleben
Floß ein Strom von Gottes Thron',
Und den Menschen hingegeben
Hieß er selbst des Menschen Sohn,
War er aller Welten Meister,
Und ihm dienten alle Geister.

Strom, in Herzblut umgestaltet,
Warum nennt man Strom dich doch?
Sollst du Blume, schön entfaltet,
Fragen nach dem Keime noch?
Neues Lebens Lust und Fülle
Faßt nicht mehr die alte Hülle.

Kündigt Herzensdrang und Brennen
Jetzt uns einen Heiland an?
Ach, noch kann ich ihn nicht nennen,
Weiß nicht, was uns Gott ersann;
Noch, gehüllt in eine Wolke,
Schwebt' er über allem Volke.

Aber droben seh' ich's tagen
Wie ein fernes Morgenroth.
Engelschaaren leise tragen
Kreuz hinweg und Schmerz und Noth.
Erd und Himmel solln sich küssen,
Die sich lange meiden müssen.

Nun, du Sohn der Erde, freue,
Schmücke dich! Auf's Haupt den Kranz!
Palmen trage, Blumen streue!
Wiege dich in Himmelsglanz!
Brauchst du Namen, ihm zu dienen?
Folg dem Gott', der dir erschienen!

An Deutschland.

Am Strande der Ostsee
Saß ich und hatte mein Haupt verhüllt;
Denn es wogten in der Seele,
Wie zwei Gewitter,
Die sich bekämpfen,
Schmerz und Wuth,
Und eine Thräne,

Die glühend mir aufstieg,
Zerdrückt' ich
Stolz im Auge.—

Dann brach es hinaus:
Wach auf! Wach auf!
Erwache mein Vaterland!
Warum schläfst du
So lange?
Schon ist es Tag und die Sonne
Steht hoch am Himmel.—

Hast du nicht gehört
Die Stimme des Hahns
Von drüben herüber,
Wie er grüßte
Mit Heroldsruf,
Mit Flügelschlag
Die Morgenröthe des jungen Tages?

Wach auf! Wach auf!
Im Stillen wetzt
Die scharfen Schnäbel,
Und prüft die Fänge
Des Nordens Unthier
Der grimmig gefaßte
Doppelte Adler;
Denn es gelüstet ihm
Nach deinem Blute,
Nach deinem Herzen
Du Dulder Prometheus!——

Du aber schläfst
Und lächelst im Traum
Von lieblichen Wiesen,
Und des Wächters Horn
Dünket dir zärtlicher
Klang von Schalmeien.—

Da warf ich den Mantel weg,
Und ließ meine Blicke,
Wie Möwen ängstlich
Flattern vor'm Sturme
Schweifen über die weite,
Unendliche Fläche.——

Und das Meer lag vor mir
So zahm, so freundlich, so still vergnügt,
Wie ein Philister,
Im Sonntagsputze,
Und die Wellen
Hüpften und sprangen
Wie eine Schaar
Loser Dirnen,
Mit silbernen Füßen,
Auf grüner Wiese
Und warfen mir neckend
Schaum in's Antlitz.—

Ich aber, vor Schaam
Und Ingrimm erglühend,
Rief, daß meine Stimme
Weithin scholl über die Wasser:

„Wehe dir Meer! wehe! wehe!
Daß dir kein Herz schlägt im Busen
In eigner, freier, muthiger Regung!
Todt und faul liegst du da
Bis die Donner des Himmels
In's Ohr dir dröhnen,
Daß du auftaumelst vom Lager,
Und die Zornruthen der Blitze
Den trägen Leib dir geißeln,
Und die wilden Stürme daherfahren
Und dich aufwühlen
In allen Tiefen.[“]

J. D.

———

1.

Ich meinte wohl, ich kenne schon die Liebe;
Es sei Gefallen nur an zarten Wangen,
An schönen Augen wie gefesselt hangen;
Ein Zauber, der zu rothen Lippen triebe.

Wenn auch die Seele unberührt mir bliebe:
Was braucht' es Geist bei seligem Umfangen?
Als Blüthe sei im Kuß' er aufgegangen,
In Liedern, die ich meinem Liebchen schriebe.

Jetzt will ein andres Bildniß sich mir zeigen.
Die Leere, die die Seele sonst erschreckte,
Die nur ein Rausch mit Flittergold verdeckte,

Stieg himmelan mit laubumkränztem Gipfel;
Ein Marmortempel überragt die Wipfel.
Da schlingen Jungfraun anmuthsvoll den Reigen.

2.

Bei mir ist ein Geheimniß eingekehrt;
Gekommen unbemerkt, mit einem Male
Ins Herz gedrungen, gleich der Sonne Strahle,
Was half es, hätt' ich Einlaß ihm verwehrt? —

Nun ist mein Sinnen all' ihm zugekehrt.
Ich seh's als Jungfrau mit der Hebe Schaale,
Die schenkt voll Nektar goldene Pokale,
Und füllt sie wieder, wenn ich sie geleert.

Es spielt als Kind um meines Herzens Pforten,
Als seien's Blumen, so mit Weisheitsworten
Und deutet mir was sein wird, was gewesen.

Dann, wieder Jungfrau, kränzt es meine Locken.—
Ich frage heimlich, still bewegt, erschrocken:
Wer bist du wunderbares Räthselwesen?

W. 18/2 40. Dg.

BRIEF 66
Julius Döring an Bettine von Arnim,
Wolmirstedt, 15.3.1840

Du hast mich verwöhnt durch deine Güte. Wie ein verzogenes Kind möchte ich Ansprüche machen da, wo Nachsicht allein mir Befugnisse einräumte.—Ich schrieb an dich, gleich nachdem ich deinen Brief mit der Nachricht daß du wieder nach Berlin ziehen würdest, erhalten hatte dorthin—jetzt sind seitdem Briefe 4 Wochen vorüber und noch harr' ich auf Antwort. Ich mag mir nicht denken, daß du nichts von mir mehr wissen willst, und daß ich dein Schweigen als ein Zerschneiden, des Seidenfadens zu deuten habe. Lieber will ich glauben, daß viele Zerstreuungen, die dich in der Residenz gefangen nehmen, wie der Kronprinz, der Hof, viele Bekannte u.s.w. dir keine Zeit lassen an mich zu schreiben; oder daß die Arbeiten, die dir die Correktur und der Druck der eignen und Arnimschen Sachen macht, dich ganz und allein in Anspruch nehmen.—Zu meiner Beruhigung aber hättest du wohl ein paar Minuten erobern können. Ich bitte dich schreib' mir doch bald, *recht bald*, daß du nicht krank bist.—

Ich freue mich, wie ein Kind, auf die Briefe an die Günderode. Schicke sie mir doch ja, so bald sie herausgekommen sind.—Lebe wohl! Mir bangt vor deinem nächsten Briefe.

Wolmirstedt d. 15 März 1840

Julius Dg

BRIEF 67
Bettine von Arnim an Julius Döring,
Berlin, 3.4. [1840]

Lieber, Ich schreibe dir in später Nacht die bereits im Abschied begriffen ist, seit ich hier bin war ich der Zeit nicht mächtig. Nichts spricht mehr für meine individuelle Beziehung zu Dir als daß ich in dieser ganzen Zeit dir nicht zu schreiben vermochte, sie ist ausgestrichen aus meinem inneren Sein als wenn sie nicht mit meinen fünf Sinnen Durchlebt wär. Wie leuchten mir doch die einzelnen Momente unserer Reise entgegen? Wie wars doch auf dem alten Thurm von Goslar?—unter der Linde?—wie wars überall so Geistlebendig in mir?—Wie könnte ein ewig Fortschreiten in Der Seele sein wär der Geist immer Unschuldwach, Das heist: hätt er keine Zwecke als nur dem süssen Reitz Der Liebe zu Dienen; was doch seine eigentliche Bestimmung ist, nemlich: nur Der Liebe zu Dienen[.]

Ich bin verschlafen—aber Das schadet nicht, ich kann Doch wohl mit Dir sprechen.—ich bin so müde daß ich eben eingeschlafen war wie ich mich besinnen wollt—Wenn ich dran Dencken will so fällt Die Vergangenheit mir ins Wort und heißt mich Träumen von ihr. Die Winterhyazinten sind wieder Da—aber keine Ruhe hab ich, ihnen Minuten Der Andacht zu weihen.

Ich bin nicht mitgegangen in Die große Welt, ich hab andre damit beauftragt meine Kinder zu begleiten, denn wahrlich ich wollte mich dem innern Dencken dem Gefühl für das was ich liebe so viel möglich gesammelt erhalten; aber Der Strom hat seine Grenzen verlassen und ist zwischen meine Vier Wände gerückt und hat meine ganze Energie zermalmt, Daß ich nichts mehr thun mochte, nicht die Feder mehr anrühren.—die meiste Zeit ging auf Toilettenberichtigungen, Denn jeden Tag war neuer phantastischer Putz nötig, Dann kamen die Visiten, Denn meine Kinder haben Dem König so gefallen daß jedermann darauf bedacht war mir Höflichkeiten zu erzeigen; so war ich denn meiner nicht mächtig weder im Geist noch in meinem Zimmer; meine literarischen Arbeiten haben auch gestockt, erst vor 8 Tagen konnt ich mir so viel Zeit abgewinnen um mein Manuscript durchzusehen und eben wird Der 3te Bogen gesezt, von Der Günderode. Freu dich drauf, ich freu mich auch.

Dein Brief den ich hier fand, ist der einzige der seit 6 Wochen einen Augenblick mir gewährt, dann und wann, wie er Durch Wolken bricht, er liegt an meinem Bett, ich lese die Gedichte zuweilen noch in später Nacht es liegt eine Befriedigung in ihnen, ein Ersatz. ja ich hab sie wiederholt gelesen und hab mich versöhnt gefühlt und befriedigt, und doch hab ich nicht geschrieben, eben weil ich nicht bei mir selber war,—und weil ich Dir nicht schreiben kann ohne ganz auf mein Dencken gerichtet zu bleiben.—

Ich weiß gar nicht wie mir ist über Diesen Raub der leeren Welt an mir selber, Die mit unverschämten Anmuthungen noch meint Danck darum zu verdienen; ich schäme mich und betrübe mich Daß *mir* dies begegnet. Meinen Herd haben sie besezt mit ihren Töpfen und meiner Hausgötter nicht geachtet. Ich bin traurig lieber Ingurd indem ich dir schreibe. ich fühle so sehr Daß mir nothwendig ist um meiner mächtig zu bleiben, daß ich eben wie eine ganz junge Seele mit Der Natur stehe, wie ein Schmetterling der eben ausgekommen ist. Die geistige Entwiklung Die der Urnatur entspringt hat allen Anspruch auf lebendige Beziehung, sie muß Durchgefühlt werden von dem Dem sie Dienen soll. Wenn du mich willst so mußt du mich lieben, und so muß das Ideal sich in Dir ausbilden was meine Liebe in Dir sieht[.]

Ob Du wohl Daran glaubst woran ich glaube. Daß nemlich alles wahre Leben frei ist von der Zeit vom Veralten. Da doch alles was dem Vergänglichen unterworfen ist Durchaus nicht das ist was Die Seele, Die Liebe begehrt. Die Seele begehrt unvergängliches, ja sie schwört sich zu ihr Glück soll nie vergehen, ja sie fühlt: dadurch daß es ihr Eigenthum wird wonach sie verlangt muß es sich zugleich verewigen, sonst ist sie an sich selber zum Irrthum geworden. Der geht zu Grund der verläßt was als begeisternde Kraft sein Streben weckte. Denn das Himmlische wohnt nur im fühlenden Herzen. Drum mein Lieber sag ich hier nach so viel Jahren (die da sind wie Der Aether Allgegenwärtig und nicht Ballast der Vergangenheit,) wie ich damals an Die Günderode schrieb: *Bleib mir doch.* Bettine

BRIEF 68
Julius Döring an Bettine von Arnim, Wolmirstedt, 15.4.1840

Wolmirstedt d. 15 April 1840.

Wenn der schwer auf der Brust lastende Winter vorüber ist, und der zarte, süße, sehnsüchtige Frühling uns im Arme ruht: da vergessen wir die Schmerzen, die uns jener bereitete, die Brust dehnt sich vom herzerweiternden Hauche weicher Lüfte, und wir blicken hinaus auf den goldnen Sonnenschein und hinauf zum dunkelblauen Äther. Nächtige Sorgen sind, wie der Schnee, an der Wärme der Frühlingssonne zergangen, frische Blumen keimen aus der Erde mit freudiger Hast, Veilchen blühen: warum sollte nicht auch die Blume, die ich dem dunkeln Schooße der Zukunft anvertraute, zur Blüthe kommen? Ist nicht die Herrschaft der Unmöglichkeiten zu Ende gegangen? Durch Triumphbögen, von Laubgehängen umwunden, zieht ein neuer, milder, blumenumkränzter König ein, und das Reich der Ahnungen beginnt. Was wird mir offenbar werden? Was wird sich mir gestalten aus wogenden Nebeln, die nach Osten hin dem Tage entgegenziehen? — Geschmerzt hat mich dein langes Schweigen, mehr als ich's sagen mag. Alle Gründe und Veranlassungen desselben, die ich mir selbst zum Troste erfand, konnten mir eine Gegenwart nicht ersetzen, die dein Schweigen mir raubte. — Viel andre Stimmen umklangen mich in dieser Zeit. — Wenig hatt' ich mir bisher aus den Menschen gemacht, nur aus der Ferne ihrem Treiben zugesehen. In der Wüste meiner Brust war meine einsame Stimme erklungen und verhallt. — Nur lose Berührungen, die ich jeden Augenblick unterbrechen und vergessen konnte, verknüpften mich mit den Menschen. Eh ich dich kannte hatt ich das Bedürfniß der Mittheilung kaum gefühlt. Selbstgespräche schienen mir zu genügen, wenn nur aus den Wolken herab Antwort mir kam. Von da an ward Alles anders. Ich gehörte nicht mir allein an, auch dir. Mit verhaltnem Odem lauscht ich deiner Rede, wie sonst der Stimme von oben. Die Mauern meiner Brust umschlossen nicht mehr meinen ganzen Horizont; ein Theil meines Lebens lag außer mir, und Sehnsucht und Verlangen wuchsen von Tage zu Tage das, was mir fehlte, zu gewinnen und in die festlich geschmückten Hallen einzuführen.—

Als du mich scheinbar verlassen hattest: da war mir als sei ein thränenwerther Hort ins Meer gesunken. Mich ängstigte die Leere und das tiefe Schweigen, das ich jetzt erst wahrnahm, als die einzige Stimme, die bisher mit Gesang alle Räume erfüllt hatte, nicht mehr ertönte.—Ich mußte aus mir heraustreten, wollt ich nicht im Innern ganz verzagen. So lange die Quelle unterirdisch durch die Adern der Berge strömt kann sie schweigsam ihre Wege suchen; aber, wenn sie einmal zu Tage gebrochen ist, kann sie nicht lassen vom klingenden Steigen und Fallen im spielenden Glanze der Sonne.—Was in gedrängter Fülle dir zugeströmt war: wand sich nun, getheilt in verschiedne Arme, leise rieselnd durch grüne Wiesen.—Freundesworte thaten mir wohl, ohne mich, mein Wesen aufrührend, mit neuem Saamen zu befruchten.—In spielenden, tändel[n]den Beziehungen versucht ich, deiner Anmuth nachstrebend, schlummernde Grazien zu wecken und scherzend besprengt' ich mit Thau Blumen, den Glauben ihnen zu nehmen, daß sie sich widerstandslos von einer philisterhaften Sonne versengen lassen müßten. Welch trauriges Surrogat für die lebendigen Beziehungen zu dir bot mir eine mich überschätzende oder mein eigentliches Wesen ignorirende Anerkennung, oder der Duft eines unscheinbaren Wiesenblümchens! Ich hätte zum dritten Male an dich, auch ohne Antwort, geschrieben, wenn du mir nicht zuvorgekommen wärst.—Wie soll ich dir danken für Brief und Geschenk?—Oft tragen auch mich Gedanken und Träume zu dem alten Wallthurme von Goslar. Dann mal ich mir wohl aus, wie schön es wäre wenn ich dort, wie eine Schwalbe, nur einen Sommer lang nisten könnte. Fesseln, die mir an Armen und Füßen klirren, hab ich abgestreift, und bin gezogen in die dichten Mauern, die Kühlung schaffen im heißesten Sommer. Da hab' ich mir ein Stübchen dort, wo wir zusammen hinaussahen, eingerichtet zu einsamem Denken und Dichten. Wie rauschen und wirbeln durch's Herz in der Stille alle Quellen der Dichtung. Der Himmel ist so klar und dunkelblau, wie er einst war und wie er jetzt wieder über der Erde hängt. Von meinem Fenster aus erblick ich ihn, und lasse die wanderlustigen Blicke über das Thal hin schweifen, und auf den Bergen sich ergehen, die in sanften, geschwungnen Linien zur Ebne niedersteigen. Aber von den Bergen flattern sie nieder zu einem grünen Hügel, nahe dem Thurme, auf dessen Gipfel eine breitästige Linde steht, unter der wir ruhten auf der Bank. Weißt du noch, wie ein Hund in dem nahen Häuschen mit freundlich rothem Dache anschlug? Da müßtest du wohnen, daß ich zu dir könnte, wenn ich wollte. — Wie wollt ich da sammeln und festhalten, was jetzt vereinzelt vorüberhuscht. Wenn ich jetzt im streifenden Fluge durch Zaubergärten nur wenig erhasche: so könnt' ich dann ruhig in den blumenumkleideten Gängen mich ergehen und abwarten bis die von Sonnengluth gezeitigten goldnen Früchte von selbst mir in den Schooß fielen. — Farewell my dream, I have still dreamt enough! —

Klagt nur ein überwachtes Denken aus deinem Briefe, und bist du jetzt schon wieder tagesfroh und thatenkräftig, oder ist die Mißstimmung dießmal ernster gemeint, als wohl sonst? Solltest du auch ermatten können, deren Flügeln ich Kräfte genug zutraute einen sommerlangen Tag ohne Ausruhen zu fliegen? Sprechen die Geister nicht mehr mit dir, die [in] deiner Kindheit so vernehmlich geredet haben? Wo ist dein Muth geblieben, der Abgründe gering achtete, daß er jetzt sich scheut mit einem Schritt sich frei zu machen? — Hörst du denn nicht, im goldnen Käfig, die bekannte Stimme der Natur, die deiner Kindheit vertrauensvoll sich offenbarte, weil unbefangene Hingebung ihr entgegenkam? — Dein schmetternder Naturgesang klingt wie Donner den zahmen Vögeln, („dem Federvieh",) in den Ohren und wie wirst du an ihnen ein Echo finden. Kann es dir Vergnügen machen, Gimpel und Dompfaffen um dich pfeifen zu hören, und die närrischen Bücklinge der vielen Elstern zu sehen?—Ich wüßte wohl was ich thäte jetzt, wo der Frühling mit bescheidnem Finger auch an dein Fenster klopft, und alle Menschen zu sich mithinauslocken möchte. Ich ließe all das gemachte Treiben und die Stadt, die auf Sand gebaut, den mangelnden Naturfrühling durch einen schlotternden Geistesstaat ersetzen will, hinter mir und folgte dem Lenze, wohin er auch mich führen würde. Meinst du, daß die Erde das Kind, mit dem sie so vertraut war, vergessen hat? Wird sie nicht ihr ganzes verschwiegnes Herz ihm öffnen, wenn es nach langer Abwesenheit zu ihr zurückkehrt?—Und wenn der Leib aus dem Jugendbade des Lenzes steigt; wie wird da die Seele ihre Schwingen ausbreiten!

J. Döring

[Nachschrift auf getrenntem Beiblatt:] Warum gehst du nicht auf's Land, oder machst eine Reise?—Sind nicht die schmachvollsten Fesseln die, welche die Gesellschaft uns anlegt, weil wir sie freiwillig und ohne Gewinn für unser Innres uns gefallen lassen?—Nur in der Zeit kann hier der Geist sich entfalten. Vielmehr als der, welcher nur unsern irdischen Besitz uns nimmt, muß man den einen Räuber nennen, der uns die Zeit unter den Händen entwendet. Wie man sich gegen einen Räuber wehrt: soll man sich nicht auch gegen den vertheidigen, der unsere Zeit tödtet, und wenn es nicht anders sein kann durch—Entfliehen?—O wärst du entflohen und könnt ich mit dir sein.—

Weißt du noch?

Dicht bei Goslar liegt ein Hügel
Auf dem Hügel steht ein Häuschen,
Bei dem Häuschen eine Linde—

Zu der Linde auf dem Hügel,
Wo wir saßen Hand in Hand,
Trägt mich der Erinnrung Flügel.
Sei gegrüßt gelobtes Land!

Wie der Morgen uns da schickte
Lüftchen warm und kühl zugleich,
Und der blaue Himmel blickte
Still und freundlich durch's Gezweig!

Wie verjüngt, mit altem Leben,
Wie der langen Trauer satt,
Sahn in Sonnengold wir schweben
Eine alte Kaiserstadt.

Und von Bergen war gezogen,
Kühn geschwungen überall,
Ringsumher in weitem Bogen
Unserm Thal ein grüner Wall.

Unter Plaudern, unter Scherzen,
Wie ich an die Brust dich zog,
Drang der Frieden mir zum Herzen,
Den das stille Thal durchflog.

Unsrer Seelen klare Bäche
Strömten durch die Blüthenflur,
Und es kräuselt' ihre Fläche
Nicht ein Wunsch, ein Seufzer nur.—

Ach, dem Boden längst enthoben,
Träum' ich vom gelobten Land,
Wo wir auf dem Hügel droben
Schweigend saßen Hand in Hand.

Julius Döring

BRIEF 69
Bettine von Arnim an Julius Döring,
Berlin, [Ende April und] 25.5.1840

Heut find ich eine Lücke im Drang aller unabweislichen Geschäfte die ich benütze Deinen guten lieben Brief zu beantworten. Gut weil Du mir gut bist, und lieb weil ich drin lese Was mir liebenswerth ist. Ich mag dir keinen Weisheitsplunder dagegen schreiben. obschon manches in deinem Brief gesagt ist was einer Berichtigung bedürfte. Was du Misstimmung nenst in mir, mag wohl eine augenblickliche Abspannung gewesen sein; wie es zu erwarten ist, wenn man im Gewühl von allem Nichtigen Treiben sich mit Gewalt über Wasser zu halten bemüht ist, und nun nirgendwo sieht wo man landen könnte und sich losmachen aus dem verwässerten Unwesen. Ich weiß daß ich aufrichtig gegen Dich sein kann weil ich weiß daß du verschwiegen bist und selbst das Rauschen eines Blattes das der Wind zufällig an Dir vorüberführt, nicht verrathen würdest so will ich dir denn bekennen, wie ich eben eine Säule im SturmWind mit meinem schwachen Athem aufrecht zu erhalten suche. ich weiß noch nicht was draus werden wird, aber wenn man mir nicht den Rücken dreht und allenfalls einen Windschirm dazwischen stellt, so hoff ich doch noch diese wanckende Säule aufrecht zu halten. und keiner wird wissen wo der Wind herkommt. Und wenn mir dies gelingt so weiß ich für was mir Gott den Geist gegeben hat Der alles im rechten Licht sieht. Wenn Die „lockende Stimme der Natur, meiner Kindheit sich offenbarte“—wie Du sagst: so war Das nicht blos darum daß ich ihr Lebe sondern vielleicht eher, damit ich ihrer entberen könne und doch nach ihren Gesetzen oder durch ihre Eingebung handle. also „wenn Du auch weißt was Du thun würdest wenn Der Frühling ans Fenster klopft“—so fühl ich umso mehr es würde ein kindisches Verfahren sein ihr nachlaufen zu wollen. sie hat mich erzogen und ich bin mir nun selber Natur, der ich stillhalten soll und herausblühen was ihr Geist in mir gewirkt hat. Ja so wenige Wissen für was sie leben.———

Hier hat sich dein Brief unter andern Papieren versteckt unumgängliches hat sich vor mir aufgespeichert, und jezt wo ich das lezte hinweggeräumt habe findet er sich wieder, grade 5 Wochen, denn er war am Tag nach dem Emfang des deinen geschrieben, lag er vergraben; indessen hab ich an niemand geschrieben, als nur Dinge die mir Geist und Seele in Beschlag nahmen, und mich in einem fremden Feld doppelte Anstrengung kosteten. hinzukam die correcktur meines Buchs, die mir unendliche Zeit kostete, da die Sprache dem Setzer und Correcktor fremdartig war, und also so seltsam eigenmißverstandne Correckturen machten, daß ich mich selbst nicht verstand;—Der zweite Band ist nun schon in der hälfte und wird in 6 Wochen nachfolgen. Du siehst ich hab deiner Anforderung die du mir in deinem ersten Briefe machtest gefolgt; und es den Studenten zugeeignet. nimm es als einen freundlichen Willen von mir, es dir recht zu machen; und auch als ein Zeichen daß mir an deinem höheren Selbst etwas gelegen ist., nemlich an Diesem kindlichen reinen Instinckt fürs Ideal was doch nur im Studentenenthusiasmus, wahrhaft blüht.—halt an Dich!—vergiß nicht was Du dir oft in feurigen Augenblicken wo Du dir einer innern Kraft bewußt warst, gelobt hast, oder auch zugetraut; denk daß die Zukunft vor allem andern, reine kräftige Geister braucht wenn aus ihr etwas werden soll. daß keine Revolution stärker wirckt, oder vielmehr: wahrhaftig Großes und Bestehendes erzeugt, als blos was aus der Reinigung des Geistes hervor geht; aus der Wiedergestaltung seiner Naturtendenzen, aus der nothwendig aus aller Bildung hervorgehenden Transmutation. Mir Deucht,—ich weiß zwar nicht ob ich recht habe, aber mir ist als ob deinen Anlagen deinem Trieb nach, deine eignen Anforderungen an Dich dir Diese Aufgabe stellten.—Die Jugend lehren, lieber Ingurd, und sie in einem höheren Sinn lehren, in einfacheren Formen; mit ungetheiltem Gefühl fürs Rechte, mit dem edlen Trieb: Natur- und Sittenrecht, über alles Bedürfniß was die falsche Politick der Sünde erzeugte geltend zu machen, das scheint mir ein herrlicher Beruf; ein solcher zwar der ganz wesentlich in Der Zeit liegt. du hast Kräfte und auch Muth, hoffentlich, Dir was zuzutrauen. nur Dies eine scheint mir manchmal dir im Weg zu stehen, die Gewohnheit—beinah möcht ich sagen:

die Bequemheit; vielleicht daß Die dich so unterbricht daß Dir mit der Zukunft nicht mehr möglich deucht dich aus dem gewohnten Schlendrian heraus zu reißen.—Wie ists?—erinnerst Du dich noch jener Gelübde Die Du Dir gethan hast einst?—und glaubst daß deine Beharrlichkeit stark genug sein werde deine frühere Begeistrung nicht aufzugeben?—

Du siehst diesem Brief die Zerstreiung an. aber glaub gewiß wären Wir bei einander, ich könnte eben so folgerecht mit Dir sprechen und mein Herz ist dir so zugethan wie jemals am 25 May 1840 Bettine

BRIEF 70
Julius Döring an Bettine von Arnim, Wolmirstedt, 24.6.1840

Wolmirstedt d. 24 Juni 1840.

Der Himmel ist trübe,

die Luft ist kalt, und doch blühen die Rosen?—Ja, die Rosen blühen, aber die Sonne sieht sie nicht, und ein feuchtkalter Wind nimmt auf seinen Schwingen ihre Düfte mit fort.—wohin?—Gleicht meine Seele nicht den Rosen, und muß ich es rechtfertigen, daß ich traurig bin?—Traurig? warum? Ich seufze, und weiß nicht, wem der Odem meiner Brust nachjagt. Meine Arme breit' ich aus, und lasse sie wieder schlaff niederfallen. In die Ferne späht mein Auge, und zieht dort herum of's Grathewohl wie ein irrer Wanderer.—Noch hab ich nichts aufgegeben von dem, was die Stimme des Innern mir einredete als meinen eigensten Beruf. Aber seltener, als sonst, hör ich's erklingen im Busen, und „die Götter durchwandeln[“] ihn nicht mehr so oft. ich bin matt, als müßt ich nach olympischem Wettlauf verschnaufen, und doch hab ich kaum den Fuß in die Rennbahn gesetzt, und der Lorbeer, dessen Kranz meine heiße Stirn kühlen sollte, wächst noch auf fernem Baume. Das Unkraut zwischen dem Weizen ist üppig aufgeschossen, und droht ihn zu ersticken. Du hast es genannt, es ist Bequemheit und Gewohnheit, und ich weiß nicht, ob ich es noch ausreißen kann.—O Philisterleben!—Den Wetterwolken des Schicksals wollt ich Stand halten; schmiedet mich an den Felsen, wie Prometheus, und laßt mir das Herz täglich aushacken; ich will nicht klagen. Den Blitzen und Winden des Himmels wollt' ich meine nackte Haut Preis geben, und doch zürnend Hohn sprechen ihrer ohnmächtigen Allmacht. Der Langeweile unterlieg' ich, wie ein Fieber den Körper beschleicht und auszehrt: so zersetzt sie die Kräfte meiner Seele, wie der immerwährende Fall der Tropfen den Stein: so höhlt sie mein Inneres aus.—Du glaubst nicht, welche Opfer der Staat durch seine Miethlinge verlangt, um ein guter Bürger zu werden.—

Ist denn die Säule, die du mit deinem Odem zu stützen bedacht warst, dennoch gefallen—vor kurzem? Oder steht die Säule noch, und bescheint sie jetzt zum ersten Male das Morgenroth der Geschichte?—— Sprich doch!—

Als der alte König sein greises Haupt zur Ruhe legt, da war es mir, als bräche eine neue Ära für Preußen und auch für mich an. Wird der König des jungen Geschlechts nur einen Theil der Hoffnungen erfüllen, die auf ihn gesetzt sind?—Hat nicht auch sein Herz schon der alte preußische Hochmuth und der Wahnsinn der Unverbesserlichkeit und Unfehlbarkeit vergiftet?—

Hört er aus dem wässrigen Schwall von hündischen oder bornirten Gedichten, aus dem Zusammenklappen der präsentirenden Gewehre heraus die leisen Strömungen des Zeitgeistes, und ist er kühn, ja nur klug genug, ihm ein Bett in seinem Lande zu graben, ehe die sich sammelnden Fluthen hereinbrechen und dio Marken überschwemmen?—Und ich?—Meine Gedanken wähnen sich flügge geworden, und betrachten neugierigen Auges die Welt von ihrem Neste aus, und heben schon die Flügel, als wollten sie fortfliegen.—Was meinst du dazu, wenn ich meine Gedichte herausgäbe, und dir dedicirte?—Schreib mir's doch.—Man muntert mich hier vielfach auf, an die Öffentlichkeit zu treten.—Aber, ich möchte nichts ohne deinen Rath thun; darum sag mir deine Meinung, ob ich's thun oder lassen soll.—

Da ich bald von hier fort muß: so hab ich die Wahl zwischen Magdeburg, Naumburg und Berlin.—Soll ich nach Berlin kommen? Auch darüber schreibe mir.—

Jetzt über den Briefwechsel mit der Günderode zu schreiben, bin ich zu zerstreut. Um ein vollständiges Bild von ihr und deiner jugendlichen Entwicklung in und mit ihr zu haben, möcht' ich auch erst den zweiten Theil erwarten.—

Mit Philipp hab ich einige Briefe gewechselt, er ist sehr faul im Schreiben, jetzt hat er eignen Schmerz zu fühlen, und fremden Kummer zu lindern. Seine Schwester, die du ihn Kassel kennen gelernt hast, hat ihre beiden einzigen Kinder, die sie bei einem Besuche in Althaldensleben mitgebracht hatte, in M. verloren.—

Lebe wohl!—Ich will mich mehr sammeln, daß du im nächsten Briefe mehr mich wiederfinden mögest, als in diesem, den ich nur abschicke, damit du nicht glaubst, ich könne jemals deiner vergessen oder entrathen.—

J. Dg.

——— ——— ———

Nicht ein Lüftchen rührt am Morgen
Seine Flügel. Alles still!
Und die Sonn' ist noch verborgen,
Morgenroth nicht scheinen will.
Nicht ein Klang, zum Himmel steigend,
Sagt, worauf die Erde sann;
Ja mir ist, als hielte schweigend
Die Natur den Odem an.

Tiefes Morgendämmrungsahnen,
Ach! wie rührst du mich so sehr!
Meine Seele willst du mahnen,
Überhöre nun nicht mehr
Deines Innern leise Stimme,
Goldner Saiten süßen Klang,
Die der Sturm im wilden Grimme,
Fluthenthürment, einst verschlang.—

Nicht vergebens ist mein Lauschen,
Horch! was ist, das da erklingt?
Wie ein Wasser hör' ich's rauschen,

Das ans Licht zu kommen ringt,
Das, gesammelt von den Tropfen
Wassers, das vom Himmel fällt,
Aufwärts steigend kommt zu klopfen
An das Thor der Oberwelt.

Und ein Klang, aus weiter Ferne
Näher rauschend, füllt mein Ohr,
Tönend wie Musik der Sterne
Wie ich's nie gehört zuvor,
Und ein Duft ist ausgegossen
In der still bewegten Luft,
Fremd und süß um mich geflossen
Wie ein ferner Opferduft.—

Immer mehr schon will es tagen,
Und die Morgenröthe naht.
Einen Tempel seh' ich ragen
Auf des nächsten Berges Grat.
Dort erschallt in klaren Lauten
Jener Klang, der sich verlor.
Auf den Pfaden, den bethauten,
Wallt ein froher Zug empor.

Morgenwärts das Thal durchtrabend
Wessen werd' ich da gewahr?
Einem Holden folgt von Abend
Dienern gleich der Raben Schaar.
Steigend dann zu einem Throne,
Klirrend in dem Kleid' von Stahl,
Setzt er auf das Haupt der Krone
Lang entbehrten goldnen Strahl.

In des Volkes Jubel schallen
Orgelton und Saitenklang;
Burg' und Thäler wiederhallen
Mächtig brausend, den Gesang.
Blumen duften, Vögel schmettern,

Bäume rauschen ernst und laut,
Und der Himmel, frei von Wettern,
Licht verströmend niederschaut.

BRIEF 71
Bettine von Arnim an Julius Döring,
Berlin, 29.6.1840

Lieber, Wollt ichs so lange anstehen lassen Wie Du, zu antworten, so würde das eine Leichenbriefschaft. dein Brief gähnt, schließt die Augen und scheut nicht, vor Den meinen den Tod der Langenweile zu sterben. Du klagst dich in deinem lezten Willen zu mir, der Bequemheit, der Gewohnheit an, sprichst von Lorbeern in deinen lezten Zügen die dir einst sproßen sollten! — Ein Begeisterter kann keine Bequemheit vertragen, trägt keine Gewohnheitsfessel, verlangt nicht nach Lorbeern.

Du fragst ob der König einen Theil der Hoffnungen erfüllen werde die das junge Geschlecht auf ihn hat? — Was sind das für Hoffnungen? — machen sie auch anspruch auf Bequemheit und Gewohnheit? — Ach ein jeder ist König im Reich des eignen Geistes, und kann er da nicht die Unmöglichkeiten vollbringen so erwarte er von allem andern nichts; was willst du noch erhoffen da du in dir selber nicht die Langeweile beseitigen kannst. — Könige sind Blindgeborne, wenn sie auch von Der Farbe reden, sie kennen sie Doch nicht. Geist wirckt nur in der Unbegrenztheit. Was ein König auch seiner Zeit gewähren dürfte, ists nicht die Freiheit im vollen erhabnen Sinn ihres Geistes so liegt die Zeit doch immer in Banden. jede Gewährung steigert ihre Bedürfniße. Wird der Da oben Die immer und immer befriedigen? — und wenn nun immer höhere Bedürfniße sich entwickeln wird sein Geist mitwachsen und seine Energie? — Und wird er nicht endlich doch nur *sich* meinen, nemlich daß Er König ist? — Die Philosophie der Könige ist noch nicht ans Licht geboren! — Ich seh sie vor mir aufsteigen im Geist, und weiß auch, sie könnte sich verwircklichen so leicht. Ein Zauberwort das die mächtigsten Wirkungen hat ist leicht auszusprechen, wer es nur wüßte! — Aber meinst Du das Wort wird jenen gelten wenn man es ihnen auch sagte? — „Besen, Besen, seis gewesen!" — oder: „Wenn doch der Herr König wüßt daß ich Rumpelstützchen hies!" — Nein Rümpelstützchen du wirst den Herrn König nimmer überzeugen daß die Weisheit der Könige aus dir spreche.

Du fragst ob Du deine Gedichte sollst Druken lassen und mir zueignen, und sagst daß viele Dir dazu rathen, dich anregen dazu. nun ich gehöre nicht zu denen Die Dir rathen, sondern ich sage rathe Dir selber. du hast Urtheil über andere, bist Du dir selber ein anderer und kannst Dich beurtheilen, dann wirst Du wissen was geschehen soll. kennst Du deine Zeit? — weißt Du wie sie Gedichte aufnimmt wie sie die verdaut ob ihr eine wesentliche Nahrung dadurch wird, und ob Die deinen anregende Berührungen zu ihr haben? — Was ist es was Dich zum Druckenlassen reizt? — ist es die Sehnsucht lebendiger Berührung mit den Gemüthern? — Darüber kannst Du allein Dir Rechenschaft geben, und ob deine Beweggründe dir ein Resultat geben werden darüber kann ich dir am wenigsten sagen, denn ich kenne Die Welt nicht. Seltsam ists, daß grade was eine Forderung der Zeit ist, sich nicht erzeugt; nemlich Spiegelungen Der Seele, des Geistes in ruhiger reiner Prosa. Romanleben! — es ist als obs mit Wilhelm Meister ausgestorben wär. kein Autor zieht uns in sein Heimliches Seeleninteresse hinein, keiner klagt dem Freund dem Puplicum: „Sieh so geht es mir, so seh ich die Welt, und das sind meine Bedürfniße, und wenn es so kommen könnte wie herrlich! — und ein Held zu sein, wär mir gegeben, säh ich in Der Ferne nur das Bild der Geliebten durch Wolken schimmern" —. und jezt wo im Roman so manches sich deutlicher aus einander legen könnte als unter irgend einer andern Form, wo zum wenigsten alles was vom Schicksal Dir versagt ist, dich eine Weile beschäftigt als ob Du es erlebtest, und seine Bildung dir aufprägt blos weil du es träumst, wo deine Anschauungen vom Leben so schön so edel reifen könnten; da ists als ob Dichter und Roman auf ewig geschieden seien. Jeder Verleger wird mit Vergnügen nach dem Roman greifen aber zum Gedicht läßt er sich schwer bereden.—Hast du deine Gedichte Stimmungen Neigungen Ereignißen zu Dancken und du kannst diese Veranlassungen dazu ganz einfach erzählen; kannst damit eine psychologische Linie verbinden die mitten Durch allen Seelenanklang wandelt und so ihre elecktrische Wirckungen haben kann, das würde eine eigenthümliche und vielleicht nicht unbedeutende Weise sein deinen Gedichten ihren Wirckungskreis zu sichern. Dazu bedürfte es nur des In sich selbst Schauens; und da würdest du noch manche große Erfahrung machen, und nicht mehr glauben Dürfen an die Unüberwindlichkeit des Ungeheuers Langeweile.

Ich gehe weiter in deinem Brief und komme an Die höchst mystische Stelle wo Du deine Wahl der Drei Städte Magdeburg Naumburg und Berlin mir darlegst. hast Du eine Wahl, so kannst du allerdings von mir nicht fordern daß ich sie bestimmen soll, denn wahrlich dazu Dünke ich mir zu gut. Nur im Fall Du keine Wahl hattest kann ich dir sagen daß ich mit eben der Treue dich Antheil an meinem Dencken wollte nehmen lassen wie auf der Reise. ja daß es mir ein Genuß sein würde Stunden, still und einsam mit dir zu theilen wie ichs gewohnt bin; aber dazu gehört freilich daß du keine Wahl gehabt haben konntest.

Mein Briefwechsel mit der Günderode wird kurz von Dir abgefertigt und gewissermaßen liegt eine Unhöflichkeit des Herzens drinn, die auch schon darin sich kund thut daß Du so lange mich ohne Antwort gelassen. Ich glaubte im Gegentheil in diesen Blättern der Jugend näher zu stehen. Die Günderode ist so eigenthümlich großartig daß ich kaum begreife wie es möglich ist nicht feurig für sie zu fühlen noch dazu wenn man Jüngling ist, und Dichter. so mancher eigenthümliche Charackter der grell hervortrit, wie zum Beispiel der Voigt mit seiner edlen Weisheit die er wie Raketen um sich schleudert.—und Du weißt nichts bessers als nur auf meine jugendliche Entwicklung zu lauern? und willst darum erst den zweiten Theil abwarten?—hör das ist recht sehr philisterhaft, und klage nicht über andere da Du dies Unkraut im eignen Busen erziehest. Was willst du mit meiner jugendlichen Entwicklung?—Du siehst ja wohl, die war gar nicht Da. Ich hab von jeher gesprochen mit der Natur, und was sie mir sagte ist wahr gewesen und wird es bleiben, für alle unverzagte strebende Geister. Und meinen zweiten Band will ich dir eben nicht schicken obschon er heute fertig geworden. Du sollst nicht ein „vollständiges Bild meiner Entwicklung[“] abwarten wollen, ich will dir zu solchen Philisterexperimenten nicht die Hand reichen. Dem Philipp hab ich zu gleicher Zeit mit dir ein Exemplar gesendet, er hat viel Kummer gehabt aber doch war sein Herz dabei als er das Buch las, und was er mir sagte war mir ein Zeichen der Verwandschaft. jezt vale und besinn dich wie Du dich bessern willst. Dem Philipp sende ich am nächsten Mitwoch den zweiten Theil, da er nicht zerstreut ist wie Du sondern gesammelt wie an Sonn und Feiertagen mit Andacht es zu lesen. Versäumt hab ich bisher dem Verleger das Buch zu übergeben der mit Schmerzen drauf wartet, sonst wär es schon wie weit in die Welt gewandert. siehst du, so schwer geht mirs ein einen Geschäftsbrief zu schreiben. ich denke jeden Tag: Morgen willst du gewiß es in Ordnung bringen, und dann schlaf ich ein wenn ich schreiben will, und sonderbar ist es daß mir gar nichts dran liegt es in die Welt zu schikken, ich hatte Eifer es zu vollenden, aber es Mittheilen da war nur Grimm, Du und Philipp, die Kurfürstin von Hessen, der Kronprinz, jezt König.—alles hat mir geantwortet, der Kronprinz zuerst, obschon es in eine verhängnißvolle Zeit fiel wo er nicht einen Augenblick für sich hatte, doch regte es ihn an mir das wärmste zu sagen. Nun Du hast 6 Wochen Zeit dir genommen, und in dem Augenblick wo Du dein Gewissen entledigen wolltest da wurde dirs so schwer dich aus dem Philisterteig der Langenweile heraus zu nudlen er verpapte Dir dein ganz Ingenium, du konntest mir nichts anders sagen als: „Ich bin zerstreut und muß auf den zweiten Theil warten“.—Nun Wohl?—was erwartest Du denn nun wieder für einen Anklang von meiner Seite hierauf?—soll ich auch zerstreut sein?—Die süsse Günderode die Trotz dem daß sie weniger schreibt doch so viel inniger anregt wie ich, weil eben alles Liebeskeim ist in Geist und Herz. konnte Die dich nicht zum selbstthätigen Träger deines Geschicks umbilden? dir den Lebensreitz in heroischer Aufregung durch die Glieder jagen? warst Du nicht ein neugeborner Mensch als Du dies Buch durchlasest?—so hab ichs denn umsonst den Studenten zugeeignet?—O Nein!—Der Jacob Grim schreibt: „die Zueignung hat mir wohlgethan, sie ist frisch und bethaut geschrieben und wird viele Herzen laben."

Jezt noch von deinem Gedicht, dies ist so eins von dem Du wohl noch wissen wirst in welcher Stimmung du es schriebst, zum wenigsten glaub ich sie durchzuemfinden. schreib Dirs auf, sei aufrichtig mit Dir selbst bis in den tiefsten Grund deiner Seele, so wirst du lernen mit Dir selber umgehen. Diese Gedichte werden ein psychologisch allgemeinen Werth erhalten, grade durch ihre individuelle Beziehung, hier durch werden Diese Gedichte einen Roman bilden mit deiner Seele zusammen die der Held dieses Romans sein wird, und dann glaub [ich]* wenn Du mit Sicherheit der Wahrheit in dir selber nachgehest, so wirst du [unbe]*schönigend die Schönheit in dir auffinden und auch zugleich erzeugen [und]* die Kreise deines Schauens werden nicht mehr durch die enge Lebenssphäre zusammen gedrängt werden. Ich hab noch hier den Plan zu einem elegisch dichterischen Trauer oder auch Schauspiel von dem ich glaube es wird dir zusagen, es bleibt hier liegen bis einmal Stunden der Muse dir einmal Zeit und Lust gewähren es mit mir durch zu gehen.

am 29ten Juni *Bettine*
1840

BRIEF 72
Julius Döring an Bettine von Arnim,
Wolmirstedt, 2. und 4.7.1840

Wolmirstedt d. 2 Juli 1840.

Es war zur Sommerszeit: da lag Jemand schlafend unter einem Baume. Die Luft war schwül; heiße Wolken verbargen bisweilen die Sonne in ihrem Schooße; der Baum aber gab vielen, kühlen Schatten. Zur Seite des Schläfers standen Rosen und Lilien und tausend andre Blumen in voller Blüthe.

Er aber sah nichts von ihrer Schönheit und spürte nur ihren Duft, ohne ihn zu empfinden. Nicht freiwillig war dieser hartnäckige Schlaf. Allem Schönen war die Seele des Schläfers geöffnet gewesen; die Hieroglyphenschrift der Sterne und der Blumen hatte er versucht aufzulösen in geistbewußte Worte; irre Geister, welche leise seufzend die Welt durchziehen, hatte er geladen in seines Busens festlich ausgeschmückte Hallen, und sie gelehrt verbunden aufzuführen klingend liebliche Reigen. Liebliche Reigen? Die Musik seiner Seele rief die Geister, sie kamen; was war es, das sie zwang im Reigen zu umkreisen die Marmorstufen und blumenumwundne Altäre?—Wie ein vielsaitiges Instrument war die Seele des Schläfers. Bald erklang allein der Ton bald der; dann mehre zugleich; selten alle zusammen. Es kam aber eine Zeit, da erhob sich ein Ton, wie ein König, zur Herrschaft und setzte sich auf den goldnen Stuhl seiner Seele. Da verstummten die andern Töne, wie Höflinge wenn der Herrscher erscheint. Nur wenig der Geister besuchten da noch die umgewandelte Halle seiner Brust; ihr trotziger Freiheitssinn wollte sich nicht beugen vor dem neuen Herrscher, den der Zufall auf den Thron erhoben hatte.—Der Zufall?—Als der Schläfer einst wandelte in der Abenddämmrung am Fuße der Gebirge: da fand er eine Blume auf einer Wiese, und als er sie sah; da erklang ganz leise, ganz schüchtern, der Ton, der so gewaltig so mächtig wurde. Wie reich an allen Wundern schien ihm die Blume! Über ihrem Kelche hing schwebend seine Seele, und wenn der Duft, der ihr entströmte, sie berauscht hatte, dann brach sie aus in begeisterte Weissagungen unendlichen Glücks, wie die pythische Priesterin wenn der Rauch aufwirbelte aus der delphischen Höhle. Er badete auch seine Augen in kühlendem Wasser und meinte der kastalische Quell mache ihn hellsehend; er schüttelte auch den Baum über der Blume und glaubte, der Apollheilige Baum rausche über ihm.—Wehe der Blindheit, mit der er geschlagen war aber, wehe auch der Klarheit, die über ihn wie ein Blitz sich stürzte.—Als er sich erhob und mit nüchternem Blick die Blume betrachtete: da sah er wohl, wie bleich, und nichtssagend und alltäglich die Blätter waren des Kelches, der ihm überirdisch geglänzt hatte, da sah er wie ein scheußlicher Wurm die Blume, die es gern litt, zernagte. Da wendete er sich ab, und die Welt schien ihm ein greuliches, dunkles Chaos. Und als er in sein Innres schaute: da war der König seiner Seele todt von seinem Stuhle gesunken. Um sein Grab stand nicht mitleidige, von Todteneehrfurcht durchschauerte Stille. Ein Gewirr von streitenden Stimmen ertobte, und zwischendurch schwebten, wie Nachtvögel, Weherufe eines zerschlagenen Herzens. Da kam heimlich, wie der Thau, magnetischer Schlaf über ihn, Zauberschlaf, aus dem er freiwillig und von selbst nicht erwachen konnte. — Er fühlte sich gestärkt durch den Schlaf, ihn ängsteten aber schwere, lange, wie wachend erlebte Träume. — Er fühlte sich darin so ruhig, so kalt, so beschränkt: übersichtlich; ihm schien es, als sei er einstmals oben auf dem Gipfel des Berges gewesen, den er jetzt hoch über sich erblickte; ihm war so behaglich im Thale, daß er gar kein Verlangen trug wieder emporzuklimmen, den Schleier der schönen Göttin zurückzuschlagen, und ihr in die dunkeln, blauen Augen zu schauen. Ihn ängstete nur, daß er nicht bleiben könne, wer er war; daß er noch tiefer hinab müsse, als er schon gesunken. Ein Abgrund that sich auf am Ende des Thales. Am Rande des Schlundes lag er, und ihn ergriffen schon dunkle Arme, ihn hinabzuziehen, und zischelnde Stimmen sprachen ihm Muth zu und redeten zu ihm: Wir werden dich sanft hinabtragen dort unten, du sollst deinen Fuß nicht verletzen; fürchte dich nicht, dort, wo du hinabschaust, ist auch gut wohnen, da ist dein Weg schon geebnet. und du brauchst um Sonne, Mond und Sterne und die Winde des Himmels dich nicht zu bekümmern. — Da aber, als er schwebend wie in der Luft hing und nicht vor- noch rückwärts konnte: da drangen die ersten Laute der Oberwelt in sein scheues Ohr und in den Kerker des magnetischen Schlafes; und das klang wie die grollende Stimme eines fernen Wetters. Wie ein Blitz fuhr es in seinen Busen und entzündete Flammen. Der Kerker versank wie eine luftige Erscheinung; der bleierne Schlaf ward zur zierlichen Libelle, die flatternd vor seinen Augen sich in die Luft erhob; und als er horchend wieder aufrecht stand verhallte eben mit der letzten am Horizonte versinkenden Wolke der zürnensmüde Donner.——Wie gefällt dir das Märchen vom Jemand? Das ist auch ein Fragment aus dem Romane, von dem du schon Bruchstücke kennst und dessen Held die Seele des Jemand ist, die so lange daran weiter dichten wird als sie das Licht dieser Sonne erblickt.—Aber—aber—ist das Ende des heutigen Märchens wahr, oder hat die Stimme der Dichtung getrogen?———Ach, warum reden die Menschen so verschiedne Sprachen, daß keiner den Andern versteht? Bauen sie noch immer an der bequemen Himmelsstiege des Babelthurms, und hat darum noch jetzt die erzürnte Gottheit ihre Gedanken verwirrt und die Worte im Munde verdreht? Fordre Wasser; man giebt dir Essig; verlange Feuer: du erhältst Stroh.—Ist denn nirgends mehr in der Menschheit lebendig die paradiesische Ursprache, die aller Welt verständliche, seit der Hochmuth ihr Gedächtniß überschwemmt hat? Kann denn die Unvergängliche untergehen? O nein, noch lebt eine Erinnrung an sie; noch kann der Mensch, der lang und andachtgeläutert aufhorcht, ihre Laute vernehmen, und nachsprechen. Und wenn er sich ihr hingiebt und sein Ohr verschließt den unlautern Tönen, die ihn umschwirren: da wird ihm, als hör' er einmal wieder seine Muttersprache, die fast vergessen, und die ungelenk gewordne Zunge versucht die heimathlichen Laute nachzustammeln.—In dir ist herrschend geworden jene Ursprache, deine Seele hat sie bewältigt, deine Rede ist eine Quelle geworden ihres lebendigen Wassers, erfrischend und läuternd, helltönend, und die irdischen Sprachen klingen nur leise hindurch, wie das Rauschen eines fernen Wehrs.—Das war die Sprache, die du schon damals reden lerntest als die Günderode deiner Kindheit noch zur Seite stand. Auch von ihren Lippen tönten die Laute dieser Sprache, wenn auch in andern Weisen als von deinen. Ihr Beide wart der Welt unbekannte, Priesterinnen dieser Sprache, Ihr bewahrtet ihr heiliges Feuer als begeisterte Seherinnen.—Eine bethaute Lilie im Sonnenschein war die Günderode. So weiß, so rein war sie, so unnennbar süß ist der Duft ihrer Rede: und so auch lag ein Fremdes im Kelche ihrer Liebe athmenden Seele.—War es ein Demant, der vom Himmel herniedergefallen war;—war es eine dunkle, von irdischem Schmerz entpreßte Thräne, die sie nicht zeigte, nicht verhehlte, aber von goldnem Lichte verklären ließ?——

Wie sich die Günderode erhob immer größer, immer lieblicher, wie sich Zug an Zug enthüllte und sich vor mir fügte zu einem lebendigen Bilde!—Die Sprache ist mächtiger als der Mensch, der sie spricht. Nicht denkt der Mensch durch sie; durch den Mensch denkt sie. So war es auch der Genius, die Ursprache, die in Euch dachte. Sie war der Heiland, den Ihr suchtet, die Religion, die Ihr verbreiten wolltet, deren Jünger Ihr wart.—War die Günderode der Johannes Eurer Religion, der wohl kaum anders als durch weiche aber tiefe Schriften gelehrt hat; so bist du der Apostel Paulus, der die Juden bekehrte durch das Feuer, und Heiden und Philister durch die unwiederstehliche Gewalt seiner furchtlosen Rede.—Das lasse Gott immer mehr und mehr geschehen! Amen!

Wolmirstedt d. 4 Juli 1840.

J. Döring

BRIEF 73
Bettine von Arnim an Julius Döring,
Berlin, 15.7.1840

Lieber Ingurd hier schicke ich dir den zweiten Band der Günderode für deinen Frohnbrief, in dem nicht das geringste von dem steht was ich dir so nah ans Herz legte nemlich die Wahl des Orts in dem du zukünftig sein willst da wie du mir schreibst die Wahl dir anheim gefallen ist so wundre ich mich daß es dir so schwer fällt eine zu treffen. In meinem Buch steht genügendes um dich von mir zu unterhalten drum sage ich dir weiter nichts, mich im Brief zu übertreffen daß traue ich mir nicht zu Bettine.

am 15ten Juli 1840

[Nachschrift auf der Rückseite:] Das die Grimm hier her berufen sind wirst du bald offiziel erfahren, so lange schweige darüber ich muß auch schon seit 3 Monaten schweigen[.]

BRIEF 74
Julius Döring an Bettine von Arnim,
Wolmirstedt, 4., 7. und 9.8.1840

Am 4 August 1840.

Was wird es mir helfen, daß ich diese Woche mir von den lästigsten Geschäften mir frei erhalten habe? — Den gehäuften Anforderungen an meine Liebe und Freundschaft, dem erwiederten Verlangen ein locker gewordenes Verhältniß wieder fester zu knüpfen, werd' ich doch nicht genügen. Tage der Muße werden unbenutzt verstreichen. Leise Mahnungen meines Gewissens, Geistesschulden abzutragen, werd' ich vernehmen, ohne ihnen nachzukommen. Die Last meiner Sünden wird immer drückender werden; labyrinthische Gänge, in welchen ich bewußtlos fortschreite, werden immer verschlungener ihre Windungen ziehen bis meine verirrte Seele nur im Aufschrei zum Himmel noch unmittelbare Hülfe und Rettung von seiner Gnade erwarten darf. —

Wenn ich das Alles im Geiste kommen seh', schreck ich wohl secundenlang zusammen, aber ich wende Fuß und Blick doch nicht rückwärts. Ist das Übermuth des Vertrauens in den Geist, der meine Brust bewohnt? Mein' ich, der müsse mir überall durchhelfen? Ist das spielende Lust üppiger Kraft, die Drachenzähne säet, um sich Feinde zu erzeugen, die des Kampfes und Sieges würdig wären? — Oder schläfert meinen Geist nur ein[e] brütend[e] Gluth der Sommerluft, wie das Gefieder des Vogels das befruchtete Ei, um schlummerndes Leben aus traumhafter Umhüllung zu wecken und zu gestalten? — Keine unreife Antwort führt die fragende Seele irre. Aber, wenn es tagt in mir; dann gilt es mit unberührten Kräften sich der Aufgabe, die mir wird, bemächtigen; und ich werde ihrer Herr werden. Und jetzt taucht aus blauen Nebeln ein morgenrothes Gebirge auf; und ich möchte hin und hinauf, wenn die blühenden Irrgärten an seinem Fuße mich nicht fesselten, und lockende Stimmen des Zauberreiches ungenossne Herrlichkeiten preisend, mit herzklopfendem Suchen in ihrem Bereiche mich festhielten, und ich wüßte, daß meine Zeit noch nicht gekommen ist. — — —

Am 7: August.
Jetzt eben ist großes Schwalbenconcert hoch droben in den Lüften. Die kleinen Kehlen strömen über vom Preise der golden heraufsteigenden Sonne und von des unendlichen Äthers lebensfrischer Heitre.—Meine Seele schwingt sich auch auf, mit bethauten Flügeln, der Sonn' entgegen.—

Meine Nachmittage werden jetzt hingebracht im dolce far niente. Ich dichte nicht, ich denke nicht; träumend seh ich den Strom der Zeit vorüberrinnen. Keine innere Mahnung zwingt mich flüchtige Momente der Erinnrung zu bewahren in tönender Form.—Verblühte Rosen harren in meiner Brust des Worts der Auferstehung. Meine Seele ist still bewegt, wie der Weinstock, der seine Trauben hinhält den glühenden Strahlen der Mittagssonne und der kühlen Umschattung der Nächte, daß sie reifen mögen.—Gern geh' ich in den Gängen unsers Gartens auf und ab; am liebsten aber lieg ich auf der Bank ausgestreckt in der großen Weinlaube. Ganz umsponnen von Ranken und bedeckt von Blättern sind Wände und Dach; grüngoldne Lichter spielen und funkeln in die kühle Dämmrung hinein.—Da hab ich den zweiten Theil deines Briefwechsels mit der Günderode gelesen.—Mit dem weihnachtsfreudigen Erstaunen eines Kindes empfing ich dein Buch. Was es auch enthalten mochte: es war *mir* ein Zeichen, daß mein längeres Schweigen dich—großmüthig nur bewogen hatte, dem Reuigen zu verzeihen. Mit solcher Empfindung begrüßt ich dein Geschenk als ein neues Band, das mich nur inniger mit dir verbinden würde. Lange hielt ich mich mit freudiger Betrachtung des Äußern auf, eh' ich in den Kern eindrang. Da war ich sogleich in Betrachten des Motto's versenkt, denn mir war, als sei es eigens zu mir gesprochen. Und so ist es mir oft noch bei fortgesetzter Lektüre ergangen, daß ich frappirt war von Stellen, die gleichsam persönliche Beziehungen zu mir hatten, wie alte Bekannte in meiner Erinnrung aufstiegen oder wie ein Weg und eine Aussicht sich aufthaten, die ich einst lange vergebens gesucht hatte.—

Und ich wußte doch daß es nicht an mich und von mir geschrieben war. Darum solltest du nicht länger zaudern der deutschen Jugend dein Geschenk zukommen zu lassen. Wenn sie nicht entartet ist, muß sie dir zujauchzen für den brausenden Wein, den du ihnen einschenkst.—

Viele wird dein Buch wecken, durchglühen, begeistern, und ich stehe dir nicht dafür, daß nicht ein toller Student, berauscht vom Schlusse deiner weissagenden Zueignung, dir seine Klagelieder der trauernden Studenten vorträgt, die in der Gefangenschaft der Philister am Wasser sitzen und Wasser trinken müssen; und dich auffordert durch deines Willens Gewalt die goldne Zeit, die dein Seherauge erblickte, von der deine Lippen sangen, zurückzurufen und die Studenten wiederum in das gelobte Land der akademischen Freiheit zu führen.——

Was soll ich noch sagen von deinem Buche? Wie es auf mich gewirkt hat? Einem Geistergespräche glaubt' ich zu lauschen: Fragen steigen auf zu den Sternen, brausend, unaufhörlich, unermüdet sich des Gottes sich bewußt zu werden, der den Busen bewegt: Antwort klingt hernieder leise, wie Säuseln des Abendwindes, kühl, wie der Thau, und umfassend wie das Licht, daß es den Fragenden durchschauert vor der Gewalt der Ahnungen, die über ihn kommen.—Der Günderode ist ein bleibendes Denkmal in meinem Herzen errichtet.—

Rapsodische Aussprüche der tiefsten Contemplation unterbrechen heitre Darstellungen von komischen oder anmuthigen Erlebnissen. Andre systematische Naturen mögen erstre ausscheiden, Getrenntes verknüpfen, Andeutungen ausführen, was sie Schaale nennen losschälen um ihren Appetit am Kerne zu stillen; was ihnen drin zusagt, sich aneignen, das Übrige bei Seite liegen lassen. Ich habe das Ganze wie einen frischen Strom, um den sie reicher wird, in das Bett meiner Seele geleitet, und erwarte erst von der Zukunft, was für Blumen an seinem Ufer aufblühen, welche Gebilde aus den Nebeln, die seine Fläche überschweben, hervorgehen werden.—

Am 9 August.—In so wechselnder Stimmung hab ich lange einen Brief nicht geschrieben. Immer unterbrochen, konnt ich nach Ablauf der Pause den letzten Ton vor derselben nicht wiederfinden.—Wären wir doch, wie du es einst von mir verlangtest, so unbefangen zu einander wie Kinder oder wie zwei Spielkammeraden.—Dann würde es mich nicht ängstigen, daß du es übel deuten könntest, wenn ich längere Zeit nicht schreibe. Schweigen und Reden, Jedes hat seine Zeit; und dazu kann ich nicht frei über *meine* Zeit verfügen. Da kommt es dann wohl vor, daß ich zur Unzeit die Feder ergreife, und mich erst während des Schreibens in die rechte Stimmung, die mir der langweilige Ernst eines kreisförmig stets auf derselben Stelle sich bewegenden Philisterlebens dann doch bisweilen raubt, hineinphantasire.—Nach diesem offnen Bekenntnisse, will ich nur zum Schlusse, um nicht auf den angedeuteten Abweg zu gerathen, noch von einigem Persönlichen berichten.—Deine Antwort, daß ein Buchhändler so leicht nicht Gedichte annehmen würde hat mich ganz zaghaft gemacht. So mögen sie denn im Dunkel bleiben; und ich weiß nicht ob ich ihr Loos sehr bedauern kann, da sie auf diese Weise dem Fehmdolche des Censors, dem Druck und der Presse entgehen.—In 2–3 Monaten werd ich W. verlassen. Wie gern ging ich nach Berlin! Seit ich mit dir gereist bin, weiß ich wie wenig ein brieflicher Umgang die Stelle eines persönlichen vertreten kann. Aber—die Wahl, die mir früher gelassen war, hat sich in einen kathegorischen Imperativ verwandelt, gehüllt in den feierlichen Pomp des vierten Gebotes. Ich werde nach Magdeburg, wenigstens auf ein Vierteljahr, gehen *müssen*. Die Gründe gehören nicht hieher.—Könnt ich nur wenigstens eine Reise, und wär's auch nur eine kleine, machen; aber auch das wird sich nicht realisiren lassen. Die zähe Wirklichkeit und tägliche Beschäftigung werden mich wohl hier festhalten, und den Flüchtigen nicht aus ihren Scheeren lassen.—In der Unerschütterlichkeit meiner Gesinnung zu dir wird mich auch ein neuer Strafbrief nicht wankend machen.—Vergiß nicht, daß ich deines Geistes mehr bedarf als du meines.

J. Dg

BRIEF 75
Julius Döring an Bettine von Arnim,
Wolmirstedt, 9.10.1840

Ich weiß nicht, ob dich Dir noch Jemand empfehlen darf. Ich mag die Tage nicht zählen, die dahingeflossen sind seit ich Deinen letzten Brief erhielt! —— Ungern schreib ich diese Zeilen sowohl weil ich weiß, daß dir dergleichen gaffende Besuche unangenehm sind, als auch weil ich weiß, was für eine lächerliche Figur der Überbringer dieses dir gegenüber spielen wird. Aber mein Ohm, der Pastor Döring aus Elberfeld besteht darauf dich zu besuchen, und läßt mir keine Ruhe, bis ich diese Zeilen schreibe.—In wenigen Tagen verlaß ich Wolm. Und wenn dann ein Strom frischen freien Lebens auf dein Herz andringt: wirst du Wälle aufwerfen, um dich vor Überschwemmung zu schützen?

Dein
Wolmirstedt d. 9 Oktober 1840. J. Döring

BRIEF 76
Bettine von Arnim an Julius Döring,
Berlin, 24.10.1840

Ich hab deinen Oncle gesprochen, eine ganze Stunde und wohl länger, und wir haben uns gut vertragen ich glaub er ist mit mir zufrieden, mir auch ist er angenehm, was er mir sagte war verständlich und freundlich und doch nicht sich verläugnend. So leicht auch es möglich war von einander abzuweichen so blieben wir dennoch im Einverständniß, er hat Enthusiasmus, kindlichen nemlich, das ist etwas seltnes. Er gab mir ein Büchelchen von sich, in dem ich manches gelesen was mich unmittelbar berührte, und nichts ohne Interesse für mich war. also hast du falsch geurtheilt wenn du glaubtest mich mit seinem Besuch zu behelligen, im Gegentheil hat er mir Freude gemacht.—Am Ende deines Briefs las ich heraus du werdest nach Berlin kommen, das würde mich Unendlich freuen, um so mehr für mich, als es für dich mich freuen müßte da ich dich mit ein paar jungen Leuten bekannt machen könnte die dir wohl besser zusagen werden als Philipp der sich jezt eine Huldin erobert hat die er ehelich anbetet.

Mein lieber Ingurd thue alles um es möglich zu machen daß du hier her kömst ich glaube nicht daß es irgendwie anders besser für Dich sein könnte als wenn Du wenn auch nur auf Wochen hier wärst. ich begreife Dich nicht, oder besser ich begreife wohl daß gar manches in Dir ans Licht muß wenn es nicht ersticken soll. Du bist Dirs schuldig mit mehr Energie zu handlen, wo solls hinaus mit jener tieferen Bildung wo alle schlummernden Kräfte mit Trompetenstoß aus ihrem Lager auferweckt werden?—willst du durchs Leben so fort Dämeln, mit der Dumpfen philisterhoffart es stecke was rechtes in Dir?—Nein, ich bitte dich herzlich, verlass jede Idee Deines eignen Selbstes, und suche dich erst in reinem Denkken, in Wahnfreiem Erkennen und in Kühnem Thun nach den Eingebungen des besseren Geistes. dann wirds anders lauten in deiner Brust und die Welt wird Dir nicht mehr zu eng sein, und die Zeit nicht mehr von Den Nebeln der Langenweile Durchdrungen; und Du wirst ein Ziel haben, ein inneres, was jeden Augenblick all Deine Seelenkräfte in Harnisch bringt, und wirst fühlen es sei Tolle Selbstsucht sein Glück auf Erden anbauen wollen so wie Der Philipp thut.—Wer genießen will und sein Glück abründet der fühlt sich nicht in Der Freiheit, und was wär Freiheit wenn sie nicht die Losgebundenheit von allem wäre wonach die Menschheit strebend, die Kräfte aufreibt und den Geist gefangen giebt. Es ist ein anderes am Ufer sich eine Hütte bauen oder im Strom mit jeder Welle vereint vorwärts steuern die Weisheitsstimme der Brust nicht übertäuben lassend, von allen lockenden Versuchungen irdischen Vortheils. das nenne ich Glück, so sauer es einem auch ankommt; und du hast nur allzusehr leider, den Trieb dir deinen Antheil menschlicher Glücksgüter abzugrenzen und ganz breit dich drinn niederzulassen; wenn du nun fühlst daß es dir noth thue dich so rein zu waschen von all diesem Egoistenwahnsinn so komm her.—

In Graubünden ist ein junger Correspondent von mir er hat mich gebeten meine Briefe an ihn drucken zu lassen weil er glaubt da sie ihm so wohlthätig waren sie werden auch andern erquikend sein, ich habe es angenommen und gleich eine kühne Idee damit verbunden, nemlich zum Behuf des

Leipziger Vereins sie heraus zu geben, wenn nemlich der König die Grimm nicht anstellt; hier zu hat auch Philipp mir alle Briefe geschickt und mir erlaubt von den seinigen mitdrucken zu lassen was ich für Gut finde. ich frage Dich ob Du nicht auch es so willst, ich würde dann Deine lieben Sonette und alles was mich zu reitzender Gegenrede bewogen mitdrucken lassen, und es würde vielleicht für Dich kein unbequemer Eingang sein in Die Welt eine lezte Correspondenz mehr politischen Inhalts ja ich möchte sagen Demagogisch, aber reiner Himmels bläue, die mich in diesem Augenblick grade erfüllt und die meine Seele und gebundnen Geisteskräfte von Den Schlacken des Egoismus immer mehr und mehr reinigt, die würde ich noch den Eurigen hinzufügen und diese allenfalls unter dem Titel: *Meine lezten Liebschaften*. herausgeben. bist du mir nicht zuwider hierin wie es die andern auch nicht sind, sondern vielmehr sich eine große Freude daraus gemacht haben und mir erlauben von ihren Briefen und Gedichten hinzuzufügen was ich f[ür]* gut finde; so bringe meine Briefe mit daß [i]*ch abschreiben und ordnen kann, wo [ich]* sie dir dann wieder geben will und mich in Bezug auf deine eignen lieben mir gegönnten Blätter nur an Das halten was du mir erlaubst. jedoch glaub ich du wirst Vertrauen genug in mich haben dich auf mich zu verlassen daß ich mit Verstand und innigem Mitemfinden deiner reinen Gefühle aus denen deine Blätter sich gebildet diese für Veröffentlichung ordnen Werde. Adieu! täusche mich nicht, komm wonde ein bischen Energie an, ich bitte. was kannst du besseres thun? noch bist du nicht aus den egoistischen Wickelbanden deiner Sipschaft los, wie schnell hatte sie Hercules und Merkur unter die Füsse getreten. Das ist kein Vorwand daß man Göttern höhere Kraft zuschreibt, hätten sie die Bande nicht verachtend gelöst so wären sie keine Götter geworden, und allemal ists deine Aufgabe dich los zu ringen um auf goldnen Sohlen den höchsten Geist des Herrscherthums zu umwandlen. leb wohl und schreib ob Du komst.

am 24ten. October 1840 Bettine

BRIEF 77
Julius Döring an Bettine von Arnim,
Wolmirstedt, 1.11.1840

Wolmirstedt d. 1 Nov. 1840.

Wenn ich ein Vöglein wär!
Und auch zwei Flügel hätt':
Flög' ich zu dir.
Da's aber nicht kann sein,
Bleib' ich allhier.

Du hast dich verlesen. Was helfen mir Wünsche? Es kann nicht sein. Schon in meinem letzten Briefe schrieb ich dir, ich würde nach Magdeburg gehen *müssen*.—„Ja, wenn ich Kaiser Heinrich wär' und der Harz mir gehörte!"

Was kann ich aber so gegen das mit Pathos in Erinnrung gebrachte vierte Gebot anführen?—Nach Merkurs Vorbilde soll ich von den Windeln meiner Sippschaft mich befreien? Merkur war ja der Schutzpatron der Diebe, und trug einen Geldbeutel in der Hand!——

Dein Plan, unsern Briefwechsel zu veröffentlichen, ist mir ganz genehm. Ich gebe dir unbeschränkte Vollmacht in der Auswahl meiner Briefe, und vertraue dabei ganz auf dein Gefühl und deinen Takt.—Deine eignen Briefe hätt ich sogleich mitüberschickt, wenn ich nicht noch Hoffnung hätte, sie dir selbst zu überbringen. Ich habe in Potsdam einen Freund, der mich eingeladen hat, ihn zu besuchen.—Da denk ich, im *nächsten* Monat, hinüberzureisen, und, wenn auch nur einige Stunden, bei dir in Berlin zu sein.—Hast du aber früher deine Briefe nöthig: so schreib es nur, und ich schicke sie dir mit der Post.—

Meine Schwester hat sich verheirathet und ist schon fort von hier in ihre neue Heimath gezogen. So hab ich nun auch meine einzige Schwester verloren! Ich möchte ihr gern eine unverhoffte Freude machen, und schäme mich darum sogar des Bettelns nicht.—Seit sie dich gesehen hat, ist sie dir ganz ergeben und wünscht nichts sehnlicher als etwas von dir zu besitzen.—Wenn du noch ein Exemplar von deinem Brief-

wechsel mit Göthe oder mit der Günderode vorräthig hast: schenk es ihr und schreib ein paar freundliche Worte dazu: es wird sie glücklich machen.—Schickst du dein Geschenk hieher: so soll es ihr sicher zukommen.—Mein rechter Arm ist mir von einem Schlage noch etwas gelähmt. Darum ziehen so verspätet und so kleine Trupps, von Zeilen, wie Wandervögel, zu dir hinüber; aber meine Gedanken sind bei dir, und meine Gesinnung ist die alte, wie sie auf der Harzreise sich aussprach.—
Schreibe bald!

J. Döring

BRIEF 78
Julius Döring an Bettine von Arnim,
Wolmirstedt, 15.12.1840

Wir sollen uns in diesem Jahre nicht mehr sehen. Ich kann nicht kommen. Der Freund in Potsdam, von dem ich in meinem letzten Briefe sprach, ist nach Schlesien gereist, und kehrt erst zu oder nach Weihnachten zurück. Mit dem neuen Jahre geh ich nach Magdeburg um beim dortigen Obergerichte zu arbeiten. Die Festtage möcht ich im Kreise meiner Familie und im Vaterhause, das ich nun wahrscheinlich auf immer verlasse, verleben.—

Ich schicke dir die Briefe, die du mir geschrieben, nicht sogleich mit. In der Leipziger Zeitung las ich, die Grimms seien nach Berlin berufen und ihre Abreise von Kassel verzögere nur eine unbedeutende Krankheit des Jakob. Zu ihrem Besten und Falls sie keine Anstellung in Berlin fänden wolltest du ja „deine letzten Liebschaften“ herausgeben. Soll ich mich da auch noch von dem Einzigen trennen, was mir von dir geblieben ist?

Sieben Wochen sind dahin gegangen, seit ich keine Zeile vor dir habe. Auf deinen letzten Brief hab ich geantwortet sobald ich's vermochte; und du?—Fesselt dich deine demagogische Correspondenz so sehr, daß du in 49 Tagen nicht ein paar Augenblicke frei hattest, um mir zu antworten? Meinst du, daß in meinem Herzen die Noth der Zeit keinen Wiederklang gefunden hat, und daß es allein Raum hat für Rosen und zärtliche Sonnenstrahlen?—Wenn ich in deinen Briefen lese: da werd' ich traurig; denn ich denke: so war sie damals, und jetzt will sie nichts mehr von dir wissen.—Wenn dann in meiner Seele glänzende Gebilde aufsteigen: dann frag ich wohl, wie zornig; Und warum?—Lebe wohl!

Wolmirstedt d. 15 December 1840 J. Döring

BRIEF 79
Julius Döring an Bettine von Arnim,
Wolmirstedt, 3.1.1841

Gestern erst erhielt ich deinen Brief vom 15 December. Beschäftigt mit der Besorgung meines Umzuges nach Magdeburg heute nur ein paar Zeilen.—Meinen besten Dank für das meiner Schwester bestimmte Geschenk. Mach aber das Maaß deiner Güte voll und schreib ein paar Worte für sie, daß *du* dein Buch ihr schenkst; dadurch wird dein Geschenk erst Werth für sie erhalten.—Deine Briefe erhältst du hiebei sämtlich. Entziehe sie mir nicht zu lange.—Ich ziehe nach Magdeburg in die *Himmelreichsstraße No 13*. Nächstens mehr. Bleibst du mir gewogen, wird sich noch ein recht frisches Leben gestalten.

Ade!

W. d. 3 Jan. 1840. J. Dg

BRIEF 80
Julius Döring an Bettine von Arnim,
Magdeburg, [vermutlich 24. und] 25.1.1841

Heute begegn' ich auf der Straße dem Philipp. „Ei, wie kommen Sie hieher?" Ich wohne hier.—Und Sie? „Ich will nach Berlin reisen." Nach Berlin? Das durchzuckte mich.—Ich begleit' ihn den Breitenweg hinunter; er eilt zu seiner Braut.—Wir sprachen von dir.—Aha! nun weiß ich, warum du so lange mir nicht geschrieben hattest!—Ph. erzählte dann: Ich habe die B. sehr oft gesehen. Häufig traf ich bei ihr auch einen Juden, einen gewissen Oppenheim. Als ich sie fragte, was der studirt habe, was er treibe? sagte sie: er macht Revolutionen.—— Ist das der demagogische Vierte in unserm Bunde? Nun, ich wollt, du hättst aus anderm Volk einen Genossen uns erlesen.—Und—Er—Revolutionen machen! Nur einmal wird ein Volk gewürdigt, daß Gott in ihm sich offenbare und Weltbewegendes aus seinem Schooße hervorgeht; dann kommt die Mission an andere Völker. Aus seinem Volke, das über die Erde hin zerstreut ist, sollte der Messias der Freiheit uns geboren werden, nachdem es den Messias des Wortes verspottet und gekreuzigt hat? Nimmermehr. Schand' und Schmach über uns, wenn wir die heiligsten Güter des Lebens durch Fremdlinge, die sie nun und immer uns bleiben werden, uns erringen ließen und aus ihren Händen annehmen wollten.———

Ich ward unterbrochen, und kann heut' erst weiter schreiben.—Wie gern wär ich nach Berlin und nicht hieher gegangen „in dieß dumme, dumpfe Mauernest"; aber öfter hab ich dir schon geschrieben, daß und warum meine Verhältnisse meinem Wunsche feindlich entgegentraten.—Was wäre das für eine Quelle von Leben und Geist und frischer, freier Regung, die mir sprudelte, wenn ich bei dir sein könnte! Wohl gedenk ich meiner Reise mit dir, und wie du Bild auf Bild, blühend in Farben, an meiner Seele vorüberführtest, deren nackter Schattenriß in Briefen mich schon entzückt hatte.—Ich hoffe, später wird es mir gestattet sein, nach Berlin zu gehen.——

Fast verzweifelte ich schon, daß es dir und deinen Bemühungen gelingen würde, die Grimms nach Berlin zu bringen. Mit Zittern und Zagen scheint man endlich beschlossen zu haben diesen Schritt zu thun; das eine Auge auf ihre riesige Gelehrsamkeit gerichtet; das andere hartnäckig geschlossen, um nicht den politischen Makel zu gewahren, der—— freilich!—unauslöschlich an ihnen haften bleibt. Wie kleinlich und unwürdig eines großen Staats war die furchtsame Beschönigung der Berufung der beiden Brüder Hannover gegenüber! Wie feige, sie nur so unter der Hand, in halbem Incognito, in Preußen zuzulassen und ihren Geist der Jugend und der Öffentlichkeit zu verschließen!—Ach! es sind böse

Zeichen am Himmel und auf der Erde geschehen; und unsre schönsten Hoffnungen haben wir schon zu Grabe tragen müssen. — Aber ihr Grab ist unser Herz, das mit rebellischer Liebe die verstoßnen Hoffnungen umschließt; und, wenn die Morgenröthe des jungen Tages dann doch anbricht trotz dem Geschrei aller Philister, die das Licht durch Machtspruch zu bannen und in Mausfallen gefangen nach Haus getragen zu haben meinen: dann wird das Herz seine schlummernden Lieblinge erwecken und Thatenbegeistrung wird die Welt umgestalten. Ob der Rothbart noch schlummert? Ob es wahr ist?:

Immer flattern noch die Raben
Um den Berg, der mein einst war.
In der Erde Schooß begraben
Bleib ich nun noch hundert' Jahr.

Mit welchem Herzklopfen der Erwartung sah man einen jungen König den Thron besteigen, von welchem ein Greis lebensmüde in die Gruft gesunken war! — So war noch nie ein König bewillkommnet wie dieser! Nicht seiner Thaten Ruf war es, der ihm voranging, und ihm einen kränzebestreuten Weg zu den Herzen bahnte, in die er triumphirend einzog. Niemand wußte, fern der Hauptstadt, von ihm; ja, die Rede, die von ihm umging, ließ nichts Gutes erwarten. Und, wie umgewandelt war die Stimmung, als er die Krone auf's Haupt setzte! — Es war nicht der Zuruf bezahlter Schmeichler, der sich erhob, nicht das Jauchzen einer feilen Menge, die jedem neu aufgehenden Gestirn huldigt, auf daß nur recht viel Strahlen der Gnade auf sie fallen mögen; nein, es war ein geistig bewegtes jugendkräftiges Volk, das in ihm den Erfüller von Versprechungen und Verheißungen erblickte, an die zu mahnen Pietät lange sich gescheut hatte. — O, es war noch mehr als die kalte Berechnung des Verstandes, die in ihm geliebt wurde. Es war die Macht des Gefühls und des Glaubens selbst über die geistvollsten Männer gekommen, und das dunkle Verhängniß, das in spielender Laune Großes oft an wiederkehrende Zahlen zu knüpfen schien, fand Glauben indem es diesen König als den von Gott erwählten bezeichnete.—Was hätt ein Heldenkönig mit einem solchen Volke vollbringen können! Ein Wort von ihm hätte wie ein Blitz zündend aller Herzen getroffen. Es ist nicht gesprochen; der Bitte versagt, was zu fordern ein Recht war; die Begeistrung ist erloschen wie eine Flamme, der man Nahrung versagt hat. Mißtrauen, dumpfe Unzufriedenheit, Haß macht sich in einzelnen Explosionen Luft, die, wie zur Zeit der bourbonischen Tyrannen in Liedesform losbrechen, und eifrig verbreitet und begierig gelesen, nicht ohne nachhaltende Wirkung im Volke bleiben. Es giebt ein Bild des Königs, wo er im Überrock dargestellt ist, in einem Buche lesend. Der Volkswitz hat sich dieß so gedeutet, als studire der König die Rolle Friedrichs des Großen.———Man hat vielfach zur Geduld ermahnt, und verlangt ihren Zügel heißen Wünschen umzulegen. Ach, Geduld ist ein schönes Ding für einen Russen oder Samojaden.—Die Zeit fährt nicht mehr in rumpliger Gevatterkutsche auf holprigem Knüppeldamm; den Dampf hat sie als Roß vor ihren Wagen gespannt und saust in Sturmeseile dahin. Schneller als je wälzt sich das Rad der Gedanken und Meinungen um, und, was heute noch oben war, ist morgen schon unten. Verfehle die rechte Zeit und du hast Alles verfehlt.—Sollt es einen Starrkopf geben, der meinte, er könnte der Entwickelung eines Volkes, die nur aus seinem eignen Geiste hervorgehen kann, Leben einhauchen, wenn er hier hemmend eingreift, dort frei läßt, und nach seinem Eigensinn die natürlichen Triebe zwingt sich aufzuranken?—Mag er sich nicht täuschen lassen durch den Beifall besoldeter öffentlicher Lügner. Nicht diese werden einst sein Thun richten, wenn es der Geschichte anheim gefallen ist; und seines Namens Unsterblichkeit wird ihm durch ihre löschpapiernen Denkmale nicht gesichert.—Ausruhen mag der Held von Siegen ermüdet, auf dem weichen Lager und den Schweiß der Arena von der Stirn trocknen. Aber das ist nicht edel, mit ererbtem Lorbeer sich die Stirn kränzen und, voll sonderbaren Selbstvertrauens den Lohn fordern, der nur dem Thatenkühnen zu Theil wird.—Die Aufregung des Augenblicks und die Begeistrung hat der wieder mächtig daherbrausende Schlendrian ersäuft; und den Zürnenden und den Betrübten wie den Gleichgültigen hat der ununterbrochene Takt der gleichförmig schnurrenden Räder der Staatsmaschine eingeschläfert.——

Was auch die Philister sagen mögen; ich glaube, der Staat ist da, um das Große und Gewaltige zu vollbringen, dessen die Kräfte des Einzelnen nicht mächtig werden können. Er ist das Zusammenströmen der Geister in Einen mächtigern Geist; und Jeder fühlt sich als Theil dieses Geistes, und seine Thaten scheinen zugleich vollbracht von jedem Einzelnen. Ein gesunder in sich einiger Organismus ist dieser Geist, mit gelenken Gliedern und mit Armen und Händen gleich geschickt zur Führung des Schwertes oder der Arbeit des Friedens. Aber muthig ist er vor Allem. Wenn er die leise Stimme Gottes vernimmt, die sich ihm offenbaren will: da ist er ganz Ohr, ganz Hingebung; und wenn er sie vernommen hat; da ruht er nicht eher, mögen noch so viel Feinde und Hindernisse ihm entgegenstehen, bis er dem Göttlichen eine willkommene Stätte bereitet, allwo es aufblühen möge zu fröhlichem Dasein im Lichte der Sonne. Oder, wenn Heroldsruf und der Trompete Schmettern ruft zum Kampf der Ehre: da bebt sein Herz nicht vor dem Ausgang und geht bei Rechenkünstlern in die Lehre; und frägt bei jüdische Geldkasten um Rath.—— Aber, so ist der Staat nicht, dem ich darum auch nur diene als einer der vielen Lohnknechte wider meines Herzens Neigung.—Die Philister regieren: Unter ihren Händen wird das Kleine groß und das Große klein. Es ist ein hartmäuliges Geschlecht; nicht Zügel noch Sporn vermöchten es von der Gewohnheit Kreisbahn zu treiben. Ihr stillstehender Geist ist wie ein Stalaktit; als sie jung waren, war ihr Geist flüssig und beweglich, dann hat er behaglicher Versteinerung sich hingegeben.—Auf unerforschtem, unbeweglichen, starren Grunde ihrer Seele, errichten sie Häuser und Tempel, wo sie wohnen und beten. Sie ahnen nichts davon, daß der ganze Geist, wie eine elektrische Strömung, stets auf- und niedersteigen muß. Höchstens lassen sie Verbesserungen zu, obwohl auch die ihnen unbequem sind.—Simson über dir Philister!—— Ach, Bettine wann wird unser Reich beginnen? Da wollten wir die Philister jagen wie auf einer

Hasenhetze.—Nun, ich verzweifle noch nicht den Tag zu erleben, wo ich mit Kron und Scepter geschmückt dich sehe, und mich als Erb-Oberphilisterjäger dir zur Seite. Erscheinst du mir doch oft wie ich die Fortuna auf einem Glasgemälde dargestellt sah. In einer Muschel stehend fährt sie durch ein stürmisches Meer, ihren Mantel als Segel ausgespannt, und drunter stehen die Worte: Ob's möglich wär!

Ob's möglich wär!——Meine Adresse ist: „*Himmelreichsstraße No 13*.[“]—

Magdeburg d. 25 Januar 1841. Julius Döring

[Auf beigelegtem Blatt:]

Da mag nun nebenher noch das Bruchstück eines Gedichts flattern. Brief und Lied werden sich schon vertragen. Beide haben ja *einen* Ausgang, *einen* Geist und ein und dasselbe Ziel.—

Auf dem Olympos schlummernd liegt
Ein Jüngling in dem weichen Moose.
Nicht Sonnengluth hat ihn besiegt,
Noch Quells Gemurmel, Stroms Getose.
Er stieg empor zum Musensitz,
Aus alles Lebens Quell zu trinken:
Da hat umleuchtet ihn ein Blitz;
Geblendet mußt' er niedersinken.

Das Herz wird ihm so voll, so groß,
Als blickt' vom Berg er in die Weite.
Er dünkt sich alles Schlummers los
Und schaut umher:—da steht zur Seite
Ein Weib ihm, unbemerkt genaht;
Die Wangen glühn, die Locken wehen;
Sie, seiner Träume schönste That,
Sieht er vollblühend vor sich stehen.

Anbetend beugt er seine Knie
Und staunt empor zum Götterbilde.
So schön, so strahlend sah er's nie,

So holdanlächelnd, reizend, milde.—
Sie winkt ihm, daß er nicht mehr kniet;
Sie kommt, sie schwebt ihm still entgegen.
Sein Auge, wonnetrunken, sieht
Der Glieder anmuthsvolles Regen.

Sie spricht: du weißt schon, wer ich bin.
Mich ehrte man in Tempelhallen.
Des Volks veränderlichem Sinn
Will jetzt ein andrer Dienst gefallen.
Entzückt hat dich mein Bild von Stein;
Fern bleiben dir gewogen Musen:
Drum will ich deine Muse sein
Und sollst du ruhn an meinem Busen.—

Ihm wird so wohl, ihm wird so warm,
Sein Herz entzünden ihre Blicke;
Sie schlingt um ihn den weichen Arm:
Noch traut er kaum dem süßen Glücke.
Doch eine Flamme steigt empor
Auf seines Busens heil'gem Herde;
Er fühlt sich anders wie zuvor
Frei, mächtig, wie ein Herr der Erde.

Und als ihr Mund ihm Küsse bot:
Da nahen emsig seine Lippen
Wie Bienen, die, beim Morgenroth,
Aus Blumenkelchen Honig nippen.

BRIEF 81
Julius Döring an Bettine von Arnim, Magdeburg, 8.2.1841

Magdeburg d. 8 Febr. 1841.

Nicht voller Weisheit, wie du meinst, war mein Brief geschrieben, vielmehr voll Thorheit; denn ich wußte ja nicht, daß ein Strich deiner Feder alle meine Gedanken zu Philistern machen, und sie, leichter als Simson mit dem Eselskinnbacken, zu Boden strecken konnte.—

Um das Maaß meiner Thorheit voll zu machen, führ' ich dir neue Schaaren vor, unbekümmert, ob auch sie das Loos ihrer Brüder theilen werden.—

Du hast die Sache deines Schützlings trefflich geführt; ein Advokat hätt' ihn nicht besser vertheidigen können.—Von vorn herein bezeichnest du den Ankläger als Philister, wodurch aller Makel, der an diesem Namen klebt, auf die Anklage selbst übergeht; denn wie könnte man aus unreinem Gefäß reinen Wein schenken?—Dann wägst du uns in den Schaalen deiner Gerechtigkeit: und, siehe! wir werden zu leicht befunden; denn alle Schmach, die sein Volk erlitten hat und alle Unbill von Jahrhunderten wirfst du in die Schaale deines Schutzbefohlnen; da müssen unsre Schaalen hoch aufflattern!—Und was endlich hat er für dich gethan! was wir?—O wohl dem, den die Sonne deiner Gunst umleuchtet und verklärt!———

Du aber bist nicht ganz ehrlich bei der Vertheidigung,—oder, wie soll ich's nennen um dich nicht zu erzürnen?—verfahren, indem du Waffen gegen mich gekehrt hast, die ich niemals gegen deinen Schützling, oder sein Volk, geschwungen habe.—Mögen die Juden ihre geistigen Kräfte zum Heile der Welt sammeln: nur ein Unsinniger könnte ihnen das verwehren wollen; nur ein Dummkopf könnte glauben, daß ihm eine solche Bemühung gelingen würde.—Niemals ist mir ein solcher Gedanke in den Kopf gekommen; niemals hat mein Herz eine solche gehässige Absicht gehegt.——Wie kömmst du nur darauf, mich zurechtzuweisen, als hab ich dir einen Vorwurf wegen deiner letzten Neigung gemacht, als hab' ich geschrieben: Wie, einen Juden willst du schätzen?—Eine solche Anmaßung ist meiner Seele ganz fremd; ich bin mir nicht bewußt, Ausdrücke, die so *gedeutet* werden könnten, gebraucht zu haben; ich muß im Schlafe geschrieben haben, wenn solche Worte in meinem Briefe vorkommen.—Ach, Bettine, daß ich's nur gestehe, du hast mir persönlich wehe gethan mit des Wortes schwerem Axtschlage, mit dem du meines Lebens grünen Baum erschüttertest. Doch nur kurze Zeit schwankten die Zweige und bebten die Blätter; bald wieder wiegten sich die Äste im Hauche ziehender Lüftchen, und strebte des Wipfels keimvolles Wachsthum wieder empor, sich zu entfalten im goldnen Lichte der Sonne.—— So dacht ich; Hast du verdient, was dich betroffen hat: so nimm es hin als Strafe, und bessre dich; traf unverdient dich die harte Wunde; so verschmerz es; nimmer wird *ein* Axtschlag deine Krone in den Staub stürzen.—— Sei doch still!—Philister! Philister!—Was stöhnst du denn, als hätt' ein vergifteter Pfeil dich getroffen?—Es waren ja nur wenig Worte über die Juden. Mochte darin ein noch nicht abgestreiftes Vorurtheil sich offenbaren; tadl es; es wird fallen. Wirst du den Schmetterling darum verdammen, weil er aus früherem Zustande noch einen kleinen Rest todter Hülle durch die Lüfte mit fortschleppt?—— Hätt ich auch nichts gelernt aus meiner praktischen Laufbahn: so wäre doch das mir schon Gewinn, daß ich keinen Angeschuldigten eher verurtheile als bis ich ihn völlig ausgehört habe und er selbst bekannt hat, er könne zu seiner Vertheidigung nun nichts mehr anführen.—Bettine ich appellire von dir an dich.——

Ich habe gesagt, die Juden seien Fremdlinge. Sind sie es nicht? Ich habe bezweifelt, daß aus ihrer Mitte ein politischer Messias aufstehen könne. Das ist noch jetzt meine Ansicht.—Ein jüdisches Volk giebt es nicht mehr. Ein Volk muß ein Vaterland haben: Die Juden sind über die Erde zerstreut.—Wer von Juden spricht, kann nur die jüdische Religion, das Judenthum, oder den einzelnen Bekenner derselben meinen.—Nur dem Judenthum hab' ich nach meiner innersten Überzeugung die Kraft und Möglichkeit zu neuen, lebensvollen Schöpfungen abgesprochen.—— Auch meines Volkes Interessen wurzeln mir im Herzen. Ich halte nicht viel von dem Seiltänzersprung in die leere Tiefe eines Cosmopolitismus.—Wie nie in einem Menschen die ganze Fülle des Göttlichen sich offenbaren kann: so auch nicht in einer Nation; aber jeder Nation wird ihr besonderes Theil des Göttlichen zur Verwirklichung anvertraut; und so klingen die einzelnen Völkerstimmen zum göttlichen Chore zusammen. Durch die Geschichte geht der Strom der Ewigkeit.—Aber, wenn ein Volk die göttliche Blüthe seiner Bestimmung erreicht hat, dann fällt die Blüthe ab, dann verdorrt der Stamm, und Feuer, vom Himmel fallend, verzehrt Alles, oder es trägt überall hin der Sturm, vom Stamm gerissen, die welken Blätter.—Als Christus gestorben war: da verdorrte der Stamm des jüdischen Volkes und der römische Sturmwind warf die welken Blätter in alle Länder.—Es war aber auch erfüllt die Zeit des Judenthums. Der strenge, eifrige Gott sollte dem milden versöhnlichen weichen. Das auserwählte Volk Gottes sollte die Menschheit sein.—Die Augen, die das sehen sollten, sahen nicht; die Ohren, die das hören sollten, hörten nicht. So liegt nun das Judenthum da, wie ein todter, starrer, unbeweglicher Stein, moosüberwachsen, undurchdringlich dem Lichte, wie ein religiöses China, mit gesperrten Grenzen, eine Mumie der Vergangenheit, ohne Genuß und Bewegung der Gegenwart, ohne Ahnung einer Zukunft.—Kein Moses wird aus diesem Felsen lebendiges Wasser hervorrufen.—Daß die einzelnen Felsenbruchstücke, die, wie durch eine vulkanische Eruption, in alle Länder gescheludert sind, nicht längst eine Beute der Elemente wurden oder mit anderm Leben sich vermischend in dieses übergegangen sind, liegt eben in ihrer zähen, hartnäckigen Abgeschlossenheit gegen alles Fremde.—Ich vermag keinen Keim des Lebens in diesem verwitterten Überreste der Vergangenheit zu entdecken. Und der Keim politischen Lebens sollte aus ihm hervorteiben können?—Dieß Judenthum nicht den einzelnen Juden hatt ich vor Augen, als ich verwundrungsvoll fragte: das solle Revolutionen machen?—— Der einzelne Jude wird ergriffen von des Volkes Bildung, unter welchem er wohnt, und mit der Sprache des Volkes, welche er redet, geht mehr oder weniger dieses Volkes Geist in ihn über. Das ist aber nicht sein Volk; die Quellen geistigen Lebens, aus denen zu schöpfen ihm Niemand wehrt, sind nicht auf seinem heimischen Boden entsprungen. Er wird sich nie ganz der geistigen Strömung hingeben können: mitten im Flußbette liegt ein grauer Stein, an welchem die Wellen sich brechen. Schafft er den Stein hinweg, so giebt er das auf, was ihn hinderte als freie und doch mit dem Ganzen in stetem Zusammenhang sich fühlende Welle dahinzutreiben. Dagegen vermeiden viele Juden diesen entscheidenden Schritt zu thun, einige aus Liebe zur Gewohnheit, andere weil sie der Väter Religion höher achten als ihre neue Überzeugung. Immer wird dann ihre Bildung ein Stückwerk bleiben. Mit Witz und Scharfsinn werden sie spielend die Oberfläche der Dinge streifen; aber die innerste Tiefe des Gemüths, welche zu organischem Zusammenhange das Zerstreute zusammenfügt, wird ihnen verschlossen bleiben, weil sie sich des Geistes durch nichts beschränktem Walten unbedingt nicht hingeben können. — Ein jeder geistig bewegte Jude hat in seinem Innern einen schweren Kampf auszufechten. Entweder siegt dann der höhere Geist und er streckt die Waffen; oder er schließt einen trügerischen Frieden zwischen den streitenden Mächten; oder er vermeint gar (wie dergleichen Beispiele in jüngster Zeit auch vorgekommen sind) mit seinen verrosteten Waffen den Feind aus dem Felde geschlagen zu haben. —

Wo nun das Judenthum Sieger bleibt: da kann ich einem solchen Individuum auch die Befähigung zu politischen Schöpfungen nicht zusprechen. Im Einzelnen können auch sie Gutes schaffen, Vorurtheile ausreuten und Hindernisse hinwegräumen. Niemand wünscht mehr als ich, daß sie dieß thun mögen, und gern würd ich mich einem Solchen als Kampfgenoß anschließen. Aber der höchsten Idee auch im Politischen sind sie unfähig sich hinzugeben. Denn nicht das abstrakt Göttliche oder Menschliche hat eine Nation zu verwirklichen, vielmehr das reine Licht des Göttlichen, welches von Volkseigenthümlichkeit besonders gebrochen und gefärbt ist. Um diese höchste Aufgabe zu erfassen und durchzuführen, muß man aber selbst einem bestimmten Volke angehören. Dann wird dieses Volks Geschichte unsre eigne; ein lebendiges Glied desselben wird unsre Gegenwart erfüllt mit dem Bestreben das Ziel dieses Volkes, welches die Vergangenheit andeutete und die Zukunft verheißt, zu erreichen oder doch, unter Anstrengung aller unserer Kräfte demselben näher zu kommen. — Die Juden dagegen, von diesem Volksgeiste nicht berührt und durchdrungen, können entweder nur für sich etwas erstreben, oder, ihre Eigenthümlichkeit und jede Nationalität abstreifend, rein Menschliches zu verwirklichen sich bemühen. —

Gern will ich all das Gute von O. glauben, was du ihm bezeugst. Ich kenn ihn nicht; was ich im Allgemeinen gesagt habe, kann darum auf ihn nicht bezogen werden. —Wenn er Jedem gern die Hände unterbreitet, der aufstreben möchte: so tritt er damit aus dem Kreise des Judenthums, welches nur sich als auserwähltes Volk Gottes ansieht und um die andern Menschen sich nicht kümmert. —Wenn du aber meinst, du fühlest dich ihm zum Danke nicht verpflichtet, weil er dir behülflich gewesen sei, indem er es nur gethan, weil es ihm vorgelegen habe und sein Gewissen nicht zugelassen haben würde, es nicht zu thun: so erkenn ich in seiner Handlungsweise wiederum nur das jüdische Element, welches unbedingten Gehorsam des todten Gesetzes fordert, mag er dieß Gesetz auch sich selbst gegeben haben. Denn er handelt so nur um die Vorschriften des Gesetzes zu erfüllen. Nur um das Gesetz ist es ihm zu thun; auf daß er gerecht werde durch Erfüllung seiner Gebote. Wie aber das Gesetz nicht Rücksicht nimmt auf eine bestimmte Person: so thut er auch keiner bestimmten Person wohl um ihrer selbst willen, sondern nur damit er seines Gesetzes Vorschriften an ihr zur Anwendung bringe. Wenn das Gesetz ihm gebietet den zu verlassen, dem er wohl thut: so wird er ohne Bedauern ihn verlassen wie er ohne Theilnahme ihm beigestanden hat. —Sollte das nicht auch ein Unterschied zwischen der jüdischen und christlichen Religion sein? Denn, wenn ein Christ Einem wohlthut: so kann dieß nur aus gutem Herzen geschehen, weil er den Andern liebt. Liebt er ihn aber: so liebt er ihn nicht um eines allgemeinen Gebots, sondern um der Liebe, d. i. seiner selbst willen. Und hat er ihn einmal geliebt: so wird er ihn immer lieben; denn wie könnte die Liebe gebieten das gleichgültig bei Seite zu setzen, was ihm einmal als ein Theil seines Selbst, ja als sein besseres Ich erschienen ist? —

Siehst du, obwohl du mich verstoßen hast aus deiner Gemeinschaft unter die Heerde der Philister: so bleibt doch meine Gesinnung gegen dich unerschüttert. Die trübe Gegenwart kann mir der Vergangenheit lichtes Gedächtniß nicht auslöschen, wo ich Arm in Arm mit dir heitre Höhen erstieg, wo dein Flügel mich trug und nicht sinken ließ, als, wie Blei, das wirkliche Leben meiner Flügel Schwungkraft hemmte und niederzog; ja, ich wiederhole mir deine Worte: unvergeßlich und unvergleichlich waren mir jene Stunden, in welchen ich mit dir zusammen war; und jene Zeit verwahr ich, wie ein köstliches Geschenk des Himmels im Schreine meines Herzens.—Niemals werd ich dich verleugnen, auch wenn du jetzt dich von mir wenden solltest. Was du in mir angeregt, bestätigt, gekräftet hast: das soll fröhlich fortgrünen in meinem Busen, und wenn die Welt es verketzert: so will ich denken, daß du es einst deiner Theilnahme und liebenden Pflege werth fandest, und das soll mir mehr gelten als das Urtheil der Welt.—Und so will ich auch ankennen, daß du mir nur aus den edelsten Motiven wehe gethan hast. Wie du immer den Unterdrückten und Nothleidenden beigestanden hast: so meintest du auch den vertheidigen zu müssen den du von mir angegriffen und geschmäht glaubtest. Und wie vielmehr Anlaß ihn zu schätzen und zu vertheidigen hattest du bei diesem als bei jedem Andern! Nicht ein Einzelner hatte ihn durch mich gekränkt: aller Philister Schmähungen vertraten meine Worte. Nicht die Unterdrückung einer kurzen Zeit lastete auf ihm: Jahrhunderte hatten die seinem Volke zugefügte Schmach zu Bergen aufgehäuft. Was hattest du an ihm im Namen der Christenheit Alles gut zu machen, was die Christen an seinem Volke verschuldet hatten! Er war dir Repräsentant eines gefesselten Volkes. Indem du ihn vertheidigtest, führtest du die Sache eines Volkes; indem du ihm Gutes erwiesest, erzeigtest du einem Volke Wohlthaten.—Muß ich da den Streich nicht hinnehmen, mit dem du in der Hitze des Gefechtes meine verwundbarste Seite trafst?—

Solltest du ferner von mir—von einem Philister—nichts wissen wollen: so bitt ich dich dich noch als um eine letzte Gunst, mir deine an mich geschriebnen Briefe zurückzuschicken und zu lassen, als ein Gastgeschenk, das du dem scheidenden Freunde nicht versagen mögest, der einst, so oft er bei deinem Geiste als Gast einkehrte, dir willkommen war.—J. Döring

BRIEF 82
Julius Döring an Bettine von Arnim,
Magdeburg, 8.4.1841

Magdeburg d. 8 April 1841.

Bist du krank?—Mit egoistischer Hoffnung hab ich mich an diesen Gedanken geklammert.—Aber nein, ich kann mir nicht denken, daß du krank werden könntest. Also: vergessen!—Ach, lies doch in deinem Briefwechsel im I Theil S. 142 die Geschichte von dem verflogenen Kanarienvogel, und dann bedenk', daß du mir seit 2—3 Monaten nicht geschrieben hast, und sag mir, ob die Bettine, von der dort die Rede ist, und die, welche dieß liest, dieselben sind.—

Unverschämt wie ein Bettler, den man zweimal abgewiesen hat, klopf ich noch einmal an deines Herzens verschlossne Pforte. Es ist ja nur wenig, was ich verlange; ich habe mich bescheiden lernen müssen. Nur um eine Gabe bitt ich, die du mir schon geschenkt hattest, und die ich dir habe zurückgeben müssen.—Dein Schweigen redet nur zu laut. Ich bin todt für dich. Du hast mir nichts mehr zu sagen. Eines Sterbenden Bitte erfüllt doch Mancher, wenn er's vermag. Darum bitt ich: schenke mir von Neuem die Briefe, die du an mich geschrieben hast, damit ich ein Andenken aus jener Zeit habe, wo du mich nicht für unwürdig hieltest aus dem Kelche deines Geistes deiner Liebe goldnen Wein zu trinken.—

Von heut' an geh ich auf 14 Tage nach Wolmirstedt.

Julius Döring

BRIEF 83
Julius Döring an Bettine von Arnim,
Magdeburg, 25.4.1841

Magdeburg d. 25 Apr. 1841

Ich danke dir für dein Geschenk. Wenn ich das Buch gelesen habe, red' ich wohl mehr davon. Auch für deines Briefes durch beharrliche Treue dir abgerungene Gabe bin ich zum

Dank dir verpflichtet, weil er aus dem Schlaf mich weckte, in den mich die lange Pause eingewiegt hatte, die du so strenge aushieltest, daß ich schon meinte, da drüben sei alle Musik verklungen und das Stück zu Ende.—Ja, ich will deinen Brief als ein Geschenk hinnehmen, und nicht länger über die Ursachen deines Schweigens nachgrübeln, obwohl das ein leidiger Trost ist, daß du den Zufall damit bebürdest. Der Zufall ist ein deus ex machina. Wo der wahre Gott in einem Herzen wohnt und es mit Liebe erfüllt: da hat der Zufall keine Macht und innerlicher Nothwendigkeit gehorcht allein das bewegte Leben. Vormals träumt' ich, du seist auch getrieben von jener Nothwendigkeit deine Gedanken mir zuzuwenden. Die Hyacinthen blühen wohl, auch die weiße, aber die, die sie einst vielen andern vorzog in liebender Pflege, achtet ihrer nicht mehr und unbemerkt blüht und verblüht sie jetzt unter tausend andern.—Hättest du doch nur Eine Zeile geschrieben: Ich war so bewegt in der letzten Zeit. Wem sollt ich dieß Leben zuwenden? Ich schrieb drei Worte. Du überhörtest die seufzende Frage.—Unter dem Druck des Philisterlebens war ich irre geworden, daß meine Seele stahlkräftig sei, denn je mehr es mich belastete, desto mehr leistete meiner Seele Spannkraft ihm Widerstand. Dieß innere Leben mußte sich aussprechen, als es, nachdem es die Nacht der Schwermuth vertrieben hatte, wieder heiter geworden war im Bewußtsein seines unzerstörbaren Adels. Du riefst nicht: herein! als ich anklopfte; aber eine andere, eine fremde eine feine Stimme hieß mich willkommen, führte mich hinein in ihr Kämmerlein bei der Hand, da saßen wir vertraulich beisammen, und vor ihr schüttete ich aus, was dir gehört hätte, wenn dein Schweigen mir nicht wie Verschmähung erschienen wäre.—

Ein jeder Vogel weiß, wohin er sein Nest bauen soll; aber des Menschen Seele schweift ungewiß umher, wo sie sich betten möchte.—Wenn es wahr ist, wie Steffens behauptet, daß der Staat streben muß durch jeder Eigenthümlichkeit ungestörte Entwicklung eine Gemeinschaft der Heiligen auf Erden zu gründen: so hat mich der Staat wohl übersehen. Ich fühle deutlich, daß ich nicht an der Stelle bin, die mir bestimmt sein mag. Diesem Bestehenden, dessen Diener ich sein soll, möcht ich keinen Tropfen meines Blutes opfern, vielweniger die ganze Seele hingeben, da diese ganze, leblose Maschine kein selbstschöpferisches Handeln freier Persönlichkeit dulden darf, ohne ihren Mechanismus der Gefahr auszusetzen, in's Stocken zu gerathen. Ein Rad, ein großes oder kleines Rad dieses schnurrenden Webestuhles zu sein, ist das ein Gedanke, der der Begeistrung Flamme anfachen könnte; ist dieser Götze es werth, daß ich ihm mein junges, blühendes Leben in die glühenden Arme lege als Dankopfer für das Gold, das er mir spendet?—Wo ist der große Gedanke, der diesen Staat bewegt, dem ich durch Geburt angehöre?—Im langen Frieden eingeschläfert, bewegt er sich gedankenlos in ausgetretenen Gleisen. Wo sein altes Gewand zerrissen war; da flickt es, ganz wieder Christi Vorbild und Ausspruch, der große, der fromme Staatsschneider, mit einem neuen, modernen Lappen, den er mit selbstgefälliger Lüge für einen alten ausgiebt.—O der jämmerlichen Gedanken und Schöpfungen, die eines historischen Grundes bedürfen, um ihr kümmerliches Leben fristen zu können!—Als Gott die Welt erschuf, wo war da der historische Grund auf dem er das Weltgebüde aufführen sollte? Ist der Mensch ein Sklave der Vergangenheit oder ein freier Bürger der Zukunft?—Seit wann wachsen denn die Bäume mit dem Wipfel in die Erde? Weh über den Unglauben an die siegreiche Gewalt der Wahrheit, die, weil sie von Gott stammt, keines Grundes, keiner äußeren Unterlage und Untersützung bedarf zu ihrer Verwirklichung, vielmehr nur zu erscheinen hat, um in sich selbst festgegründet dazustehen.—Und diese Könige, diese kleinen Götter der Gegenwart, zu welcher Farce haben sie die Tragödie der Weltgeschichte gemacht! Ich möchte zur Polizei übergehen seitdem Könige in dieß Amt pfuschen.—Wahnsinn menschlichen Hochmuths muß ich dieß nennen, der das Scepter der Weltregierung den Händen des alten Gottes entwinden und die Geschicke der Völker nach eigner, beschränkter Einsicht lenken will. Und dieser Staat, der der Begeistrung und dem Geiste seine Verjüngung und sein Bestehen verdankt, schlägt er nicht eben diesem Geiste ins Angesicht, wenn er nur die Wahrheit zulassen will, die von ihm gestempelt ist, wenn er jede freie Regung der hemmenden Aufsicht der Polizei unterwirft? — Da kann sich niemals dem Staate Göttliches offenbaren; da ist des Staates Leben nicht mit dem Leben jedes Einzelnen verwachsen. In Zeiten der Noth wird er's erproben, da wieder die Knechte, die nur um des Lohnes willen ihm gedient haben, ihn verlassen und er wird ein Raub und ein Spott der Fremden werden. — Gewiß, die Polizei ist vom Teufel erfunden, ja der Teufel selbst, so ein Mephistopheles, der stets das Gute will und stets das Böse schafft. Und in seinen Armen schlummert der Staat, und in ihrem Schutze glaubt er sich geborgen vor den Ungewittern und dem Sturmwinde, die der Gott der Weltgeschichte und Rächer unserer zertretenen Gegenwart und versperrten Zukunft sicher heraufführen wird, um die verpestete Lebensluft zu reinigen und wie Spreu die Bösen und Hochmüthigen — und die Kleingläubigen und Zweifler aus dem Lande zu fegen. —

So hab ich im Geiste dem Bestehenden den Fehdehandschuh hingeworfen, und doch soll ich ihm dienen und dafür sorgen, daß es erhalten und beschützt werde. Darum nährt jeder Tag in mir innerlichen Zwiespalt und vergrößert die Kluft zwischen dem, was ich sein und thun sollte und dem was ich bin und thue. — Außerhalb des Staates müßt ich stehen frei, ungestört mein innres Leben entfaltend und die Wahrheit, die ich erkannt habe, laut und furchtlos aussprechend, und so wirkend und schaffend. — Da ich keine Aussicht habe eine solche Stellung mir zu erringen: so wird dieß innre Leben, das so heiß und verlangend in meiner Brust hervorbrach, wohl im Keime sterben, nein, so fortkeimen, ohne Blüthe und Frucht zu tragen, bis im Morgenroth der Ewigkeit die zurückgehaltenen Blüthen aufbrechen, die beim Scheine dieser kalten Sterne nicht gedeihen konnten. —— Ja, dieses Leben muß ich zurückdrängen, denn kein Glied soll gegen das Ganze sich empören und wehrt ich dem Wachsthum nicht, es sprengte die hemmenden Schranken. Nur vor dir und — enthüllt es sich und im Strahl deines Geistes wird es erhalten und fortgrünen. Ich weiß mir keinen Rath. Nicht Feigheit gebietet diese Resignation. Wenn ich die Fesseln, die ich jetzt trage, abwerfen wollte, so müßt ich andre nehmen, die nicht minder drückend und beschränkend sein würden.—Wenn ich nicht ganz frei da stehen kann: so harr ich aus da, wohin ich einmal gestellt bin.—Und du.—Darf ich der Versicherung trauen, die du früher aussprachst, daß du dich nicht von mir wenden wolltest?—Auf die Zukunft hoff ich.—

JD.

BRIEF 84
Julius Döring an Bettine von Arnim,
Magdeburg, 23.6.1841

Magdeburg d. 23 Juni 1841.

Endlich ist es mir vergönnt, deinen Brief, der einmal wieder, wie einst, mit freundlichen Worten die Brust mir umwogt, zu beantworten. Bis heute hatte das äußere Leben mit unabweisbaren Ansprüchen meine Zeit in Beschlag genommen. Jetzt ist ein Theil der Last mir von der Brust genommen und ich kann wieder freier athmen. Binnen Kurzem hoff ich noch ungestörter und stetiger dir und dem, was mich zu dir führte, leben zu können. Wie schön wird das sein, wenn auf der Kette, die in die Ferne reicht, elektrische Flammen freudig hinüber und herüber fahren!—

Von der Spontinischen Angelegenheit schweig ich, weil ich darüber nichts zu sagen weiß. Der Strom, der sie auf seinen Wellen dir zutrug, ist wohl schon verrauscht. Die ganze Sache lag mir fern; ich kannte nichts von den Ansichten und Gesinnungen jener charakterlosen Gesellschaft, die dich so in Harnisch brachte. Es hat mich nur gefreut, dich auch hier, wie zu erwarten war, in den Reihen der Opposition zu erblikken, wie du dich dessen mit öffentlicher Rede und geschriebenem Wort annahmst, der dir als ein feig und schändlich Unterdrückter erschien.—

Der König war vor Kurzem hier. Ein dicker Mann mit freundlichem, mildem, gutmüthigem Gesicht. Die Fetten sind meistens gutmüthig. Eine Nervseele wird in einem solchen wohlgenährten Körper nicht stecken. Ein von der Polizei auf zarte, geheime Weise ermunterter Patriotismus hatte die Stadt festlich geschmückt. Die Volksmasse brach in ihr wildes, altherkömmliches Begrüßungsgeschrei aus, was grade soviel sagen will als das Pfeifen und Schnauben des Nordwindes. — Eine unschuldige, landeskindliche Liebe, — lieber Vater gieb uns die Ruthe nicht — mit überschwänglicher Wonne stark parfümirt stieß mit vollen Backen in die Posaune der Zeitungen. — O über diese Zeit, über dieß en[t]artete, weibische Geschlecht! — Man sollte meinen, es gäbe keine Männer mehr. —— Ich dachte, ich wollte auch ein Wort zum Könige reden. Ich wollt ihn erinnern an Pfingsten. Christus war gen Himmel gefahren; unter Angst und Zittern harrten die Apostel des verheißnen Trösters. Da kam der heilige Geist zu ihnen in Gestalt einer Taube, und senkte sich herab auf sie und löste die gebundnen Zungen. Da ward das Wort frei und sie verkündeten es mit freudigem Muthe. Eine kleine Quelle war damals das Wort, die aus dem Munde der Apostel niederträufelte und gebeugte Herzen erquickte. Aber das Wort hatte weltbesiegende Macht, und jetzt rinnt es als ein tausendarmiger Strom durch alle Länder, und die Völker lagern sich an seinen Ufern. — Dann wollt ich ihm in's Gedächtniß zurückrufen, daß er Pfingsten den Thron bestiegen hat. und daß auch er, begeistert wie die Apostel, redete. Wie die Apostel frei gemacht, frei machten: so habe auch er schon seine hohe Mission gezeigt, daß er der Jugend, die mit heißblüthigem Übermuth und Ungestüm an die Pforten der Zukunft gepocht habe, die dafür im Kerker verwelken sollte, die Kerkerthüren geöffnet habe. — Nur Ein Gefangner sei zurückgeblieben, unbeachtet, vergessen. Wie im Wasser alle Keime des Lebens liegen: so haben sich aus jenem Strome neue Keime des Lebens entwickelt, und zögen, wie Schatten nach, die ihren Körper noch nicht gefunden haben, durch viele Länder. Es sei wiederum das Wort, welches die Welt erlösen und neu gestalten wolle. Aber die Fürsten hätten dem Worte auflauern lassen und hielten es gefangen. Das sei der Gefangne, den er im Kerker zurückgelassen habe, als er den Andern die Bande gelöst. Erst dadurch daß er diesen Gefangnen frei gebe, könne er zeigen, daß er wahrhaft von Gottes Gnaden sei.—Dann wollt ich noch sagen, daß das Wort jetzt wie einst der Apostel, gebunden liege.—— Er möge nicht warten, bis ein Erdbeben die Kerkerpforten auseinandersprenge, und das Wort, wie ein zürnender Engel mit flammendem Schwerte ihm entgegentrete, während der Boden unter seinen Füßen schwanke und die Krone auf seinem Haupte zittre.—— Ich hätte wohl öffentlich zurückhaltender als hier geredet, aber auch nur ein Anklang an die hier angeschlagnen Töne würde die Censur bewogen haben die Glocke zu zerschlagen.—Ich hab es einmal versucht, und meine Stimme vermochte nicht durchzudringen.—Ich dachte auch an den allerhuldreichsten Verweis, den der König der Stadt Breslau durch den Minister v. Rochow hat geben lassen.—Schon einmal habe der König seinen bestimmten Willen erklärt, eine Constitution nicht geben zu wollen. Dennoch habe die Stadt Breslau ihren Deputirten aufgetragen einen ähnlichen Antrag wie die preußischen Stände zu machen. Das sei eine systematische Opposition gegen den königlichen Willen und verdiene die allerhöchste Ungnade, die ihnen hiemit zu Theil werde.—Pater peccavi!—War das edel?—Will er wirklich die Stimmung des Volks durch die Stände hören; so muß er auch vernehmen, was ihnen aufgetragen ist, auszusprechen.—Oder will man nur ein Marionettentheater zusammentrommeln, die nicken und sich verbeugen, je nachdem wer den Draht regiert?—— Siehst du die Breslauer Geschichte hat meiner politischen Überzeugung schon einen Proselyten gewonnen. Es ist Eine, von der du gesagt haben sollst, sie habe die Augen der Günderode. Sie trat mir auch entgegen mit dem traditionellen Aberglauben an Rechtlosigkeit des Volks und die Unbeschränktkeit der königlichen Gewalt.—Sie wollt es mir nicht in's Gesicht zugestehen; aber ließ mir nachher doch sagen: Ich habe doch recht gehabt mit dem Könige.——Andere hielten mir entgegen, der König sei Landesvater, wir müßten gehorchen. Wenn sie auch zugeben wollten, daß eine Verfassung grade nichts Schlechtes sei: so sei das Volk doch noch unmündig.—Dagegen erklärte ich, eben im Namen des Königs für den sie zu sprechen meinten, protestiren zu müssen, ja eine solche Äußerung schiene mir ein Majestätsverbechen zu enthalten. Der König selbst habe das Volk gerühmt, als groß, stark, muthig und begeistrungsfähig. An einem königlichen Worte dürfe nicht gedreht und gedeutelt, noch gezweifelt werden.—Dann möge man doch auch bedenken, in welchem Lichte der König selbst erscheinen müsse, wenn man jene Worte im Ernst nehmen wolle. Nach den Gesetzen sei die bei weitem größere Hälfte des Volks bereits mündig. Solle dessenungeachtet das ganze Volk für unmündig gelten: so müsse es für blödsinnig erklärt sein. Wie solle man dann den König anders nennen als: Herrscher der Blödsinnigen, Narrenkönig, Prinz Hamlet;—und davor würden sie doch gewiß zurückschaudern.—— Ach, Ophelia, warum schmückst du dich mit schönem Kleide, und windest Kränze—hat dich Prinz Hamlet nicht wahnsinnig gemacht?———

Ja, den Keim der Freiheit will ich bewahren; mit meinem besten Herzblut tränk ich ihn; er schlägt Wurzeln und wächst empor in sicherer Verborgenheit, und wenn seine Wipfel werden anfangen zu rauschen, dann kann ihn kein Sturm mehr entwurzeln.—Auch unsrer Tage Siegesblüthen sind von den Winden nicht verflügelt. Oft noch weilen und summen meine Gedanken, wie Bienen, um den vollblühenden Baum der Vergangenheit, und wenn sie zu mir zurückgekehrt sind, bauen sie ihre klingenden kleinen Zellen und füllen sie an mit duftigem Honig.—

In den Zeitungen las ich, du giebst wieder ein Buch heraus: größere Aufsätze von dir, Briefe von der Frau Rath Göthe und Blätter aus deinem Tagebuche. Und davon hast du mir nichts geschrieben?—

Da die Grimms jetzt in Berlin sind: so giebst du wohl die Briefe mit mir und den Andern nicht heraus. Dann entziehe mir nicht länger den reichen Strom deines Lebens, der mich über die Alltagswelt hinwegtrug, und schicke mir deine Briefe zurück.—

In 4 Wochen bin ich vielleicht um 19 Meilen dir näher. Aber ich möchte Berlin nicht wiedersehen, während du nicht dort bist. Darum schreib mir vorher, ob ich dich finde.

J. Döring

BRIEF 85
Julius Döring an Bettine von Arnim, Wolmirstedt, 12.8.1841

Wolmirstedt d. 12 August 1841.

Gewiß hast du meinen letzten Brief, den ich, ich weiß nicht mehr vor wie vielen Wochen, schrieb, nicht erhalten. Ich hoffte damals nach Berlin reisen zu können, wollte aber nicht eher kommen als bis ich Nachricht von dir erhalten hätte, daß ich dich dort antreffen würde.—Sollte mein Brief doch bei dir angelangt sein? Du willst mich vielleicht nicht wiedersehen?—Vielleicht auch nehmen Geschäfte deine Zeit so in Anspruch, daß du keine Muße finden konntest; ein paar Zeilen an den zu richten, der einst—aber ich will die Vergangenheit nicht beschwören und von ihr einen Sonnenstrahl erbetteln, daß er die grauen Regenwolken der Gegenwart zertheile.—

Ich sitze wieder an der alten, gewohnten Stelle im Gartenhäuschen, das du auch einst betreten hast. Es ist mir aber nicht heimlich zu Sinne. Ich denke an die Juden „die da saßen an den Wasserbächen Babylons und weinten da sie an ihr Vaterland dachten, und die ihre Harfen aufgehangen hatten an den Weiden.“ Ich bin im Vaterlande, in der Vaterstadt sogar im Vaterhause, und doch möcht' ich weinen, wie jene Juden, oder aufgären wie ihre Propheten;—hoch über mir hängt meine stumme Harfe.—

Es gab eine Zeit, wo ich im Zwiespalt mit dem, was ich als meinen innerlichen Beruf erkannt zu haben glaubte und dem, was das bürgerliche Leben als meine Bestimmung dafür mir untergeschoben hatte, bei allem innerlichen Kampf und Hader, bei dem unruhigsten Wagengetümmel wild bewegter Gedanken; doch im tiefsten Innern ruhig, klar und zufrieden war. Ich wußte einen Ort, zu dem ich hinflüchten konnte, um mich wieder zu sammeln; alles, was etwa Tiefes in meiner Natur liegt, wußt ich, wurde mit großem Sinn aufgenommen, gepflegt und gefördert. Mir war, als wüchs' ich, wie eine Blume, im traulichen Schatten der Nächte, und wenn die Sonne dereinst mich fände, da hauchte eine prächtige Blüthe ihre Opferdüfte dem Lichte entgegen.—

Wir lassen unbeachtet, oder geben doch schnell auf so Vieles, was neben und in uns keimt und blüht; und so glaub ich, hat auch die, die ich meine, vergessen, daß eine Blume einst sich sehnte, in ihrer Brust aufzublühen, und daß sie versprochen hat die Blume zu hegen und zu pflegen.—

Du sagt zwar, ich solle mich nicht irre machen lassen von deinem Schweigen; es macht mich aber doch irre. Du versicherst, daß du ein liebendes Andenken mir bewahrst. Der Entfernte sehnt sich aber immer wieder nach Zeichen eines solchen Andenkens. Wie ein Wunder erscheint mir das Alles manchmal. Der Verstand zweifelt, und macht durch seinen Unglauben am Ende auch das Herz irre und zweifelhaft; bis Herz und Sinne durch lebendige Gegenwart den Verstand von der Wirklichkeit des Wunders überführen.—Darum thut mir so Noth ein Zeichen von dir, daß ich wieder glauben kann.—

Ich kann mich zu dir nicht hinfinden. Ich weiß nicht, welchen Ton ich anschlagen soll, um aus dem schweigenden Felsen einen antwortenden Laut hervorzulocken.—Schon einmal fühlt ich mich so ungewiß; im Zaubergarten der Leidenschaft hatt ich mich verirrt daß ich nicht mehr wußte, woaus noch woein?—Da kamst du.

Bald vergaß ich den Zaubergarten mit seinen erlogenen, düftelosen Rosen. Eine andere Welt that sich mir auf, O wie athmete, wie trank mit vollen, durstigen Zügen meine Seele, den reinen Äther, zu dem ich mich, mit dir, hinaufgefügelt hatte.—Es ist nicht so geblieben; es ist vorübergerauscht wie eine Welle.—Ich bin anders geworden; und auch du zeigst dich karg und abgemessen in den Gaben, die einst deine Seele, in verschwenderischer Freude, aus ihrem unerschöpflichen Füllhorn über mich ausstreute.—Ich wollte wissen, wie ich mit dir stände; ich wollte nicht länger im Ungewissen und Dunkeln dahintappen; ich wollte dir in's Auge sehen, um zu erfahren, ob ich dir mich wieder ganz hingeben könne, oder ob ich dir zum Abschied die Hand reichen müsse. Ein gleichgültiges, allmäliges Loslösen ist mir von jeher verhaßt gewesen. Schweigen oder lebendige, Lebenzeugende Rede.—Darum wollt ich nach Berlin kommen und dich sehen.—Es war schon Alles bereit und nun kann ich doch nicht fort.—Warum sollt ich die Ursache nicht grade heraus sagen? Ich habe mich ihrer nicht zu schämen: Schicksal.—Kurz: mein Reisegeld wird nun zur Taufe des Kindes meiner Schwester verwendet. Meine Schwester hat hier einen Knaben geboren.—Nun sitz ich hier, und habe umsonst mir 4 Wochen Urlaub genommen.—Ich hatte mancherlei Pläne, was Alles ich hier schaffen wollte. Es kommt aber nichts zur Ausführung. Bis an den Hals steck ich hier im Morast des jämmerlichsten, philisterhaftesten Lebens. Ich kann nicht heraus, meine Arme sind mir wie abgeschlagen. Ich kann mich auf keine stille Insel der Betrachtung retten. Es ist hier kein Ort, wo ich mich sammeln könnte; bis in den geheimsten Schlupfwinkel dringt der Lärm des Philisterlebens.—Ich muß fort von hier.—Ich will mich zu Verwandten durchbetteln, die am Harz wohnen, damit ich nur von ferne Berge sehe.—Prometheus! Wie neid ich ihn! Ein großer Schmerz ist ein großes Glück. Um ihn Felsen und das ewige Meer.—Und ich———

J. Döring

Ach, so weither aus fernster Vergangenheit,
So weit, welthin in die künftige Zeit,
Ziehen die Lüfte, streifen die Harfe;
Scharfe,
Helle Töne aus den Saiten springen,
Und sich nach den Lüften schwingen.

Töne, ihr seid beflügelt! Ich folge im Schritt.
Meiner Sehnsucht Grüße geb ich euch mit.
Boten der Seele, nur nicht verweilet!
Eilet
An der Zukunft goldnes Thor zu schlagen,
Um mein Kommen anzusagen.

Ade!

JD

BRIEF 86
Julius Döring an Bettine von Arnim,
Wolmirstedt und Magdeburg, 25.8. bis 8.9.1841

Wolmirstedt d. 25 Aug. 1841.

Gestern hab ich deinen Brief erhalten. Man muß das Eisen schmieden so lange es glüht. Ich setze mich gleich hin zur Antwort, wenn ich diesen Brief auch erst später abschicke weil du verreisest.—

Es hat mich gefreut, daß du mich aufrichten wolltest aus meiner Niedergeschlagenheit indem du mir verhießest es würden noch viele Sterne an meinem Himmel heraufziehen—wenn auch dein Trost zu spät kam, weil ich schon selbst mich wieder gefunden und aufgerichtet hatte. Ich küsse deine Hand.—Wer einmal in der Freiheit sein Wesen erkannt hat: über dessen Innres vermag kein Mensch, kein Gott etwas. Auf sich selbst ist er angewiesen. Wenn die Außenwelt ihn umdrängt: da zieht er sich in selbst zusammen mit duldendem Widerstande bis das Maaß erschöpft ist und dann schleudert er mit elastischer Schnellkraft die drückende Last von sich.—

Nie kann der Mensch groß genug von sich denken. Ein hohes Ziel gießt Flammen in sein Blut und stählt seine Kräfte. Wenn wir denken, was Helden und Märtyrer gethan und gelitten haben: da wird das Herz entzündet von Verlangen unsern Vorbildern nachzustreben und alles Kleinliche fällt von uns ab, wie eine todte Hülle.

Als ich hier einsam brütend saß im dumpfen Gartenhause, frei und doch gefesselt: da, ich weiß nicht wie, kam mir der Gedanke an Johannes den Evangelisten, wie der in der Verbannung auf dem öden Patmos saß, und wie ihm die Einsamkeit das tiefe Evangelium der Liebe eingab. Da ward ich auf einmal ganz still und voll hoher Freudigkeit. Wenn ich auch kein Johannes bin, dacht' ich: so kann und will ich doch auch schreiben, und meine Einsamkeit mit den süßen und hohen Gestalten meiner Erinnerungen bevölkern.—Was so lange in mir gegährt hat: das soll nun hinaus an das Licht. Ich weiß noch nicht was aus dem wird, was ich jetzt vorhabe. Vielleicht kommt es dir später noch zu Gesicht.—Siehst du, so bin ich. Wenn ich nur einen Augenblick Luft schöpfen kann: da bin ich gleich wieder oben auf im Strome, und zertheile die Wogen mit übermüthiger Lust. Es wäre doch eine Schmach vom Schicksal, wenn es so genügsame Wünsche nicht erfüllen, und mir nicht von Zeit zu Zeit etwas frische, freie Luft zukommen lassen wollte.—

Ich bin wie die Weiden da draußen im Garten. Jetzt haben sie ihre Blüthen zusammengerollt und verschlossen. Ein Sonnenstrahl und tausend farbenschimmernde Kelche öffnen sich dem Lichte.—

Rede mir nicht davon, daß „ich mich von dem Alltäglichen und Gemeinen könnte unterkriegen lassen." Solche Zweifel beleidigen das Göttliche, das auch in meinen Busen sich niedergesenkt hat, um im warmen Boden meines Herzens Blüthen und Früchte zu treiben. Mißmuthig, ärgerlich kann der Geist werden über die vielen Hemmungen, die seine Entfaltungen aufhalten; aber der ihm eingepflanzte Zug nach Oben reißt ihn über alle *momentane* Stimmungen hinaus.—

Und wenn du spottend sprichst, wie Jene am Pfingsttage: [„]Er ist voll süßen Weines!" so antwort ich dir wie der Apostel Petrus: Ich bin nicht trunken, wie du wähnst, sintemal es ist die sechste Stunde des Tages, wo ich dieses schreibe.—

Laß es gut sein mit „der Blume, die einst sich sehnte in deiner Brust aufzublühen." Dir selbst scheint das Bild nicht mehr passend, das einst vollkommen aussprach, wie ich mich dir gegenüber dachte. Was wär auch aus der Blume geworden, nun sie nicht mehr anstrahlt die Sonne der Liebe, kalte Sterne, welche die Götter der Erde verleihen, an dem Orte leuchten, nein, nur flimmern und flittern, wo sie in tiefer Verschwiegenheit Wurzeln geschlagen hatte, und, wie Dankopfer, ihre Düfte verhauchen wollte.—Auch die Pflanzen haben ihre Metamorphosen: wie viel mehr der Geist der ewig Bewegliche.—Ein Vöglein singt von grünen Zweigen. Ein Adler schwingt sich der Sonne entgegen und hat schon viel Luft und Wolken unter sich gebracht.—Wenn wir uns begegnen auf Ätherbahnen: da wollen wir uns zurauschen mit den Flügeln und Aug' in Auge, mit der Blicke stummer Mahnung zu höherm Fluge, uns entzünden.—Ich corrigire schon ein Schreiben an die Leipziger Allgem. Zeitung: „Eine hochlöbliche Redaktion wird ersucht Folgendes in ihre Spalten aufzunehmen: Magdeburg d. 25 August. So eben erhalte ich ein Schreiben von der Bettine aus Berlin. Sie schreibt mir: „Einen Tag um den andern habe ich den Kronprinzen von Würtemberg bei mir sitzen usw. usw.[“]—Ach! welche absonderliche Augen würde der absonderliche Purpurgeborne machen, wenn er sein Sündenregister gedruckt läse. Und der Thronredner. Hochverrath schreit es von allen Seiten.—Und die Hofdamen mit sanft anschmiegenden Gefühlen, die zum Teufel gewünscht werden: wie würden die sich bekreuzen und dann in Harnisch gerathen. Welche Meute würde das „Hofgelichter“ gegen dich loslassen. Du allein, im Kampf gegen Tausende, tapfer um dich hauend, deinen Heldenmuth in dieser jämmerlichen Zeit bewährend: es wär' ein gar zu schönes Schauspiel! Kaum kann ich der Versuchung widerstehen.—Der heilige Antonius ist ein Poltrer [?] gewesen, wenn ich an den Muth denke, mit dem ich alle muthwillige Geister, die mich von allen Seiten zwicken und zwacken, zu Leibe gehe und aus der Höhle meines Kopfes hinausjagte.—Hast du noch ein Blättchen von dem griechischen Lorbeerkranze: so leg es im nächsten Briefe bei. Ich hab es redlich verdient. Ich habe in der letzten Zeit viele sehr weise Briefe geschrieben. Darin war auch von dir die Rede. Da sprach ich, wie eine trunkne Pythonissin viel von deiner „elementarischen Natur“ und ließ mich dann von meinem Dreifuß so vernehmen: „Die Bettine mußte sich in den heiligen Schauern eines Gelübde zusammenfassen, ihre ganze Seele, mit allen ihren wunderbaren Kräften Einem Herzen, einem Dichterbusen zuwenden, sonst wäre das Elementarische Herr über sie geworden, und hätte ihren Geist in gestaltlosen unruhigen Äther aufgelöst.“—

Einst als ich hinaus wollte in die Welt: da hielt mich dein lächelnder Spott mit „der Tausendfelderwirthschaft“ zurück.—Du treibst ja jetzt Hunderttausendfelderwirthschaft selbst.—Kronprinzen, Philosophen, junge Strebende, Hofdamen, Hofkavaliere.—O, ich sehe dich, wie du mit fliegenden Locken, den anschmiegsamen Sand der Mark Brandenburg durchschreitest, und mit vollen Händen überallhin goldne

Weizenkörner ausstreust. Jeder Ökonom kann dir sagen, daß im Sande Weizen nicht gedeiht, und nur Hafer und Kartoffeln fortkommen. — Nur wenn die Sonnenstrahlen gesammelt und auf Einen Punkt gerichtet sind, zünden sie. Dazu muß man Zeit haben. —Wenn mich Geschmeiß belästigt: so nehm ich eine Fliegenklappe und schlage sie todt. Oder, wenn ihrer zu viel sind: so ergreif ich eine Schürze, oder ein Tuch oder was sonst mir in die Hände fällt und jage sie zum Tempel hinaus. Da mögen sie draußen summen soviel ihnen beliebt. —

Von den Fürsten erwart ich kein Heil. Diese Geschlechter, die sich zu einer besondern Vollblutsrace des Menschengeschlechts aufgeworfen haben, sind so alt, so abgelebt, daß sie sogar nach der Krücke der Legitimität griffen, um sich nur aufrecht zu erhalten. —Aus dem frischen, urkräftigen, ausgeruhten, unberührten Boden des Volks müssen die Gestalten der Zukunft — ob einer nahen oder fernen, weiß ich nicht — hevorgehen. Wer kann vorherbestimmen, wenn die große Völkerwanderung des Geistes beginnen wird, um unsere Erde neu zu gestalten? —

Von den Arnimschen Novellen, die du mir schicken wolltest, hab' ich bis jetzt nichts erhalten.

Ist denn der zweite Theil von den Kronenwächtern noch nicht heraus? Du hast mich nur mit dem ersten Theile erfreut. —

Du schweigst ganz von deinem neuen Buche; von „meinen letzten Liebschaften" ist gar nicht mehr die Rede.

Ich bitte, ich beschwöre dich nochmals, mir deine Briefe an mich zurückzuschicken. Der neue Johannes bleibt stekken wenn du ihm nicht zu Hilfe kommst. —

Wenn du noch mehr persönlich, wie wohl einst, an mir Theil nehmen könntest: so würd' ich dich um deinen Rath über ein seltsames Verhältniß angehen, in das ich unwillkührlich gerathen bin.

Glück auf! Laß mir den Ruf bald zurücktönen.

Magdeburg d. 8 September 1841.

J. Döring

Ich wohne jetzt in der
Heiligengeiststraße No 2.

BRIEF 87
Julius Döring an Bettine von Arnim,
Magdeburg, 4.10.1841

Magdeburg d. 4 Oktober 1841.

Was ist denn das, Bettine? Wochenlang wart ich schon auf einen Brief von dir. Du mußt doch schon längst von deiner Reise zurück sein. Sonst kamst du alle acht, oder 14 Tage; dann wurden Wochen daraus; und wenn das so fortginge und ein schläfriger, gähnender Erinnrungsbrief nur alle Monat einmal bei mir anpocht: so kann ich nicht dafür stehen, daß ich nicht am Ende ganz einschlafe und dein leises, nachlässiges Pochen überhöre.—Hörst du denn das Sprudeln frischer Quellen nicht mehr gern?——

Es ist mir jetzt in Aussicht gestellt, nach Berlin gehen zu dürfen. Wirst du im Winter dort sein; und hat sich in deinem Herzen unter der Asche der Vergangenheit noch ein klein Fünkchen Interesse an mir erhalten? Das schreib mir, aber sogleich, weil sonst die kurze Zeit, wo mir noch eine Wahl vergönnt ist, verstreicht. Dann will ich hinkommen, und auf die Kohlen blasen, damit ich da im Winter an einem Feurchen aufthauen und mich erwärmen kann.—Ich hätte dir soviel zu sagen; aber die Zeit drängt mich zum Schließen und hält mir die Hand auf den Mund. Darum mal ich mir das Bild auch nicht aus, wie schön es auch werden müßte, wenn ich wieder bei dir sein könnte, wie einst, wo du mir „Studentenfutter“ zurecht machtest, wie wir da zusammen reden wollten vom Staat und von der Welt, die von den Philistern aus allen Fugen gebracht sind, daß sie schwerfällig, rumpelnd und schwankend im Weltenraum umhertreiben.—Die müßten wir wieder zurecht rücken im Schweiß unseres Angesichts.—— Krieg müßten wir anfangen, ohne den würd es schon nicht abgehen; der bringt die faule Menschheit auf die Beine, wie der Reisende die Schildbürger, die nach fröhlichem Mahle sich im Kreise gelagert hatten, aufstehen wollten und nicht konnten, weil keiner wußte welcher Theil des allgemeinen Beinknäuels ihm gehöre. Er nahm eine Ruthe und hieb auf sie los: da fand Jeder seine Beine wieder.—Du wärst der Feldherr ich dein Adjutant: wie wollten wir auf die Feinde losjagen! —

Schreib mir doch: Es ist Alles wie sonst; du sollst mir willkommen sein. Dann will ich es schon durchsetzen, daß ich kommen darf. —

Die Überbringerin dieses Briefes hat mich gebeten, sie bei dir einzuführen. Da du sie schon kennst: so hielt ich eine Empfehlung für überflüssig; sie aber meinte, es würde für sie eine schützende Ägis sein; denn wenn sie in Gedanken dir nahe, da glaube sie, zur Werkstätte des Donners und Blitzes hinaufzusteigen. — Die Arme! ein Minervenschild — von *mir*! — Nun denn, auch ohne Schild, wenn sie, die zu dir als zu einem Gotte emporstaunt, in Gedanken deine Kniee umfängt: so laß die ambrosischen Locken deines Hauptes Gewährung ihrer Bitte nicken: sie freundlich aufzunehmen, wie einst als Thetis schmeichelnd die Kniee des Kroniden umfaßte. — Um meinet- und deinet-willen nimm sie gut und gern auf, die auf dem Boden deines Geistes aufgewachsen, sich gedrungen fühlt ihren Dank als Duft dir zuzuhauchen. — Was red ich noch viel? Ich weiß ja, daß du nie ein Vertrauen, das sich dir zugewendet, zurückgestoßen hast; und daß man nur deiner bedürfen muß, um deiner Hülfe sicher zu sein. —

Antworte mir doch ... aber berechne die Zeit nach meiner ungeduldigen Erwartung. —

J. Döring

BRIEF 88
Julius Döring an Bettine von Arnim,
Magdeburg, 26.2.1842

Fürst und Volk.

Erwach, mein Volk, mit neuen Sinnen. —
Herwegh. —

Es ging eine Stimme aus, die rief laut und vernehmlich: „Wacht auf, und redet; ich mag nicht herrschen über ein schläfriges und stummes Volk!“ — Wir haben die Stimme wohl vernommen; sie hatte einen hellen, scharfen Klang.

Wir sind emporgefahren aus dem Schlafe und haben uns die Augen gerieben. Da sahen wir, daß es im Osten dämmerte und ein schönes Morgenroth am Himmel stand. Es ist noch so früh, sprachen wir, wir wollen noch schlafen bis die Sonne aufgegangen ist. Das sag uns, du Wächter, und weck uns dann wieder.—Wir sind noch so müde, so müde!—

Weh Euch! Weh uns! Es ist das kein natürlicher, kein erquickender Schlaf, der die Glieder löst und die Seele eintaucht in tiefes Behagen; der beim Erwachen entschwindet, wie leichter Nebel; und der uns das Morgenroth mit Lust, als wären wir neugeboren, begrüßen läßt. Es ist ein Zauberschlaf, gegen den wir uns vergebens sperren. Der Rothstift, die Schulmeisterfeder des Censors sind der Zauberstab, der magische Kreise um uns zog und in lähmenden Schlaf uns versenkte. Die besten Kräfte der Seele hält er gebunden, und läßt sie verkümmern und versiechen.—Wir haben geschlafen schon so lange, so lange!

Die Siebenschläfer schliefen sieben Jahre; wir aber haben schon geschlafen an die vier mal sieben Jahre. Wir armen Siebenschläfer, wir können nicht erwachen!—

O, Fürst, zerbrich den Zauberstab; sonst sind all deine tönenden Worte in den Wind gesprochen. Du sprichst von Deutschland; du nennst dein Volk begeistrungsfähig! Begeistrung wird dir auch genug entgegengetragen . . . Niccolo Macchiavelli sagt in seinem Fürsten: „Ein Fürst kann sich nicht auf die Erfahrungen verlassen, die er in ruhigen Zeiten gemacht hat, wo die Bürger der Staatsgewalt bedürfen, da Jeder läuft, Jeder verspricht, Jeder für Einen sterben will, wenn der Tod noch in weiten Fällen liegt. Aber in Zeiten des Unglücks, wenn die Staatsgewalt der Bürger bedarf, da findet sie für ihre Zwecke Wenige vor, und diese Erfahrung ist um so gefährlicher, als man sie nicht mehr als Einmal machen kann.—" O, der Macchiavelli ist klug, schlangenklug! Und doch kannst du, Fürst, alle seine Klugheit zu Schanden machen.—— Ja, wir sind begeistrungsfähig wie vielleicht kein andres Volk auf Erden. Begeistrung hat einst die Fesseln gesprengt, in die ein übermüthiger Feind uns geschlagen hatte. Aber Begeistrung läßt sich nicht anbefehlen; sie erscheint nicht auf Commando, und könnte leicht in Zeiten der Noth ausbleiben. Begeistrung ist nur da, wo Geist ist. Geist ist nur, wenn er frei ist. Nicht der Geist ist frei, der in sich zu hausen sich gezwungen sieht, der ein unfruchtbares Dasein in der engen Brust des Einzelnen führen muß. Der Geist will befruchten, Geist zeugen. Frei ist nur der Geist, der sich, wie ein Strom, ungehemmt in die Welt ergießen kann. Nur der freie Geist ist begeistrungsfähig. Nur ein freies Volk kann aufflammen in Begeistrung, wenn sein Herrscher es aufruft zum Kampf für die edelsten Güter des Lebens.——

Wer jetzt ein öffentliches Wort zu reden wagt, der ist einer dunkeln Gewalt hingegeben. Es treibt ihn, zum Volke zu reden, einen Blitzstrahl in die träumende Seele des Volkes zu schleudern, auf daß es erwache aus seiner Lethargie. Er spricht aus voller Überzeugung, wie es der Geist ihm eingiebt. Da durchkreuzt den Wandel seiner Gedanken die Erinnrung: dein Geist muß erst die Netze der Polizei durchbrechen ehe er in's Freie gelangen kann; ein argwöhnisches Ohr fängt deine Rede auf, sie muß erst von einem .... doch Brutus ist ein ehrenwerther Mann .. also: ein Unschädlichkeitsattest erhalten haben, ehe sie an das Ohr des Volkes schlagen kann. Was soll er thun? Er schweigt. „Der Rest ist Schweigen." Oder er schickt die geächteten Kinder seines Gehirns verkleidet in das Lager des Feindes und überläßt es ihrer List unerkannt durchzuschlüpfen.—Nichts Frisches, Freies, Kräftiges vornimmt das Volk mehr. Damit verliert das Volk, um mit Plato zu reden, das erzürnbare Element, ohne das ein jeder Staat ein ekler, stehender Sumpf ist. Was als des Volkes Stimme gilt ist nichts als Halbheit oder Lüge. Es giebt nichts, was mehr demoralisirte als die Censur.—

Es ist uns jetzt zwar erlaubt zu reden, sogar zu tadeln aber mit Wohlwollen. Mit Wohlwollen!—Leben wir im Paradiese? Oder sind die Träume der Chiliasten verwirklicht und das Reich Gottes herniedergestiegen auf Erden? Göthe sagt:

Dann zuletzt ist unerläßlich,
Daß der Dichter manches hasse,
Was unleidlich ist und häßlich
Nicht wie Schönes leben lasse.

Was hier vom Dichter gesagt ist, muß auch vom politischen Schriftsteller gelten. Was dem Dichter das Häßliche; das ist dem politischen Schriftsteller das Unrechte, das Schlechte, das Halbe, das Gesinnungslose. Das muß er hassen, seinen Haß muß er aussprechen dürfen. Wer schweigen kann, wo er das Unrecht triumphiren sieht, der muß kein Herz im Leibe haben. Wer aber *wohlwollend* ein Unrecht besprechen kann, der ist selbst schlecht oder ein Heuchler. Dazu kann uns der König nicht machen wollen. — Man verlange von uns Überzeugungstreue, edle Gesinnung. Schon Schleiermacher hat gesagt, woran man eine wahre Gesinnung erkennen kann, nämlich daran, daß sie als in sich bestehend und an alles Große und Schöne sich anschließend, bewährt wird. — Darum, wenn die Sache frei gegeben ist; so möge auch die Form freigelassen werden. Jedes einzelne Unrecht, jede einzelne Philisterhaftigkeit will auf besondre Art bekämpft sein. Gegen dieß müssen wir die Felssteine gerechten Zorns schleudern können; gegen Jenes ist es hinreichend, wenn wir ihm den Vexirspiegel der Ironie vorhalten; gegen wieder ein Andres müssen wir die scharfe Geißel der Satyre schwingen dürfen. — Und Wohlwollen soll zum Criterium des Zulässigen gemacht werden? —

Auch das Verhältniß zwischen Fürst und Volk hat die Censur zu einem unwahren gemacht. Von ihr ist ein feines Gift ausgegangen, das den ganzen Staatskörper durchdrungen und entkräftet hat. —

So schrieb Jemand an mich, den ich hier zu nennen Bedenken trage. Den aber der Kundige am Style und Geiste errathen wird: „Das Volk muß regiert werden, aber nach volksthümlichem Sinn. Von ihm geht die Lehre aus über seine Bedürfnisse. Der Staat muß seinen Willen dem Volkswillen unterwerfen, daß er von ihm magnetisirt, hellsehend gemacht werde über des Volkes Lenkung. Das Volk ist die heilig anvertraute Saat und durch seine gerechte Pflege empfängt es seine elektrische Taufe, daß es, wie seinem Gott, so seinem Könige Treue haltend, Allem widersagt, was des Teufels ist, aber Meisterschaft gewinnt in den Zeitwendungen und, wie im Tanze, sich hinaufschwinge von Stufe zu Stufe, daß wie der Höchste so der geringsten Einer sich frei fühle von Knechtschaft und daß zwischen Unterthan und König das Band der Menschheit weit über jedes andre Verhältniß vorwalte. Wär' es so: dann würde die Weisheit einlenken und würde alle kranken Vorurtheile von uns abstreifen, und wir wären Alle zusammen Ein gesunder Leib, auf den die Geisteskraft eines jeden Einzelnen sich stützen dürfte." —

So sollt' es sein. Die Censur läßt es nicht dahin kommen. — Wir stehen in keinem praktischen Verhältnisse zum Staate. Den Staat repräsentirt uns eine Person: der König. Unsere Beziehung zum Staate wird also auch eine persönliche sein. Die Gesinnung verknüpft König und Unterthan. Gesinnung beruht auf dem Gefühl und das Gefühl wird etwas von seiner Wärme auf das Verhältniß zwischen König und Unterthan übertragen. Das können wir zugestehn, ohne uns der Lüge schuldig zu machen, die wir demaskiren wollen. Das ist jene breiweiche, allerunterthänigste Zärtlichkeit gegen den Souverän, die uns bis zum Überdruß tagtäglich in den Zeitungen vorgesetzt wird. Das sind jene hohlen Floskeln: allgeliebt, allverehrt, von heißesten Segenswünschen begleitet usw. Das ist jene gedankenlose Verkehrtheit, die mit dem Worte Landesvater die seltsamsten Begriffe zu verbinden scheint, und uns entweder in die rohen Anfänge des Staats, in das patriarchalische Zeitalter mit Einem Salto mortale zurückversetzt, oder uns wieder zu Kindern macht. — Sie bedenken nicht, daß es keinen kläglichern Anblick giebt, als wenn Erwachsne kindisch thun und kindisches Wesen treiben. — Sie sind so ungeschickt, sie können sich an Superlativen nicht genug thun; sie tragen so stark Schminke auf, daß auch der blödeste Mensch ihr Freudenroth nicht für Natur halten kann. Sie glauben die Sprache des Herzens getroffen zu haben mit ihren lauwarmen Redensarten. Sie irren sich aber; es ist Curialstyl. — Wo das Herz liebt, da macht es nicht viel Wesens von seiner Liebe. Handeln für das Geliebte ist die Sprache des Herzens. Wo das Herz liebt, da ist es stolz, nicht so submiß wie seine falschen Propheten. Die Liebe hebt alle Unterschiede auf, macht Alles gleich. In der Liebe zu seinem Fürsten verschwindet dem Volke der Abstand zwischen beiden. Die Liebe streift den Purpurmantel der Majestät ab und sieht nur auf das edle, große Herz des Menschen, der zugleich Fürst ist. Große Thaten eines Fürsten zeugen Liebe und Begeistrung.—Darum schämt Euch, Ihr, die Ihr im Namen des Volkes sprecht, und prunkt nicht ferner mit Euch und dem Volke angelogenen Gefühlen.

Offen, frei und mündlich sei die Rede des Volkes und der Tagespresse dem Monarchen gegenüber.—Er selbst, der König, ist uns mit diesem Beispiel vorangegangen. Er hat freimüthig und grade heraus zum Volke gesprochen, auch da, wo er wußte, daß sein Wille Vielen ihre liebsten Hoffnungen zerstörte. Er wird auch uns diese Offenheit gönnen ohne die keine Wahrheit und diese Wahrheit ohne die kein Verhältniß auch nicht das zwischen Fürst und Volk bestehen kann. Eine Überzeugung wird kein Wille, und wär es der des mächtigsten Monarchen, umstürzen. Es ist das unser tiefstes Innre. Geben wir sie auf; so geben wir uns auf. Mit solchen feilen Knechten, die ihre Überzeugungen wie Kleider wechseln, ist aber keinem Monarchen gedient. Sie werden ihn verlassen in der Stunde der Noth;—wir haben's gesehen.—Keine wahre Überzeugung hat der Staat zu fürchten. Sie erkennt als das Höhere über sich den Staat an, dem sie sich unterwirft, auch wenn die Form, in welcher er festgehalten wird, ihr dem Geiste, der in ihm lebt und webt, nicht angemessen erscheint.—Wir fangen wieder an zu hoffen, wir hoffnungsseliges Volk. Wir hoffen auf den König. Wir erinnern uns, daß es an einem Pfingsttage war, als er den Thron bestieg. Möge auch über uns der Geist kommen, der frei macht. Wir erinnern uns, daß eine seiner ersten Regentenhandlungen war, daß er die Kerker öffnete und den politischen Gefangnen die Freiheit gab. Nur ein Gefangner blieb zurück: Keiner hat die Thür seines Gefängnisses geöffnet. Und doch ist [er] der Edelste, der Größte, ja göttlicher Natur! Es ist: *das Wort*!—

Hofft auf den König! Er liebt ja sein Volk. Gehört er doch auch selbst zum Volke zu „diesem Ganzen der in Gesellschaft mit einander fortlebenden und sich aus sich selbst immerfort natürlich und geistig erzeugenden Menschen, das insgesammt unter einem gewissen besondern Gesetze der Entwicklung des Göttlichen aus ihm steht." — Er wird nicht hemmend in die beginnende Entwicklung des Weltgeistes eingreifen wollen. — Nein, er wird, wie sein großer Ahnherr, den Trieb in sich spüren: „ewig dauerndes zu verflößen in sein irdisches Tagewerk und das Unvergängliche im Zeitlichen selbst zu pflegen und zu erziehen." Fürst und Volk — Beide zusammen gehen einer großen Zukunft entgegen. Das Volk soll nicht länger verdumpfen in philisterhafter Beschränktheit. Das Interesse am Allgemeinen, am Staate, einmal erwacht, läßt sich nicht mehr zurückweisen. Es ist wie bei Quellen, die lange unterirdisch fortrieseln und dann plötzlich in starken Strahlen an's Licht springen. Daß ein fröhliches Quellenleben in Deutschland erwachte, daß alle Quellen in Einen mächtigen Strom zusammenrauschten!

„Erwach mein Volk, mit neuen Sinnen,
Blick in des Schicksals goldnes Buch,
Lies aus den Sternen dir den Spruch:
Du sollst die Welt gewinnen.[“]

Magdeburg d. 26 Februar 1842.

Δγ.

BRIEF 89
Julius Döring an Bettine von Arnim,
Magdeburg, 6.3.1842

Magdeburg, d. 6 März 1842.

Bettine, jetzt mußt du mir Stand halten. — Lange Zeit hat sich Schweigen zwischen uns aufgethürmt. Ich glaube an dich, an deinen Genius. Der Glaube versetzt Berge. Es ist wieder frei zwischen uns. Ich fliege zu dir, wie einst. Ich werfe mich zu deinen Füßen. — Hilf mir!

Mir ist der Weg in die Öffentlichkeit verrammelt: brich mir Bahn.—So red' ich zu dir; kurz, wie zu einem Zeltkameraden. Sei mein Führer wieder, wie du es einst warst. Ich folge deinem Commandorufe.—

Es will der Geist des neuen Lebens sein Pannier entfalten; seine Werbetrommel geht durch die deutschen Lande und ruft einen jeden Streiter zu seinen Fahnen. Die Philister schaudern und bekreuzen sich; die Knechte des Gesetzes gehen aus, ihn zu fahen, werfen ihn nieder und legen ein Schloß auf seinen Mund. Sollen wir das dulden? Der Geist in Banden! Sollen wir nicht Alles thun zu seiner Befreiung? Wirst du nicht herbe[i]eilen, wenn du ihm die Pforte seines Kerkers öffnen kannst?—Ich wollte zum Volke reden, dessen Geist unter der ewigen Bevormundung zu einem Nachtwandler geworden war, der nur träumend über die Firsten des Staates hinstrich, und nur offne Augen und rege Hände für sein beschränktes Philisterleben hatte. Ich wollte es bei Namen rufen, auf daß es erwache, mocht' es auch sein sichres Traumwandeln verlieren.—Ein bornirter zufahriger Polizeimensch hat das für staatsgefährlich gehalten und mir das Imprimatur verweigert. Ich beschwerte mich. Der Oberpräsident Flottwell ließ mich gestern Abend zu sich kommen. Auch er hat mir die Druckerlaubniß versagt. Man solle nicht zum Volke reden; keine Aufregung hervorrufen; Alles müsse hübsch ruhig und ordentlich zugehen; der Geist könnte ihnen sonst über den Kopf wachsen und sie die Zügel der Herrschaft verlieren; ich sollte warten noch ein paar Jahre, der König wolle ja das Bessere, aber nach und nach. Doch, was behellige ich dich mit dieser dürren Weisheit.—

Mein Hülferuf: Ich möchte doch wissen, ob die Diener des Königs seinen Willen erfüllen. Du stehst ja mit dem Könige in Verbindung. Leg' ihm meinen Aufsatz vor, und frag ihn, ob eine solche Stimme in seinem Volke nicht laut werden dürfe?—

Bettine, gedenkst du noch der alten Kaiser in Goslar? Wie sie so ernst und still und fest dastanden! O, sie haben mächtig in mich hineingerufen mit ihrer stummen Beredsamkeit! So still wie sie sind wir lange gewesen. Nun wollen wir so ernst und fest dastehen, gleich ihnen, und unsern Feinden Trotz bieten, wär auch ihre Zahl Legion, und das schnöde Philisterthum unter unsre Füße bringen.—Und du seiest unsre Fortuna, die mit anmuthigem Schwunge über der Weltkugel schwebt, den Siegerkranz in den Händen.—

Ein Brief von dir trifft mich in der Heiligengeiststraße No 2.—

Julius Döring

BRIEF 90
Julius Döring an Bettine von Arnim,
Magdeburg, 10.8.1842

Magdeburg, d. 10 August
1842.

Der Clemens ist todt!—— Ich hab ihn nicht gekannt, auch gelesen hab' ich nichts von ihm, so daß ich nicht weiß, was seine Umgebung und die Litteratur an ihm verloren hat; aber er war mir werth um deinetwillen. War er es doch gewesen, der, wie jener greise Priester, an der Schwelle deiner Kindheit stand und betend und segnend seine Hände über dich breitete, der mit mittragendem Blick des Baumes geheimnißvoll Wachsthum entdeckte, dessen süße Früchte der Jugend dieser Zeit als lang ersehnte Gabe zu Theil wurden.—— Der Clemens ist todt; doch fortleben wird er in deinem Angedenken. Glückselig die Todten!—

Ach, warum muß ich die Todten beneiden?—Warum bin ich lebendig todt, da kein Gedanke mehr von dir zu mir herüberdringt, kein freundlich Erinnern mehr dich zu mir führt, dich zu mir herabzuneigen, der tiefbewegt zu dir emporsah; kein Zeichen, kein Wort mir sagt, daß ich noch lebe in deiner Brust, die ich als meine Heimath zu betrachten leicht überredet mich gewöhnt hatte?—— Nein, ich kann es nicht glauben, daß du mich zu den Todten geworfen hast. Jene Zeit mir dir war zu wahr und schön, als daß sie nach so kurzer Dauer schon spurlos verschwunden sein könnte. An dir, die wie ein ewiger Stern mir vorgeleuchtet hat; an der Wahrheit selbst müßte ich zweifeln, wollt' ich das glauben.—— Das wird es gewesen sein. Die lebendige Gegenwart, die deiner bedarf, in die du nach so vielen Seiten, belebend, erquickend, anregend, schützend, zürnend hineinstrebst, wird all deine Kräfte und deine Zeit in Anspruch genommen haben, so daß du vergaßest, daß du einst—— —

Auch ich bin derzeit nicht müßig gewesen. In alle Strudel der Zeit hab ich mich hineingestürzt, im Kampf sie zertheilt und mich oben erhalten.—Der Baum, in dessen kühlem Schatten auch du eine kurze Weile ruhtest, ist nicht verdorrt.—Von frischen Quellen getränkt, steht er da in der schwülen Gewitterluft, mit dem hoffnungsreichen Schmuck seiner grünen Blätter, und wenn er auch noch keine süßen, im Wipfel gereiften Früchte dir bieten kann, so ist doch hie und da eine Knospe schon aufgegangen, und er harrt nur einer warmen Nacht, die aus all seinen schwellenden Knospen duftende Blüthen hervorlocken wird.—— So unverändert red ich zu dir, als wär ich vom Schlaf überwältigt, eingeschlummert zu deinen Füßen, deine Hand in meiner Hand und wie ich erwache nach kurzer Frist, halt ich noch deine Hand, und blicke empor in dein Auge, das mich leise umschwebt.—Sieh, die Schwalben kehren alljährlich, nach Odysseischer Irrfahrt, zur Heimath wieder und zu ihren gewohnten Nestern.—Eine Schwalbe hatte sich angebaut oben an der Kuppel eines schlanken, griechischen Tempels, und ist dann mit den andern fortgezogen in ferne, fremde, heiße Länder. Nun ist sie wiedergekommen nach langer Meerfahrt, und sitzt oben auf dem Simse des Tempels bei ihrem Neste und zwitschert in der Abenddämmerung.—O du, blick doch empor und sprich mit der Schwalbe; die Abendlüfte kühlen die Stirn des müden Tages; die Welt ist still; die Nacht will kommen und die Sterne sind schon da, die deiner Kindheit geleuchtet, und mit dir geheimes, wunderbares Zwiegespräch geführt haben.—Horch, sie klagen, sie fragen.—Schüttle nicht so ungeduldig deine Locken!—

Und wenn Niemand mir zuhört; ich muß wohl spielen.—

Der Mond scheint trübe; die Luft weht kalt.
Im Wald es von Fiedeln und Singen erschallt.

„Das ist wohl der Geiger, das lustige Blut;
Der nichts als Singen und Spielen thut?“

Der Geiger setzt sich auf einen Stein
Und spielt im flimmernden Mondenschein.

Es hört es, der leise murmelt, ein Bach,
Es hören's die Elfen in ihrem Gemach.

„Wollen singen und tanzen an Baches Rand.“ —
Dem Geiger sinkt nieder die müde Hand.

Da singen die Elfen. Der Geiger erwacht;
Er staunt, er lauscht: „Wer singt bei der Nacht?“

Er nimmt die Geige schnell an das Kinn.
„Wer singt, der nehme mein Fiedeln auch hin!“

Er lauscht noch immer wie festgebannt.
Da erklingt seine Geige von Geisterhand.

Das tönet so seltsam, so wunderbar,
Drauf hat er gesonnen schon manches Jahr. —

„Nun hab' ich's; du, wer du auch sein magst, zuruck!
Ich will nun selber spielen das Stück.“

Er spielt es vom Anfang dem Ende zu,
Noch einmal, noch einmal; es läßt ihm nicht Ruh'.

Es springt eine Saite; er spielt es auf drei'n.
Es springt eine Saite; er spielt es auf zwei'n.

Es springt eine Saite; auf Einer Sait'
Das Lied süß wimmert hin über die Haid'.

Er spielt es; er muß es; das Lied ihn zwingt
Bis die letzte Sait' und sein Herz zerspringt.

Ach, erkennst du deine Melodie?

Döring

BRIEF 91
Julius Döring an Bettine von Arnim, Magdeburg, 3.12.1842

Magdeburg, d. 3 December 1842.

Bettine, wohnst du denn in verzaubertem Schloß, das unsichtbar wird, wenn man sich ihm nähert? Oder bist du eine Ondine, die in Luft verflattert, wenn man sie festhalten will?—O du Aventiure meines Lebens halt mir nur dießmal Stand; wir wollen plaudernd zusammenziehen durch des Waldes romantische Wildniß oder wohin du willst.—

Du bist tief gewurzelt in meiner Brust; der Sturm, der über mich hinbrauste, hat dich nur mächtiger Wurzeln schlagen lassen und jetzt wehen alle Ranken verlangend zu dir hinüber.—An des Jahres Neige möcht' ich dich wiedersehen, dir die Hand reichen, und dann im erneuten Bunde mit dir getrost den Kämpfen der Zukunft entgegengehen.—

In nächster Woche wollt ich auf 8 Tage nach Berlin kommen. Da hör' ich, du seiest vor einiger Zeit verreist gewesen, und man wisse nicht, ob du schon zurückgekommen.—Schreib mir doch, aber *mit umgehender Post*; und wären's nur die Zeilen: Komm; ich bin daheim.—Und wenn du nicht heimisch?—Ich will es nicht glauben; noch leuchtet ja mein Stern:

Julius Döring

Ich wohne Goldschmiedebrücke
No 19.

BRIEF 92
Julius Döring an Bettine von Arnim,
Berlin, 4.1.1844

Berlin, d. 4 Januar 1844.

Es war der Duft der weißen Hyacinthe, der mir Muth machte, wieder zu dir zu gehen. Ich hab' es erfahren, daß jene magischen Zauberkreise, welche einst um des Jünglings schwebenden, kaum die morgenbethauten Blumen berührenden Fuß gezogen waren noch immer ihre Zauberkraft ausüben über den Fuß, der schwerer geworden ist, seit er gelernt hat, die Erde fester und bestimmter zu betreten. Da bin ich wieder.—

Seitdem ich dich wiedergesehen sind mir die Stunden mit schwerem, langsamem Flügelschlage vorübergezogen. Unter der Last lautloser Einsamkeit brach meine Seele zusammen. Der Nebel der Melancholie verdeckte mir jede Aussicht in's Freie. Die Brust war mir zusammengeschnürt. Mir war, als wandle ich in Katakomben zwischen Mumien; von Verwesungsgeruch schien mir die Luft inficirt.—Ich habe gekämpft, gerungen und gesiegt. Der Nebel ist gefallen, die Sonne scheint wieder, die Zukunft leuchtet mich von Neuem an mit herzerhebendem Morgenroth. Ich vertraue, ich glaube wieder: die Wahrheit muß siegen.—Aber, daß eine solche erschlaffende Zeit mir nicht wiederkehre; gieb mir zu thun, Bettine, es sei was es sei—Futter für Begeisterung. Was ich treiben muß, füllt mir die Seele nicht. Du bist die Einzige, der ich freiwillig und gern diene; denn dir dienend, dien' ich allem Guten Wahren und Schönen. Hast du für deinen Schildknappen nichts zu thun?——

Du hoffst noch von diesem Könige; du glaubst noch, er würde dir und der Wahrheit zu Liebe sein goldenes Kalb aufopfern. Ich hoffe nichts mehr; ich glaub' es nicht.—Du sagtest: Es giebt Menschen, denen man Alles, und wiederum Andere, denen man nichts verzeihen muß. Christlich-barmherzig wolltest du den Fürsten ihre Sünden nicht anrech[n]en. Heidnisch-menschlich denkend erscheinen mir die Fürsten als Solche, denen man nichts verzeihen darf. Denn, warum sind sie erhöht über die anderen Menschen, warum ist in ihre Hand die Macht gelegt? Nicht darum, daß sie dem Volke, wie weichem Wachs, den Stempel ihres Beliebens, ihrer Sonderlichkeit, ihrer Schrullen aufdrücken; sondern darum, daß sie den Willen des Volkes vollbringen, daß sie ihres Ichs entkleidet, dem großen Ganzen sich hingeben, seine Entwickelung mit klugem, überschauendem Blick fördern, ihm die Thore der Zukunft öffnen.—Ich glaubte einst, ein solcher König werde uns zu Theil werden. Als ich schon zweifelte; da dacht' ich mich in seine Seele hinein und schrieb folgendes Gedicht, das ich dir hier aus dem Gedächtniß hersetze:

O Herr, wie lieblich strahlen deine Sterne!
Wie kühlt und stählt die Brust der Hauch der Nacht!—
Es schläft mein Volk. O, schlafe süß; denn gerne
Für deinen Schlaf des Königs Auge wacht.

O du mein Volk; für das ich sinn' und bilde;
Ich denke dein, und leicht wird mir die Last—
Wie du, gleich Wogen rauschend, auf dem Schilde
Zum Thron begeistert mich getragen hast.

Vertrau'! Ich halte dir, was ich versprochen.
Mich bindet fester als ein Schwur mein Wort.
Ein frisches Morgenroth ist angebrochen.
Ich führe dich zu lichten Pfaden fort.

Wer ohne Rückhalt traut, der weckt Vertrauen,
Was Großmuth giebt, steht in der Großmuth Schutz.
Wenn Volk und Fürst so auf einander bauen,
Da bieten sie der Welt in Waffen Trutz.

Nur Sklavensinn und Frechheit will ich ächten;
Dem freien Mann sei freies Wort verliehen.
Der wird zum Knecht, der freien Sinn will knechten.
Zur Freiheit kann die Freiheit nur erziehn.

Du willst ja durch den Geist dich offenbaren
O Herr, von dem zu Lehn die Krone fiel.
O mach mein Auge hell, laß mich gewahren
Die rechten Wege zu dem hehren Ziel.

Und wie mein Herz, so mache du mein Handeln
Von Eigendünkel und von Herrschsucht frei.
Mich und mein Volk laß meine Wege wandeln,
Daß mein Reich deines, Herr, auf Erden sei.

Es naht wohl schon. Schon senkt sich sanft und süße,
Wie Thau auf Blumen in mein Herz die Ruh'.
Ich hör' das leise Rauschen deiner Füße:
O, decke mich mit deinem Mantel zu.—

Ei ja, Schlummerlieder gefielen ihm. So früh, war er schon müde. Gemüthsseligkeit sein Ideal. Hübsch anständig, bescheiden und wohlmeinend sollt es im Staate hergehen, nicht feurig, heiligen Zornes voll, todesmuthig, kein Waffenklirren der Geister gegen einander. Schlafe, was willst du mehr; das war der Text seiner Reden, das Motiv seiner Handlungen. Der Volksgeist, dieser so lange stumme, schlummernde Riese, hatte kaum ein Wort gesprochen, kaum, noch im halben Schlafe, mit einem Auge ihn angeblinzt; da hatt' er sich schon entsetzt vor dieser ungefügen Kraft und warf ihm schnell wieder eine Binde über die Augen und ein Schloß vor den Mund.—— O dieser König! Er hätte der Barbarossa Deutschlands, der Held der Gegenwart, oder doch der Johannes der Zukunft werden können. Er hat es nicht gewollt; er hat es vorgezogen der Narr, der Don Quixotte der Vergangenheit zu sein.—

Nun wohlan; des Volkes Sache ist darum nicht verloren. Führt kein Fürst sie durch (und es scheint, als solle aus diesen vom Rost der Vergangenheit angefressenen Fürstengeschlechtern kein großer Mann mehr hervorgehen) so wird das Volk sie selbst durchführen. Ihm gehört ja die ganze Zukunft. Und wie viel hat es gelernt in Kurzem; wie ist es gewachsen im Selbstbewußtsein! — Zuerst war es stumm und unlebendig. Da mußt es aufgerufen werden, um die Ketten der Knechtschaft abzuschütteln. In unserer Zeit ward es wach und nachdenklich; da erdreistete es sich, zu fragen. Schon fängt es an zu bitten; bald wird es fordern und endlich gebieten. — O, daß ich diese Götterdämmerung noch erlebte! — —

Du sagtest zum Grafen von Oriola, er solle revolutionär werden. Er nahm es für den Maskenscherz einer geistreichen Frau. Lächelnd küßt er deine Hand und tänzelte hinaus. Mir geht die Gesinnung durch Mark und Bein. Ich vertraue dir; darum leg' ich mein Geschick in deine Hand. —

Ich werde nicht lange hier sein — du warst gütig. — Aber so zur Visitenstunde, als Leutebesuch zu kommen — — Ich denke noch daran, wie ich einst mit dem Vogel der Minerva meinen Flug begann — zu Dir. Kannst du mir nicht sagen lassen, wann du Lust hast, mich zu sehen? — Döring

(Neue Verbindungsstraße zwischen Charlotten- u. Friedrichsstraße, im Schiedlerschen Hause, 1 Treppe hoch.)

BRIEF 93
Julius Döring an Bettine von Arnim,
Berlin, 24.1.1844

Berlin, d. 24 Januar
1844.

Ich wollte dir nichts als einen Wiederklang, und kann dir nur eine Paraphrase deiner Bergpredigt wiedergeben. Auch das war umsonst, daß ich den heiligen Geist anrief, er möge mich inspiriren, die Feder mir führen, auf daß ich rein und unverfälscht dein Evangelium der armen Sünder, zu Nutz und Frommen aller Gegenwärtigen und Zukünftigen niederschreiben könne. Der heilige Geist blieb aus, wie man sagt, weil er seit längerer Zeit in die alleinigen Dienste des Herrn Geheimen Raths von Schelling, Ritter des rothen Adlerordens zweiter Klasse ohne Eichenlaub, getreten ist. — Deine Gedanken mit fremder Zuthat biet' ich dir. Es wird dir ein Leichtes sein, dein Eigenthum herauszufinden und die Spreu vom Korne zu sondern.

Also sprachest du:

Ich sage euch: der Reiche hat kein Recht zu geben und die Armen müssen sich nehmen, was ihnen zukommt. Wenn sie dieß vernehmen die Reichen, die Mächtigen, die Schriftgelehrten, da werden sie zuerst verstummen vor Erstaunen. Und dann werden sie losstürmen mit Fragen: Wie? Was? Wir sollten nicht einmal das Recht haben, den Armen zu geben? Wenn wir geben, war es nicht aus Gnade, aus Barmherzigkeit? Wir haben nicht einmal eine Pflicht und sollen kein Recht haben, zu geben? — O, wie seid ihr verstockt, ihr Reichen, wie ist euer Herz verhärtet, wie ist eure Seele verschlossen dem Lichte und undurchdringlich gleich einem Steine! Aus Gnade, aus Barmherzigkeit habt ihr gegeben, sagt ihr. Ja, ihr meint, einen Platz im Himmel euch zu erkaufen mit euren Gaben, aber seine Pforten werden euch verschlossen bleiben für nun und immer. — Denn wie gebt ihr? — Ihr werft den Armen eure Almosen hin, wie man einem Hunde einen Brocken zuwirft, und kümmert euch nicht weiter um sie. Ihr steigt nicht hinab zu den Höhlen, wo die Noth und das Elend ihr Lager aufgeschlagen haben. Wie solltet ihr auch? Der Höllendunst, den ihr einathmen müßtet, würde euren Odem verpesten; die hohlen, eingefallenen Gesichter, die ihr sehen würdet, würden euch im Traume erscheinen, und euren Schlaf und eure Verdauung stören; im eigenen, wohlgeheizten Zimmer würde euch frieren, wenn ihr an die Armen dächtet, die barfüßig und zerlumpt der Winterkälte Preis gegeben sind. — Und wovon gebt ihr den Armen? Von eurem Mammon? Und woher stammt euer Mammon? Ist er nicht gewonnen durch den Schweiß der Armen, oder hat ihn nicht euch zugebracht und vermehrt euer Geld, ohne daß ihr weder Hände noch Füße geregt habt? Wie also hättet ihr ein Recht, wie könnt ihr zum Verdienst euch anrechnen, wenn ihr den Armen gebt, da ihr nur zum Theil zurückerstattet, was ganz den Armen gehört! — Ja, das ist die neue Wahrheit, die in die Zeit gekommen ist. Aber diese Wahrheit ist noch unerkannt, gehaßt, geächtet, vogelfrei. Denn noch ist das Heft der Gewalt bei den Reichen und die wehren dieser Wahrheit den Zugang zum Volke. Darum thun sie nichts für den Geist des Volkes und erhalten es in seiner Dummheit. Denn wenn das Volk einsehen lernte die neue Wahrheit; es stünde schlecht mit der Herrschaft der Reichen. Aber sie wird kommen diese Zeit, wo, trotz aller List und Aufgebot der Gewalt, die Wahrheit durchdringen und die Herzen des Volkes erfüllen wird; diese Zeit des Volkes, der Armen, und die Herrschaft der Reichen wird zu Ende gehen. Da wird man erkennen, daß die Reichen lebendig todt sind, da wird man sie legen in den steinernen Sarg ihrer Herzen, da wird man sie begraben und all ihren Mammon ihnen mitgeben in den Sarg, da mögen sie wühlen in ihrem Kothe.—

Und fragt ihr mich, wann diese Zeit der Verjüngung kommen wird, die ich euch verkünde, und deren Ahnung schon mein Inneres mit Flammen der Begeisterung elektrisch erschüttert; so sag' ich euch, ich weiß es nicht, aber viele Zeichen verkünden, daß sie nicht mehr ferne ist.—Es sind nun beinahe zwei tausend Jahre her als die Welt zum ersten Male das Evangelium der Armen vernahm. Es war ein Mann aus dem Volke, der es predigte und der Mann hieß Christus. Er sagte: Es ist leichter, daß ein Kameel durch ein Nadelöhr gehe, als daß ein Reicher in's Himmelreich komme. Er erzählte eine Parabel vom Armen und Reichen. Da saß, nach dem Tode, der Arme in Abrahams Schooße und der Reiche wurde von den Gluthen des höllischen Feuers gepeinigt. Hier auf Erden ließ er Alles beim Alten, aber jenseits des Grabes sollte Alles anders werden: Im Himmelreiche, verhieß er, sollte der Arme erhöht und der Reiche erniedrigt werden, dort sollte der Arme himmlische Freuden kosten dafür, daß er die irdischen entbehrt hatte; dort sollte er überschwänglichen Lohn empfangen für alles Elend und Kreuz, das er auf Erden hatte tragen müssen. Und dieser einzige, karge Himmelsstrahl der Hoffnung sollte das lange, dunkle Leben des Armen erhellen! Und der einzige Schlüssel zum himmlischen Reiche war der Tod!—

Beinahe zwei tausend Jahre sind seitdem verflossen und die Armen haben sich bisher beruhigen und einschläfern lassen von der Aussicht in's Jenseits und von den Schlummerliedern von Engeln mit Lilienstengeln in den Händen, die um ihr Schmerzenslager schwebten.—

Aber in den Tiefen der Zeit ist ein neuer Geist geboren und hat sich des sausenden Webestuhles der Geschichte bemächtigt. Zurückgedrängt von der Oberfläche der Erscheinungen, hat er sich finster und grollend in die dunkeln Wesenheiten der Dinge vertieft und geheim aber unablässig wirkend und schaffend, untergräbt er das Bestehende, das in thörichte Träume ewiger Dauer sich eingewiegt hat, und zernagt die morschen Stützen, daß es allmälich versinkt und er in der Stille den Leichnam des Scheinlebendigen begraben kann, oder er braust, wo Gewalt ihm entgegengesetzt wird, wie ein Sturmwind aus seinen dunkeln Höhlen hervor, mit des Erdbebens unwiderstehlicher Kraft alles Feste vor sich niederwerfend.—— Ihr Thoren, die ihr wähnt, daß Alles, wie es ist, gut und recht und sicher sei; wenn ihr nicht blind wäret und sein wolltet, ihr würdet gewahren, daß der Boden unter euren Füßen schon zu wanken und zu zittern beginnt, wie das Meer, wenn ein Sturm heraufzieht und daß es kein Öl giebt, das diese erregten Fluthen zu glätten vermöchte.——

Der Geist der Gegenwart ist der Geist der Wahrheit. Wahrheit und Lüge können nicht feierlich neben einander leben. Es ist ein Krieg auf Leben und Tod; die Lüge muß vernichtet, die Täuschung zerstört werden. Die Wahrheit respektirt nichts als sich. Sie schont keine Täuschung, selbst nicht die, die Jahrhunderte alter Glaube mit blendendem Heiligenscheine umkleidet hat. Sie nimmt den Armen ihre letzte Hoffnung und den Reichen ihre letzte Stütze.—Einst wollten heiß-verworrenen Übermuthes Titanenkräfte den Himmel stürmen und die Götter stürzen. Berge thürmten sie auf Berge; aber Blitze, aus der Höhe niederfahrend, schmetterten sie nieder und die Mächte der Oberwelt fesselten sie zur Strafe ihres Frevels und wälzten Berge über ihr Gefängniß.

Der Geist der Gegenwart lächelt über das Beginnen der Vergangenheit. Wenn er den Himmel stürmen will; so sucht er ihn nicht außer sich, er findet ihn nicht in der ahnungsreichen Ferne der blauen Umwölbung, die uns überall weich und still umgiebt. Er blickt empor; da zerfließt des Glaubens Jenseits wie der Nebel zergeht wenn die Sonne heraufsteigt. In der eigenen Brust findet er, was er sucht. Denn wie die Nacht die Mutter der Götter war; so ist aus des Herzenes dunkler Tiefe der Himmel aufgestiegen. Was das Herz sich wünschte, aber nicht erlangte, wonach es hier auf Erden sich vergebens sehnte, das Alles sollte ihm zu Theil werden jenseits des Grabes und diesen Ort freudiger Erfüllung nannte es den Himmel. So ist also der Himmel das befriedigte Herz und das Herz der Himmel. Und weil das Herz irdisch ist; so ist der Himmel nichts als die idealisirte Erde. Was hier auf Erden sein sollte aber nicht ist, das finden wir im Himmel.—Aber der Himmel ist nichts Wirkliches.—Nun werdet ihr einsehen warum ich sagte, daß den Armen ihre letzte Hoffnung, den Reichen ihre letzte Stütze genommen sei.—Denkt euch nun, daß die Wahrheit, die ich eben ausgesprochen habe, zu Einem von dem Volke durchgedrungen wäre; würde der nicht sagen: Wenn es also nichts ist mit dem Jenseits, wie könnt ihr euch noch erdreisten, auf jene künftige Ausgleichung uns zu verweisen? Sind unsere Ansprüche nicht anerkannt vom Glauben?

Wenn die Hoffnung, die uns nicht verzagen ließ, eine unbegründete ist, mit welchem Rechte könnt ihr fürderhin uns den Antheil an den Gütern dieser Welt versagen? Warum sollten wir hungern und dursten, während ihr im Überflusse schwelgt, mit dem unsrer Hände Arbeit euch überhäuft hat? Sind wir nicht Menschen wie ihr? Haben wir nicht Rechte wie ihr? Muß nicht schon hier eine Ausgleichung zwischen uns vor sich gehen? Ist nicht das Maaß der Ungerechtigkeit schon gehäuft voll; soll es noch höher schwellen? Warum emancipirt ihr die schwarzen Sklaven und ladet das Joch der Sklaverei auf die Schultern freigeborner Weißen? Haben wir nicht einen Geist wie ihr? Warum reicht ihr ihm so spärliche Nahrung? Ist das Recht, daß ihr uns die Möglichkeit raubt, die Psyche in uns zu entfalten, daß ihr sie zwingt, Sklavenarbeit zu verrichten, als gemeiner Handlanger irdischer Bedürfnisse?—Und der Staat? Sind wir nicht auch seine Kinder? Warum schließt er uns von sich aus? Warum verstößt er uns und läßt uns allein in der Wüste der Hülfslosigkeit? —— So könnte ein Armer fragen und das Bestehende würde hierauf keine andere Antwort haben als die bekannten vier Fragen.—

So deutetest du die Zeichen am Himmel der Gegenwart. Von deiner Warte aus erkanntest du das Gewitter, das drohend am Horizonte heraufsteigt. Aber du meintest, das Bestehende könne es noch beschwören, die dunkeln Wolkenmassen noch zertheilen.—Du wiesest das Ungenügende aller bisher angewendeten Palliativmittel nach. Des Almosengebens. Da erzähltest du eine Anekdote von Jean Paul. Der habe Freunde bei sich speisen wollen und nichts zu essen gehabt. Da habe er seine Gäste magnetisirt und es sei ihnen vorgekommen als hielten sie eine köstliche, leckere Mahlzeit. Aber als sie aus magnetischem Schlafe erwacht, sei es ihnen gewesen, als hätten sie nichts gegessen und es hungerte sie sehr.—Du deutetest auf Armencolonieen hin. Was man bisher den Armen gegeben, müsse als Zinsen eines Capitals angesehen werden. Dieß Capital sei Eigenthum der Armen. Mit diesem Capitale solle den Armen eine Fabrik oder Grundeigenthum erkauft werden, wo sie durch Arbeit ihren Unterhalt erwerben könnten.—Du stelltest es als eine Pflicht des Staates dar, für die Armen eine Centralbehörde zu gründen. Wie der Staat für die Unmündigen durch Pupillencollegien sorge; so müsse er die Armen unter die Obhut eines besonderen Armenministerii stellen.

Das ist es, was aus den Wogen, mit welchen du den verständigen Boden meiner Seele bedeckt hast, an Inseln der Erinnerung mir aufgetaucht ist.—

BRIEF 94
Julius Döring an Bettine von Arnim, Wolmirstedt, 10.6.1844

Wolmirstedt, d. 10 Juni
1844.

Du nahmst mir beim Abschiede das Versprechen ab, nach meiner Rückkehr dir zu schreiben. Ja, was? Hier passirt nichts, als täglich die Post durch. Hier begegnet Einem nichts als heute ein Schaaf- und morgen ein Schweinehirt. Soll ich reden von Träumen und Gefühlen, die durch's Labyrinth der Brust mir wandeln? Ich bin ihrer müde. Ich möchte schaffen und handeln, und Händ' und Füße sind mir gebunden.—Wär' ich ein Engländer, könnt' ich wenigstens herzhaft fluchen.—

Erst jetzt ist zu meinem Patmos die Kunde gedrungen, daß die Polizeit ihre plumpe, schmutzige Hand auf deinen Briefwechsel mit dem Clemens gelegt hat. Der Vorwand, unter dem es geschehen, scheint mir mit den Haaren herbeigezogen. Aus demselben Grunde hätte man dein Königsbuch unterdrücken müssen.—Wenn du in irgend einer Art Hülfe bei dieser Affaire bedarfst; so zähl auf mich. Es würde mir zu wahrer Freude und Genugthuung gereichen, diesem blödsinnigen Drachen etwas das dicke Fell zu kitzeln.—

Diesen und den nächsten Monat werd' ich noch hier bleiben. So lange trifft mich ein Brief von dir hier. Wo ich dann hingehen werde, überlaß ich der Entscheidung des Zufalls. Mir ist jeder Ort gleich, da Berlin mir verschlossen ist.—

Was hast du denn für einen Bekannten, der für die Magdeburger Zeitung Correspondenzartikel schreibt? Er rühmt sich deiner Bekanntschaft, eines Auftrages in Bezug auf dein Armenbuch; er lobt dich, er vertheidigt dich—aber wie!—Er verdiente noch bei Lebzeiten als Urphilister in Spiritus aufbewahrt zu werden.—

Ist dein Armenbuch bald fertig?—Grüß den Friedmund.—Addio!

J. Döring

BRIEF 95
Julius Döring an Bettine von Arnim,
Aschersleben, 13.12.1846

Aschersleben,
d. 13 Dec. 1846.

Endlich einmal wieder ein Zeichen des Lebens und der Erinnerung! Ich bin gerufen: da bin ich.

Zwar nicht du selbst riefest mich; aber doch ein Anderer für dich und auch diesem Rufe leist' ich Folge.—

Ich? Wer ist dieß: Ich? Gewiß wirst du so fragen. Wende dieß Blatt um und du wirst einen Namen finden, der einst einen Klang für dein Ohr hatte. Freilich ist dieses Namens Klang seitdem ein anderer geworden—wie das Ich, das diesen Namen trägt—und auch die Seele, die einst—diesen Klang vernahm—?—

Ich war im vorigen Herbste auf ein paar Tage in Berlin. Ich suchte deine alte Wohnung auf. Nicht die unter den Linden, wo auf dem Tische der blühende Fliederstrauch stand mit langen, schwanken, elastischen Zweigen u. die Hyacinthen, die weißen, süßen romantischen Duft verbreiteten. Nein, die, in welcher wir Blätter umwendeten, auf welche das Volk seine Klagen u. seine Noth eingegraben hatte u. die von den Thränen dieses armen Volkes bethaut waren.—Da hieß es: ausgezogen! Wohin? vor das Anhaltsche Thor. Ein lebensmüdes Droschkenpferd schleppte mich nach dem neuen Quartiere. Ein mächtiges Gebäude. Ich lese auf der Tafel des Hausflurs die Namen: Hassen-Fluch.—Stahl, v. Arnim. Welche Namen u. Alles unter Einem Dache. Zwei Klingeln an verschlossenen Thüren. „Man bittet—stark—oder—links—(ich weiß nicht mehr)—zu klingeln.[“] Ich schelle rechts, ich schelle links; bald leise bald laut. Ich höre die Glocke schellen immer stärker. Umsonst; die Thüren bleiben verschlossen. Ich harre und warte eine Viertelstunde u. drüber. Es wird mir ganz unheimlich. Dieß weite, wüste Gebäude, der Schall meiner Schritte, der an den Gewölben wiederklingt; die breiten, öden Treppenstufen; kein Mensch zu sehen; Alles wie ausgestorben: das war wie in dem Märchen von dem verzauberten

Schlosse, wo Alles plötzlich eingeschlafen war,—sogar die Fliege an der Decke hatte noch den Fuß am Flügel, den sie eben glatt streichen wollte als sie wie Alle erstarrte u. einschlief.—Da kam ein junger Held———

Ein Bedienter, der die Treppe herunterkam, riß mich aus meinen Träumen.—„Die Frau Baronin sind auf's Land gereist"—Verdrießlich kehrt' ich den verschlossenen Pforten den Rücken u. war bald wieder mitten im Kothe u. wüsten, windigen Treiben der Gegenwart. Und dennoch wimmelten damals die Straßen Berlins noch nicht von den Schwarzröcken, die auf das Gebot des Herrn herangezogen kamen, um dem Hirten des Volkes—zu bestätigen, daß Sein Weg der richtige sei u. daß nur auf diesem die Ihm anvertrauten Schaafe zur himmlischen Aue gelangen könnten.—

Im Sommer dieses Jahres war ich in Dresden, in der sächsischen Schweiz, in Böhmen u. Schlesien. Auch da war von dir die Rede. Als wir auf dem Dampfboote die Elbe hinaufschwammen erzählt' ich einer Landpastorenfrau von dir und wie!—

Es war mir ganz eigen zu Sinne.—Jetzt läßt du durch Philipp Nathusius eine Frage an mich ergehen. Um Hoffmann v. F. seine Bibliothek zu erhalten willst du für ihn ein Werk ediren, dem du die räthselhaften Namen: [„]Ilius, Pamphilius u. die Ambrosia" auf die Stirn schreiben willst. Ph. N. u. ich sollen darin als Demagogen vorkommen; so schreibt mir wenigstens Ph. N. Du willst hiezu unsere Briefe benutzen u. frägst an, ob auch mir das Recht ist?

Die Antwort überlaß' ich dir.—

So viel vorläufig in aller Eile, da Ph. N. mit der Antwort drängt.

Mehr wenn ich von dir einige Zeilen erhalten, damit ich weiß, wo ich dich suchen kann u. wohin ich meine Schreiben richten soll.—

Ich bin seit einem Jahre von Magdeburg fort u. hier angestellt.

Döring

OLG. Assessor

P[o]stscr.[iptum] Im P[o]stscr.[iptum] will ich noch betteln. Ich habe nur die zuerst herausgekommenen 8 Bände von Arnim's Werken erhalten. Ich könnte mir die seitdem herausgekommenen Theile, namentlich Des Knaben Wunderhorn u. die nachgelassenen Werke kaufen; aber — ich weiß nicht, es widerstrebt meinem Gefühle. Ich möchte deiner Güte auch diese verdanken.

BRIEF 96
Julius Döring an Bettine von Arnim,
Aschersleben, 2.8.1847

Aschersleben, d. 2 August
1847.

Wie ich gehört habe, hat man dich wegen Beleidigung des Magistrates zu Berlin angeklagt.

Wenn ich dir in dieser Angelegenheit Dienste leisten kann; so bin ich dazu gern bereit.

Ich bitte aber um baldige Nachricht, da ich sonst in einigen Tagen zu verreisen gedenke.

Ich hätte meinen Beistand bei diesem Conflikte mit dem Strafgesetze schon früher angeboten, habe aber erst jetzt in Folge einer Anfrage bei Phil. N. deine Adresse erfahren.

Döring

BRIEF 97
Julius Döring an Bettine von Arnim,
Aschersleben, 6.3.1849

Aschersleben, d.
6 März 1849.

Als ich jüngst in Berlin war; da galt es mir, durch persönliche Dazwischenkunft eine Verfügung des Justiz-Ministers rückgängig zu machen, welche meine ganze Existenz bedrohte.

Nachdem die Oktroyirung der Charte erfolgt war, hatte ich, in Gemeinschaft mit einem hiesigen Club und einer Volksversammlung Protest gegen dieses gewaltthätige Gnadengeschenk eingelegt und das gute Recht des Volkes vermahnt, auch diesen Protest durch die Magdeburger Zeitung veröffentlicht. In Folge dieses Protestes hatte das Oberlandesgericht zu Halberstadt mich zur Untersuchung gezogen und bei dem Justizminister darauf angetragen, mir meine hiesige Hülfsrichterstelle, welche ich seit 3 ¼ Jahren verwaltet, zu entziehen. Wie vorherzusehen, hatte der Justizminister, — den ich mitangeklagt — bereitwillig die Richterrolle übernommen und mir eröffnet, daß ich zum 1st März meiner hiesigen Stellung verlustig sei und bei dem Oberlandesgerichte zu Magdeburg wieder einzutreten habe, um dort gratis zu arbeiten.

Ich beantragte nun in Berlin, mich bis zur Reorganisation der Gerichte hier zu lassen. Der Justizminister versprach es; statt dessen aber erhielt ich vor einigen Tagen ein Schreiben von ihm, wonach ich nur bis zum 1st April hier bleiben soll. —

Und was dann? — [„]Ich hab' mein' Sach' auf Nichts gestellt."

An das Oberlandesgericht zu Magdeburg geh' ich unter keinen Umständen zurück. Meinen alten Eltern mag ich nicht noch einmal zur Last fallen. Was aber thun? —

Ich will noch einmal an den Justizminister schreiben. — Ich muß aber gestehen; ich bin dieser Stellung herzlich müde. In der alten Zeit wurde ich Richter, weil dieser Stand der einzige war, der dem Unbemittelten eine Unabhängigkeit sicherte.

Und jetzt? — in der neuen Zeit? Ich schäme mich der hündischen Servilität vieler meiner Collegen; ich schäme mich des ganzen Standes, der, wenn es nicht bald anders wird, wie in Hannover zu der Rolle eines königlichen *Bedienten* herabsinken wird.

Ich möchte diese Fesseln abstreifen. Wohin aber für den Augenblick? — Sollte es dir bei deinen Bekanntschaften und Verbindungen nicht möglich sein, mir ein vorläufiges Unterkommen zu verschaffen?

Was ich bin und geistig vermag, ist dir bekannt. Ich weiß auch, daß man deine Hülfe, deine *schnelle* Hülfe nie vergebens anruft.

Döring

Einzelstellen-kommentar

BRIEF 1
Julius Döring an Bettine von Arnim,
Berlin, o. D. [Ende Januar 1839]
Handschrift (Druckvorlage): FDH, Hs-14924
(Nachlass Forbes-Mosse). Die Nachschrift befindet sich am linken Rand der letzten Seite.

Auf der ersten Seite oben mittig nachträglich durch Bettine von Arnim mit Tinte ergänzt: „Ilius an Ambrosia"; auf der ersten Seite oben rechts nachträglich durch Bettine von Arnim mit Tinte beziffert: „N 1".

Nachträglich durch Bettine von Arnim mit Tinte korrigiert: „philosophischen Floskeln du weißt"] „Floskeln"; „Ich sehe, du schreibst an eine Dame"] gestrichen; „Wie heißt sie?"] „Wie heißt sie? an die du schreibst? –"; „Frau Baronin von Arnim geb. Brentano de la Rochée (verzeihen Sie, wenn ich den Unsinn des Adreßkalenders nachschreibe, trotzdem daß ichs besser"] gestrichen; „Bettina"] „Ambrosia"; „Bet"] „Ambrosia"; „Bet – ti – na"] „Ambrosia"; „eine Dame von Stande, von Rang; und ich –; welcher Verstoß der Etikette,"] gestrichen; „thäte"] „thue"; „die Dame hätte"] „diese habe"; „wollte"] „wolle"; „bezweckte"] „bezwecke"; „schriebe"] „schreibe"; „Töpel"] „Tölpel"; „Welt wäre"] „Welt sei"; „Schrecklichste wäre"] „Schrecklichste sei"; „passiren"] „geschehen"; „daß sein"] „dessen"; „Berlin"] „B"; „Bettina"] „Ambrosia"; „Berlin wag ich"] „B wag ich nicht"; „Gedanken nicht"] „Gedanken"; „ich's"] das „s" wurde nachgezogen und überdeckt das darunter Stehende; „Sühnungstode"] „Sühnungstod"; „Er kommt mir sicher zu durch die Adresse: An den c. jur. Döring, Albrechtsstraße No 14, 2 Treppen hoch."] gestrichen; „Döring"] „Ilius"; „Erzählen Sie um Gottes Willen nichts von diesem Briefe an den Prof. Röstell, der würde mich höhnen, wenn er erführe, daß ich an Sie geschrieben habe."] gestrichen.

gebenedeite]
Übernahme einer Formel aus christlichen Mariengesängen; so heißt es im *Ave Maria*: „Du bist gebenedeit unter den Weibern" und im *Salve Regina*: „die gebenedeite Frucht deines Leibes". Döring nimmt mit der Überblendung von Bettine und Maria die latent blasphemische Gleichsetzung Goethes mit Christus auf, die im Schlussteil von *Goethe's Briefwechsel mit einem Kinde* (1835) zu beobachten ist.

Philister]
Von den Autoren der Romantik (vor allem Novalis, Brentano und Eichendorff) vielfach genutzter und der Abgrenzung dienender Begriff zur Bezeichnung bornierter Durchschnittsexistenzen, die – fantasielos und kunstfern – nur an materiellen Dingen interessiert oder auf ihre Bequemlichkeit fixiert sind. Nachdem Bettine von Arnim ihn in ihren

Werken revitalisiert hatte, erlebte er eine erneute Konjunktur in der Literatur des Vormärz, besonders der Lyrik.

Flausrock]

Regionale Bezeichnung für „Flauschrock“ (von niederdeutsch: vlūs, vlūsch), eine mantel- oder jackenartige Oberbekleidung für Männer aus weichem, haarigen Wollstoff.

Adreßkalenders]

Seit 1836 war Bettine von Arnim in den jährlich erscheinenden Adressverzeichnissen der Einwohner Berlins mit der Angabe „v. Arnim, B., geb. Bre[n]tano Laroche, verw.[itwete] Baronin, U.[nter] d.[en] Linden 21“ (Allgemeiner Wohnungsanzeiger für Berlin, Potsdam und Charlottenburg auf das Jahr 1836. Hrsg. von J.W. Boike. Funfzehnter Jahrgang [...]. Berlin 1836, S. 7) bzw. „v. Arnim, geb. Brentans [sic] de la Roché, Bar.[onin], Gutsbes.[itzers] W[it]w.[e], U.[nter] d.[en] Linden 21“ (Adress-Buch für Berlin mit Einschluss der näheren Umgebung und Charlottenburg für das Jahr 1836, [...] hrsg. von E. Winckler [...]. Zweiter Jahrgang. Berlin 1836, S. 7) verzeichnet. Die Schreibung „de la Rochée“ deutet darauf hin, dass Döring die letztgenannte Übersicht benutzt hat.

engbrünstig]

Schwer atmend.

einen Fürsten als Wächter Ihres Feennpallastes]

Bettine von Arnims Wohnung befand sich im Obergeschoss des Wohnhauses Unter den Linden 21, das der aus Polen stammende preußische Diplomat Graf Atanazy Raczyński 1834 erworben hatte.

ich wollte, Sie hätten [...] erwählt]

Nachdem sie zwischenzeitlich mit dem Gedanken gespielt hatte, ihr zweites Buch *Die Günderode* „dem Erbgroßherzog von Weimar“ (Schultz, S. 70) zuzueignen, widmete Bettine von Arnim es schließlich in der Tat „Den Studenten“. Vgl. Anm. zu Brief 75.

Feldhauptmann [...] gesetzt haben]

Döring spielt hier auf die Zueignung des Goethe-Buches an Hermann Fürst von Pückler-Muskau an; diese Widmung war bei vielen Lesern auf Unverständnis gestoßen.

wie Sie für die Tyroler waren]

In die Zeit von Bettine Brentanos Aufenthalt in München (1808/09) fiel der Freiheitskampf der Tiroler gegen die bayerische und französische Besetzung, der schließlich blutig niedergeschlagen wurde. In *Goethe's Briefwechsel mit einem Kinde* bringt die Autorin ihre Sympathien für die unterdrückten Tiroler zum Ausdruck.

Ihre Briefe]

Gemeint sind die – z. T. stark überarbeiteten – Schreiben, die sie mit Goethe gewechselt und in dem Band *Goethe's Briefwechsel mit einem Kinde* veröffentlicht hat.

Dompfaffenstückchen]
Zitat aus *Goethe's Briefwechsel mit einem Kinde* (vgl. Werke und Briefe, Bd. 2, S. 296).

Die Welt ist ein Jammerthal]
In der Bibel wird die Wüste, durch die das auserwählte Volk ziehen muss, als „κοιλάδι τοῦ κλαυθμῶνος" (Tal der Wehklage – griechische Septuaginta) bzw. als „vallis lacrimarum" (Tal der Tränen – lateinische Vulgata) bezeichnet. Der mittelalterliche Mariengesang *Salve Regina* dann charakterisiert die Betenden als „flentes in hac lacrimarum valle" (Weinende in diesem Jammertal). Seitdem wurde der Ausdruck „Jammertal" zu einer sprichwörtlichen Redeweise.

Mit solchen Lehren […] meinen Geist]
Döring paraphrasiert hier eine Passage aus *Goethe's Briefwechsel mit einem Kinde*: „Mit solchen wunderbaren Lehren hat die Günderode die Unmündigkeit meines Geistes genährt" (Werke und Briefe, Bd. 2, S. 67).

keine Götter hat neben sich]
Anspielung auf das zweite Gebot des biblischen Dekalogs: „Du sollst neben mir keine anderen Götter haben" (2. Mose 20,3 bzw. 5. Mose 5,7).

Evangelium des neusten Bundes]
Bereits in *Goethe's Briefwechsel mit einem Kinde* charakterisiert die darin auftretende Goethe-Figur Bettine Brentanos Ansichten als „Naturevangelium" (Werke und Briefe, Bd. 2, S. 309). In seinem viel beachteten Aufsatz *Ueber Vergängliches und Bleibendes im Christentum* (1838) hat der den Junghegelianern nahe stehende, kritische Theologe David Friedrich Strauß dann darauf hingewiesen, dass man „in Bettina's Briefen ein anderes Evangelium Johannis erblicken" (Der Freihafen. Galerie von Unterhaltungsbildern aus den Kreisen der Literatur Gesellschaft und Wissenschaft, 1. Jg., 1838, Heft 3, S. 1–48, hier: S. 32) könne.

Fleisch von unserm Fleisch und […] Geist]
Als der biblische Adam zum ersten Mal Eva erblickt, äußert er: „Das ist doch Bein von meinem Bein und Fleisch von meinem Fleisch" (1. Mose 2,23).

c. jur.]
Abkürzung für: „candidatus iuris" (lat.); so wurden Studenten der Rechtswissenschaft nach Ablegung der Zwischenprüfung bezeichnet.

Albrechtsstraße No 14]
Als ab 1825 die Friedrich-Wilhelm-Stadt entstand, wurde auch die Albrechtstraße angelegt. Am 16. April 1827 erhielt sie ihren Namen, der sich auf den preußischen Prinzen Generaloberst Albrecht bezieht. In den Mietwohnungen lebten vor allem Studenten, Mitarbeiter der Charité, Künstler und Intellektuelle, das Viertel galt deshalb als eine Art von

„Quartier Latin" (Ullrich Winkler: Streifzug durch eine Straße – reich an historischen Gebäuden. Geschichtliches und Gegenwärtiges über ein 150jähriges Viertel. In: Neues Deutschland, 23./24. 5. 1981, S. 8).

Ingurd]

Dörings greift mit seiner Selbstbezeichnung den Namen des – fiktiven – Normannenkönigs Yngurd, der Hauptfigur in Adolph Müllners „Trauerspiel in fünf Akten" *König Yngurd* (Leipzig 1817; Wien 1817), auf; vgl. Anm. zu Brief 65 und Nachwort.

Prof. Röstell]

Friedrich Wilhelm Röstell (auch: Roestell) lehrte seit Ende Juni 1832 als außerordentlicher Professor an der Juristischen Fakultät der Friedrich-Wilhelms-Universität Berlin; Kirchenrecht gehörte zu den Schwerpunkten seiner Lehre und Forschung.

BRIEF 2

Bettine von Arnim an Julius Döring,
Berlin, 1. 2. 1839
Handschrift (Druckvorlage): FDH, Hs-14119
(Nachlass Forbes-Mosse).

Auf der ersten Seite oben rechts nachträglich durch Bettine von Arnim mit Tinte beziffert: „1."

daß diese Zueignung eine Ehrensache war]

Bettine von Arnim und Hermann Fürst von Pückler-Muskau lernten einander im Januar 1832 bei Rahel und Karl August Varnhagen von Ense kennen und schlossen bald „eine Art Seelenbund" (Bettine von Arnim – Hermann von Pückler-Muskau: „Die Leidenschaft ist der Schlüssel zur Welt". Briefwechsel 1832–1844. Hrsg. und erläutert von Enid Gajek und Bernhard Gajek. Stuttgart 2001, S. 249). Zwei Monate später starb Goethe. Um über seinen Tod hinwegzukommen, begann Bettine von Arnim damit, Pückler brieflich über einzelne Erlebnisse mit ihm zu berichten, ja, sie fuhr sogar fort, an Goethe zu schreiben und sandte diese Mitteilungen fortan an Pückler, der seit der Veröffentlichung seiner – auf tatsächlich gewechselten Schreiben beruhenden – *Briefe eines Verstorbenen* (1830/31) ein weithin bekannter Schriftsteller war. Dieser erkannte sofort, welches Potential in Bettine von Arnims Lebenserinnerungen steckt, und wollte deshalb einige der von ihr geschilderten Episoden „drucken" (ebd., S. 82) lassen. Bettine von Arnim schlug Pückler darauf vor, ihren gesamten Briefwechsel mit dem Weimarer Dichter „herauszugeben" (ebd., S. 197). Da es 1833 zwischen beiden zu Unstimmigkeiten kam, musste Bettine von Arnim das Buch schließlich selbst publizieren. Als Dank dafür, dass der Kontakt zu Pückler zum Katalysator ihrer Autorwerdung und die Korrespondenz mit ihm zum entscheidenden Faktor für das Zustandekommen ihres Erstlingswerks wurde, widmete sie ihm *Goethe's Briefwechsel mit einem Kinde*.

Karikatur vom Ebenbild Gottes]

Im Achten Kapitel seines Romans *Armut, Reichtum, Schuld und Buße der Gräfin Dolores* (1810) hatte Achim von Arnim Karikaturen charakterisiert als „Zerrbilder", die „frech das Ebenbild Gottes im einzelnen Menschen verhunzen" (Armuth Reichthum Schuld und Buße der Gräfin Dolores. Eine wahre Geschichte zur lehrreichen Unterhaltung armer Fräulein augeschrieben von Ludwig Achim v. Arnim. Erster Band. Berlin o.J. [1810], S. 51).

wie Minerva aus Jupiters Haupt sprang]

In der griechischen Mythologie wird berichtet, dass der Göttervater Zeus wegen einer unheilvollen Prophezeiung seine schwangere Geliebte Metis verschlungen habe. Als er danach unter großen Kopfschmerzen litt, ließ er sich von Hephaistos mit einem Beil das Haupt spalten. Daraus entsprang in voller Rüstung seine Tochter Athena/Athena, die als Göttin der Weisheit und des Kampfes gilt und zu den zwölf olympischen Gottheiten gehört. Bei den Römern trug sie den Namen Minerva.

Sonnenstrahlen in den Sack packen]

Siehe Anm. zu Brief 80.

die Welt mit Brettern vernagelt]

Johann Sommer veröffentlichte 1608 unter dem Pseudonym Johannes Olorinus Variscus eine Sammlung von Lügengeschichten mit dem Titel *Ethographia mundi*. In einer dieser Erzählungen wird davon berichtet, wie jemand ans Ende der Welt kommt und es mit Brettern zugenagelt findet. Zu einem beliebten Sprichwort wurde die Redewendung dann durch Voltaires Satire *Candide, Ou L'Optimisme* (1759); vgl. Kandide, Oder: die beste Welt. Dritte, revidirte Auflage. Berlin 1785, S. 99.

Beispiel daß er]

Korrigiert aus: „Beispiel daß er er".

Du brauchst nur […] alle Religionen]

Bereits in *Goethe's Briefwechsel mit einem Kinde* heißt es: „Denken ist Religion" (Werke und Briefe, Bd. 2, S. 291). An ihren Bruder Clemens schreibt Bettine von Arnim dann am 2. April 1839 in fast wörtlicher Übereinstimmung: „Sei Denker und Du erfüllst alle Religionen" (Bettina von Arnim: Briefe an Clemens Brentano. In: Corona. Zweimonatsschrift, 7. Jg., 1936/37, S. 36–59, hier: S. 51).

den ewigen Tranck der Götter]

In der griechischen Mythologie war Nektar die flüssige Nahrung der Götter, die ihre Jugend und Unsterblichkeit erhielt.

BRIEF 3
Julius Döring an Bettine von Arnim,
Berlin, 4.[und 5.]2.1839
Handschrift (Druckvorlage): FDH, Hs-14925
(Nachlass Forbes-Mosse).

Auf der ersten Seite oben rechts unter der Datumsangabe nachträglich durch Bettine von Arnim mit Tinte beziffert: „N 2".

Nachträglich durch Bettine von Arnim mit Tinte korrigiert: „und bei Seite gelegt"] gestrichen; „Artigkeit, die man in jedem Complimentirbuche, als zur guten Lebensart gehörig, angegeben finden kann"] „freundlichkeit, als zur guten Lebensart gehörig;"; „Bettina"] „Ambrosia"; „schreiben wollte."] „schreiben wolle."; „Alles wie erstorben und entflogen"] „Alles entflogen"; „suchte"] „sucht"; „gebannt, und"] „gebannt,"; „geschmeichelt hat"] „schmeichelt"; „einließen"] „einlaßen"; „Ja, setzt"] „Ja, setze"; „seine eigne Brut"] „sein eignes Ich"; „im Höchsten zur Toleranz"] „zur Toleranz"; „meine Brust"] „mich"; „Boten"] „Zickzack"; „selbst für Ihr Auge undurchdringliche Finsterniß wickelte, Schuld, daß Sie [...] reichen können"] „scheinbare, Schuld, verwickelte"; „der zu Ende gehende Raum"] „meine Ungeduld mich näher an Sie zu drängen"; „Daher mag Ihr Irrthum gekommen sein; den ich segne,"] „und ich segne, Ihren Zorn"; „Pastoren"] „Pastoren oder Theologen"; „rührt"] „überraschte"; „Durch die Natur vermittelt kehrt ich wieder zu Christus zurück."] gestrichen; „Zeit, ihn wieder besuchte, und zwischen"] „Zeit, zwischen"; „Sieg des Geistes"] „Sieg geistiger Verwandlung"; „meinen Geist gestärkt und genährt mit ihrer Weisheit. Ich hatte gesehen"] „mich gelehrt"; „um sich freier"] „freier sich"; „Da lernt ich Christus begreifen als den mächtigen Geist, der uns durch sein Beispiel gezeigt hat, wie"] „Da lernt ich wie"; „überwinden kann; wie er im Stande ist,"] „überwindet,"; „denen"] „denen"; „einsamen Wüstenbetrachtungen"] einsamer Wüstenbetrachtung"; „um zum letzten und höchsten Ziele unsers Denkens zu gelangen. Darum sagt ich, daß"] „um den Lebensbaum in die Blüthe zu treiben"; „Erlöser habe."] „Erlöser."; „uns frei"] „frei"; „was uns ein höheres geistiges Leben aufthut, was unserm Geist Flügel giebt: das erlöst uns. Ich sehe Christus als den"] „was den Geist beflügelt: das erlöst. ist Christus als der"; „den breiten, reißenden,"] „den, reißenden,"; „erreichte."] „erreichte.? –"; „angekündigt„] „angedeutet"; „Die letzte Maske falle von"] gestrichen; „J. Döring."] „Ingurd."

Complimentirbuche]
Gedruckte Sammlungen von gesellschaftlichen Benimmregeln, die den Leser dazu anleiten sollten, „höflich und angemessen zu reden und sich anständig zu betragen" (Neuestes Complimentirbuch [...]. Ein nützliches Hand- und Hülfsbuch für jüngere und ältere Personen beiderlei

Geschlechts. Hrsg. von J. J. Alberti. Zehnte verbesserte und vermehrte Auflage. Quedlinburg/Leipzig 1837). Häufig enthielten sie auch einen sog. Briefsteller, d.h. eine Handreichung mit konkreten Formulierungsbeispielen, wie man sich in der brieflichen Kommunikation angemessen verhält.

das Land der Griechen mit der Seele suchte]
Paraphrasiertes Zitat der zwölften Verszeile aus Goethes Drama *Iphigenie in Tauris* (1787). In ihrem ersten Brief an Döring hatte Bettine von Arnim bereits aus dem Eingangsmonolog Iphigenies zitiert.

mein plebejisches Herz]
Bettine von Arnim greift diese Formulierung später mehrfach auf. Wilhelm Grimm teilt sie am 25. März 1839 in einem Brief mit, sie sei jüngst in „eine aristokratische Gesellschaft bei Savigny" geraten und habe dem dort anwesenden Karl Friedrich Rumohr gesagt, dass sie „eben mit einem plebeischen Herzen eine Flasche griechischen Wein" (Schultz, S. 78) getrunken habe. In ihrem großen, vom 4. November datierenden Abrechnungsschreiben an ihren Schwager Friedrich Carl von Savigny wiederum schreibt sie, sie setze ihr Vertrauen in zwei Vertreter der Jugend, „ein paar plebeische Herzen" (Werke und Briefe, Bd. 4, S. 398).

historischen Schule meines Standes]
Die vor allem von Gustav Hugo und Bettine von Arnims Schwager Friedrich Carl von Savigny begründete geschichtliche Schule der Rechtswissenschaft wandte sich gegen das bis dahin dominierende naturrechtlich geprägte Axiom von der Zeitlosigkeit und absoluten Gültigkeit bestimmter juristischer Normen und setzte dagegen die Überzeugung, dass Recht historisch geworden und damit als Produkt der Geschichte anzusehen sei. Deshalb müsse auch die Rechtswissenschaft als historische Wissenschaft begriffen werden; ihre Aufgabe bestehe u.a. darin, sich mit den Ursprüngen der anwendbaren Rechtsnormen zu beschäftigen.

neuen, unsichtbaren Kirche]
Die Unterscheidung zwischen einer sichtbaren und einer unsichtbaren Kirche (ecclesia invisibilis) geht auf die Reformationszeit zurück und trennt diejenigen, die nur nach außen hin dem Christentum angehören und an kirchlichen Riten teilnehmen, von jenen, die wahrhaft glauben. Für den Reformator Calvin etwa war die unsichtbare die „allein für Gottes Augen wahrnehmbare Kirche" (Johannes Calvin: Unterricht in der christlichen Religion/Institutio Christianae Religionis. Nach der letzten Ausgabe übersetzt und bearbeitet von Otto Weber. Neukirchen-Vluyn [6]1997, S. 690). Schleiermacher übernimmt diese Terminologie und charakterisiert die unsichtbare Kirche als Gemeinschaft „aller begeisteten [sic]", die durch „das Sichselbsterkennen des Geistes" (Friedrich Schleiermacher: Der christliche Glaube nach den Grundsäzen [sic] der evangelischen Kirche im Zusammenhange dargestellt [...]. Zweiter Theil. Halle

o.J. [1897], S. 372) zueinander finden. In der Religionsphilosophie des Vormärz wurde diese Terminologie erneut aufgegriffen und kontrovers diskutiert.

BRIEF 4
Bettine von Arnim an Julius Döring,
Berlin, 6.2.1839
Handschrift (Druckvorlage): FDH, Hs-14120
(Nachlass Forbes-Mosse).

Auf der ersten Seite oben rechts nachträglich durch Bettine von Arnim mit Tinte beziffert: „2".

Nachträglich durch Bettine von Arnim mit Tinte korrigiert: „mehr? – Was ich"] „mehr? – [Absatzmarkierung] Was ich"; „sein kann. Was Sie"] „sein kann. [Absatzmarkierung] Was Sie"; „verfolgen? – Sie reden"] „verfolgen? – [Absatzmarkierung] Sie reden"; „sie allein bedingt"] „sie bedingt"; „Himmel ist lauter Geist] „lauter" gestrichen; „vor seinem Tod."] „vor seinem Tod. [Absatzmarkierung mit Einschub] Ich sage Ihnen dies, aber Sie müssen den Sinnengeist anders fassen lernen als ihn die Welt versteht, wollen Sie dies mit dem Geist sich versinnlichen."; „ihr Sclave nicht ihr Meister der Natur„] beide Male „ihr" gestrichen; „Bettine"] gestrichen; „Arnim"] „Ambrosia".

„mitzufühlen Freud und Qual"]
Zitat aus Goethes Gedicht *Der Gott und die Bajadere* (1799). Im Gegensatz zu Goethe, wo mit Mahadöh (= Shiva) eine Gottheit zur Erde herabsteigt, um menschliche Emotionen zu erfahren, ist es bei Bettine von Arnim der Mensch selbst, der Mitgefühl lernen muss.

Himmelsleiter]
Im Buch Genesis des Alten Testaments (Gen 18,11–17) erblickt Jakob, der sich auf der Flucht vor seinem Zwillingsbruder Esau befindet, in einer Traumvision eine leiter- bzw. treppenartige Verbindung zwischen Erde und Himmel; auf ihr steigen die Engel auf- und nieder, während an ihrer Spitze Gott steht.

Es ist noch […] Der Wille.]
Ähnlich heißt es bereits in *Goethe's Briefwechsel mit einem Kinde*: „Alles ist nichtig, nur der Wille reicht drüber hinaus, nur der Wille kann göttlich sein." (Werke und Briefe, Bd. 2, S. 448).

ich bin kalter Natur]
Ähnliche Selbstzuschreibungen finden sich auch in anderen Briefen Bettine von Arnims aus dieser Zeit. So schreibt sie etwa am 2. Februar 1840 an Adolph Stahr: „Mein Geist ist feurig aber kalt" (Zwei Briefe von Bettine v. Arnim an Adolf Stahr. Mitgetheilt von Ludwig Geiger. In: Goethe-Jahrbuch 24 [1903], S. 204–213, hier: S. 210) und behauptet, diese Pas-

sage stamme aus einem Schreiben, das sie in ihrem „17ten Jahr an die Günderode“ gesendet habe. In jedem Fall würden diese „Zeilen […] noch heute auf“ sie „passen und“ ihre „ganze Natur characterisieren“ (ebd.). Vgl. Brief 18 und 19.

Schleiermacher]

Bettine Brentano lernte den Philosophen und Theologen Friedrich Schleiermacher bereits 1810 und damit noch vor ihrer Heirat mit Achim von Arnim kennen. Während der Kontakt zu ihm anfangs nur sporadisch war, begann sich nach 1817 eine intensive Freundschaft zu entwickeln. Seinen Höhepunkt erreichte der vertraute Umgang beider nach Goethes Tod. Schleiermacher ermutigte Bettine von Arnim nicht nur, die Korrespondenz mit Goethe in Buchform zu veröffentlichen, sondern bot ihr dabei auch seine Hilfe an. Geprägt wurde ihr Denken vor allem durch sein Konzept der ‚Selbstbildung‘, aber auch sonst haben „Positionen seiner theologischen Philosophie […] Eingang“ in ihr „Werk gefunden“ (Sabine Schormann: „Was ich nur ahndete, das machte er mir zur Gewißheit“. Zur Freundschaft Bettines mit Friedrich Schleiermacher. In: „Der Geist muß Freiheit genießen …!“ Studien zu Werk und Bildungsprogramm Bettine von Arnims. Bettine-Kolloquium vom 6. bis 9. Juli 1989 in München. Hrsg. von Walter Schmitz und Sibylle von Steinsdorff. Berlin 1992 [= Bettina von Arnim-Studien 2], S. 106–126, hier: S. 107).

Der Schleiermacher […] sagte er.]

Auch wenn sich diese Aussagen nicht wörtlich in Schleiermachers Schriften nachweisen lassen, finden sich dort doch analoge Formulierungen. So geht Schleiermacher beispielsweise vom „zeitlichen Begründetsein der Sünde in der menschlichen Freiheit“ (Friedrich Schleiermacher: Der christliche Glaube nach den Grundsäzen [sic] der evangelischen Kirche im Zusammenhange dargestellt […]. Erster Theil. Halle o.J. [1897], S. 383) aus. Sünde resultiere „aus der Freiheit“ des Menschen (ebd., S. 381) und sei „eine durch die Selbständigkeit der sinnlichen Functionen verursachte Hemmung der bestimmenden Kraft des Geistes“ (ebd. S. 310). Deshalb könne der Mensch ohne Sünde nicht erlöst werden. Sünde und Gnade verwendet Schleiermacher dabei als aufeinander bezogene Begriffe.

vor seinem Tod]

Schleiermacher starb am 12. Februar 1834 in Berlin im Alter von 65 Jahren.

Anschauungen zu]

Korrigiert aus: „Anschauungen zur“.

BRIEF 5
Bettine von Arnim an Julius Döring,
Berlin, o. D. [12.2.1839]
Handschrift (Druckvorlage): FDH, Hs-14887
(Nachlass Forbes-Mosse).
Druck: Vordtriede, S. 341f.

Auf der ersten Seite oben rechts nachträglich durch Bettine von Arnim mit Bleistift ergänzt: „2“ (verbessert aus „1“). Anders als Vordtriede annimmt, handelt es sich hier nicht um zwei „Entwürfe“ (Vordtriede, S. 341), sondern um den originalen Brief und eine spätere Abschrift, die offenbar im Zuge der Vorbereitung für die Publikation in „Ilius, Pamphilius und die Ambrosia“ entstanden ist.

Eigenhändige Abschrift (oben rechts mit Bleistift beziffert „1“):

„Haben Sie meinen Brief nicht erhalten? –

Oder finden Sie sich getäuscht, – oder beleidigt? –

Der Zweifel lastet mir auf dem Gewissen

Vielleicht hab ich mich ungeschickt ausgedrückt? –

Vielleicht hat sie der unverhaltene Ton wie er nur unter *Gespielen* gebräuchlich ist, gekränkt?

Ich wollte Ihnen doch nur den edelsten Reinen Wein einschenken Wie ich glaube daß ein edler Gast ihn verdient! –

Nein ich mag Niemand Weh gethan haben! –

Ich anerkenne Ihre Aufrichtige Gesinnung für mich, sie ist mehr als ich verdiene und gewiß eben so aufrichtig ist hier meine Bitte um Ihre Verzeihung.

Einer Antwort bedürfen diese lezten meiner Zeilen nicht, Nur einer Willfährigen Aufnahme mit gesundem Urtheil!“

Gespielen]
Diesen Ausdruck gebraucht Bettine von Arnim auch in *Goethe's Briefwechsel mit einem Kinde*, so dass hier möglicherweise ein bewusstes Selbstzitat vorliegt (vgl. Werke und Briefe, Bd. 2, S. 325).

BRIEF 6
Julius Döring an Bettine von Arnim,
Berlin, 9. und 12.2.1839
Handschrift (Druckvorlage): FDH, Hs-14926
(Nachlass Forbes-Mosse).

Auf der ersten Seite oben rechts unter der Datumsangabe nachträglich durch Bettine von Arnim mit Tinte beziffert: „N 3“. Nachträglich durch Bettine von Arnim mit Tinte korrigiert: „Indem ich jetzt wieder“] „Indem ich wieder“; „Gegend giebt es“] „Gegend sagt“; „Sprichwort; man sagt von“] „Sprichwort; von“; „Raupen im Kopfe“] „Raupen im Kopf“; „weisen, und Ihr Haus auf immer verbieten?“] „weisen, auf immer?“; „selbst Muth dadurch ein,“] „Muth ein,“; „angeklagt habe, und daß Sie“] „angeklagt, und Sie“; „Um Ihnen etwas zu werden, muß man sich nicht einbilden, Ihnen schon etwas zu sein.“] „–“; „Ich war für Sie“] „Ich war bisher für Sie“; „Nicht vorhanden, bis ich an Sie schrieb“] „Nicht vorhanden,“; „Sie ließen sich“] „Sie laßen sich“; „gaben mir Antwort“] „geben mir Antwort“; „welches Recht, welchen Anspruch“] „welches Hoffnung“; „Hatt ich einen anderen Anspruch, Fürsprecher als nur [?] den [?] Geist,“] „als nur den Geist“; „Miß – ver – ständ – nis – se“] „*Mißverständniße*“; „gewaltig im redlichen Schweiß unsers Angesichts.“] „gewaltig.“; „Meistens hilft“] „und hilft“; „wenn wir noch Glauben hätten,“] „hatten Wir Glauben,“; „aufsprengt, dann wär uns geholfen.“] „aufsprengt,.“; „meine Brust, die glaubt, und Sie werden die Kraft Ihres Besitzthums“] „meinen Geist, der an Sie glaubt, und Sie werdens“; „Wie der Keim sich sehnt nach Entfaltung“] „Wie der Keim“; „Ich hab auch nie etwas in mich aufnehmen können, ohne es innerlich umzuwandeln“] *gestrichen*; „durch Blödigkeit und Menschenscheu verursachte infame Stellung dauerte“] „durch Menschenscheu verursachte infame Stellung mich dauerte“ („verursachte infame Stellung“ wurde erst gestrichen und dann durch Unterpungierung wieder hergestellt); „daß wir uns so verschieden entwickelt hatten, daß wenig oder gar keine“] „daß unserer so verschiedenen Entwicklung keine“; „Gesellschaft mir jetzt nicht lieb wäre, da ich mich eben in besserer befände.“] „Unterbrechung mir jetzt nicht lieb sei,“; „schreiben. Einst“] „schreiben. [Einst“ (offenbar eine Absatzmarkierung); „meinen lechzenden Durst stillt mit dem Trunk aus seinem kühlen Wasser“] „meinen Durst stillt mit seinem [sic] kühlen Wellen“; „wunderbaren Blumen vollen“] „wunderbarer Blumen vollen“ („vollen“ wurde noch einmal nachgezogen); „Becher der Wahrheit“] „Becher Ihrer Weisheit“; „Entfernung, in“] „Entfernung und“; „J. Döring“] „Ingurd“.

Wir Männer sind alle geborne Pedanten]
Anspielung auf Jean Pauls Roman *Titan*, wo es in der „Neun und zwanzigsten Jobelperiode“ des vierten Bandes heißt: „alle Männer sind doch irgendwo Pedanten“ (Berlin 1803, S. 158).

Springwurzel]
Bezeichnung für die sagenhafte Wurzel der Alraune, welche die Eigenschaft besitzt, alle Schlösser zu öffnen.

Römischen Rechts]
Das Corpus Iuris Civilis ist eine zwischen 528 und 534 im Auftrag des oströmischen Kaisers Justinian zusammengestellte Gesetzessammlung, in die u.a. die früheren, noch gültigen Kaisererlasse eingingen. Sie bildete in Kontinentaleuropa viele Jahrhunderte lang die maßgebliche Orientierungsgröße für die nationale Rechtsprechung.

deutschen]
Unter deutschem Recht (Iuris Germanici) verstand man seinerzeit die auf germanischen Stammesrechten beruhenden, vielfach auf sächsische und fränkische Festlegungen zurückgehenden Rechtsvorstellungen. Neben dem römischen Recht ist es die bedeutendste historische Quelle für die neuzeitliche Jurisprudenz.

Canonische Recht]
Der Codex Iuris Canonici umfasste das Kirchenrecht der römisch-katholischen Kirche.

Criminalrechts]
Das Kriminalrecht ist ein landesspezifisches Regelwerk, in dem festgelegt wird, welche Handlungen verboten und mit einer Strafe als Rechtsfolge verknüpft sind. Als Lehrstoff relevant gewesen sein dürfte für Döring das vierbändige, von C. Paul herausgegebene *Allgemeine Criminalrecht für die Königlich Preußischen Staaten* (Quedlinburg/Leipzig 1836/37).

wie ein goldner Regen]
Anspielung auf die griechische Mythologie. Dort wird erzählt, wie der König von Argos wegen eines Unheil verkündenden Orakels seine Tochter Danae in einem turmartigen Verlies einsperren und bewachen lässt. Göttervater Zeus, der sie begehrt, verwandelt sich darauf in einen goldenen Regen, erlangt so über das Dach des Gefängnisses Zugang und zeugt mit ihr den Knaben Perseus.

zuthulich]
Gefällig.

und Gnomen]
Sofortkorrektur aus: „und Gnomen und Gnomen“

BRIEF 7
Bettine von Arnim an Julius Döring,
Berlin, 15. und 16. [2.1839]
Handschrift (Druckvorlage): FDH, Hs-14126
(Nachlass Forbes-Mosse).

Auf der ersten Seite oben rechts nachträglich durch Bettine von Arnim mit Tinte beziffert: „3“.

Nachträglich durch Bettine von Arnim mit Tinte korrigiert: „Wie könnte mich Langeweile befallen, da ich gesammelt bin im Geist, wenn ich an Sie schreibe, und auch wenn ich Sie lese –“] gestrichen; „*denn*“] „*dann*“; „leeren Darf.“] „leeren Dürfe?“; „schwebend halten“] „schwebend zu halten“; „frischer ausschreiten“] „frisch ausschreiten“; „Unschuld wahren Geist hat“] „Unschuld Wahrheit hat“; „Die Die Brust entriegelt“] „Die Den Geist entriegelt“; „zu machen ist“] „zu machen, ist“; „Aufgabe dazu“] „Aufgabe; Dazu“; „sey als sey er“] „sey als sei er“;

„Überzeugung, möchte – [?] ohne Heimath, ist man"] „Überzeugung: mit oder ohne Heimath, sind Sie"; „wenn der Geist"] „wenn Ihr Geist"; „frei zu sein zum Fliegen"] „frei zu Fliegen"; „Denken Sie Wie"] „Denken Sie, Wie"; „selber ans Licht"] „selber ins Licht"; „Nicht wahr ich bin nicht hart, ich bin nicht streng"] gestrichen; „umarmen sich die Geister"] „begrüßen sich die Geister"; „Sie seine Durch Menschenscheu verursachte einsame Stellung"] „seine Durch Menschenscheu verursachte einsame Stellung Sie"; „Naturgemäß in Ihnen"] „Naturgemäß"; „traf es sich"] „fand es sich"; „spenden in"] spenden. In"; „wenn Ihre Plagegeister"] „wenn Ihre Plagegeister" (nachgezogenes „wenn"); „wie frischer Quell"] „als frischer Quell"; „einen Pfirsich mit mir getheilt"] „das Salz von meinem Heerd gekostet"; „verstehen Sie so wenig mein Vertrauen zu achten?"] gestrichen; „ohne zu forschen"] „ohne zu fragen".

in Lieb zu dem]
Korrigiert aus: „in Lieb zum dem".

BRIEF 8
Julius Döring an Bettine von Arnim,
Berlin, 19.2.1839
Handschrift (Druckvorlage): FDH, Hs-14927
(Nachlass Forbes-Mosse).

Auf der ersten Seite oben rechts unter der Datumsangabe nachträglich durch Bettine von Arnim mit Bleistift beziffert: „N 4". Nachträglich durch Bettine von Arnim mit Tinte korrigiert: „Betheurungen, Versicherungen bedarf es nun"] „Betheurungen, bedarf es"; „Lüge jetzt umhergeht und sich leicht in alle vom Wesen verlassenen Formen findet und fügt"] „Lüge in alle vom Wesen verlassenen Formen sich fügt"; „bestanden. Ich gab mir dadurch die Gewißheit, daß ich kein Anempfinder sei. –"] „bestanden,. –"; „Eine kalte, klare,"] „Eine, klare,"; „Er ist bornirt, er ist blind"] „bornirt, blind"; „ist im Grunde seine eigne,"] „ist die eigne,"; „anerkennt, die er vergöttert, vor der er sein Knie beugt. Der Verstand ist der größte Egoist."] „anerkennt, vor der er das Knie beugt. dieser größte Egoist."; „absolut, und im Rechte hat er seinen Inhalt, seine Wirklichkeit und Geltung."] „absolut, im Rechte hat er Inhalt, Wirklichkeit und Geltung, dem er das Erbe oft als Beute entreißt und es mit seinen geschärften Klauen dabei häufig [?] zerfleischt, daß es nimmer genese."; „lächelt er mitleidig, zuckt die"] „zuckt er mitleidig die"; „Unsinn, hätte was Besseres thun können. –"] „Unsinn,.–"; „darum. – Ich"] „darum. – [Absatzmarkierung] Ich"; „durchlaufen, eh er zu Ihnen kommt,"] „durchlaufen,"; „richtet sich empor zu"] „richtet sich auf zu"; „nach Segen [?] schreit"] „nach Regen schreit"; „der Himmel ist milde, und schickt"] „der Himmel schickt"; „finden; darum neigten Sie sich zu mir. –"] „finden;.–"; „wahr, daß ich

Ihnen den Genius erwecke?"] „wahr,? ?"; „Lassen Sie ihn reden zu mir die alte vertraute Sprache"] „Lassen Sie sich reden zu mir die gewohnte vertraute Sprache"; „die sich noch nicht vollgepackt hat mit Vorurtheilen; sie klingt doch fremd und gibt kein Echo in den Salons."] „die noch nicht festgeschmiedet ist an Vorurtheilen;."; „vorüber; sie waren Alle viel zu sehr mit sich beschäftigt und warfen"] „vorüber; sie warfen"; „Sie haben Ihr Herz wie einen Himmel über mich ausgespannt, an dem ich nun als Stern ziehe und aus dessen Fülle ich all meine Nahrung aus ihm sauge trinke."] „Ihr Geist aber ist wie der Allesumfassende Himmel über mich ausgespannt, aus dessen Fülle ich all meine Nahrung trinke."; „wird, als schlecht und untauglich. Das Gute wird doch mit"] „wird,. Das Gute wird ~~sich~~ dann mit"; „halten? Ich habe noch viel Raum in meinem Herzen; es"] „halten? ; es"; „thaten, in überströmenden Herzen [?]"] „thaten,"; „Ton, wie ich ihn hören muß, um mich ganz hingeben zu können. Der klang"] „Ton, er klang"; „bin. Mit Schaufel und Spaten arbeit ich jetzt, um"] „bin, um"; „Ausbruch mit"] „Ausbruch des philosophischen Kraters mit"; „Sie haben mir neuen Muth gemacht,"] „Sie geben mir neuen Muth,"; „Ketten, durchbreche die Schranken und"] „Ketten, und"; „meine gedrückte Brust weitet und stärkt"] „Ihr Element ist und mich stärkt"; „beginnen kann"] „beginnen"; „bestärkt, weil"] „bestärkt, weil" (das „weil" wurde neu geschrieben, um die Lesbarkeit zu verbessern); „J. Döring"] „Ingurd".

Cocytus]

In der griechischen Mythologie mündet der Fluss des Wehklagens genannte Kokytos (griech. Κώκυτος) in den Acheron und ist ein Seitenarm der Styx. Wenn die Verstorbenen aus diesem Fluss trinken, erkennen sie, dass sie ihr Leben in der Oberwelt verloren haben. In Dantes *Göttlicher Komödie* ist der Eissee Cocytus der neunte und tiefste Kreis der Hölle.

much ado about nothing]

Der Titel von Shakespeares Liebesintrigenkomödie (in deutscher Übersetzung: *Viel Lärm um nichts*) war schon in der Goethe-Zeit zu einer feststehenden Redewendung geworden.

Weissagungen der Pythia]

Pythia war eine jungfräuliche Priesterin im Apollotempel zu Delphi, die in Trancezuständen Weissagungen und Prophezeiungen verkündete. Zeitgenossen verglichen Bettine von Arnim wiederholt mit dieser Gestalt. Schon im Februar 1827 bemerkt Leopold Ranke in einem Brief an seinen Bruder Heinrich über sie: „Diese Frau hat den Instinkt einer Pythia" (Leopold von Ranke: Das Briefwerk. Eingeleitet und hrsg. von Walther Peter Fuchs. Hamburg 1949, S. 106). Ähnlich schrieb Hermann Fürst von Pückler-Muskau im Februar 1832 ihr diese Funktion zu. Nach dem Erscheinen des *Günderode*-Buches tauchte die Bezeichnung dann auch mehrfach in Artikeln über Bettine von Arnim auf.

Regenbogenbrücke des Glaubens]
Vermutlich eine Anspielung auf Jean Pauls Roman *Titan*, wo von der „Regenbogenbrücke der Phantasie“ (Erster Band. Berlin 1800, S. 125) die Rede ist.

daß das Bedürfniß [...] Gewöhnung ist]
Eine solche Aussage findet sich nicht in *Goethe's Briefwechsel mit einem Kinde*. Allerdings begegnen dort ähnliche Denkfiguren; so heißt es etwa im „Tagebuch“: „Es ist sonderbar, daß das, was wir für uns selbst fordern, gewöhnlich auch das ist, was uns unserer Freiheit beraubt; wir wollen gebunden sein mit Banden, die uns süß deuchten, und unserer Schwachheit eine Stütze, eine Versicherung sind“ (Werke und Briefe, Bd. 2, S. 486).

Psycheschmetterling]
Die bekannteste Erzählung in Apuleius' Roman *Metamorphosen* (der auch unter dem Titel *Der goldene Esel* Verbreitung gefunden hat) ist die Liebesgeschichte zwischen Amor und der Königstochter Psyche (griechisch: ‚Seele‘). In der Antike wurde die Seele traditionell geflügelt dargestellt, meist als Schmetterling, aber auch in Vogelgestalt: „Unter der Psyche, mit *Schmetterlingsflügeln* abgebildet, dachte man sich gleichsam ein zartes geistiges Wesen, das, aus einer gröbern Hülle sich emporschwingend, und verfeinert zu einem höhern Dasein, zu schön für diese Erde [...] an der Seligkeit der himmlischen Götter Theil nahm.“ (Karl Philipp Moritz: Götterlehre oder mythologische Dichtungen der Alten. Siebente Original-Ausgabe. Berlin 1832, S. 292f.) Vgl. auch Anm. zu Brief 18.

BRIEF 9
Bettine von Arnim an Julius Döring,
Berlin, [19. und] 22. [2.1839]
Handschrift (Druckvorlage): FDH, Hs-14127
(Nachlass Forbes-Mosse).

Auf der ersten Seite oben rechts nachträglich durch Bettine von Arnim mit Tinte beziffert: „4“.

Gestern im Opernhause]
Die hier erwähnte Doppelveranstaltung im Berliner Opernhaus fand am 18. Februar statt.

Den vacirenden Studenten]
Gemeint ist das zuweilen als „komische Oper“, aber auch als „musikalisches Quodlibet“ bezeichnete Singspiel in zwei Akten *Der reisende Student oder Das Donnerwetter* (1776 bzw. 1785). Das Libretto stammt ursprünglich von Paul Weidmann, die Musik von Peter von Winter, der Bettine Brentano 1808/09 während ihres Aufenthalts in München Unterricht in Kompositionslehre und Gesang erteilt hatte. Allerdings wurden

sowohl die Vorlage selbst als auch die Vertonung mehrfach überarbeitet; auf zeitgenössischen Theaterzetteln heißt es häufig summarisch: „Die Musik ist von mehreren Componisten."

vacirenden]

„Vaciren" (von lat. „vacare"): außer Dienst, in den Ferien, unbeschäftigt sein.

Ole Bul]

Der norwegische Geigenvirtuose *Ole* Bornemann Bull gab im Februar 1839 zwei Konzerte in Berlin. Das erste fand am 11. 2. im Schauspielhaus statt, das zweite eine Woche später im Opernhaus. Über das Konzert im Schauspielhaus berichtete die Presse folgendermaßen: „Mit größter Ruhe tritt ein großer, schlanker Mann mit blondem, gewöhnlich arrangirtem Haar auf die Estrade und begrüßt mit einer einzigen wellenförmigen, jedoch keineswegs graziösen, vielmehr etwas nordlandsreckigen Verbeugung zugleich die königl. Loge und das Publicum. Ein grüner Shawl vertrat die Stelle der salonfähigen Cravatte, im Knopfloche des schwarzen Fracks bemerkte man das blaue Band des Wasa-Ordens. das Tutti des Adur-Concertes beginnt, Ole Bull fährt mit einigen leisen blitzartigen Strichen über die Saiten, um sich von der Reinstimmung zu überzeugen, – und schaut sich mit der unbeschreiblichen Ruhe eines Meisters im Auditorium nach allen Seiten hin um." (Heinr.[ich] Truhn: Aus Berlin. In: Zeitung für die elegante Welt, 39. Jg., Nr. 38 und 39, 22. und 23. 2. 1839, S. 151f. und 156, hier: S. 151) Rückblickend wurde gemeldet, „daß Ole Bull [...] sowohl im Schauspielhaussaale, als im Opernhause *außerordentlich* effectuirte, daß ihn wohl an 5000 Menschen spielen gehört" (H.[einrich] T.[ruhn]: Aus Berlin. In: Neue Zeitschrift für Musik, Zehnter Band, Nr. 23, 19. 3. 1839, S. 91f., hier: S. 92). Bull dürfte auf Bettine von Arnim nicht nur wegen seiner musikalischen Fähigkeiten, sondern auch wegen seiner „nordischen Ungezwungenheit" und seines „kühnen Republikanismus" (Gustav Schilling: Ole Bull und seine Bedeutung für die heutige Musik. In: Jahrbücher des deutschen National-Vereins für Musik und ihre Wissenschaft, 1. Jg., Nr. 36, 5. 12. 1839, S. 281–284, hier: S. 283) Eindruck gemacht haben. Wie ein undatierter Brief an sie belegt, war auch er Bettine von Arnim sehr zugetan. Bei späteren Aufenthalten in Berlin spielte er mehrfach auf Privatkonzerten in ihrer Wohnung.

Übergehen]

Korrigiert aus: „Ubergehen".

BRIEF 10
Julius Döring an Bettine von Arnim,
Berlin, 23.2.[1839]
Handschrift (Druckvorlage): FDH, Hs-14928
(Nachlass Forbes-Mosse). Adresse: „Der/
Frau Baronin von Arnim/Hochwohlgeboren/hieselbst/
Unter den Linden No 21." Poststempel: „23/2".

Auf der ersten Seite oben links neben der Anrede nachträglich von unbekannter Hand mit Bleistift beziffert: „5".

Ich singe jetzt]
Davor gestrichen: „Ich dank Ihnen für die bittre Pille, sie wirkt. –"

Ein Veilchen auf der Wiese stand]
Erste Verszeile von Goethes 1775 erstmals publiziertem Gedicht *Das Veilchen*.

Vive le changement!]
(Frz.) Es lebe der Wechsel bzw. die Veränderung!

pauvre honteur]
(Frz.) Armer Bettler bzw. Armer, der sich seines Bettelns schämt. In der Literatur begegnet der Ausdruck u.a. in Walter Scotts *The Heart of Mitlothian* (1818) und – auf eine weibliche Gestalt bezogen – in Jean Pauls *Das Kampaner Thal* (1797).

BRIEF 11
Bettine von Arnim an Julius Döring,
Berlin, o. D. [23.2.1839]
Handschriften (Druckvorlage): FDH, Hs-14888
(Nachlass Forbes-Mosse).
Druck: Vordtriede, S. 343f.

Auf der ersten Seite oben rechts nachträglich durch Bettine von Arnim mit Tinte ergänzt: „5.". Anders als Vordtriede annimmt, handelt es sich hier nicht um zwei „Entwürfe" (Vordtriede, S. 343), sondern um den originalen Brief und eine spätere Abschrift, die offenbar im Zuge der Vorbereitung für die Publikation in „Ilius, Pamphilius und die Ambrosia" entstanden ist.

Nachträglich durch Bettine von Arnim mit Tinte korrigiert: „Ich denck deine"] „Ich denck Ihre"; „während Du singst,"] „während Sie singen"; „Du bist mir"] „Sie sind mir"; „deine Gunst"] „Ihre Gunst"; „von dir [?] will"] „von Ihnen will"; „zu Früh"] „so Früh".

Eigenhändige Abschrift (oben rechts mit Tinte beziffert „5"):

„Ich Denk Ihre Sinne sind wach und glücklich während Sie singen, – und erheben, von Wollust getragen, sich über Beifall und Dank!

Sie sind mir wieder gut, ich mag Ihre Gunst nicht wieder verscherzen und will mich zusammen nehmen, daß ich einst sagen kann: *Der ist mein*!

Ich mach keine Ansprüche wenn ich Sie mein nenne Sie gehen weg und stehen nicht mir gegenüber aber wohl Der Zukunft die alles von Ihnen will. – O lassen Sie dies der Vergangenheit das Wort reden die alles geben will.

Frag deinen Genius ob es dem genehm ist daß ohne Rückhalt Du dich mit Ihr einlassest! –

„Du wollest nur hingehen an den Ort wo der offne Kelch Deines Herzens zufällig einen Thautropfen auffing der vom Frühlingswind mit süßem Saamenstaub geschwängert war nur wegen den vielen Blumen die da wachsen und wegen dem Thau den Der Wind dort aus ihren Kelchen auf dich schüttelt, wollest du hingehen zu ihr, – die Du so früh für Dich geboren weißt, – um dich in der Vergangenheit zu wiegen."

So trags deinem Genius vor".

BRIEF 12
Julius Döring an Bettine von Arnim,
Berlin, 24.2.[1839]
Handschrift (Druckvorlage): FDH, Hs-14929
(Nachlass Forbes-Mosse).
Adresse: „Der / Frau Baronin von Arnim / Hochwohlgeboren / hieselbst / Unter den Linden No 21."
Poststempel: „24/2".

Auf der ersten Seite oben links neben der Anrede nachträglich durch Bettine von Arnim mit Bleistift beziffert: „6." Nachträglich durch Bettine von Arnim mit Tinte korrigiert: „wo Sie wohnen"] „wo Frau von Arnim wohnt"; „welchen Köder werfen Sie dem scheuen Vogel vor"] „wie lokkend rufen Sie dem scheuen Vogel".

Ich bin wild […] Töne hinaus gebracht.]
Der Vergleich von in unterschiedlichem Ton geschriebenen Briefen mit verschiedenen Vogelarten findet sich schon in *Goethe's Briefwechsel mit einem Kinde*; so heißt es dort unter dem Datum des 26. Septembers 1809: „Wie ein Sperling kam mir dein Brief vom 11. September auf den Schreibtisch geflogen; zuletzt hast Du zwar ein kleines Dompfaffenstückchen dran gehängt, von besonderer Teilnahme" (Werke und Briefe, Bd. 2, S. 286). Döring variiert die Parallelisierung hier zur Selbstcharakterisierung seiner Person.

BRIEF 13
Julius Döring an Bettine von Arnim,
Berlin, 12.3.1839
Handschrift (Druckvorlage): FDH, Hs-14930
(Nachlass Forbes-Mosse).
Adresse: „Der / Frau Baronin von Arnim / Hochwohlgeboren / hieselbst / Unter den Linden No 21“; Zusatz: „frei“. Poststempel: „12/3“.

Auf der ersten Seite oben rechts nachträglich durch Bettine von Arnim mit Tinte ergänzt: „12ter März 1839“.

Sie fragten mich gestern]
Obwohl nicht ausgeschlossen werden kann, dass die Frage brieflich erfolgte und das entsprechende Schreiben verloren gegangen ist, spricht viel dafür, dass Bettine von Arnim und Julius Döring sich am 11. März persönlich getroffen haben. Unklar bleibt allerdings, ob das die erste Begegnung war, schließlich liegt der letzte Brief Dörings schon zweieinhalb Wochen zurück.

Waldhornist]
Anspielung auf Wilhelm Müllers in zwei Bänden erschienene Lyriksammlung *Gedichte aus den hinterlassenen Papieren eines reisenden Waldhornisten* (Deßau 1821/24), welche die berühmten romantischen Gedichtzyklen *Die schöne Müllerin* und *Die Winterreise* enthält.

BRIEF 14
Julius Döring an Bettine von Arnim,
Berlin, 14.3.[1839]
Handschrift (Druckvorlage): FDH, Hs-14931
(Nachlass Forbes-Mosse).
Adresse: „Der / Frau Baronin von Arnim / Hochwohlgeboren / hieselbst / Unter den Linden No 21“; Zusatz: „frei“. Poststempel: „14/3“.

klopfet an: so wird euch aufgethan]
Zitat aus der Bibel (Matth. 7,7 und Luk. 11,9).

ehe der Hahn […] verrathen]
Anspielung auf die Verleugnung des Petrus in der christlichen Passionsgeschichte. Während des letzten Abendmahls bzw. auf dem Weg zum Ölberg sagt Jesus seinen Jüngern voraus, dass Petrus ihn noch in derselben Nacht, ehe der Hahn krähe, dreimal verleugnen werde. Petrus versichert darauf, er wolle Jesus auf dessen Leidensweg die Treue bewahren und, falls nötig, für ihn sterben (vgl. Mk 14,27–31; Mt 26,31–35; Lk 22,31–34; Joh 13,36–38).

blaue Blume]

Ein Zentralsymbol der Romantik, das Novalis in seinem Romanfragment *Heinrich von Ofterdingen* (1800) in die Literatur eingeführt hat und das von vielen Autoren der romantischen Bewegung (Clemens Brentano, E.T.A. Hoffmann, Joseph von Eichendorff) aufgegriffen worden ist. Die „Blaue Blume" steht für das Ziel menschlicher Sehnsucht und das Streben nach dem Unendlichen, aber auch für die romantische Liebe.

BRIEF 15

Julius Döring an Bettine von Arnim,
Berlin, 17.3.1839
Handschrift (Druckvorlage): FDH, Hs-14932
(Nachlass Forbes-Mosse).
Adresse: „Der / Frau Baronin von Arnim /
Hochwohlgeboren / hieselbst / Unter den Linden No 21."; Zusatz: „frei".

Auf der ersten Seite oben rechts nachträglich durch Bettine von Arnim mit Tinte ergänzt: „17 März 1839". Nachträglich durch Bettine von Arnim mit Tinte korrigiert: Vor „Wie stolz …" eingefügt: „Die weißen Hyazinthen in ihrem Zimmer die mit zuhörten unserer ersten Rede", gefolgt von einem Interlinearstrich; „wissen"] „fühlen"; „diesem Hauche"] „deinem Hauche"; „und dir ans *Herz*"] „vor leiser Scham".

Phöbus]

Beiname des griechisch-römischen Gottes Apollo(n), der Gottheit des Lichts, der Weissagung und der Künste; Phoibos (latinisiert: Phoebus) bedeutet: „der Leuchtende".

Hyacinthen]

Wie aus Brief 21 hervorgeht, hatte Bettine von Arnim blühende Hyazinthen in ihrer Wohnung, als Döring sie im März besuchte.

BRIEF 16

Bettine von Arnim an Julius Döring,
Berlin, o. D. [18.3.1839]
Handschrift (Druckvorlage): FDH, Hs-14890 und 14889
(Abschrift) (Nachlass Forbes-Mosse).
Adresse: „Dem Herrn / Herrn Döring / Albrechtstr: /
N° 14". Druck: Vordtriede, S. 344–346.

Auf der ersten Seite oben rechts nachträglich durch Bettine von Arnim mit Tinte ergänzt: „6.". Anders als Vordtriede annimmt, handelt es sich hier nicht um zwei „Entwürfe" (Vordtriede, S. 344), sondern um den originalen Brief und eine spätere Abschrift, die offenbar im Zuge der

Vorbereitung für die Publikation in „Ilius, Pamphilius und die Ambrosia“ entstanden ist. Diese Vermutung hat schon Vordtriede geäußert: „Da Bettina sich hier Ambrosia nennt, also mit dem Namen, den sie erst im Dezember 1845 für diesen Briefwechsel ersinnt, ist es wahrscheinlicher, daß 3 A [d.h. die Abschrift] eine spätere Umformung des früheren Briefes 3 B [d.h. des Originals] ist. Dieser [...] ist offenbar schon für die spätere Veröffentlichung von Bettina bearbeitet worden.“ (Vordtriede, S. 346)

Nachträglich durch Bettine von Arnim mit Tinte korrigiert: „und küssen sie“] gestrichen; „Bettine“] „Ambrosia“.

Abschrift:

„Blonder! Mit ihren Silberschwingen haben deine Tauben Den Strahlenkreis angefacht den Du um sie umzogst.

Lieber Blonder! Zu füssen wolltest du ihr fallen? – Und dann ans Herz? – Ach! – frühere Gelübde verhindern Dies – wie gerne sonst! – Denn an jenem Tag wo sie mit harten Worten Dein Vertrauen hatte geschreckt – da trieb die Unruh sie aus ihren Wänden die finstre Straße entlang, vorbei an zwei verhangnen Fenstern und wieder hin zur Schwelle, wo ihr Gewissen sie verhaftet fühlte. und Dort – so einsam wars, kein Stern am Himmel, kein Laut nah oder Fern! – es war recht still; – Die Geister konntens hören was sie gelobte – Wollte der ihr gewogenbleiben an Dessen Herz sie eben sich versündigt hatte.

Es blieb ihr gewogen, nun muß sie auch – sie kann nicht anders – halten was sie gelobte. – Du stehst auf heiterer Höh! – Die Nebel unter dir die eine Weile dich umkleidet mit sanftem MorgenDuft, sie ballen sich zu deinen füssen; sie lösen ihr Gelübde, und wolltest du ans Herz sie heben? – Thauthränen wärens des reinsten Seegens auf Stirn und Brust; Der Hohe Mittag wird sie trocknen. – und Du! – Wenn Nebel dir zu Füssen lagern, so denke ihrer die sich Ambrosia nennt und deine Freundin.“

`Blonder]`

Die Bezeichnung „blond“ hat bei Bettine von Arnim über die Angabe der Haarfarbe hinaus auch eine symbolische Bedeutung und ist ein Attribut von Helden und Göttern; so spricht sie im *Günderode*-Buch etwa vom „himmlischen, blonden, goldstrahlenden Antlitz des Sonnengotts“ (Werke und Briefe, Bd. 1, S. 406).

`frühere Gelübde verhindern dies]`

Hinweis auf Bettine von Arnims Witwenstand und die über den Tod ihres Mannes hinausreichende Bindewirkung ihres Treueversprechens.

BRIEF 17
Julius Döring an Bettine von Arnim,
Berlin, 19.3.1839
Handschrift (Druckvorlage): FDH, Hs-14933
(Nachlass Forbes-Mosse).
Adresse: „Der/Frau Baronin von Arnim/
Hochwohlgeboren/hieselbst/Unter den Linden No 21.“;
Zusatz: „frei“. Poststempel: „19/3“.

Auf der ersten Seite oben rechts nachträglich durch Bettine von Arnim mit Tinte ergänzt: „19 März 1839“. Nachträglich durch Bettine von Arnim mit Tinte korrigiert: „O Bettina!“] „O Ambrosia!“.

BRIEF 18
Bettine von Arnim an Julius Döring,
Berlin, 19.[3.1839]
Handschrift (Druckvorlage): FDH, Hs-14891
(Nachlass Forbes-Mosse).
Druck: Vordtriede, S. 346f.

Auf der ersten Seite oben links nachträglich durch Bettine von Arnim mit Tinte ergänzt: „7.“.

Psyche]
In Lucius Apuleius' *Metamorphosen* darf die schöne Psyche nur so lange mit ihrem Geliebten, dem Liebesgott Amor, zusammenleben, wie sie nicht versucht, ihn bei Licht zu sehen. Sie bricht dieses Gebot, wird aber nach drei schweren Prüfungen wieder mit Amor vereint und erlangt Unsterblichkeit. Im Entwurf des Goethe-Denkmals nimmt die Darstellung der „kindlichen Psyche“ (Werke und Briefe, Bd. 2, S. 424) eine zentrale Rolle ein; sie erscheint dort als ins Ideale gewendetes Rollenbild Bettine von Arnims. Vgl. Anm. zu Brief 8.

Die Bettine ist kalt]
Siehe Anm. zu Brief 4; vgl. auch Bettine von Arnims Folgebrief an Döring vom 20. März.

BRIEF 19
Bettine von Arnim an Julius Döring,
Berlin, 20.[3.1839]
Handschrift (Druckvorlage): FDH, Hs-14892
(Nachlass Forbes-Mosse).
Druck: Vordtriede, S. 347.

Auf der ersten Seite oben links nachträglich durch Bettine von Arnim mit Tinte ergänzt: „8.“. Auf der ersten Seite oben rechts nachträglich von unbekannter Hand mit Bleistift ergänzt: „3“.

BRIEF 20
Julius Döring an Bettine von Arnim,
Berlin, 20.3.1839
Handschrift (Druckvorlage): FDH, Hs-14934
(Nachlass Forbes-Mosse).

Auf der ersten Seite oben rechts nachträglich durch Bettine von Arnim mit Tinte ergänzt: „20 März 1839“. Nachträglich durch Bettine von Arnim mit Tinte korrigiert: „Ja, du hast mich lieb, Bettina, ich weiß es, ich fühl's.“] gestrichen; „Bettina“] „Ambrosia“ (anschließend wurde der ganze erste Satz bis zum Punkt gestrichen); „Ist Liebe nicht“] „Laß dieser Phantasie“; „Was wär sie sonst? –“] gestrichen; „still und ruhig“] „ruhig“; „die heiligen Wächter der Menschengeschicke.“] gestrichen; „anvertraut haben“] „anvertraut“; „richte ich“] „richten sich“; „schlafmützigen“] gestrichen; „Götzen,“] „Götzen, der Philosophie“; „jetzt bet' ich“] „ich bete'“; „Musen, und sie erhören“] „Musen, und erhören sie“; „Gebet durch freundliches Niedersteigen; daß ich's thun kann“] „Gebet,“; „zeigen“] gestrichen.

die Wasserprobe bestehen]
Die Wasserprobe (judicium aquae frigidae) war eine juristische Beweismethode, die dazu dienen sollte, eine Person der Zauberei zu überführen. Sie wurde vor allem im 16. und 17. Jahrhunderts zur Zeit der Hexenverfolgungen eingesetzt. Dabei wurde der Delinquent gefesselt in ein Gewässer herabgelassen oder geworfen; wenn er oben schwamm, galt dies als Zeichen seiner Schuld. Vgl. auch Anm. zu Brief 31.

um meinen Blumengarten [...] zu machen]
Möglicherweise eine Reminiszenz an Joseph von Eichendorffs Erzählung *Aus dem Leben eines Taugenichts*, wo der Protagonist, nachdem er eine Stelle als Zolleinnehmer angetreten hat, den Außenbereich des Zollhäuschens umgehend verändert: „Die Kartoffeln und anderes Gemüse, das ich in meinem kleinen Gärtchen fand, warf ich hinaus und bebaute es ganz mit den auserlesensten Blumen“ (Joseph Freiherr von Eichendorff: Aus

dem Leben eines Taugenichts und das Marmorbild. Zwei Novellen nebst einem Anhange von Liedern und Romanzen. Berlin 1826, S. 18).

der Atropos]

In der griechischen Mythologie die älteste der drei Schicksalsgöttinnen. Die Aufgabe von Atropos (altgriech. Ἄτροπος: die Unabwendbare) war es, den Lebensfaden zu zerschneiden, den ihre Schwester Klotho gesponnen und dessen Länge ihre Schwester Lachesis bestimmt hatte.

Centimanen]

In der antiken Mythologie hatten die Söhne von Uranus und Gäa jeweils 100 Arme sowie 50 Köpfe und wurden deshalb „Hunderthändige" genannt.

BRIEF 21

Julius Döring an Bettine von Arnim,
Wolmirstedt, 27. und 28.3.1839
Handschrift (Druckvorlage): FDH, Hs-14935
(Nachlass Forbes-Mosse).

Mittwoch […] vor 8 Tagen bei dir]

Das ‚offizielle' Abschiedstreffen von Döring und Bettine von Arnim fand am Mittwoch, den 20. März, statt. Allerdings könnte es sein, dass er sie am späten Abend des 21. 3. noch einmal aufsuchte; siehe Nachwort.

Lieder von Göthe […] componirtest]

Bettine von Arnim hat in ihrem Leben zahlreiche Gedichte Goethes vertont; erhalten sind mehr als 30 Kompositionen von ihr.

Lieder für die Landshuter Studenten]

Bettine Brentano nahm 1808/09 in München bei Peter von Winter intensiv Unterricht in Gesang und Komposition und setzte ihre musikalische Ausbildung in Landshut (1809/10) fort, wo sie ihre Kenntnisse der barocken Generalbasslehre bei dem Organisten Georg Joseph Eigendorfer – der in *Goethe's Briefwechsel mit einem Kinde* den Namen „Eixdorfer" trägt – vertiefte. Zusätzliche musikalische Unterstützung erhielt sie von dem Jurastudenten Alois Bihler, der sie „in die Lehre der Harmonieen" (A.[lois] B.[ihler]: Beethoven und „das Kind". In: Die Gartenlaube 18 [1870], S. 314f., hier: S. 314) einführte. In einem Brief an Achim von Arnim vom März 1810 heißt es über ihn: „Er bringt mich in Takt, ich erweitere seine Melodien, er setzt mir einen reineren Baß, ich erfinde ihm die Gegenbewegung zu den Instrumenten." (Bettine und Arnim. Briefe der Freundschaft und Liebe. Hrsg. von Otto Betz und Veronika Straub. Bd. 2. Frankfurt a.M. 1987, S. 339) Rückblickend beschreibt Bihler die Lieddarbietungen, die Bettine Brentano für ihn und seine Kommilitonen gab, folgendermaßen: „[…] auf dem Gebiete des Gesanges entfaltete sie völlig ihre wunderbare Eigenthümlichkeit. Selten wählte sie geschriebene Lieder – singend dichtete sie und dichtend sang sie mit prachtvoller

Stimme eine Art Improvisation. So zum Beispiel wußte sie in die einfach getragene Scala ebensowohl als in die ihr momentan entquellenden Solfeggien eine Fülle der Empfindung und des Geistes zu legen, daß ich hingerissen ihrem schöpferischen Genius lauschte. […] Gewöhnlich saß Bettina während des Musicirens auf einem Schreibtische und sang von oben herab wie ein Cherub aus den Wolken." (A.[lois] B.[ihler]: Beethoven und „das Kind", a.a.O., S. 315)

dein Zettelchen]

Gemeint ist offenbar die kurze Nachricht Bettine von Arnims vom 20. März (Brief 19) mit der Aufforderung, Döring möge am Abend noch ein letztes Mal zu ihr kommen.

seines Geistes Bergwerk]

Anspielung auf eine Stelle in *Goethe's Briefwechsel mit einem Kinde*. Im erfundenen letzten Schreiben an Goethes Mutter Catharina Elisabeth bezieht sich Bettine Brentano auf einen angeblichen Brief Karoline von Günderrodes an sie und zitiert dabei die Formulierung „Bergwerk des Geistes" (Werke und Briefe, Bd. 2, S. 66).

Am Freitag Nachmittag]

Also am 22. März.

Herr Dr. Carrier]

Philipp *Moriz* Carriere, eine Randfigur der junghegelianischen Bewegung, hatte sein Philosophie-Studium zunächst in Gießen begonnen, es in Göttingen fortgesetzt und war dann im Oktober 1837 an die Universität Berlin gewechselt, wo er am 28. Juli 1838 promovierte. Um mit Bettine von Arnim in Kontakt zu treten, deren Goethe-Buch er bewunderte, sandte er ihr – vermutlich im Januar 1839 – ein verehrendes Sonett zu, worauf sie am 1. Februar – mit einem nicht erhaltenen Schreiben – antwortete, in dem sie ihn einlud, sie zu besuchen. Daraufhin verkehrte er rund zwei Monate lang häufig in ihrem Haus und wurde einer ihrer bevorzugten Gesprächspartner, mit dem sie sich u.a. „über Religionswechsel, Stiftung und Änderung" (IP II, S. 353) – zentrale Themen ihres in Arbeit befindlichen zweiten Werks – austauschte. Für einen begrenzten Zeitraum konnte Carriere so die Entstehung des *Günderode*-Buchs aus nächster Nähe mitverfolgen. Bei einem dieser Besuche scheint er Döring begegnet zu sein. Ende März verließ Carriere die preußische Hauptstadt, um sich noch eine Weile in Köthen und in Butzbach (nahe seinem Geburtsort Griedel) aufzuhalten. Ende Juli machte er sich auf den Weg nach Italien, wo er mehr als ein Jahr verbrachte. Zwischenzeitlich kamen durch seine Empfehlung mehrere Freunde und ehemalige Studienkollegen – darunter Heinrich Bernhard Oppenheim, Wilhelm Levysohn, Gebhard von Alvensleben, *Karl* Heinrich Christian Keck und Max Ring – in Kontakt mit Bettine von Arnim. Nach seiner Rückkehr aus Italien im Spätherbst 1840 wurde Carriere einer ihrer wichtigsten publizistischen Fürsprecher.

in der Liebe […] seinen eigenen Genius]

Im „Tagebuch“ betitelten dritten Teil von *Goethe's Briefwechsel mit einem Kinde* heißt es: „Du liebst in dem Geliebten nur den eignen Genius“ (Werke und Briefe, Bd. 2, S. 488).

BRIEF 22

Bettine von Arnim an Julius Döring,
Berlin, [25., 26., 30. und] 31.3.1839
Handschrift (Druckvorlage): FDH, Hs-14893
(Nachlass Forbes-Mosse).
Druck: Vordtriede, S. 347–356; Werke und Briefe,
Bd. 4, S. 346–354.

Auf der Anfangsseite des ersten Doppelbogens oben links nachträglich durch Bettine von Arnim mit Tinte ergänzt: „9.“.

eben wars noch Montag]

Bettine von Arnim begann ihren Brief also in der Nacht vom 25. auf den 26. März.

Der Demeter im Arm liegst Du]

Die Mutter- und Erdgöttin Demeter ist eine Figur der griechischen Mythologie. Als alte Frau verkleidet, übernahm sie die Erziehung des Prinzen Demophoon in Eleusis. Zum Dank für die freundliche Aufnahme hielt sie ihn ins Feuer, um seine irdische Hülle zu verbrennen und ihm dadurch Unsterblichkeit zu verleihen. Die Parallelisierung mit Demeter gehört zu den Grundelementen von Bettine von Arnims Programm der Jugenderziehung zum Heldentum.

Fuß]

Wie aus einem Brief Bettine von Arnims an den Sohn Siegmund vom 18. Dezember 1839 hervorgeht, gab es in ihrem Berliner Arbeitszimmer einen „Schreibtisch auf welchem“ diverse „Gypsfiguren“ (Bettine von Arnims Briefwechsel mit ihren Söhnen. Hrsg. von Wolfgang Bunzel und Ulrike Landfester. Bd. 2: Bettine von Arnims Briefwechsel mit ihrem Sohn Siegmund. Göttingen 2012, S. 73) standen. Es handelt sich dabei wohl um Abgüsse oder Repliken antiker Statuen, unter denen sich offensichtlich auch der Fuß eines Jünglings befand. Dass dies „ein Gipsabguß von Dörings Fuß“ (Werke und Briefe, Bd. 4, S. 926) gewesen sei – wie Vordtriede (vgl. Vordtriede, S. 485) und Härtl/Landfester/von Steinsdorff annehmen –, ist indes bloße Spekulation und erscheint wenig wahrscheinlich. Der Hinweis, der Gipsfuß stehe „so lang schon“ auf dem Schreibtisch, passt jedenfalls nicht zu dem Faktum, dass der Briefkontakt zu Döring erst seit zwei Monaten bestand und die erste Begegnung beider weniger als vier Wochen zurücklag; vgl. hierzu auch „… und mehr als einmal nachts im Thiergarten“. Bettina von Arnim und Heinrich Bernhard Oppenheim. Briefe 1841–1849. Hrsg., eingeleitet und kommentiert von Ursula Püschel. Berlin o.J. [1990] (= Bettina von Arnim-Studien 1), S. 54. In späteren Briefen imaginiert Bettine den Arnim, dass die Gipsreplik Dörings Fuß sei, und stellt so mit den Mitteln der Phantasie Nähe zum abwesenden Geliebten her.

träumend]

Korrigiert aus: „traumend".

ist Dein Wort Fleisch in mir geworden]

Anspielung auf die biblische Formel „das Wort ward Fleisch" bzw. „das Wort ist Fleisch geworden" (Joh 1,14). Der reziprok abgewandelte Ausspruch „Dieses Fleisch ist Geist geworden" war als Inschrift für das von Bettine von Arnim konzipierte Goethe-Denkmal vorgesehen (vgl. Werke und Briefe, Bd. 2, S. 570).

„Es werde"]

Direkte Bezüge auf die biblische Schöpfungsformel: „Es werde Licht!" (1. Mose 1,3) finden sich bereits in *Goethe's Briefwechsel mit einem Kinde* (vgl. Werke und Briefe, Bd. 2, S. 363 und 405) und kehren dann im Günderode-*Buch,* in *Dies Buch gehört dem König* und *Clemens Brentano's Frühlingskranz* wieder.

Der hat mich auch verläugnet]

Anspielung auf eine Stelle in der Bibel. Jesus prophezeit seinem Jünger Petrus: „In dieser Nacht, ehe der Hahn kräht, wirst du mich dreimal verleugnen." (Mt 26,34; ähnlich Joh 13,38)

Macht hat zu binden und zu lösen]

Anspielung auf eine Stelle in der Bibel. Im Matthäus-Evangelium spricht Jesus zu seinem Jünger Petrus: „Ich will dir die Schlüssel des Himmelreichs geben: Was du auf Erden binden wirst, soll auch im Himmel gebunden sein, und was du auf Erden lösen wirst, soll auch im Himmel gelöst sein." (Mt 16,19)

schreitet auf den Wassern]

Anspielung auf eine Stelle in der Bibel. Im Matthäus-Evangelium wird berichtet, wie Jesus über das Wasser läuft, um zu seinen Jüngern zu kommen, die sich in einem Boot auf dem See Genezareth befinden. Petrus geht darauf Jesus auf den Fluten entgegen, verliert aber das Vertrauen, beginnt zu sinken und muss von ihm aufgefangen werden (vgl. Mt 14,25–32).

Der Mensch nach Gottes Ebenbild geschaffen]

Zitat aus der biblischen Schöpfungsgeschichte (1. Mose 1,27).

im Kloster am einsamen Ort]

Nach dem Tod der Mutter Maximiliane kam Bettine Brentano gemeinsam mit ihren Schwestern Ludovica (genannt Lulu) und Meline in ein von Ursulinenschwestern geführtes Mädchenpensionat nach Fritzlar, wo sie von Mai 1794 bis Juli 1797 blieb. In *Goethe's Briefwechsel mit einem Kinde* berichtet Bettine von Arnim mehrfach von ihrer Zeit im Kloster.

ich legte mich […] seine Kniee]

Bettine von Arnim gestaltet in dieser mit Sicherheit erfundenen Episode eine erotisch aufgeladene Konstellation aus, die sich ansatzweise bereits in *Goethe's Briefwechsel mit einem Kinde* findet. Dort redet die Bettine-Figur in einem nicht authentischen Brief von Anfang Juli 1807 ihr Gegenüber mit den Worten an: „Du! der es weiß, daß ich gern den Nacken unter deine Füße lege" (Werke und Briefe, Bd. 2, S. 101)

am lauen Sommer abend […] anleuchten]

Eine ganz ähnliche Situation schildert Bettine von Arnim in einem in mehreren Fassungen vorliegenden Textfragment, das ursprünglich für *Goethe's Briefwechsel mit einem Kinde* vorgesehen war, dann aber doch nicht in das Buch aufgenommen wurde, weil es zu explizit schien und als anstößig empfunden worden wäre: „Es war in der Abenddämmerung im heissen Augustmonat, in Töpplitz er [= Goethe] saß am offnen Fenster, ich stand vor ihm und hielt ihn umhalst und mein Blick wie ein Pfeil scharf ihm ins Aug gedrückt blieb drinn haften bohrte sich tiefer und tiefer ein. Vielleicht weil ers nicht länger ertragen mochte frug er ob mir nicht Heiß sei. und ob ich nicht wolle, daß mich die Kühlung anwehe, ich nickte so sagt er: [‚]Mache doch den Busen frei daß ihm die Abendluft zu gut komme.' und da er sah daß ich nichts dagegen sagte obschon ich roth ward so öffnete er meine Kleidung; er sah mich an und sagte: Das Abendroth hat sich auf deine Wangen eingebrennt und dann küßte er mich auf die Brust und senckte die Stirne darauf" (Werke und Briefe, Bd. 2, S. 800).

fürchte dich nicht]

Diese Wendung ist eine der häufig vorkommenden Schlüsselformeln in der Bibel; so heißt es etwa in Jes 41,10: „[…] fürchte dich nicht, ich bin mit dir; weiche nicht, denn ich bin dein Gott. Ich stärke dich, ich helfe dir auch, ich halte dich durch die rechte Hand meiner Gerechtigkeit".

heute am Sonnabend]

D.h. am 30. März.

dein Vater]

Friedrich Hermann Karl Döring hatte gleichfalls Jurisprudenz studiert und war dann viele Jahre als Justiz-Assessor in Wolmirstedt tätig; am 30. Juni 1836 wurde er zum Rat am dortigen Land- und Stadtgericht ernannt und übte das Amt eines Richters aus.

pp]

„perge, perge" (lat.): „und so fort".

BRIEF 23

Julius Döring an Bettine von Arnim, Wolmirstedt, o. D. [3.4.1839]
Handschrift (Druckvorlage): FDH, Hs-14935 (Nachlass Forbes-Mosse).

Auf der ersten Seite oben rechts nachträglich durch Bettine von Arnim mit Tinte ergänzt und anschließend wieder durchgestrichen: „28 März 1839". Sie hielt demnach Dörings Schreiben vom 28. März und das vorliegende später für einen einzigen Brief; so wurden die Blätter schließlich auch archiviert.

Meiner Schwester]
Nicht ermittelt.

ich faules Kind]
Zitat aus einem angeblich von Bukowan, dem böhmischen Landgut der Brentanos, abgeschickten Schreiben in *Goethe's Briefwechsel mit einem Kinde* (vgl. Werke und Briefe, Bd. 2, S. 356).

wo dir der Genius […] eingiebt]
Vermutlich meint Döring den Schluss des „Zweiten Teils" von *Goethe's Briefwechsel mit einem Kinde* und das als dritter Band fungierende „Tagebuch", das mit den Worten eingeleitet wird: „In dieses Buch möcht ich gern schreiben, von dem geheimnisvollen Denken einsamer Stunden der Nacht" (Werke und Briefe, Bd. 2, S. 427).

Rauschgold]
Dünn ausgewalzte Messingblättchen bezeichnet, die so bearbeitet werden, dass sie wie Gold aussehen. Rauschgold diente als Ersatz für Blattgold, wurde aber auch für Christbaumschmuck verwendet.

großen Handelsstadt an der Elbe]
Gemeint ist Magdeburg. Döring hatte dort bis 1836 das Gymnasium im erst kurz zuvor säkularisierten Kloster Unser Lieben Frauen besucht.

absoluten Denkens]
Ein Begriff, der bereits von Spinoza gebraucht wurde, dann aber vor allem in der idealistischen Philosophie, besonders bei Fichte und Hegel, begegnet und in der Religionsphilosophie des Vormärz weiterlebt.

vor 14 Tagen […] bei dir]
Döring beendete sein Schreiben also am Mittwoch, den 3. April.

BRIEF 24
Bettine von Arnim an Julius Döring,
Berlin, o. D. [4.4.1839]
Handschrift (Druckvorlage): FDH, Hs-14894
(Nachlass Forbes-Mosse). Druck: Vordtriede,
S. 356–370.

Die insgesamt drei doppelseitigen Bögen tragen jeweils auf der Anfangsseite rechts oben die Angabe „pag 1", pag 2" und „pag 3". Auf der Anfangsseite des ersten Doppelbogens oben links nachträglich durch Bettine von Arnim mit Tinte ergänzt: „10.".

ich möchte recht]
Korrigiert aus: „ich mochte recht".

gepanzert […] aus Gottes Haupt springen […] Weisheit gebar]
Siehe den Kommentar zu Bettine von Arnims Brief an Julius Döring vom 1. 2. 1839 („Minerva").

gefeieten]
Durch Zauberkraft widerstandsfähig gemachten, gehärteten.

Ariosto, hat […] gesungen]
Der einer kinderreichen, wenig begüterten Adeligenfamilie entstammende Ludovico Ariosto (deutsch: Ariost) besuchte zunächst die Lateinschule in Ferrara und begann dann – hier besteht eine erste Parallele zu Döring – auf Wunsch des Vaters ein Jurastudium an der dortigen Universität, das er jedoch nicht abschloss. Statt dessen trat er einer Theatergruppe bei und begann damit, eigene Dichtungen zu verfassen. Nach dem Tod seines Vaters musste er die Ernährung der Familie sichern, schlug anfangs eine militärische Karriere ein und beaufsichtigte als Hauptmann eine Festung bei Canossa, anschließend wurde er Geistlicher im Dienst von Kardinal Ippolito I. d'Este. Obwohl er – eine weitere Parallele zu Döring – mit seiner Tätigkeit unzufrieden war, fand er doch Zeit, um literarisch tätig zu sein. Sein Hauptwerk ist das aus 46 Gesängen bestehende Versepos *Orlando furioso* (1516–32), das die Kämpfe Rolands und der Vasallen Karls des Großen mit den Sarazenen schildert.

Paradedecke]
Ursprünglich eine – auch Schabracke genannte – verzierte Decke aus Samt, Tuch oder Fell, die bei Schauanlässen Pferden unter den Reitsattel gelegt wurde. Schon bald wurde der Begriff aber verallgemeinert und auch für Zierüberwürfe bei Betten, Sofas und Sesseln gebraucht. Ähnlich wie Bettine von Arnim als Metapher gebraucht Eichendorff die Bezeichnung in seinem Roman *Ahnung und Gegenwart*, wo er von der „abgenutzten und schäbigten Paradedecke der Aufklärung" (Joseph Freiherr

von Eichendorff: Ahnung und Gegenwart. Ein Roman. Mit einem Vorwort von de la Motte Fouqué. Nürnberg 1815, S. 295) spricht.

gleich jenen Rüben […] zu seinem Dienst]

Ein im Riesengebirge beheimateter launischer „Berggeist", der auch als „Fürst der Gnomen" (Die deutschen Volksmährchen von Johann August Musäus. Hrsg. von C. M. Wieland. Zweiter Theil. Gotha 1805, S. 5) gilt, verfügt über einen Zauberstab, der Rüben in Wesen beliebiger Form verwandeln kann. Nachdem er die Königstochter Emma in sein unterirdisches Reich entführt hat, überlässt er ihr den Zauberstab, damit sie nicht so allein ist und sich mit Gefährten umgeben kann. Emma verwandelt darauf eine Rübe in ein Pferd und flieht mit diesem aus dem Reich des Berggeists zu ihrem Geliebten, dem Prinzen Ratibor. Die Bewohner der „umliegenden Gegenden" nennen den Berggeist fortan „Rübenzähler, oder kurzweg *Rübezahl*" (ebd., S. 52).

Ariostos-Ritter]

In Ludovico Ariostos Versepos *Orlando furioso* ist der Titelheld Orlando (deutsch: Roland) ein Vasall Karls des Großen, der mit seinen Rittern gegen die Sarazenen kämpft und das Christentum verteidigt.

herr Docktor Carierre]

Siehe Anm. zum vorangegangenen Brief.

Blüthenalter]

Diese poetische Formulierung für den ersten Kulminationspunkt eines Entwicklungsverlaufs machte Friedrich Schiller in seinem Gedicht *Die Götter Griechenlands* (1788) weithin bekannt. Wenig später griff sie Sophie Mereau (die durch ihre Heirat mit Clemens Brentano Bettines Schwägerin wurde) auf und verwendete sie für den Titel ihres Romans *Das Blütenalter der Empfindung* (1794).

eingehegelt]

Siehe Anm. zu Brief 33.

das Ich und das Nichtich]

Anspielung auf Johann Gottlieb Fichtes Transzendentalphilosophie, die aus der Abgrenzung von Ich und Nicht-Ich entwickelt wird. In einem undatierten Briefentwurf an einen unbekannten Adressaten parodiert Bettine von Arnim Fichtes philosophische Beweisführung und kommt zu dem Schluß, „daß nämlich gar kein Ich existiert denn die Welt repräsentiert […] das Ich der Negation, das heißt: das Nicht Ich" (Konrad, Bd. 5, S. 506).

wie der Ritter sanckt Martin […] zu theilen]

Martinus (deutsch: Martin) war der Sohn eines römischen Offiziers und schlug – auch hier besteht wieder eine gewisse Parallele zu Döring – auf Drängen seines Vaters eine Militärlaufbahn ein. Als sich sein christlicher Glaube immer weiter verstärkte, bat er um die Entlassung aus der Armee, die ihm aber erst nach 25-jähriger Dienstzeit im Alter von 40 Jahren gewährt wurde. Er lebte zunächst als Einsiedler, gewann aber bald zahlreiche Anhänger und gründete dann in der Nähe von Tours das Kloster Marmoutier. Im Jahr 372 wurde er zum dritten Bischof von Tours geweiht. Der Legende nach sei Martin an einem kalten Wintertag am Stadttor von Amiens einem armen, unbekleideten Mann begegnet. Er habe darauf seinen Offiziersmantel mit dem Schwert zerteilt und eine Hälfte dem Armen gegeben. In der folgenden Nacht sei ihm dann im Traum Christus erschienen, der den halbierten Mantel trug, den Martin dem Bettler gegeben hatte. Aus diesem Grund gilt er als Musterbild der Barmherzigkeit.

Robinson]

Anspielung auf Daniel Defoes Roman *Robinson Crusoe* (1719), in dem die Geschichte eines Seemannes erzählt wird, der nach einem Schiffbruch viele Jahre auf einer unbewohnten Insel im Mündungsgebiet des Orinoco verbringt und dabei ganz auf sich allein gestellt ist. Allerdings ist nicht ganz klar, worauf die Formulierung „ihre Flammen leuchten lassen" genau abzielt. Gemeint sein könnte die Passage aus dem Fünften Kapitel, in der geschildert wird, wie Robinson sich irdene Tiegel und Töpfe in einem großen Feuer brennt. Möglicherweise bezieht sich Bettine von Arnim aber auch auf den im Vierten Kapitel berichteten Traum, in dem „aus einer großen schwarzen Wolke ein Mann von hellen Flammen umgeben, welche die Erde erleuchteten, herabsteigt" und den areligiösen Robinson aufruft, „Buße" zu tun.

zu genießen]

Korrigiert aus: „zu ggenießen".

Phönix]

Korrigiert aus: „Phonix". In der antiken Mythologie ist der Phönix (altgriech.: Φοίνιξ; lat.: Phoenix) ein Vogel, der am Ende seines Lebenszyklus verbrennt, um aus seiner Asche wieder neu zu erstehen. Er gilt deshalb als Symbol der Unsterblichkeit.

Salz der Erde]

In der biblischen Bergpredigt werden die Jünger Jesu mit Salz verglichen (das damals auch in materieller Hinsicht überaus kostbar war), und es wird die Frage gestellt, wie dieses regenieriert werden kann, wenn es seine Würzkraft verloren hat (vgl. Mt 5,13, Mk 9,50 und Lk 14,34).

Mein Bruder Clemens […] auszuarbeiten]

Anfang März hatte der Heidelberger Buchhändler Jacob Christian Benjamin Mohr Clemens Brentano mitgeteilt, dass er die ursprünglich in den Jahren 1805 bis 1808 erschienene Liedersammlung *Des Knaben Wunderhorn* gern neu auflegen wolle. Brentano schrieb darauf am 13. März an seine Schwester, teilte ihr mit, dass er die Anthologie gerne um ungedruckte Texte erweitern würde und benannte dafür folgende Optionen: Falls ihm Bettine von Arnim die Nachlassmanuskripte ihres verstorbenen

Mannes Achim – der seinerzeit Mitherausgeber war – für einen längeren Zeitraum überlasse, könnte er die Aufgabe allein übernehmen. Denkbar sei aber auch, dass entweder einer ihrer Söhne oder eine Person ihres Vertrauens mit ihm zusammenarbeite. In diesem Zusammenhang ermunterte er sie: „Hast du vielleicht Jemand [...], so schreib mir doch recht bald" (Clemens Brentano: Sämtliche Werke und Briefe. Historisch-kritische Ausgabe veranstaltet vom Freien Deutschen Hochstift. Bd. 33: Briefe V [1813–1818]. Hrsg. von Sabine Oehring. Stuttgart 2000, S. 195).

BRIEF 25

Julius Döring an Bettine von Arnim,
Wolmirstedt, 5.4.1839
Handschrift (Druckvorlage): FDH, Hs-14936
(Nachlass Forbes-Mosse).

Auf der ersten Seite oben rechts nachträglich durch Bettine von Arnim mit Tinte ergänzt und anschließend wieder durchgestrichen: „5 April 1839".

mein Vater]

Friedrich Hermann Karl Döring war ebenfalls Jurist und bekleidete seit 1836 die Stelle eines Rats am Königlich Preußischen Stadt- und Landgericht Wolmirstedt.

nach Plato's Rathe]

Im zehnten Buch seiner Schrift *Politeia* (*Der Staat*) begründet der griechische Philosoph Plato(n), dass aus einem idealen Staatswesen, wie er ihm vorschwebt, die Dichtung als nachahmende Kunst verbannt werden müsse, weil ihre Hervorbringungen gehaltlos seien und aller Wahrheit entbehrten. Vgl. auch Anm. zu Brief 51.

Gedankenhouris]

H(o)uris sind im islamischen Glauben die Jungfrauen im Paradies, die den Seligen als Ehefrauen zur Verfügung stehen.

Corpus juris]

Corpus juris meint einerseits ganz allgemein das Zivilrecht (Corpus Iuris Civilis), im engeren Sinn aber die preußische Zivilprozessordnung (Corpus Iuris Fridericianum), die am 26. April 1781 in Kraft getreten war und seitdem die maßgebliche Rechtssammlung für Juristen war; vgl. Anm. zu Brief 6.

BRIEF 26

Julius Döring an Bettine von Arnim, Wolmirstedt, 25.4.1839

Handschrift (Druckvorlage): FDH, Hs-14937 (Nachlass Forbes-Mosse).

Auf der ersten Seite oben rechts nachträglich durch Bettine von Arnim mit Tinte ergänzt: „25 April 1839".

erstes Examen]

Gemeint ist die erste juristische Staatsprüfung, die vor einer zentralen staatlichen Immediat-Justiz-Examinations-Commission abgelegt werden musste.

der Alles […] Wagen des indischen Gottes]

Jagrenat (auch: Dschagernat, Jugurnaut oder Dschaganatha), der „Herr der Welt", gilt als „berühmteste Gottheit Indiens". In der gleichnamigen Stadt befindet sich eine Pagode, die ihm gewidmet ist und ein hölzernes Abbild von ihm enthält: „Der Götze ist schwarz, hat einen weit aufgesperrten, blutrothen Rachen und ist überhaupt gräßlich bemalt. Das Merkwürdigste ist sein großes Fest, bei welchem noch jetzt das Blut von tausend Opfern (Menschen) fließt. Der Götze wird auf einen ungeheuern, von zwei und dreißig sehr starken Rädern getragenen Wagen gesetzt, welcher wie der Thurm einer Pagode gestaltet ist. Dieser ist siebenzig Fuß hoch und enthält neun Stockwerke über einander, in deren jedem – sie sind von allen Seiten ganz offen – viele schöne Mädchen üppige Tänze aufführen. Er ist von seinem Bruder Balaram und seiner Schwester Schubudra, welche Beide auf besonderen Thronen sitzen, begleitet. Aus dem Wagen gehen von verschiedenen Stellen der vordern Seite sechs sehr lange und starke Schiffstaue heraus. Die Pilgrime, welche sich zu mehreren Hunderttausenden hier versammeln, spannen sich nun vor den Wagen und ziehen ihn unter dem lauten Gesange von Lobeshymnen, unter dem Schalle der lärmendsten Instrumente, und begleitet von den Tänzen der Mädchen, um die Pagode herum. Hier nun werfen sich die alten Leute, welche gerne selig werden wollen, und nicht von Neuem auf die Erde zurückkehren mögen, unter die Räder des ungeheuern Wagens und lassen sich zermalmen." (W.[ilhelm] Vollmer: Vollständiges Wörterbuch der Mythologie aller Nationen. Eine gedrängte Zusammenstellung des Wissenswürdigsten aus der Fabel- und Götter-Lehre aller Völker der alten und neuen Welt. Stuttgart 1836, S. 909f.)

wie Siegfried ins Blut des Drachen]

Im Nibelungenlied baded der Held Siegfried im Blut eines von ihm getöteten Drachen und wird dadurch – nahezu – unverwundbar.

daß mit dem zürnenden Jehova […] vorüber sei]
Anspielung auf die Ablösung des alttestamentarischen rächenden und strafenden Gottes durch den mildtätigen Erlöser Jesus Christus im neuen Testament.

Widder […] schlachten]
Döring spielt hier offenbar auf die zivilisationsgeschichtliche Neuerung der Ersetzung eines Menschenopfers durch ein Opfertier an und hat zugleich jene Bibelstelle vor Augen, in der Abraham auf Geheiß eines Engels anstelle seines Sohnes Isaak Gott einen Widder opfert.

Ariadnens Faden]
Der kretische König Minos, ein Sohn von Göttervater Zeus, hatte Athen besiegt und zwang die Einwohner der Stadt, alle neun Jahre sieben Jünglinge und sieben Jungfrauen nach Kreta zu senden, damit diese dem in einem Labyrinth lebenden, stierköpfigen Ungeheuer Minotauros geopfert werden. Als Theseus, der Sohn des athenischen Königs Aigeus, auszog, um den Minotaurus zu töten, gab Ariadne, Minos' Tochter, ihm einen Faden mit, durch den er schließlich wieder aus dem Labyrinth herausfand.

Durch Kampf zum Sieg]
Diese Formulierung findet sich in mehreren lyrischen Texten des frühen 19. Jahrhunderts. Ein früher Beleg ist das aus der Zeit der Befreiungskriege stammende Landwehrlied „Für Recht und Friede kämpfen wir …" (vgl. Fr. A. Krummacher: Siegspredigt. Gehalten in der Marienkirche zu Bernburg den 18. November 1813. Nebst einem Anhange von Kriegsliedern. Halle 1813, S. 24). Als herausgehobene refrainartige Anfangszeile begegnet die Parole in dem Gedicht *Ermunterung des Christen* (I.[gnaz] H.[einrich] von Wessenberg: Chor-Lieder zu christlichen Volksgesängen. Ein Versuch. Constanz 1828, S. 18f.).

Nachtviole]
Nachtviolen (Hesperis) sind eine Gattung aus der Familie der Kreuzblütengewächse. Sie zeichnen sich dadurch aus, dass ihre Blüten abends und nachts stark duften. In der Dichtung ist die Nachtviole ein Symbol der Treue, aber auch der Bescheidenheit. Der österreichische Dichter Johann Baptist Mayrhofer verfasste ein *Nachtviolenlied*, das 1822 von Franz Schubert vertont wurde.

beiliegenden Gedichte]
Nicht erhalten.

stille Myrthe]
In Mignons berühmtem Lied „Kennst du das Land …" aus Goethes Roman *Wilhelm Meisters Lehrjahre* heißt es in einer Zeile: „Die Myrte still und hoch der Lorbeer steht".

BRIEF 27

Bettine von Arnim an Julius Döring,
Berlin, 28.4.1839
Handschrift: FDH, Hs-14895 (Nachlass Forbes-Mosse).
Adresse: „An Herrn / Herrn Julius Doring [sic] / Wohlgeboren / Abzugeben bei H[er]rn Justiz R[ath]: Döring / Wolmirstätt / bei Magdeburg";
Zusatz: „frei"; Poststempel: „BERLIN 29/4", „1/5".
Druck: Vordtriede, S. 371–375.

Auf der ersten Seite oben links nachträglich durch Bettine von Arnim mit Tinte beziffert: „11."

Zeit Rosen zu bringen]
Die sprichwörtliche Redensart „Zeit bringt Rosen" begegnet schon im 16. Jahrhundert; vgl. Sibenhundert und funfftzig Deutscher Sprüchwörter/ ernewert/ und gebessert durch Johan.[nes] Agricola. Mit vielen schönen lustigen vnd nützlichen Historien und Exempeln erkläret und ausgelegt. Wittenberg 1582, S. 216. Ein Gedicht mit diesem Titel findet sich in: Altteutsche Volks- und Meisterlieder aus den Handschriften der Heidelberger Bibliothek. Hrsg. von J.[oseph] Görres. Frankfurt a.M. 1817, S. 84f. Simrock führt dann insgesamt drei Abwandlungen der Redewendung auf: „Zeit bringt Rosen (nicht der Stock)", „Zeit bringt Rosen, aber auch Dornen" und „Zeit bringt Rosen und nimmt sie wieder hin" (Die deutschen Volksbücher. Gesammelt und in ihrer ursprünglichen Echtheit wiederhergestellt von Karl Simrock. Fünfter Band: Deutsche Sprichwörter. Frankfurt a.M. 1846, S. 573).

Der Cocon]
Anspielung auf Dörings Formulierung in Brief 8.

in christliche Dornenkronen geflochten]
Anspielung auf das seit langem veränderte auktoriale Selbstverständnis von Bettine von Arnims in München lebendem Bruder. Clemens Brentano hatte 1817 eine Generalbeichte abgelegt und danach gelobt, nur noch religiöse Texte zu verfassen. In der Tat lassen sich die meisten seiner seitdem veröffentlichten Werke als christliche Erbauungsschriften deuten: *Das Mosel-Eisgangs-Lied* (1830), *Die barmherzigen Schwestern in Bezug auf Armen- und Krankenpflege* (1831) und *Das bittere Leiden unseres Herrn Jesu Christi* (1833). Seine früheren Texte sah Brentano, wie er am 3. Juli 1826 Johann Friedrich Böhmer schrieb, verächtlich als „geschminkte duftende Toiletten sünden unchristlicher Jugend" (Clemens Brentano: Sämtliche Werke und Briefe. Historisch-kritische Ausgabe veranstaltet vom Freien Deutschen Hochstift. Bd. 35: Briefe VII [1824–1829]. Hrsg. von Sabine Oehring. Stuttgart 2012, S. 249) an.

Staatsmaschine]
Die Gleichsetzung von Staatswesen und mechanischem Räderwerk war vor allem in der Romantik ein beliebter Topos; vgl. Barbara Stollberg-Rillinger: Der Staat als Maschine. Zur politischen Metaphorik des absoluten Fürstenstaats. Berlin 1986. Bettine von Arnim gebraucht den Begriff Ende der dreißiger und Anfang der vierziger Jahre mehrfach in ihrer privaten Korrespondenz. So spricht sie auch in ihrem kurz vorher geschriebenen Brief an den Bruder Clemens vom 2. April 1839 von der „alten[n] Staatsmaschine" (Bettina an Clemens Brentano. In: Corona, 7. Jg., 1936/37, S. 36–59, hier: S. 51).
versäumen]
Hier im Sinne von: durch Warten, Zögern oder Nichtstun „verpassen" bzw. „ungenutzt lassen".

BRIEF 28
Bettine von Arnim an Julius Döring,
Berlin, 3.5.1839
Handschrift (Druckvorlage): FDH, Hs-14896 (Nachlass Forbes-Mosse). Adresse: „Dem Herrn Julius Döring / Wohlgeboren / Abz[ugebe]n: b:[ei] H:[errn] Justiz Rath Doering / Wolmirstätt / bei Magdeburg."; Zusatz: „frei"; Poststempel: „BERLIN 3/5", „8/5"; „5/[?]". Druck: Vordtriede, S. 375f.

Auf der ersten Seite oben links nachträglich durch Bettine von Arnim mit Tinte beziffert: „12."

BRIEF 29
Julius Döring an Bettine von Arnim,
Wolmirstedt, 11.5.1839
Handschrift (Druckvorlage): FDH, Hs-14938 (Nachlass Forbes-Mosse).

Auf der ersten Seite oben rechts nachträglich durch Bettine von Arnim mit Tinte ergänzt: „11 Mai 1839".
vergangenen Montag [...] Mittwoch [...] Donnerstag]
Also am 6., 8. und 9. Mai.
Examen]
Nachdem Döring diese Prüfung bestanden hatte, wurde er „nach der Oberlandesgerichts-Verfügung vom 14ten März 1839" (Amts-Blatt der Königlichen Regierung zu Magdeburg. Jahrgang 1839. Magdeburg 1839, S. 285) zum Auskultator, d.h. zum Beisitzer ohne Stimmrecht, beim Königlichen Oberlandesgericht Magdeburg (Domplatz 6) ernannt.

Horcher i.[d] e.[st] Auscultator V.R.W.]
Horcher das ist (bzw. heißt) Auscultator von Rechts wegen. Wörtliche Übersetzung von Dörings neuer Dienstbezeichnung (von lat. auscultare: (eifrig) zuhören, (aus-)horchen). Auskultatoren nannte man in Preußen Juristen, die ihr Studium beendet hatten und zur Vorbereitung für den späteren Staatsdienst die unbezahlte erste Ausbildungsstufe an einem Gericht absolvierten.

BRIEF 30
Bettine von Arnim an Julius Döring,
Berlin, [9. bis] 17.5.1839
Handschrift (Druckvorlage): FDH, Hs-14897
(Nachlass Forbes-Mosse). Druck: Vordtriede,
S. 376–386.

Die insgesamt zwei doppelseitigen Bögen (von denen der erste in zwei Einzelblätter getrennt wurde) tragen jeweils auf der Anfangsseite rechts oben die Angabe „*No* 1“ und „No 2“. Auf der Anfangsseite des ersten Einzelblattes oben links nachträglich durch Bettine von Arnim mit Tinte beziffert: „13.“

am Himmelfarthtag]
Christi Himmelfahrt fiel 1839 „auf den 9. Mai“ (Vortdriede, S. 386).

heute Morgen [...] im Thiergarten]
Genauer schildert Bettine von Arnim diesen Spaziergang in einem am selben Tag geschriebenen Brief an Philipp Nathusius: „[...] heut am Himmelfahrtstage war ich im Thiergarten Morgens um sechs Uhr ganz allein, ich wollte mir da Tempelduft einathmen und mir heilige Vorsätze fassen ohne Ungeduld den Tag zu verbringen, damit ich doch Abends könne in mein inneres Leben eingewiegt durchträumen wie mirs lieb ist; – da hab ich das junge weiche Laub an den Hecken betrachtet, mit der zarten Verbrämung auf den Rippen und wie feine Wimpern am Rande des Blatts hinlaufen. [...] – Und dann bin ich weiter im Garten bei einem jungen Kirschbaum stehen geblieben und habe wieder Deiner gedacht, daß Du wohl so sein mögest wie jener junge Baum; denn da die Frühlingszeit solche Gedanken aufregt [...], warum sollten diese nicht wirklich die Sprache der Blüthen sein? – Viele sind taub die Ohren haben, viele sehen nicht die Augen haben. Diese erkennen nicht an der Hecke des Blattes seine Bildung, jene lauschen nicht der Blüthensprache, die jetzt im Frühlingsbeginn aufs mannigfaltigste sich durchkreuzt und in immer neuen Tonarten dichtet. – Sind doch jene die begabteren die es voraus haben diese Sprache zu verstehen und nachzulallen, und dann von solchen mit feinfühligem Genuß belauscht zu werden die wie ich bekannt mit dieser Sprache sind.“ (IP I, S. 361f.)

Hyazinthe]
Siehe Anm. zu Brief 15 und Brief 36.

Savigny]
Friedrich Carl von Savigny lehrte Jurisprudenz an der Universität Berlin und war als Staatsrat zugleich Mitglied des preußischen Justizministeriums. Der früher enge Kontakt Bettine von Arnims zu dem Ehemann ihrer Schwester Gunda lockerte sich nach der Entlassung der Brüder Grimm aus dem Staatsdienst. Bettine von Arnim warf ihm vor, sich nicht genug für seine ehemaligen akademischen Schüler einzusetzen. Wie aus einem Brief von ihr an Wilhelm Grimm vom 25. März 1839 hervorgeht, war sie erst jüngst in „einer aristokratischen Gesellschaft bei Savigny" (Schultz, S. 78). Vgl. Anm. zu Brief 3.

Blüthe vom Kirschbaum gepflückt]
Siehe die vorvorletzte Anm.

ein junger Mann, […] Doctor der Philosophie]
Da es sich weder um den Philosophen Moriz Carriere, der bereits seit Februar mit Bettine von Arnim verkehrte, noch um Heinrich Bernhard Oppenheim, der in der juristischen Fakultät promoviert hatte, handeln kann, dürfte hier Maximilian *Eduard* Meyen gemeint sein. Dieser hatte Mitte März 1835 an der Berliner Universität promoviert und gehörte zum Kreis der in der preußischen Hauptstadt lebenden Junghegelianer. Schon früh und sehr nachdrücklich setzte er sich publizistisch für schreibende Frauen im Allgemeinen und für Bettine von Arnims Werk im Besonderen ein. Da Meyen seinerzeit bei Carrieres Promotionsverfahren als einer der sog. Opponenten fungiert hatte, liegt es nahe anzunehmen, dass dieser seinen Studienfreund mit einem Empfehlungsschreiben für Bettine von Arnim versorgt hat, bevor er selbst Berlin verließ.

Socrates habe […] Sonne gesehen]
In Platons *Symposion* berichtet Alkibiades, wie Sokrates einmal so sehr in Gedanken versunken gewesen sei, dass er sich einen ganzen Tag lang nicht von der Stelle bewegte: „Es war ihm etwas eingefallen und er stand nachsinnend darüber von des Morgens an auf Einer Stelle, und da es ihm nicht von statten ging, ließ er nicht nach, sondern blieb immer stehen und forschte weiter. Nun wurde es Mittag, und die Leute merkten es und erzählten verwundert einer dem andern, daß Sokrates vom Morgen an über etwas nachsinnend dastände. […] Und er blieb stehen bis es Morgen ward und die Sonne aufging; dann betete er noch die Sonne an und ging fort." (Platons Werke von F.[riedrich] Schleiermacher. Zweiten Theiles zweiter Band. Berlin 1807, S. 447) Dass Bettine von Arnim Schleiermachers Platon-Ausgabe besaß, geht aus einem Brief an ihre Schwester Meline vom Frühjahr 1807 hervor; vgl. Zwei Briefe Bettinas. Mitgetheilt von Erich Schmidt. In: Freundesgaben für Carl August Hugo Burkhardt zum siebenzigsten Geburtstag 6. Juli 1900 […]. Weimar 1900, S. 73–87, hier: S. 78.

um nicht Theologe […] Dann Pfarrer]
Wie groß Meyens Abneigung gegenüber der Theologie war, geht aus einem etwa zeitgleich geschriebenen Brief hervor; am 12. Mai schreibt er an Arnold Ruge, den Herausgeber der junghegelianischen Zeitschrift *Hallische Jahrbücher*, deren Mitarbeiter er war: „Über die Berliner Pastoren bin ich nicht im Stande zu schreiben, denn dazu müßte ich sie hören und – lieber will ich sterben!" (Wolfgang Bunzel/Martin Hundt/Lars Lambrecht (Hrsg.): Zentrum und Peripherie. Arnold Ruges Korrespondenz mit Junghegelianern in Berlin. Frankfurt a.M./Berlin/Bern/Bruxelles/New York/Oxford/Wien 2006 [= Forschungen zum Junghegelianismus 14], S. 81)

seine ganze academische Laufbahn […] anknüpfen]
Meyen wies in mehreren Artikeln und Buchbesprechungen auf die Bedeutung Bettine von Arnims hin. So rezensierte er anonym, aber mit auf ihn verweisender Chiffrierung („* *" auf beiden Seiten der Überschrift) *Goethe's Briefwechsel mit einem Kinde* in der *Literarischen Zeitung* (Nr. 9, 25. 2. 1835, Sp. 161f.) und erkannte darin eine „Metaphysik des Kusses" (Sp. 162). Später würdigte er ausführlich das Erscheinen der ersten beiden Bände der *Sämmtlichen Werke* Achim von Arnims in den *Hallischen Jahrbüchern* (Nr. 261 und 262, 31. 10. und 1. 11. 1839, Sp. 2081–2086 und 2094–2096). Außerdem engagierte er sich publizistisch für Bettine von Arnims Anliegen, indem er den Brief, den sie am 6. Mai 1841 an Moritz Robert-Tornow über die sog. Spontini-Affäre geschrieben hatte, „in der Augsburger" *Allgemeinen Zeitung* „abdrucken" (Karl Marx/Friedrich Engels-Gesamtausgabe [MEGA]. Hrsg. vom Institut für Marxismus-Leninismus beim Zentralkomitee der Kommunistischen Partei der Sowjetunion und vom Institut für Marxismus-Leninismus beim Zentralkomitee der Sozialistischen Einheitspartei Deutschlands. Dritte Abteilung, Band 1: Text. Berlin [Ost] 1975, S. 361) ließ.

Rückreise in 4 Wochen]
Wie aus einem Brief Meyens an Ruge vom 3. Juli 1839 hervorgeht, hat er im Mai und Juni „eine kleine Reise zu Verwandten in der Provinz" (Wolfgang Bunzel/Martin Hundt/Lars Lambrecht [Hrsg.]: Zentrum und Peripherie. Arnold Ruges Korrespondenz mit Junghegelianern in Berlin, a.a.O., S. 82) unternommen.

des Loewen Rachen […] Honig eintragen]
Im biblischen Buch der Richter wird berichtet, wie Simson – einer der Auserwählten Gottes, der solange unbezwingbar war wie sein Haupthaar ungeschoren blieb – auf dem Weg zu seiner künftigen Frau Delila einem jungen Löwen begegnet, den er mit bloßen Händen tötet. Als er einige Zeit später an dieser Stelle vorbeikommt, sieht er, wie sich im Kadaver des Löwen ein Bienenschwarm eingenistet hat, entnimmt dem Stock einige Waben und isst den darin befindlichen Honig (vgl. Ri 14,5–9).

`Land wo Milch und Honig fleust]`

Im Alten Testament wird den Israeliten nach ihrem Auszug aus Ägypten („Exodus“) das sog. gelobte Land (Kanaan), zu dem sie unterwegs sind, als „Land, in dem Milch und Honig fließen“ (Ex 3,8), beschrieben.

`portugiesische Jüdin […] Familie de Castro]`

Rahel de Castro, eine unverheiratete Tochter des aus Portugal stammenden, wohlhabenden jüdischen Tabaksfabrikanten *Abraham* Jacob Chaim Namias de Crasto bzw. de Castro, lebte mit ihrer gleichnamigen Mutter Rahel Namias de Crasto bzw. de Castro und neun Geschwistern wechselweise in Altona und Övelgönne. Sie gehörte zum Freundeskreis von David Assur und Rosa Maria Assing und stand in regem Briefwechsel mit deren in Berlin bei ihrem Onkel Karl August Varnhagen von Ense lebender Tochter Ludmilla.

`frl: Lange]`

Möglicherweise handelt es sich um „D[emoise]lle.“ Lange, die in der „Münzstr. 14“ wohnte und in den Berliner Adressbüchern als „Rentiere“ (Allgemeiner Wohnungsanzeiger für Berlin, Charlottenburg und Umgebungen auf das Jahr 1844. Redigirt von dem Königl. Polizei-Rath Winckler. Drei und zwanzigster Jahrgang. Berlin 1844, S. 260), also von Zins- oder Mieteinkünften lebende Dame, verzeichnet war.

`ein junger Mann]`

Vermutlich ist hier *Ludwig* Christian Erk gemeint, der seit 1835 Musiklehrer am Königlichen Seminar für Stadtschulen in Berlin war, den Liturgischen Chor in der Domkirche leitete und von 1836 bis 1838 der Familie des Prinzen Friedrich *Carl* Alexander Musikunterricht erteilt hatte. 1838 hatten die ersten Hefte der von ihm gemeinsam mit Wilhelm Irmer herausgegebenen Ausgabe der *Deutschen Volkslieder mit ihren Singweisen* (3 Bde., 1838–45) zu erscheinen begonnen. Erk bearbeitete später im Auftrag Bettine von Arnims den vierten (Nachlass-)Band der Neuausgabe von *Des Knaben Wunderhorn* (1854), der als Band 21 der *Sämmtlichen Werke* Achim von Arnims publiziert wurde.

`Brief von meinem Bruder Clemens]`

Da die Originalhandschrift des undatierten, wohl zwischen dem 4. und dem 7. Mai geschriebenen Briefes von Clemens Brentano in Bettine von Arnims Besitz blieb und in den fünfziger Jahren von ihr zusammen mit anderen Schriftstücken in die Obhut Karl August Varnhagens gegeben wurde, dürfte Döring nur eine – vielleicht auszugartige – Abschrift erhalten haben.

`die Schriften von Arnim]`

Erste Überlegungen, Achim von Arnims Werke gesammelt zu publizieren, hatten seine Söhne Siegmund und Friedmund schon 1832 angestellt; als Herausgeber sollte nach deren Vorstellung entweder Wilhelm „Grimm oder Clemens“ (Bettine von Arnims Briefwechsel mit ihren Söhnen, Bd. 2, a.a.O., S. 20) Brentano fungieren. Dieser alte Plan wurde im Frühjahr 1838 – nachdem die Grimms ihre Stellung als Professoren an der Universität Göttingen verloren hatten – reaktiviert. Am 20. April 1838 schrieb Bettine von Arnim diesbezüglich an ihren Bruder Clemens: „Savigny hat sich mit mir beraten über Arnims Papiere, es wär jetzt ein Zeitpunkt, wo Grimms vielleicht gerne dazu bereit wären, sie herauszugeben“ (Bettina von Arnim: Briefe an Clemens Brentano, a.a.O., S. 47). Am 21. und 22. Oktober und dann noch einmal vom 24. bis zum 29. November besuchte sie Jacob und Wilhelm Grimm, alte Freunde ihres verstorbenen Mannes, in ihrem neuen Domizil in Kassel und vereinbarte mit letzterem, der als Herausgeber fungierte, den Zuschnitt der Ausgabe. Im Frühsommer 1839 – Wilhelm Grimms „Vorwort“ datiert vom 1. Mai – erschienen die ersten beiden Bände der *Sämmtlichen Werke*; siehe auch Anm. zu Brief 95.

die Götter im Venus berg Tafeln]
Seit dem Spätmittelalter kursiert in Sagenerzählungen und literarischen Texten die Vorstellung des Venusbergs. Angeblich hält darin Frau Venus gemeinsam mit anderen antiken Gottheiten und heidnischen Naturwesen in einer Art Refugium Hof und lockt gelegentlich durch ihre erotische Anziehungskraft Menschen an, die dann dem Luxus und der Wollust verfallen.

das Ordnen von Arnims Schriften […] mit Clemens]
Siehe die vorletzte Anm. Wie sich Clemens Brentano die Arbeit an der Neuauflage des *Wunderhorns* vorstellte, geht aus seinem Anfang Mai verfassten Schreiben an Bettine von Arnim hervor: „Mein Plan wäre, daß man alles in das Wunderhorn aufnähme, was wir [d.h. die Herausgeber Clemens Brentano und Achim von Arnim] würden darin aufgenommen haben, wenn wir damals es besessen hätten. Alles langweilige, lederne und auch das Polemische soll heraus bleiben, eben so das Moderne. Es wäre daher nöthig, alle seitdem erschienene Sammlungen solcher Art und das in Journalen zerstreute zu mustern und auszusuchen, will sie der Verleger herbeischaffen oder hast du sonst Gelegenheit dazu, wohl gut. […] Mir ist es ganz Recht, wen du dir zum Mitarbeiter des Wunderhorns aussuchen willst, ich zweifle nicht an der Competenz deines Urtheils. […] Ich halte allerdings für sehr weiße, daß dein Poet, […] mein incognito Mitarbeiter Alles […] vorerst sammle in deutlicher Abschrift, […] und will er dann mit dem ganzen Schatz nebst dem, was in Arnims Nachlaß sich an Lieder Mscpt und Büchern noch befindet hierher begeben um noch hier in der Bibliotheck zu fischen und sich meines […] Rathes zu bedienen, so will ich ihm alle Liebe erweißen, die er als ein so vortrefflicher Freund von dir nur von mir erwarten kann. […] Meine Meinung wäre, man solle das Wunderhorn ganz neu zussammenstellen und es in einem oder zwei Bänden drucken […]. Ich bin für einen starken

gros Oktavband mit einer Spalte, und die Lieder in Klassen geordnet, damit man Alles leicht finden kann, alle seitdem erschienenen Sammlungen, selbst die in Provinzialdialekten sind dabei auszubeuten, wie auch die Bibliothecken und Privatsammlungen und alles Gewählte ist zu stimmen. Einzelnes aus der alten Sammlung kann gebessert werden, Anderes auch wegbleiben. [...] – Hat nun dein erwählter Wunderhornist mit Sinn und Fleis eine leserliche reine Sammlung solcher Lieder zussammengeschrieben, so mag er hieher kommen und ich will, so du mich dazu fähig hältst, helfen, wo ich kann. Da unter dem Vorrath der Lieder in Arnims Nachlaß noch Manches Ungedruckte eingeschaltet werden kann, dürften wir ohne zu lügen auf dem Titel sagen aus dem Nachlasse und den Quellen vermehrt. – Ich mache keinen Anspruch als auf einen Antheil am Inhalt des alten Wunderhorns, alles neu zugefügte ist deine und deines Hornisten Sache und du kannst daraus diesen honoriren, wie du für gut hältst." (Clemens Brentano: Sämtliche Werke und Briefe. Historisch-kritische Ausgabe veranstaltet vom Freien Deutschen Hochstift. Bd. 37,1: Briefe IX [1836–1839]. Hrsg. von Sabine Oehring. Stuttgart 2016, S. 210–212) Da die Grimms, vor allem Wilhelm, auch als Herausgeber der *Sämmtlichen Werke* Achim von Arnims fungierten, lag für Bettine eine parallele Beteiligung an der Neuedition des *Wunderhorns* nahe – zumal die Brüder bereits bei der Zusammenstellung der Erstausgabe mitgewirkt hatten.

gäb]

Korrigiert aus: „gab".

Janusgeschichte]

Janus (lat.: Ianus) war in der römischen Mythologie der Gott des Anfangs und des Endes; er wurde meist als doppelköpfige bzw. -gesichtige Gestalt dargestellt und galt als Symbol der Zwiespältigkeit bzw. des verkörperten Gegensatzes.

Somambüler]

Schlafwandler. Lange Zeit nahm man an, dass der Vollmond der Auslöser für das Schlafwandeln ist und sprach deshalb auch von Mondsucht (Lunatismus). Doch auch den schlafartigen Zustand, den der Arzt Franz Anton Mesmer ab dem letzten Viertel des 18. Jahrhunderts durch Hypnosetechniken hervorrief und als Beleg seiner Theorie des animalischen Magnetismus verstand, bezeichnete man als Somnambulismus. In der Literatur der Romantik waren das Phänomen des Schlafwandelns und die es vielfach begleitenden hellseherischen Visionen ein beliebtes Motiv.

Über meinen früheren]

Korrigiert aus: „Uber meinen früheren".

ein Sophiste]

Als „Sophist" bezeichnete man im antiken Griechenland ursprünglich alle weisen Männer, besonders solche, die ihr Wissen – meist gegen Bezahlung – anderen vermittelten. Plato(n) und Aristoteles dann gebrauchten diesen Begriff pejorativ und bezeichneten damit Wortklauber oder Blender, die ihre rhetorischen Fähigkeiten gewissenlos einsetzten, um einen gewünschten Standpunkt zu begründen.

BRIEF 31
Julius Döring an Bettine von Arnim, Wolmirstedt, 19. bis 21.5.1839
Handschrift (Druckvorlage): FDH, Hs-14939 (Nachlass Forbes-Mosse).

Phöbus Apollon]
Apollo(n), ein Sohn des Göttervaters Zeus, ist in der antiken Mythologie der Gott des Lichts, der Heilkunst, der sittlichen Reinheit und der Künste und gehört zu den zwölf Olympischen Göttern. Wegen seiner Beziehung zum Licht wird er auch als Phoibos (latinisiert: Phoebus) Apollon („der Leuchtende") bezeichnet und zuweilen mit dem Sonnengott Helios gleichgesetzt.

Patmos]
Die in der östlichen Ägäis gelegene Insel Patmos war in der römischen Antike ein Verbannungsort. Der Prophet Johannes soll hier nach eigenen Angaben das letzte Buch des Neuen Testaments, die wegen ihres Endzeitszenarios auch Apokalypse genannte biblische Offenbarung, niedergeschrieben haben. Vgl. Brief 86 und 94.

kleinern Flusses]
Wolmirstedt liegt am Flüsschen Ohre; gemeint sein könnte der Mühlengraben (ein Nebenarm der Ohre), die südöstlich von Wolmirstedt in die Ohre mündende Schrote, die Alte Elbe oder einer der zahlreichen Gräben, die sich in der Nähe der Stadt finden.

grüne Maien]
Zweige junger, frisch ausgetriebener Bäume, meist von Birken oder Buchen. Traditionell werden damit zu Pfingsten Häuser und Kirchen geschmückt.

verglichen hast mit dem jungen Laube]
Vergleiche von Jugend mit Mailaub finden sich mehrfach in Bettine von Arnims Texten. Die Beilage zu einem Brief an König Friedrich Wilhelm IV. vom 13. April 1843 enthält eine – vermutlich fingierte – Jugenderinnerung, die mit den Worten beginnt: „Als ich noch in der Heimath so licht und jung wie Mailaub freudig grünte" (Werke und Briefe, Bd. 3, S. 906).

Ach, wie lang', […] von Ewigkeit!]
Das Gedicht erschien später unter dem Titel *Sie* in: Deutscher Musenalmanach für 1841. Hrsg. von Th.[eodor] Echtermeyer und Arnold Ruge. Berlin 1841, S. 310f. Vermutlich ohne Wissen des Autors wurde es erneut

abgedruckt in: Die Sprache des Herzens. Lieder-Album für Damen. Aus den neuesten deutschen Dichtern gesammelt von Rhingulph [Eduard] Wegener. Berlin 1857, S. 39f.; diese Anthologie erlebte mehrere Auflagen, die dritte kam 1868 heraus.

Young]

Gemeint ist der englische Schriftsteller Edward Young, dessen Dichtung *The Complaint: or, Night-Thoughts on Life, Death, & Immortality* (1743) zunächst für die Sturm-und-Drang-Generation und später dann auch für die Autoren der Romantik ein wichtiges Referenzwerk wurde.

Flammenprobe]

Die sog. Feuerprobe gehörte im Mittelalter zu den Gottesurteilen und diente dazu, die Schuld oder Unschuld eines Angeklagten festzustellen. Dieser musste entweder seine Hand ins Feuer strecken oder glühendes Eisen tragen bzw. barfuß darüber laufen. Wenn er dabei unverletzt blieb bzw. die Verletzung binnen kurzer Zeit verheilte, galt seine Unschuld als erwiesen, im gegenteiligen Fall wurde er bestraft. Vgl. auch Anm. zu Brief 20.

BRIEF 32

Bettine von Arnim an Julius Döring,
Berlin, o. D. [20. und 21. 5. 1839]
Handschrift (Druckvorlage): FDH, Hs-14898
(Nachlass Forbes-Mosse).
Adresse: „Dem Herrn Julius Doehring / abzugeben bei H[er]rn Justitzrath Doehring / Wolmirstädt / bei Magdeburg“; Zusatz: „franco“; Poststempel: „BERLIN 21/5“, „21/5“, „23/5“. Druck: Vordtriede, S. 386–390.

Auf der ersten Seite oben mittig nachträglich von unbekannter Hand mit Bleistift beziffert: „14“.

Hyperionengeschlecht]

Hyperion, der Sohn des Uranos und der Gaia, war in der griechischen Mythologie einer der Titanen. Mit der Titanin Theia, seiner Schwester und Gemahlin, zeugte er den Sonnengott Helios, die Mondgöttin Selene und die Göttin der Morgenröte, Eos.

BRIEF 33

Bettine von Arnim an Julius Döring,
Berlin, [25. bis] 30.5.1839
Handschrift (Druckvorlage): FDH, Hs-14899 (Nachlass Forbes-Mosse).
Adresse: „Herrn Julius Döring / Abzugeben bei H[er]rn Justitz Rath Doering / Wolmirstädt / bei Magdeburg“; Zusatz: „frei“. Poststempel: „BERLIN 31/5“; „31/[?]“.
Druck: Vordtriede, S. 290–396.

Auf der ersten Seite oben links nachträglich durch Bettine von Arnim mit Tinte beziffert: „14.“

wie zwei Spielkameraden […] anbot]
In ihrem undatierten Schreiben vom 11. oder 12. Februar 1839 spricht Bettine von Arnim davon, dass sie eine Vertraulichkeit im Umgang miteinander anstrebe, wie sie „nur unter *Gespielen* gebräuchlich ist“; vgl. auch die Anm. zu diesem Brief. Döring reagierte darauf, indem er seine Briefpartnerin am 19. 2. erstmals mit den Worten „Meine gütige Freundin!“ anredete. Rund zwei Jahre zuvor hatte Bettine von Arnim Philipp Nathusius eingeladen, ihr „Kamerad“ (IP I, S. 63 und 68) bzw. „Spielkamerad“ (IP I, S. 61, 70, 72) zu sein – ein Angebot, das dieser jedoch abgeschlagen hatte.

in Arnims Papieren]
Bettine von Arnim sichtete weiterhin den literarischen Nachlass ihres verstorbenen Mannes. Auch im ersten Entwurf zu ihrer auf den 4. November 1839 datierten brieflichen Abrechnung mit Friedrich Carl von Savigny erwähnt sie, dass sie sich mehrere Tage und Nächte […] müde gearbeitet“ habe bei dem Versuch, „in Arnims […] Papiere Ordnung zu bringen“ (Schellberg/Fuchs, S. 265).

ein Hegel]
Georg Wilhelm Friedrich Hegel galt als einflussreichster Philosoph seiner Zeit. An der Berliner Universität, an der er seit 1818 lehrte, hatte er einen großen Kreis von Schülern um sich geschart, die den Einfluss des Hegelianismus nach seinem Tod weiter vergrößerten. Bettine von Arnim wandte sich vor allem gegen das enzyklopädisch angelegte Theoriegebäude der Hegelschen Philosophie, weil sie eine hierarchisch und systematisch aufgebaute Darstellung von Gedanken ablehnte; vgl. ihre Äußerungen in Brief 43.

Docktor Strauß die Wunder wegdemonstrirt]
In seiner zweibändigen Untersuchung über *Das Leben Jesu* (1835/36), deren neuntes Kapitel „Die Wunder Jesu“ überschrieben ist, argumentierte der Theologe David Friedrich Strauß, die biblischen Wundererzählungen seien unglaubwürdig und stellten Übertreibungen dar, die Jesus

zugeschrieben wurden, damit er dem urchristlichen Messiasglauben entspreche. Diese Geschichten dürften deshalb nicht als geschichtliche Berichte genommen, sondern müssten theologisch gedeutet werden. Dass Bettine von Arnim *Das Leben Jesu* unmittelbar nach seinem Erscheinen zur Kenntnis genommen hat, geht aus einem Gespräch mit Karl Friedrich Göschel hervor. Ihm teilte sie mit, dass sie nicht nur „viel daraus gelernt", sondern dass das Werk ihr auch „wieder zum Glauben verholfen" (zitiert nach Sabine Schormann: Bettine von Arnim. Die Bedeutung Schleiermachers für ihr Leben und Werk. Tübingen 1993, S. 304) habe.

Christus konnte auf den Wassern gehen]
Gemäß den biblischen Berichten läßt Jesus seine Jünger nach der sog. Speisung der Fünftausend mit einem Boot ans andere Ufer des See Genezareth fahren. Als sie in einen Sturm geraten, nähert er sich ihnen, indem er auf dem Wasser geht, und spricht ihnen Mut zu (vgl. Mt 14,22–27, Mk 6,48–50 und Joh 6,19–20).

er konnte Wasser in Wein verwandlen]
Als Jesus in Kana als Gast zu einer Hochzeitsfeier geladen ist und der Festgesellschaft der Wein ausgeht, lässt er sechs große Krüge, die sonst für die rituelle Reinigung bestimmt sind, mit Wasser füllen, das sich plötzlich in Wein verwandelt (vgl. Joh 2,1–11).

Blinde sehend machte]
Als Jesus einmal einem blind Geborenen begegnet, streicht er ihm einen aus Erde und Speichel gebildeten Lehmbrei auf die Augen und macht ihn damit sehend (vgl. Joh 9,1–7). Alle drei dieser im Johannesevangelium berichteten Wundergeschichten gehören zu den sieben sog. Zeichen, die belegen, dass Jesus der Messias ist, und die den Leser zum Glauben leiten sollen.

Fluthen trüge]
Korrigiert aus: „Flüthen trüge".

vom Philosophen […] – er ist […] in die Ferne gezogen]
Moriz Carriere war, wie er Bettine von Arnim am 9. Mai brieflich mitteilt, zunächst „über Leipzig und Weimar nach Hause" (Goethe- und Schiller-Archiv, Weimar, 03/509) – also zu seinem Geburtsort Griedel bei Butzbach – gefahren. Ende August/Anfang September machte er noch Station in München, wo er am 1. 9. mit Clemens Brentano zusammentraf, und reiste von dort nach Italien. Nach einem längeren Aufenthalt in Rom, wo er sich vor allem kunstgeschichtlichen Studien widmete, kehrte er erst im „Spätherbst" (Moriz Carriere: Bettina von Arnim. Breslau o.J. [1887], S. 30) 1841 wieder nach Berlin zurück.

Katholische Richtung]
Nach einer längere Zeit andauernden existentiellen Krise hatte Clemens Brentano am 27. Februar 1817 in Berlin die Generalbeichte abgelegt.

Seit dieser Zeit stellte er nicht nur seine schriftstellerische Produktion ganz auf das Verfassen religiöser Dichtung und erbaulicher Gebrauchstexte um, sondern agitierte auch in seinem persönlichen Umfeld zugunsten des Katholizismus. Mit seiner ehemaligen Lieblingsschwester hatte er deshalb viele Jahre keinen Kontakt mehr. Eine Wiederannäherung ereignete sich erst mit der Veröffentlichung von *Goethe's Briefwechsel mit einem Kinde*. Gleichwohl blieb Bettine von Arnim weltanschaulich auf Distanz zu ihrem Bruder. So äußert sie in einem Brief an Philipp Nathusius vom 24. Oktober 1839 über ihn: „Er ist ein mit Unkraut überwuchertes Feld, seine Religion ist Aberglaube, der aus der Quelle der Furcht entspringt." (IP II, S. 123f.)

BRIEF 34
Julius Döring an Bettine von Arnim, Wolmirstedt, 30.5. bis 5.6.1839
Handschrift (Druckvorlage): FDH, Hs-14940 (Nachlass Forbes-Mosse).

Nachtviole]
Siehe Anm. zu Brief 26.

Ich wollt' ich wär ein Postillon]
Mit diesem Ausspruch beginnt die dritte Strophe des Kinderlieds *Der Postillon* („Herr Postillon, Herr Postillon,/ Wo geht die Reise hin? …"). Bekannt wurde der später vertonte Text durch Georg Christian Dieffenbachs Kompilation *Kinder-Lieder* (Mainz 1854, S. 98). Ob er bereits vorher existierte, ließ sich nicht ermitteln.

Du wolltest ja Althaldensleben dir ansehen]
Der aus Althaldensleben stammende, reiche Fabrikantensohn Philipp Nathusius hatte – ähnlich wie später Döring – aus eigenem Antrieb Kontakt mit Bettine von Arnim aufgenommen und ihr nach der Lektüre von *Goethe's Briefwechsel mit einem Kinde* Anfang November 1835 einen begeisterten Brief geschrieben. Seit dieser Zeit standen beide in brieflichem Kontakt. Als er im Herbst 1836 zu einem knapp sechsmonatigen Aufenthalt nach Berlin kam, quartierte er sich gleichfalls in der Straße Unter den Linden ein, stattete ihr am 21. Oktober seinen ersten Besuch ab und war dann häufig bei ihr zu Gast. Die nach der Rückkehr in seine Heimat sich intensivierende Korrespondenz wurde allerdings ein gutes Jahr lang unterbrochen, als Nathusius zwischen Anfang September 1837 und Ende Oktober 1838 Deutschland, Italien, Frankreich, Griechenland und die Türkei bereiste. Anschließend setzte der briefliche Austausch wieder ein. Mit Bettine von Arnims neuem Verehrer Julius Döring, dessen Geburtsort Wolmirstedt nur zwei Meilen (eine Meile entspricht etwa 7,4 km) von Althaldensleben entfernt lag, scheint Nathusius bereits Bekanntschaft

geschlossen zu haben, als dieser sich noch in Berlin aufhielt, jedenfalls heißt es in einem Brief Bettine von Arnims an Nathusius vom 10. März 1839: „Der junge *Ilius* hat mir auch über Deinen Besuch geschrieben" (IP I, S. 343f.). Dörings im vorliegenden Schreiben gegebener Hinweis ist der erste Beleg für Bettine von Arnims Absicht, nach Althaldensleben zu reisen und Nathusius zu besuchen. Diesem selbst teilt sie erst am 1. August mit: „Nach A.[lthaldensleben] würde ich in diesen Tagen gekommen sein, ich war eben im Begriff über M.[agdeburg] einen Umweg zu machen und dann zu Dir auf Deine Stube Dir die Augen [zu]zuhalten, und ‚Rath wer bin ich' – nun Du wegreisest mache ich einen andern Umweg." (IP II, S. 22)

BRIEF 35
Bettine von Arnim an Julius Döring,
Berlin, 5. [bis 8.] 6. [1839]
Handschrift (Druckvorlage): FDH, Hs-14900
(Nachlass Forbes-Mosse).

Auf der ersten Seite oben links nachträglich durch Bettine von Arnim mit Tinte beziffert: „15."

Gestern kam ein Brief [...] es mir.]
Der Brief ist nicht erhalten. Zur Identität des Verfassers siehe Anm. unten zum „Sonetten Dichter".

Aufsatz [...] geschrieben habe]
Nachdem der bis dahin als Lehrer am Frankfurter Mädcheninstitut tätige Julius Bernhard Engelmann im Mai 1808 die Eröffnung einer eigenen „Erziehungsanstalt für Töchter aus den gebildeten Ständen" angekündigt hatte, verfasste Bettine Brentano als Reaktion auf seine in diesem Zusammenhang veröffentlichte Schrift *Einige Gedanken über Erziehung und Unterricht, besonders der Töchter* eine Entgegnung, die sie in Kopie an Goethes Sekretär, den Pädagogen Friedrich Wilhelm Riemer schickte; vgl. Werner Milch: Julius Bernhard Engelmann und die Mädchenerziehung. Ein unbekannter Brief Bettina von Brentanos. In: Neue Zürcher Zeitung und schweizerisches Handelsblatt, 161. Jg., Nr. 178 und 179, 6. und 7. 2. 1940, unpag. Bei der Arbeit am *Günderode*-Buch reicherte Bettine von Arnim ihren im Alter von 23 Jahren geschriebenen Aufsatz mit Reflexionen über das Verhältnis von Juden und Christen an und integrierte ihn in ein erfundenes Schreiben an Karoline von Günderrode aus dem Spätherbst 1805.

Veit]
Bettine von Arnim schätzte den Berliner Schriftsteller und Buchhändler Moritz Veit, weil er „einer der eifrigsten und glücklichsten Sammler für den", die Brüder Grimm unterstützenden, Leipziger „Verein" (IP I, S. 344)

war, und betrachtete ihn als „guten Kerl, dem es nie an Eifer fehlt" (IP I, S. 345). Veit hatte im März 1839 nicht nur den Verlag der Gesamtausgabe von Achim von Arnims Werken übernommen, sondern verlegte auch die Neuausgabe von *Goethe's Briefwechsel mit einem Kinde*. Als acht Bände der *Sämmtlichen Werke* Arnims erschienen waren, kündigte er im März 1841 den Verlagskontrakt aufgrund von Unstimmigkeiten mit Bettine von Arnim betreffs der vereinbarten Verkaufsabrechnungen; vgl. Ludwig Geiger: Bettina von Arnim und Moritz Veit. In: ders.: Dichter und Frauen. Berlin 1896, S. 228–245.

Savigny]

Vgl. Anm. zu Brief 30. Friedrich Karl von Savignys mehrbändiges Werk *System des heutigen römischen Rechts* begann 1840 im Verlag von Moritz Veit zu erscheinen. Die „Verbindung mit Savigny" hatte Bettine von Arnim „hergestellt" (Ludwig Geiger: Moritz Veit. In: Allgemeine Deutsche Biographie […] hrsg. durch die historische Commission bei der Königl. Akademie der Wissenschaften. Bd. 39. Leipzig 1895, S. 535–546, hier: S. 540).

Alexandrine […] Gleis zu bringen]

Nicht ermittelt. Dass es sich dabei um die als vierte Tochter Friedrich Wilhelms III. geborene „Prinzessin von Preußen, die seit 1822 mit Paul Friedrich, Erbgroßherzog von Mecklenburg-Schwerin vermählt war" (Vordtriede, S. 402), handelt, ist auszuschließen, da diese in Schwerin lebte. Die gemeinte Person wird auch in einem Brief Bettine von Arnims an Karl August Varnhagen von Ense vom 29. September 1838 erwähnt; darin bittet sie ihn: „Grüßen Sie doch von mir *, sagen Sie ihr Dank für alles was sie für meine Alexandrine thut und was sie so anmuthig zu thun weiß. Es bedarf keiner besondern Pracht um einen Wiesenteppich heiter zu schmücken, und doch ist er erfreulicher dem Auge als das schönste Blumenbeet. So ist der Charakter dieses vom Schicksal so strenggeprüften Kindes auch, der ich über so manchen Stein des Anstoßes schon seit Jahren die Hand gereicht habe; sie ist gleich einem Wiesengrund und begrünt sich sanft bei milder Witterung, und beblümt sich mit tausend goldnen Sternen, dem Wiederschein des Himmels, wenn die Milde, die himmlisch ist, sie anglänzt; – so kann es einen unendlich erfreuen und erquicken, ihr wohlgethan zu haben; ich mache mir Vorwürfe, daß ich's manchmal versäumte. Sie hat ein Recht an die Menschheit, weil ihre Sitten so edel sind, vor denen hat der Fühlende immer Ehrfurcht" (Assing, S. 334f.)

die Bajaderen Tanzen sehen]

Im Frühjahr 1839 tourte eine Gruppe von fünf „Devedaschi-Tänzerinnen", „dem Dienste des Vischnu geweihte" „Priesterinnen der Pagode Tindivina-Purum", durch Europa und zeigte – organisiert von einem „französischen Unternehmer" – „die heiligen Tänze der Bajaderen" auf zahlreichen Theater- bzw. Opernbühnen. Die Reaktionen auf diese Darbietung waren gespalten. So heißt es etwa über die Aufführung, die in Leipzig – und damit kurz vor dem Berliner Gastspiel – stattfand: „Drei indische Musici spielen mörderisch monoton, und wenn sich die Bajadere Sundirun eine Viertelstunde lang im Dreitact um sich selbst kreiselt, jeden Fuß über den andern setzend, während sie mit emporgehobenen Händen aus einem Stück Mousselin von 35 Ellen Länge eine Taube mit einem Palmbaum formt, so befällt uns jener schläfrige Taumel, der uns sinnberaubt macht, unser Bewußtsein tödtet, enfin, uns in eine fromme Betäubung stürzt. [...] Das Theaterpublicum wußte schier nicht, ob es spotten, lachen oder applaudiren sollte" (Zeitung für die elegante Welt, Nr. 101, 27. 5. 1839, S. 404). Der „Aufenthalt in Berlin" dagegen war so erfolgreich, dass er „verlängert" (Beilage zur Allgemeinen Zeitung, Nr. 165, 14. 6. 1839, S. 1277) wurde. In den *Hallischen Jahrbüchern für deutsche Philosophie und Kunst* erschien ein umfangreicher Artikel über *Die Bajaderen und ihre mythischen Darstellungen* (Nr. 259–261, 29.–31. 10. 1839, Sp. 2065–2070, 2073–2080, 2086–2088).

Apoll unter den Hirten]
Apollon (altgriech. Ἀπόλλων) war in der griechischen und römischen Mythologie der Gott des Lichts, der Weissagung und der Künste und gehörte zu den zwölf Hauptgöttern. Zur Strafe dafür, dass er die Kyklopen getötet hatte, wurde er auf Befehl des Göttervaters Zeus aus dem Olymp verbannt und musste dem thessalischen König Admetos (altgriech. Ἄδμητος) – nach einigen Quellen ein Jahr, nach anderen neun Jahre lang – als Hirte dienen. Dabei unterrichtete er die anderen Hirten in Gesang und Musik. Dieser Stoff war vor allem in der Malerei überaus beliebt und wurde zu einem bevorzugten Bildthema des Klassizismus.

der Sonetten Dichter [...] mir emfohlen]
Vermutlich handelt es sich um Wilhelm Müller, der als Schriftsteller später unter dem Namen Wolfgang Müller von Königswinter auftrat. Müller hatte im Herbst 1835 an der Universität Bonn mit dem Studium der Medizin begonnen. Während dieser Zeit trat er in Kontakt mit Gottfried Kinkel und Johanna Mathieux. Im Herbst 1838 wechselte er dann an die Universität Berlin, wo er im darauf folgenden Frühjahr Bettine von Arnim mit einem Empfehlungsschreiben aufsuchte. Bevor er in seine Heimat zurückkehrte, war er gelegentlich Gast bei ihr. Nach seinem militärischen Pflichtjahr als Chirurg im Düsseldorfer Ulanen-Regiment muss er noch einmal Berlin besucht haben, denn Bettine von Arnim bediente sich seiner als Bote; so bemerkt Wilhelm Grimm in seinem Brief an sie vom 8. September 1840, dass den „zweiten Teil" der *Günderode* „ein hübscher junger Mann, Dr. Müller aus Düsseldorf" (Schultz, S. 172) persönlich überbracht habe. Als Müllers erste eigenständige Gedichtpublikation *Junge Lieder* gedruckt war, schickte er Bettine von Arnim am

10. Mai 1841 ein Exemplar mit einem Begleitschreiben zu, in dem er an die früheren Besuche bei ihr erinnerte: „Ewig unvergeßlich werden mir […] vor allen [sic] die Stunden sein, wo Sie mir in holder Freundlichkeit gegönnt haben, Ihren überaus köstlichen Gesprächen zu lauschen, wenn Sie eine andre Pythia von Ihrem großen schwarzen Sopha herunter […] mir in süß hinfließender Rede ewige Räthsel lösten. Als eifriger Hörer folgte ich Ihnen in die seligen Gefilde Ihrer Gedanken" (Universitäts- und Landesbibliothek Bonn).

`ein Wircklicher Jude […] zugeschickt war]`

Moriz Carriere vermittelte mehreren seiner Freunde und ehemaligen Studienkollegen persönlichen Kontakt zu Bettine von Arnim. Bei dem „Wircklichen Juden" dürfte es sich um Max (eigentlich: Marcus) Ring (1817–1901) handeln, den im schlesischen Zauditz (heute: Sudice) bei Ratibor (heute: Racibórz) geborenen Sohn eines Landwirts. Ring besuchte in Gleiwitz (heute: Gliwice) erst die jüdische Gemeindeschule, dann in Oppeln (heute: Opole] und Ratibor das Gymnasium und studierte seit 1836 an der Universität in Breslau (heute: Wrocław) Medizin. Um seine akademische Ausbildung abzuschließen, ging er 1838 nach Berlin, wo er diverse junge Intellektuelle kennenlernte, darunter Moriz Carriere. Das Empfehlungsschreiben Carrieres (siehe die folgende Anm.) hat sich nicht erhalten; vermutlich handelte es sich dabei um einige wenige formlose Zeilen, die Bettine von Arnim nicht aufbewahrt hat.

`seinem Gönner […] niemand mehr emfehle]`

Wie aus einer Notiz Ludmilla Assings hervorgeht, die in ihre Tagebuchaufzeichnungen eingelegt ist, beklagte sich Bettine von Arnim gelegentlich über die Vielzahl von Personen, die ihr Carriere empfahl. Über Max Rings Besuch etwa heißt es: „Er brachte im Jahre 1839 Bettinen einen Empfehlungsbrief von Moritz Carriere. Bettine sah ihn an, und sagte ihm: ‚Wenn Sie an den Carriere schreibe, so sage Sie ihm doch, er möcht' mir nicht immer so kleene Studentle zuschicke, die mag ich nicht sehe!'" (Biblioteka Jagiellońska, Sammlung Varnhagen, Kasten 19; ähnlich bei Max Ring: Erinnerungen. Bd. 1. Berlin 1898, S. 117f.)

`Emfehlungsquelle]`

Gemeint ist die Bonner Musikerin und Komponistin Johanna Mathieux geb. Mockel. Sie war im Spätherbst 1836 nach Berlin gegangen, um dort ihre musikalische Ausbildung zu vollenden, und wohnte bis Mai 1837 bei Bettine von Arnim, half ihr während dieser Zeit bei der englischen Übersetzung von *Goethe's Briefwechsel mit einem Kinde* und gab der jüngsten Tochter Gisela Klavierunterricht.

`zwei Eheleute […] umwandle]`

Es ist unklar, wen Bettine von Arnim meint. Falls die Zeitangabe „35 Jahre" korrekt ist, müssten die „Eheleute", die hier erwähnt werden, 1804 geheiratet haben, was beispielsweise auf Gunda und Carl

Friedrich von Savigny zutrifft, die am 17. April dieses Jahres getraut wurden.

BRIEF 36
Bettine von Arnim an Julius Döring,
Berlin, o. D. [7. bis 9.6.1839]
Handschrift (Druckvorlage): FDH, Hs-14901
(Nachlass Forbes-Mosse). Druck: Vordtriede,
S. 402–407.

Auf der ersten Seite oben links nachträglich durch Bettine von Arnim mit Tinte beziffert: „17."

Was sich gleicht das findet sich]
Abgewandeltes Zitat aus Friedrich Hölderlins Briefroman *Hyperion oder Der Eremit in Griechenland* (2 Bde., 1797/99), wo die Titelfigur einmal – in ähnlich sehnsüchtiger Stimmung wie Bettine von Arnim – der Geliebten Diotima schreibt: „was sich gleich ist, findet sich bald" (Erster Band. Tübingen 1799, S. 55).

Blumenausstellung]
Vermutlich ist die „Blumenausstellung bei dem Herrn Justizrath Meyer in Berlin" gemeint, über die in der Presse folgendes berichtet wurde: „Während auf den Fluren und in den Gärten noch Alles erstorben scheint, erfreuen wir uns hier einer Ausstellung blühender Pflanzen in dem Gewächshause des Hrn. Justizraths *Meyer*. Tausende von blühenden Pflanzen sind […] aufgestellt […], alles prangt von blühenden Gewächsen. […] Die Hauptsache sind, wie immer, die Hyacinthen, aber nur die seltenern und schönern Formen, in mehr denn 500 Exemplaren, in so ausgezeichneter Blüthenpracht, wie wir sie nach so ungünstigem Winter nicht zu sehen erwarteten." (Neue Blumen-Zeitung, 12. Jg., Nr. 21, 25. 5. 1839, Sp. 167). Dabei wird auch erwähnt, „daß zahlreiche Blumenfreunde diese Schätze zu besuchen sich beeilen, und daß selbst Sr. Maj. der König, so wie die Allerhöchsten Herrschaften" (ebd.) der Schau ihren Besuch abgestattet haben. Ein mit dem Verfasserkürzel „D." gezeichneter, ähnlich lautender Artikel mit dem Titel „Blumenausstellung bei dem Herrn Justizrath Meyer in Berlin" erschien zuvor in: Allgemeine Gartenzeitung. Eine Zeitschrift für Gärtnerei und alle damit in Beziehung stehende [sic] Wissenschaften, 7. Jg., Nr. 16, 20. 4. 1839, S. 128. Es könnte sich aber auch um eine etwa zeitgleich stattfindende andere Schau gehandelt haben. Jedenfalls findet sich in der zeitgenössischen Presse unter der Überschrift „Blumen-Ausstellung in Berlin" auch die Meldung: „Herr [Kunst- und Handelsgärtner] *Faust* hat eine Ausstellung von 800,000 Hyacinthen veranstaltet." (Allgemeines Organ für Handel und Gewerbe, 5. Jg., Nr. 61/62, 23. 5. 1839, S. 266) Die Fachorgane wa-

ren sich jedenfalls darüber einig, dass sowohl das Angebot als auch das Interesse an Hyazinthen enorm zugenommen habe: „Seit einigen Jahren liest man [...] von einer Hyacinthenzucht um Berlin, und zwar nicht mehr im Kleinen, sondern bereits im Großen, zu Tausenden." (von –– den: Berliner Hyacinthen. In: Neue Blumen-Zeitung, 12. Jg., Nr. 13, 30. 3. 1839, Sp. 101) Dabei wurde hervorgehoben, „daß die Berliner Hyacinthen [...] in Bezug auf Ankaufspreis, Größe und Schönheit der Blumen äußerst billig sind" (ebd.).

BRIEF 37
Julius Döring an Bettine von Arnim, Wolmirstedt, 9. und 10.6.1839
Handschrift (Druckvorlage): FDH, Hs-14941 (Nachlass Forbes-Mosse).

Die Sterne haben's mir versprochen]
Die Formulierung „Die Sterne haben ..." taucht im *Günderode*-Buch mehrfach auf; vgl. Werke und Briefe, Bd. 1, S. 657, 702, 719 und 740. Möglicherweise hat Bettine von Arnim Dörings Vers variierend aufgegriffen und ihren Text so mit einem für andere Leser nicht erkennbaren privaten Signal versehen.

wie Sand am Meer]
Sprichwörtlich gewordene Redewendung aus Martin Luthers Bibel-Übersetzung (vgl. 1. Mose 22,16 oder 1. Mose 41,49).

Phönix]
Siehe Anm. zu Brief 24.

Lethebecher]
D.h. den Trank des Vergessens. Lethe ist in der griechischen Mythologie einer der Flüsse der Unterwelt. Vor dem Eintritt ins Totenreich mussten die Seelen daraus trinken, damit sie sich nicht mehr an ihr vergangenes Leben erinnern. Die Formulierung „Lethebecher" findet sich in zahlreichen literarischen Texten, darunter in einem Widmungsgedicht Goethes (*Aus dem Stammbuche der verewigten Gräfin Tina Brühl*), wo die Rede ist von denen, „die an der Quelle der Lethe/ Becher auf Becher [...] schlürfen".

Schaumlilien]
Diese Metapher verwendet bereits Ludolf Wienbarg in seinem *Tagebuch von Helgoland* (Hamburg 1838, S. 90).

Wasserfluthen über Philisterfelder]
In Goethes Roman *Die Leiden des jungen Werthers* (1774) beklagt sich die Hauptfigur einmal über ihre philiströsen Mitmenschen und fragt sich, „warum der Strom des Genies so selten ausbricht, so selten in hohen Fluten hereinbraust": „da wohnen die gelaßnen Kerls auf beiden Seiten

des Ufers, denen ihre Gartenhäuschen, Tulpenbeete, und Krautfelder zu Grunde gehen würden, und die daher in Zeiten mit dämmen und ableiten der künftig drohenden Gefahr abzuwehren wissen“ (Johann Wolfgang Goethe: Sämtliche Werke nach Epochen seines Schaffens. Münchner Ausgabe. Hrsg. von Karl Richter […]. Bd. 1.2: Der junge Goethe 1757–1775. Hrsg. von Gerhard Sauder. München/Wien 1987, S. 206)

europamüde]
Dieses Adjektiv, ein Neologismus, hat Heinrich Heine geprägt. In seinen *Englischen Fragmenten* (1828) lässt er das Sprecher-Ich klagen, es sei „des dumpfen abendländischen Wesens so ziemlich überdrüssig, so recht Europa-müde“ (H.[einrich] Heine: Reisebilder. Viertel Theil. Zweyte Auflage. Hamburg 1834, S. 295). Zum Schlagwort wurde der Begriff durch Ernst Willkomm, der zehn Jahre später einen Roman *Die Europamüden* (1838) betitelte. Nach Erscheinen dieses Werks war die Bezeichnung so verbreitet, dass sie häufig parodistisch eingesetzt wurde. So äußert etwa der Protagonist in Karl Immermanns Roman *Münchhausen. Eine Geschichte in Arabesken* (1838/39): „Ich war bald Africamüde, wie ich Europamüde gewesen war“ (Erster Theil. Düsseldorf 1838, S. 22).

BRIEF 38
Bettine von Arnim an Julius Döring,
Berlin, [19. und] 21.6.[1839]
Handschrift (Druckvorlage): FDH, Hs-14902
(Nachlass Forbes-Mosse).
Adresse: „An Herrn Julius Doering. / abz[u]g[eben]: bei Hrn GerichtsRath Doering / Wolmirstedt / bei Magdeburg. -“; Zusatz: „frei“. Poststempel: „BERLIN 21/6“; „23/6“.
Druck: Vordtriede, S. 407f.; Werke und Briefe, Bd. 4, S. 362f.

Auf der ersten Seite oben links nachträglich durch Bettine von Arnim mit Tinte beziffert: „16.“

BRIEF 39
Julius Döring an Bettine von Arnim,
Wolmirstedt, o. D. [Ende Juni 1839]
Handschrift (Druckvorlage): FDH, Hs-14942
(Nachlass Forbes-Mosse).

Flußnajaden […] Wasserjungfern der deutschen Sage]
Die Najaden (altgriech. Ναϊάδες) waren in der griechischen Mythologie Wassernymphen und galten als Töchter des Zeus oder des Okeanos; sie

wachten über Quellen, Bäche, Flüsse, Sümpfe, Teiche und Seen. Namentlich bekannte Wasserfrauen finden sich in älteren deutschen Sagen nicht. Um so größerer Beliebtheit erfreute sich dieser Figurentypus aber ab etwa 1800 in literarischen Texten. 1793 veröffentlichte Christian August Vulpius seine Erzählung *Die Saal-Nixe*, die er kurzerhand als „eine Sage der Vorzeit" deklarierte. In seiner Ballade „Zu Bacharach am Rheine ..." aus dem Roman *Godwi* (1801) schuf Clemens Brentano dann mit der am wichtigsten deutschen Fluss angesiedelten Geschichte von der Lore Lay eine quasimythische Gestalt, die auf viele Autoren anregend wirkte, darunter Joseph von Eichendorff, Otto Heinrich Graf von Loeben und Heinrich Heine. Im Lauf des 19. Jahrhunderts wurden diese Geschichten dann auch in die damals so beliebten Sagensammlungen aufgenommen, was den Eindruck nährte, es gäbe von alters her eine breite deutsche Sagenüberlieferung mit „Wasserjungfern".

Mit lieblichen Angesichtern […] kalte Wassergrab.]
Döring bezieht sich hier auf die Geschichte *Die Elbjungfer und das Saalweiblein*, die in der von den Brüdern Grimm herausgegebenen Sammlung *Deutsche Sagen* (1816) abgedruckt ist: „Zu Magdeburg weiß man von der schönen *Elbjungfer*, die zuweilen aus dem Fluß heraufkam, um an dem Fleischermarkt einzukaufen. Sie trug sich bürgerlich, aber sehr reinlich und sauber, hatte einen Korb in der Hand und war von sittsamer Geberde. Man konnte sie in nichts von andern Mädchen unterscheiden, außer wer genau acht gab und es wußte, der eine Zipfel ihrer schloßenweißen Schürze war immer naß, zum Zeichen ihrer Abkunft aus dem Fluß." (Bd. 1, S. 76)

BRIEF 40
Bettine von Arnim an Julius Döring,
Berlin, o. D. [Juli 1839]
Handschrift (Druckvorlage): FDH, Hs-14903
(Nachlass Forbes-Mosse). Druck: Vordtriede,
S. 408–411.

Auf der ersten Seite oben links nachträglich durch Bettine von Arnim mit Tinte beziffert: „20."

zwischen Charybdis und Scylla steuerte]
Zwei legendäre und daher sprichwörtlich gewordene Meeresungeheuer aus der griechischen Mythologie, die auf gegenüber liegenden Felsen am Eingang einer Meerenge lebten. Scylla (griech. Σκύλλα) hatte den Oberkörper einer jungen Frau, lange Fangarme und einen Unterleib, der aus sechs Hunden bestand; sie fraß alles, was lebte und in ihre Reichweite kam und ergriff mit ihren Armen vor allem unvorsichtige Seefahrer. Charybdis (griech. Χάρυβδις) dagegen war ein gestaltloses Wesen, das

dreimal am Tag Unmengen von Meerwasser einsog und sie danach brüllend wieder ausstieß; Schiffe, die in diesen Sog gerieten, waren unrettbar verloren. Als der antike Held Odysseus während seiner Irrfahrten an den beiden Meeresungeheuern vorbeikam, überlegte er als einziger seiner Mannschaft. Sich „zwischen Charybdis und Scylla" befinden meint, dass man nur die Wahl zwischen zwei gleich großen Übeln hat.

elecktrischen Kette]

Als elektrische oder galvanische Kette bezeichnete man im späten 18. und im Lauf des 19. Jahrhunderts die Hintereinanderschaltung mehrerer galvanischer Elemente, also Vorrichtungen zur Erzeugung von Elektrizität durch chemische Prozesse (wie bei Batterien oder Brennstoffzellen). Die Vertreter der Romantik waren fasziniert von diesem – nach dem italienischen Anatomen und Biophysiker Luigi Galvani benannten – Umwandlungsvorgang von chemischer in elektrische Energie. Von einer „elektrischen Kette" als geheimnisvoller Verbindung zwischen zwei räumlich getrennten Personen, durch die der „Funke" (Werke und Briefe, Bd. 2, S. 271 und 359) von einem zum anderen „[ge]leitet" (ebd., S. 271) wird, hatte Bettine von Arnim schon in *Goethe's Briefwechsel mit einem Kinde* gesprochen. Dort sagt sie auch von sich: „Ich bin elektrischer Natur." (Ebd., S. 350 sowie 401).

Es werde]

Siehe Anm. zu Brief 22.

es ist die Zeit [...] aufblühen]

Anspielung auf die jungen Akademiker, die seit dem Erscheinen des Goethe-Buchs Bettine von Arnim verehrten und mir ihr in Kontakt zu treten bemüht waren, darunter Philipp Nathusius, Moriz Carriere, Eduard Meyen, Heinrich Bernhard Oppenheim und natürlich Julius Döring selbst.

BRIEF 41

Julius Döring an Bettine von Arnim,
Wolmirstedt, 30. und 31.7.1839
Handschrift (Druckvorlage): FDH, Hs-14943
(Nachlass Forbes-Mosse).

Auf der letzten Seite oben rechts durch Bettine von Arnim mit Tinte ergänzt: „31 Juli 1839". Die Datumsangabe „D. 30 Juli." am Anfang des Textes hat Julius Döring nachträglich hinzugefügt.

Genüg']

Hier im Sinne von „Befriedigung" gebraucht.

missa est schola]

Lateinische Redewendung für: „die Schule ist beendet".

BRIEF 42
Bettine von Arnim an Julius Döring,
Berlin, 31.7. [1839]
Handschrift (Druckvorlage): FDH, Hs-14904
(Nachlass Forbes-Mosse).
Adresse: „Herrn Julius Doering. / abz[ugeben]: b[ei]: H[errn]: JustitzRath Doering / nebst einem Pakett gedruckter / sachen ohne Werth. / bezeichnet mit J: D: / Wolmirstedt / bei Magdeburg"; Zusatz: „frei".
Poststempel: BERLIN 31/7", „3/8".
Druck: Vordtriede, S. 412.

Auf der ersten Seite oben links nachträglich durch Bettine von Arnim mit Tinte beziffert: „18."

Wie aus Dörings Brief an Bettine von Arnim vom 28. August hervorgeht, handelte es sich bei den überschickten Büchern um „zwei Theile von Arnims Werken", also die ersten beiden Bände der im Frühsommer erschienenen *Sämmtlichen Werke*.

BRIEF 43
Bettine von Arnim an Julius Döring,
Berlin, 2. 8. 1839
Handschrift (Druckvorlage): FDH, Hs-14905
(Nachlass Forbes-Mosse).
Adresse: „An Herrn Julius Doering / Abzugeben bei h[er]rn Gerichtsrath Doering / Wolmirstedt / bei Magdeburg".
Poststempel: „BERLIN 3/8", „5/8".
Druck: Vordtriede, S. 412–415.

Auf der ersten Seite oben links nachträglich durch Bettine von Arnim mit Tinte beziffert: „19."

die Familie [...] Bärwalder Schloßtreppe]
Bettine von Arnims ältester Sohn Freimund hatte 1837 damit begonnen, das ca. 80 Kilometer südlich von Berlin gelegene Gut Bärwalde, dessen Mittelpunkt eine kleine, teilweise baufällige Burg war, zu bewirtschaften. Seit dieser Zeit verbrachten vor allem seine drei Schwestern – teilweise mit der, teilweise ohne die Mutter – die Sommermonate dort. Wie sich Bettine von Arnims Brief an Philipp Nathusius vom 13. Oktober entnehmen lässt, war die „überwölbte" „neue Burgtreppe" (IP II, S. 94) fertig, als sie von ihrer Reise zu den Grimms nach Bärwalde zurückkehrte.

ist Philipp Nathusius [...] zu machen]
Vgl. Anm. zu Brief 34. Nathusius hatte am 28. Juli angekündigt, dass er aus Gesundheitsgründen „eine kleine Reise in bergigere Gegenden ma-

chen“ wolle und dazu durch „Hessen und Thüringen und etwa ein Stück von Westfalen“ (IP II, S. 18f.) reisen werde. Am 1. August antwortete Bettine von Arnim: „Nach A.[lthaldensleben] würde ich in diesen Tagen gekommen sein, ich war eben im Begriff über M.[agdeburg] einen Umweg zu machen und dann zu Dir auf Deine Stube Dir die Augen zuhalten, und ‚Rath wer ich bin‘ – nun Du wegreisest mache ich einen andern Umweg.“ (IP II, S. 22)

Druck von Arnims Wercken]

Vgl. Anm. zu Brief 30. Als dritter Band erschien 1840 der erste Teil des Romans *Die Kronenwächter*.

Hegel]

Siehe Anm. zu Brief 33.

eine heftige Rede […] Eifer]

Der einer Familie von Pharisäern entstammende jüdische Toralehrer Paulus (hebräisch: Saulus) von Tarsus verfolgte anfangs die Anhänger Jesu Christi mit aller Härte, hatte dann aber ein Erweckungserlebnis und verstand sich fortan als von Gott berufener Apostel des Evangeliums. Er wurde zu einem Missionar des Urchristentums und gründete im östlichen Mittelmeerraum mehrere christliche Gemeinden. Von seinem theologischen Eifer zeugen auch die insgesamt 13 ihm zugeschriebenen Episteln, die in das Neue Testament aufgenommen worden sind. Vgl. auch Anm. zu Brief 73.

BRIEF 44

Julius Döring an Bettine von Arnim,
Wolmirstedt, 28.8.1839
Handschrift (Druckvorlage): FDH, Hs-14944
(Nachlass Forbes-Mosse).

Auf der ersten Seite oben rechts durch Bettine von Arnim mit Tinte ergänzt: „28 Aug 1839“.

par coeur]

(Frz.) Auswendig; wörtlich übersetzt: mit dem Herzen.

zwei Theile von Arnims Werken]

Die ersten beiden Bände der *Sämmtlichen Werke* Achim von Arnims, die 1839 herauskamen, enthielten dessen *Novellen*.

lieb haben? -- Länger]

Ursprünglich stand zwischen den beiden Gedankenstrichen noch der Satz: „Genügt dir die fragende Antwort?“ Ihn hat Döring nachträglich gestrichen, allerdings so, dass er lesbar blieb.

Der Geist Gottes […] auf der Tiefe]

Döring paraphrasiert hier den Anfang des biblischen Schöpfungsberichts (1. Mose 1,1–2).

Hat nicht Jakob […] ihm ergab]
Im Alten Testament (1. Mose 32,23–32) wird davon berichtet, dass Jakob, nachdem er seine Angehörigen sicher über die Furt des Flusses Jabbok geführt hatte, von einem Fremden in einem Kampf verwickelt wird. Als sich am anderen Morgen herausstellt, dass Jakob mit Gott gerungen hat, lässt er sich von ihm segnen und wird zum Stammvater des jüdischen Volkes erklärt.

BRIEF 45
Bettine von Arnim an Julius Döring,
Berlin, 31.8. [1839]
Handschrift (Druckvorlage): FDH, Hs-14906
(Nachlass Forbes-Mosse).

Auf der ersten Seite oben links nachträglich durch Bettine von Arnim mit Tinte beziffert: „20."

Brunnen der Danaiden]
Die Danaiden (altgriech. Δαναΐδες) sind in der griechischen Mythologie die 50 Töchter des libyschen Königs Danaos. Nachdem 49 von ihnen in der Hochzeitsnacht auf Befehl des Vaters ihre jungen Ehemänner ermordeten, mussten diese zur Strafe im Tartaros für immer Wasser aus Krügen in ein durchlöchertes Gefäß bzw. ein Fass schöpfen, also eine sinnlose und qualvolle Arbeit verrichten.

wenn Zweie Eins sind]
Bibelparaphrase. Christus beschreibt die eheliche Verbindung von Mann und Frau mit den Worten: „Sie sind also nicht mehr zwei, sondern eins." (Mt 19,6) Schon einige Verse zuvor heißt es in einer ähnlichen Formulierung: „wo zwei unter euch eins werden" (Mt 18,19).

heilige Scheidewand]
Von einer „Scheidewand […] zwischen dem Heiligen und dem Allerheiligsten" (2. Mose 26,33) ist bereits in der Bibel die Rede. Die Formulierung „heilige Scheidewand" findet sich dann aber erst in Erbauungsschriften des frühen 19. Jahrhunderts; vgl. Jakob Frint: Die Feyer der Menschen-Erlösung. Ein Erbauungsbuch für die Fasten. Wien/Triest 1812, S. 193, oder Ludwig Polstorff: Blicke in die letzten Lebenstage unsers Herrn [1822]. Wohlfeile Ausgabe. Hamburg 1826, S. 60.

BRIEF 46
Julius Döring an Bettine von Arnim,
Wolmirstedt, 4.9.1839
Handschrift (Druckvorlage): FDH, Hs-14945
(Nachlass Forbes-Mosse).
Adresse: „Frau Baronin von Arnim / Hochwohlgeboren / zu / Berlin / (Unter den Linden No 21)"; Zusatz: „frei"; Poststempel: „6/9".

Auf der ersten Seite oben rechts durch Bettine von Arnim mit Tinte ergänzt: „4 Sept 1839".

jenseits]
Korrigiert aus „jenseists".

BRIEF 47
Bettine von Arnim an Julius Döring,
Berlin, 11.9.[1839]
Handschrift (Druckvorlage): FDH, Hs-14907
(Nachlass Forbes-Mosse).
Adresse: „An Herrn / Herrn Julius Doering / abzugeben bei H[er]rn Justiz Rath Doering / Wolmirstädt / bei Magdeburg"; [Zusatz:] „frei". Poststempel: „BERLIN 11/9"; „11/9"; „12/9".

Auf der ersten Seite oben links durch Bettine von Arnim mit Tinte ergänzt: „*21.*"

Tausendfelder Wirthschaft]
Seit dem Mittelalter wurden fast in ganz Europa agrarische Anbauflächen in drei Teile geteilt, wobei jeder Teil immer ein Jahr lang brach lag, damit der Boden sich regenerieren konnte. Dieses ackerbauliche Rotationsprinzip wurde Dreifelderwirtschaft genannt. Ab der Mitte des 18. Jahrhunderts erprobte man dann auch die Vierfelderwirtschaft, bei der ein weiteres Anbaujahr mit – für die Versorgung von Nutztieren vorgesehenen – Futterpflanzen in die Fruchtfolge eingeschoben wurde.

vigiliren]
Aufpassen, wachsam sein (von lat. „vigilare").

danach! - könnt]
Korrigiert aus: „danach! – konnt".

Schleierlos]
Bettine von Arnim greift hier eine Formulierung aus Dörings Brief an sie vom 19. März 1839 auf. Vgl. auch Brief 63.

Gasflamme]
Im Großraum Berlin kamen die ersten Gaslaternen 1826 in der Straße Unter den Linden zum Einsatz. Wenig später wurden mit Gas betriebene Lampen auch zur Innenbeleuchtung von Gebäuden genutzt.

BRIEF 48
Julius Döring an Bettine von Arnim,
Wolmirstedt, 14.9.1839
Handschrift (Druckvorlage): FDH, Hs-14946
(Nachlass Forbes-Mosse).
Adresse: „Der / Frau Baronin von Arnim / Hochwohlgeboren / zu / Berlin / (Unter den Linden No 21)“;
Zusatz: „frei“;
Poststempel: „WOLMIRSTÄDT 14/9“; „[1]6/9“.

Kaufmannsgetümmel des Breitenwegs]
Magdeburg galt schon im 18. Jahrhundert als „Handels- und Fabrikstadt“ (Kurzgefaßte Beschreibung der Stadt Magdeburg und deren Umgebungen [...]. Systematisch bearbeitet [...] von Friedrich Wilhelm Lehmann. Dritte, völlig umgearbeitete und sehr vermehrte Aufl. Magdeburg 1839, S. 85). Die meisten „Kaufläden“ (ebd., S. 97) und Geschäfte lagen am Breiten Weg, der „schönsten, längsten und breitesten“ (ebd., S. 96) Straße der Altstadt, die von insgesamt „215 Häusern“ (ebd., S. 97) gesäumt wurde und bereits zur Zeit der französischen Besatzung zur Hauptverkaufsstraße ausgebaut worden war. Auch das Unternehmen von Johann Gottlob Nathusius hatte einen Geschäftssitz mit Laden (für Tabak und Zigarren) und Wohnhaus am Breiten Weg 177.

Stadt Prag]
Der Gasthof „Zur Stadt Prag“ befindet sich in einem 1542 erbauten Gebäude, das am Bärplatz 1 liegt und früher „Zum schwarzen Bär“ hieß. Das ursprünglich im Stil der Renaissance erbaute Haus war 1631 ausgebrannt und in der zweiten Hälfte des 17. Jahrhunderts neu errichtet worden. Von den insgesamt 36 Gasthöfen, über die Magdeburg zu dieser Zeit verfügte, galten „die Stadt London am Breitenwege, [...] der weiße Schwan, ebenfalls am Breitenwege, und die Stadt Prag“ als „die vorzüglichsten“ (Historisch-geographisch-statistisch-topographisches Handbuch vom Regierungsbezirke Magdeburg. Hrsg. von J. A. F. Hermes und M. J. Weigelt. Zweiter, oder topographischer Teil. Magdeburg 1842, S. 25).

Wiener Hof]
Das Hotel dieses Namens befand sich bis 1838 am Breiten Weg 204, zog aber, weil das dort gelegene Haus mitsamt dem Nebenhaus dem Neubau des Ober-Post-Gebäudes weichen mussten, in ein um 1830 errichtetes Anwesen am Breiten Weg 3 um.

BRIEF 49

Bettine von Arnim an Julius Döring,
Berlin, 16.9.[1839]
Handschrift (Druckvorlage): FDH, Hs-14908
(Nachlass Forbes-Mosse).
Adresse: „An Herrn / Herrn Julius Doering / Wolmirstedt / bei Magdeburg." Zusatz: „frei".
Poststempel: „BERLIN 16/9", „16/9", „18/9".

Auf der ersten Seite oben links durch Bettine von Arnim mit Tinte ergänzt: „22."

nah am Dom]
Der Wiener Hof lag nur 100 Meter vom Magdeburger Dom entfernt.

BRIEF 50

Julius Döring an Bettine von Arnim,
Wolmirstedt, 19.9.1839
Handschrift (Druckvorlage): FDH, Hs-14947
(Nachlass Forbes-Mosse).
Adresse: „Der / Frau Baronin von Arnim / Hochwohlgeboren"; Zusatz: „p.[ro] m.[emoria]".

Auf der ersten Seite oben rechts durch Bettine von Arnim mit Tinte ergänzt: „19 Sept 1839".

Am Sonnabend]
Tatsächlich trafen sich beide am 21. September in Magdeburg, begaben sich von dort nach Wolmirstedt und reisten schließlich gemeinsam weiter nach Goslar und Kassel.

Farewell]
(Engl.) Lebe wohl.

BRIEF 51

Bettine von Arnim an Julius Döring,
Bärwalde, 14.10.1839
Handschrift (Druckvorlage): FDH, Hs-14909
(Nachlass Forbes-Mosse);
Druck: Vordtriede, S. 424–432; Werke und Briefe, Bd. 4, S. 363–370.

Auf der ersten Seite oben links nachträglich durch Bettine von Arnim mit Tinte beziffert: „23."

Von diesem Brief hat sich ein Entwurf erhalten (Biblioteka Jagiellońska, Kraków, Sammlung Varnhagen, Kasten 10b):

„Meine soll sich einst fortbewegen in Philipp und in Dir, dafür will ich sorgen. – Und mein Geist steht in Flammen gedenck ich Euer! – dies lezte Spiegelbild des Genius, nähmlich eines kampfbegeistern Volkes das möge doch bei Dir auch Stellvertreter deines eignen göttlichen Selbst's sein. Du mögest bedenken daß wenn Nationen sich sammlen konnten in einen Willen, diesem heiligen Instinckt einer reinen Verfassung eines dem Bedürfniß ihrer Seele entsprechenden edleren Verhältniß zur Macht die sie lenckt wie im Vertrag zu einander, Bahn zu brechen, daß dann der Einzelne nimmer zagen Dürfe, dem geringsten was seiner höheren Entwicklung entgegentritt wie auch dem was dir unüberwindlich scheint gewappnet entgegen zu treten. – Schicksalsumwälzung ist nichts, so bald du nicht fürchtest den Schnuppen zu kriegen wenn Du ohne Nachtmütze schläfst, oder eine Leere im Magen zu fühlen die dich am Denken hindert wenn du Morgens keinen Kaffe trinckst, oder Kranck zu werden, wenn Die Schlafenszeit sich in Wachen und Thätigkeit umwandlen soll oder wenn Du im zerrissnen Rockermel und ohne jabot nicht geniert bist die Große deines Geistes deine Rangordnung zu behaupten. – pp. – Sobald das was die Menschen als das Bürgerliche Heil der Ansiedlung auf dieser Erde zu betrachten gewohnt sind Dich nicht umpfahlt und eindornt in unübersteigbare Heken, weil sie Dir Gesicht und hände zerkratzen., So kannst du froh deiner Zukunft entgegensehn, sie wird nicht verpfuscht werden. – Du wie jeder der seinem Genius im Arme stolz einhertrit über den Lapalien Der Zeit, wirst die Fülle der Begeistrung ausströmen über deine Zeitgenossen, die werden um dich herstehen, wie die jungen Pflanzen im Thau, sie werden an Dich heran wachsen. und du wirst Herrschermacht im Busen fühlen, und die wird dich beglücken. und nicht der König heiset fühlt das Beglückende des Herrschens denn leider liegt der immer in tiefsten Banden falscher Politik. blödsinniger Diplomatie, und unbegründeter furcht vor seinen eignen Schritten denn es ist nicht sein Genius dem er vertraut, er ist von ihm abgewendet, und sieht auf die Verwirrungen die hervorgingen aus Mißtrauen aus Selbstsucht aus bösem Gewissen. er fürchtet in die Schlingen des Gordischen Knotens sich zu verwicklen den der Unsinn schürzte. er hebt das Schwerdt nicht wie Caesar ihn zu zerhauen. ja er fürchtet sich selber vor dem was seine eigne Zaghaftigkeit hervorbrachte. Alle Anstalten der Vorsicht der Sicherstellung sind Schergen und Sclavenwächter; und gegen was man seine eigne Einsicht und natürlichen Instinckt in Bande legt, das wird desswegen nicht minder Wahr bleiben und Gewiß ist; – ein einziger Funke an dem ein Heldenherz zündet ist eine elecktrische kette die bis ins tiefste Marck der Lebenskraft geht, sie weckt, mitten im Verderben das wie nichtiger Staub von ihr abfällt. und so könnte in jedem Augenblick der höhere Genius auch bei ihnen das Scepter ergreifen und den Erdensohn auf dem holzernen thron mit sich aufschwingen daß er von

Oben herab Gottheitsthau über sein Volk ergieße. und dann erst wär er Einer der Herrscher sich fühlen und Nennen [?] Dürfe. und auch mit jedem Athemzug die Luft in sich saugen die er als Seegen wieder ausströmt. – Aber der Hölzerne Thron? – Ach Gott sie klemmen sich fest auf seinen Sitz diese Sohne der Legitimität. auf dem sie sich kaum zu strecken wagen, viel weniger sich aufzuschwingen. – Und wie nah geht mirs. – Daß ich doch Demeter wär sie ins Feuer Der Unsterblichkeit zu halten – sie sind Menschenkinder und ihr Beruf der Unsterblichkeit wird ihnen durch den Betrug und die Unform der Erdenlast entwendet."

Der Umstand, dass Bettine von Arnim den Brief aufgesetzt und dann noch einmal abgeschrieben hat, zeigt, für wie wichtig, aber auch heikel sie den Bericht über ihren Aufenthalt in Althaldensleben erachtete.

Abschrift eines Briefes]
Bettine von Arnims umfangreiches Schreiben an Philipp Nathusius vom 13. Oktober 1839 ist in *Ilius Pamphilius* abgedruckt (vgl. IP II, S. 47–97); die Abschrift hat sich nicht erhalten.

mir ists in Althaldensleben übel gegangen]
Nach der Rückkehr von Kassel hatte Bettine von Arnim die Familie Nathusius in Althaldensleben besucht. In Ihrem Brief an Philipp Nathusius vom 13. Oktober deutet sie an, wie groß die bis zur Ablehnung gehende Reserviertheit war, die ihr dort entgegengebracht wurde. Sie gesteht ihm, dass ihr während des gesamten Besuches „nicht heimlich ward" (IP II, S. 49), und ersucht ihn gleichwohl darum, seinen Angehörigen auszurichten, dass sie diesen „für die freundliche Aufnahme danke die mich in Betracht meiner fremdartigen Natur ihnen gegenüber, schonend und duldsam ertrugen" (IP II, S. 51). Insgesamt drei Tage dort verbracht zu haben, sei allerdings ein Fehler gewesen: „Am ersten und zweiten Tag wär ich gern mit leichtem Gruß freundlich von Euch geschieden, denn man hieß mich nicht bleiben, der Tag den ich noch zugab war auf Bitten, die in mich drangen mit Euch zu bleiben, und Ich war zu bescheiden um nicht nachzugeben." (IP II, S. 49) Aus dieser Erfahrung zieht sie eine einschneidende Konsequenz: „Man gab mir beim Abschied freundlich die *Erlaubniß* im Frühjahr wiederzukommen, die ich freundlich annahm, aber ich werde Eure Sträucher nicht blühen sehen, und ob ich die Schwelle Deines Hauses auch segne so werd ich sie doch nicht wieder überschreiten, nein ich werd Dich dort nicht wiedersehen, wie wärs mir möglich?" (IP II, S. 49f.)

in ein Haus [...] eingeladen]
Philipp Nathusius hatte Bettine von Arnim am 14. September folgendes geschrieben: „Meine Mutter würde sich sehr freuen, Dich hier zu sehen, und ladet dich freundlichst ein. [...] Bleib doch ein paar Tage bei uns." (IP II, S. 29f.)

Emfehlungen nach Italien]

Philipp Nathusius bereiste vom 9. September 1837 bis zum 27. Oktober 1838 Italien und Griechenland. In einem undatierten Schreiben an ihn vom Frühjahr teilte ihm Bettine von Arnim mit, dass sich der preußische „Gesandte in Rom“ (IP, Bd. 1, S. 213) gegenwärtig in Berlin aufhalte, und fragte ihren Briefpartner, ob ihm „an Empfehlungen gelegen“ (IP, Bd. 1, S. 214) sei; wenig später schickte sie ihm diverse „Empfehlungsbriefe“ (IP, Bd. 1, S. 264) für Personen in Italien.

Emfehlungen in München [...] Cassel]

In dem erwähnten undatierten Brief an Nathusius vom Frühjahr 1837 bot Bettine von Arnim an, ihm Empfehlungen „an [Johann Nepomuk] *Ringseis*, meinen Bruder [Clemens] und an [Joseph] *Görres*“ (IP I, S. 214) mitzugeben. Weitere Empfehlungsschreiben an in Deutschland lebende Personen wurden schließlich überflüssig, weil Nathusius keine Abstecher nach Frankfurt, Weimar oder Kassel – von wo seine Mutter stammt, was Bettine von Arnim möglicherweise nicht bekannt war – machte, sondern auf direktem Weg nach Italien reisen wollte. Dementsprechend teilte er ihr am 31. August mit: „Nur in Nürnberg halte ich mich einen und in München einige Tage auf.“ (IP I, S. 263)

seine Rezensionen besorgt]

Nach dem Erscheinen von Nathusius' Lyriksammlung *Funfzig Gedichte* (Braunschweig 1839), deren Ertrag für die „Göttinger Sieben“ bestimmt war, hatte Bettine von Arnim zwei Besprechungen angeregt, indem sie die Rezensenten mit Auszügen aus ihren Briefen an Nathusius versorgt hatte. Wie ihre Empfehlungsschreiben gelautet haben, geht aus einer Passage hervor, die sie später in *Ilius Pamphilius und die Ambrosia* abdrucken ließ; siehe IP II, S. 12f. Gustav Pfizers Rezension erschien am 31. Oktober in Nr. 304 der *Blätter für literarische Unterhaltung* (S. 1233–1236), die (gemeinsam mit seinem Bruder Carl verfasste) Besprechung von Adolf Stahr, dem sie „das Büchlein“ (IP II, S. 14) persönlich mitgab, als er sie auf der Durchreise in Berlin besuchte, wurde zwischen dem 23. und dem 29. Oktober in Nr. 254–259 der *Hallischen Jahrbücher für deutsche Wissenschaft und Kunst* abgedruckt; vgl. Heinz Härtl: Publizistische Beiträge Bettina von Arnims 1839–1840. In: Jahrbuch des Freien Deutschen Hochstifts 1995, S. 192–206.

die Mutter]

Louise Wilhelmine Engelhard war eine Tochter des kurhessischen Direktors des Kasseler Kriegskollegiums Johann Philipp Nikolaus Engelhard und seiner Frau, der Schriftstellerin Magdalene *Philippine* geb. Gatterer; sie hatte 1780 den Magdeburger Großgrundbesitzer und Unternehmer Johann Gottlob Nathusius geheiratet, mit dem sie insgesamt acht Kinder hatte.

geheime Kritick […] sich Luft machte]
In ihrem Brief an Nathusius vom 6. November 1839 expliziert Bettine von Arnim, welcher Art von Kritik sie ausgesetzt war: „Ich höre mit Verwunderung von dort herüberschallen daß die jungen Damen und auch die älteren, die man mir an jenem Sonntag vorstellte, die Gegend ausfüllen mit Geschichten über mich, die mir gerade keinen Ehrenkranz winden, namentlich beschuldigt man mich der grausamsten Koketterie gegen Dich und spricht über meine intrigante Reise mit meinem jungen Freund [= Döring].“ (IP II, S. 172)

Hundisburg und Althaldensleben]
Johann Gottlob Nathusius hatte Anfang des 19. Jahrhunderts das aufgelöste Zisterzienserkloster Althaldensleben und kurz darauf das Schloss Hundisburg erworben. In den an der ehemaligen Burgmauer ringförmig angelegten Wirtschaftsgebäuden des Schlosses richtete er zahlreiche „Gewerbeanstalten“ ein, die ehemaligen Klostergebäude ließ er zu einer großen Fabrikanlage mit Wohntrakt umbauen. Beide Anwesen verband er ab 1811 durch einen rund 100 Hektar großen, englischen Landschaftspark.

notabel gemacht]
Wichtig getan bzw. wichtig gemacht.

jungen Autorstolz]
1839 war Nathusius mit insgesamt drei Publikationen hervorgetreten: dem Band *Funfzig Gedichte*, der anonym erschienen Schrift *Ulrich von Hutten* und der Übersetzung *Hundert drei Lieder des Pariser Chansonnier Pierre Jean de Béranger* (Braunschweig 1839). Mit der letztgenannten Publikation knüpfte er an die übersetzerische Tätigkeit seiner Großmutter Philippine Engelhard geb. Gatterer an, die 1830 *Lieder von Béranger* vorgelegt hatte.

Ulrich Hutten]
Gemeint ist das ohne Namensnennung erschienene Büchlein *Ulrich von Hutten. Volksthümliche Betrachtungen des gegenwärtigen kirchlichen Streites in Deutschland* (Magdeburg 1839).

ein ganz unreifes […] verwirrter Unsinn]
Wie aus ihrem Brief an Nathusius vom 13. Oktober 1839 hervorgeht, sah Bettine von Arnim seine Schrift als „Pietisterei“ an und beklagte sich bitter über deren Inhalt: „auf jeder Seite muß ich mich kränken über Dich“ (IP II, S. 81).

Schleiermachers Religionsreden]
Durch seine 1799 anonym veröffentlichte Schrift *Über die Religion. Reden an die Gebildeten unter ihren Verächtern* wurde der Philosoph und Theologe Friedrich Daniel Ernst Schleiermacher weithin bekannt. Er gilt seitdem als eine Art Kirchenvater des 19. Jahrhunderts und prägte vor allem das protestantische Denken nachhaltig. Nathusius' Schleier-

macher-Lektüre ist durch einen Brief an Bettine von Arnim belegt, der am 29. April 1839 begonnen, aber erst am 7. Juni abgeschickt wurde, und in dem es heißt: „Ich lese jetzt Schleiermachers Predigten, erinnere mich dabei lebhaft, was Du mir von ihm erzähltest" (IP II, S. 3). Bettine von Arnim selbst behauptet in einem Brief an Nathusius vom 2. Februar 1840, sie habe Schleiermachers Schrift „nie gelesen"; gleichwohl waren ihr Inhalt und Darstellungsduktus der *Reden* bekannt: „von weitem schon langweilten sie mich, die Perioden ohne Ende und auf keiner Seite ein Wort was sich sinnlich hervorhob, machten sie mir zum stehenden Wasser" (IP II, S. 295).

Der Philipp hat nicht studiert]
Der Unternehmersohn Philipp Nathusius hatte als 16-Jähriger seine schulische Ausbildung beendet und 1832 eine praktische Ausbildung in der Porzellan- und Steingutfabrik seines Vaters in Althaldensleben begonnen. Als dieser drei Jahre später starb, übernahm er im Alter von 20 Jahren die Verwaltung der ausgedehnten Nathusius'schen Gewerbeanstalten in Althaldensleben und Hundisburg und leitete obendrei den Althaldenslebener Gutsbetrieb. Während seines rund sechsmonatigen Aufenthalts in Berlin von Oktober 1836 bis März 1837 besuchte er zwar einzelne Vorlesungen, war aber nicht an der Universität eingeschrieben.

sein Vater [...] was ein andrer war„]
Paraphrase einer Passage aus der sechsten Abteilung von Goethes *Zahmen Xenien*: „Wenn Kindesblick begierig schaut,/ Er findet des Vaters Haus gebaut;/ Und wenn das Ohr sich erst vertraut,/ [...]/ Gewahrt es dieß und jenes nah,/ Man fabelt ihm was fern geschah,/ Umsittigt ihn, wächst er heran;/ Er findet eben alles gethan,/ Man rühmt ihm dieß, man preist ihm das:/ Er wäre gar gern auch etwas;/ Wie er soll wirken, schaffen, lieben,/ Das steht ja alles schon geschrieben,/ [...]/ Und endlich wird ihm offenbar:/ Er sey nur was ein andrer war." (Goethe's Werke. Vollständige Ausgabe letzter Hand. Vierter Band. Stuttgart/Tübingen 1827, S. 391)

im Hanfsamen sitzen]
Sprichwörtliche Redensart für: im Überfluss leben. Die Wendung kannte Bettine wohl schon von Kindesbeinen an. Ihr Bruder Clemens gebraucht sie beispielsweise in einem Brief an – seine spätere Frau – Sophie Mereau vom 1./2. Oktober 1803. Sie selbst bedient sich dieses Ausdrucks in einem Anfang Dezember 1839 verfassten Schreiben an ihren Schwager Savigny (vgl. Schellberg/Fuchs, S. 306).

ich wär wohl besser]
Korrigiert aus: „ich war wohl besser".

Plato]

Plato(n) ist neben seinem Schüler Aristoteles der berühmteste Philosoph der griechischen Antike. Um seine Bedeutung zu unterstreichen, ihn wurden zahlreiche Anekdoten und Legenden über ihn verbreitet; so wurde etwa behauptet, er sei in Wirklichkeit ein Sohn des Gottes Apollon, sein vermeintlicher Vater habe ihn nur anfgezogen. Siehe auch die Anm. zu Brief 25.

daß alle Geistesgewalt […] fortbewege]

Diese Formulierung findet sich wörtlich auch in Bettine von Arnims langer, auf den 4. November datierter, aber vermutlich schon Ende Oktober verfasster brieflicher Abrechnung mit ihrem Schwager Friedrich Carl von Savigny, in der sie – ohne ihre Namen zu nennen – auch auf Döring und Nathusius Bezug nimmt, die sie als Vertreter eines „jungen Deutschland" (Werke und Briefe, Bd. 4, S. 397) ansieht.

den Schnuppen zu kriegen […] schläfst]

Mit anderen Worten ist dieselbe Überzeugung im *Günderode*-Buch formuliert; dort klagt die Bettine-Figur darüber, dass sich viele Menschen über die „Nachtluft" oder den „verdammten Zugwind" beschweren: „alle Augenblick heißts, ‚hier ziehts!' – und dann reißen die Leute aus als ob ihnen der Tod im Nacken säß, oder der Nachtwind hindert sie die nächtliche Natur zu genießen, oder der Abendtau ist ihnen gefährlich, und doch – hat man je bei einem Gefecht in der Schlacht gesehen daß ein Held vor dem Nachttau ausreiße? – also auch, über die Verkältung hinweg im Nachtwind wie im Sonnenschein sein eigner Herr bleiben, das muß ein Gesetz unserer schwebenden Religion sein" (Werke und Briefe, Bd. 1, S. 456).

jabot]

(Frz.) Spitzenrüsche am Hemdkragen.

Schlingen des gordischen Knotens […] zu zerhauen]

Als Gordischer Knoten wurden jene kunstvoll verknoteten Seile bezeichnet, die einer griechischen Sage nach am Streitwagen des phrygischen Königs Gordios befestigt waren und die Deichsel des Wagens untrennbar mit dem Zugjoch verbanden. Ein darauf bezüglicher Orakelspruch besagte, dass derjenige die Herrschaft über Asien erringen werde, der den Gordischen Knoten lösen könne. Wie der griechische Schriftsteller Plutarch berichtet, hätten viele Männer vergeblich versucht, diese Aufgabe zu meistern; im Jahr 333 v. Chr. habe dann Alexander der Große auf seinem Zug Richtung Persien den Knoten einfach mit seinem Schwert durchschlagen und damit seinen Siegeszug durch Asien eingeläutet. Bettine von Arnim verwechselt hier also Gajus Julius Cäsar und Alexander den Großen.

wie Demeter […] sie halten]

Siehe Anm. zu Brief 22.

BRIEF 52

Julius Döring an Bettine von Arnim,
Wolmirstedt, 28.10.1839
Handschrift (Druckvorlage): FDH, Hs-14948
(Nachlass Forbes-Mosse).

Auf der ersten Seite oben rechts durch Bettine von Arnim mit Tinte ergänzt: „28ten Oct 1839“.

Bruder […] des Halberstädter Blauauges]

Nicht ermittelt.

blauen Blume]

Siehe Anm. zu Brief 14. In Novalis' Roman *Heinrich von Ofterdingen* träumt der Protagonist von einer blauen Blume, in deren Kelch schließlich ein Mädchengesicht erscheint; das Mädchen ist, wie sich in den folgenden Kapiteln herausstellt, Heinrichs spätere Ehefrau Mathilde. In einer Art von genderinverser Applikation dieser romantischen Schlüsselszene setzt Döring die blauen Augen des Halberstädter Verehrers seiner Schwester mit der blauen Blume gleich.

gewiesen]

Gezeigt.

die schönen Worte Sailers über Christus]

Die von Döring gemeinte Passage aus Bettine von Arnims Brief an Philipp Nathusius vom 13. Oktober lautet: „Ich hab in dem Kreis edler katholischer Männer gewohnt ein ganzes Jahr in Landshut, *Sailer* an der Spitze, [../.] einmal sagte ich zum *Sailer*, ich habe auch einmal Christus geliebt und zu ihm gebetet, aber jetzt sei diese Neigung vorüber. ‚Ach,' sagte er, ‚laß gut sein, wer ihn *einen Augenblick* liebt dem ist er *ewig* dankbar, und wo er einmal Liebe geschmeckt hat, da läßt er sich nicht abweisen, er kehrt immer wieder unter tausend Gestalten, jede Erkenntniß ist ein Erfolg Deiner Liebe zu ihm; Du brauchst ihn nicht zu nennen, nicht zu bekennen wenn Du ihn nur genießen magst. Das heißt: wenn Du nur immer um der Gottheit willen die Dich bewohnen will, ihr selbst ein Tempel sein magst.'“ (IP II, S. 62f.) Schon in *Goethe's Briefwechsel mit einem Kinde* wird der katholische Theologe Johann Michael Sailer mehrfach erwähnt. Friedrich Heinrich Jacobi charakterisiert ihn dort als „den Philosophen Gottes“ (Werke und Briefe, Bd. 2, S. 237).

eigen]

Hier im Sinne von „eigenartig“, „seltsam“.

Philipp soll […] Fieber haben]

In ihrem Brief vom 13. Oktober an Philipp Nathusius nennt Bettine von Arnim folgenden Grund dafür, weshalb sie ihn in Althaldensleben aufgesucht habe: „[…] es war Deine Gesundheit vor allem andern. – Deine Leute in B.[erlin] hatten mir gesagt, Du seist sehr leidend, und da ich weiß was bei kalten Fiebern die anhalten durch alleopatische Kuren für böse Nachwirkungen entstehen, so brannte es mir auf dem Gewissen, nicht mein möglichstes versucht zu haben Dich einen glücklicheren Weg zu lenken, ja ich wollte Deiner Mutter ein gesundes Kind, Deinen Freunden Deiner Zukunft einen lebensmuthigen Freund erhalten, und auch mir wollt ichs ersparen immer mit Angst an Dich zu denken" (IP II, S. 50f.).

`Ariadnefadens]`
Siehe Anm. zu Brief 26.

`Aufenthalt in Goslar]`
Siehe Anm. zu Brief 50.

`Kaiserworths]`
Das 1494 auf den Grundmauern des Vorgängerbaus am Marktplatz errichtete, im Stil der Spätgotik gestaltete zweigeschossige Gebäude mit Satteldach war eines der Gildehäuser der Stadt Goslar. Seit 1831 diente es als Gastwirtschaft und Hotel („Die Worth"). Im Jahr 1836 wurde es mit Blick auf die Zeit, in der Goslar eine Kaiserpfalz des Heiligen Römischen Reiches war, in „Hôtel Kaiser-Worth" umbenannt.

`Kapelle des […] Doms]`
Die zwischen 1040 und 1050 errichtete und 1051 geweihte Stiftskirche St. Simon und Judas war Teil der Kaiserpfalz Goslar und wurde deshalb auch als Dom bezeichnet. Um 1200 erhielt sie als Anbau eine Vorhalle, die in der Folgezeit als in Richtung Stadt gelegener Haupteingang diente. 1819 wurde das baufällig gewordene Gebäude wegen fehlender Mittel zur Instandsetzung an einen Goslarer Maurermeister versteigert, der es als Steinbruch nutzte und bis 1822 fast völlig abtrug. Erhalten geblieben ist nur noch die Vorhalle.

`auf den Wall […] dicken Mauern]`
Der 1517 errichtete, „Zwinger" genannte Batterieturm war Bestandteil der Befestigungsanlagen der alten Kaiserstadt Goslar. Er steht im Süden der Stadt auf dem Bürgerwall (heute: Thomaswall), ist 20 Meter hoch, hat einen Durchmesser von 26 Metern und im unteren Bereich eine Mauerstärke von 6,5 Metern. Als Bettine von Arnim und Julius Döring ihn besichtigten, verfügte der Zwingerturm noch über ein Kegeldach, das 1857 zurückgebaut wurde.

`Ockerthal]`
Das Okertal ist ein vom Flüsschen Oker nach der letzten Eiszeit gebildeter Gebirgseinschnitt im nordwestlichen Teil des Harzes, der sich von Altenau im Oberharz bis zum Örtchen Oker am nördlichen Harzrand erstreckt. Der untere Teil des Okertales ist etwa fünf Kilometer lang und an seiner schmalsten Stelle nur wenige hundert Meter breit. Das Landschaftsbild wird hier durch bizarre, steil aufragende Felsen sowie dichten Waldbestand geprägt. Ab der Mitte des 19. Jahrhunderts fand

eine Romantisierung des Okertals als urwüchsige und sagenumwobene Gegend statt.

An die Grimms […] meinen Dank.]

Bettine von Arnim erneuerte darauf zunächst am 6. November ihre Aufforderung an Döring, er möge „ein paar Worte an Grimm schreiben zum Danck daß“ er „so freundlich aufgenommen“ worden sei, und erfüllte dann seine Bitte in ihrem nächsten Brief an Wilhelm Grimm, dem sie am 11. November 1839 ausrichtete: „Mein junger Freund voll Seligkeit in Eurem Kreis gewesen zu sein, hat mir geschrieben er sehne sich Euch schriftlich seine Dankbarkeit zu bezeigen allein seine Unbedeuten[d]heit gegen Euch komme ihm zu sehr bei seiner Empfindung in den Weg, ich hab ihm aber gesagt er solle hier das Zutraun über den Respekt walten lassen, Ihr würdet es schon freundlich von ihm aufnehmen.“ (Schultz, S. 117)

Grasmücke]

Eine weit verbreitete Singvogelgattung (Sylviidae) mit unscheinbarem graubraunen Gefieder, die hauptsächlich in Wäldern und dichtem Gebüsch lebt. Die Namensbezeichnung kommt aus dem Althochdeutschen (gra-smucka) und bedeutet soviel wie: Grauschlüpfer.

BRIEF 53

Bettine von Arnim an Julius Döring,
Bärwalde, 1.11.1839
Handschrift (Druckvorlage): FDH, Hs-14910
(Nachlass Forbes-Mosse).

Auf der ersten Seite oben links nachträglich durch Bettine von Arnim mit Tinte beziffert: „24.“

langen Epistel […] in Althaldensleben]

Gemeint ist Bettine von Arnims am 13. Oktober verfasster Brief an Philipp Nathusius (vgl. IP II, S. 47–97).

wunderschönen Brief hierauf geantwortet]

Nathusius antwortete am 21. Oktober und bekennt seiner Briefpartnerin bei dieser Gelegenheit, dass er ihren Brief mit den harschen Vorwürfen als „bittern Kelch“ empfunden habe, den er aber „ohne Widerwillen bis zum letzten Tropfen getrunken“ (IP II, S. 105) habe. Er wolle sich deshalb nicht „vertheidigen“, unterzeichnet aber mit den Worten „*Dein* auf Tod und Leben“ (IP II, S. 106).

Epistel an Savigny […] gesendet]

Ende Oktober entschloss sich Bettine von Arnim dazu, dem Wunsch Friedrich Carl von Savignys nachzukommen und ihm von der aktuellen Situation der Brüder Grimm Bericht zu erstatten. Sie nutzte ihr – in insgesamt vier Fassungen (die finale Version datiert vom 4. November) vorliegendes – Schreiben dazu, mit dem zögerlichen Verhalten ihres Schwagers seinen ehemaligen akademischen Schülern gegenüber in scharfer Art und Weise abzurechnen. Von diesem Brief hatte Bettine von Arnim mehrere Abschriften angefertigt. Eine davon schickte sie am 6. November an Philipp Nathusius: „Einen Brief von acht Bogen hab ich geschrieben an den **, wegen der Brüder Gr.; ich möchte gern daß Du ihn auch läsest, weil viel darin ist was Dich belehren wird, […] denn Du würdest dann lernen sprechen über die Göttinger Geächteten. Nun schicke ich die Kopie an Dein Nachbarskind in Wolmirstätt, ich hab ihm nur erst einmal geschrieben in der langen Zeit, weil ich so viel mit Dir zu thun hatte und mit S., so wollt ich ihn entschädigen, wenn Dus nicht übel nimmst so wird er/ Dir ihn schicken oder bringen, wies am besten geht. Du schickst ihn wenn Du ihn gelesen so gieb ihn an ihn zurück, Du darfst Dir daraus abschreiben was Du willst" (IP II, S. 176f.). Eine weitere Abschrift ging zeitnah an Wilhelm Grimm. Der preußische Kronprinz Friedrich Wilhelm erhielt die für ihn bestimmte Kopie allerdings erst zusammen mit Bettine von Arnims an ihn gerichteten Brief vom 22. April 1840.

Auch von Dir ist darinn die Rede]
In der endgültigen, ausgefertigten Fassung des Briefes heißt es allgemein: Weil „[…] das junge Deutschland […] eine affinität mit der Grimm Schicksal hat so ist mirs schon deswegen heilig. – Dann ist sein Name schon so edel, er deutet darauf hin daß es nie veralte, daß es alles was die Zukunft Großes in ihrem Schooß birgt, zur Welt gebähre […]. – Junges Deutschland, frische Lebensblüthe unseres edlen Volks! heilige Jugend des väterlichen Landes, aus dessen Kern ein gewaltig Reich voll Heldenthum erwache! – […] Ja das ewige Leben besteht darinn daß alle Geistesgewalt sich elecktrisch fortbewege, auch meine soll sich fortbewegen im jungen Deutschland, zu denen ich mir zwei liebenswürdige Stellvertreter ausersehen habe, ein paar plebeische Herzen." (Werke und Briefe, Bd. 4, S. 307f.) Lediglich im zweiten, nicht abgeschickten Entwurf erwähnt Bettine von Arnim die gemeinten Personen namentlich: „Philipp Nathusius und meinen jungen Reisegefahrten Julius Döring" (Schellberg/Fuchs, S. 261).

BRIEF 54

Bettine von Arnim an Julius Döring,
Bärwalde, 1.11.[1839]
Handschrift (Druckvorlage): FDH, Hs-14911
(Nachlass Forbes-Mosse).
Adresse: „An Herrn/Herrn Julius Doering/Wohlgeboren/
Wolmirstädt/bei Magdeburg". Zusatz: „Frei".
Poststempel: „DAHME 1 NOV.", „4/11".

Auf der ersten Seite oben rechts nachträglich von unbekannter Hand mit Bleistift beziffert: „5".

Deutschland! […] deine Jugend]

Die Formel vom „jungen Deutschland“ gebraucht Bettine von Arnim erstmals in einem Brief an Moriz Carriere vom 10. April 1839. Ihm schreibt sie: „ich weiß wohl daß Alles nicht mein ist, daß es Euch jungem Deutschland gehört samt Gedanken Extasen, Eingebungen des Augenblicks“ (FDH Hs-9842). In der Abrechnungsepistel an Savigny wird diese Bezeichnung dann zur Chiffre der nachwachsenden Generation von Akademikern, auf die Bettine von Arnim ihre politischen und gesellschaftlichen Erneuerungshoffnungen richtet.

BRIEF 55

Bettine von Arnim an Julius Döring,
Bärwalde, 6.11.1839
Handschrift (Druckvorlage): FDH, Hs-14912
(Nachlass Forbes-Mosse).

Auf der ersten Seite oben links nachträglich durch Bettine von Arnim mit Tinte beziffert: „25.“

Granatapfel […] Feuerblüthe]

Der Granatapfelbaum (Punica granatum) zeichnet sich durch seine fünf bis sechs Zentimeter großen, intensiv orangerot gefärbten, glockenförmigen Blüten aus.

heiligen Frucht […] voll Saamen der Zukunft]

Die Frucht des Granatapfelbaums ist voller dunkelroter, teils durchsichtiger Samenkerne. Früher nahm man an, es seien 613 Stück – genauso viele, wie das Alte Testament Gesetze enthält. Der Granatapfel ist seit jeher ein Symbol für Leben und Fruchtbarkeit. Im christlichen Kontext deutete man ihn auch als Symbol für die Kirche (ecclesia) als Gemeinschaft der Gläubigen. Zugleich versinnbildlicht er das Enthaltensein der Schöpfung in Gottes Hand bzw. Vorsehung.

ein junges Kind […] verschieden ist]

Bettine von Arnims vierter Sohn *Kühnemund* Waldemar starb am 24. Juni 1835 im Alter von 18 Jahren an den Folgen eines Badeunfalls.

Wahrnehmungsgeist]

Obschon der Terminus nicht weit verbreitet ist, begegnet er doch in einigen philosophischen Schriften des 18. Jahrhunderts, beispielsweise in Johann Friedrich Zöllners Abhandlung *Ueber speculative Philosophie* (Berlin 1789, S. 93 und 97). Bettine von Arnim verwendet ihn auch in der Korrespondenz mit Philipp Nathusius; so heißt es am 6. November in ihrem Bericht über die gemeinsam mit Döring unternommene Reise durch den Harz: „da war mir so vieles hell vor der Seele was ich zum erstenmal aussprach und so ward ichs gleichsam zum erstenmal gewahr, der Genius neigt sich herab und spricht mit uns (Wahrnehmungsgeist nennen es die philosophischen Philister)" (IP II, S. 173). In ihrem zeitgleich entstehenden Briefbuch *Die Günderode* legt sie den Begriff dann der Freundin in den Mund und lässt diese folgenden Vorwurf formulieren: „Dein scheuer Blick wagt nicht den Geist in Dir selber aufzufassen. Du geht's trutzig an Deiner eignen Natur vorüber, Du dämpfst ihre üppige Kraft mit muthwilliger Verschwörung gegen ihren Wahrnehmungsgeist" (Werke und Briefe, Bd. 1, S. 177).

`Diesen Brief […] dazu schreiben]`

Vgl. Anm. zu Brief 53. Im November 1839 schickte Bettine von Arnim dem preußischen Kronprinzen zunächst die ersten beiden Bände der *Sämmtlichen Werke* Achim von Arnims. Er bedankte sich dafür am 4. Dezember. Erst in ihrem zweiten Brief an ihn vom 12. April 1840 kam sie dann erstmals auf die Grimms zu sprechen – freilich zunächst noch ohne sie mit Namen zu nennen.

`den freundlichen Elster]`

Der Theologe Carl Julius Elster war einer der Hauslehrer von Philipp Nathusius und seinen Brüdern, die er auch auf ihren Bildungsreisen ins europäische Ausland begleitete.

`Professor Weiß […] Diebstahl von vorigem Jahr […] mein Onix! […] gefunden!]`

Das Königliche Mineralienkabinett war nach der Gründung der Berliner Universität im Jahr 1810 von dieser übernommen und 1814 als Mineralogisches Museum wiedereröffnet worden. Untergebracht war es „im ersten Obergeschoß" des Universitätsgebäudes am Opernhausplatz, wo es „10 große bis sehr große Räume" „des mittleren und östlichen Flügels" (Günther [sic] Hoppe: Das Königliche Mineralienkabinett in Berlin. Vorläufer des Mineralogischen Museums der Berliner Universität. In: Neue Museumskunde. Theorie und Praxis der Museumsarbeit 30 [1987], S. 295–307, hier: S. 305) einnahm. Als Direktor der Sammlung fungierte Christian Samuel Weiss d. J., der noch im Gründungsjahr der Universität als Professur für Mineralogie berufen worden war und direkt neben dem Museum seine „Dienstwohnung" (ebd.) hatte. Im Mineralogischen Museum offen aufgestellt waren – verteilt auf drei Säle – insgesamt vier verschiedene Schausammlungen: eine Kristall-, eine Mineralien-, eine Gesteins- und eine Meteoritensammlung.

Am 25. Mai 1839 wurden aus dem Museum wertvolle Stücke gestohlen. Die *Allgemeine Zeitung von und für Bayern. Tagblatt für Politik, Literatur und Unterhaltung* berichtete in einer Meldung vom 28. 5. darüber: „Vergangenen Sonnabend sind aus dem Königlichen Mineralienkabinet […] die schönsten Exemplare von gediegenem Gold und Platina, so wie noch andere sehr werthvolle Sachen, vermöge eines Nachschlüssels entwendet worden. Man schätzt den materiellen Werth dieser Gegenstände gegen 10,000 R[eichs]th[a]l[e]r., ohne dabei zu bedenken, daß vielleicht solche ausgezeichnete Exemplare für keinen Preis wieder ersetzt werden könnten." (6. Jg., Nr. 157, 6. 6. 1839, unpag.) Erst vier Monate später konnte der Fall aufgeklärt werden, an dem „eine ganze Bande von Dieben und Hehlern […] betheiligt" (Allgemeine Zeitung, Nr. 278, 5. 10. 1839, S. 2222) war. Einer vom 27. September datierenden Korrespondenznachricht aus Berlin in der *Bayerischen National-Zeitung* ist zu entnehmen, dass ein Goldschmied namens Köhler, der in Posen auch noch einen „Kirchendiebstahl verübt hatte" (6. Jg., Nr. 159, 6. 10. 1839, S. 654), und mehrere Komplizen – darunter „ein Barbier und mehrere Juden" (Allgemeine Zeitung, Nr. 278, 5. 10. 1839, S. 2222) – für den „Gold- und Edelstein-Diebstahl" verantwortlich gewesen seien: „Die Edelsteine waren in der Nähe Berlins, im Walde bei Trebtow [sic], vergraben" (Bayerische National-Zeitung, 6. Jg., Nr. 159, 6. 10. 1839, S. 654) und konnten vollständig wieder geborgen werden. Die „Gold- und Platinstücke" tauchten allerdings nicht wieder auf; es wurde vermutet, dass sie „in Posen eingeschmolzen worden" (Der Humorist, 3. Jg., Nr. 199, 5. 10. 1839, S. 794) sind. Ein Onyx wird in der im Rahmen der „Polizeilichen Bekanntmachung" (Königlich privilegirte Berlinische Zeitung von Staats- und gelehrten Sachen Berlin, Nr. 122, 29. 5. 1839, unpag.) veröffentlichten Liste der gestohlenen Objekte nicht erwähnt. Bis zu seiner Berufung nach Berlin besaß Weiss eine private Mineraliensammlung, die er jedoch an die Universität verkaufen musste, um Interessenskonflikte zu vermeiden; vgl. Günter [sic] Hoppe: Christian Samuel Weiss und das Berliner Mineralogische Museum. In: Wissenschaftliche Zeitschrift der Humboldt-Universität zu Berlin. Mathematisch-Naturwissenschaftliche Reihe 31 (1982), S. 245–254, hier: S. 246f. Möglicherweise stammt der Onyx, dessen Wiederauftauchen so überschwängliche Freude bei ihm auslöste, aus seinen früheren eigenen Beständen.

Die Kaiser am Kaisersworth]
Siehe Anm. zu Brief 52. Auf der dem Marktplatz zugewandten Seite des Gebäudes stehen seit 1684 in den Nischen zwischen den Fenstern des Obergeschosses Figuren von insgesamt acht Kaisern des Heiligen Römischen Reiches deutscher Nation. Die barocken Holzskulpturen befinden sich auf verzierten Steinkonsolen und werden von Baldachinen überwölbt.

Nacht […] in Oschersleben]
In der südwestlich von Magdeburg am Flüsschen Bode gelegenen kleinen Stadt Oschersleben, die seinerzeit rund „3,500 Einwohner" (Der Preußische Staat in allen seinen Beziehungen. Eine umfassende Darstellung seiner Geschichte und Statistik, Geographie, Militairstaates, Topographie, mit besonderer Berücksichtigung der Administration. Bearbeitet […] unter dem Vorstande des Freiherrn L.[eopold] von Zedliz-Neukirch. Bd. 3. Berlin 1837, S. 208) hatte, gab es nur eine namhafte Fremdenunterkunft, den Gasthof ‚König von Preußen'.

ich erzehlte [...] nachher umgekehrt pp]

Am 21. Oktober 1839 überschickte Bettine von Arnim Philipp Nathusius ein Empfehlungsschreiben für den mit ihr befreundeten Büchersammler *Karl* Hartwig Gregor Freiherr von Meusebach. Dieser Brief enthält eine „Reisebeschreibung", in der sie die gemeinsam mit Döring unternommene Reise nach Kassel folgendermaßen schildert: „In M.[agdeburg] den Dom mit ihm [= Döring] besehen, noch an demselben Abend nach Halberstadt, am Morgen [Friedrich Wilhelm Heinrich] Körte besucht in seiner Galerie, von meinen Ahnen angegrinzt, die von ungeweihter Hand dort mit Lackmusfarbe geschmiert für gemalt gelten, am lächerlichsten war mir dort der Primas [= Karl Theodor Anton Maria von Dalberg] der Freund der Christenheit mit Lippen als ob er lauter Johannisbrod gefressen hätte, er küßte gern aus lauter Menschenliebe die Christen und die Heiden. Von Halberstadt nach Ilsenburg im heitern Abendlicht gefahren, dort zwei Schneppen zum Abendbrod verzehrt, ich die halbe, Er anderthalb. Dann schlafen gegangen jeder in sein Bett, erst gute Nacht gesagt, mit Händedruck und Kuß auf die Wange, am andern Tag auf den Ilsenstein gegangen, verirrt ob er schon vor der Nase lag, Gelübde gethan wenn wir den Weg fänden nicht weiter in dem Harz uns zu verspekuliren, sondern gerade nach Cassel zu G.[rimms]!" (IP II, S. 232f.) In Ilsenburg existierten zur damaligen Zeit zwei Gasthöfe, die ‚Rothe Forelle' und der ‚Deutsche Hof' bzw. das ‚Deutsche Haus'.

Ilsenstein]

Vom Ortsausgang in Ilsenburg führt ein Fußpfad Richtung Ilse(n)stein, einer Granitfelsformation, die 160 Meter hoch über dem in die Oker mündenden Flüsschen Ilse ragt. Die Wegstrecke dorthin beträgt etwa eine dreiviertel Stunde. Auf dem Ilse(n)stein befand sich im 10. Jahrhundert eine Trutzburg, die aber bereits 1107 zerstört wurde. Am 16. Oktober 1814, ein Jahr nach dem Beginn der Völkerschlacht bei Leipzig, ließ Graf Anton zu Stolberg-Wernigerode auf dem Gipfelfels ein eisernes Kreuz errichten, das an die in den Befreiungskriegen gefallenen Freunde und Bekannten erinnern soll. Goethe erwähnt den Ilse(n)stein sowohl in *Faust* I als auch in *Faust* II. Im durch das Gewässer gebildeten Flusstal gabelt sich der Waldweg an einer Stelle, so dass man dort leicht falsch abbiegen kann.

zurückhufen]

Eigentlich ein Begriff aus der Fuhrmannssprache für „zurücksetzen" bzw. „rückwärts fahren"; im übertragenen Sinn eine Bezeichnung für „sein Wort zurücknehmen".

der größeste Held werden zu wollen]

Dieses Ziel sah Bettine von Arnim als zentrale Aufgabe jedes nach höheren Zielen strebenden Individuums an. So erinnert sich Moriz Carriere rückblickend daran, wie sie ihm während seines ersten Besuchs bei ihr in den Anfangsmonaten des Jahres 1839 folgenden Leitspruch eingeschärft hatte: „Wie ich meiner philosophischen Studien und Strebungen gedachte, sagte sie plötzlich: Da will ich Ihnen ein Motto für Ihre Philosophie geben: ‚Jeder wird als der größte Held geboren.'" (Moriz Carriere: Bettina von Arnim. Breslau o.J. [1887], S. 19)

dein Brief kam 4ten]

Gemeint ist Dörings Brief vom 28. Oktober. Am Tag, als er in Bärwalde zugestellt wurde, las Bettine von Arnim ihn ihren Töchtern vor. Maximiliane, die älteste, bemerkt darüber am 4. 11. in ihrem Tagebuch: „Nach dem die große Briefexpedition endlich beendigt, laß uns Mutter auf unser dringendes Bitten; alles vor was ihr die Bothenfrau gebracht. [...] Der Brief vom Döring [...] entzückte mich wahrhaft, so natürlich malerisch geistreich und liebevoll; auch seine Gedichte sind ebenso." (Franziska Mader: Maximiliane von Arnims Tagebuch aus dem Jahr 1839. In: Internationales Jahrbuch der Bettina-von-Arnim-Gesellschaft 26/27 [2014/15], S. 97–177, hier: S. 121)

BRIEF 56

Julius Döring an Bettine von Arnim,
Wolmirstedt, 6.11.1839
Handschrift (Druckvorlage): FDH, Hs-14949 (Nachlass Forbes-Mosse).
Adresse: „Der / Frau Baronin von Arnim / Hochwohlgeboren / zu / Bärwalde / bei / Dahme"; Zusatz: „frei"; mit rotem Siegel. Poststempel: „WOLMIRSTÄDT 6/11"; „8/11".

Auf der ersten Seite oben rechts durch Bettine von Arnim mit Tinte ergänzt: „6 Nov: 1839".

BRIEF 57

Bettine von Arnim an Julius Döring,
Bärwalde, 12.11. [1839]
Handschrift (Druckvorlage): FDH, Hs-14913 (Nachlass Forbes-Mosse).
Adresse: „An Herrn / Herrn Julius Doering / Wohlgeboren / Wolmirstädt / bei Magdeburg". Zusatz: „frei". Poststempel: „JÜTERBOG 12/11", „14/11".

Auf beiden Blättern oben links nachträglich durch Bettine von Arnim mit Tinte beziffert: „26." und „27."

hinzusetzen können]

korrigiert aus: „hinzusetzen konnen"

Dummheit ist Boßheit sagt Schleiermacher]
Am 22. Februar 1834 berichtet Bettine von Arnim in einem Brief an Fürst Hermann von Pückler-Muskau von ihren Gesprächen mit dem befreundeten Theologen Schleiermacher: „er sagte oft: ‚Die Dummheit allein ist Sünde, denn Boßheit ist Dummheit die Fleisch geworden ist'" (Bettine von Arnim – Hermann von Pückler-Muskau: „Die Leidenschaft ist der Schlüssel zur Welt". Briefwechsel 1832–1844, a.a.O., S. 299). In ihren „Memorabilienbuch" genannten Notizheften notierte Bettine von Arnim unter dem Stichwort „Schleiermacher": „Dummheit ist Sünde" (zitiert nach Sabine Schormann: Bettine von Arnim. Die Bedeutung Schleiermachers für ihr Leben und Werk. Tübingen 1993 [= Untersuchungen zur deutschen Literaturgeschichte 66], S. 312).

BRIEF 58
Bettine von Arnim an Julius Döring,
Bärwalde, o. D. [zwischen dem 12. und
30.11.1839]
Handschrift (Druckvorlage): FDH, Hs-14914
(Nachlass Forbes-Mosse).

Auf der ersten Seite oben links nachträglich durch Bettine von Arnim mit Tinte beziffert: „28."

Abschrift meines Briefs […] Philipp mit]
Am 14. Dezember schrieb Nathusius an Bettine von Arnim: „Den Brief an •• habe ich mir, mit Deiner Erlaubniß, ganz abgeschrieben. Ilius theilte mir ihn mit und schrieb dabei, er würde mir gern sein Urtheil darüber mitgetheilt haben, aber er wolle mich nicht damit belästigen; ich schrieb ihm wieder, als ich ihn zurückschickte: ich würde ihm auch gern mein Urtheil darüber mitgetheilt haben, aber ich hätte keins." (IP II, S. 235)

BRIEF 59
Julius Döring an Bettine von Arnim,
Wolmirstedt, 30.11.1839
Handschrift (Druckvorlage): FDH, Hs-14950
(Nachlass Forbes-Mosse).

Faden des Cocons]
Döring greift hier eine Metapher auf, die er in Brief 8 selbst gebraucht und auf die Bettine von Arnim in Brief 27 Bezug genommen hat.

Spielcameraden]
Döring greift hier Formulierungen seiner Briefpartnerin auf. Schon am 12. Februar 1839 hatte Bettine von Arnim ihr Gegenüber mit einem

„Gespielen“ (Brief 5) verglichen. In ihrem Brief vom 31. März 1839 forderte sie Döring auf, er solle mit ihr wie zu einem „Stubenkameraden“ (Brief 22) sprechen. Ende Mai 1839 charakterisiert sie ihrer beider Verhältnis dann als das von „zwei Spielkameraden“ (Brief 33). Darauf bestätigte Döring Anfang Juni, er wolle „sein wie ein Spielkamerad“ (Brief 34).

deine drei Briefe]

Gemeint sind die Schreiben Nr. 55, 57 und 58.

Philistersyrenen]

Sirenen sind in der griechischen Mythologie auf einer Insel lebende gefiederte und geflügelte, mit Vogelbeinen und einem weiblichen Oberkörper versehene Mischwesen, die durch ihren betörenden Gesang vorbeifahrende Schiffer anlocken, um sie zu töten. Eine wichtige Rolle spielen sie vor allem in Homers *Odyssee*. Zu „Philister“ vgl. Anm. zu Brief 1.

biblische Gedanke an den verlornen Sohn]

Im biblischen Gleichnis vom verlorenen Sohn (Lk 15,11–32) lässt sich der jüngere zweier Söhne vom Vater sein Erbteil auszahlen, geht dann ins Ausland und verprasst dort das Geld. Als er sich als Schweinehirte verdingt, ist er bereit, seinen Hunger mit dem Futter der gehüteten Tiere zu stillen, doch niemand gibt ihm etwas davon. Darauf beschließt er voll Reue, zu seinem Vater zurückzukehren und für ihn als Tagelöhner zu arbeiten. Dieser nimmt ihn aber mit Freuden wieder auf, kleidet ihn kostbar ein, veranstaltet zur Feier seiner Rückkehr ein Fest und verteidigt ihn gegenüber den Vorwürfen von dessen Bruder.

Träber]

Als Treber werden die ausgepressten Schalen und sonstigen Rückstände, die beim Keltern von Wein als Bodensatz zurückbleiben, bezeichnet; diese Abfallstoffe dienen als Schweinefutter.

Schleiermachers Reden über die Religion]

Siehe Anm. zu Brief 51. Möglicherweise erhielt Döring das Buch, das 1834 in vierter Auflage erschienen war, durch Döring. Jedenfalls schreibt dieser am 21. Januar 1840 an Bettine von Arnim: „Heut bekam ich Schleiermachers Reden über die Religion zurück, die ich an Jemand verborgt hatte […] Solche Bücher, die mich erbaut haben, mache ich mir zum Geschäft unter den Menschen zu verbreiten.“ (IP II, S. 289).

Die Abschrift […] Zeilen schickte!]

Siehe die Anm. zum vorigen Brief.

BRIEF 60
Bettine von Arnim an Julius Döring,
Bärwalde, 5. und 6.12.[1839]
Handschrift (Druckvorlage): FDH, Hs-14915
(Nachlass Forbes-Mosse). Bei der ersten Datumsangabe wurde der Monatsname („November“) durch Überschreibung korrigiert, bei der zweiten Nennung blieb der falsche Name irrtümlicherweise stehen.

Auf beiden Blättern oben links nachträglich durch Bettine von Arnim mit Tinte beziffert: „29.“ und „30.“

am 5ten December]
Bettine von Arnim erhielt Dörings Brief vom 30. November erst an diesem Tag, begann sogleich mit ihrer Antwort und las beide Schreiben ihren Töchtern vor. Maximiliane bemerkt darüber am 5. 12. in ihrem Tagebuch: „Heut kam der Bothe brachte eine Menge von Briefen für die Mutter, die wir alle mit ihr durchstudirten bis auf einen vom Döringelchen den sie uns vorenthalten wollte doch wir baten den ganzen Tag auf so rührende quälende Weise, stellten ihr so ein dringlich vor wie barbarisch dies von ihr wäre, da wir doch so wenig Pläisir hier in der Einsamkeit hätten, daß sie endlich heut Abend versprach, ihn Morgen […] vorzulesen. […] Ich schrieb dann hier an, die Mutter kam und laß uns schon heute den Brief des jungen Dörings und ihre Andwort, die uns beide den größten Genuß gewährte besonders der Mutter ihrer.“ (Franziska Mader: Maximiliane von Arnims Tagebuch aus dem Jahr 1839, a.a.O., S. 149)

Urhandlen […] das ist Religion, […] eine Sprache]
Der Begriff des „Urhandelns“ geht auf den Philosophen Friedrich Wilhelm Joseph Schelling zurück, der ihn in seinen *Vorlesungen über die Methode des academischen Studium* (Zweyte unveränderte Ausgabe. Stuttgart/Tübingen 1813, S. 25) gebraucht. Später wurde er mehrfach aufgegriffen und variiert, so etwa von Lorenz Oken, dessen *Lehrbuch der Naturphilosophie* Überlegungen enthält, die denen Bettine von Arnims ähneln: „Das Sprechen ist nur ein in Bewegung übergegangenes Denken. Die Welt ist das in Bewegung übergegangene Denken Gottes, der *bewegte Gedanke Gottes* – gesprochene Gedanken. Hier erklärt es sich, daß die Welt nicht bloß *Gedanken* Gottes, sondern *Sprache* ist“ (Zweyte umgearbeitete Auflage. Jena 1831, S. 20).

Schleiermacher […] Reden über Religion]
Siehe Anm. zu Brief 51.

Die Monologen]
In seiner anonym erschienenen Schrift *Monologen. Eine Neujahrsgabe* (Berlin 1800) präsentierte Schleiermacher philosophisch-religiöse Reflexionen in Form eines Selbstgesprächs und gab vor, diese Betrachtungen

seien Ausdruck dessen, „was er im Innnersten [sic] des Gemüthes zu sich selbst geredet hat" (S. 3). Weitere Auflagen erschienen 1810, 1822, 1829, 1835 und 1836. Bettine von Arnim erwähnt den Text in ihrem *Günderode*-Buch: „ich erinnerte mich daß wie wir einmal von den Monologen des Schleiermacher sprachen, die mir nicht gefielen, so warst Du andrer Meinung und sagtest zu mir: ,und wenn er auch nur das einzige Wort gesagt hätte: der Mensch solle alles Innerliche ans Taglicht fördern was ihm im Geist innewohne, damit er sich selber kennen lerne, so wär Schleiermacher ewig göttlich und der erste größte Geist.'" (Werke und Briefe, Bd. 1, S. 485)

`seine Predigten]`

Obwohl Friedrich Daniel Ernst Schleiermacher für seine Beredsamkeit auf der Kirchenkanzel allgemein bewundert wurde, war er „dem breiten Publikum in erster Linie durch seine Predigtdrucke bekannt" (Kurt Nowak: Schleiermacher. Leben, Werk und Wirkung. Göttingen 2002, S. 400). Die erste Sammlung von *Predigten* kam bereits 1801 heraus. Eine insgesamt zehnbändige Ausgabe seiner Predigten erschien zwischen 1834 und 1856 postum im Rahmen der *Sämmtlichen Werke*; seit 1837 lag der achte Band vor. Bettine von Arnim erwähnt in einem Brief an ihren Mann Achim vom 12. Oktober 1823 erstmals, dass sie Schleiermacher gehört habe: „Schleiermacher [...] hat heut gepredigt, die Kirche war zum Bersten voll" (Vordtriede, S. 412). Viele Jahre später schreibt Clemens Brentano am 7. Februar 1832 an den Bruder Christian über ihre gemeinsame Schwester: „Sie ist sehr liiert mit Schleiermacher, und sehr häufig in seinen Predig[t]en." (Clemens Brentano: Sämtliche Werke und Briefe. Historisch-kritische Ausgabe veranstaltet vom Freien Deutschen Hochstift. Bd. 36: Briefe VIII [1830–1837]. Hrsg. von Sabine Oehring. Stuttgart 2015, S. 158) Bettine von Arnim selbst berichtet in etwa zeitgleich verfassten Briefen an Pückler, dass sie bei den Morgenpredigten häufig „geschlummert" (Bettine von Arnim – Hermann von Pückler-Muskau: „Die Leidenschaft ist der Schlüssel zur Welt". Briefwechsel 1832–1844, a.a.O., S. 73) und „der Predigt nicht zugehört" (ebd., S. 90) habe.

`seine Kirche]`

Schleiermacher war von 1809 bis zu seinem Tod 1834 Pfarrer an der Berliner Dreifaltigkeitskirche.

`meinen Brief an S.]`

Gemeint ist Bettine von Arnims auf den 4. November datiertes Schreiben an ihren Schwager Friedrich Carl von Savigny; vgl. Anm. zu Brief 53.

`von Savigny hat es mir zwei Briefe eingetragen]`

Das erste Antwortschreiben Savignys auf Bettine von Arnims anklagende Epistel stammt vom 14. November, das zweite – eine seiner Frau „Gunda in die Feder diktierte Nachschrift" (Schellberg/Fuchs, S. 303) – vom 2. Dezember.

`ich hab ihm […] recht haben.“]`
Möglicherweise zitiert Bettine von Arnim hier aus einem nicht erhaltenen Briefentwurf, denn die zitierte Passage selbst findet sich nicht in den beiden tatsächlich abgeschickten Antwortschreiben an Savigny von Anfang Dezember. Diese enthalten nur einzelne der hier erwähnten Begriffe; so heißt es an einer Stelle etwa: „Ich kann unmöglich diese Beschuldigungen für Verleumdung meines […] Verfahren[s] […] erklären. – Nein! – aber so gut Du mich in Deinem Brief zweimal als der Lüge unterworfen erklärst, wo ich doch nur Wahrheit gesagt, wie sich ganz deutlich ergibt, ebenso gut muß ich diese Beschuldigungen für Verblendung halten. Ebenso auch wie Du von Deinen Freunden Grimm eine falsche Ansicht hast“ (Schellberg/Fuchs, S. 300).

`Lügen und Verläumden]`
Korrigiert aus: „Lügen und Verlaumden“.

`welcher noch zum Tagebuch an Goethe kommt]`
Schon *Goethe's Briefwechsel mit einem Kinde* enthält einen längeren Abschnitt, in dem Bettine von Arnim vom Tod Karoline von Günderrodes berichtet. Die Korrespondenz mit ihr sollte anfangs – zusammen mit weiteren, ergänzenden Schriftstücken – als eine Art Ergänzungsband zum dritten Teil („Tagebuch“) im Rahmen einer „dritten Auflage“ des Goethe-Buchs erscheinen, für die der Buchhändler Julius Merz als Verleger vorgesehen war. So berichtete die in seinem Verlag erscheinende Nürnberger Monatsschrift *Athenaeum für Wissenschaft, Kunst und Leben* bereits im August 1838: „Sicherem Vernehmen nach beschäftigt sich *Bettina* mit Herausgabe eines Anhangs zum Briefwechsel, der unter Anderem fünf noch ungedruckte Briefe der Mutter Göthe's, kurz vor ihrem Tode geschrieben, drei Briefe von Beethoven, 17 Briefe nebst Gedichten und Aufsätzen von der Günderode und 30 Briefe Bettina's an sie, ein Portrait der Mutter Göthe's und ein Bild Göthe's aus der Werther'schen Periode enthalten wird.“ (S. 113) Da es zu keiner dritten Auflage von *Goethe's Briefwechsel mit einem Kinde* kam, verteilte Bettine von Arnim dieses – zum Großteil erfundene – Material dann auf mehrere Publikationen: Aus der Korrespondenz mit der Jugendfreundin formte sie ihr zweites Briefbuch *Die Günderode*, die „drei Briefe von Beethoven“ erschienen 1838 im *Athenaeum für Wissenschaft, Kunst und Leben*, und weitere „Briefe der Mutter Göthe's“ sowie ein Porträt von Catharina Elisabeth Goethe wurden in *Goethe's Correspondence with a Child* (1838), der englischen Übersetzung ihres Goethe-Buchs, abgedruckt. Die geschlossene Veröffentlichung dieser Materialien in einer eigenen Buchpublikation, die ursprünglich geplant war, unterblieb schließlich.

`mehrere Zeichnungen […] werden sollen]`
Bettine fertigte seit ihrer Jugendzeit Bleistiftzeichnungen an, von denen jedoch nur wenige erhalten sind; vgl. hierzu Dajana Böhm: Bettina von

Arnim und ihr künstlerisches Werk. Göttingen 2018, Teil 1, S. 372–375. Seit den dreißiger Jahren hielt sie Ausschau nach geeigneten Kupferstechern und gab einigen auch den Auftrag, eigene zeichnerische Vorlagen für eine spätere Reproduktion zu stechen. Um welche Zeichnungen es sich hier handelt, ist unklar.

Nach Ostern verlasse ich Berlin […] nach Cassel.]
Schon im Oktober 1838 hatte Bettine von Arnim ihrer Schwester Gunda im Vorfeld der Reise nach Frankfurt von entsprechenden Umzugsplänen berichtet: „Dann will ich auch sehen, wie sich's in einem kleinen Ort wohlfeiler leben läßt wie in Weimar oder in Cassel, wo ich dann nächstes Frühjahr mir das Leben erleichtern kann." (Schellberg/Fuchs, S. 260) Dieses Vorhaben blieb allerdings unausgeführt.

Die bestrichelten Zeilen]
Gemeint ist die in Anführungszeichnen gesetzte Passage „es muß aber ein *Urhandlen* geben […]". Da es im 19. Jahrhundert üblich war, längere Zitate dadurch zu markieren, dass man jede einzelne Zeile mit Anführungszeichen begann und beendete, weist der Brief „bestrichelte Zeilen" auf. Da Bettine von Arnim aber vergessen hat, den zitierten Abschnitt mit Abführungsstrichen zu schließen, ist unklar, bis wohin sich das Zitat genau erstreckt.

Brief von mir an die Günderrod]
Eine Textpassage mit entsprechendem Wortlaut findet sich nicht im *Günderode*-Buch, wurde also im Zuge der Niederschrift bzw. Redaktion der Korrespondenz wieder eliminiert.

18 Jahr]
Bettine von Arnim hat die Altersangabe nachträglich korrigiert. Allerdings lässt sich nicht entscheiden, ob zuerst die Ziffer „7" oder „8" dastand; es könnte also auch „17 Jahr" heißen.

BRIEF 61
Bettine von Arnim an Julius Döring,
Bärwalde, 9.1.1840
Handschrift (Druckvorlage): FDH, Hs-14916
(Nachlass Forbes-Mosse).
Adresse: „Dem Herrn / Herrn Julius Döring / Wohlgeboren / Wolmirstätt / bei Magdeburg"; Zusatz: „frei.
Poststempel: „DAHME 9. IANR", „13/1".

Auf der ersten Seite oben links nachträglich durch Bettine von Arnim mit Tinte beziffert: „31."

Nathusius hat […] zurück gegeben]
Siehe Anm. zu Brief 58.

den Hölderlin zum Weihnachten geschickt]

Ende der dreißiger Jahre war im Buchhandel nur die 1826 im Verlag von J.G. Cotta (Stuttgart/Tübingen) erschienene Ausgabe von Friedrich Hölderlins *Gedichten* greifbar. Schon im Herbst 1839 – also zwei Monate bevor Döring den Band erhielt – hatte Bettine von Arnim ein weiteres Exemplar Philipp Nathusius geschickt, der sich dafür am 18. Oktober überschwänglich bedankte: „Was hast Du mir im *Hölderlin* für einen guten Freund verschafft!“ (IP II, S. 99)

Nächstens erhältst Du die Kronenwächter von Arnim]

Siehe Brief 83.

BRIEF 62

Julius Döring an Bettine von Arnim,
Wolmirstedt, [Ende Dezember 1839 bis] 15.1.1840
Handschrift (Druckvorlage): FDH, Hs-14951
(Nachlass Forbes-Mosse).

Auf der ersten Seite oben rechts nachträglich durch Bettine von Arnim mit Tinte ergänzt: „13 J“; dieser Datierungsansatz wurde anschließend mit „14 Sept 1839“ überschrieben, das neue Datum dann durchgestrichen und links daneben durch die Angabe „13ten Jan[u]ar 1840“ ersetzt.

zierliche, feine Schaale]

Offensichtlich hatte Bettine von Arnim das 228 Seiten umfassende, broschierte Bändchen elegant binden lassen.

Zeichnungen]

Siehe Anm. zu Brief 59.

BRIEF 63

Bettine von Arnim an Julius Döring,
Bärwalde, 20.1.1840
Handschrift (Druckvorlage): FDH, Hs-14917
(Nachlass Forbes-Mosse). Druck: Vordtriede,
S. 458–464; GW, Bd. 4, S. 405–411.

Auf dem ersten und zweiten Blatt oben links nachträglich durch Bettine von Arnim mit Tinte beziffert: „32.“ bzw. „33.“

„ich habe […] zurückgestossen worden.“]

Siehe Brief 6.

Chimäre]

Siehe Anm. zu Brief 22.

weißen Hyazinthen]

Siehe Brief 30 und Anm. zu Brief 15 und Brief 36.

Faden jenes Cocons]

Siehe Anm. zu Brief 59.

Plectrums]

Ein meist aus organischen Materialien wie Holz, Knochen, Horn, Filz, Schildpatt, gelegentlich aber auch aus Glas, Stein oder Metall bestehendes Plättchen, mit dem die Saiten von Zupfinstrumenten angeschlagen werden.

„Schleierlos"]

Vgl. Brief 17 und 47.

meine Kinder sollen […] meine Bekanntschaft]

Vgl. hierzu Anm. zu Brief 67. In ihrem Lebensrückblick erinnert sich Maximiliane von Arnim, dass ihre Tante Gunda ihr am 1. Oktober 1839 in Bärwalde folgendes gesagt habe: „Sogar der Kronprinz hat mich schon zweimal daraufhin angeredet, ob ihr nun nicht endlich präsentiert würdet; er freue sich auch darauf, dadurch der Mutter öfters zu begegnen, und er wolle schon dafür sorgen, daß sie sich nicht ennuiere." (Werner, S. 71f.)

jezt hat er mir selbst geschrieben]

Bettine von Arnim bezieht sich hier auf einen Brief des preußischen Kronprinzen Friedrich Wilhelm vom 4. Dezember 1839, in dem er sich bei ihr für die Übersendung der ersten beiden Bände von Achim von Arnims *Sämmtlichen Werken* bedankt; eine Aufforderung oder auch nur Andeutung, sie möge ihre ältesten Töchter bei Hof einführen, enthält das Schreiben allerdings nicht.

mein altes Raub-Ritternest]

Gemeint ist die ehemalige Ritterburg Bärwalde.

alles was ich Euch schencken will]

Das „Den Studenten" gewidmete *Günderode*-Buch; vgl. auch Anm. zu Brief 1.

wie Thomas […] daß du es bist]

Im Johannes-Evangelium (Joh 20,19–29) wird berichtet, wie der auferstandene Jesus seinen Jüngern erscheint. Thomas, der diese Begebenheit nicht selbst miterlebt hat, zweifelt am Wahrheitsgehalt ihres Berichts und erklärt, er müsse die Wundmale des Gekreuzigten sehen und berühren, bevor er daran glaube. Kurz darauf erscheint Jesus abermals und fordert Thomas auf, seine Finger in die Wunden zu legen und sich selbst zu überzeugen. Die Episode endet mit dem Ausspruch Christi: „Selig sind, die nicht sehen und doch glauben."

Die Günderode steht vor mir]

Von einer solchen Gedankenvision berichtete Bettine von Arnim später auch ihrem Vertrauten Karl August Varnhagen von Ense. Dieser notiert am 8. November 1856 in seinem Tagebuch, sie habe ihm eröffnet, „[…] was noch kein Mensch von ihr erfahren habe, die Günderrode sei ihr in

Bärwalde im Rittersaal erschienen, und darauf erst sei die Herausgabe der Briefe erfolgt! sie habe Verkehr mit der Geisterwelt!" (Aus dem Nachlaß Varnhagen's von Ense. Tagebücher von K.A. Varnhagen von Ense. Dreizehnter Band. Hamburg 1870, S. 219)

einen Brief von mir einzufügen [...] nennt]

Die früheste Erwähnung der – sehr wahrscheinlich erfundenen – Figur des alten Handelsjuden Ephraim erfolgt im ersten – bezeichnenderweise undatierten – Brief, den Bettine Brentano aus Marburg an Karoline von Günderrode schreibt. Ephraim sei die „erste Bekanntschaft" gewesen, die sie dort „gemacht hab[e]" (Werke und Briefe, Bd. 1, S. 606). Die auf ihn bezüglichen Passagen im Schreiben an Döring entstammen freilich erst einem späteren Brief an die Freundin (Ephraim ist mittlerweile Bettines Mathematiklehrer geworden). Darin heißt es: „ich möcht um alles nicht ihm die Idee geben als sei ich ein flatterhafter Schußbartel, wie mich die andern nennen, woran mir gar nichts liegt, aber an Ihm liegt mir [...]; er nannte mich gestern sein liebes Töchterchen, und legte mir die Hand auf den Kopf wie er wegging; [...] die Patriarchenwürde strahlt mich an aus ihm" (Werke und Briefe, Bd. 1, S. 689f.) Außerdem fügt Bettine von Arnim den – als Prophetie ebenso wie als Verweis auf ihr Kompositionsverfahren deutbaren – Hinweis ein: „Ich bin noch jung, mir kommt es wohl noch einmal daß mich das Schicksal frägt, – und da werde ich des alten Handelsjuden Ephraim gedenken." (Werke und Briefe, Bd. 1, S. 690) Ganz offensichtlich entwickelte sie diese nicht verbürgte Person in ihrer teilfingierten Quellenedition just zu dem Zeitpunkt, als sie ihren Brief an Döring schrieb.

ein Heft [...] im Briefwechsel steht]

In seiner Gedichtsammlung *Prothanasia, and other Poems* (London 1839) nimmt der unter dem Namen Thomas Wade schreibende englische Dichter Wade Lavender in einem Text Bezug auf den Tod Karoline von Günderrodes, den Bettine von Arnim in *Goethe's Briefwechsel mit einem Kinde* thematisiert hatte. Ein entsprechender Hinweis auf diese Veröffentlichung erschien am 29. Juli 1839 in Nr. 146 der *Zeitung für die elegante Welt* (S. 584).

Sa:]

Gemeint ist Bettine von Arnims Schwager Friedrich Carl von Savigny.

famosen Brief des Müfling von Kranichen]

Am 4. November 1839 teilt Bettine von Arnim ihrem Schwager Savigny mit, sie habe „einen Brief" des preußischen Staatsratspräsidenten Philipp Friedrich Ferdinand *Carl* von Müffling „gelesen, wo er die beiden Grimm mit Kranichen vergleicht und das Volk mit Fischen, nach denen sie schnappen, und noch allerlei lächerlich Zeug durcheinander"; das Handeln der Brüder habe er dabei als „Majestätsverbrechen" (Schellberg/Fuchs, S. 272) bezeichnet.

BRIEF 64

Bettine von Arnim an Julius Döring,
Bärwalde, 13.2.1840
Handschrift (Druckvorlage): FDH, Hs-14918.

Auf der ersten Seite oben links nachträglich durch Bettine von Arnim mit Tinte beziffert: „34."

das 5te schiefe Eck meiner Thurmstube]
Eine ebenfalls nicht erhaltene Zeichnung Bettine von Arnims.

am 18ten 19ten trift mich ein Brief in Berlin]
Wie den Erinnerungen der Tochter Maxe zu entnehmen ist, reisten Bettine von Arnim und ihre drei Töchter erst „am 20. Februar" (Werner, S. 72) zurück in die preußische Hauptstadt.

BRIEF 65

Julius Döring an Bettine von Arnim,
Wolmirstedt, 11., 17. und 18.2.1840
Handschrift (Druckvorlage): FDH, Hs-14952 und Hs-14953,1-3 (Nachlass Forbes-Mosse); die beigelegten Gedichte finden sich auf insgesamt drei verschiedenfarbigen, vertikal gefalteten Blättern: „Dir, o Liebe [...]" und „Thu' hinweg [...]" (Hs-14953,1), An Deutschland (Hs-14953,3), 1. und 2. (Hs-14953,2).

blühende Hyacinthen [...] weiße Hyacinthe]
Siehe Brief 30 und Anm. zu Brief 15 und Brief 36.

ist Philipp [...] zum Besuche gewesen]
Über seinen Besuch berichtete Nathusius in zwei Briefen an Bettine von Arnim. Am 12. Februar schrieb er ihr: „Meinen Nebenbuhler bei Dir in W.[olmirstedt] habe ich vor einigen Tagen besucht; er steckt aber so in seiner Familie drinnen, daß man ihn gar nicht habhaft werden kann ohne irgend eine Störung. Überdem ist er eine so zurückhaltende Natur, daß mit der herzlichsten Mühe, die ich mir gegeben habe, wir im Verständniß nicht viel weiter gekommen sind. Es gehört wohl eine Natur wie die Deinige dazu, um ihn aus allen Winkeln, worin er seine Seele sitzen hat, hervorzuholen" (IP II, S. 312) Ein weiteres Mal kam er am 11. April auf die Begegnung zu sprechen: „Ich wünsche ernstlich mich ihm [= Döring] zu nähern, und machte deshalb den Versuch [...]. Er hatte nicht Geistesgegenwart genug, um uns von seiner Umgebung loszumachen, worüber wir fast die ganze Zeit verloren, und als ich ihn endlich nahm und mit ihm hinaus in den Regen und ins Gasthaus ging, kamen wir auch nicht viel weiter. – Ich gebe es drum doch nicht auf; ich will ihm gern Alles sein was ich kann, und mir von ihm beibringen lassen was ich

kann, aber ich fürchte allerdings nach dieser Begegnung: unsere Naturen passen nicht sehr zusammen." (IP II, S. 322f.)

Ich hatte ihm [...] zu mir kommen.]

Der nicht erhaltene Brief muss vor dem 9. Dezember verfasst und abgeschickt worden sein, denn an diesem Tag teilt Nathusius Bettine von Arnim mit: „Ilius habe ich auch noch nicht besuchen können." (IP II, S. 229)

Autorenmiene]

Dieser Ausdruck findet sich bereits in der Literatur des 18. Jahrhunderts; vgl. Gottlieb Wilhelm Rabeners Satiren. Vierter Theil. Carlsruhe 1781 (= Sammlung der besten deutschen prosaischen Schriftsteller und Dichter 14), S. 307.

Mein Vater]

Siehe Anm. zu Brief 22.

Eindruck von - Quecksilber]

Nicht wenige von Bettine von Arnims Zeitgenossen teilten diese Einschätzung. So beschrieb David Friedrich Strauß sie am 16. Januar 1843 in einem Brief an seinen Bruder als „ein kleines Figürchen wie Quecksilber" (Ausgewählte Briefe von David Friedrich Strauß. Hrsg. und erläutert von Eduard Zeller. Bonn 1895, S. 145), und ihr Mitarbeiter Rudolf Baier hob die „quecksilberne Rührigkeit" (Bettina von Arnim und Rudolf Baier. Unveröffentlichte Briefe und Tagebuchaufzeichnungen. Hrsg. von Kurt Gassen. Greifswald 1937 [= Aus den Schätzen der Universitätsbibliothek zu Greifswald 11], S. 19) seiner Auftraggeberin hervor.

Ph. sagte, [...] gefühlt]

Über sein latentes Unbehagen beim Umgang mit Bettine von Arnim notiert Nathusius schon im Herbst 1839 in sein Tagebuch: „Soviel ich mit ihr zu tun habe, soviel meine Gedanken an ihr klauben und suchen, bleibt sie mir doch immer ein seltsames Wunder, mit dem ich nie weiß, was anzufangen ... Immer ist's mir eine Art Pein und Mühe zugleich mit der Lust, mit ihr umzugehen ... Ich weiß nicht, ist es das Einförmige oder das Phantastisch-Unwahre ihrer Auffassungsweise, was mir nicht genügt? ... Ihre höchsten Liebesbezeugungen lassen einen unberührt, weil man sieht, sie gelten nur ihrer eigenen Phantasie, [...] sie spielt wie mit einer Puppe mit einem." (Bettina von Arnims Sämtliche Werke. Hrsg. mit Benutzung ungedruckten Materials von Waldemar Oehlke. Bd. 5: Ilius Pamphilius und die Ambrosia. Berlin 1920, S. 6f.)

Lebensbeschreibung [...] Philippine Engelhard]

Magdalene *Philippine* Engelhard geb. Gatterer war das dritte Kind des Professors für Reichshistorie und Diplomatik Johann Christoph Gatterer und seiner Frau Helene Barbara geb. Schubart. Sie wuchs in Göttingen auf und gehörte zu jener Gruppe von Professorentöchtern, die als „Universitätsmamsellen" Bekanntheit erlangten. 1780 heiratete sie den Geheimen Rat und Direktor des kurhessischen Kriegskollegiums Johann

Philipp Engelhard und zog nach Kassel; vgl. Anm. zu Brief 51. Schon in jungen Jahren erschienen Gedichte von ihr im Druck, aber auch während ihrer Ehe blieb sie schriftstellerisch tätig. In Kassel stand sie u.a. in Kontakt mit den Grimms; vgl. Sieglinde Bandoly: Die Familie Nathusius und die Brüder Grimm. In: Jahresschrift des Kreismuseums Haldensleben 32 (1992), S. 73–88.
Wie aus Nathusius' Tagebuch hervorgeht, „sprachen" er und Bettine von Arnim schon beim ersten Zusammentreffen am 20. Oktober 1835 „von seiner Großmutter, der Dichterin Philippine" (Bettina von Arnims Sämtliche Werke, Bd. 5, a.a.O., S. 3); beide Frauen waren einander auch persönlich begegnet. Am 24. Januar 1840 teilt Nathusius Bettine von Arnim dann mit: „Ich habe mich heute kurz entschlossen, dem wiederholten Wunsche meiner Verwandten nachzukommen und das kleine Werk aus meiner Großmutter schriftlichem Nachlaß und ihrem Leben für die Familie zusammenzuschreiben" (IP II, S. 292). Veröffentlicht wurde dieser Text jedoch nicht. Eine gedruckte Biografie Philippine Engelhards stellte erst Nathusius' Sohn *Martin* Friedrich zusammen: Eine deutsche Dichterin vor 100 Jahren. Aus dem Leben unserer Groß- und Urgroßmutter Philippine Engelhardt, geb. Gatterer. In: Allgemeine konservative Monatsschrift für das christliche Deutschland, Nr. 8, Oktober 1888, Januar und Februar 1889, S. 821 (Separatdruck: Leipzig 1890). Bettine von Arnim sah Gatterer als „burlesken Charakter" an, der sich deshalb herausgebildet habe, weil „das Großartige Fesseln tragen muß, die der gemeine Mensch nicht bemerkt" (IP II, S. 304). Um einen solchen Personentypus erfassen zu können, solle Nathusius den Darstellungsfokus nicht auf seine Großmutter allein richten, sondern besser „eine Charakteristik mehrerer Frauen geben" (IP II, S. 305), darunter Anna Louisa Karsch und Sophie von La Roche. So ergäbe sich „ein Abdruck der weiblichen Bahn jener Literatur-Epoche" (IP II, S. 305f.).

Bildchen […] deines Zimmers]

Da Bettine von Arnim diese beiden Zeichnungen ihrem Brief offenbar separat beigelegt hat, blieben sie nicht erhalten.

Müllnerschen Fatum]

Der promovierte Jurist Amandus Gottfried *Adolph* Müllner, der in späteren Jahren sehr erfolgreich als Schauspieler, Dramaturg und Bühnendichter tätig war, verfasste – im Anschluss an Zacharias Werners weithin bekannt gewordenes Melodram *Der vierundzwanzigste Februar* (1808) – diverse Schicksalstragödien, darunter *Der neunundzwanzigste Februar* (1812), *Die Schuld* (1816) und *König Yngurd* (1817). Der Protagonist des letztgenannten Dramas diente Döring als Bezugsfigur für sein Pseudonym „Ingurd"; vgl. Anm. zu Brief 1 und Nachwort.

Da muß ich […] Himmel trösten.]
In *Goethe's Briefwechsel mit einem Kinde* findet sich eine Passage, in der Bettine von Arnim mit unverkennbarer Ironie den naiven Jenseitsglauben von Goethes Mutter schildert. Catharina Elisabeth Goethe habe sich demnach „einen wohlgepolsterten, aufgeputzten Himmel" vorgestellt: „deine Mutter […] glaubt, daß dort alles, was uns auf Erden Freude gemacht hat, in erhöhtem Glanz sich wieder finde; ja […] behauptet [sogar], ihr verblichnes Hochzeitkleid von blaßgrüner Seide mit Gold- und Silberblättern durchwirkt und scharlachrotem Samtüberwurf, werde dort ihr himmlisches Gewand sein" (Werke und Briefe, Bd. 2, S. 176).

Die Stimme […] drüben herüber]
Anspielung auf den gallischen Hahn und die politischen Umwälzungen, die sich mit der Französischen Revolution (1789) und der Julirevolution (1830) jenseits des Rheins ereignet haben.

Doppelte Adler]
Es ist unklar, worauf Döring hier anspielt. Als Emblem des Kaisers war der Doppeladler das heraldische Erkennungszeichen des 1806 erloschenen Heiligen Römischen Reichs deutscher Nation. Seit 1804 verwendete auch das Kaisertum Österreich den Doppeladler als Wappentier.

Dulder Prometheus]
In der griechischen Mythologie entwendet der dem Geschlecht der Titanen entstammende Prometheus den Göttern das Feuer und bringt es den Menschen. Darauf wird er auf Befehl des Göttervaters Zeus an einen Felsen im Kaukasus gefesselt. Da ein Adler regelmäßig von seiner Leber frisst, die immer wieder nachwächst, gilt Prometheus als heroisch Leidender. Erst nach langer Zeit erlöst ihn Herakles von dieser Qual, indem er den Adler erlegt. Schließlich wird Prometheus von Zeus begnadigt und erlangt seine Freiheit zurück.

der Hebe Schaale]
Die Zeus-Tochter Hebe ist in der griechischen Mythologie die Göttin der Jugend. Als Mundschenk der Götter reicht sie ihnen Nektar und Ambrosia. Auch hat sie die Macht, Menschen eine neue Jugend zu schenken.

BRIEF 66
Julius Döring an Bettine von Arnim,
Wolmirstedt, 15.3.1840
Handschrift (Druckvorlage): FDH, Hs-14954
(Nachlass Forbes-Mosse).

Auf der ersten Seite oben rechts nachträglich durch Bettine von Arnim mit Tinte bemerkt: „15 März 1840".

erobern]
Hier – nach älterem Sprachgebrauch – im Sinn von: erübrigen.

BRIEF 67
Bettine von Arnim an Julius Döring,
Berlin, 3.4.[1840]
Handschrift (Druckvorlage): FDH, Hs-14919
(Nachlass Forbes-Mosse).
Adresse: „Dem Herrn/Herrn Julius Doering/
Wohlgeboren/Volmirstädt/bei Magdeburg".
Zusätze: „hiebei ein Pakett mit gedruckten Sachen bez:
J. D:"; „frei". Poststempel: „BERLIN 3/4", „7/[4]"

Auf der ersten Seite oben links nachträglich durch Bettine von Arnim mit Tinte beziffert: „35."

Ich bin nicht […] meine Kinder zu begleiten]
Vgl. Anm. zu Brief 63. Die Initiative zur Einführung der Arnim-Töchter Maximiliane (genannt Maxe) und Armgart in die höfische Gesellschaft war von Bettines Schwester Gunda ausgegangen, die am 1. Oktober 1839 – als Bettine selbst auf Reisen war – mit ihrem Mann Friedrich Carl von Savigny von Dresden kommend in Bärwalde eintraf. Maxe berichtet darüber rückblickend: „Nach dem Essen ging Tante Gundel mit uns auf unser Stübchen und begann: ‚Maxe, du vollendest nun bald schon dein zwanzigstes Jahr. Da ist es die höchste Zeit, daß ihr bei Hofe vorgestellt werdet und in die Gesellschaft geht. Alle Welt wartet darauf und wundert sich, daß ihr nicht schon im vorigen Jahr ausgegangen seid. […] Aber eure Mutter will ja nicht und möchte am liebsten den ganzen Winter hier arbeiten. Da wir sie doch nicht dazu bringen, zu Hofe zu gehen, habe ich mich entschlossen, euch dort einzuführen […]. Nun ist es an euch, die Mutter zu bereden, daß sie einwilligt." (Werner, S. 71f.) Weihnachten stimmte Bettine von Arnim dem Vorhaben endlich zu; am 26. Dezember schreibt sie an ihre Schwester Gunda: „Die Kinder lasse ich in Gesellschaft gehen, sowie ich durch eigne Anstrengung soweit gelangt sein werde, um selbst die Kosten zu bestreiten." (Schellberg/Fuchs, S. 315) Sie selbst sei, wie sie mit ironischen Worten ergänzt, froh darüber, „der unerträglichen Winterhitze der Berliner Gesellschafts- und Ballhundstage zu entgehen" (ebd.). Wie die Einführung in die Hofgesellschaft genau erfolgte, geht aus einem Brief Gundas vom 14. März 1840 an ihren Bruder Georg hervor: „Da ich weiß, welch[en] […] Anteil Du an Max und Armgart nimmst, will ich Dir heute über ihren Succès bei ihrem ersten Auftreten in der großen Welt erzählen […]. Da Bettine nicht zu bewegen war, ihre Töchter selbst bei Hofe zu präsentieren, mußte ich das übernehmen. leider kamen sie erst gegen Ende des Karnevals [am 20. Februar] von Bärwalde herein, aber ich war froh, daß sie überhaupt kamen, weil damit das ewige Fragen nach ihnen […] aufhörte. Denn es hatte sich schon seit zwei Jahren der Ruf ihrer Liebenswürdigkeit und der Anmut ihrer Erscheinung bei

Hof und in der Gesellschaft verbreitet, so daß man begierig war, sie zu sehen.“ (Werner, S. 79) Ihr erster Auftritt fand am 1. März, dem „Sonntag vor Fastnacht“ (ebd.), auf dem Fest von Prinz Wilhelm, dem Bruder des Königs statt. „Am folgenden Tag war der Ball beim Kronprinzen [...]. Den nächsten Tag, am mardi gras, war dann der wirklich glänzende Kostümierte Ball bei Prinz Wilhelm Sohn. [...] Nun hatten wir einige Tage Ruhe, bis wir am elften zu einer Soirée beim König befohlen wurden [...]. Gestern war wieder Ball bei Prinz August“ (ebd., S. 80).

Toiletten-berichtigungen [...] Putz]

Bettine von Arnims Tochter Maxe berichtet darüber in ihrem Tagebuch: „Große, endlose Toilettenberatungen zwischen Mutter und Tante. Tante will alles möglichst schön und bietet die kostbaren Gewänder, die sie [...] aufbewahrt, an. Die Mutter weist das zurück und will alles möglichst einfach.“ (Werner, S. 73) Bettine von Arnim setzte sich dabei mit ihren Vorstellungen durch und trug so nicht unwesentlich zum Erfolg der Töchter bei Hof bei. Maxe notiert in diesem Zusammenhang: „Daß unsere Mutter in allem ein Genie ist, zeigte sich in der allgemeinen Bewunderung, die mitten unter all [den] [...] prächtigen Kostümen unser doch ganz einfacher Anzug fand.“ (Ebd., S. 77f.)

Bleib mir doch.]

Gleich das erste Schreiben Bettines im *Günderode*-Buch endet mit diesen Worten (vgl. Werke und Briefe, Bd. 1, S. 300).

BRIEF 68

Julius Döring an Bettine von Arnim,
Wolmirstedt, 15.4.1840
Handschrift (Druckvorlage): FDH, Hs-14955 und 14978 (Nachschrift und Gedicht) (Nachlass Forbes-Mosse).

Stadt, die auf Sand gebaut]

Da Berlin in einem Urstromtal liegt, besteht der Untergrund der Stadt überwiegend aus sandigen und kiesigen Sedimenten. Indem Döring hier aber ein Bibelzitat aus der Bergpredigt (vgl. Mt 7, 24–27) gebraucht, hebt er die Hohlheit und Vergänglichkeit des Lebens in der preußischen Hauptstadt hervor.

schlotternden Geistesstaat]

Seit Gründung der Berliner Universität (1810) reklamierte Preußen die Rolle eines Reformstaats für sich, der Bildung, Kunst und Wissenschaft einen hohen Stellenwert einräumt. Diesen Anspruch erneuerte Friedrich Wilhelm IV. nach seiner Thronbesteigung mit der Berufung zahlreicher Gelehrter, Künstler und Schriftsteller und ausgeprägtem kulturpolitischen Engagement.

BRIEF 69

Bettine von Arnim an Julius Döring,
Berlin, [Ende April und] 25.5.1840
Handschrift (Druckvorlage): FDH, Hs-14920
(Nachlass Forbes-Mosse).

Auf der ersten Seite oben links nachträglich durch Bettine von Arnim mit Tinte beziffert: „36."

wie ich [...] aufrecht zu erhalten suche]

Wohl eine Anspielung auf die schwierige Lage des den Brüdern Grimm gegenüber grundsätzlich sehr wohlwollend eingestellten preußischen Kronprinzen. Am 22. April hatte Bettine von Arnim in dieser Angelegenheit einen Brief mit nicht weniger als drei Beilagen an ihn geschickt. Er antwortete darauf am 15. Mai und gab ihr zu verstehen, dass er „seit Jahren [...] wiederholt den Wunsch geäußert" (Püschel, S. 62) habe, die Grimms nach Berlin zu berufen. In diesem Schreiben ersucht er sie auch inständig darum, über die Angelegenheit „Schweigen" zu bewahren und dafür zu sorgen, „daß Niemand davon erfahre" (ebd.). Der Hinweis Bettine von Arnims, dass Döring „verschwiegen" sei und er „selbst das Rauschen eines Blattes das der Wind zufällig an" ihm „vorüberführt, nicht verrathen" würde, mutet wie eine versteckte Anspielung darauf an.

Der zweite Band [...] nachfolgen.]

Im Mai war der erste Band der *Günderode* erschienen, der zweite Band wurde Ende Juni ausgeliefert.

es den Studenten zugeeignet]

Die Widmung des *Günderode*-Buchs lautet „Den Studenten" und ist formuliert als umfangreicher Handlungsappell an *„Deutschlands Jüngerschaft"*, die aus *„Hermanns Geschlecht"* (Werke und Briefe, Bd. 1, S. 297) stamme und der deshalb eine heroische Aufgabe zukomme. Bettine von Arnim zitiert darin mehrfach Formulierungen aus dem bei Burschenschaftlern beliebten Lied *Landesvater* („Alles schweige! Jeder neige ..."), das bei Zeremonien zur Huldigung von Vaterland, Regent, Hochschule und studentischer Verbindung gesungen wurde. Vgl. Brief 1 und 2.

BRIEF 70

Julius Döring an Bettine von Arnim,
Wolmirstedt, 24.6.1840
Handschrift (Druckvorlage): FDH, Hs-14956
(Nachlass Forbes-Mosse).

„die Götter durchwandeln["]]

Siehe Brief 41.

`olympischem Wettlauf]`
Bei den antiken Olypischen Spielen war anfangs der Wettlauf über die Distanz des Stadions (600 Fuß, d.h. knapp 200 Meter) die einzige Sportart. Später gab es mehrere Laufwettbewerbe: den Kurzstreckenlauf, den sog. Doppellauf über die zweifache Entfernung der Kurzstrecke und den Langstreckenlauf (20- oder 24-mal die Kurzstrecke).

`Prometheus]`
Siehe Anm. zu Brief 65.

`Miethlinge]`
Diese Bezeichnung für jemanden, der für Lohn arbeitet, erhielt durch Luthers Bibelübersetzung (Joh. 10, 11–13) die pejorative Bedeutung des gedungenen Knechts bzw. „des eigennützigen bediensteten, dem es um den lohn, nicht um treue arbeit zu thun ist" (Jacob Grimm/Wilhelm Grimm: Deutsches Wörterbuch. Bd. 6. Bearbeitet von Moriz Heyne. Leipzig 1885, Sp. 2181).

`der alte König […] zur Ruhe legt]`
Friedrich Wilhelm III. war nach längerer Krankheit am 7. Juni gestorben.

`der König des jungen Geschlechts]`
Da der neue preußische König Friedrich Wilhelm IV. verschiedentlich hatte erkennen lassen, dass er die politische Stagnation, die unter der Regentschaft seines Vaters eingetreten war, durchbrechen werde und zukunftsorientiert zu handeln gedenke, verbanden weite Teile der Bevölkerung mit seiner Thronbesteigung große Hoffnungen.

`die Marken]`
Gebiete bzw. Grenzen.

`Naumburg]`
Die preußische Provinz Sachsen verfügte über insgesamt drei Oberlandesgerichte: eines in Magdeburg, eines in Halberstadt und eines in Naumburg.

`Seine Schwester […] verloren.]`
Philipp Nathusius hatte fünf Brüder und zwei Schwestern. Seine ältere Schwester *Luise* Philippine, genannt Lulu, war seit 1833 mit dem Arzt und Botaniker Carl Georg *Ludwig* Pfeiffer, genannt Louis, verheiratet und lebte in Kassel. Nachdem schon ihr erster Sohn Paul im Säuglingsalter gestorben war, wurden auch die beiden Töchter nur wenige Jahre alt; Anna starb am 29. Mai, Maria am 1. Juni. Die Ortsangabe „M." bezieht sich auf Magdeburg. Über den Verlust war Bettine von Arnim bereits durch Nathusius selbst unterrichtet, der ihr am 8. Juni geschrieben hatte: Vor kurzem „bekam meine jüngste Schwester [= *Johanne* Philippine Nathusius] das Scharlachfieber, und gleich darauf die zwei herrlichen Kinder meiner älteren Schwester, die eben von Kassel zum Besuch gekommen war, und starben beide wenige Tage nacheinander, die verwaiste Mutter ist noch hier, die jüngere Schwester ist zwar wieder auf der Genesung,

aber das Alles hat unser Haus in eine große Bestürzung gesetzt" (IP II, S. 325). Das Ehepaar Pfeiffer ließ sich am 24. April 1841 scheiden. Johanne Nathusius, die – wie sich herausstellte – außer Scharlach auch noch an Flecktyphus erkrankt war, litt zeitlebens an den Folgeschäden dieser Infektionen.

Nicht ein Lüftchen [...] niederschaut.]
Das Gedicht erschien später unter der – auf eine oft zitierte Stelle in Homers *Ilias* rekurrierenden – Überschrift *Εἷς κοίρανος ἔστω* (*Eis koiranos esto* – Einer sei Herrscher) in: Deutscher Musenalmanach für 1841. Hrsg. von Th.[eodor] Echtermeyer und Arnold Ruge. Berlin 1841, S. 312–314.

BRIEF 71
Bettine von Arnim an Julius Döring,
Berlin, 29.6.1840
Handschrift (Druckvorlage): FDH, Hs-14921 (Nachlass Forbes-Mosse). Druck: Vordtriede, S. 470–475; Werke und Briefe, Bd. 4, S. 413–418.
Adresse: „Dem Herrn / Herrn Julius Döhring / Wohlgeboren / Wolmirstädt / bei Magdeburg"; [Zusatz:] „frei"; Poststempel: „BERLIN 30/6".

Auf dem ersten und zweiten Blatt oben links nachträglich durch Bettine von Arnim mit Tinte beziffert: „*37.*" bzw. „*38.*"

Die Philosophie der Könige [...] geboren!]
Diese Aussage Bettine von Arnims kann als „die Keimzelle zu ihrem späteren Königsbuch" (Vordtriede, S. 486) angesehen werden.

„Besen, Besen, seis gewesen!"]
Zitat aus Goethes Ballade *Der Zauberlehrling* (1797). Mit der Formel „In die Ecke,/ Besen! Besen!/ Seyds gewesen." beendet der Zaubermeister die vom Lehrling mutwillig in Gang gesetzte Beschwörung der „Geister".

„Wenn doch [...] Rumpelstützchen hies!"]
Anspielung auf die in den *Kinder- und Haus-Märchen* der Brüder Grimm enthaltene Geschichte von Rumpelstilzchen, in der die gleichnamige gnomenhafte Gestalt vor Freude auf einem Bein tanzt und dabei ausruft: „heute back ich, morgen brau ich,/ übermorgen hohl ich der Frau Königin ihr Kind,/ ach wie gut ist, daß niemand weiß,/ daß ich Rumpelstilzchen heiß!" (Berlin 1812, S. 255)

Wilhelm Meister]
Unklar, ob Bettine von Arnim Goethes Roman *Wilhelm Meisters Lehrjahre* (1795/96) oder die – erzähltechnisch deutlich davon abweichende Fortsetzung – *Wilhelm Meisters Wanderjahre* (1829) meint. Eine psychologische Erkundung von Individualität, worauf die Formulierung „Heimli-

ches Seeleninteresse" deutet, findet sich eigentlich nur in erstgenanntem Werk.

Voigt]

Der Historiker Nicolaus (auch: Niklas) Vogt lehrte von 1784 bis 1792 als Professor für Geschichte an der Universität Mainz und war ab 1797 als Leiter des Schulwesens und kurfürstlicher Bibliothekar in Aschaffenburg tätig. „Seit 1806 war" er „der engste publizistische Mitarbeiter des Fürstprimas von Dalberg" (Werke und Briefe, Bd. 1, S. 1136). Bettine Brentano dürfte Vogt 1806 oder im Jahr darauf kennengelernt haben und kommt im Juli 1807 in einem Brief an Ihren Bruder Clemens näher auf ihn zu sprechen. Darin zeigt sie sich nicht nur überzeugt, dass „er gut ist", sondern hält ihn auch „für ganz würdig mein Spielcamerad zu sein", weil „er mit Vergnügen meinen Kindereien [...] Gespräche und Gesellschaften aufopferte" (Bettina von Arnim: Briefe an Clemens Brentano, a.a.O., S. 38).

In *Goethe's Briefwechsel mit einem Kinde* wird Vogt lediglich kurz erwähnt, aber im *Günderode*-Buch gestaltet Bettine von Arnim ihn zu einer Gestalt mit „eigenthümlichem Charackter" aus. Er fungiert dort als wichtiger Gesprächspartner für die junge Frau, mit dem sie gerne „politisiert" (Werke und Briefe, Bd. 1, S. 348): „ich [...] fühl mich sehr geehrt, daß er mir gern das ernste Große seines Geistes darlegt, ich hör ihm begierig zu" (Werke und Briefe, Bd. 1, S. 349). Dass diese Schilderungen weitgehend erst nachträglich erfunden worden sind, haben bereits Zeitgenossen bemerkt. So weist etwa Fritz Schlosser in seiner Besprechung auf die zahlreichen „Anachronismen und Verstöße gegen die geschichtliche Wirklichkeit und Möglichkeit" in der *Günderode* hin: „Der selige Niklas *Vogt* (im Roman *Voigt*) kam erst durch den Fürsten Primas, also nach dem Tode der Fräulein v. Günderrode, nach Frankfurt, und in ein amtliches Verhältnis zum dortigen Schulwesen; in der reichsstädtischen Periode hätte er, als Fremder und Katholik, daselbst gar kein Amt bekleiden können. Nicht nur aber hat er das Fräulein v. Günderrode nie gesehen, nie irgendwie mit ihr in Verbindung gestanden, sondern, *wie seine Freunde aus seinen mündlichen Erzählungen wissen*, auch der Anfang seiner Bekanntschaft mit Bettinens Familie und mit Bettina selbst fällt erst in die Periode nach dem Tode der Dichterin." ([Fritz Schlosser:] Bettina's neuester Roman. In: Beilage zur Allgemeinen Zeitung, Nr. 303, 29. 10. 1840, S. 2410f., hier: S. 2411)

was er mir sagte [...] Zeichen der Verwandschaft]

Am 8. Juni hatte Nathusius begeistert über die Lektüre des ersten Teils der *Günderode* geschrieben: „Wir [= Nathusius und sein Hauslehrer Carl Julius Elster] gingen in der Abendsonne am Teich [...] auf und ab und lasens Einer dem Andern vor. Laut muß mans lesen, die Melodieen der Sprache thun da erst ihre Wirkung [...]. – Den ganzen folgenden Tag noch haben wir so darauf verwandt [...]. Ich dankte Dirs im Herzen als ob es für mich geschrieben wäre. Wie muß es aber Alle, die den Genius oder Dämon in Dir lieben gelernt haben, freuen, ihm so in seiner Entwickelung darin folgen zu können [...] – Wie bin ich begierig auf den zweiten Theil." (IP II, S. 327–329)

`die Kurfürstin von Hessen]`

Prinzessin Christine Friederike *Auguste* von Preußen, eine Schwester Friedrich Wilhelms III., hatte 1797 den Landgrafen und späteren Kurfürsten Wilhelm II. von Hessen-Kassel geheiratet, der 1831 die Regierungsgeschäfte seinem Sohn *Friedrich* Wilhelm übertrug und seitdem in Hanau und Frankfurt residierte. Sie selbst lebte seit 1815 in von ihrem Mann getrennt abseits des Hofes und versammelte zahlreiche Politiker und Intellektuelle um sich, darunter die Brüder Grimm. Es ist unklar, ob Bettine von Arnim ihr ein Exemplar der *Günderode* geschickt hat oder ob diese das Buch durch die Grimms erhielt. Schon am 12. Juni hatte Jacob Grimm nachgefragt: „Die Kurfürstin wird dieser Tage nach Gastein ins Bad reisen. Werden Sie ihr das Buch zusenden? Es ist so viel von ihr aus alter Zeit die Rede darin und auf keine Weise die ihr mißfallen kann." (Schultz, S. 159) Wilhelm Grimm kündigte dann am 4. Juli an: „Der Kurfürstin will ich Ihr neues Buch das sehr hübsch von ihr erzählt, geben, wenn sie von Gastein zurück ist, wohin sie vor einigen Wochen abgereist ist." (Schultz, S. 165) Am 29. Oktober berichtet er schließlich: „Die Kurfürstin fragt mich oft nach Ihnen. Ihr neues Buch, sagte sie, wäre schon, während Ihres Aufenthalts in Gastein dorthin gekommen und viel gelesen worden." (Schultz, S. 181)

`der Kronprinz [...] hat mir geantwortet]`

Kronprinz Friedrich Wilhelm bedankte sich am 23. Mai für die Übersendung eines Vorabexemplars des *Günderode*-Buchs und kündigte an, dass er es „verschlingen" (Püschel, S. 65) werde.

`Ingenium]`

(Lat.) Natürlicher Verstand, Geist, Genie.

`Der Jacob Grim [...] Herzen laben."]`

Zitat aus Jacob Grimms Brief an Bettine von Arnim vom 12. Juni. Nach dem Erhalt des zweiten Teils schrieb Wilhelm Grimm dann am 9. September: „Wie frisch, wie unmittelbar, wie anregend ist alles darin." (Schultz, S. 172)

`Plan [...] Schauspiel]`

Nicht bekannt. Wenige Monate zuvor hatte Bettine von Arnim Nathusius Material zur Ausarbeitung dramatischer Texte geschickt: So heißt es in ihrem Brief vom 2. Februar 1840: „Die Bücher will ich Dir gern schicken, wenn Du glaubst Vortheil davon zu ziehen. Dictionaire Théater italien, sechs Bände, enthält Pläne von Lustspielen und Burlesken und Paraden. Das Meiste ist blos Verzeichniß [...]. Ich glaube daß Du vielleicht Anregung hast zum Komischen, so würden Dir diese Bücher eine Übersicht geben können von der Ausdehnung solcher Pläne. Vielleicht sind Dir ein paar Bände genug um Dir eine Idee davon zu geben.“ (IP II, S. 302f.)

BRIEF 72
Julius Döring an Bettine von Arnim,
Wolmirstedt, 2. und 4.7.1840
Handschrift (Druckvorlage): FDH, Hs-14957
(Nachlass Forbes-Mosse).

pythische Priesterin […] delphischen Höhle]
Siehe Anm. zu Brief 8.

kastalische Quell]
Die am Fuß des Berges Parnassos bei Delphi entspringende Quelle erhielt ihren Namen von der mythischen Nymphe Kastalia, die sich auf der Flucht vor dem um sie werbenden Apollon in das Wasser gestürzt hat. In der Antike war die Quelle deshalb Apollon und den Musen geweiht; ihr Wasser sollte die Gabe zu dichten verleihen.

der Apollheilige Baum]
Tempel und Heiligtümer, die dem griechischen Gott Apollon geweiht waren, wurden mit Lorbeer geschmückt und mit Besen aus zusammengebundenen Lorbeerzweigen gereinigt. Die Priesterin Pythia verkündete ihre Orakelsprüche, während sie ein Lorbeerblatt im Mund hatte.

Himmelstiege […] im Munde verdreht]
Im 1. Buch Mose der Bibel findet sich die Geschichte des Turmbaus zu Babel (Gen 11,1–9). Darin wird berichtet, wie die Menschen nach der Sintflut eine Stadt gründen und dabei beginnen, einen Turm zu errichten, der bis in den Himmel reicht. Für Gott ist das ein Zeichen von Hybris, deshalb „verwirrt“ er die Sprache, so dass „keiner mehr“ den „anderen versteht“, und „zerstreut“ die Menschen über die ganze Erde.

Demant]
Diamant (abgeleitet vom altfrz. „demande“).

die Günderode der Johannes Eurer Religion]
Bettine Brentano und Karoline von Günderrode entwickeln in ihrem – auf weite Strecken fingierten – Briefwechsel die Vorstellung einer „Schwebe-Religion“ (Werke und Briefe, Bd. 1, S. 449). Der jüdische Bußprediger Johannes (Beiname: der Täufer) gilt als Prophet der Endzeit und Wegbereiter Jesu Christi.

Apostel Paulus […] furchtlosen Rede]
Vgl. Anm. zu Brief 43. Döring verzerrt hier Paulus' Wirken in einem entscheidenden Punkt, unterschiebt er ihm doch eine judenfeindliche Tendenz. Zwar ist richtig, dass Paulus als Missionar das Evangelium immer erst den Juden und dann den Heiden predigte, gewalttätig war er vor

seiner Bekehrung aber nur gegen Christen, nicht gegen Juden, war er doch selbst jüdischer Abstammung.

BRIEF 73
Bettine von Arnim an Julius Döring,
Berlin, 15.7.1840
Handschrift (Druckvorlage): FDH, Hs-14922
(Nachlass Forbes-Mosse).

Auf der ersten Seite oben links nachträglich durch Bettine von Arnim mit Tinte beziffert: „39.“ Auf der ersten Seite oben rechts nachträglich von unbekannter Hand mit Bleistift beziffert: „3“, darüber geschrieben „2“.

ich muß [...] schweigen]
Siehe Anm. zu Brief 69.

BRIEF 74
Julius Döring an Bettine von Arnim,
Wolmirstedt, 4., 7. und 9.8.1840
Handschrift (Druckvorlage): FDH, Hs-14958
(Nachlass Forbes-Mosse).

Drachenzähne säet [...] zu erzeugen]
In der griechischen Mythologie befiehlt die Göttin Athene dem phönizischen Königssohn Kadmos, die Zähne eines von ihm erlegten Drachen im Erdboden zu vergraben. Daraus erwachsen bewaffnete Männer, die sich gegenseitig bekämpfen, bis nur noch fünf von ihnen übrig sind. Mit ihnen erbaut Kadmos eine Stadt, das spätere Theben. Ovid erzählt diese Geschichte im dritten Buch seiner *Metamorphosen* und gibt dazu folgende Auslegung: „diß heisset recht Schlangen-Zähne aussäen, wann man sich selbst Feinde verursacht“ (P. Ovidii Nasonis Metamorphosis Oder Sinnreicher Gedichte von Verwandlungen. Erster Theil Enthaltend die sieben Ersten Bücher [...] mit Lehr-reichen [...] Anmerckungen [...]. Nürnberg 1698, S. 45).

dolce far niente]
(Ital.) Süßes Nichtstun.

in Betrachten [...] zu mir gesprochen]
In der Tat lässt sich die Widmung „Den Studenten“ als Reaktion auf Dörings Bedauern darüber verstehen, dass Bettine von Arnim ihr Erstlingswerk *Goethe's Briefwechsel mit einem Kinde* nicht der „deutschen Jugend“ (Brief 1) zugeeignet hat.

Stellen [...] zu mir hatten]
Nicht allein der Widmungstext der *Günderode* mutet wie ein direkter Appell an Döring an, bestimmte Formulierungen im Buch könnten sogar

versteckte, zitatähnliche Anspielungen auf Stellen in seinen Briefen und Gedichten sein; vgl. Anm. zu Brief 37. Gezielt mit Blick auf die jugendliche akademische Leserschaft geschrieben sind vor allem jene Passagen, die vom Leben der Marburger Studenten handeln. So berichtet die heranwachsende Bettine Brentano der Freundin Karoline von Günderrode davon, wie sie mit ihrer Schwester Meline dem studentischen Treiben fasziniert zusieht. Die in diesem Zusammenhang gegebene Schilderung zweier um jeweils einen Anführer gescharten Gruppen von Studenten lässt sich dabei auch auf den blonden Julius Döring und den braunhaarigen Philipp Nathusius beziehen: sie „[…] treiben sich immer eine Viertelstunde herum bis sie im Gang nach dem Kolleg verschwinden, […] indessen treiben sie lauter Übermut, […] uns machts tausend Spaß, die Liebschaft mit dem ganzen Kolleg ist im besten Gang, wir haben sie geteilt, die Meline sagt der ist mein, und ich, der ist mein, so haben wir zwei Regimenter, und ihre Balgereien werden mit großer Freude und Triumph belacht, jede Partei hat einen Hauptmann, der eine mit der roten Mütze die er nie auf dem Kopf hat sondern immer auf einen dicken Stock […] herumschwenkt ist meiner, er ist immer der erste auf dem Platz, die andern versammeln sich um ihn und hören zu was er sagt, er mag wohl das Haupt einer Burschenschaft sein; er ist so jung und schön, er ist der größte von allen, wenn er den Mund auftut kommt eine große Duftwolke heraus, die setzt sich gleich als Reif an seinen kleinen Bart mit dem er sehr groß tut, denn er zieht ihn alle Augenblick durch die Finger. Wir nennen ihn den Blonden, er hat braunes Haar, er hat aber ein so blond-sonnig Gesicht, das mit seinen roten Backen so freundlich durch den Morgennebel lacht, und dann hat er auch einen hellen Rock, der Meline ihrer heißt der Braune, der ist ganz blond aber er hat einen braunen Rock, dieser trägt eine blaue Mütze mit einer Quaste die ihm auf der Nase herumspielt, er sitzt gelassen auf der Mauer und sieht zu wenn die andern sich mit Schneeballen werfen, ringen, über einander wegspringen, dazu ringelt er sich seine blonde strahlende Phöbuslocken über die Finger; ich beneid ihn oft der Meline und wollt ihn mit einem Ansehnlichen aus meinem Regiment umtauschen, aber sie will ihn nur gegen meinen General, den Blonden, herausgeben, das will ich nicht.“ (Werke und Briefe, Bd. 1, S. 634f.)

Schlusse deiner weissagenden Zueignung]
Am Ende ihrer Widmung hebt Bettine die poetische Begabung der studentischen Jugend hervor und tröstet deren Vertreter mit den Worten: „Wenn der Philister Torengeschlecht den Stab Euch bricht, so gedenket *Musensöhne!* daß […] das Göttliche erblühe und in der Zeiten Wechsel, ein milder Gestirn schützend über Euch hinleuchte.“ (Werke und Briefe, Bd. 1, S. 297f.) Die Bezeichnung „Musensohn“ (Neues deutsches allgemeines Commers- und Liederbuch. Germania 1815, S. 53) zitiert das bei

Burschenschaftlern beliebte Lied *Landesvater* („Alles schweige! Jeder neige …"), das bei Zeremonien zur Huldigung von Vaterland, Regent, Hochschule und studentischer Verbindung gesungen wurde; vgl. Anm. zu Brief 70.

Klagelieder […] zu führen]

Döring überblendet hier die Situation der von bürgerlichen Nützlichkeitserwartungen bedrängten und seit den Karlsbader Beschlüssen (1819) staatlich überwachten sowie reglementierten Studenten mit dem Schicksal der seit der Eroberung und weitgehenden Zerstörung Jerusalems (586 v.Chr.) durch Nebukadnezar II. im babylonischen Exil in Gefangenschaft lebenden Juden, die sich nach ihrer Heimat zurücksehnen (vgl. Psalm 137).

Spielkammeraden]

Siehe Anm. zu Brief 59.

kathegorischen Imperativ]

Der Philosoph Immanuel Kant führte diesen Begriff in seiner Schrift *Grundlegung zur Metaphysik der Sitten* (1785) ein und entwickelte ihn dann ausführlich in der *Kritik der praktischen Vernunft* (1788).

vierten Gebotes]

Es lautet: „Du sollst deinen Vater und deine Mutter ehren"; Dörings Vater hat also darauf bestanden, dass er – wohl aus Kostengründen – als Auskultator am Oberlandesgericht in Magdeburg arbeitet und damit in jenem Regierungsbezirk bleibt, zu dem auch Wolmirstedt gehört.

BRIEF 75

Julius Döring an Bettine von Arnim,
Wolmirstedt, 9.10.1840

Handschrift (Druckvorlage): FDH, Hs-14959 (Nachlass Forbes-Mosse).

Adresse: „Der / Frau Baronin von Arnim / Hochwohlgeboren / zu / Berlin / (Unter den Linden No 21)"; Zusatz: „d.d.E." (wohl: „durch den Expressen", d.h. rasch, mittels Eilboten).

Auf der ersten Seite oben rechts nachträglich durch Bettine von Arnim mit Tinte bemerkt: „9ten Oct. 1840" (korrigiert aus: „1839").

Pastor Döring […] besuchen]

Karl August Döring hatte in Halle Theologie studiert und war seit 1816 evangelisch-lutherischer Pfarrer in Elberfeld. Er gehörte der neupietistischen Erweckungsbewegung an, gründete im Rahmen seines seelsorgerischen Wirkens mehrere Jünglings- sowie Jungfrauenvereine und förderte Bibel- und Missionsgesellschaften. Zugleich war er von früh an schriftstellerisch tätig. Er verbreitete nicht nur Traktate und religiöses

Schrifttum, sondern verfasste auch zahllose Kirchenlieder. Als er vom Oberpräsidenten der Rheinprovinz *Ernst* Albert Karl Wilhelm Ludwig von Bodelschwingh beauftragt wurde, als Repräsentant der Geistlichkeit an der Huldigungsfeier zu Ehren des neuen preußischen Königs Friedrich Wilhelm IV. teilzunehmen, reiste er im Oktober 1840 nach Berlin, wo er am 11. 10. ankam. Während seines Aufenthalts in der preußischen Hauptstadt führte er ein „Reisetagebuch" (Huldigungs-Reise eines Rheinländers in den Octobertagen des Jahres 1840. Wahrheit und Dichtung. Magdeburg 1841, S. IV), das er ihm Folgejahr – ohne Nennung seines Namens – veröffentlichte und das als „kleiner Zeitspiegel" (ebd., S. 10) gedacht war. Er berichtet darin auch über seine Begegnung mit Bettine von Arnim: „Unter den Linden besuchte ich die Raczynskische Bildersammlung [...]. Da in dem Pallaste des Grafen Raczynski auch Frau von Arnim wohnte, die als Bettina in ihrem Verhältnisse zu dem alten Göthe weit und breit einen Namen sich erworben, so verfehlte ich nicht, zumal mit einem Empfehlungsbriefe von einem ihrer jüngeren Freunde versehen, diese originelle, kräftig-lebendige, geistreiche Dame persönlich kennen zu lernen. Sie ist Mutter von mehreren Kindern, etwa von fünfzig Jahren, und hat ihr neuestes Werk, Briefe und Nachrichten von der Günderode enthaltend, *‚den Studenten'* gewidmet. Daraus erhellt, daß sie nicht einseitig ist, nicht bloß für den alten Göthe eingenommen, sondern auch für die kräftige Jugend. Sie äußerte sich zum Erschrecken frei über Religion, Zeitgeist, Zeitgenossen, über sich selbst. Als ich ihr ein Buch überreichte, in welchen unter andern auch *Sprüche* enthalten waren, schlug sie diese zuerst auf, und las darin z.B.: *Wer nicht weiser geworden, der hat nicht gelebt!* wobei sie bemerkte, daß *sie* denn nicht gelebt habe. – Sie habe so viel zu thun, habe an den Kronprinzen, an den König – zuweilen wohl 24 Seiten, geschrieben, ‚mit derben Wahrheiten.' ‚Der König soll darüber gelacht haben,' sagte sie; ‚aber es bleibt Alles beim Alten!' – Bewundern mußte ich die Wahrhaftigkeit, die Offenheit und Freimüthigkeit dieser Dame; allerdings fühlte ich es tiefer bei ihr, als je sonst, daß in unseren äußeren und inneren Zuständen sehr viel Unwahres, Lügenhaftes und Heuchlerisches herrschet. Bettine kann nur in Gegensätzen geschildert werden: mit italienischem Gluthfeuer (sie ist eine geborene Brentano) verbindet sie deutsche Geradheit, Ehrlichkeit, Gemüthlichkeit; sie ist ein Kind in Naivität, Rücksichtslosigkeit, Offenherzigkeit, Eigenliebe – und zugleich mächtig frei und männlich derb, wie wenige Männer. Sie ist ursprünglich Katholikin, im Grunde aber hat sie keine Religion, das heißt keine positive, dadurch so sehr abweichend von dem mehr weiblichen Glaubenssinn ihres phantastisch-fanatischen und bigott gestimmten Bruders." (Ebd., S. 18f.)

läßt mir keine Ruhe [...] Zeilen schreibe]

Wie aus seinem Bericht hervorgeht, reiste Karl August Döring „über Paderborn, Braunschweig und Magdeburg" (Huldigungs-Reise eines Rheinländers in den Octobertagen des Jahres 1840, a.a.O., S. 4) nach Berlin. Von Magdeburg aus machte er einen – im Buch nicht erwäähnten – Abstecher zu seinen Verwandten in Wolmirstedt. Dort erfuhr er vom persönlichen Kontakt seines Neffen Julius mit Bettine von Arnim und ließ sich von ihm kurzerhand ein Empfehlungsschreiben mitgeben.

BRIEF 76

Bettine von Arnim an Julius Döring,
Berlin, 24.10.1840
Handschrift (Druckvorlage): FDH, Hs-14923
(Nachlass Forbes-Mosse).
Adresse: „Herrn / Herrn Julius Doering / Wohlgeboren / Wolmirstedt / bei Magdeburg"; Zusatz: „frei".
Poststempel: „BERLIN 24/[1]0", „24/10".

Auf der ersten Seite oben links nachträglich durch Bettine von Arnim mit Tinte beziffert: *„40."*

wir haben uns gut vertragen]

Im Reisetagebuch Karl August Dörings ist zu lesen: „Mein Gespräch mit Bettina war höchst, höchst characteristisch; sie faßte schnell Liebe und Vertrauen zu mir, und lud mich ein, wieder zu kommen. Sie wird mich mit v. *Varnhagen* zusammenführen." (Huldigungs-Reise eines Rheinländers in den Octobertagen des Jahres 1840, a.a.O., S. 85)

Büchelchen]

Wegen ihres Umfangs kommen nur drei Publikationen Dörings in Frage: *Lehren der Weisheit in poetischen und prosaischen Denksprüchen, als Begleiter auf Spaziergängen, auf Reisen durchs Leben* (Elberfeld 1823), *Episteln, Sermone und kleinere Lehrgedichte* (Elberfeld/Barmen 1830) und *Denkverse für Jung und Alt auf alle Tage im Jahr* (Zweite, sehr veränderte Auflage. Elberfeld 1830). Da Döring im gedruckten Bericht seiner Reise erwähnt, dass in dem Band, den er verschenkt hat, „auch *Sprüche* enthalten waren, [...] z.B.: *Wer nicht weiser geworden, der hat nicht gelebt!*" (Huldigungs-Reise eines Rheinländers in den Octobertagen des Jahres 1840, a.a.O., S. 18), dürfte der erstgenannte Titel gemeint sein. Leider lässt er sich in öffentlichen Bibliotheken nicht nachweisen, so dass eine Überprüfung nicht möglich war.

eine Huldin erobert]

Philipp Nathusius hatte *Marie* Caroline Elisabeth Louise, die Tochter des pietistischen Geistlichen Friedrich August Scheele, am 22. November 1839 in Magdeburg bei einem „kleinen Privatball" (Marie Nathusius: Gesammelte Schriften. Bd. 13 [= Nachträge. Bd. 4]: Lebensbild der heimgegangenen Marie Nathusius, geb. Scheele. Bd. 1: Mädchenzeit. 2. verkürzte Aufl. Halle 1876, S. 190) kennengelernt. Als beide „um Weihnachten" (ebd., S. 226) erneut zusammentrafen, wurden sie ein Paar. Die Verlobung fand im August 1840 statt, die Hochzeit wurde am 4. März 1841 gefeiert.

In Graubünden […] ordnen Werde.]
Ganz ähnlich, aber doch mit einigen aufschlussreichen Akzentverschiebungen hatte Bettine von Arnim am 17. September an Nathusius geschrieben: „In Kurzem werden zwei sich um die G.[rimms] streiten, davon ist Einer *ich*! es kommt darauf an, wer sie erobern wird, ist es *jener*! [d.h. Friedrich Wilhelm IV.] so gereicht es mir zum Ruhm, bin ichs, so gereicht mirs doppelt zum Ruhm […] – In Graubünden ist jetzt ein junger Mann mit dem ich Briefe wechselte, er trug mir an sie mir zum Druck zurück zu schicken weil sie gar zu schön seien um der Welt verloren zu gehen, so reist einer jetzt in Italien der mir dasselbe dringend abforderte, mit dem verhandelte ich über Religionswechsel, Stiftung und Änderung; so ist noch ein Anderer dessen Briefe mich zu hohen politischen Fragen und Antworten leiteten, ein Anderer der Ahnungen, Vorbedeutung und neue Phasen der Poesie enthält, alle diese Correspondenzen sind mir übergeben um das der Welt zugehörige daraus auszuziehen und zu vervollständigen. Auch Deine wünsche ich zu diesem Zweck erlaubt und erbitte von Dir die Zurückgabe meiner Briefe nur auf kurze Zeit, und es ist mit dieser Bitte etwas verbunden was Beziehung auf unsre Freunde hat, die andern haben mir Erlaubniß gegeben mit ihren Briefen nach Belieben zu schalten, um den Faden des Ganzen glücklich und gefügsam zu durchreihen, auch in Deinen sind so schöne Perlen, es würde Dir nicht zum Nachtheil gereichen, und Du könntest Dich auf mich verlassen daß Du Freude daran haben solltest. Ja es hängt mit dem Geschick der beiden Brüder zusammen daß ich diesen Gedanken durchführe, so wie der König sich nicht entschließt sie öffentlich und ehrenvoll herbei zu rufen, so gehören sie mein; und ich gebe das Buch zu ihrem Besten. Verzweifle nicht daß es gut werde weil Dir vielleicht meine Briefe die ich Dir schrieb nicht zusagten, verlasse Dich darauf daß die Wahrhaftigkeit erlebter Dinge eine schönere Ordnung und Allseitigkeit der Empfindungen und Anschauungen hineinbringen werde, deren Du Dich nicht zu schämen brauchst, und zu viel Inneres in jedem Busen spiegeln um nicht begriffen zu werden, und am Ende überlasse ichs Deiner Wahl ob ich Dich nenne, und ob Du die Auszüge erlaubst aus Deinen Briefen oder nicht." (IP II, S. 352–354)

In Graubünden […] drucken zu lassen]
In den Jahren 1821 bis 1824 hatte Philipp Hössli, der aus dem Örtchen Nufenen im schweizerischen Graubünden stammende Sohn eines Kan-

tonsvorstehers (Landammanns), an der Universität Berlin Jurisprudenz studiert und dabei auch Bettine von Arnim kennengelernt. Sie versuchte darauf, ihn auf seinem weiteren Lebensweg zu leiten, und bestärkte ihn darin, „die Bedürfnisse und Rechte“ seines Geistes geltend zu machen und sich nicht von den „Ketten brauchbarer Bürgerlichkeit“ (Bettina von Arnim: Ist Dir bange vor meiner Liebe? Briefe an Philipp Hössli, nebst dessen Gegenbriefen und Tagebuchnotizen. Hrsg. von Kurt Wanner. Frankfurt a.M. 1996, S. 103) fesseln zu lassen. Vor allem in den Phasen, in denen er Reisen unternahm oder sie sich in Wiepersdorf aufhielt, wechselten beide Briefe. Allerdings endete die nicht sonderlich umfangreiche Korrespondenz, als Hössli in seine Heimat zurückkehrte. 1839 richtete er – er war mittlerweile „Kanzleidirector [...] in Chur“ (ebd., S. 113) – noch einmal ein umfangreiches, bereits im Jahr zuvor begonnenes Schreiben an Bettine von Arnim, in dem er sich „für die Freundschaft und Liebe“ (ebd., S. 103) bedankt, die sie ihm seinerzeit entgegengebracht habe. Eine Aufforderung, die Korrespondenz mit ihm zu veröffentlichen, ist darin aber nicht enthalten; Bettine von Arnim hat sie frei erfunden.

Leipziger Vereins]

Nach der Entlassung der Göttinger Sieben hatten sich in vielen deutschen Städten Bürger zu Unterstützungsvereinigungen zusammengeschlossen, um den Lebensunterhalt der ihrer Ämter enthobenen Professoren bis zu einer Neuanstellung durch Spenden sichern zu helfen. In Leipzig hatten die Verleger und Buchhändler Salomon Hirzel und Karl August Reimer einen solchen Verein gegründet und in einem *Aufruf an alle Wohlgesinnten unseres deutschen Vaterlandes* für Solidarität geworben. Bettine von Arnim hatte beide Ende Januar/Anfang Februar 1839 besucht und bei dieser Gelegenheit auch gedruckte Subskriptionszettel mitgenommen, um sie an Interessierte zu verteilen.

sie heraus zu geben [...] nicht anstellt]

Vgl. Nachwort.

Correspondenz mehr politischen Inhalts]

Unklar, welche Korrespondenz Bettine von Arnim hier meint. Mit Moriz Carriere hatte sie zu diesem Zeitpunkt erst einige wenige Briefe gewechselt, die aber nicht „politischen Inhalts“ waren. Am ehesten könnte man an Heinrich Bernhard Oppenheim denken; der erste Brief von ihm an sie stammt aber erst von September 1841.

Demagogisch]

Schon am 4. November 1839 teilte Bettine von Arnim ihrem Schwager Friedrich Carl von Savigny mit, dass sie sich unter den Vertretern der jüngeren Generation „zwei liebenswürdige Stellvertreter ausersehen habe, ein paar plebeische Herzen“ (Werke und Briefe, Bd. 4, S. 398); vgl. Anm. zu Brief 3. Damit waren Philipp Nathusius und Julius Döring gemeint. Als sie 1846 erwog, die Korrespondenz mit beiden zugunsten von

August Heinrich Hoffmann von Fallersleben herauszugeben, wollte sie sie kurzzeitig „Briefwechsel mit zwei Demagogen" nennen, rückte dann von diesem Plan aber wieder ab; vgl. Nachwort.

BRIEF 77
Julius Döring an Bettine von Arnim, Wolmirstedt, 1.11.1840
Handschrift (Druckvorlage): FDH, Hs-14960 (Nachlass Forbes-Mosse).

Wenn ich ein Vöglein wär!]
Döring rückt hier die erste Strophe eines bekannten Volkslieds ein, das zuerst in Johann Gottfried Herders Anthologie *Stimmen der Völker in Liedern* (1778) erschien, sich später aber auch in der von Achim von Arnim und Clemens Brentano zusammengestellten Sammlung „Alte deutsche Lieder" *Des Knaben Wunderhorn* (1806) findet. Joseph von Eichendorff zitiert den Text in seiner Erzählung *Aus dem Leben eines Taugenichts* (1822).

wenn ich Kaiser Heinrich […] gehörte]
Bereits der Ottone Heinrich II., der später zum Kaiser gekrönt wurde, hatte seine Herrscherpfalz nach Goslar verlegt. worden. Der Salierkaiser Heinrich III. verlieh der Stadt dann diverse Privilegien, gründete dort Pfalzstifte und machte sie so zu einem zentralen Ort der Reichsverwaltung. Sein Herz und seine Eingeweide wurden in einem prachtvollen Sarg beigesetzt, der sich in der Goslarer Pfalzkapelle St. Ulrich befindet.

Nach Merkurs Vorbilde]
Der Gott Mercurius bzw. Merkur (griechische Entsprechung: Hermes) war in der römischen Mythologie der Schutzgott des Verkehrs, der Reisenden, der Kaufleute und der Hirten, aber auch der Gott der Diebe. Er fungierte zugleich als Götterbote und verkündete die Beschlüsse des Göttervaters Jupiter (Zeus). Darüber hinaus führte er die Seelen der Verstorbenen in die Unterwelt. Er soll noch am Tag der Geburt seine Wiege und und auch die Höhle seiner Mutter, der Pleiade Maia, verlassen und erste Taten vollbracht haben.

in Potsdam einen Freund]
Nicht ermittelt.

Meine Schwester […] gezogen.]
Dörings Schwester Clara trug später den Familiennahmen Krüger; wer ihr Ehemann war und wo sie nun lebte, ist nicht bekannt.

BRIEF 78

Julius Döring an Bettine von Arnim,
Wolmirstedt, 15.12.1840
Handschrift (Druckvorlage): FDH, Hs-14961
(Nachlass Forbes-Mosse).

Auf der ersten Seite oben rechts nachträglich durch Bettine von Arnim mit Tinte bemerkt: „15 Dec 1840“.

beim dortigen Obergerichte]
Gemeint ist das am Domplatz 6 gelegene Königlich Preußische Oberlandesgericht Magdeburg.

Leipziger Zeitung]
Die seit 1810 erscheinende *Leipziger Zeitung* firmierte im Untertitel als „Amtsblatt des Königlichen Landgerichts und des Königlichen Amtsgerichts Leipzig sowie der Königlichen Amtshauptmannschaft Leipzig“. Zu den ersten Blättern, die über die Berufung der Brüder Grimm nach Berlin berichteten, gehörte die *Kölnische Zeitung*; die dort erschienene Meldung wurde von mehreren Periodika übernommen (darunter wohl auch von der *Leipziger Zeitung*): „Den seit ihrer Entfernung von Göttingen in *Kassel* privatisirenden Professoren Jakob und Wilhelm Grimm ist am 8. Nov. durch den preuß. Gesandten, General v. Thun, amtlich angezeigt worden, daß der König sie einlade, sofort ihren Wohnsitz nach *Berlin* zu verlegen. Sie sollen vorerst noch keine bestimmte Anstellung mit Jahrgehalt und Titel, aber hinreichende Mittel zum anständigen Auskommen erhalten, um, frei von eigentlichen Berufsgeschäften, ihren Studien obliegen zu können; zugleich ist ihnen Aussicht eröffnet worden, früher oder später einen ihren Neigungen und Kenntnissen angemessenen Wirkungskreis im preußischen Staatsdienst zu erhalten. Die Gebrüder Grimm haben diesen ehrenvollen Ruf angenommen, und schicken sich zur Abreise nach Berlin an, wo sie wahrscheinlich als öffentliche Lehrer bei der Universität oder als Bibliothekare an der k.[öniglichen] Bibliothek thätig sein werden.“ (Münchener Politische Zeitung, Nr. 279, 20. 11. 1840, S. 1586) Allerdings wurde dieser Darstellung bald darauf öffentlich widersprochen, und zwar mit dem Hinweis, dass „die Veränderung des Aufenthaltes der beiden Brüder Grimm [...] mit Politik und Diplomatie gar nichts zu schaffen“ (Beilage zur Allgemeinen Zeitung, Nr. 343, 8. 12. 1840, S. 2729) habe. So brachte die *Beilage zur Allgemeinen Zeitung* folgende, auf den 1. Dezember datierte, Korrespondenznachricht aus der preußischen Hauptstadt: „Wiewohl [...] allgemein bekannt ist, daß die beiden Gelehrten Jakob und Wilhelm Grimm ohne alles und jedes Verhältniß zur kurfürstlich hessischen Regierung stehen, und nur als Privatleute in [...] Kassel leben, hat doch eine norddeutsche Zeitung berichtet, daß der preußische Gesandte am Hofe von Kassel über ihr Wegziehen Unterhand-

lungen gepflogen habe. Der […] Gesandte am kurhessischen Hofe, Freiherr von Thun, hatte auch nicht die entfernteste Veranlassung, in dieser einfachen Angelegenheit als diplomatischer Vermittler zu handeln. […] Unser König hat schon als Kronprinz, und zwar seit vielen Jahren, bei seiner bekannten innigen Liebe für deutsche Litteratur und Geschichte, den gediegenen Werken, die auf diesem wissenschaftlichen Gebiete von den Brüdern Grimm ausgegangen sind, eine besondere Aufmerksamkeit gewidmet. […] So lag der Gedanke nahe, an die Brüder Grimm die Einladung zu richten, zu ihrem künftigen Aufenthalt Berlin zu wählen […]. Der Minister des öffentlichen Unterrichts, Hr. Eichhorn, vertraut mit dem Wunsche seines hochherzigen Königs, […] die Brüder Grimm […] zu unterstützen, konnte ihnen in Beziehung auf den erhöhten Aufwand, welcher für sie aus dem Aufenthalt in Berlin erwachsen möchte, eine völlig sorgenfreie Muße verheißen." (Ebd.)

BRIEF 79
Julius Döring an Bettine von Arnim,
Wolmirstedt, 3.1.1841
Handschrift (Druckvorlage): FDH, Hs-14962
(Nachlass Forbes-Mosse).

Himmelreichsstraße No 13]
Die Himmelreichs Straße (später: Himmelreichstraße) ging nördlich des Domplatzes vom Breiten Weg ab und war eine Verbindung zur Prälatenstraße; sie ähnelte einem „engen Gang" (W. A. Relßieg [= Wilhelm August Geißler]: Sagen und Legenden der Stadt Magdeburg und Umgegend. Erster Theil. Magdeburg 1847, S. 355). Um sie rankt sich eine im 13. Jahrhundert spielende Lokalsage; vgl. ebd., S. 349–355.

BRIEF 80
Julius Döring an Bettine von Arnim,
Magdeburg, [vermutlich 24. und] 25.1.1841
Handschrift (Druckvorlage): FDH, Hs-14963
(Nachlass Forbes-Mosse).

Auf der ersten Seite oben rechts nachträglich durch Bettine von Arnim mit Tinte bemerkt: „25 Januar 1841".

Oppenheim]
Vgl. Anm. zu Brief 76. Der aus einer jüdischen Frankfurter Bankiersfamilie stammende Heinrich Bernhard Oppenheim studierte Rechtswissenschaften, zuerst in Göttingen, dann in Heidelberg und schließlich in Berlin. Wenn man Max Ring glauben darf, fand er vor allem dort rasch Anschluss: „Mit neunzehn Jahren bereits Doktor der Rechte, erregte der

kleine Oppenheim mit seinem runden, rotwangigen Knabengesicht und den dunklen feurigen Augen, durch seinen frühreifen Verstand und seinen kecken, sprühenden Geist ein ungewöhnliches Aufsehen in der Berliner Gesellschaft, besonders in der Damenwelt, deren erklärter Liebling er war." (Max Ring: Erinnerungen. Bd. 1. Berlin 1898, S. 116) „Von Frankfurter Bekannten […] empfohlen", nahm er wohl im Herbst 1839 Kontakt zu Bettine von Arnim auf, die „ihn in ihr Haus" (Max Ring: Aus der Jugend Heinrich Bernhard Oppenheims. In: Deutsches Montagsblatt, Nr. 15, 12.4.1880, unpag.) zog. Ursula Püschel vermutet freilich, Oppenheim könnte auch auf anderem Weg mit ihr in Kontakt gekommen sein: „vielleicht ist er von Carriere geschickt oder mitgebracht worden" („… und mehr als einmal nachts im Thiergarten". Bettina von Arnim und Heinrich Bernhard Oppenheim. Briefe 1841–1849, a.a.O., S. 32). Zu korrespondieren begannen beide aber erst, nachdem er die preußische Hauptstadt verlassen hatte. Das erste erhaltene Schreiben Oppenheims an Bettine von Arnim datiert vom 19. September 1841; vgl. ebd., S. 60–63.

die das Licht […] zu haben meinen]

Die ursprünglich unter dem Titel *Das Lalebuch. Wunderseltzame, Abentheurliche, unerhörte, und bißher unbeschriebene Geschichten und Thaten der Lalen zu Laleburg* (1597) veröffentlichte Sammlung schwankhafter Erzählungen erschien im Folgejahr in leicht variierter Form als *Die Schiltbürger* mit verändertem Namen der Protagonisten und ihres angeblichen Wohnortes. Darin wird u.a. berichtet, wie die Schildbürger beschlossen, ein neues Rathaus zu bauen, und dabei die Fenster vergaßen. Sie beratschlagen darauf, wie sich „das liecht in ihr Rahthauß […] tragen" (Der Schiltbürger. Wunderseltzame Abentheurliche, vnerhörte, vnd bißher vnbeschriebene Geschichten vnd Thaten der obgemelten Schildbürger in Misnopotamia hinder Utopia gelegen. […] Auffs Newe gemehret vnd gebessert. […] O. O. 1605, S. 47) ließe. Darauf schlägt ein Schildbürger vor, „ob dz liecht vnd der tag sich nit in einem sack tragen liesse, gleich wie das Wasser in eine eymer getragen wird" (ebd., S. 51). Die Bewohner beschließen, diese Idee auszuführen, und legen zur Mittagszeit Säcke, Kessel, Badezuber und andere Gefäße in die Sonne. Einer versucht sogar, „den tag mit einer Mausfallen zu fangen, vnnd also mit gewalt zubezwingen" (ebd., S. 53). Ende der dreißiger Jahre des 19. Jahrhunderts war als Band 4 der von ihm herausgegebenen Reihe „Volksbücher" Gotthard *Oswald* Marbachs neu bearbeitete Ausgabe *Der Schildbürger wunderseltsame, abenteuerliche, unerhörte und unbeschriebene Geschichten und Thaten* (Leipzig 1838) erschienen. Vgl. auch Brief 87 und die Anm. dazu.

Immer flattern noch […] hundert' Jahr.]

Der Sage nach sitzt Kaiser Barbarossa im Kyffhäuser schlafend auf seinem Thron und wartet darauf, dass die Raben nicht mehr um den Berg fliegen, denn dann wird er zu neuem Leben erwachen. Populär geworden ist diese Vorstellung vor allem durch Friedrich Rückerts Gedicht *Barbarossa* (1817), dessen beide letzten Strophen lauten: „Er spricht im Schlaf zum Knaben: / Geh hin vors Schloß, o Zwerg, / Und sieh, ob noch die Raben / Herfliegen um den Berg. // Und wenn die alten Raben / Noch fliegen immerdar, / So muß ich auch noch schlafen / Verzaubert hundert Jahr.“ (Friedrich Rückert: Kranz der Zeit. Bd. 2. Stuttgart/Tübingen 1817, S. 271)

Erfüller von Versprechungen und Verheißungen]
Döring spielt hier auf das Verfassungsversprechen an, das der preußische König Friedrich Wilhelm III. am 22. Mai 1815 in seiner „Verordnung über die zu bildende Repräsentation des Volkes“ gegeben hatte.

Großes […] knüpfen schien]
Am 31. Mai 1840 jährte sich der Regierungsantritt des preußischen Königs Friedrich II. (genannt „der Große“) zum hundertsten Mal. Der in diese Zeit fallende Tod von Friedrich Wilhelm III. und der Beginn der Regentschaft Friedrich Wilhelms IV. nährte an Jahreszahlen geknüpfte Spekulationen und erhöhte die Erwartungshaltung gegenüber dem neuen Herrscher. Deutlichster Ausdruck dieser geschichtseschatologischen Haltung ist die „Jubelschrift“ des Berliner Junghegelianers Karl Friedrich Köppen *Friedrich der Große und seine Widersacher*; darin heißt es: „Friedrich ist unser Moses gewesen, […] er hat uns treulich geführt bis an die Gränze, und vom Berge herab das verheißne Land gezeigt. […] Es ist ein alter Volksglaube, daß nach hundert Jahren die Leute wiedergeboren werden. Die Zeit ist erfüllet. Möge sein wiedergeborner Geist über uns kommen“ (Leipzig 1840, S. 171f.).

wie zur Zeit […] in Liedesform]
Gemeint ist hier wohl ein Liederdichter wie Pierre-Jean de Béranger, der nach Napoleons Sturz und der Rückkehr der bourbonischen Königsfamilie satirische Chansons gegen Ludwig XVIII. und die Nutznießer der Restauration verfasste. Die 1821 erschiene zweibändige Gesamtausgabe seiner Gedichte wurde deshalb verboten und der Autor inhaftiert. Döring kannte Texte des französischen Autors durch Philipp Nathusius' Übersetzung *Hundert drei Lieder des Pariser Chansonnier Pierre Jean de Béranger* (1839); vgl. Anm. zu Brief 51.

ein Bild des Königs […] lesend]
Nicht ermittelt.

Samojaden]
Die Samojaden oder Samojeden (auch: Nenzen) sind ein indigenes Nomadenvolk in Westsibirien, das vor allem von der Fischerei, der Jagd und der Rentierzucht lebt bzw. lebte.

Gevatterkutsche]
Große und klobige, kastenartige Kutsche, mit der zahlreiche Personen transportiert werden konnten. Dieses vor allem in ländlichen Regionen gebrauchte Fortbewegungsmittel galt bereits um 1800 als veraltet.

Knüppeldamm]
Durch Rundhölzer befestigter Weg, der durch sumpfige Gebiete mit wenig tragfähigem Grund führt.

jüdische Geldkasten]
„Geldkasten“ war eine spöttisch-abfällige Bezeichnung für einen „menschen, der ‚ganz in seinem geldkasten steckt‘“ (Jacob Grimm/Wilhelm Grimm: Deutsches Wörterbuch. Vierten Bandes erste Abtheilung. Zweiter Theil. Bearbeitet von Rudolf Hildebrand und Hermann Wunderlich. Leipzig 1897, Sp. 2914). Die Vorstellung des Münzen oder Geldrollen in Geldkästen sortierenden, habgierigen Schacherers gehörte im 19. Jahrhundert zu den weit verbreiteten antijüdischen Stereotypen.

hartmäuliges]
Eigensinniges, schwer zu lenkendes.

Simson über dir Philister]
Die Worte „Philister über dir, Simson!“ (Ri 16,20) mit denen Delila ihren Geliebten in der Bibel weckt, sind zu einer feststehenden Formel geworden.

wann wird unser Reich beginnen]
Möglicherweise eine Reminiszenz an Novalis’ Roman *Heinrich von Ofterdingen*, wo es an einer Stelle heißt: „Wird denn nie das Blatt sich wenden,/ Und das Reich der Alten enden?“ (Novalis: Schriften. Hrsg. von Ludwig Tieck und Fr.[iedrich]. Fünfte Auflage. Berlin 1837, S. 137).

Fortuna]
Feststehende Attribute der römischen Glücks- und Schicksalsgöttin sind Füllhorn und Glücksrad, häufig auch ein geblähtes Segel und ein Steuerruder. Die stürmische See verweist dabei auf die Gefahren des Lebensverlaufs und der als Segel ausgespannte Mantel steht für die Unbeständigkeit des Windes. Neben den zahllosen Darstellungen, die Fortuna auf einer Kugel balancierend zeigen, gibt es vereinzelt aber auch solche, auf denen sie in einer Muschelschale sitzt; ein Beispiel dafür liefert eine lavierte Federzeichnung von Hyndrich Gybertzs (Heinrich Giberts) aus dem Jahr 1619 (Hamburger Kunsthalle, Kupferstichkabinett). Auf welche Hinterglasmalerei Döring sich hier bezieht und wo er sie gesehen hat, ließ sich allerdings nicht ermitteln. Vgl. Brief 89 und die Anm. dazu.

Und als ihr Mund […] Honig nippen.]
Da sowohl der Inhalt als auch die Strophik des Gedichts mindestens vier weitere Verse erfordern, ist zu vermuten, dass ein zweites Beiblatt mit dem Ende des Textes verloren gegangen ist.

BRIEF 81
Julius Döring an Bettine von Arnim, Magdeburg, 8.2.1841
Handschrift (Druckvorlage): FDH, Hs-14964 (Nachlass Forbes-Mosse).

Simson mit dem Eselskinnbacken]
Das biblische Buch der Richter berichtet, wie sich der mit Stricken gefesselte Simson erst befreit und dann seine Widersacher niedergestreckt habe, die ihn dem Volk der Philister ausliefern wollten: „Er fand den noch blutigen Kinnbacken eines Esels, ergriff ihn mit der Hand und erschlug damit tausend Männer." (Ri 15,15)

wir werden zu leicht befunden]
Im biblischen Buch Daniel wird erzählt, dass der babylonische König Belšazar sich bei einem großen Fest betrinkt und die von seinem Volk verehrten Götter preisen lässt. Darauf schreibt eine geisterhafte Hand fremdartige Zeichen an die Wand, die zunächst von niemandem entziffern werden können. Erst der aus Israel verschleppte jüdische Traumdeuter und Seher Daniel kann sie übersetzen und deuten. Der zweite Teil der geheimnisvollen Schrift lautet: „Gewogen wurdest du auf der Waage und zu leicht befunden" (Dan 5,27).

Kein Moses [...] Wasser hervorrufen.]
Als das israelische Volk durch die Wüste wandert und unter schrecklichem Durst leidet, sagt Gott zu Moses, er solle die Notleidenden versorgen, indem er mit einem Stab an einen Felsen schlägt. Nachdem er dies getan hat, fließt Wasser aus dem Stein (vgl. 4. Mose 20,11).

ausreuten]
Eigentlich „ausreißen", hier im Sinne von „beseitigen".

Niemals werd ich dich verleugnen]
In der Bibel sagt Petrus auf dem Gang zum Ölberg zu Christus: „Und wenn ich mit dir sterben müsste – ich werde dich nie verleugnen." (Mk 14,31)

BRIEF 82
Julius Döring an Bettine von Arnim, Magdeburg, 8.4.1841
Handschrift (Druckvorlage): FDH, Hs-14965 (Nachlass Forbes-Mosse).

Geschichte [...] Kanarienvogel]
In ihrem Goethe-Buch berichtet Bettine von Arnim in einem auf den „19. Juni" datierten Brief folgende Begebenheit: „Gestern Abend [...] riß der Zugwind die Tür auf und löschte mir das Licht, bei dem ich Dir geschrieben habe. – Meine Fenster waren offen, und die Pläne waren

nieder gelassen; der Sturmwind spielte mit ihnen; – es kam ein heftiger Gewitterregen, da ward mein kleiner Kanarienvogel aufgestört – er flog hinaus in den Sturm, er schrie nach mir, und ich lockte ihn die ganze Nacht. Erst wie das Wetter vorüber war legt' ich mich schlafen; ich war müde und sehr traurig, auch um meinen lieben Vogel. [...] Nun ist er fort, gewiß hat ihm der Sturm das Leben gekostet; da hab' ich gedacht, wenn ich nun hinausflög', um Dich zu suchen, und käm' durch Sturm und Unwetter bis zu Deiner Tür, die Du mir nicht öffnen würdest, – nein Du wärst fort; Du hättest nicht auf mich gewartet, wie ich die ganze Nacht auf meinen kleinen Vogel; Du gehest andern Menschen nach, Du bewegst Dich in andern Regionen" (Werke und Briefe, Bd. 2, S. 96). Wie die Angabe der Seitenzahl zeigt, benutzte Döring die „Zweite Auflage" (Berlin 1837) von *Goethe's Briefwechsel mit einem Kinde*, denn die Paginierung der Erstausgabe (Berlin 1835) weicht von dieser ab.

BRIEF 83
Julius Döring an Bettine von Arnim,
Magdeburg, 25.4.1841
Handschrift (Druckvorlage): FDH, Hs-14966
(Nachlass Forbes-Mosse).

Geschenk]
Der als dritter Band der *Sämmtlichen Werke* Ludwig Achim von Arnims erschienene erste Teil des Romans *Die Kronenwächter*; vgl. Brief 61 und 86.

deines Briefes]
Dieses Schreiben Bettine von Arnims ist nicht erhalten.

Steffens [...] gründen]
Der in Norwegen geborene Philosoph, Naturforscher und Schriftsteller Henrik Steffens war 1804 auf eine Professur in Halle berufen worden, ging nach der Aufhebung der dortigen Universität durch Napoleon 1811 an die Universität Breslau und wurde schließlich 1832 auf Betreiben von Kronprinz Friedrich Wilhelm als Professor für Religions- und Naturphilosophie nach Berlin berufen. 1837 wurde ihm der Titel eines Geheimen Regierungsrats verliehen. Döring bezieht sich hier vermutlich auf Steffens' Schrift *Caricaturen des Heiligsten*, die von dem Gedanken ausgeht, „der Staat soll [...] den Sieg der Freiheit erringen wollen" (Erster Theil. Leipzig 1819, S. 194): „Wir betrachten hier den Staat, wie er sich seiner Idee, belebt durch den herrschenden guten Sinn der Bürger, immer mehr und mehr zu nähern sucht. Da er selbst die gemeinschaftliche That der Bürger ist, diese aber, so lange sie leben, mit dem Bösen zu kämpfen haben, da das Leben selbst die Erscheinung dieses unablässigen Kampfes ist, so wird natürlicher Weise der Staat gehemmt durch dasjenige, was

einen jeden Bürger beschränkt [...]. Der Staat in seinem völligen, vollendeten Seyn wäre die Gemeinschaft der Heiligen" (ebd., S. 137f.). Die Formel „Gemeinschaft der Heiligen" gehört zu den Konstanten in Steffens' Werk; er gebraucht sie schon in den *Grundzügen der philosophischen Naturwissenschaft* (Berlin 1806, S. 204) und in seinen Vorlesungen *Über die Idee der Universitäten* (Berlin 1809, S. 140 und 144).

ein Raub und ein Spott]
Redewendung aus der Bibel (vgl. Hes, 36,4).

Mephistopheles [...] Böse schafft]
Umkehrung der Selbstcharakterisierung der Teufelsfigur Mephistopheles, die im ersten Teil von Goethes Tragödie *Faust* von sich sagt, sie sei „Ein Theil von jener Kraft,/ Die stets das Böse will und stets das Gute schafft." (V. 1336f.)

BRIEF 84
Julius Döring an Bettine von Arnim,
Magdeburg, 23.6.1841
Handschrift (Druckvorlage): FDH, Hs-14967
(Nachlass Forbes-Mosse).

deinen Brief]
Dieses Schreiben Bettine von Arnims ist nicht erhalten.

Spontinischen Angelegenheit]
Der Generalmusikdirektor der Berliner Oper, Gaspare Spontini, war auf Grund seiner Nationalität und seiner privilegierten Stellung wiederholt angefeindet worden. Als seine Widersacher dafür sorgten, dass Ende Dezember 1840 eine – erfundene – Meldung in der Presse erschien, er werde demnächst dem Generalintendanten unterstellt, reagierte er darauf mit einer auf französisch abgefassten Entgegnung, die vor der Publikation so ungeschickt ins Deutsche übersetzt wurde, dass sie als Majestätsbeleidigung aufgefasst werden konnte. Es wurde nun offiziell Klage gegen ihn erhoben. Wenig später, am 2. April 1841, wurde er während einer von ihm dirigierten Aufführung im Theater ausgebuht und dazu gezwungen, die Vorstellung abzubrechen. Bettine von Arnim war über diese Vorgänge so entsetzt, daß sie beschloss, zugunsten Spontinis tätig zu werden, obwohl sie dessen musikalische Grundorientierung nicht teilte. Sie verfasste einen Brief an Moritz Robert-Tornow, den jüngsten Bruder Rahel Varnhagens, in dem sie Partei für den Angegriffenen nahm. Spontini ließ sie eine Abschrift dieses Schreibens zukommen, die sie eigenhändig mit der Bemerkung versah: „faites en ce que vous voulez" (Werke und Briefe, Bd. 4, S. 449). Durch gezielte Indiskretion erschien der Text am 19. Mai gekürzt in der *Beilage zur Allgemeinen Zeitung* und dann noch einmal – wohl als Nachdruck – am 3. Juni in den *Jahrbü-*

chern des deutschen National-Vereins für Musik und ihre Wissenschaft. Im Folgejahr veröffentlichte Bettine von Arnim aus Solidarität mit dem Verfolgten ein Notenheft mit eigenen Liedkompositionen unter dem Titel *Dediè à Spontini* (1842).

`mit öffentlicher Rede und geschriebenem Wort]`

Döring spielt hier auf Bettine von Arnims raffinierte Kommunikationsstrategie an, die das gesamte Spektrum offener und verdeckter Einflussnahme umfasst und von der ihr zuweisbaren Publikation von Texten über die gezielte Weitergabe von Informationen an Dritte bis zur versteckten Lancierung von Meinungsäußerungen an die Presse reicht. Wieviel Döring von den Hintergründen der Spontini-Affäre wusste und welche Hinweise ihm Bettine von Arnim in ihrem vorangegangenen Schreiben gab, ist unklar.

`Der König war vor Kurzem hier.]`

Friedrich Wilhelm IV. von Preußen besuchte Magdeburg am 28. Mai 1841.

`Kerkerthüren geöffnet […] Bande gelöst]`

Der frisch gekürte preußische König gewährte am 10. August 1840 allen aus politischen Gründen Inhaftierten Amnestie und löste am 6. Oktober die seit 1833 bestehende, zur Aufdeckung geheimer, politischer Verbindungen und zur Verfolgung von „Demagogen" gegründete Zweite Preußische Ministerialkommission auf.

`dem Worte auflauern lassen]`

Anspielung auf die Beschränkung der Meinungs- und Pressefreiheit in Preußen.

`den allerhuldreichsten Verweis […] zu machen]`

Als die Stände der Provinz Preußen nach dem Thronwechsel einberufen wurden, überreichten sie dem König am 7. September 1840 eine „Denkschrift", in welcher sie darum baten, er möge die von seinem Vater am „22. Mai 1815 versprochenen Reichsstände […] bewilligen" (Reden Seiner Majestät des Königs Friedrich Wilhelm des Vierten seit Seiner Thronbesteigung. Gesammelt und mit einem Vorworte, so wie mit historischen Einleitungen versehen von Julius Killisch. Berlin 1843, S. 29) und so eine direkte Repräsentation des Volks ermöglichen. Darauf erklärte er, dass er „von den herrschenden Begriffen sogenannter allgemeiner Volksvertretung" (ebd., S. 30) nichts halte und deshalb bei der bestehenden „provinzialen und Kreisständischen Verfassung" (ebd.) bleiben wolle. In einer Kabinettsordre vom 4. Oktober wies er seinen Minister des Innern und der Polizei *Gustav* Adolf Rochus von Rochow sogar an, dieser solle der „irrigen Ansicht entgegen […] treten", dass er „in dem Landtagsabschiede eine Zustimmung zu dem […] Antrage auf Entwicklung der Landesverfassung" (ebd.) gegeben habe. Darauf instruierte die Stadt Breslau ihre Deputierten, sie mögen während des „am 28. Februar

1841 eröffneten Landtags der Provinz Schlesien [...] für Reichsstände [...] stimmen" (ebd.). Der König sah darin „eine offene Opposition gegen Seinen Allerhöchsten [...] Willen" und erteilte Rochow deshalb im Juni den Befehl, „der Stadt Breslau anzuzeigen, daß Er Sich bei Seiner bevorstehenden Reise von der Stadt [...] alle Empfangsfeierlichkeiten [...] verbitte" (ebd., S. 31).

Proselyten]
Anderen Konfessionen angehörende Personen, die gezielt abgeworben und zum Eintritt in die eigene Glaubensgemeinschaft bewegt werden.

Der König [...] begeistrungsfähig.]
Wörtlich findet sich eine solche Charakteristik nicht in den Reden des preußischen Königs. Während der Huldigungsfeierlichkeiten am 10. September 1840 in Königsberg äußerte er lediglich: „Bei uns ist Einheit an Haupt und Gliedern, an Fürst und Volk, im Großen und Ganzen herrliche Einheit des Strebens aller Stände, aller Volksstämme, aller Bekenntnisse nach Einem schönen Ziele – nach dem Allgemeinen Wohle in heiliger Treue und wahrer Ehre." (Zwei Reden des Königs Friedrich Wilhelm IV. Vom Throne gesprochen am 15. October 1840 bei der Huldigung in Berlin. Berlin 1840, S. 15) Und in seiner Ansprache während der Huldigungszeremonie am 15. Oktober in Berlin hob Friedrich Wilhelm IV. folgende „Eigenschaften" der Preußen hervor: „Ehre, Treue, Streben nach Licht, Recht und Wahrheit[,] Vorwärts-Schreiten in Alters-Weisheit zugleich und heldenmüthige Jugendkraft" (ebd., S. 13).

Narrenkönig]
Die Formulierung findet sich bereits in Friedrich Schillers „romantischer Tragödie" *Johanna von Orleans* (1801), wo es heißt: „Dem Narrenkönig/ Gehört die Welt." (III/6, V. 2329f.) Sie begegnet aber auch im vierten Teil von Ludwig Börnes *Briefen aus Paris* (Gesammelte Schriften. Zwölfter Theil. Paris 1833, S. 60).

Prinz Hamlet]
Die Titelfigur von William Shakespeares Drama *The Tragicall Historie of Hamlet, Prince of Denmarke* (1603) gilt als Inbegriff eines Zauderers.

Ophelia [...] wahnsinnig gemacht?]
Ophelia, die Tochter des königlichen Ratgebers Polonius, liebt den dänischen Prinzen Hamlet. Da dieser aber seinen ermordeten Vater rächen will, sagt er sich von ihr los. Nachdem auch ihr Vater umgebracht wird und Hamlet abreist, verfällt Ophelia dem Wahnsinn. Beim letzten Zusammentreffen mit ihrem Bruder Laertes in der fünften Szene des vierten Aktes ist sie „phantastisch mit Kräutern und Blumen geschmückt" (Shakspeare's dramatische Werke, übersetzt von August Wilhelm Schlegel. Dritter Theil. Berlin 1798, S. 304).

verflügelt]
Hinweg geweht, zerstreut.

In den Zeitungen [...] deinem Tagebuche]
In Nr. 163 der *Beilage zur Allgemeinen Zeitung* erschien am 12. Juni 1841 eine Meldung, in der erstmals über Einzelheiten des neuen Buchprojekts Bettine von Arnims berichtet wurde: „Von *Bettina* kommt so eben ein neues Buch unter die Presse; der König hat bereits gestattet, daß ihm dasselbe gewidmet wird. Die Theilnahme für die Verfasserin wird durch seinen Inhalt nur gesteigert werden, da es außer mehreren größern Aufsätzen von allgemeinem Interesse eine Reihe von Gesprächen mit Frau Rath Goethe, Briefe derselben und viele Tagebuchblätter aus der Zeit der Correspondenz mit Goethe bringen soll. In letztern spiegelt sich die Eigenthümlichkeit der genialen Frau auf eine wunderbare Weise; es ist die Musik der Gedanken, das Harmonische und Melodische aller Wahrheit, das in ihnen sich offenbart." (S. 1302)

BRIEF 85
Julius Döring an Bettine von Arnim,
Wolmirstedt, 12.8.1841
Handschrift (Druckvorlage): FDH, Hs-14968
(Nachlass Forbes-Mosse).

Taufe des Kindes meiner Schwester]
Weder der Name von Dörings Neffen noch das Datum der Taufe ließen sich ermitteln.

BRIEF 86
Julius Döring an Bettine von Arnim,
Wolmirstedt und Magdeburg, 25.8. bis 8.9.1841
Handschrift (Druckvorlage): FDH, Hs-14969
(Nachlass Forbes-Mosse).

deinen Brief]
Dieses Schreiben Bettine von Arnims ist nicht erhalten.

verreisest]
Vermutlich hat Bettine von Arnim in ihrem vorangehenden Brief Döring mitgeteilt, dass sie sich in Kürze auf dem Arnimschen Landgut Bärwalde aufhalten werde. Allerdings verschob sich ihre Abreise mehrfach, so dass sie Berlin erst in den letzten Oktober- oder den ersten Novembertagen verließ.

Johannes den Evangelisten [...] eingab]
Siehe Anm. zu Brief 31; vgl. auch Brief 94.

voll süßen Weines]
Bibelzitat (Apg 2,13): Als das biblische Pfingstwunder geschieht und der Heilige Geist bewirkt, dass die Apostel in fremden Sprachen reden, er-

klären Bewohner Jerusalems das dadurch, dass diese betrunken seien. Siehe hierzu auch Brief 84.

wie der Apostel Petrus […] dieses schreibe]
Bibelzitat (Apg 2,15): Der Apostel Petrus korrigiert die irrige Annahme der Bewohner Jerusalems und weist darauf hin, dass der Prophet Joel vorhergesagt habe, Gott werde seinen Geist ausgießen; in der Apostelgeschichte ist aber von der dritten Stunde des Tages die Rede.

Schreiben an die Leipziger Allgem. Zeitung]
Dörings mit leichter Ironie geäußertes Gedankenexperiment nimmt Bezug auf Bettine von Arnims Praxis, geschickt lancierte Privatbriefe durch Mittelspersonen in Zeitungen abdrucken zu lassen; vgl. den Kommentar zu Brief 78 und 84.

Einen Tag […] bei mir sitzen]
Der seit April 1841 an der Universität Berlin studierende Kronprinz *Karl* Friedrich Alexander war von seinem Vater, König Wilhelm von Württemberg, mit einem Empfehlungsbrief an Bettine von Arnim ausgestattet worden, in dem er sie darum bat, „sich seines Sohnes anzunehmen“ (Werner, S. 92). Nachdem er seinen Antrittsbesuch abgestattet hatte, verkehrte Karl häufig bei ihr, „kam […] zu beliebiger Stunde“ (ebd.) in die Wohnung Unter den Linden 21 und entwickelte nach Auskunft der ältesten Tochter Maxe „eine rührende Anhänglichkeit und Verehrung“ (ebd., S. 93). Bettine von Arnim wiederum versuchte auf ihn im Zuge ihres Fürstenerziehungsprojektes einzuwirken.

Purpurgeborne]
Beiname mehrerer antiker bzw. frühchristlicher Kaiser. Die Bezeichnung findet sich u.a. in Gottfried Herders zwischen 1784 und 1791 erstmals erschienenen *Ideen zur Philosophie der Geschichte der Menschheit* (vgl. Vierte Aufl. Zweiter Band. Leipzig 1841, S. 287).

Thronredner]
So wurden in konstitutionellen Monarchien Minister oder hohe politische Würdenträger genannt, die im Auftrag des Herrschers die Sitzungen der Volksvertretung durch eine vom Thron herab gehaltene Ansprache eröffneten.

Spott mit der „Tausendfelderwirthschaft“]
Vgl. Brief 47 und die Anm. dazu.

„Hofgelichter“]
Zitat aus dem Gedicht *Höfische Poesie* in August Heinrich Hoffmann von Fallerslebens *Unpolitischen Liedern* (Bd. 1. Hamburg 1841, S. 72). Bettine von Arnim übernahm es in einem Schreiben an Karl von Württemberg von Dezember 1842 (vgl. Lieber Kronprinz! Liebe Freundin! Briefwechsel zwischen Bettine von Arnim und Karl von Württemberg. Mit einem Anhang: Briefwechsel zwischen Bettine von Arnim und Julius von Hardegg. Hrsg. von Ulrike Landfester und Friderike Loos. Heidelberg 1998, S. 101).

Möglicherweise gebrauchte sie die Formulierung auch in ihrem nicht enthaltenen Brief.

heilige Antonius]

Der in einem ägyptischen Dorf geborene Antonius war der Sohn wohlhabender christlicher Bauern. Nach dem frühen Tod seiner Eltern verschenkte er all seinen Besitz und zog sich in die Einsamkeit zurück, zunächst in ein verlassenes Kastell am Rande der Wüste, dann in die arabische Wüste. Während seiner Zeit als Einsiedler wurde er immer wieder von quälenden Visionen heimgesucht So soll ihm der Teufel in verschiedener Gestalt erschienen sein, um ihn von seinem asketischen Leben abzubringen. Wegen seines energischen Widerstandes gegen diese Versuchungen wurde er von Vielen verehrt und gilt seither als ‚Vater der Mönche'.

Poltrer]

Unwirsch reagierender, aufbrausender Mensch.

griechischen Lorbeerkranze]

Siehe Brief 9.

Arnimschen Novellen]

Der dritte und vierte Band der *Novellen* erschien 1841, der fünfte und sechste im Folgejahr.

zweite Theil von den Kronenwächtern]

Der zweite, aus Nachlassmaterialien zusammengestellte Teil des Fragment gebliebenen Romans *Die Kronenwächter* (1817) erschien erst 1854. Während die Handlung des ersten Teils um den Tuchmacher und Waiblinger Bürgermeister Berthold kreist, geht es im zweiten Teil um den Malergehilfen und späteren Landsknecht Anton; beide Figuren erweisen sich dabei als Nachkommen der Staufer.

deinem neuen Buche]

Gemeint ist *Dies Buch gehört dem König* (1843). Schon im Winter 1840/41 trug sich Bettine von Arnim mit dem Gedanken, „dem Könige die Wahrheit [zu] sagen" (Aus dem Nachlaß Varnhagen's von Ense. Tagebücher von K.A. Varnhagen von Ense. Erster Band. Leipzig 1861, S. 243). Im Frühjahr 1841 holte sie durch Vermittlung Alexander von Humboldts die Erlaubnis Friedrich Wilhelms IV. ein, ihm ein Buch widmen zu dürfen. Die *Beilage zur Allgemeinen Zeitung* brachte schließlich am 12. Juni einen Bericht, in dem erstmals Einzelheiten des Vorhabens mitgeteilt werden: „Von *Bettina* kommt so eben ein neues Buch unter die Presse; der König hat bereits gestattet, daß ihm dasselbe gewidmet wird. Die Theilnahme für die Verfasserin wird durch seinen Inhalt nur gesteigert werden, da es außer mehreren größern Aufsätzen von allgemeinem Interesse eine Reihe von Gesprächen mit Frau Rath Goethe, Briefe derselben und viele Tagebuchblätter aus der Zeit der Correspondenz mit Goethe bringen soll. In letztern spiegelt sich die Eigenthümlichkeit der genialen Frau auf eine wunderbare Weise; es ist die Musik der Gedanken, das Harmonische und Melodische aller Wahrheit, das in ihnen sich offenbart." (Nr. 163, S. 1302)

„meinen letzten Liebschaften"]
Siehe Brief 76.

Heiligengeiststraße No 2]
Die Heiligen-Geist-Straße lag unweit von Dörings bisheriger Wohnung, oberhalb des Klosters Unserer Lieben Frauen.

BRIEF 87
Julius Döring an Bettine von Arnim,
Magdeburg, 4.10.1841
Handschrift (Druckvorlage): FDH, Hs-14970
(Nachlass Forbes-Mosse).

deiner Reise]
Siehe Anm. zum vorigen Brief.

Schildbürger [...] seine Beine wieder]
In der schwankhaften Erzählsammlung *Die Schiltbürger* findet sich unter der Nummer 29 die Geschichte „Wie die Schiltbürger [...] ire füsse verwechßleten, und dieselbe nicht mehr kenneten, doch zuletzt jeder die seinen wieder funde" (Der Schiltbürger. Wunderseltzame Abentheurliche, vnerhörte, vnd bißher vnbeschriebene Geschichten vnd Thaten der obgemelten Schildbürger in Misnopotamia hinder Utopia gelegen, a.a.O., S. 143). Vgl. auch Anm. zu Brief 80.

Überbringerin dieses Briefes]
Es ist unklar, wer die Überbringerin war; da sie Bettine von Arnim aber schon bekannt war, dürfte es sich um Dörings verheiratete Schwester gehandelt haben.

Ägis]
Eindeutschung des altgriechischen Begriffs αἰγίς (aigis), der sprichwörtlich gewordenen Bezeichnung für einen Schutzschild. Der griechische Gott Hephaistos fertigte aus einem Ziegenfell einen kunstvoll verzierten Schild, der zunächst als Brustpanzer für den Göttervater Zeus fungierte und den dann die Göttin Athene erhielt.

als Thetis schmeichelnd [...] umfaßte]
Die Nymphe Thetis war eine der Töchter des Meeresgottes Nereus. Wegen ihrer außerordentlichen Schönheit warb u.a. Zeus – ein Sohn des Kronos – um sie. Thetis aber wies ihn zurück mit der Begründung, dass Hera einst ihre Pflegemutter war. Sie heiratet schließlich den Myrmidonenkönig Peleus; aus dieser Verbindung geht Achilleus, eine der wichtigsten Figuren des Trojanischen Krieges, hervor. In Homers *Ilias* setzt sich Thetis mehrfach für ihren Sohn ein. Einmal umfasst sie in ritueller Bittgebärde die Knie Zeus' und ersucht ihn darum, das Kriegsgeschehen

um Troja so zu beeinflussen, dass ihr Sohn Achilleus seine Lieblingssklavin Briseis, die der griechische Heerführer Agamemnon für sich beansprucht, zurückerhält.

BRIEF 88
Julius Döring an Bettine von Arnim,
Magdeburg, 26.2.1842
Handschrift (Druckvorlage): FDH, Hs-14971
(Nachlass Forbes-Mosse).

Oberhalb der Überschrift wurde, ebenfalls zentriert, offenbar nachträglich mit Tinte die Ziffer „II." hinzugefügt. Außerdem sind rechts von der Überschrift nachträglich mit schwarzer Tinte drei unleserliche Wörter ergänzt. Augenscheinlich stammen diese Zusätze von verschiedenen Personen; von welcher Hand sie sind, lässt sich nicht entscheiden. Der Umstand, dass der Essay „Fürst und Volk" säuberlich auf zwei ineinander gelegte Doppelblätter geschrieben wurde, eine Passage aus einem Brief der Adressatin enthält, ohne eine private Mitteilung an diese auskommt und am Ende mit einer Chiffre signiert wurde, ist ein Anzeichen dafür, dass Döring hoffte, Bettine von Arnim würde den Text einer Zeitung zur Veröffentlichung zuspielen (vgl. Brief 89). Aus dieser Perspektive erscheint es sogar denkbar, dass Döring seinen Essay in doppelter Ausfertigung überschickt hat; die Angabe „II." könnte dann eine Exemplarnummerierung sein. Möglicherweise war der mit dem Datum „26 Februar 1842" versehene Text auch dem Schreiben vom 6. März beigelegt. Da er auf anderem Papier geschrieben wurde und ein eigenes Datum trägt, wird er aber als eigenständige Briefsendung gezählt.

Fürst und Volk]
Diesen Titel tragen mehrere Schriften aus der Zeit, darunter Ignaz Paul Vital Troxlers kommentierte Übersetzung *Fürst und Volk nach Buchanan's und Milton's Lehre* (Aarau 1821) – wegen der er als Lehrer am Lyzeum in Luzern entlassen wurde – und die anonym publizierte Flugschrift *Fürst und Volk. Eine Stimme über Preussen von einem Ausländer* (Sangerhausen 1835).

Erwach, mein Volk mit neuen Sinnen]
Anfangszeile von Georg Herweghs als Einzeldruck publiziertem Gedicht *Die deutsche Flotte. Eine Mahnung an das deutsche Volk. Zur sechsten Säkularfeier der Stiftung des Hansabundes* (Zürich/Winterthur 1841).

Die Siebenschläfer schliefen sieben Jahre]
In der Legende der Sieben Schläfer von Ephesus wird berichtet, wie sieben junge Christen auf der Flucht vor Verfolgern ihres Glaubens Schutz in einer Höhle suchen, dann darin eingeschlossen werden, in einen mehrere Jahrhunderte andauernden Schlaf fallen und schließlich von Gott

wiedererweckt werden. Goethe nimmt darauf Bezug in seinem in der Sammlung *West-östlicher Divan* (1819) gedruckten Gedicht *Siebenschläfer*. Das Motiv ging später in die Märchendichtung über. So werden in der im dritten Band der von Johann Karl August Musäus herausgegebenen *Volksmährchen der Deutschen* (1784; eine „Neue Ausgabe“ erschien 1839) enthaltenen Erzählung *Der geraubte Schleier* sieben schwäbische Soldaten, die – um den Feinden zu entgehen – sich in einem entlegenen Dorf verstecken und dort in einem großen Backofen nächtigen, als „Siebenschläfer“ bezeichnet. Dass Döring die Siebenzahl mit der Dauer des Schlafes in Verbindung bringt, ist nichts Ungewöhnliches. Karl Simrocks Märchen *Siebenschläfer* etwa beginnt mit den Worten: „Es waren einmal drei Siebenschläfer, die schliefen sieben Jahre und weil sie sieben Jahre lang schliefen ohne aufzuwachen, hieß man sie die Siebenschläfer, obgleich ihrer nicht mehr als drei waren.“ (Deutsche Märchen erzählt von Karl Simrock. Stuttgart 1864, S. 45)

an die vier mal sieben Jahre]

Döring nimmt hier Bezug auf die Befreiungskriege (1813–15), die nicht nur als Rückgewinn nationaler Souveränität, sondern auch als Phase politischer Emanzipation verstanden werden, und spielt dabei auf das Verfassungsversprechen an, das der preußische König Friedrich Wilhelm III. (1770–1840 am 22. Mai 1815 in der „Verordnung über die zu bildende Repräsentation des Volkes“ gegeben hatte.

Fürst, zerbrich den Zauberstab]

In William Shakespeares Drama *Der Sturm* (*The Tempest*) wird Prospero, der Herzog von Mailand, von seinem Bruder vertrieben und flieht auf eine einsame Insel. Durch Magie besiegt er seine dort gestrandeten Feinde. Nachdem seine Ehre wiederhergestellt worden ist, beschließt er, in seine Heimat zurückzukehren. Vorher zerbricht er aber seinen Zauberstab und entsagt der Magie.

du nennst dein Volk begeistrungsfähig]

Vgl. Brief 84 und den Kommentar dazu. Offensichtlich entspricht der Text „Fürst und Volk“ in seinem Kern den Ausführungen, die Döring im Juni 1841 erwähnt und die er an den preußischen König richten wollte.

Niccolo Macchiavelli […] machen kann. -“]

Niccolò Machiavellis um 1513 verfasste und 1532 erstmals gedruckte Schrift *Il Principe* (*Der Fürst*) gehört zu den wichtigsten staatsphilosophischen Abhandlungen der Neuzeit. Döring zitiert hier aus der von einem Vertreter der Junghegelianer besorgten Ausgabe: Der Fürst des Niccolo Macchiavelli. Uebersetzt und eingeleitet von Karl Riedel. Darmstadt 1841 (= Bibliothek für moderne Politik und Staatswissenschaft 1), S. 62. Im Januarheft 1839 der von Julius Merz in Verbindung mit Georg Friedrich Daumer und Karl Riedel herausgegebenen „Monatsschrift für das gebildete Deutschland“ *Athenaeum für Wissenschaft, Kunst und Leben* war das von Bettine von Arnim zusammengestellte Textensemble *Drei Briefe von Beethoven* [*an Bettina*] erschienen.

dunkeln Gewalt […] Netze der Polizei]
Anspielung auf die bestehende Zensurgesetzgebung, die im Anschluss an die sog. Karlsbader Beschlüsse verschärft worden war. So legte die Preußische Zensur-Verordnung vom 18. Oktober 1819 fest, dass „alle in den Königl. Staaten herauszugebenden Bücher und Schriften der Censur zur Genehmigung vorgelegt, und ohne deren schriftliche Erlaubniß *weder* gedruckt *noch* verkauft werden". Am 23. Februar 1842 bekräftigten die Minister des Innern und der Polizei, der geistlichen, Unterrichts- und Medizinal-Angelegenheiten und der auswärtigen Angelegenheiten noch einmal, „daß Alles, was gedruckt werden soll, ohne Rücksicht darauf, ob nur *ein* Abdruck und zu welchem Zwecke derselbe veranstaltet wird, vorher der Censur zur Genehmigung vorgelegt werden muß" (Ministerial-Blatt für die gesamte innere Verwaltung in den Königlich Preußischen Staaten. Hrsg. im Bureau des Ministeriums des Innern. 3. Jg. Berlin 1842, S. 69).

doch Brutus ist ein ehrenwerther Mann]
Zitat aus William Shakespeares Tragödie *Julius Caesar*. Indem Marcus Antonius diese Formel in seiner Rede an das römische Volk refrainartig gebraucht, höhlt er das Lob, das darin scheinbar zum Ausdruck kommt, nach und nach aus und verkehrt es in sein Gegenteil. Dieser Kniff gilt seitdem als Musterbeispiel für die Macht manipulativer Rhetorik.

„Der Rest ist Schweigen."]
Die letzten Worte der Hauptfigur von William Shakespeares Tragödie *Hamlet, Prinz von Dänemark* (V,2) vor ihrem Tod.

Oder er schickt […] durchzuschlüpfen.]
Anspielung auf das von den Vertretern des Jungen Deutschland entwickelte Konzept des „Ideenschmuggels", das von vielen Autoren im Vormärz übernommen wurde.

Damit verliert […] Sumpf ist.]
Nach Platon gibt es in der menschlichen Seele „drei Grundkräfte": „1) das Denkende, die Vernunft; 2) die natürlichen Triebe und Begierden […], das Gedankenlose, was von der Vernunft zu beherrschen ist; 3) das Muthige […] das bei guter Erziehung gegen die Begierden kämpft und wenn diese mit der Vernunft und Ueberlegenheit in Streit geraten, sich auf die Seite der letztern schlägt"; da es Äquivalente dieser Grundkräfte auch im Staatswesen gebe, müsse gelten: „Das Vernünftige muß herrschen und das Muthige ihm gehorsam und verbündet sein." (August [Ernst Gotthold Jacob] Arnold: Einleitung in die Philosophie durch die Lehre Platon's vermittelt. Berlin/Züllichau 1841, S. 71; vgl. Politeia 436a–441e) Im Lauf der Zeit sehr unterschiedlich übersetzt worden ist die Benennung für die dritte Grundkraft „thymoeides" (θυμοειδές). Im Deutschen wurden dafür so unterschiedliche Formulierungen wie „das

Mutige", „das Tatkräftige", „das Sich-Empörende", „das Sich-Ereifernde" oder „das Erzürnbare" gefunden. Letzteren Begriff verwendet etwa Karl Ernst Christoph Schneider in seiner Ausgabe von *Plato's Staat* (Breslau 1839).

des Volkes Stimme]

Lateinische Redensart: „Vox populi, vox dei" (Volkes Stimme ist Gottes Stimme). Während Bettine von Arnim in der *Günderode* nur von der „vox humana" spricht, spielt in *Dies Buch gehört dem König* die Wendung „vox populi" eine zentrale Rolle.

erlaubt zu reden, […] aber mit Wohlwollen]

Als Reaktion auf eine Kabinettsordre des Königs vom 10. Dezember 1841 erging am 24. 12. ein ministerielles Zirkular an sämtliche Oberpräsidenten der preußischen Provinzen, in dem die Ausführungsbestimmungen des seit 1819 bestehenden Zensuredikts präzisiert wurden. Danach „[…] hat der Censor bei der Frage, ob er Aeußerungen über den Staat, seine Einrichtungen, seine Gesetzgebung, seine Verwaltung oder deren Organe zum Druck verstatten dürfe? nicht blos auf den *Inhalt*, sondern auch auf *Ton* und *Tendenz* der Schriften zu achten. In leidenschaftlicher oder unanständiger Sprache geschriebene Aufsätze und Stellen sind unzulässig. Eine in wohlwollender Tendenz und in anständiger Form ausgesprochene Kritik, welche belehren, rathen und dadurch nützen und verbessern will, soll nicht gehindert werden. Nicht zu dulden sind dagegen Verspottung oder Verunglimpfung gesetzlich bestehender Einrichtungen, oder anmaßender, geringschätzender Tadel derselben." (Die jetzige Preßgesetzgebung Preußens. Systematische Zusammenstellung der seit dem 24. Dezember 1841 ergangenen Censur- und Preß-Gesetze sowie Ministerial-Rescripte […]. Berlin 1843, S. 14)

Chiliasten]

Die Bezeichnung meint ursprünglich diejenigen, die an die Wiederkunft Jesu Christi und die darauf folgende Errichtung eines tausend Jahre währenden Reiches glauben, wurde aber bald für alle gebraucht, die vom bevorstehenden Ende der gegenwärtigen Welt überzeugt sind.

Dann zuletzt […] leben lasse.]

Döring zitiert hier eine Strophe des Gedichts *Elemente* aus dem „Buch des Sängers" in Goethes Lyriksammlung *West-östlicher Divan* (1819).

Schon Schleiermacher […] bewährt wird.]

Paraphrasierendes Zitat aus Friedrich Schleiermachers seinerzeit anonym erschienener Schrift *Vertraute Briefe über Friedrich Schlegels Lucinde* (1800): „Eine Gesinnung vertheidigt sich nur, indem sie als in sich bestehend und an alles Große und Schöne sich anschließend bewährt wird." (Schleiermachers Vertraute Briefe über die Lucinde. Mit einer Vorrede von Karl Gutzkow. Hamburg 1835, S. 10)

„Das Volk muß […] stützen dürfte.“]
Zitat aus Bettine von Arnims Brief an Philipp Nathusius vom 13. Oktober 1839 (vgl. IP II, S. 54f.).

Curialstyl]
Als „stylus curiae“ bezeichnete man den Schreibstil der Höfe und ihrer Behörden. Gemeint ist damit eine formelhaft-steife Ausdrucksform in Briefen mit feststehenden Anredeformen und floskelhaften Schlusssätzen, die vornehmlich in amtlichen Schriften zur Anwendung kam.

Er hat freimüthig […] Hoffnungen zerstörte]
Siehe Anm. zu Brief 84.

Nur ein Gefangner […] das Wort!]
Vgl. Brief 84.

„diesem Ganzen […] aus ihm steht.“]
Zitat aus der achten von Johann Gottlieb Fichtes *Reden an die deutsche Nation* (1808).

sein großer Ahnherr]
Gemeint ist der preußische König Friedrich II., der auch „der Große“ genannt wurde und von 1740 bis zu seinem Tod regierte.

„ewig dauerndes […] zu erziehen.“]
Weiteres Zitat aus der achten von Fichtes *Reden an die deutsche Nation* (1808).

verflößen]
Auflösen und dadurch verteilen.

„Erwach […] gewinnen.]
Döring zitiert hier die ersten vier Zeilen der Anfangsstrophe von Georg Herweghs Gedicht *Die deutsche Flotte*.

Δγ.]
Der Anfangs- und Endbuchstabe von Dörings Nachname in griechischen Schriftzeichen.

BRIEF 89
Julius Döring an Bettine von Arnim, Magdeburg, 6.3.1842
Handschrift (Druckvorlage): FDH, Hs-14972 (Nachlass Forbes-Mosse).

Der Glaube versetzt Berge.]
Das Sprichwort geht auf zwei Bibelstellen zurück (Mt 17,20 und 1 Kor 13,2).

wie zu einem Zeltkammeraden]
Döring greift hier eine Formulierung Bettine von Arnims auf; schon am 31. März 1839 hatte sie ihn aufgefordert, mit ihr umzugehen wie mit einem „Stubenkameraden“ (Brief 22).

Pannier]
Ein Panier (von lat. „baneria") ist das weithin sichtbare Erkennungszeichen einer – in vielen Fällen: militärischen – Formation in Form eines Banners oder einer Fahne.

fahen]
Altertümlicher Ausdruck für „fassen", „fangen", „ergreifen". Luther gebraucht ihn häufig in seiner Bibelübersetzung.

legen ein Schloß auf seinen Mund]
Anspielung auf die bestehenden Zensurrichtlinien, die eine freie Meinungsäußerung verhinderten.

zufahriger]
Übereilt handelnder.

Imprimatur]
Wörtlich: „es werde gedruckt" (lat.), d.h. die Druckerlaubnis.

Aufsatz]
Gemeint ist offenbar der mit dem Datum „26 Februar 1842" versehene Aufsatz „Fürst und Volk"; siehe Anm. zum vorangehenden Brief.

Fortuna [...] Händen]
Döring vermengt hier die Ikonographie zweier römischer Gottheiten, nämlich von Fortuna, der römischen Göttin des Zufalls und des guten Gelingens, die häufig auf einer Kugel wandelnd dargestellt wurde (Fortuna rotans), was die Instabilität des Glücks zum Ausdruck bringen sollte, und von Victoria, der Siegesgöttin, die über der Weltkugel schwebt und einen Siegerkranz und einen Palmzweig in Händen hält. Vgl. Brief 80 und die Anm. dazu.

Heiligengeiststraße No 2]
Diese heute nicht mehr existierende Straße, deren Name sich von der nahe gelegenen Heilige-Geist-Kirche ableitet, verlief ursprünglich in der Verlängerung der Bärstraße parallel zur Großen Klosterstraße in Richtung Fürstenwall.

BRIEF 90
Julius Döring an Bettine von Arnim,
Magdeburg, 10.8.1842
Handschrift (Druckvorlage): FDH, Hs-14973
(Nachlass Forbes-Mosse).

Der Clemens ist todt!]
Clemens Brentano, dessen Gesundheitszustand sich schon seit längerem verschlechtert hatte, starb am 28. Juli im Haus seines jüngeren Bruders Christian in Aschaffenburg an einem Herzleiden. Öffentlich angezeigt wurde sein Tod erstmals am 2. August in Nr. 183 der *Aschaffenburger Zeitung*; die dortige Nachricht wurde von vielen Blätten übernommen.

Einen weiteren Nachruf brachte am Folgetag die *Augsburger Postzeitung* in ihrer Nr. 215. Döring könnte von Brentanos Tod aus der *Allgemeinen Zeitung* erfahren haben, die darüber am 6. August in Nr. 218 berichtete (vgl. Sabine Claudia Gruber: „Sein Leben war bewegt und nicht frei von verschiedenartigen Richtungen." Nachrufe auf Clemens Brentano in deutschsprachigen Zeitungen und Zeitschriften. In: Internationales Jahrbuch der Bettina-von-Arnim-Gesellschaft 24/25 [2012/13], S. 123–133). Die Nachricht selbst meldete aber auch die *Allgemeine Preußische Staats-Zeitung* in Nr. 217 vom 7. August (S. 932).

an der Schwelle deiner Kindheit stand]
Döring bezieht sein Wissen über die Bedeutung, die Clemens Brentano für Bettine von Arnim hatte, aus dem *Günderode*-Buch. Darin erscheint der Bruder als wichtigste männliche Bezugsperson der Adoleszenzphase.

fortleben wird er in deinem Angedenken]
Tatsächlich begann Bettine von Arnim schon bald nach dem Tod ihres Bruders damit, die Korrespondenz mit ihm zu sichten. 1844 erschien dann der erste Band ihres Briefbuches *Clemens Brentano's Frühlingskranz*; zur Publikation einer Fortsetzung kam es aber später nicht mehr.

Odysseischer Irrfahrt]
Anspielung auf Homers Epos *Odyssee*, in dem der Held, König Odysseus von Ithaka, nach Ende des Trojanischen Kriegs zehn Jahre benötigt, bis es ihm gelingt, nach Hause zu seiner wartenden Frau Penelope zurückzukehren. Während dieser Zeit erlebt er zahlreiche, z.T. gefährliche Abenteuer und ist mehrfach erotischen Verlockungen ausgesetzt.

tanzen]
Korrigiert aus „tranzen".

BRIEF 91
Julius Döring an Bettine von Arnim,
Magdeburg, 3.12.1842
Handschrift (Druckvorlage): FDH, Hs-14974
(Nachlass Forbes-Mosse).

eine Ondine […] festhalten will]
Undinen oder Ondinen (von frz. „onde": Welle) gehören in der literarischen Mythologie zur Gruppe der sog. Elementarwesen und sind weiblich-jungfräuliche Wassergeister. Weite Verbreitung gefunden hat diese Bezeichnung für eine Nixe durch Friedrich de la Motte Fouqués Märchenerzählung *Undine* (1811).

Aventiure meines Lebens]
Die „âventiure" ist ein zentrales Handlungselement der romanhaften Dichtung des Mittelalters und bezeichnet die ritterliche Bewährungsprobe, die der Held bestehen muss.

vor einiger Zeit verreist]
Bettine von Arnim war im September zu einer längeren Reise in ihre Heimatregion aufgebrochen, wo sie ihre Verwandten besuchte und bis zum Januar 1843 blieb. Außer in Frankfurt und dem nahe gelegenen Rödelheim hielt sie sich u.a. zu einer Kur in Bad Ems sowie in Bad Kreuznach auf und besuchte auf kurzen Abstechern zahlreiche weitere Orte.

Goldschmiedebrücke No. 19]
Diese Straße, deren Name von den seinerzeit dort ansässigen Goldschmieden herrührt, lag im Zweiten Bezirk oder Berlinerstraßenbezirk. Der zweite Wortbestandteil bezieht sich dabei nicht auf eine Gewässerüberquerung, sondern war eine Bezeichnung für einen gepflasterten Weg. Bei den sog. „Brücken“ handelte es sich um – oftmals enge – Geschäftsstraßen, die einen mit Steinplatten belegten Gehweg in der Mitte hatten. Die ursprüngliche Goldschmiedebrücke war eine Parallelstraße zum Breiten Weg und führte ab der Bärstraße nach Norden, während die heutige Straße dieses Namens in west-östlicher Richtung verläuft.

BRIEF 92
Julius Döring an Bettine von Arnim,
Berlin, 4.1.1844
Handschrift (Druckvorlage): FDH, Hs-14975
(Nachlass Forbes-Mosse).

Du hoffst noch von diesem Könige]
Anspielung auf Bettine von Arnims Gesprächsbuch *Dies Buch gehört dem König*, das im Vorjahr erschienen war. Mit seiner zum Titel umfunktionierten Widmung richtet es sich an den preußischen Regenten Friedrich Wilhelm IV. und versucht diesen zum Handeln im Sinne des Volkes zu bewegen.

goldenes Kalb]
In der Bibel wird berichtet, dass die Israeliten, während sie auf Mose warteten, der auf den Berg Sinai gestiegen war, um dort von Gott die zehn Gebote entgegen zu nehmen, mit dessen Bruder Aaron ein Götzenbild in Form eines Kalbes schufen und diesem Opfer brachten (vgl. Ex 32,1–4). Nach seiner Rückkehr zerstörte Moses das goldene Kalb.

Schlafe, was willst du mehr]
Refrainzeile von Goethes 1815 publiziertem, mehrfach vertontem und daher weithin bekannt gewordenem Gedicht *Nachtgesang* („O gib vom weichen Pfühle …“). In der Vormärzzeit entstanden diverse Kontrafakturen dieses Textes, darunter August Heinrich Hoffmann von Fallerslebens im ersten Teil seiner *Unpolitischen Lieder* (1841) abgedrucktes Gedicht *Schlafe! was willst du mehr!* („Wo sind noch Würm' und Drachen …“) und Georg Herweghs im zweiten Band seiner *Gedichte eines Lebendigen*

(1843) publiziertes *Wiegenlied* („Deutschland – auf weichem Pfühle …"). Der Kontext von Dörings Äußerung legt nahe, dass er diese ironischen Gegenentwürfe mit politischer Aussageabsicht kannte.

Barbarossa Deutschlands]

Der staufische Herrscher Friedrich I., der wegen seines rötlichen Bartes Barbarossa genannt wurde, war von 1155 bis 1190 deutscher Kaiser. Nach dem Ende des Heiligen Römischen Reiches deutscher Nation (1806) und im Zuge der Befreiungskriege gegen Napoleon wurde er zu einer mythischen Erlösergestalt stilisiert. Da kein Grabmal Barbarossas existiert, entwickelte sich die Vorstellung, er schlafe im Kyffhäuser und werde einst erwachen, um die Nation politisch zu einen und in eine glorreiche Zukunft zu führen.

Johannes der Zukunft]

Der jüdische Bußprediger Johannes, der den Beinamen „der Täufer" erhielt, kündigte ein kommendes Gottesreich an und gilt als Vorläufer bzw. Wegbereiter Jesu.

Don Quixotte]

Die Titelfigur von Miguel de Cervantes' Roman *El ingenioso hidalgo Don Quixote de la Mancha* (1605/15; dt.: *Der sinnreiche Junker Don Quijote von der Mancha*), einer Parodie auf die seinerzeit beliebten Ritterromane, erscheint vor allem deshalb als lächerliche bzw. tragikomische Gestalt, weil sie ständig die Wirklichkeit verkennt und so als verblendet gezeigt wird.

Götterdämmerung]

Eine apokalyptische Vorstellung aus der nordischen Mythologie vom Untergang der Götter und dem Ende der (alten) Welt (ragnarök).

Grafen von Oriola]

Der konservativ eingestellte portugiesische Diplomatensohn *Eduard* Ernst Lobo da Silveira Graf von Oriola hatte eine militärische Laufbahn eingeschlagen und war Rittmeister im Garde-Dragoner Regiment der Preußischen Armee. Nachdem er Anfang 1841 Bettine von Arnims Tochter Maximiliane erstmals begegnet war, die seiner Mutter einen Besuch abgestattet hatte, bemühte er sich um regelmäßigen Kontakt zu ihr und verkehrte häufiger bei den Arnims. 1853 heirateten beide auf dem Arnimschen Landgut Wiepersdorf.

Maskenscherz]

Die erwähnte Begegnung ereignete sich offenbar bei einem der in den Wintermonaten häufig stattfindenden Maskenbälle. Bettine von Arnim nahm an solchen festlichen gesellschaftlichen Ereignissen jedoch nur selten statt.

Vogel der Minerva]

Die Eule ist der Wappenvogel der antiken Göttin Minerva (Athene) und symbolisiert deren zentrale Eigenschaften Klugheit und Weisheit.

Neue Verbindungsstraße […] Schiedlerschen Hause]
Gemeint ist eine 1843 neu angelegte Querverbindung zwischen der Markgrafen- und der Friedrichsstraße, die wegen der in unmittelbarer Nähe gelegenen, 1835 eröffneten Sternwarte bald nach dem Astronomen Franz *Friedrich Wilhelm* Bessel benannt wurde. Das Haus des Kammergerichtskanzlisten Johann Gottlieb Schiedler befand sich in der Besselstraße 4.

BRIEF 93
Julius Döring an Bettine von Arnim,
Berlin, 24.1.1844
Handschrift (Druckvorlage): FDH, Hs-17142
(Schenkung John Brentano III).
Druck: Werner Vordtriede: Bettina von Arnims Armenbuch. In: Jahrbuch des Freien Deutschen Hochstifts 1962, S. 379–518, hier: S. 419–424; Bettina von Arnims Armenbuch. Hrsg. von Werner Vordtriede. Frankfurt a.M. 1981 (= insel taschenbuch 541), S. 78–84.

Bergpredigt]
Als Bergpredigt wird der Abschnitt des neutestamentlichen Matthäus-Evangeliums (Mt 5–7) bezeichnet, in dem Jesus den Jüngern, die ihm auf eine bergige Anhöhe gefolgt sind, den im alten Testament festgehaltenen Willen Gottes neu auslegt und seine Lehre verkündet. Zentraler Bestandteil des Textes sind konkrete Anweisungen zu ethischem Handeln.

Herrn Geheimen Raths […] ohne Eichenlaub]
Durch die Gewährung zahlreicher Privilegien war es dem preußischen König Friedrich Wilhelm IV. 1841 gelungen, den in München lehrenden Philosophen Friedrich Wilhelm Joseph Schelling dazu zu bewegen, trotz seines fortgeschrittenen Alters an die Universität Berlin zu wechseln. Als Nachfolger auf dem Lehrstuhl Georg Wilhelm Friedrich Hegels sollte er die „Drachensaat des Hegel'schen Pantheismus" (Schelling im Spiegel seiner Zeitgenossen. Hrsg. von Xavier Tilliette. Torino 1974 [= Philosophica varia inedita vel rariora 1], S. 244f.) in Preußen ausrotten helfen. Bettine stand Schelling, den sie seit ihrem Aufenthalt in München (1808/09) persönlich kannte, und seiner Philosophie äußerst skeptisch gegenüber. So schrieb sie ihrer Schwester Gunda Ende Dezember 1841 nach dessen Antrittsvorlesung: „Was ich über Schelling gehört habe von Berlin aus, ist der Gnadenstoß der gesunden Vernunft, namentlich ist doch die Eingangsrede, die ich gedruckt gelesen, gerade als habe ihm der Teufel der Aufgeblasenheit seine Livree angezogen." (Schellberg/Fuchs, S. 326)

Der Rote Adlerorden war ein 1705 gestifteter preußischer Verdienstorden und nach dem Schwarzen Adlerorden die zweithöchste Auszeichnung im preußischen Staat. Da er in vier Klassen unterteilt war und mit – teilweise kombinierbaren – Ergänzungen versehen war, handelte es sich um den deutschen Orden mit den vielfältigsten Abstufungen, was bei der Bevölkerung Anlass für Spott war. Schelling erhielt die Auszeichnung am 21. Januar 1844 beim jährlichen Krönungs- und Ordenfest. Knapp zwei Jahre zuvor, am 31. Mai 1842, war er bereits mit dem Orden Pour le Mérite für Wissenschaft und Künste ausgezeichnet worden.

Es ist leichter […] Himmelreich komme]

Ein von Jesus gebrauchtes, sprichwörtlich gewordenes Gleichnis; es ist in allen drei sog. synoptischen Evangelien überliefert (Mk 10,25; Lk 18,25; Mt 19,24).

Parabel vom Armen und Reichen […] gepeinigt.]

Im Gleichnis vom reichen Mann und vom armen Lazarus, einer biblischen Erzählung aus dem Lukasevangelium (Lk 16,19–31), findet sich ein Reicher nach dem Tod in der Unterwelt wieder, wo er qualvoll leiden muss, und erblickt von Ferne den aussätzigen Bettler Lazarus in Abrahams Schoß.

sausenden Webestuhles der Geschichte]

Abwandlung einer Wendung aus Goethes Tragödie *Faust*, wo vom „sausenden Webstuhl der Zeit“ (V. 508) die Rede ist.

Der Geist […] Wahrheit]

Im Neuen Testament bezeichnet Jesus den Heiligen Geist als den „Geist der Wahrheit“ (Joh 15,26).

Einst wollten […] ihr Gefängniß.]

Hesiod berichtet in seiner *Theogonie*, dem „eigentlichen Codex einer zusammenhängenden Götterlehre der Griechen“ (O.[tto] F.[riedrich] Gruppe: Über die Theogonie des Hesiod, ihr Verderbniß und ihre ursprüngliche Gestalt. Berlin 1841, S. 1), vom elf Jahre dauernden Kampf zweier Göttergeschlechter (Titanomachie). Am Ende zwingen Zeus und seine Verbündeten, die späteren Olympier, ihre Widersacher, die Titanen, durch Blitze und geschleuderte Felsbrocken dazu, sich in die finstere Kluft des Tartaros zurückzuziehen, die anschließend verriegelt wird, so dass kein Entkommen möglich ist.

die Nacht die Mutter der Götter]

Nyx ist in der griechischen Mythologie die Göttin der Nacht und eine der fünf Urgottheiten, die aus dem anfänglichen Chaos entstanden. Sie gilt als Mutter des Gottes der Luft (Aither), der Göttin des Tages (Hemera), des Gottes des Schlafes (Hypnos), des Gottes des Traums (Oneiroi), des Gottes des Todes (Thanatos) und des Gottes der Zuneigung (Philotes).

die bekannten vier Fragen]

Anspielung auf die von dem jüdischen Arzt und Publizisten Johann Jacoby stammende, zunächst anonym veröffentlichte Flugschrift *Vier Fragen beantwortet von einem Ostpreußen*, in welcher der Verfasser die Einlösung des Verfassungsversprechens anmahnte und eine direkte „Theilnahme des Volks an den öffentlichen [...] Angelegenheiten“ (Mannheim 1841, S. 8) sowie Pressefreiheit forderte. Friedrich Wilhelm IV. strengte darauf einen Hochverratsprozess wegen Majestätsbeleidigung gegen Jacoby an, der mit der Todesstrafe hätte enden können. Das Oberlandesgericht Königsberg erklärte sich jedoch für nicht zuständig und überwies den Fall an das Berliner Kammergericht, das in Jacobys Flugschrift keinen Hochverrat erkennen konnte und die Akten zurück nach Königsberg sandte. Auf direkte Intervention des Königs hin wurde Jacoby 1842 wegen Majestätsbeleidigung und Verspottung der Landesgesetze zu zweieinhalb Jahren Festungshaft verurteilt, die er jedoch nicht absitzen musste, da er Berufung einlegte und erneut vom Kammergericht Berlin freigesprochen wurde.

Palliativmittel]
Vom lateinischen Verb „palliare“ („verbergen“, „mit einem Mantel bedekken“) abgeleiteter Begriff für eine Form der Linderung von Schmerz oder Not, welche nicht die Ursachen des Leids beseitigt.

Anekdote von Jean Paul]
Gemeint ist der in der „Nachschrift“ zum „Zweiten Vorkapitel“ von Jean Pauls Fragment gebliebenem Roman *Der Komet oder Nikolaus Marggraf* (1820–22) gedruckte Bericht *Das große magnetische Gastmahl des Reisemarschalls Worble*.

Pupillencollegien]
Justizbehörden, die Vormundschaftsangelegenheiten regelten; entsprechende Einrichtungen gab es seit dem 18. Jahrhundert in mehreren Staaten, u.a. in Preußen.

BRIEF 94
Julius Döring an Bettine von Arnim, Wolmirstedt, 10.6.1844
Handschrift (Druckvorlage): FDH, Hs-14484 (Nachlass Forbes-Mosse).

Labyrinth der Brust]
Zitat aus Goethes Gedicht *An den Mond* (1. Fassung 1778, 2. Fassung 1789), dessen letzte Strophe lautet: „Was, von Menschen nicht gewußt/ Oder nicht bedacht,/ Durch das Labyrinth der Brust/ Wandelt in der Nacht.“ Wie vertraut Bettine von Arnim mit diesen Zeilen war, zeigt auch der Umstand, dass sie sie Ende Februar 1843 in einem Brief an Friedrich Wilhelm IV. zitiert.

Patmos]
Siehe Anm. zu Brief 31 und vgl. Brief 86.

daß die Polizei […] gelegt hat]
Da *Clemens Brentano's Frühlingskranz* im Charlottenburger Verlag von Egbert Bauer, einem Bruder der beiden Junghegelianer Bruno und Edgar Bauer, erschien, waren die preußischen Behörden wegen Bettine von Arnims neuem Werk von vornherein in Alarmbereitschaft. Auf Grund seines Umfangs, der mehr als 20 Bogen (320 Seiten) betrug, war das Buch zwar von der Vorzensur befreit, dennoch musste davon – wie bei jeder Publikation – vor der Auslieferung ein Exemplar bei der Polizei eingereicht werden. Bereits am Folgetag, dem 24. Mai, wurde der *Frühlingskranz* „mit Beschlag belegt *wegen respektwidrigem Inhalt* der *Zueignung*" (Werke und Briefe, Bd. 1, S. 999). Als der Verleger darauf geltend machte, dass der Widmungsträger, Prinz Adalbert, „die Zueignung angenommen habe", wurde ihm mitgeteilt, dass die bisherige „Beschlagnahme […] wieder aufgehoben" worden sei, das Buch aber erneut beschlagnahmt werden müsse, weil „der Name [der Verfasserin] auf dem Titel fehle" (ebd.). Das Werk könne „nicht eher freigegeben werde[n], bis es die Zensur passiert habe" (ebd.). Den darauf erhobenen Einwand, dass der Name der Verfasserin am Ende des Widmungstextes genannt sei und „Bücher über zwanzig Bogen […] nicht mehr zensiert werden *dürfen*" (ebd., S. 1000), erkannte die Polizei nicht an. Darauf beschwerte sich Bettine von Arnim am 25. Mai brieflich beim preußischen König, der wenig später anordnete, das Werk freizugeben. Da die Behörden den Befehl aber zunächst nicht umsetzten, dauerte es noch über zwei Wochen, bis das Buch am 19. Juni ausgeliefert werden konnte. In der Zwischenzeit waren mehrere Artikel über diese Angelegenheit in der Presse erschienen; einige der diesen zugrunde liegenden Meldungen hatte Bettine von Arnim selbst lanciert, um öffentlichen Druck aufzubauen.

dein Königsbuch unterdrücken]
Unmittelbar nachdem Bettine von Arnim im Frühjahr 1842 damit begonnen hatte, dem zuständigen Zensor Friedrich Wilhelm Rudolf Eduard Freiherr von Lauer-Münchhofen das im Satz befindliche ‚Königsbuch' „bogenweise" zur „Censur" (Püschel, S. 461) vorzulegen, kam es zu einem längeren Streit mit den preußischen Behörden, der sich an der Widmung des Werks entzündete. Obwohl die Verfasserin durch Alexander von Humboldt schriftlich die Zusage erhalten hatte, dass der König die Dedikation annehmen werde, verlangte das Ministerium noch zusätzlich die „Vorlegung einer Allerhöchsten Kabinets-Ordre" (Geheimrat Ferdinand Seiffart im Auftrag des Innenministers Adolph Heinrich von Arnim-Boitzenburg an Oberpräsident *August* Friedrich Wilhelm von Meding, 12.7.1842; Püschel, S. 459). Bettine von Arnim beklagte sich am 16. Juni 1842 darüber beim König (vgl. Püschel, S. 75), worauf sich ein

hektischer Briefwechsel zwischen dem Oberpräsidenten und dem Innenminister entspann. Man gelangte zu dem Ergebnis, „daß eine ausdrückliche Bestimmung darüber nicht besteht, daß Dedicationen an des Königs Majestät ohne den Nachweis der Allerhöchsten Zustimmung von der Censur nicht zugelassen werden sollen“, dass „die Praxis aber [...] diesen Nachweis stets erfordert“ habe, „da die Einführung des entgegengesetzten Grundsatzes leicht Inconvenienzen nach sich ziehen könnte“ (Oberpräsident *August* Friedrich Wilhelm von Meding an Innenminister Adolph Heinrich von Arnim-Boitzenburg, 6.8.1842; Püschel, S. 460). Auf welche Weise die Streitigkeiten um die Widmung des Buches endgültig beigelegt wurden, lässt sich den Akten nicht entnehmen. Am 19. Februar ersuchte sie Alexander von Humboldt darum, „er solle ihr vom König für das Buch, dessen Zueignung er angenommen, hier Censurfreiheit geben“ (Aus dem Nachlaß Varnhagen's von Ense. Tagebücher von K.A. Varnhagen von Ense. Zweiter Band. Leipzig 1861, S. 17). Es ist deshalb anzunehmen, dass der König selbst anordnete, dem Werk das Imprimatur zu erteilen. Dementsprechend bemerkte Bettine von Arnim am 21. November 1843 rückblickend in einem Brief an Adolf Stahr: „Er hatte während dem Druck den gemessenen Befehl gegeben, daß die Zensur mir nichts in den Weg legen solle“ (Aus Adolf Stahrs Nachlaß. Briefe von Stahr nebst Briefen an ihn von Bettine von Arnim [...] u.a. ausgewählt und mit Einleitung und Anmerkungen hrsg. von Ludwig Geiger. Oldenburg 1903, S. 81). Als sie davon Kenntnis erhielt, dass Friedrich Wilhelm IV. eine Revision der Pressegesetzgebung anstrebt, wodurch Bücher über zwanzig Bogen – d.h. 320 Seiten – von der Vorzensur befreit sein sollen, legte sie den Behörden keine weiteren Probeabzüge des ‚Königsbuchs‘ mehr vor und entzog damit den größten – und politisch brisantesten – Teil des Werks ihrer Kenntnis.

Bekannten [...] Correspondenzartikel schreibt] Die *Magdeburgische Zeitung* gilt als die älteste deutschsprachige Zeitung und war – wie am 1. April 1847 in einem Bericht des Oberpräsidenten der Provinz Sachsen, Gustav von Bonin, an Innenminister Ernst von Bodelschwingh festgestellt wird – Mitte des 19. Jahrhunderts „eines der am meisten gelesenen und verbreiteten Provinzialblätter“ (Acta Borussica N.F. 2. Reihe: Preußen als Kulturstaat. Hrsg. von der Berlin-Brandenburgischen Akademie der Wissenschaften [vormals Preußische Akademie der Wissenschaften] unter der Leitung von Wolfgang Neugebauer. Abt. II: Der preußische Kulturstaat in der politischen und sozialen Wirklichkeit. Bd. 6: Bärbel Holtz: Preußens Zensurpraxis von 1819 bis 1848 in Quellen. 2. Halbband. Berlin/Boston 2015, S. 1245). In Nr. 113 vom 15. Mai 1844 erschien darin ein „Aufruf an Alle, welche über den Zustand des Armenwesens in Gemeinden, Kreisen, Bezirken, Provinzen u.s.w. des gesammten Deutschen Vaterlandes genaue Auskunft zu geben vermögen", ihr „getreue Berichte darüber zukommen zu lassen". Wenig später konnte man den Appell auch in anderen Blättern lesen, so am 18. Mai in der *Kölnischen Zeitung* und am 23. Mai in der *Allgemeinen Zeitung*. Bettine von Arnim erhielt darauf diverse Zuschriften mit Reflexionen über die Gründe der Armut in Deutschland sowie detaillierte Namenslisten armer Handwerker und Tagelöhner. Einige dieser Tabellen wollte sie in ihr Armenbuch-Projekt aufnehmen und bereitete sie – wie eigenhändige Markierungen zeigen – für den Druck vor. Über welche Mittelsperson der Aufruf an die *Magdeburgische Zeitung* lanciert wurde, ist nicht bekannt.

BRIEF 95
Julius Döring an Bettine von Arnim,
Aschersleben, 13.12.1846
Handschrift (Druckvorlage): FDH, Hs-14976
(Nachlass Forbes-Mosse).

deine alte Wohnung]
Nachdem der Diplomat und Kunstsammler Graf Atanazy Raczyński vom preußischen König Friedrich Wilhelm IV. ein Grundstück am Königsplatz mit der Auflage geschenkt bekommen hatte, dort ein neues Galeriegebäude zu errichten und seine Bilder der Öffentlichkeit zugänglich zu machen, verkaufte er 1843 sein bisheriges Wohnhaus Unter den Linden 21; vgl. Brief 1 und die Anm. dazu. Bettine von Arnim zog darauf zunächst in eine Wohnung im nahe dem Kupfergraben gelegenen Haus Hinter dem Neuen Packhof 2; dort hat Döring sie offenbar besucht.

Blätter [...] bethaut waren]
Döring bezieht sich hier auf die meist in tabellarisch-listenartiger Form angelegten Übersichten über die Lebenssituation in Armut lebender Menschen, die Bettine von Arnim aus verschiedenen Teilen Preußens erhalten hatte und die sie im Zuge ihres Armenbuch-Projekts publizieren wollte; vgl. Kommentar zu Brief 94.

Anhaltsche Thor]
Als in der Mitte des 19. Jahrhunderts Berlin durch Eisenbahnlinien erschlossen wurde, kam es 1838 erst zum Bau des Potsdamer Bahnhofs und wenig später dann zum Bau des etwas südlich davon gelegenen Anhalter Bahnhofs, der am 1. Juli 1841 in Betrieb genommen wurde. In diesem Zusammenhang errichtete man 1840 ein neues Stadttor in der Zoll- und Akzisemauer, das Anhalter Tor.

neuen Quartiere]
Bettine von Arnim war abermals umgezogen und bewohnte im Herbst 1845 am Stadtrand eine „hübsche Wohnung mit einem großen Saal und Balkon in einem neuen Hause, Köthener Straße 9/11 [korrekt: 8/9], gegenüber dem Potsdamer Bahnhof" (Werner, S. 146). Zum Zeitpunkt, zu

dem Döring seinen Brief schrieb, hatte sie aber auch diese Unterkunft bereits wieder verlassen. Weil der „Hauswirt die Miete plötzlich um hundert Thaler gesteigert“ hatte, kündigte sie „zum 1. Oktober“ (Werner, S. 153) 1846 und beauftragte ihre Töchter, nach einer preiswerteren Wohnung Ausschau zu halten. Wie aus einem Brief der Tochter Armgart an ihren Onkel Georg Brentano vom 7. Oktober hervorgeht, gestaltete sich die Suche aber als überaus schwierig: „So blieb nichts übrig, als eine kleine Interimswohnung, auch in der Köthener Straße [Nr. 44 im zweiten Obergeschoss] zu mieten, wohin wir mit Hilfe von vier gemieteten Dragonern die ganzen Möbel und Bücher transportiert haben und wo die Mutter und [die jüngste Schwester] Gisel, wenn sie mal von Wiepersdorf für ein paar Tage hereinkommen, auch ein Absteigequartier haben. Wir aber sind nun mit Sack und Pack zu Savignys übergesiedelt, [...] bis die Familie Arnim wieder ein eigenes Heim haben wird.“ (Werner, S. 155f.)

Hassen-Fluch. - Stahl, v. Arnim]

Wie aus dem *Allgemeinen Wohnungsanzeiger für Berlin, Charlottenburg und Umgebungen auf das Jahr 1846* hervorgeht, wohnten in der Köthener Straße 8/9 zu dieser Zeit auch der Berliner Obertribunalrat Hans Daniel *Ludwig* Friedrich Hassenpflug, der an der Berliner Universität lehrende Professor für Rechtsphilosophie, Staatsrecht und Kirchenrecht Friedrich Julius Stahl und ein als Kammergerichtsreferendar tätiger Baron von Arnim, bei dem es sich um Friedrich Bernhard *Gustav* von Arnim-Densen handeln könnte.

Märchen [...] junger Held]

Gemeint ist das von Charles Perrault überlieferte Märchen *La belle au bois dormant*, das die Brüder Grimm unter dem Titel *Dornröschen* auch in ihre Sammlung der *Kinder- und Hausmärchen* aufnahmen.

auf's Land]

1845 verkaufte Achim von Arnims Bruder Carl Otto von Arnim seinen Anteil am Ländchen Bärwalde (6/12) an Bettines ältesten Sohn Freimund, seinen Neffen, so daß er nun Mehrheitseigner war. Noch im selben Jahr wurde dessen Hauptgebäude, das Ritterschloss, aber durch einen Brand so stark beschädigt, dass es nicht weiter zu bewohnen war. Immerhin konnte die Familie von Arnim erreichen, dass der bisherige Pächter das nahe gelegene Wiepersdorfer Anwesen räumte, das nun neuer Wohnsitz Freimunds wurde. Gemeinsam mit ihrer jüngsten Tochter Gisela richtete Bettine von Arnim im Herbst 1845 das Herrenhaus von Wiepersdorf wohnlich ein.

Schwarzröcken]

Spöttisch-pejorative Bezeichnung für Geistliche.

Jetzt läßt du [...] das Recht ist?]

Bettine von Arnim hatte zunächst Philipp Nathusius von der Absicht unterrichtet, die Briefe, die sie mit ihm und Julius Döring gewechselt hat,

in Buchform drucken zu lassen, um mit dem Erlös dieser Benefizpublikation den Erwerb der zum Verkauf stehenden Bibliothek August Heinrich Hoffmann von Fallersleben zu finanzieren. Am 8. Dezember teilte sie ihm mit: „Der Druck beginnt schon und ich hoffe daß er in 6 Wochen schon zu einem Band gediehen sein werde. Der Titel wird sein *Ilius, Pamphilius und die Ambrosia* [...]. Ich weiß nicht wo Döring aus Wolmirstädt aufzufinden ist. Siehst Du ihn oder weißt Du wo er ist so schreibe mir damit ich ihn auch bedenke denn ich lasse Euch als Demagogen auftreten beide und gebe Euch in den Mund was mir selbst zu arg ist Also wenn Ihrs nicht gewesen sein wollt so steht es bei Euch, ich werde meine Demagogen nicht nennen. Schreib mir ob Du für den gemeinsamen Freund das thun willst und willst Döring davon unterrichten." (FDH, Hs-8182) Nathusius muss sich darauf umgehend mit Döring in Verbindung gesetzt haben.
Am 19. Dezember 1846 erschien dann in der *Hamburger Neuen Zeitung und Adreß-Comptoir-Nachrichten* folgende Meldung, die die hinter Bettine von Arnims Aktion stehenden Motive noch einmal in aller Klarheit offenlegt und das geplante Verfahren schildert: „*Hoffmann von Fallersleben* bot vor Kurzem seine werthvolle Bibliothek für den Preis von 2000 M. zum Verkauf aus, vorzüglich in der Absicht, daß die k.[önigliche] Bibliothek in Berlin dieselbe ankaufe; wie man indessen vernimmt, hat diese ihm ein nicht annehmbares Gebot dafür gemacht. Dieser Umstand hat nun *Bettina v. Arnim* bewogen, einen Weg einzuschlagen, Hoffmann das gewünschte Geld zu schaffen und ihm zugleich seine Bibliothek zu erhalten. Sie wird ein Buch schreiben unter dem Titel: ‚Dies Buch gehört Hoffmann von Fallersleben', und dann so viele Exemplare davon abziehen lassen, als sich Subscribenten finden, so daß es also ganz in der Hand von Hoffmann's Freunden liegen wird, ihm in kurzer Zeit die obige Summe zu beschaffen." (78. Jg., Nr. 300, unpag.)

Ambrosia]

Als Eigenname die weibliche Namensform von Ambrosius (altgriech.): die Unsterbliche, Göttergleiche; eine der Töchter des Atlas und der Pleione trägt diesen Namen. Abgeleitet wurde er von der in der griechischen Mythologie gleichfalls „Ambrosia" (Ἀμβροσία) genannten unsterblich machenden Speise der Götter.

Ich bin [...] hier angestellt]

Nachdem Döring sein drittes Examen absolviert hatte, war er ab 1844 zunächst Assessor am Oberlandesgericht zu Magdeburg; seit dem Folgejahr arbeitete er als Hilfsrichter am Land- und Stadtgericht in Aschersleben.

die zuerst herausgekommenen [...] nachgelassenen Werke]

Von Ludwig Achim von Arnims *Sämmtlichen Werken* waren 1839 zunächst *Novellen* I und II, 1840 der erste Band der *Kronenwächter* (= Bd. 3) sowie *Schaubühne* I und II (= Bd. 5 und 6), die beiden Bände der

Gräfin Dolores (= Bd. 7 und 8), 1841 *Novellen* III und IV (= Bd. 9 und 10), 1842 *Novellen* V und VI (= Bd. 11 und 12), 1845 *Des Knaben Wunderhorn* I (= Bd. 13), 1846 *Des Knaben Wunderhorn* II und III (= Bd. 14 und 17), *Landhausleben* (= Bd. 15), *Halle und Jerusalem* (= Bd. 16) sowie die ersten beiden Bände der Rubrik „Nachlass“ *Schaubühne* III (= Bd. 18) und *Die Päpstin Johanna* (= Bd. 19) erschienen; *Schaubühne* IV (= Bd. 20) folgte erst 1848, der zweite Band der *Kronenwächter* 1854 (= Bd. 4 – deklariert als fünfter Nachlassband) und *Des Knaben Wunderhorn* IV (= Bd. 21) 1857.

BRIEF 96
Julius Döring an Bettine von Arnim,
Aschersleben, 2.8.1847
Handschrift (Druckvorlage): Biblioteka Jagiellońska, Kraków, Sammlung Varnhagen, Kasten 53. Von Varnhagens Hand links oben mit Tinte ergänzt: „Döring / an Bettina von Arnim.“ Außerdem hat Varnhagen, seiner auch sonst geübten Praxis der Klärung von Personenidentitäten folgend, im Brieftext über der Abkürzung „N.“ vermerkt: „Nathusius“. Eine spätere, unbekannte Hand hat nach Varnhagens Angabe „Döring“ mit Bleistift ergänzt: „Julius“. Besitzstempel: „STAATS-BIBLIOTHEK BERLIN“.

wegen Beleidigung […] angeklagt]
Nachdem Bettine von Arnim die im August 1846 an sie ergangene Aufforderung des Berliners Magistrats, sie solle auf Grund des von ihr gegründeten privaten Unternehmens „Expedition des v. Arnim'schen Verlags“ das zur Ausübung einer gewerblichen Tätigkeit „erforderliche hiesige Bürgerrecht“ (Gertrud Meyer-Hepner: Der Magistratsprozess der Bettina von Arnim. Weimar 1960 [= Beiträge zur deutschen Klassik], S. 31) erwerben, mit scharfen Worten zurückgewiesen hatte, wurde sie wegen „Beleidigung der Mitglieder des hiesigen Magistrats“ (ebd., S. 101) angeklagt. Meldungen über den bevorstehenden Prozess finden sich ab Ende Juli 1847 in der zeitgenössischen Presse. So war in der *Allgemeinen Zeitung* zu lesen: „Frau Bettina v. Arnim wird am 16. d. M., als Angeklagte wegen wörtlicher Beleidigung des Magistrats in einer Zuschrift, vor dem öffentlichen Gericht erscheinen.“ (Nr. 201, 20.7.1847, S. 1606) Die Verhandlung fand schließlich am 20. August vor dem Kriminalsenat des Königlichen Kammergerichts Berlin statt und endete damit, daß Bettine von Arnim zu einer Gefängnisstrafe von zwei Monaten verurteilt wurde.

Anfrage bei Phil. N.]
Über den Anlass und die Art von Dörings Anfrage bei Philipp Nathusius ist nichts bekannt.

BRIEF 97
Julius Döring an Bettine von Arnim,
Aschersleben, 6.3.1849
Handschrift (Druckvorlage): FDH, Hs-14977
(Nachlass Forbes-Mosse).

Auf der letzten, unbeschriebenen Seite des gefalteten Doppelblattes finden sich mit Bleistift gezeichnete Ornamente.

Justiz-Ministers]
Seit dem 11. November 1848 war Heinrich *Wilhelm* Rintelen preußischer Justizminister. Er galt als konservativ und überaus staatstreu, zog sich aber schon bald den Unwillen von König Friedrich Wilhelm IV. zu, weil er nicht energisch genug gegen die Anhänger der Revolution vorgehen würde. Weil er die Neuordnung der Gerichtsbarkeit in Preußen (siehe Anm. unten) nicht mittragen wollte, trat er nach wenigen Monaten von seinem Amt zurück. Am 10. April 1849 wurde er von *Ludwig* Benjamin Simons abgelöst.

Oktroyirung der Charte]
Allgemein bezeichnet „Charte" einen Vertrag oder eine Urkunde im Kontext des Staats- bzw. Völkerrechts. Weithin bekannt geworden ist vor allem die Charte constitutionnelle, die der französische König Ludwig XVIII. bei seiner Thronbesteigung am 4. Juni 1814 auf Grundlage seiner monarchischen Macht erließ und die seitdem die verfassungsrechtliche Basis des restaurierten Königreichs Frankreich bildete. Hier ist die vom preußischen König Friedrich Wilhelm IV. eigenmächtig und ohne Rücksprache mit der Nationalversammlung erlassene Verfassung vom 5. Dezember 1848 gemeint, die zwar einen Katalog von Grundrechten verankerte, zahlreiche im Rahmen der Märzrevolution erhobene demokratische Forderungen aber unerfüllt ließ und deshalb auch als staatliche Zwangsverordnung gewertet wurde.

hatte ich […] veröffentlicht]
Am 13. Dezember 1848 erschien in Nr. 294 der *Magdeburgischen Zeitung* eine *Oeffentlicher Protest* überschriebene Stellungnahme, in der „der demokratisch-constitutionelle Club" und „die Volks-Versammlung" in Aschersleben sich in scharfen Worten gegen die Auflösung der preußischen Nationalversammlung und die königliche Oktroyierung einer Verfassung aussprachen: „Das Ministerium Brandenburg hat zu den Staatsstreichen, an welchen sein kurzes Dasein so überreich ist, so eben einen neuen hinzugefügt" und hat „die Krone" dazu bewegt, „die Natio-

nalversammlung aufzulösen und einseitig eine Verfassung zu geben und damit die Contrerevolution vollendet […]; denn damit […] hat es uns in den Zustand vor der Märzrevolution, in den Zustand der einseitigen Geltung des Königlichen Willens zurückgeschleudert. […] Wir legen daher hiermit Protest gegen jene Decrete der Willkür ein und verwahren unser gutes Recht zur Geltendmachung in bessern Zeiten." (Unpag.)

`vermahnt]`

(Daran) erinnert, gemahnt.

`Hülfsrichterstelle]`

Hilfsrichter sind Richterbeamte, die einem Gericht nicht ständig angehören, sondern nur aushilfsweise zugezogen werden. Im 19. Jahrhundert wurden häufig Gerichtsassessoren als Hilfsrichter eingesetzt, während sie auf eine Planstelle warteten.

`Reorganisation der Gerichte]`

Den Leitlinien der oktroyierten Verfassung vom 5. Dezember 1848 folgend wurde Anfang des Jahres 1849 die Gerichtsbarkeit in Preußen grundlegend neu organisiert. Die ‚Verordnung über die Aufhebung der Privatgerichtsbarkeit und des eximirten Gerichtsstandes, sowie über die anderweitige Organisation der Gerichte', die am 2. Januar in Kraft trat, legte u.a. Folgendes fest: „Die standesherrliche, städtische und Patrimonialgerichtsbarkeit jeder Art in Zivil- und Strafsachen wird aufgehoben. Fortan soll die Gerichtsbarkeit überall nur durch vom Staate bestellte Gerichtsbehörden […] ausgeübt werden." (§ 1) „In Zukunft war in der Justizverwaltung ein verbindlicher Instanzenweg einzuhalten, und zwar in erster Instanz durch kollegialisch eingerichtete Kreis- und Stadtgerichte in Verbindung mit Einzelrichtern, in zweiter Instanz durch Appellationsgerichte und in letzter Instanz durch das Obertribunal, also das Kammergericht in Berlin." (Wolfgang Radtke: Brandenburg im 19. Jahrhundert [1815–1914/18]. Die Provinz im Spannungsfeld von Peripherie und Zentrum. Berlin 2016, S. 382)

`[„]Ich hab' […] Nichts gestellt."]`

Refrainartig gebrauchte Anfangszeile von Goethes Gedicht *Vanitas! vanitatum! vanitas!* (1806), einer Parodie auf das von Johann Leon stammende, mehrfach vertonte Kirchenlied „Ich habe mein Sach Gott heimgestellt …".

`Meinen alten Eltern]`

Dörings Vater war kurz zuvor pensioniert worden. Wie dem Jahrgang 1847 des *Amts-Blatts der Königlichen Regierung zu Magdeburg* zu entnehmen ist, wurde „dem Land- und Stadtgerichtsrath *Doering* zu Wolmirstedt […] durch Ministerialreskripte resp. vom 25sten Januar und 11ten März 1847 die nachgesuchte Entlassung […] aus dem Dienste überhaupt, mit Pension bewilligt" (Magdeburg 1847, S. 98).

wie in Hannover […] herabsinken]
Nachdem König Ernst August I. von Hannover nach seiner Thronbesteigung zum 1. November 1837 die vier Jahre zuvor in Kraft getretene Verfassung aufgehoben hatte, protestierten sieben Professoren der Universität Göttingen – darunter Jacob und Wilhelm Grimm – gegen diesen eigenmächtigen Akt und wurden darauf ihrer Ämter enthoben, teilweise sogar des Landes verwiesen. Darauf übergaben der Prorektor und die vier Dekane dem König eine Erklärung, die besagt, dass „sich die Universität [...] von aller Gemeinschaft mit den sieben Protestierenden lossagt" (Jacob Grimm über seine Entlassung. Basel 1838, S. 38). Der übrige Lehrkörper fügte sich dieser Linie widerspruchslos.

Nachwort

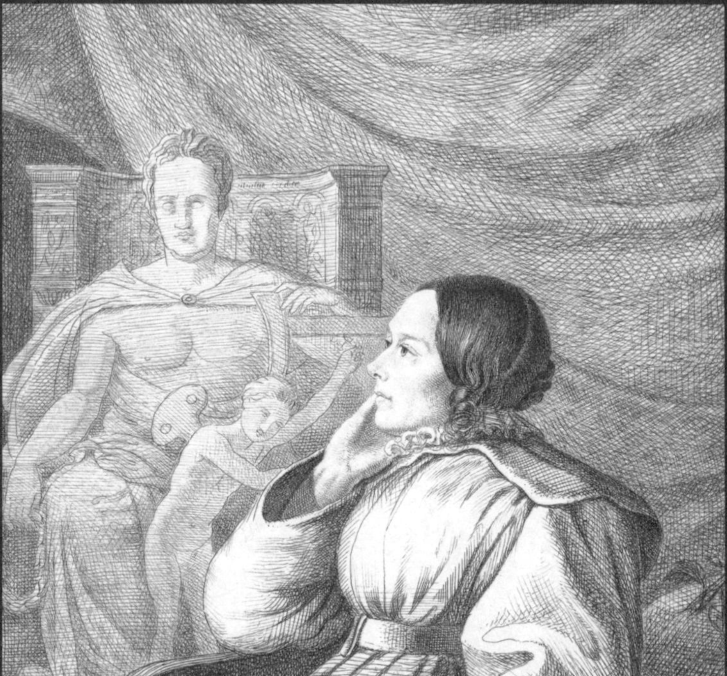

Ludwig Emil Grimm: „Bettine“ von Arnim
(„29t Nov. 1838. ad viv.“)

Bettine von Arnim und Julius Döring – Stationen einer Beziehung

DAS KENNENLERNEN

Durch die Veröffentlichung ihres Erstlingswerks *Goethe's Briefwechsel mit einem Kinde* (1835) war Bettine von Arnim geb. Brentano – damals 50 Jahre alt – schlagartig bekannt geworden. Für eine ganze Generation von Studenten und jungen Akademikern wurde das Buch zu einem regelrechten Erweckungserlebnis, weil die darin in Form von Briefen geschilderte Geschichte eines individuellen Bewusstwerdungs- und Emanzipationsprozesses an der Schwelle zum Erwachsenenalter als Muster für die eigene Entwicklung verstanden werden konnte. Zugleich besaß das hier artikulierte, leidenschaftliche Plädoyer für Autonomie eine ethische Komponente, zielte der Anspruch auf Verwirklichung höchster Ideale doch auf die Herausbildung eines ‚heldenhaften' Charakters ab. Wegen dieses impliziten Handlungsaufrufs wurde der Text als gesamtgesellschaftliches Aufbruchssignal gedeutet, schien er doch einen Weg zu weisen, wie die als bleiern empfundene Periode politischer Restauration der dreißiger Jahre überwunden werden kann.

Es dauerte nicht lange, bis die Schriftstellerin Besuche von Bewunderern erhielt. Einer der ersten, die sich nach Berlin aufmachten, um der gefeierten Autorin für die durch das Goethe-Buch erhaltenen Impulse zu danken, war der aus Althaldensleben bei Magdeburg stammende, reiche Fabrikantensohn *Philipp* Engelhard Nathusius. Nach dem ersten Zusammentreffen am 21. Oktober 1835 verabschiedete Bettine von Arnim ihren Gast mit den Worten: „Wenn Sie Lust haben mir zu schreiben, schreiben Sie mir doch"[1]. Nathusius folgte dieser Aufforderung, und ein Briefwechsel kam in Gang, der freilich anfangs recht zögerlich verlief. Der Kontakt zwischen beiden intensivierte sich erst, als Nathusius zur Vervollständigung seiner bis dahin rudimentären Ausbildung von Oktober 1836 bis März 1837 nach Berlin kam, wo er private Studien betrieb und nebenher an der Universität Vorlesungen hörte. Er nahm nur wenige Schritte von Bettine von Arnims Wohnung Unter den Linden 21 entfernt Quartier und pflegte fünf Monate lang lebhaften persönlichen Austausch mit ihr. Diese Begegnungen festigten die Beziehung soweit, dass sich im Anschluss an seine Rückkehr nach Althaldensleben eine rege Korrespondenz entspann.

Nathusius war dazu ausersehen, seine Persönlichkeit im Sinne der in *Goethe's Briefwechsel mit einem Kinde* artikulierten Ideale zu bilden, um sich später aktiv für die politische Reformierung der Gesellschaft einzusetzen. Bettine von Arnim schlüpfte dabei in die Rolle der Mentorin:

Palais Raczynski in Berlin, Unter den Linden 21

Julius Döring an Bettine von Arnim, 4.9.1839,
Adresse mit Siegel und Poststempeln

Ähnlich wie sie sich einst an Goethe orientiert hatte, um zu einer eigenständigen und selbstbewussten Person heranzureifen, wollte sie nun ihrerseits als Vorbildinstanz für die Jugend im Vormärz wirken. Allerdings wurde das ambitionierte Erziehungsprojekt vorzeitig unterbrochen, da Nathusius im September 1837 eine fast 14-monatige Reise nach Italien, Griechenland und die Türkei antrat. Nach seiner Rückkehr setzte sich der briefliche Austausch zwar fort, der Stellenwert des Korrespondenzpartners für Bettine von Arnim begann sich aber zu relativieren. In der Zwischenzeit war die berühmte Autorin nämlich mit weiteren Vertretern der jungen Generation in Kontakt gekommen, darunter der angehende Jurist Marcus Niebuhr und der später sehr erfolgreiche Schriftsteller Emanuel Geibel. Im ersten Halbjahr 1839 schloss sie dann zusätzliche neue Bekanntschaften, u.a. mit dem promovierten Philosophen Moriz Carriere und Eduard Meyen, dem angehenden Arzt und Dichter Wolfgang Müller von Königswinter, dem Medizinstudenten Max Ring und den Juristen Heinrich Bernhard Oppenheim und Leberecht *Julius* Ernst Bernhard Döring.

Letzterer war der am 5. Mai 1817 im Städtchen Wolmirstedt (auch: Wolmirstädt oder Wollmirstädt) bei Magdeburg zur Welt gekommene einzige Sohn des dort tätigen Richters *Friedrich* Heinrich Carl Doering (auch: Döring) und seiner Frau *Johanne* Charlotte Sophie geb. Boether.[2] Er hatte 1836 auf Wunsch seines Vaters das Studium der Jurisprudenz aufgenommen, die beiden Anfangssemester an der Universität Halle verbracht und war anschließend im Frühjahr 1837 nach Berlin gegangen. Zum Jahreswechsel 1838/39 absolvierte Julius Döring dort sein letztes Semester. *Goethe's Briefwechsel mit einem Kinde* hatte er bereits in Halle mit Begeisterung gelesen, und seit dieser Zeit hegte er eine tiefe Verehrung für die Verfasserin. Doch erst als das Ende seines Aufenthalts in der preußischen Hauptstadt näherrückte, wagte er es im Januar 1839, an Bettine von Arnim einen Brief zu richten. Er fand dabei auf Anhieb den richtigen Ton. Lexik und Stilistik seines Schreibens zeigen, wie genau er mit dem Text des Goethe-Buchs vertraut war, dessen Gestus er geschickt imitierte. Wie zuvor bei Nathusius ereignete sich ein aufschlussreicher Rollentausch: Bettine von Arnim trat an Goethes Stelle und war die Berühmtheit, der sich ein junger, Orientierung suchender Student ehrfürchtig näherte. Die *Goethe's Briefwechsel mit einem Kinde* zugrunde liegende Konstellation eines durch ein Liebesverhältnis angeregten Bildungsprozesses über Generationengrenzen hinweg erfuhr so im Vormärz eine gender-inverse Reinszenierung.

Was die Adressatin ganz besonders angesprochen haben muss, war der Umstand, dass Döring bereits im ersten Brief spielerisch eine imaginierte Ersatzidentität wählte und mit einem partiellen, an die nordische Mythologie angelehnten Anagramm unterzeichnete: „Ingurd".

Er bediente sich damit eines Verfahrens, das auch Bettine von Arnim gerne nutzte, um sich schreibend Gestaltungsfreiräume jenseits sozialer Kommunikationsnormierungen zu verschaffen. „König Ingemar oder Inguard“[3] war ein sagenhafter skandinavischer Herrscher, der angeblich „Schweden, Dännemark, und das Gothen-Reich“ regierte und im fünften bzw. siebten Jahrhundert sogar Teile des Siedlungsgebiets der „Russen, Lief- und Curländer“[4] in seine Gewalt gebracht haben soll. Weithin bekannt wurde diese vermeintlich historische Gestalt durch den Dramatiker Amandus Gottfried *Adolph* Müllner, der sie zum Protagonisten seines fünfaktigen Trauerspiels *König Yngurd* (1815; Uraufführung: 1816; Druck: 1817) machte und dort als „König der Normannen“[5] auftreten lässt. Indem Döring diese erfundene nordische Sagenfigur als pseudonymen Kunstnamen wählte, signalisierte er nicht nur seine Bereitschaft, sich auf ein fantasievolles briefliches Rollenspiel einzulassen, sondern bekundete auch seinen Willen, einem heroischen Lebensentwurf nachzustreben.

Ende Februar oder Anfang März 1839 kam es dann zur ersten Begegnung, der in den folgenden Wochen noch mehrere folgen sollten. Da kein Porträt Julius Dörings existiert, ist unbekannt, wie er ausgesehen hat. Aus Bettine von Arnims Anreden geht nur hervor, dass er – passend zu seiner skandinavischen Vorbildgestalt Yngurd – blondes Haar hatte, seine Statur dagegen war eher „schmächtig“ (BRIEF 39). Vom Charakter her scheint er verschlossen und introvertiert gewesen zu sein: „Ich war still, in mich zurückgetrieben, wo in den Busen eine Traumwelt sich niedersenkte, in der ich mich erging“ (BRIEF 23), bemerkt er über sich selbst. Philipp Nathusius beschreibt ihn als sehr „zurückhaltende Natur“[6] und als Mensch, an den nur schwer heranzukommen sei. Gleichwohl kam es trotz seiner Schüchternheit rasch zu einem vertrauten Umgang mit Bettine von Arnim, was sicher an ihrer sehr offenen und unkonventionellen Art, anderen zu begegnen, lag.

Doch dabei blieb es nicht, denn auf einmal geschah das Unerwartete: Julius Döring gestand Bettine von Arnim in Form eines Gedichts seine Liebe und gab ihr zu verstehen, dass er sich auch erotisch von ihr angezogen fühle. Von diesem Geständnis überrascht, reagierte sie zunächst mit abwehrender Zurückhaltung und gab ihrem Gegenüber zu verstehen, dass sie sich auch nach dem – mittlerweile acht Jahre zurück liegenden – Tod Achim von Arnims noch an das ihm bei der Hochzeit gegebene Treueversprechen gebunden fühle. Als Döring sich davon aber nicht entmutigen ließ und deutlich machte, dass seine Liebeserklärung kein poetisches Spiel gewesen sei, gingen beide zum vertraulichen „Du“ über. Bettine von Arnim ließ nun auch körperliche Nähe zu dem 32 Jahre jüngeren Mann zu und genoss das „Glück des Naheseins“ (BRIEF 27) mit ihm. Befördert von der bevorstehenden Situation des Abschieds kam

Philipp von Stubenrauch: Der Schauspieler
Joseph Koberwein als König Yngurd. Figurine der
Erstaufführung im Wiener Burgtheater

es zu Berührungen und Küssen. Die unerwartete erotische Zuwendung beglückte Bettine von Arnim so, dass sie schon zu dieser Zeit Menschen aus ihrem Umfeld wissen ließ, dass sie engen Kontakt zu einem jugendlichen Verehrer habe. Eine Bekannte, die sie seit längerer Zeit nicht mehr getroffen hatte, ließ sie – im für sie charakteristischen hessischen Idiom – wissen: „Sehe Sie mir nichts an? Ich hab' mich soeben in eine Studente verliebt.“[7]

Am 20. März fand das eigentliche Abschiedstreffen statt. Um die in kürzester Zeit entstandene, einzigartige Verbindung auch über die räumliche Distanz hinweg aufrecht zu erhalten, schenkte Bettine von Arnim dem Geliebten an diesem Abend einen Ring, auf dessen Innenseite ihr Name eingraviert war. Er sollte das dauerhafte Zeichen ihrer Verbundenheit sein, als materieller Anker fungieren, der an die gemeinsam verbrachten Stunden erinnert, und die Zeit der Trennung überbrücken helfen. Das Geschenk hatte einen unübersehbaren Bezug zu *Goethe's Briefwechsel mit einem Kinde*, wird darin doch davon berichtet, wie die heranwachsende Bettine Brentano einmal einen Ring von Goethe erhielt. Ähnlich wie damals sie als junge Frau durch Goethe besondere Wertschätzung erfuhr, so wird nun Döring von ihr vor anderen ausgezeichnet. Welche symbolische Bedeutung der aktuellen Gabe zukam, lässt sich ermessen, wenn man die entsprechende Stelle im Goethe-Buch heranzieht. Dort äußert die Bettine-Figur über das von ihr geliebte Gegenüber:

> „Wie ich ihn [= Goethe] zum erstenmal sah, da erzählte ich ihm wie mich die Eifersucht gequält habe, seit ich von ihm wisse […]. – Da kam nun einer, der trug einen Siegelring am Finger und sagte, den habe Goethe ihm geschenkt. Das klagte ich ihm, wie ich ihn zum erstenmal sah, wie sehr mich das geschmerzt habe, daß er einen Ring so leichtsinnig habe verschenken können, noch eh er mich gekannt. Goethe lächelte zu diesen seltsamen Liebesklagen nicht, er sah milde auf mich herab, die zutraulich an seinen Knieen auf dem Schemel saß. Beim Weggehen steckte er mir den Ring an den Finger und sagte: ‚Wenn einer sagt, er habe einen Ring von mir, so sage du: Goethe erinnert sich an keinen wie an diesen.‘“[8]

Da Döring, anders als geplant, doch nicht am 21., sondern erst am Tag darauf abreiste, hat er offenbar an seinem letzten Abend in Berlin zu später Stunde noch einmal bei ihr vorbeigeschaut. Er selbst jedenfalls weist in seinem Schreiben vom 27./28. März darauf hin, dass er die von ihm Verehrte das „vorletzte Mal“ (BRIEF 21) gesehen habe, als sie ihm den Ring gab. Wie die letzte gemeinsame Begegnung verlaufen ist, geht aus einem Brief Bettine von Arnims an Wilhelm Grimm hervor, dem sie kurze Zeit später berichtet:

> „Meusebach grüßt [...], ich hab vorgestern abends um 10 Uhr ihn beim Nachtessen mit mehreren Herrn überrascht, ich nahm die Weinflasche vom Tisch, setzte sie an und trank sie aus, er holte die zweite, ich rief ihm ins Ohr: *Der Wein ist zu jung*, da holte er aus dem Keller eine Flasche alten Rheinwein und eine griechischen Zirbenwein, die versucht ich und da sie mir schmeckten so nahm ich beide mit fort nach Hause, wo ich sie mit einem jungen Studenten in den ich verliebt bin ausgetrunken habe. Mit einem kleinen Rausch kam ich in eine aristokratische Gesellschaft bei Savigny, Rumohr, der auch da war ward das Stichblatt meines Übermuts; ‚Nun alter Ultra, ich hab eben mit einem plebeischen Herzen eine Flasche griechischen Wein ausgestochen.' – [...]. Adieu! ich bin so [...] vergnügt."[9]

BEGINN DER KORRESPONDENZ

In der Folgezeit lebte Julius Döring wieder bei seinen Eltern in Wolmirstedt,[10] wo er geboren wurde und aufgewuchs. Der zwei Meilen nördlich der Hauptstadt Magdeburg gelegene Ort am Flüsschen Ohre durfte sich seit 1816 Kreisstadt nennen und zählte Ende der dreißiger Jahre 3284[11] Einwohner, von denen nahezu alle evangelisch waren.[12] Er lag „an der [...] Magdeburg-Lüneburger Straße" und war ausgestattet

> „mit Kreislandrath, Physikus, Chirurgus, Land- und Stadtgericht, Superintendent, Steueramt, Domainenrentamt, Postexpedition, Försterei, vier Ausfahrten, unregelmäßigen Straßen, 7 öffentl. Gebäuden, 358 Wohnhäusern, 10 Mühlen und Fabrikgebäuden, 690 Ställen u. Scheunen und [...] hat[te] 1 Rathhaus, evang. Pfarrkirche mit 2 Predigern, Wasserkunst, Feuerrettungsverein, Freimaurerloge, Ziegelei, drei Windmühlen, Roßölmühle, 3 Weißgerber, 1 Lohgerber, 5 Brauereien, 6 Branntweinbrennereien, 1 Sprit-, Rum- u. Liqueurfabrik, 2 Kartoffelstärke-, Syrup- und Zuckerfabriken, 19 Bleichplätze, mehrere damast- und Leinenwebereien, 1 chemische Baumwollgarnbleiche, 2 Jahr- und Viehmärkte, 2 milde Stiftungen und 2 Domainenämter, nämlich die Schloßdomaine im ehemaligen erzbischöflichen Residenzschlosse und die Stiftsdomaine im 1810 aufgehobenen adligen Fräuleinstifte"[13].

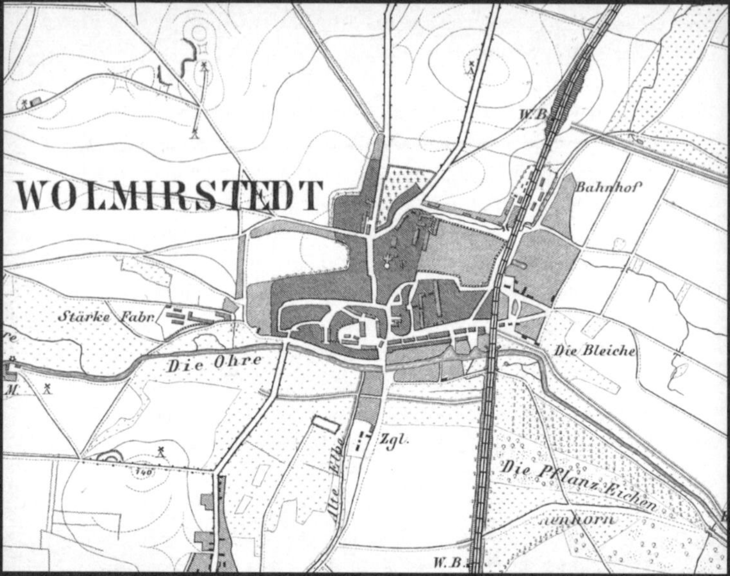

oben: Wolmirstedt, Meßtischblatt, Nr. 144 (Ausschnitt)
unten: Plan von Wolmirstedt, 1860 (Ausschnitt)

A Haus Nr. 246

oben: Wolmirstedt. Nach der Natur gez. von Carl Frühsorge

unten: Wolmirstedt, Haus Nr. 246

Offenbar hatte Döring aber nur die ersten Jahre seiner Kindheit in Wolmirstedt verbracht und war dann in Magdeburg erzogen worden. „Früh kam ich vom elterlichen Hause fort" (BRIEF 23), bemerkt er einmal. Seine schulische Ausbildung erhielt er am Pädagogium Unserer Lieben Frauen zu Magdeburg, das zu den traditionsreichsten und bedeutendsten Schulen der Provinz Sachsen gehörte. Das zugehörige Kloster war 1832 durch ein Statut der preußischen Regierung aufgehoben und die seit 1698 bestehende Klosterschule in ein Gymnasium umgewandelt worden, das den staatlichen Behörden unterstand. Gewisse Strukturen aus früherer Zeit wie die „straffe Hausordnung"[14] blieben indes erhalten: „Trotz der Säkularisation [...] und trotz der Aufhebung des theologischen Charakters des Lehrerkollegiums behielt das Leben der Anstalt [...] eine unverkennbar religiöse Färbung."[15]

Als Kind fühlte sich Döring in Magdeburg fremd: „Das Leben in der großen Handelsstadt an der Elbe kam mir wunderlich vor" (BRIEF 23), bekennt er. Aus seiner Zeit am Pädagogium resultieren augenscheinlich auch seine Zweifel am Christentum, die bereits in seinen frühen Briefen an Bettine von Arnim zur Sprache kommen. Er wandte sich daher verstärkt der Philosophie zu, die er jedoch bald als zu rationalistisch und abstrakt empfand. Erst in der Literatur fand er jene Ausdrucksform, nach der er suchte. Die eigenwillige Fusionierung von Poesie, Philosophie und Religion, die das Goethe-Buch prägt, musste ihn daher besonders ansprechen. Mehr noch: Bettine von Arnims Werk regte ihn zu eigener literarischer Tätigkeit an, so dass er begann, Gedichte zu verfassen. Nach und nach selbst als Autor bekannt zu werden, war dabei sein Fernziel: „Dichter laß mich sein und werden; nur in der Welt der Dichtung fühl' ich mich heimisch", schreibt er seiner Briefpartnerin am 3. April 1839.

Julius Döring stammte aus kleinstädtischen bürgerlichen Verhältnissen. Sein Großvater väterlicherseits war Benjamin Leb(e)recht Döring, der bis zum Jahr 1790 Oberförster des „5400 Morgen"[16] umfassenden Königlich Alvenslebenschen Forstes war.[17] Der Vater, *Friedrich* Heinrich Carl Döring, war als Richter am Land- und Stadtgericht in Wolmirstedt – einem sog. Untergericht erster Klasse – tätig, hatte aber nur eine recht bescheidene Karriere gemacht. Denn mehr als 20 Jahre musste er sich mit dem Rang eines Assessors begnügen,[18] bevor er am 30. Juni 1836 endlich „zum Land- und Stadtgerichtsrath [...] ernannt"[19] wurde. Julius Döring hatte ein gespaltenes Verhältnis zu seinem Vater. Er charakterisierte ihn als engstirnigen, nützlichkeitsorientierten Verstandesmenschen mit „bevormundendem Wesen" und sah in ihm das „Urbild eines Philisters" (BRIEF 25). Eine sehr viel engere Beziehung verband ihn offenbar mit seiner Mutter *Johanne* Charlotte Sophie geb. Boether und seiner drei Jahre jüngeren Schwester Clara. Wie eng die Bindung zu beiden gewesen sein muss, deutet eine Bemerkung von Philipp Nathusius

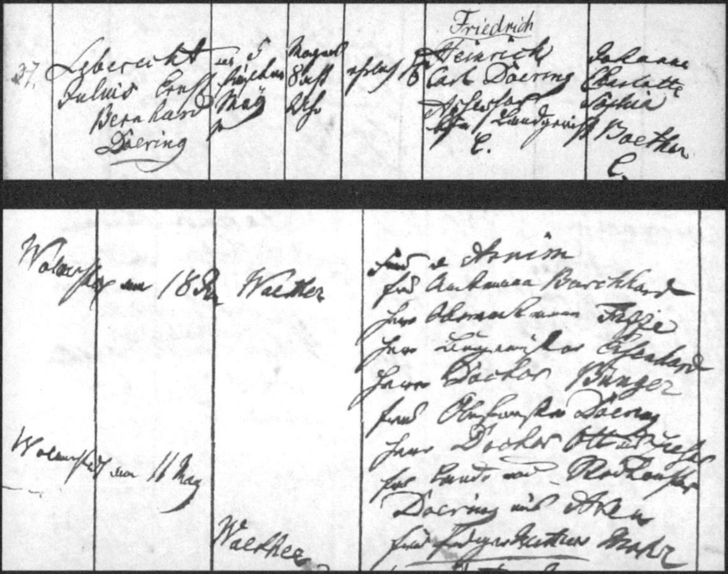

37. Leberecht Julius Ernst Bernhard Doering

Friedrich Heinrich Carl Doering

Johanne Charlotte Sophie Boether

Walther

Taufeintrag im Kirchenbuch St. Katharinen,
Wolmirstedt (Ausschnitt)

Johann Gabriel Friedrich Poppel: Magdeburg, kolorierter Stahlstich nach einer Zeichnung von Friedrich Julius Umbach, um 1840

N. N.: Das Closter unserer Lieben Frauen In Magdeburg

an, der einmal über seinen Bekannten äußerte: „er steckt [...] so in seiner Familie drinnen, daß man ihn gar nicht habhaft werden kann ohne irgend eine Störung“[20].

Welchen Beruf Julius Döring ergreifen sollte, stand von vornherein fest. Nach dem Wunsch des Vaters sollte der einzige Sohn wie er selbst die Juristenlaufbahn einschlagen, schien der Beamtenstand doch „der einzige“ zu sein, „der dem Unbemittelten eine Unabhängigkeit sichert“ (BRIEF 97). Dazu ließ er Julius ab Ostern 1836 zunächst zwei Semester an der Universität Halle und dann ab Frühjahr 1837 vier Semester in Berlin studieren. Die entsprechende Eintragung (Nr. 681) vom 5. Mai 1837 im Matrikelverzeichnis der Berliner Universität lautet (die Rubriken nennen: Name, Geburtsort/Herkunftsgebiet, Fakultät/Studienfach, Stand/Beruf der Eltern, Vorbildung und Abgangstermin): „Döring, Julius | Wolmirstedt, Prov[inz] Sachsen | Jura | L[and] u. St[adt-]Ger[ichts-]Rath | Halle, Zeugn.[is] D.[er] R.[eife] | rite abg. 12.3.1839“[21]. Als Wohnanschrift verzeichnet das Amtliche Adressbuch der Berliner Universität für die ersten drei Semester: „Schiffb. Damm 19“[22] und im letzten Semester dann: „Louisen [Straße] 17“[23]. Aus dem ersten Schreiben an Bettine von Arnim geht aber hervor, dass es noch eine weitere Unterkunft gegeben hat, wohnte Döring Anfang 1839 doch nach eigener Aussage in der „Albrechtsstraße No 14, 2 Treppen hoch“ (BRIEF 1).

Da der Vater nur über „wenig Vermögen“ (BRIEF 25) verfügte,[24] begrenzte er die Studienzeit des Sohnes auf insgesamt sechs Semester, die seit 1804 geltende Mindestdauer für den Eintritt in den Justizdienst. Julius Döring stand also von Anfang an unter Zeit- und unter Erfolgsdruck. Gleichwohl verließ er die Universität nur mit der niedrigsten Bewertung „rite“ (befriedigend). Das war freilich kein unübersteigbares Hindernis, weil die Note des Universitätsabgangsattests bei der juristischen Eingangsprüfung lange Zeit keine Rolle spielte:

> „Zugelassen zum ersten Examen wurde, wer an einer preußischen Universität ein Rechtsstudium absolviert hatte, mindestens 20 Jahre alt war, sich selbst finanziell unterhalten konnte sowie von guter Herkunft und Führung war. Auf die wissenschaftlichen Leistungen der Kandidaten kam es nicht an, einzig Fleiß und Wohlverhalten musste die Universität ihren Studenten bescheinigt haben.“[25]

Döring begann und absolvierte sein Studium zu einer für den Juristennachwuchs äußerst schwierigen Zeit. In den dreißiger Jahren des 19. Jahrhunderts gab es nämlich eine regelrechte Juristenschwemme,[26] was zur Folge hatte, dass zwischen „1836 und 1839“ das Justizministerium „offizielle Warnungen“ aussprach: „Das Jurastudium sollte nur aufgenommen werden, wenn neben außerordentlichen Fähigkeiten auch genügend finanzielle Mittel zur Verfügung stünden um sich wenigstens zehn Jahre nach dem Studium aus eigenen Mitteln unterhalten zu können."[27] Dieses personelle Überangebot führte zu einer verschärften Auslese der Aspiranten. Die preußische Regierung nutzte die Situation, um die Erwartungen an das Wohlverhalten der künftigen Staatsdiener nach oben zu schrauben: „Bereits 1837 war [...] die Anweisung ergangen, den Lebenswandel der Kandidaten zu überwachen, seit 1840 war ein ‚moralischer und sittlicher Lebenslauf' erwünscht."[28] Der doppelte Konformitätszwang, den einerseits der Vater und andererseits die staatlichen Behörden ausübten, brachte Julius Döring in eine Zwangslage, die für ihn zur Dauerbelastung wurde: Gerne hätte er sich dem ungeliebten Beruf entzogen, doch fehlte ihm dafür die materielle Basis. Zugleich hatte er nicht den Mut, um sich den Wünschen seines Vaters offen zu widersetzen. So blieb nur unterdrückte Rebellion, die sich in Ausbruchsphantasien ein Ventil suchte und in – nicht selten von Selbstmitleid durchzogenen – Klagen Luft machte. In der Korrespondenz mit Bettine von Arnim ist immer wieder zu beobachten, wie Döring in Situationen, die ihm nicht behagten, mit Trotz reagierte.

Als er nach Wolmirstedt zurückkehrte, wo seine Eltern das Haus Nr. 246 bewohnten,[29] befand er sich an einem Wendepunkt seines Lebens: Er hatte das Studium beendet, seine berufliche Ausbildung aber noch nicht angetreten. In dieser Situation schlug Bettine von Arnim ihm vor, er solle für ein Jahr nach München gehen und dort in ihrem Auftrag gemeinsam mit Clemens Brentano aus bereits vorhandenem, aber noch nicht publiziertem Material einen vierten Band der Liedersammlung *Des Knaben Wunderhorn* zusammenstellen. (Ein ähnliches Angebot hatte sie zuvor schon Philipp Nathusius unterbreitet.) Döring reagierte darauf zögerlich, wohl weil er ahnte, dass sein Vater dem niemals zustimmen würde. Und tatsächlich bestand dieser darauf, dass der noch nicht volljährige Sohn sich statt dessen auf das bevorstehende examen pro auscultatura vorbereitet. Das – nur in Preußen existierende – Auskultariat als „erste Phase der auf das Studium folgenden praktischen Ausbildung"[30] war Teil eines insgesamt dreistufigen Qualifikationsprozesses, den jeder Jurist durchlaufen musste. Nachdem Julius Döring am 8. Mai 1839 die Aufnahmeprüfung bestanden hatte,[31] wurde er „nach der Oberlandesgerichts-Verfügung vom 14ten März 1839"[32] zum Auskultator, d.h. zum Beisitzer ohne Stimmrecht, beim Königlichen Oberlandesgericht Magdeburg ernannt und damit zum Bürodienst in der Justizverwaltung zugelassen. Die Allgemeine Gerichtsordnung für die Preußischen Staaten legte dabei fest: „Ein Auscultator muß [...] wenigstens ein Jahr bei einem Untergerichte in allen Geschäften des Justizdienstes mit Fleiß und Nutzen gearbeitet [...] haben."[33] Schon aus Kostengründen bot sich dafür natürlich das heimische Land- und Stadtgericht in Wolmirstedt, also die Arbeitsstätte seines Vaters, an.

Bettine von Arnim brachte zwar ein gewisses Verständnis für Dörings schwierige Situation auf, betrachtete seine Entscheidung für den juristischen Dienst aber als verhängnisvollen Fehler, verspielte er in ihren Augen so doch die Chance, seinem Leben eine grundlegend andere Richtung zu geben. Dörings in den Folgemonaten wiederholt geäußerte Klagen über Zeitmangel, Abgespanntheit und geistige Abstumpfung bestätigten sie in ihrer Einschätzung und führten zu ersten Entfremdungserscheinungen. Da beide aber weiterhin davon überzeugt waren, dass eine einzigartige Verbindung zwischen ihnen existiert, überwog der Wille zur Verständigung.

DIE GEMEINSAME REISE

Schon seit längerem trug sich Bettine von Arnim mit dem Gedanken, den kränklichen Philipp Nathusius in Althaldensleben zu besuchen. Zugleich hielt sie nach einer Gelegenheit Ausschau, um die sich lockernde Beziehung zu Döring wieder zu festigen. Im Spätsommer 1839 bot sich die Gelegenheit, beide Ziele miteinander zu verbinden. Als sie nämlich zu einer Reise nach Kassel zu den Brüdern Grimm aufbrach, fuhr sie auf dem Hin- und auf dem Rückweg jeweils über Magdeburg. Um nicht an die festgelegten Strecken und Fahrzeiten der öffentlichen Verkehrsmittel gebunden zu sein, entschloss sie sich dazu, mit der eigenen Kutsche zu reisen. So konnte sie bequem Abstecher sowohl nach Wolmirstedt als auch nach Althaldensleben machen. Da die Wiederbegegnung mit Döring möglichst privaten Charakter haben und ungestört verlaufen sollte, quartierte sie sich zunächst in einem zentral gelegenen Hotel in Magdeburg ein. Doch es ging ihr beileibe nicht nur um ein kurzes Zusammentreffen. Vielmehr wollte sie Döring überreden, sie auf ihrer kleinen Reise zu begleiten. Eine Andeutung dieses Plans findet sich bereits in dem Schreiben, mit dem sie ihre Ankunft ankündigte: „meinst Du daß Wir eine Station weiter zusammen reisen?“ (BRIEF 47) Am 21. September kam es dann zum lange ersehnten Wiedersehen. Erst bei dieser Gelegenheit erfuhr Döring, dass Bettine von Arnim vorhatte, nach Kassel weiterzufahren und ihn auf dieser Tour mitzunehmen. Dazu musste freilich erst das Einverständnis des Vaters eingeholt werden. Beide begaben sich deshalb gemeinsam nach Wolmirstedt, wo Bettine von Arnim Dörings Familie kennenlernte. Wie sie ersteren dazu brachte, seine Zustimmung zu dieser ungeplanten Unternehmung zu geben, geht aus dem Briefwechsel nicht hervor. Vermutlich überzeugte sie ihn mit dem Argument, dass sie der Karriere des Sohns zuträglich sein könne, gelte der Besuch bei den Grimms doch zwei Juri-

Schloss Bärwalde

Friedrich Wilhelm Heinrich Körte

sten, die seinerzeit bei ihrem an der Berliner Universität Jurisprudenz lehrenden Schwager Friedrich Carl von Savigny studiert hatten.

Tatsächlich wollte sie in Kassel ausloten, ob sich mit Hilfe der Grimms eine berufliche Betätigungsoption für Döring jenseits der ungeliebten Juristenausbildung finden lässt. Wilhelm Grimm bereitete gerade die ersten Bände der postumen Gesamtausgabe *Sämmtlicher Werke* Achim von Arnims vor und konnte unter Umständen dauerhafte Unterstützung gut gebrauchen. Es ging Bettine von Arnim letztlich aber weniger um die Erreichung eines konkreten Ziels. Vielmehr sollte die gemeinsame Reise zu einem Erlebnis werden, das die Beziehung dauerhaft festigt und den beidseitigen Zusammenhalt stärkt. Die erste Etappe führte von Wolmirstedt zunächst zurück nach Magdeburg und dann nach Oschersleben. Am nächsten Tag fuhren beide bis nach Halberstadt, wo sie den Literaturhistoriker Wilhelm Körte aufsuchten, der den Nachlass Johann Wilhelm Ludwig Gleims verwaltete und ihnen dessen berühmte Bildnisgalerie zeigte, die „118 Porträts“[34] umfasste. Anschließend ging es weiter Richtung Harz, an dessen nördlichem Rand das Örtchen Ilsenburg liegt. Von dort aus erkundeten beide die nähere Umgebung und wanderten zum wild-romantischen Ilsenstein. Was auf dem Weg dahin zu sehen war, schildert ein zeitgenössischer Reisebericht:

> „So wie man aus dem Orte heraustritt, fängt das Ilsenthal an. Mehrere Mühlen und Hüttewerk geht man vorüber, welche die stets zur Seite rauschende, forellenreiche Ilse treibt. Auf beiden Seiten ziehen sich hohe Berge hin, mit Laub- und Nadelholze bewachsen, und bald sieht man die große erhabene Felsenparthie vor sich, welche der genannte Ilsenstein ist. Die Ilse bildet in diesem schauerlich-düstern Thale tausend der niedlichsten Wasserfälle. Bald stürzt sie sich über kühne Felsenblöcke hinweg; bald fluthet sie sanft und glatt wie ein Spiegel über blinkenden Kießsand dahin. Hier verschwindet sie hinter dichtem Gebüsch, dort rauscht sie unvermuthet hinter einem Felsen hervor.“[35]

Von Ilsenburg war es nicht mehr weit bis Goslar. Dort quartierten sich beide im Hotel Kaiser(s)worth ein, machten einen ausführlichen Stadtrundgang und besichtigten alle wichtigen Sehenswürdigkeiten. Die letzte Wegstrecke führte sie schließlich nach Kassel. Vorher machten beide aber noch Station in Göttingen und statteten dem Juristen Gustav Hugo einen Besuch ab. Dabei ließ Bettine von Arnim den Gastgeber offenbar gezielt im Unklaren darüber, wer ihr Begleiter eigentlich war und in welchem Verhältnis sie zu ihm stand. Ihrem Schwager Carl Friedrich von Savigny berichtet sie am 4. November 1839 voll Genugtuung über ihren Auftritt:

Ilsenstein im Harz nebst der Aussicht nach Ilsenburg

rechts oben: Das Rosenthor zu Goslar
rechts Mitte: Hotel Kaiser(s)worth und Rathaus in Goslar
rechts unten: Der ehemalige Dom in Goslar

Der Zwinger, Goslar

„Bei Hugo in Göttingen war ich auch mit meinem jungen Reisegefährten den er wahrscheinlich für einen Spion hielt denn er drückte sich sehr umwunden in seiner Gegenwart über alles politische aus [...]; ein Stück von seinem Ordensband ward mir verehrt, französisches und berliner Bonbon aufgedrungen, im kurzen Augenblick des Freundlichen unendlich viel."[36]

Wie irritiert Hugo über das Gebaren seiner Gäste tatsächlich war, geht aus einem Schreiben an Wilhelm Grimm hervor, den er am 17. Oktober um Aufschluss bittet: „[...] sagen Sie [...] mir [...], Wer der Begleiter von Bettina war. Sie nannte mir ihn Döring aus Wolmirstädt, setzte aber hinzu, ich würde mystificirt. Als ich nähere Auskunft haben wollte, küßte sie ihn statt aller Antwort."[37] Diese Briefstelle lässt bereits erkennen, wie provokant Bettine von Arnim auf dieser Reise auftrat und welchen Spaß es ihr bereitete, den jugendlichen Begleiter als geheimnisvollen Geliebten zu präsentieren. Die Lust an der – Brüskierung nicht scheuenden – Irritation des Gegenübers spricht auch aus einem Brief von ihr an Karl Hartwig Gregor von Meusebach. Darin beschreibt sie in geraffter Form den Verlauf der Fahrt und schildert die Unternehmung dabei so, dass sie wie ein aufregendes Liebesabenteuer erscheint:

„In M.[agdeburg] kam ich [...] an, [nachdem] [...] ich die Nacht durchgereist, gabelte am andern Tag zwei Stunden von da einen jungen deutschen Sprößling auf, entführte ihn dem Philisterthum des Gerichtspersonals allwo er Referendenstelle vertritt, und fuhr bei geöffneten Fenstern und aufgesperrten Mäulern der guten Stadt Wolmirstädt mit dem entführten Liebling davon. – In M.[agdeburg] den Dom mit ihm besehen, noch an demselben Abend nach Halberstadt, am Morgen [Friedrich *Wilhelm* Heinrich] Körte besucht in seiner Galerie, von meinen Ahnen angegrinzt, die von ungeweihter Hand dort mit Lackmusfarbe geschmiert für gemalt gelten, am lächerlichsten war mir dort der Primas [Karl Theodor Anton Maria von Dalberg] der Freund der Christenheit mit Lippen als ob er lauter Johannisbrod gefressen hätte, er küßte gern aus lauter Menschenliebe die Christen und die Heiden. Von Halberstadt nach Ilsenburg im heitern Abendlicht gefahren, dort zwei Schneppen zum Abendbrod verzehrt, ich die halbe, Er anderthalb. Dann schlafen gegangen jeder in sein Bett, erst gute Nacht gesagt, mit Händedruck und Kuß auf die Wange, am andern Tag auf den Ilsenstein gegangen, verirrt ob er schon vor der Nase lag, Gelübde gethan wenn wir den Weg fänden nicht weiter in dem Harz uns zu verspekuliren, sondern gerade nach Cassel zu G.[rimms]! – Ausgeführt – dort himmlische

Gustav Hugo

Doppelporträt Jacob und Wilhelm Grimm

Tage verlebt wie sie keiner aufzuweisen vermag der nicht sich unter die Seligen rechnet.“[38]

Wie sich der Aufenthalt bei Jacob und Wilhelm Grimm gestaltete, geht aus einem späteren Brief an Savigny hervor; diesem berichtet Bettine von Arnim am 22. April 1840:

„Als wir im Zimmer versammelt waren am ersten Morgen früh, und mein junger Reisegefährte war mit, er wohnte auch bei Grimm, da sezte sich Jacob auf den Tisch und besprach sich mit dem, er hatte einen feinwolligen Flausrock an, [...] er schwäzte vergnügt mit meinem jungen Freund der voll Erstaunen vor ihm stand, über den Mann wie ein Kind. Jacob ehrte ihn auch mit mancherlei, was diesem ewig werth sein wird, er ließ ihn für sich abschreiben, und freute sich seiner schönen Hand. dann auch sezte er sich zu ihm, und übersetzte ihm aus alten Pergamen [sic] angelsächsische Gedichte, er entwickelte ihm die Spuren die ihn geleitet hatten diese Sprache aufs neue zu erfinden. Ich stand dabei und folgte dem Finger wie er von einem Wort zum andern die Sinnverbindung deutete“[39].

Bei den Grimms lernte Döring auch August Heinrich Hoffmann von Fallersleben kennen. Obschon dieser ihn in seiner Autobiographie nicht erwähnt, geben Hoffmanns Schilderungen wertvolle Einblicke in die in Kassel verbrachte Zeit:

„Den 27. September elf Stunden unterwegs, erst spät Abends in Cassel. Ich gehe noch zu den Grimms, und treffe dort Bettina, Frau [*Luise* Theodora Emilie Stichling geb.] von Herder mit Tochter, den hessischen Minister des Auswärtigen [Georg *Ferdinand* von Lepel], und Ludwig [Emil] Grimm. Ganz angenehme Gesellschaft. Bettina führte das große Wort, scherzte und lachte, und wir lachten mit. [...] Den dritten Tag war ich wieder bei den Grimms. Bettina war von ihrem Ausfluge nach Fritzlar zurückgekehrt. [...] Dann mit Bettina bei den Grimms zum Mittagessen. Sie ist sehr liebenswürdig und gesprächig wie immer. Nach Tische mit ihr und Jacob allein. Das Gespräch kommt auf die Berufung der Grimms nach Berlin. [...] Am Abend wieder große Gesellschaft: Prof. [Ludwig Sigismund] Ruhl, [Johann Werner] Henschel, der preußische Chargé d'affaires (ich glaube [Carl Curt Friedrich Ferdinand *Rudolf*] v. Sydow) und andere. Ich trug Einiges vor sprechend und singend. Endlich rührender Abschied.“[40]

Besonders aufschlussreich ist der dort erwähnte Abstecher ins nahe gelegene Städtchen Fritzlar, wo Bettine von Arnim gemeinsam mit ihren Schwestern Gunda, Lulu und Meline ab 1794 drei Jahre im Mädchenpensionat der Ursulinen verbracht hatte. (In *Goethe's Briefwechsel mit einem Kinde* wird der Klosteraufenthalt mehrfach erwähnt.) Offenbar lag ihr daran, ihrem Begleiter wichtige Orte der eigenen Kinder- und Jugendzeit zu zeigen.

Die gemeinsamen Erlebnisse und die andauernde Nähe zu ihr waren dazu gedacht, die Beziehung zwischen Bettine von Arnim und Julius Döring dauerhaft zu stabilisieren, und der vertraute Umgang mit den Grimms sollte bei Döring noch einmal einen Umdenkprozess in Gang setzen mit dem Ziel, dass dieser seinem Leben eine entscheidende Wendung gibt und seine Berufswahl revidiert. Doch auch für Bettine von Arnim selbst war das Unterwegssein mit ihrem Geliebten ein besonderes Erlebnis. Das bezeugt ein Brief an Nathusius vom 6. November 1839, in dem sie die Bedeutung der gemeinsamen Unternehmung folgendermaßen resümiert:

> „Diese Reise war doch das Reizendste was mir je begegnen konnte, nie hab ich schönere Tage verlebt, es war der Mühe werth die irdische Welt besucht zu haben um das erlebt zu haben das keinem wiederfahren konnte wie mir, und bis zum letzten Moment lauter Schönes, Nieerlebtes, alles neu sich einprägend während es war als sei die ganze Natur mit Saiten des Witzes überzogen die unter ihrem milden Sonnenschein nur sanft klingen und das alles durch ein jung Gemüth was nie reines unverfälschtes Glück vorher genossen hatte, das alles fragte, alles aufnahm von mir wies Evangelium und das Evangelium hat auch gesprochen aus mir, und es war ein Unschuldsleben ohne die geringste Beengung. Keiner dachte daran, er müsse sich zurückziehen wenn die Seele noch sprachselig war […] – und das machte mich so durchleuchtet von Geist das [sic] mir oft die Thränen aus den Geistes-Augen sprangen wie wenn man einen vollgethauten Kelch schüttelt. – Ja, ich war bewegt über meinen eignen Geist, oder vielmehr den der aus mir sprach, und der Weg nach Goslar von Ilsenburg aus, den vergesse ich nie, es war herbstlich, nebelkalt und regnete leise, da war mir so vieles hell vor der Seele was ich zum erstenmal aussprach und so ward ichs gleichsam zum erstenmal gewahr, der Genius neigt sich herab und spricht zu uns […] und Du glaubst nicht wie viel da von der Unbefangenheit des Geistes und der Seele abhängt um den Genius fortwährend zum Sprechen zu bewegen. Der Knabe nahm meine beiden Hände in die seinen und sagte spreche doch weiter: und als wir in Goslar ankamen da sagte er: jetzt spreche das noch aus. Ich

Fritzlar

Althaldensleben (Gutshaus)

Philipp Nathusius und seine Braut Marie Scheele

hatte alles vergessen, er wußte es noch und führte mich wieder auf den rechten Pfad und ich weiß daß ich ihm Lebenslehren für sein ganzes Leben gesagt habe nicht aus mir sondern aus dem Geist, und daß ich Dinge gesagt habe, die tief in die Natur einweihen und die die Großheit dessen bedingen, der sie in sich aufnimmt, und einem solchen liegt auch die ganze Natur anders vor Augen, der Wiesenteppich, der Wald, der Nebelstreif darüber hinziehend, der helle Himmel, alles sieht einem [sic] lebeneindringend an."[41]

Der Rückweg verlief dann offenbar sehr zügig – wohl um die Dauer von Dörings Abwesenheit überschaubar zu halten. Bettine von Arnim setzte ihren Begleiter in Wolmirstedt ab und fuhr von dort weiter nach Althaldensleben zu Nathusius, der ihr am 14. September geschrieben hatte: „Meine Mutter würde sich sehr freuen, Dich hier zu sehen, und ladet dich freundlichst ein. [...] Bleib doch ein paar Tage bei uns."[42] Als sie bei der Witwe und ihrem Sohn einkehrte, musste sie freilich die unangenehme Erfahrung machen, dass man Distanz wahrte und sich ihr gegenüber reserviert verhielt: „die Mutter emfing mich so kalt, beinah verletzend daß ich gern gleich am andern Tag weggereist wäre " (BRIEF 51), klagt sie Döring am 14. Oktober. Doch damit nicht genug. Als am 6. Oktober zu ihren Ehren „ein kleiner Ball" (BRIEF 51) gegeben wurde, zu dem auch Döring und seine Schwester Clara eingeladen waren, mokierten sich einige der Gäste hinter vorgehaltener Hand über Bettine von Arnims ungeniertes Auftreten, das als ungehörig empfunden wurde: „ich witterte eine geheime Kritick die in der Luft wehte, und die sogar am Sonntag [...] ziemlich deutlich sich Luft machte" (BRIEF 51), schreibt sie später. Und gegenüber Nathusius beklagt sie sich noch am 6. November über die üble Nachrede, der sie ausgesetzt war: „Ich höre mit Verwunderung [...] daß die jungen Damen und auch die älteren, die man mir an jenem Sonntag vorstellte, die Gegend ausfüllen mit Geschichten über mich, die mir gerade keinen Ehrenkranz winden, namentlich beschuldigt man mich der grausamsten Koketterie gegen Dich und spricht über meine intrigante Reise mit meinem jungen Freund."[43] Döring berichtet ihr sogar, dass man ihn vor ihr regelrecht gewarnt habe: „Nehmen Sie sich in Acht vor der Bettine, sie ist indiscret, sagte ein junges Mädchen zu mir, sie hat uns am Sonntag Abend in Althaldensleben ihre Reiseabentheuer von Anfang bis zu Ende erzählt." (BRIEF 52)

In der sittenstrengen Familie Nathusius betrachtete man Bettine von Arnims provokant selbstinszenatorisches Verhalten jedenfalls als unangebrachte Form eitler Indiskretion. Auch sie selbst scheint gewisse Bedenken gehabt zu haben, dass sie dort einen ungünstigen Eindruck hinterlassen könnte. So sah sie sich schon im Vorfeld der Begegnung dazu genötigt, gegenüber Philipp Nathusius den Eindruck zu zerstreuen, sie „lief[e] den jungen Buben nach“[44]. Während ihres Aufenthalts in Althaldensleben wurde die Atmosphäre irgendwann so feindselig, dass sie sich selbst Zurückhaltung auferlegte, um keine weiteren Verdächtigungen aufkommen zu lassen. Später entschuldigte sie sich bei Döring dafür, dass sie sich bei seinem Aufbruch von Althaldensleben so zurückhaltend verhalten habe: „Gern wär ich mit dir und deiner Schwester an jenem Abend noch bis zu Eurem Wagen gegangen und hätte dort mit Euch allein gesprochen, und Euch beide herzlich umarmt, aber glaub nur ich durfte nicht, ohne dem Argwohn tausend lügenhafte Lesarten an Die Hand zu geben.“ (BRIEF 51)

LITERARISCHE VERSUCHE

Der parallele Umgang Bettine von Arnims mit Nathusius und Döring ließ zwangsläufig Rivalitäten entstehen. Bei letzterem drückte sich das in Eifersuchtsgefühlen und massiven Minderwertigkeitsgefühlen aus, schließlich war Philipp Nathusius sozial privilegiert und verfügte über Handlungsspielräume, die wesentlich größer waren als seine eigenen. Dazu kam, dass dieser mittlerweile als Schriftsteller hervorgetreten war. Allein im Jahr 1839 waren von ihm drei Buchpublikationen auf den Markt gekommen: Er hatte *Hundert drei Lieder des Pariser Chansonnier Pierre Jean de Béranger* in deutscher Übersetzung herausgebracht, einen auf eigene Kosten gedruckten Band *Funfzig Gedichte* erscheinen lassen, dessen Erlös für die Unterstützung der sog. Göttinger Sieben – also der sieben ihrer Ämter enthobenen Göttinger Professoren, die gegen die Aufhebung der hannoverschen Landesverfassung protestiert hatten – gedacht war, und schließlich unter dem Titel *Ulrich von Hutten* auch noch eine Streitschrift zu den aktuellen Konfessionsstreitigkeiten veröffentlicht.

Julius Döring dagegen, der zu dieser Zeit seinen Briefen an Bettine von Arnim häufig selbstverfasste Verse beilegte, war mit noch keinem einzigen Text an die Öffentlichkeit getreten. Er trug sich deshalb mit dem Gedanken, seine Gedichte drucken zu lassen und den Band Bettine von Arnim zu widmen. Zu einer eigenständigen Buchpublikation kam es jedoch nicht. Immerhin wurden insgesamt fünf seiner Gedichte im von den Junghegelianern Theodor Echtermeyer und Arnold Ruge herausgegebenen *Deutschen Musenalmanach für 1841* abgedruckt: 1. *Versöhnung* („Soll ich, so viel Schönes sehend/Statt es keck in mich zu trinken, […]“ – S. 304f.), 2. *Wer deutet's?* („Was haben nur die Linden?/Es ist schon Mitternacht. […]“ – S. 306f.), 3. *Wie's euch gefällt?* („Ich bin ein Mann nun, bei gesetzten Jahren,/Der Jugend stürmisch Wesen laß ich fahren; […]“ – S. 308f.), 4. *Sie* („Ach, wie lang', eh' ich

Deutscher

Musenalmanach

für

1841.

Herausgegeben

von

Th. Echtermeyer und Arnold Ruge.

Mit Jos. Freih. v. Eichendorff's Bildniß.

Verlag von M. Simion.

Athenaeum in Berlin.

Schloßfreiheit No. 6.

304

Gedichte

von

Julius Döring

I.

Versöhnung.

Soll ich, so viel Schönes sehend
Statt es keck in mich zu trinken,
Immer, kalt vorübergehend,
Mißverstehn sein heitres Winken?

An des griech'schen Tempels Stelle,
Heiter, von Genuß durchduftet,
Bau' ich eine Klosterzelle,
Schon im Leben eingegruftet?

Doch ihr sprecht: „Dich zu beflecken
Streben aller Lust Dämonen.
Hüte dich, sie aufzuwecken,
Strebst du nach des Himmels Kronen."

Deutscher Musenalmanach für 1841, Titelblatt u. S. 304

dich kannte, / Hab' ich deiner schon geharrt! [...]" – S. 310f.) und 5. Εἷς κοίρανος ἔστω („Nicht ein Lüftchen rührt am Morgen/Seine Flügel. Alles still! [...]" – S. 312–314). Wie die Texte dorthin gelangten, ist unbekannt. Zwar kann nicht ausgeschlossen werden, dass Bettine von Arnim eine ihr bekannte Kontaktperson – z.B. Adolf Stahr –, die Kontakte zu den Almanach-Herausgebern hatte, um Vermittlung bat (eine Rezension von Nathusius *Funfzig Gedichten* lancierte sie auf diese Weise erfolgreich in den *Hallischen Jahrbüchern*), wahrscheinlich ist dies aber nicht, weil nur zwei der Gedichte in Briefen an sie zu finden sind. Außerdem wird das Thema in der Korrespondenz nicht angesprochen. Vermutlich hat Döring die Texte selbst bei den Herausgebern eingereicht, wie es beim Publikationstyp Musenalmanach von jeher Usus war.

Die Reaktionen auf die Publikation der Texte fielen verhalten aus. Eine knappe, aber konzise Stellungnahme stammt von Karl Gutzkow, der sie folgendermaßen charakterisierte: „Gedichte von Julius Döring. Die beiden ersten ermangeln aller Pointe, aller Klarheit. Im dritten hätte das Satyrische etwas dreister auftreten müssen; so schwankt das Gedicht ungewiß nach Ernst oder Scherz hin. Das vierte Gedicht ist hübsch. Das letzte ist als bloßes Bild unwesentlich: für die Deutung fehlt mir der Schlüssel."[45] Adolf Zeising, der unter dem Pseudonym Richard Morning schrieb, zählt Dörings Gedichte umstandslos zur „Spreu", die im Jahrgang 1841 des *Deutschen Musenalmanachs* reichlich vorhanden sei: „[...] Julius Döring weiß, obschon er eine etwas philosophische Miene dazu annimmt, zur Verherrlichung seiner ‚Sie' nichts Tieferes zu sagen, als daß die Liebe von Ewigkeit ist [...]. Glückliche Dichter! Wenn eure Geliebten so allgemein sind wie eure Lieder auf sie, so dürft ihr zu eurem Polterabend auf eine Hornmusik rechnen, so vielstimmig ihr sie nur verlangen könnt! Eure Lieder sollen den Text dazu liefern!"[46] Levin Schükking erwähnt in seiner Rezension des Bandes Dörings Namen nur in der Aufzählung der Beiträger, geht aber nicht näher auf dessen Texte ein.[47] Ähnlich verfährt auch Eduard Meyen in seiner Besprechung des *Deutschen Musenalmanachs für 1841*; er listet summarisch die Verfassernamen auf, begründet allerdings, weshalb er die entsprechenden Gedichte nicht im einzelnen vorstellt: „[...] ich fühle mich nicht veranlaßt, auf die nur mäßigen Produktionen dieser Herrn näher ein zu gehen. Wenn sie im nächsten Jahre sich auszeichnen, so werde ich der Erste sein, der sie rühmend anerkennt."[48] Diese flaue öffentliche Resonanz dürfte auf Julius Döring ernüchternd gewirkt haben. Offensichtlich hat sie seine dichterische Produktion gedrosselt; so heißt es in seinem Schreiben vom 12. August 1841 lapidar: „über mir hängt meine stumme Harfe" (BRIEF 85). Spätere Briefe von ihm enthalten kaum noch Gedichte. Auch scheint es weitere Publikationen lyrischer Texte nicht gegeben zu haben, jedenfalls lassen sich keine nachweisen.

Um so reizvoller dürfte das Angebot gewirkt haben, das Bettine von Arnim ihm im Herbst 1840 unterbreitete. Seit ihrer Ende 1837 im Zuge der Affäre um die sog. Göttinger Sieben erfolgten Entlassung durch den hannoverschen König Ernst August I. waren die mit den Arnims eng befreundeten Brüder Jacob und Wilhelm Grimm noch immer ohne neue Stellung und damit nicht rehabilitiert. Die Hoffnungen Vieler richteten sich deshalb auf den neugekürten preußischen König Friedrich Wilhelm IV., der erst seit Juni 1840 im Amt war. Bettine von Arnim stand seit Ende des vorangegangenen Jahres in brieflichem Kontakt mit ihm und setzte sich vehement für ihre Freunde ein. Mitte Juli 1840 ließ sie Döring dann unter dem Siegel der Verschwiegenheit wissen, dass „die Grimm hier her berufen sind“ (BRIEF 74). Allerdings ließ der offizielle Bescheid auf sich warten. Als drei Monate später immer noch ungewiss war, ob die Brüder eine Anstellung in Berlin erhalten würden, ersann Bettine von Arnim einen Plan, wie sie ihnen finanzielle Unterstützung zukommen lassen könnte und sich gleichzeitig der öffentliche Druck auf die staatlichen Stellen erhöhen ließe. Ihr Vorhaben erläutert sie in einem Brief an Döring vom 24. Oktober:

> „In Graubünden ist ein junger Correspondent von mir er hat mich gebeten meine Briefe an ihn drucken zu lassen weil er glaubt da sie ihm so wohlthätig waren sie werden auch andern erquikend sein, ich habe es angenommen und gleich eine kühne Idee damit verbunden, nemlich zum Behuf des Leipziger Vereins sie heraus zu geben, wenn nemlich der König die Grimm nicht anstellt; hier zu hat auch Philipp [Nathusius] mir alle Briefe geschickt und mir erlaubt von den seinigen mitdrucken zu lassen was ich für Gut finde; ich frage Dich ob Du nicht auch es so willst, ich würde dann Deine lieben Sonette und alles was mich zu reitzender Gegenrede bewogen mitdrucken lassen, und es würde vielleicht für Dich kein unbequemer Eingang sein in Die Welt eine lezte Correspondenz mehr politischen Inhalts ja ich möchte sagen Demagogisch, aber reiner Himmels bläue, die mich in diesem Augenblick grade erfüllt und die meine Seele und gebundnen Geisteskräfte von Den Schlacken des Egoismus immer mehr und mehr reinigt, die würde ich noch den Eurigen hinzufügen und diese allenfalls unter dem Titel: *Meine lezten Liebschaften.* herausgeben. bist Du mir nicht zuwider hierin wie es die andern auch nicht sind, sondern vielmehr sich eine große Freude daraus gemacht haben und mir erlauben von ihren Briefen und

Gedichten hinzuzufügen was ich für gut finde; so bringe meine Briefe mit daß [i]*ch abschreiben und ordnen kann, wo [ich]* sie dir dann wieder geben will und mich in Bezug auf deine eignen lieben mir gegönnten Blätter nur an Das halten was du mir erlaubst. jedoch glaub ich du wirst Vertrauen genug in mich haben dich auf mich zu verlassen daß ich mit Verstand und innigem Mitemfinden deiner reinen Gefühle aus denen deine Blätter sich gebildet diese für Veröffentlichung ordnen Werde." (BRIEF 77)

Schon am 17. September hatte Bettine von Arnim ihre Briefe von Nathusius zurückerbeten. Im entsprechenden Schreiben werden sogar noch weitere Korrespondenzpartner genannt, deren Briefschaften sie für ihr Projekt verwenden wollte: Es „reist einer jetzt in Italien [...], mit dem verhandelte ich über Religionswechsel, Stiftung und Änderung; so ist noch ein Anderer dessen Briefe mich zu hohen politischen Fragen und Antworten leiteten, ein Anderer der Ahnungen, Vorbedeutung und neue Phasen der Poesie enthält" (IP II, S.) Döring willigte in diese Unternehmung sofort ein und antwortete am 1. November: „Dein Plan, unsern Briefwechsel zu veröffentlichen, ist mir ganz genehm. Ich gebe dir unbeschränkte Vollmacht in der Auswahl meiner Briefe, und vertraue dabei ganz auf dein Gefühl und deinen Takt." (BRIEF 78) Da er die Hoffnung hegte, bei einem Kurzbesuch in Berlin und Potsdam das Material persönlich überbringen zu können, behielt er Bettine von Arnims Briefe zunächst aber noch bei sich. Ende November meldeten Zeitungen dann, „daß der König" die Grimms „[...] einlade, sofort ihren Wohnsitz nach *Berlin* zu verlegen. Sie sollen vorerst noch keine bestimmte Anstellung mit Jahrgehalt und Titel, aber hinreichende Mittel zum anständigen Auskommen erhalten, um, frei von eigentlichen Berufsgeschäften, ihren Studien obliegen zu können; zugleich ist ihnen Aussicht eröffnet worden, früher oder später einen ihren Neigungen und Kenntnissen angemessenen Wirkungskreis im preußischen Staatsdienst zu erhalten"[49]. Döring zögerte darauf, ob eine Überlassung der Briefe überhaupt noch nötig sei. Ein – nicht erhaltenes – Schreiben Bettine von Arnims vom 15. Dezember bewog ihn schließlich dazu, ihrem dringenden Wunsch nachzukommen. Am 3. Januar 1841 sendete er die gesamten Dokumente von ihr, die sich in seinem Besitz befanden, nach Berlin.

Damit hatte Bettine von Arnim die gesamte bisherige Korrespondenz in ihren Händen, und sie sollte sie auch – trotz wiederholter inständiger Bitten ihres Gegenübers – nicht mehr zurückgeben. Sie wusste nur zu genau, dass sie mit den vollständigen Briefwechseln mit Philipp Nathusius und Julius Döring Dokumente in Händen hielt, mit denen sie einerseits die Faszination, die Vertreter der jungen Generation ihrem Werk und ihrer Person entgegenbrachten, andererseits ihre intensive Tätigkeit als

Mentorin augenfällig dokumentieren konnte. Deshalb bewahrte sie das Material für eine spätere Verwendung sorgfältig auf. Dass sie es zu diesem Zeitpunkt schon ordnete, ist unwahrscheinlich. Überhaupt fehlte es ja an zwei wesentlichen Voraussetzungen, die zur Durchführung ihres Vorhabens nötig gewesen wären: Zum einen war die Anzahl der Briefe, die sie mit Philipp Hössli – dem „jungen Correspondenten" aus „Graubünden" –, Moriz Carriere – dem Reisenden „in Italien", mit dem sie sich „über Religionswechsel, Stiftung und Änderung" ausgetauscht hat – und den übrigen, namentlich nicht Genannten gewechselt hat, im Vergleich zu den umfangreichen und in sich geschlossenen Korrespondenzen mit Nathusius und Döring sehr gering; zum anderen verfügte Bettine von Arnim sonst noch über keine weiteren Gegenbriefe. Es ist also fraglich, wie ernstgemeint die Projektidee, eine Publikation aus den Briefen einer Vielzahl von jüngeren Korrespondenzpartnern zusammenzustellen, überhaupt war. Vielmehr drängt sich der Verdacht auf, dass der Hinweis auf weitere bereitwillige Mitwirkende vor allem dazu diente, ihre beiden wichtigsten Bezugspersonen der späten dreißiger Jahre dazu zu bewegen, dem Vorhaben zuzustimmen. Gegenüber keiner anderen Person hat Bettine von Arnim jedenfalls ihren Plan erwähnt, geschweige denn, dass sie einen der Genannten, mutmaßlich Gemeinten oder sonst in Frage Kommenden dazu aufgefordert hätte, Briefmaterial zur Verfügung zu stellen.

Dörings Rückgabe der Briefe an die Absenderin markiert in paarkommunikativer Sicht eine einschneidende Zäsur im Verhältnis der beiden. Bisher machte nämlich der Umstand, dass die berühmte Schriftstellerin ihm antwortete, Anteil an ihm nahm und ihm in Liebe zugetan war, den unbekannten Juristen zu einem ebenbürtigen Gegenüber. Als sich das Liebesverhältnis abkühlte und Anzahl sowie Frequenz der gewechselten Briefe abnahmen, kam dies für Julius Döring einem drastischen Bedeutungsverlust gleich. Vollends die Rückerstattung der Briefe beraubte ihn dann des greifbaren Belegs der Wichtigkeit, die er für Bettine von Arnim hatte. Und da sie nun den Schrift gewordenen Ertrag ihrer Beziehung komplett besaß, kehrte mit einem Mal die starke Asymmetrie wieder, die anfangs zwischen den Korrespondenzpartnern bestanden hatte. Fortan lag es nicht nur in ihrem Belieben, ob und gegebenenfalls wann sie die übersandten Briefe dem Empfänger zurückerstatten würde, sie bestimmte auch, ob sie den Austausch mit ihm revitalisieren und, wenn ja, in welchen zeitlichen Abständen sie künftig antworten würde.

Auch Dörings juristische Ausbildung war mittlerweile in eine neue Phase eingetreten. Er hatte die einjährige Auskultatorenzeit beim Stadt- und Landgericht Wolmirstedt hinter sich und musste, bevor er die „Prüfung pro referendariatu" ablegen konnte, noch „3 Monat bei einem Inquisitoriat als Protocollführer und in Actuariatsgeschäften"[50] arbeiten. Während er anfangs noch Hoffnungen hegte, dieses Vierteljahr unter Umständen in Berlin verbringen zu können, nötigte ihn sein Vater dazu, die zusätzliche Qualifikation im nahe gelegenen Magdeburg zu erwerben. Schon Anfang August 1840 hatte Döring seiner Briefpartnerin angekündigt: „Ich werde nach Magdeburg, wenigstens auf ein Vierteljahr, gehen *müssen*." (BRIEF 74) Zwei Monate später war es dann soweit. Am 9. Oktober ließ er sie wissen: „In wenigen Tagen verlaß ich Wolm.[irstedt]" (BRIEF 75). Dörings Arbeit beim Königlich Preußischen Inquisitoriat in Magdeburg, also der für Kriminalfälle zuständigen Untersuchungsbehörde, scheint demnach mit dem 15. Oktober begonnen zu haben und erstreckte sich wohl bis Ende 1840. Damit war seine erste Ausbildungsetappe beendet. Wohl in den letzten Wochen des Jahres legte er die zweite Staatsprüfung ab und bereitete sich auf seine Zeit als Referendar vor. Am 15. Dezember 1840 dann teilt er Bettine von Arnim mit: „Mit dem neuen Jahre geh ich nach Magdeburg um beim dortigen Obergerichte zu arbeiten." (BRIEF 78)[51] Dies war für ihn auch insofern ein Einschnitt in seinem Leben, als er damit sein „Vaterhaus [...] auf immer" (BRIEF 78) verließ.

Döring lebte nun nicht mehr in kleinstädtischen Verhältnissen unter elterlicher Aufsicht und gewann durch seine neue Umgebung, die er ansatzweise ja bereits seit seiner Gymnasialzeit kannte, ein größeres Maß an Eigenständigkeit. Gleichwohl erschien ihm das damals „46000 Einwohner"[52] zählende Magdeburg, wo er in der *„Himmelreichsstraße No 13"* (BRIEF 79) wohnte, anfangs als „dummes dumpfes Mauernest" (BRIEF 80) und er bedauerte es, nicht in Berlin sein zu können. Und zumindest finanziell blieb er weiterhin vom Vater abhängig, weil auch das Referendariat beim am Domplatz 6 gelegenen Oberlandesgericht Magdeburg nicht vergütet wurde. Die Perspektive, ein Staats-„Diener" zu werden, und das Bewusstsein, einer Institution anzugehören, der er mit großer innerer Distanz gegenüber stand, bedrückten ihn weiterhin und vertieften seinen „innerlichen Zwiespalt" (BRIEF 83). Anders als in früheren Jahren äußerte sich dieser aber nicht mehr primär in Selbstmitleid, sondern spornte vielmehr Dörings Widerspruchsgeist an: „So hab ich im Geiste dem Bestehenden den Fehdehandschuh hingeworfen" (BRIEF 83), erklärt er Ende April in einem Brief an Bettine von Arnim.

Eine solche Einstellung dürfte ganz in ihrem Sinn gewesen sein. Nicht zufällig schrieb sie Marcus Niebuhr – dem sie wegen seiner künstlerischen Neigungen besonders zugetan war und der als Referendar am Landgericht in Halle arbeitete –, als er sich dazu entschloss, auf eine Universitätslaufbahn zu verzichten und statt dessen in den Staatsdienst zu wechseln, am 2. Oktober 1840 unverblümt:

> „Sie fragen, was ich dazu meine, daß Sie gesonnen sind, dem Staate sich zu widmen? – Ich meine, der Staat verdient Ohrfeigen. Sind Sie nun eine solche für den Staat, dann werden Sie zu rechter Zeit an Ihrem Platze zu stehen kommen. Ja, lieber Freund, bilden Sie sich durch und sammeln Ihre Kraft, Ihre Selbstverläugnung, und helfen in Ihrer sogenannten ‚Staatslaufbahn' (ich würde es Hinkbahn nennen) ihn zur Besinnung bringen, dann könnte nichts Besseres zu des Staats Wohlfahrt geschehen; das heißt: helfen Sie den Staat frei machen von Despotismus, dann freilich sind und bleiben Sie der freie Mann, wo nicht, so rasslen Sie, wie die andern, auch mit den eigenen Ketten und thun sich was drauf zu gut; das wär' von Ihnen aber schlecht, während es von andern nur wahnschaafig ist."[53]

Diese Antwort hätte auch an Julius Döring gerichtet sein können. Dessen Blick für die Unzulänglichkeiten der Politik in Preußen, das sich ja nach wie vor als Reformstaat begriff, schärfte sich jedenfalls nach der Thronbesteigung Friedrich Wilhelms IV. So stieß etwa die Art, wie die Grimms nach Berlin berufen wurden, bei ihm auf Unverständnis und Ablehnung. Aber auch sonst zeigte er sich enttäuscht vom neuen König, dessen Regierungsantritt mit so großen Hoffnungen erwartet worden war. Desillusioniert schreibt Döring im Januar 1841 an Bettine von Arnim:

> „Mit welchem Herzklopfen der Erwartung sah man einen jungen König den Thron besteigen [...]! – So war noch nie ein König bewillkommnet wie dieser! [...] es war ein geistig bewegtes jugendkräftiges Volk, das in ihm den Erfüller von Versprechungen und Verheißungen erblickte, an die zu mahnen Pietät lange sich gescheut hatte. – [...] Es war die Macht des Gefühls und des Glaubens selbst über die geistvollsten Männer gekommen" (BRIEF 80)

Da der neue preußische Regent das von seinem Vater 1815 gegebene Verfassungsversprechen aber nicht eingelöst habe, bleibe seine geschichtliche „Mission" (BRIEF 84) unerfüllt. Dies habe fatale Folgen für Preußen insgesamt und für die Einschätzung des Herrschers im Besonderen: „die Begeistrung ist erloschen wie eine Flamme, der man Nahrung versagt hat" (BRIEF 80).

Häusergruppe auf dem Breiten Wege (Nr. 175 und 177) in Magdeburg

Friedrich Wilhelm IV., König von Preussen

In der Folgezeit durchlief Döring einen Bewusstwerdungsprozess, der dazu führte, dass er das rein rhetorische Aufbegehrenspathos der Jugendjahre allmählich hinter sich ließ und konkrete politische Forderungen zu artikulieren begann. Wie die Übernahme bestimmter Kennformeln zeigt, hat Bettine von Arnim diese Entwicklung durch ihr Konzept eines Volkskönigs nicht nur befördert, sondern überhaupt erst angestoßen. Sie war es, die ihren Briefpartner in entscheidender Weise politisierte, auch wenn sich eine eigene Haltung bei ihm erst in der Endphase der Korrespondenz ausprägte. Da er von ihr wusste, dass sie mit Friedrich Wilhelm IV. in brieflichem Kontakt stand, trug er sich mit dem Gedanken, „auch ein Wort zum Könige [zu] reden" (BRIEF 84). Zu diesem Zweck verfasste er einen Text über die Bedeutung der Pressefreiheit, der wohl als selbstständig erscheinende Broschüre gedruckt werden sollte, dessen Veröffentlichung aber die Zensurbehörden untersagten. Es spricht viel dafür, dass es sich dabei um den Essay „Fürst und Volk" handelt, den Döring am 26. Februar 1842 an Bettine von Arnim schickte. Um sich zu schützen (denn es musste immer damit gerechnet werden, dass Post von den staatlichen Behörden geöffnet und gelesen wurde), verhüllte Döring seine Verfasserschaft und gab die brisanten Ausführungen als Abschrift eines Fremdtextes aus. Mit der Formulierung: „So schrieb Jemand an mich, den ich hier zu nennen Bedenken trage, den aber der Kundige am Style und Geiste errathen wird" (BRIEF 88) deutete er zugleich an, dass Bettine von Arnim das Maskeradespiel sicher durchschauen würde. Um ihr Gewissheit über den tatsächlichen Absender zu geben, unterschrieb er – wie in den vorangehenden Briefen auch – mit dem Anfangs- und Endbuchstaben seines Nachnamens, verfremdete dieses Kürzel aber, indem er griechische Schriftzeichen („Δγ.") verwendete.

Die konkrete Erfahrung mit der Zensur, die den Abdruck seines ja in konstruktiver Absicht geschriebenen Essays verhinderte, bestärkte Döring in seiner Einschätzung, dass die Herrscher nicht an der Volksmeinung interessiert sind, sondern lieber Untertanen haben, „die nicken und sich verbeugen" (BRIEF 84). Ernüchtert schreibt er schon Ende August/Anfang September 1841 an Bettine von Arnim: „Von den Fürsten erwart ich kein Heil. Diese Geschlechter, die sich zu einer besondern Vollblutsrace des Menschengeschlechts aufgeworfen haben, sind so alt, so abgelebt, daß sie sogar nach der Krücke der Legitimität griffen, um sich nur aufrecht zu erhalten. – Aus dem frischen, urkräftigen, ausgeruhten, unberührten Boden des Volks müssen die Gestalten der Zukunft – ob einer nahen oder fernen, weiß ich nicht – hervorgehen." (BRIEF 86) Als sich Döring über die Verweigerung des Imprimatur beschwerte, zitierte ihn Oberpräsident Eduard Heinrich von Flottwell zu sich und erläuterte ihm, weshalb man „die Druckerlaubniß versagt" habe: „Man solle nicht zum Volke reden; der Geist könnte ihnen sonst über den Kopf wachsen und sie die Zügel der Herrschaft verlieren; ich sollte warten noch ein paar Jahre, der König wolle ja das Bessere, aber nach und nach." (BRIEF 89) Darauf wandte er sich Anfang März 1842 empört an Bettine von Arnim und forderte sie auf, sie möge seinen Aufsatz dem König vorlegen – ein Wunsch, auf den sie verständlicherweise nicht einging.

Auch wenn der briefliche Austausch nun immer stärker ausdünnte, stimmten die Korrespondenzpartner doch in ihrer wachsenden Skepsis gegenüber dem Reformwillen und der Bereitschaft der Regierung, offenkundige Missstände im Staat zu beseitigen, überein. Bei Bettine von Arnim hatte dies zur Folge, dass die Zeitgenossen sie zunehmend „in den Reihen der Opposition" (BRIEF 84) verorteten. Schon der sozialkritisch-dokumentarische Anhang des ‚Königsbuchs' („Erfahrungen eines jungen Schweizers im Vogtlande") ließ sie zur mahnenden Stimme vor den fatalen Folgen des Pauperismus werden. Mit dem Armenbuch-Projekt, das sie 1844 beschäftigte, wurde sie vollends zur Anklägerin der Versäumnisse staatlicher Armenfürsorge in Preußen. Bettine von Arnims in diesem Zusammenhang angestellte Überlegungen wirkten nachhaltig auf Julius Döring.

Als er Anfang Januar 1844 für einige Tage nach Berlin kam, fand nach über vier Jahren eine Wiederbegegnung statt – zuerst nur im Rahmen der „Visitenstunde" (BRIEF 92), also für kurze Zeit und unterbrochen von Besuchen anderer, dann aber auch in privatem Rahmen und über mehrere Stunden hinweg. Bei dieser Gelegenheit tauschten sich beide intensiv über Pauperismus und die sog. soziale Frage aus. Bettine von Arnim teilte Döring ausführlich ihre Ansichten mit, welches die Gründe für die Massenverelendung in Preußen seien und wie der Armut begegnet werden müsse. Er empfand diese Darlegungen wie eine biblische Offenbarung und war von der Beredsamkeit seines bewunderten Gegenübers so ergriffen, dass er in seinem nächsten Brief die wichtigsten Gedanken zusammenfasste und eine „Paraphrase" dessen versuchte, was er auch als Bettine von Arnims „Bergpredigt" bzw. „Evangelium" (BRIEF 93) bezeichnete. Damit signalisierte er aber nicht nur, dass er nach wie vor ein gelehriger Schüler war, sondern lieferte seiner Mentorin auch verschriftlichtes Material, das sie bei Bedarf für ihr in Arbeit befindliches Armenbuch-Projekt verwenden konnte. Während seines Besuchs in Berlin lernte er darüber hinaus auch Bettine von Arnims zweitältesten Sohn Friedmund kennen, der bereits selbst als Verfasser sozialphilosophischer Schriften hervorgetreten war; so war im Jahr zuvor die Broschüre *Was ist Eigenthum? darin das einzige Mittel, die jetzigen Staatsgewalten vor den unsinnig communistischen Ideen zu retten* (Wandsbeck 1843) erschienen.

Döring hatte zwischenzeitlich zweimal die Unterkunft in Magdeburg gewechselt. Im Frühjahr oder Sommer 1841 zog er zunächst in die

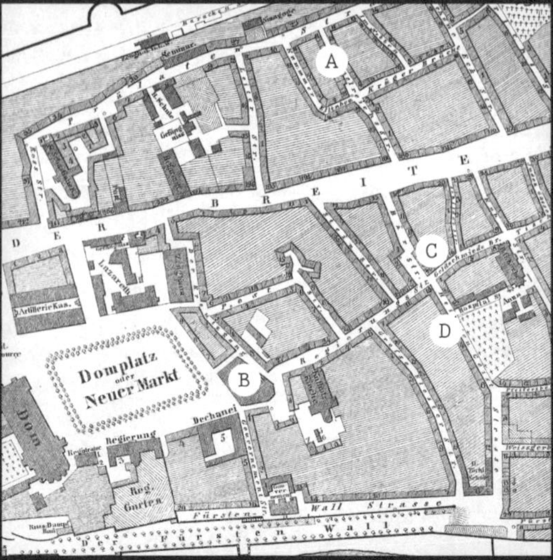

Plan u.[nd] Ansicht der Stadt Magdeburg.

A Himmelreichstr. 13: Julius Dörings Wohnung 1840/41

B Domplatz 6: Oberlandesgericht Magdeburg

C Goldschmiedebrücke 19: Julius Dörings Wohnung 1842-44

D Heiligengeiststr. 2: Julius Dörings Wohnung 1841/42

Plan der Stadt Aschersleben

„Heiligengeiststraße No 2", Ende des Jahres 1842 lautete seine Anschrift dann „Goldschmiedebrücke No 19". 1844 beendete er das Referendariat und legte die dritte Staatsprüfung ab. Während „die Auskul[t]atorprüfung und das Referendariatsexamen [...] beide vor dem Oberlandesgericht abgelegt"[54] wurden, fand „die große Staatsprüfung [...] vor der [...] ‚Immediat-Justiz-Examinations-Kommission' [...] in Berlin"[55] statt. Vermutlich war dies auch der Grund dafür, weshalb sich Döring im Januar 1844 für einige Wochen in der Landeshauptstadt aufhielt. Drei Jahre waren seit Antritt seiner Referendariatstätigkeit vergangen, so dass er sich nun dem vorgesehenen rechtspraktischen Examen unterziehen konnte.[56] Anschließend rückte er zum Assessor beim Oberlandesgericht in Magdeburg auf. Am 27. Juli war in Nr. 30 des *Amts-Blatts der Königlichen Regierung zu Magdeburg* zu lesen: „Der Oberlandesgerichts-Referendarius Lebrecht Julius Ernst Bernhard Döring ist durch Ministerialreskript vom 28sten Juni 1844 mit dem Dienstalter vom 7ten Mai 1844 zum Oberlandesgerichts-Assessor ernannt worden."[57] Mit diesem neuen Status einher ging auch ein verändertes Selbstbewusstsein. Als Döring aus den Zeitungen erfuhr, dass Bettine von Arnim bei ihrer neuen Buchveröffentlichung *Clemens Brentano's Frühlingskranz* (1844) Ärger mit der Zensur bekam, weil der Verfassername auf dem Titelblatt fehlte, bot er ihr sofort rechtlichen Beistand an: „Wenn du in irgend einer Art Hülfe bei dieser Affaire bedarfst; so zähl auf mich. Es würde mir zu wahrer Freude und Genugthuung gereichen, diesem blödsinnigen Drachen etwas das dicke Fell zu kitzeln." (BRIEF 94)

Mit dem Beginn des Assessorats waren die Tage von Dörings Aufenthalt in Magdeburg gezählt, mündete es doch „im Normalfall in einer Festanstellung als Richter"[58]. Häufig wurden die Assessoren, „während sie auf eine Planstelle warteten, als Hilfsrichter eingesetzt"[59]. Richterliche Aufgaben durften sie nämlich nur dann übernehmen, wenn sie als Hilfsrichter bestellt worden waren. Dieser Status war auch deshalb attraktiv, weil er zwar nicht mit einer Festanstellung, aber mit einer Besoldung verbunden war, was das Ende der jahrelangen unbezahlten Tätigkeit bedeutete und zu einer gewissen finanziellen Selbstständigkeit führte.[60] Schon im Juni 1844 kündigte Döring in einem Brief an Bettine von Arnim an: „Diesen und den nächsten Monat werd' ich noch hier bleiben. [...] Wo ich dann hingehen werde, überlaß ich der Entscheidung des Zufalls." (BRIEF 94) Allerdings sollten noch fast eineinhalb Jahre vergehen, bis es zu der so dringlich gewünschten Ortsveränderung kam. Als Ende 1845 am Land- und Stadtgericht in Aschersleben ein Hilfsrichter gesucht wurde, bewarb sich Döring auf die Stelle und wechselte damit in die Zuständigkeit des Oberlandesgerichts in Halberstadt. „Die Oberlandesgerichts-Assessoren Döring und Dr. Hertel und der Auskultator Schneider sind an das Oberlandesgericht in Halberstadt versetzt"[61], meldet das

Amts-Blatt der königlichen Regierung zu Erfurt am 24. Januar 1846. Im Regierungsbezirk Halberstadt gab es insgesamt acht Kreisgerichte, eines davon befand sich in Aschersleben. Das dortige Land- und Stadtgericht war ein sog. Gericht erster Klasse und bestand aus „1 Direktor, 4 Mitgliedern und 3 Justizkommissarien“[62] sowie „1 Hülfsrichter“[63].

Das am Nordostrand des Harzes gelegene Aschersleben zählte 1843 „15.765“[64] Einwohner, büßte im Lauf der nächsten fünf Jahre vor allem wegen der zahlreichen Auswanderer nach Amerika aber rund ein Viertel seiner Bevölkerung ein und verfügte 1848 nur noch über „11750“[65] Einwohner. Döring kehrte damit in ein kleinstädtisches Umfeld zurück. Der Ort wird in zeitgenössischen Quellen folgendermaßen beschrieben: „Aschersleben, an der Eine, [ist] eine der ältesten Städte des Landes, mit einer Mauer umgeben. Sie hat 5 Thore, ansehnliche Vorstädte, 5 evang., 1 kathol. Kirche, 1 Synagoge, 1 Gymnasium, 2 Hospitäler, 1 Armenhaus, 1 Rettungsanstalt für verwahrloste Kinder, 1200 Häuser [...]. Hier ist der Sitz eines [...] Superintendenten“[66]. Immerhin scheint Julius Döring Verwandte in Aschersleben gehabt zu haben. Jedenfalls lebte dort der Kaufmann Philipp Ernst Döring, der in früherer Zeit für einige Jahre Mitglied der dortigen Freimaurerloge *Zu den drei Kleeblättern* war.[67]

Zunächst deutete nichts darauf hin, dass der beschauliche Ort eine für Julius Dörings Lebensweg entscheidende Rolle spielen sollte. Dieser absolvierte dort eine weitere Etappe seiner juristischen Ausbildung und hoffte darauf, irgendwann eine reguläre Planstelle als Richter übernehmen zu können. Dabei war ihm bewusst, dass die Berufung noch einige Zeit dauern konnte, betrug „für die in den 1820er Jahren geborenen Juristen [...] die durchschnittliche Wartezeit bis zur Festanstellung“ doch nicht weniger als „4 Jahre“[68]. Die Erreichung des angestrebten Ziels bekam auch deshalb eine gewisse Dringlichkeit, weil der Vater allmählich aus dem Berufsleben ausscheiden wollte. Davor erhielt Friedrich Döring 1845 aber noch den „rothen Adler Orden vierter Klasse“[69] verliehen. Zwei Jahre später wurde er dann auf eigenen Wunsch in den Ruhestand versetzt. Wie das *Amts-Blatt der Königlichen Regierung zu Magdeburg* meldet, ist „dem Land- und Stadtgerichtsrath *Doering* zu Wolmirstedt [...] durch Ministerialreskripte resp. vom 25sten Januar und 11ten März 1847 die nachgesuchte Entlassung [...] aus dem Dienste überhaupt, mit Pension bewilligt worden“[70].

Bevor Julius Döring seine neue Tätigkeit antrat, fuhr er im Herbst 1845 für „ein paar Tage“ (BRIEF 95) nach Berlin und suchte in dieser Zeit Bettine von Arnim auf, ohne sie freilich anzutreffen. Zudem musste er feststellen, dass sie zwischenzeitlich umgezogen war, ohne ihm die neue Adresse mitzuteilen. Die Korrespondenz war längst einseitig geworden. Döring schrieb zwar noch gelegentlich – so etwa aus Anlass von Clemens Brentanos Tod –, Bettine von Arnim antwortete aber nicht mehr.

Ihr letzter – nicht erhaltener – Brief an ihn dürfte von Ende August 1841 stammen.

DAS BRIEFBUCH „ILIUS PAMPHILIUS UND DIE AMBROSIA"

Die bezahlte Stelle als Hilfsrichter in Aschersleben verschaffte Julius Döring endlich jene materielle Unabhängigkeit, die er sich lange erhofft hatte. Den neu gewonnenen Spielraum nutzte er zunächst für weitere Reisen. So fuhr er „im Sommer" 1846 nach „Dresden" und von dort weiter über die „sächsische Schweiz" bis nach „Böhmen u. Schlesien" (BRIEF 95). Einige Monate nach seiner Rückkehr erreichte ihn Anfang Dezember überraschend eine Anfrage Bettine von Arnims. Allerdings schrieb sie ihm – ein deutliches Zeichen der mittlerweile eingetretenen Distanz – nicht selbst, sondern ließ ihm schriftlich durch Philipp Nathusius ihr Anliegen ausrichten. Sie wollte nämlich für eine Benefizpublikation zugunsten des Philologen, Schriftstellers und Büchersammlers August Heinrich Hoffmann von Fallersleben seine und Nathusius' „Briefe benutzen" (BRIEF 95). Der Grund, weshalb sie ihn ein zweites Mal um seine Zustimmung ersuchte, lag am veränderten Charakter des Projekts. Anders als 1840, als sie ein Buch aus diversen Korrespondenzen mit jüngeren Briefpartnern zusammenstellen und zugunsten der Brüder Grimm herausgeben wollte, sollte es nun nur noch eine Doppelkorrespondenz werden, wodurch die Hauptbeteiligten sehr viel stärker in den Mittelpunkt rückten. Und auch der Zweck selbst hatte sich geändert, ging es doch nun darum, einer Person zu helfen, der Döring 1839 nur einmal flüchtig in Kassel begegnet war und die längst nicht die Solidarität in der Öffentlichkeit erfuhr, die den Grimms zuteil geworden war.

Zudem war die Unterstützung für Hoffmann von Fallersleben einigermaßen brisant. Dem bibliophilen Sprach- und Literaturwissenschaftler war nämlich wegen politischer Unliebsamkeit 1842 vom preußischen Staatsministerium die Professur entzogen worden. Da er auf Grund der Zensurbestimmungen seinen Lebensunterhalt auch nicht durch die Publikation literarischer Texte bestreiten durfte, sah er sich dazu gezwungen, Teile seiner umfangreichen Bücher- und Handschriftensammlung zu verkaufen. Der preußische König fand sich allerdings nicht dazu bereit, den geforderten und angesichts des Wertes dieser Kollektion durchaus mäßig gehaltenen Preis von 2.000 Reichstalern zu akzeptieren, und stellte lediglich die Hälfte der Summe zur Verfügung. Hoffmann von Fallersleben ließ darauf einen Bücherkatalog drucken und bot einen Teil seiner Bibliothek öffentlich zum Kauf an. Nun wandte sich Philipp Nathusius, der mit ihm gut bekannt war und ihm zwischenzeitlich sogar

Asyl gewährt hatte, an Bettine von Arnim mit der Frage, wie man dem Drangsalierten helfen könne. Sie beschloss darauf, die seinerzeit unpubliziert gebliebene Korrespondenz mit Döring und Nathusius drucken zu lassen. Am 2. Dezember 1846 lässt sie ihren Vertrauten Karl August Varnhagen von Ense wissen:

> „Ich hab's nicht mehr ausstehen können mit der Verfolgung des Hoffmann von Fallersleben, mit der Schlaffheit, welche sich in den öffentlichen Blättern [...] preisgiebt, [...] wie denn in mehreren Zeitungen immer von dem Verkauf seiner Handschriften die Rede ist, [...] für die man sammelt, aber nichts zusammenkommt. [...] Ich habe aus einer Art Ungeduld und Furcht, der Hoffmann könne am End gezwungen werden, seine kostbare Habe zu verschleudern, Auftrag gegeben, in die Zeitungen zu rücken, daß ein Buch unter der Presse sei, dessen Ertrag zur Deckung des für diese kostbare Sammlung geforderten Preises bestimmt sei, unbeschadet des Ankaufs von anderer Seite, da dieses Unternehmen nur eben verhindern soll, daß Hoffmann gezwungen werde zum Verlust. – Dieses Unternehmen habe ich durch einen Freund Hoffmann's ihm mittheilen lassen [...]. – Hoffmann hat nun zum Erstenmal an mich geschrieben um mir seine Zustimmung zu geben [...] – Als mir dieser Gedanke kam, so besann ich mich, was ich wohl für ein Manuskript zu diesem Behuf herausgeben solle, da fiel mir dasselbe in die Hände, was ich damals für die Brüder Grimm herauszugeben beschlossen hatte, [...] es besteht in Briefen, die ich mit Studenten gewechselt habe. Jetzt werde ich aber seinen Titel ändern, und werde es nennen: Briefwechsel mit zwei Demagogen. Man war ja schon lange begierig hinter meine demagogische Schliche zu kommen. – Aber leider sind diese wilden Bestien gar zu zahm."[71]

Die Titelformulierung, die Bettine von Arnim zunächst erwog, verweist auf die sog. Demagogenverfolgungen, die nach den Karlsbader Beschlüssen (1819) einsetzten, zum Verbot der Burschenschaften führten und Studenten generell dem Verdacht aussetzten, potentielle Unruhestifter zu sein. Sie nimmt darüber hinaus ironisch Bezug auf die Verleumdungen, denen sie selbst seit der Veröffentlichung von *Dies Buch gehört dem König* ausgesetzt war. Klarsichtig benennt Bettine von Arnim in ihrem Schreiben an Varnhagen aber auch, wie wenig aufrührerisch die Gesinnung ihrer Korrespondenzpartner in Wirklichkeit war. Der explizite Hinweis auf die Harmlosigkeit der Briefe deutet im Übrigen darauf hin, dass sie das seit sechs Jahren beiseite gelegte Material erstmals wieder durchgesehen hat. Die Wiederbeschäftigung mit der Korrespondenz ihrer jugendlichen

August Heinrich Hoffmann von Fallersleben

Verehrer führte dazu, dass Bettine von Arnim sich sehr bald für eine neue Überschrift entschied und ihrem geplanten Buch so eine veränderte Ausrichtung gab. Am 8. Oktober teilt sie Varnhagen mit: *„Ilius, Pamphilius und die Ambrosia*, das hat mein Genius mir heut als Titel anbefohlen in einem Morgentraum. Alles wird gewiß in 6 Wochen vom Stapel laufen, zum wenigsten der erste Band. – [...] der närrische Titel macht mich schon toll vor Vergnügen. Schreiben Sie mir ein einzig Wörtchen ob Sie auch gern Ambrosia heißen möchten!“[72] Die vorgesehene Überschrift ist insofern ungewöhnlich, als sie sich aus antikisierend klingenden Bezeichnungen zusammensetzt, mit denen Bettine von Arnim – die selbst mit dem sprechenden Namen „Ambrosia“ auftritt[73] – ihre Briefpartner in anagrammatischer Anlehnung an deren Realnamen chiffriert: „Ilius“ steht dabei für **Julius** Döring, „Pamphilius“ für **Philip**p N**a**thus**ius**.

Bettine von Arnim hat offenbar fest mit Dörings Zustimmung gerechnet. Denn noch bevor sie Nathusius darum ersuchte, dessen Zustimmung zu dem Projekt einzuholen, begann sie, die Originalbriefe zu bearbeiten. Um Ordnung in das Materialkonvolut zu bringen, versah sie Dörings Briefe oben auf der ersten Seite mit Datumsangaben und nummerierte ihre eigenen und die Schreiben an sie mit jeweils separater Zählung durch. (Dabei unterliefen ihr mehrfach Fehler; so bezifferte sie etwa sowohl Brief 40 als auch Brief 45 mit derselben Nummer.) Außerdem machte sie sich daran, die Texte zu redigieren. Dies tat sie freilich recht behutsam, indem sie vor allem Redundanzen ausstrich und gelegentlich den Wortlaut stilistisch zu verbessern suchte. Der wichtigste Eingriff bestand darin, die Identität der Schreiber zu verschleiern. Julius Dörings Vor- und Nachname sowie seine selbstgewählte Chiffre „Ingurd“ änderte sie zu „Ilius“,[74] und da, wo sie selbst erwähnt wurde, setzte sie die Bezeichnung „Ambrosia“ ein. Der Umstand, dass sie direkt in die Originale hinein korrigierte, zeigt, wie zügig sie die Briefe zum Druck bringen wollte. Für zeitraubende Abschriften blieb – außer bei einigen kurzen Billets – keine Zeit.

Ganz offensichtlich war sie fest dazu entschlossen, die eigenhändig redigierten Manuskripte als Vorlage für den Druck zu verwenden – eine Vorgehensweise, die das aktuelle Projekt deutlich von den ebenfalls auf lebensweltlichem Material basierenden früheren Briefbüchern abrückt. Während Bettine von Arnim bei diesen nicht nur stark kompilierend verfuhr, sondern auch viele Passagen erst sehr viel später schrieb und dann einfügte, konnte sie hier das Ganze vor allem deshalb ohne große Retuschen, Umstellungen und nachträgliche Ergänzungen belassen, weil die zugrunde liegenden Briefwechsel bereits rollenförmig angelegt und narrativ strukturiert waren. Zumindest Bettine von Arnim muss also schon zu dem Zeitpunkt, zu dem sie die originalen Briefe niederschrieb, die Möglichkeit einkalkuliert haben, dass sie später einmal literarische

Verwendung finden könnten. Der Biograph Fritz Böttger vertritt sogar die Ansicht: „Im Unterschied zu den Jugendbriefen wurde die Korrespondenz der Schriftstellerin mit den dichtungsbeflissenen jungen Freunden von vornherein im Hinblick auf eine literarische Veröffentlichung betrieben.“[75] Und da Bettine von Arnim in der Art und Weise, wie sie sich äußerte, auch die Antworten ihrer Gegenüber in eine bestimmte Richtung lenkte, entstand von vornherein ein kohärent wirkender epistolarer Dialog. Früher oder später dürften dann auch ihre Korrespondenzpartner mit einer Verwertung des Materials gerechnet und dementsprechend darauf geachtet haben, dass ihre Briefe sich nicht außerhalb der etablierten Kommunikationslogik bewegen.

Wie die Anfrage lautete, die Nathusius in Bettine von Arnims Auftrag an Döring gerichtet hat, lässt sich aus dessen Antwortbrief erschließen:

> „Jetzt läßt du durch Philipp Nathusius eine Frage an mich ergehen. Um Hoffmann v. F. seine Bibliothek zu erhalten willst du für ihn ein Werk ediren, dem du die räthselhaften Namen: [,]Ilius, Pamphilius u. die Ambrosia‘ auf die Stirn schreiben willst. Ph. N. und ich sollen darin als Demagogen vorkommen; so schreibt mir wenigstens Ph. N. Du willst hinzu unsere Briefe benutzen u. frägst an, ob auch mir das Recht ist?“ (BRIEF 95)

Schon die Art und Weise, wie Döring hier das an ihn gerichtete Ansinnen paraphrasiert, verrät Skepsis. Es überrascht deshalb kaum, dass er sich nicht an dem Vorhaben beteiligen wollte. Allerdings lehnte er nicht etwa rundheraus ab, sondern verpackte seine Zweifel in die vieldeutigen Worte: „Die Antwort überlaß’ ich dir.“ (BRIEF 95) Dass Döring damit mitnichten die Entscheidung, ob seine Korrespondenz publiziert werden darf, Bettine von Arnim anheim stellte, geht aus der Art und Weise hervor, wie der Brief unterzeichnet ist. Döring lässt nämlich den Vornamen weg, gebraucht nur – wie bei einem förmlichen Schreiben – seinen Nachnamen und setzt als überdeutliches Signal die aktuelle Dienstbezeichnung darunter: „O[ber]L[andes]G[erichts]. Assessor“. Damit war klar, dass eine Veröffentlichung nicht in seinem Sinne war, weil dadurch zwangsläufig seine mühsam errungene berufliche Stellung gefährdet worden wäre.

Bettine von Arnim verstand dieses diskret gesetzte Signal sofort, stellte die Bearbeitung der mit ihm gewechselten Briefe ein und konzentrierte sich fortan darauf, nur die Korrespondenz mit Nathusius zum Druck vorzubereiten. Gleichwohl behielt sie die ursprünglich gewählte Titelformulierung bei und ließ lediglich das Komma wegfallen. Die Bezeichnung „**Ilius Pamphilius**“ erscheint so als anagrammatisches Spiel mit dem Namen des einzigen Briefpartners **Philipp** **Nathusius**. Auf Döring wird im fertigen Buch (das wegen Zensurschwierigkeiten erst

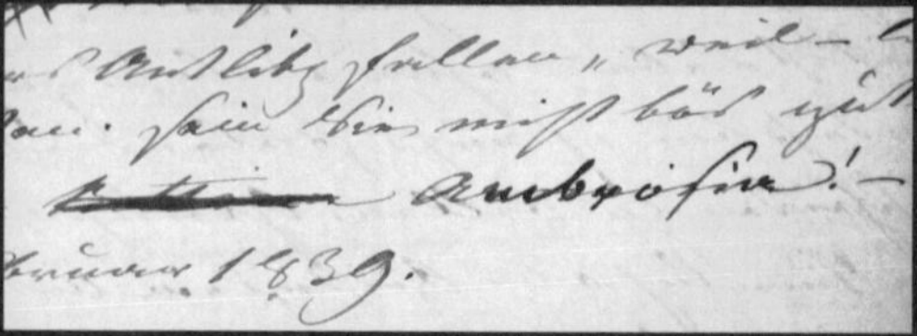

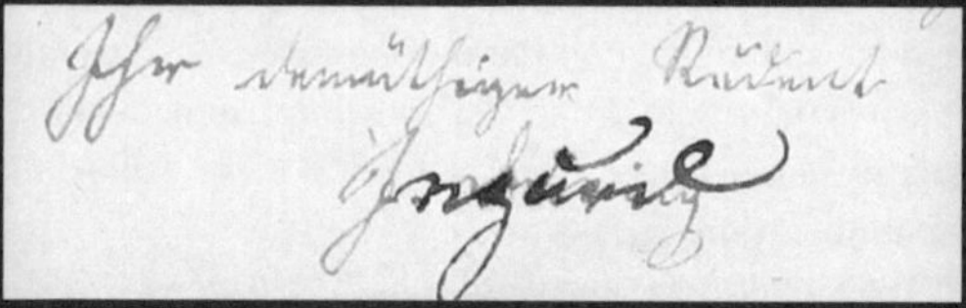

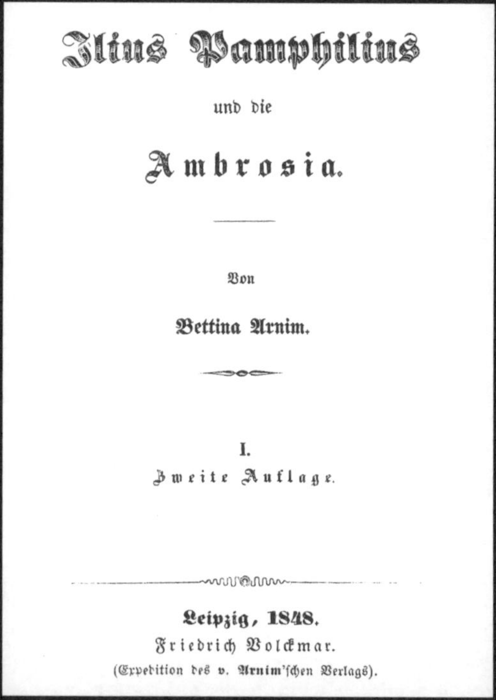

Ilius Pamphilius

und die

Ambrosia.

Von

Bettina Arnim.

I.

Zweite Auflage.

Leipzig, 1848.

Friedrich Volckmar.

(Expedition des v. Arnim'schen Verlags).

(v. o. n. u.)

Nachträgliche Korrektur der Namensunterschrift „Bettine Arnim“ zu „Ambrosia“

Nachträgliche Korrektur der Namensunterschrift „J. Döring“ zu „Ingurd“

Titelblatt von „Ilius Pamphilius und die Ambrosia“

Anfang 1848 ausgeliefert werden konnte) nurmehr indirekt und nebenher verwiesen, so dass die Identität des namentlich Ungenannten für Außenstehende nicht zu entschlüsseln war. Gleichwohl gibt es eine markante Reminiszenz an ihn, die verrät, wie bedeutungsvoll für Bettine von Arnim die gemeinsam verbrachte Zeit war. Sie druckt nämlich den umfangreichen Empfehlungsbrief an Karl Hartwig Gregor von Meusebach, den sie für Philipp Nathusius verfasst hatte, der von ihm aber ungenutzt geblieben war, komplett mit ab. Dieses für den Briefdialog gänzlich überflüssige Schreiben schildert in großer Ausführlichkeit die Stationen der gemeinsam mit Döring unternommenen Reise zu den Grimms nach Kassel und setzt dem einstmals Geliebten ein verstecktes Denkmal.

POLITISCHE TÄTIGKEIT IM REVOLUTIONSJAHR 1848

Das Revolutionsjahr 1848 bedeutete für Döring einen grundlegenden Neuanfang, denn nun blieb er nicht mehr der brave, subalterne Staatsdiener, sondern wurde mit einem Mal zum politischen Akteur. Nach den revolutionären Ereignissen in Frankreich war es Mitte März auch in Wien und in Berlin zu Volkserhebungen gekommen. In der preußischen Hauptstadt fanden am 18. und 19. März Barrikadenkämpfe statt, die mehrere hundert Todesopfer forderten. Um den Volkszorn zu besänftigen, zog König Friedrich Wilhelm IV. das Militär aus der Landeshauptstadt ab und erfüllte einen Teil der von den Aufständischen erhobenen Forderungen. U.a. wurde die Zensur aufgehoben und Versammlungsfreiheit gewährt. Darauf kam es in allen deutschen Ländern zur Gründung politischer Vereine; einige davon verfolgten die „demokratisch-republikan.[ische] Richtung“[76], andere setzten sich für die „Aufrechterhaltung der constitutionellen Monarchie mit liberaler Grundlage“[77] ein. In Preußen trat „zunächst in Berlin ein constitutioneller Club“ zusammen, kurz darauf „bildeten sich [...] constitutionelle Clubs in den bedeutenderen Provinzialstädten, welche theils unmittelbar mit dem Vereine zu Berlin, theils unter sich in engere Verbindung traten“[78].

In Aschersleben wurde nach den Märztagen ein „demokratisch-constitutioneller Club“ gegründet, der „aus etwa 20 Mitgliedern“[79] bestand. Julius Döring scheint von Anfang an dazu gehört zu haben, jedenfalls wird er in einem Zeitungsartikel als „Präsident der hiesigen Volksversammlungen“[80] bezeichnet. Etwa zeitgleich begannen die Vorbereitungen zur Bildung einer künftigen Volksvertretung:

> „Am 11. April 1848 kam in allen deutschen Staaten die Wahlverordnung heraus, und in den am 1. Mai stattfindenden Urwahlen, an denen die wahlberechtigten Männer aller Schichten teilnah-

men, wurden Wahlmänner bestimmt, die am 8. und 10. Mai die Abgeordneten für die Preußische Nationalversammlung in Berlin bzw. für die Deutsche Nationalversammlung in Frankfurt/Main wählen sollten. [...] Am 18. Mai 1848 fand die Eröffnung der gesamtdeutschen Nationalversammlung in der Frankfurter Paulskirche unter großer Anteilnahme der Bevölkerung statt. Die Preußische Nationalversammlung begann am 22. Mai ihre Tätigkeit in der Berliner Sing-Akademie (heute: Maxim-Gorki-Theater)."[81]

Zum Abgeordneten des Wahlkreises Aschersleben-Quedlinburg wurde Justizkommissar Loos aus Burg bestimmt, als Stellvertreter fungierte ein Professor Schumann. Da beide aber schon nach kurzer Zeit nicht mehr in der Lage waren, ihre Funktion auszufüllen, mussten im Herbst Nachfolger bestimmt werden. Döring stellte sich dabei als Ersatz für Schumann zur Verfügung. Am 20. Oktober 1848 bestätigte die Preußische Nationalversammlung den Wechsel:

„Nach den [...] zur Prüfung vorgelegten Wahlverhandlungen sind
1) der Land- und Stadtgerichts-Direktor Meißner aus Quedlinburg zum Abgeordneten des Kreises Aschersleben an Stelle des Abgeordneten Loos;
2) der Ober-Landes-Gerichts-Assessor Döring in Aschersleben zum Stellvertreter des Kreises Aschersleben, da der Stellvertreter Professor Schumann behindert ist, sein Mandat zu erfüllen

[...] mit absoluter Stimmenmehrheit gewählt worden."[82]

Bevor er sich jedoch in seine neue Aufgabe hineinfinden konnte, wurde die verfassungsgebende Versammlung mehr und mehr in ihrer Arbeit behindert. Im September 1848 musste sie das erste Mal den Sitzungsort wechseln und die Verhandlungen im Schauspielhaus am Gendarmenmarkt abhalten, am 9. November wurde dann die Verlagerung der Preußischen Nationalversammlung nach Brandenburg an der Havel verfügt. Am Abend des 12. November wurde für Berlin schließlich der „[...] Belagerungszustand erklärt und die Entwaffnung der Bürgerwehr angeordnet. Alle Klubs und Vereine wurden aufgelöst, die demokratischen Blätter unterdrückt und eine vollständige Militärdiktatur hergestellt."[83] Die Abgeordneten versuchten sich gegen diese Maßnahmen zu wehren, indem sie die Öffentlichkeit mobilisierten. „Präsidium und Büreau der Preußischen Nationalversammlung" gaben am 17. November bekannt:

„Daß die Nationalversammlung, in Veranlassung der wiederholt gegen sie angewendeten Militairgewalt, gegenwärtig keine regelmäßigen Sitzungen halten kann, daß jedoch die in der Anlage verzeichneten Abgeordneten in vollkommen beschlußfähiger Anzahl in Berlin anwesend sind und ihren Platz nicht verlassen werden, um in jedem Augenblicke, wenn das Heil des Vaterlandes es erfordert, außerordentliche Sitzungen abzuhalten."[84]

Unter den in der Anlage zu dieser Verlautbarung aufgeführten Personen findet sich auch Dörings Name. In einer im Auftrag des Innenministers veröffentlichten Proklamation vom selben Tag wurden die Genannten darauf als „rebellische Abgeordnete" bezeichnet, die „in ungerechter Anmaßung der höchsten Gewalt die Fahne der Empörung gegen den König ergriffen"[85] hätten. Welche Strategie hinter dieser Vorgehensweise steckte, war leicht durchschaubar: Die Abgeordneten und ihre Stellvertreter, die sich auf das ihnen übertragene Mandat beriefen und volkstreu verhielten, sollten zu Aufrührern erklärt werden. Die Angegriffenen wiesen die Anschuldigungen am 22.11. mit einer an die „Mitbürger"[86] gerichteten Erklärung zurück; zu den zwölf Personen, die diese Erklärung unterzeichneten, gehört abermals Döring. Vom 27. November 1848 – demselben Tag, an dem die nach Brandenburg verlegte Versammlung im dortigen Dom erstmals zusammentrat – datiert eine Protestproklamation von 168 Abgeordneten der Preußischen Nationalversammlung, auf der sich ebenfalls Dörings Name findet.[87] Kurz darauf wurde „von der Linken und dem linken Centrum" eine weitere von Döring mitunterzeichnete „Proclamation" verbreitet:

„Jede Auflösung dieser Versammlung ist ungesetzlich und daher rechtlich wirkungslos. Feierlich protestirt die Nationalvers. gegen alle Acte der Regierung, welche durch die außerordentlichen Militairanstalten wöchentlich Millionen des Staatsvermögens vergeudet, lediglich zur Knechtung der Nation. Feierlich erklärt dieselbe, daß die Regierung, ganz abgesehen von der bereits beschlossenen Steuerverweigerung, vom 1. Januar 1849 ab, über keinen Pfennig verfügen darf, da wir das Budget noch nicht bewill/ligt haben. – Es lebe die Freiheit! Es lebe das Vaterland!"[88]

Am 13. Dezember erschien dann in Nr. 294 der *Magdeburgischen Zeitung* eine *Oeffentlicher Protest* überschriebene Stellungnahme, in der „der demokratisch-constitutionelle Club" und „die Volks-Versammlung" in Aschersleben sich in scharfen Worten gegen die Auflösung der preußischen Nationalversammlung und die königliche Oktroyierung einer Verfassung aussprachen: „Das Ministerium Brandenburg hat zu den

Staatsstreichen, an welchen sein kurzes Dasein so überreich ist, so eben einen neuen hinzugefügt" und hat „die Krone" dazu bewegt, „die Nationalversammlung aufzulösen und einseitig eine Verfassung zu geben und damit die Contrerevolution vollendet [...]; denn damit [...] hat es uns in den Zustand vor der Märzrevolution, in den Zustand der einseitigen Geltung des Königlichen Willens zurückgeschleudert. [...] Wir legen daher hiermit Protest gegen jene Decrete der Willkür ein und verwahren unser gutes Recht zur Geltendmachung in bessern Zeiten."[89]

Aus der letzten Phase der Preußischen Nationalversammlung hat sich ein Dokument erhalten, das belegt, dass Döring während seines Aufenthalts in Berlin auch Kontakt zu radikalen Volksvertretern hatte. Der Trierer Landgerichtsassessor Carl Otto war ein solcher „Abgeordneter der äußersten Linken"[90]. Da er während dieser Zeit ein Stammbuch führte, lässt sich rekonstruieren, wen er persönlich kannte.

> „Das kleine Buch besteht aus 140 ungezählten Blättern [...]. Auf 132 beschriebenen Seiten stehen die Eintragungen von ebensoviel Männern aus Ottos Berliner Bekanntenkreis [...]. Die Eintragungen, begrenzt auf die Zeit vom 28. November bis 10. Dezember des Revolutionsjahres 1848, sind bis auf einige unwesentliche Unstimmigkeiten in der Datumsfolge chronologisch angeordnet und haben zum Thema Einzelheiten aus der Entstehungsgeschichte der preußischen Verfassung vom 31.1.1850 in ihrer ursprünglichen (oktroyierten) Form vom 5.12.1848."[91]

Ottos Stammbuch wird heute in der Universitätsbibliothek Mainz aufbewahrt. Darin findet sich folgender Eintrag: „103. Döring, Oberlandesgerichtsassessor aus Aschersleben (Kr. Aschersleben)"[92]. Die Briefe an Bettine von Arnim und das Stammbuch Carl Ottos sind nach gegenwärtigem Wissensstand die einzigen handschriftlichen Zeugnisse, die von Julius Döring überliefert sind.

Um die unbeugsamen Volksvertreter nachhaltig zu diskreditieren, begannen schon bald – teils von Royalisten selbst betriebene, teils von der Obrigkeit lancierte – publizistische Verunglimpfungskampagnen. Sie waren meist gegen einzelne Personen gerichtet und wurden vorrangig in regionalen Presseorganen veröffentlicht. Ein sich besorgt gebender „Urwähler" ließ beispielsweise Folgendes in die *Magdeburgische Zeitung* setzen:

> „*Das Königl. Ober-Landes-Gericht in Halberstadt* wird dringend ersucht, zur Belehrung vieler Urwähler des Ascherslebener Kreises [...] nachzuweisen: wie es mit dem von dessen sämmtlichen Mitgliedern Sr. Majestät dem Könige geleisteten Eide der Treue

und des Gehorsams verträglich ist, daß es dem Assessor *Doering*, Stellvertreter des Deputirten für den Aschersleber Kreis bei der Preuß. National-Versammlung, *während deren Vertagung*, Urlaub hat ertheilen können, um sich der rebellischen Unruh-Fraction in Berlin anzuschließen."[93]

Knapp 14 Tage später erschien ein zweiter, mit der Angabe „Ein Aschersleber" unterzeichneter Artikel, der sich ebenfalls direkt gegen Döring richtete und ihn und sein Handeln in Misskredit zu bringen versuchte:

> „Der hiesige Oberlandes-Gerichts-Assessor Döring, Präsident der hiesigen Volksversammlungen und Stellvertreter unseres Kreises, hatte sich nach Vertagung der Nationalversammlung unbefugter Weise nach Berlin begeben, sich dort einige Zeit aufgehalten und an den gesetzwidrigen Versammlungen des Rumpfparlaments oder Unruhclubs Theil genommen, auch die Gelegenheit benutzt, seinen Namen unter der verrufenen letzten Proclamation dieser Gesellschaft mit zu verewigen. Nach seiner Rückkehr fanden wir im hiesigen Wochenblatte [– dem *Gemeinschaftlichen Wochenblatt für die Königlich Preussischen landräthlichen Kreise Aschersleben, Calbe, Mansfeld* –] folgende Anzeige: ‚Volksversammlung morgen Sonntag den 10. d.M. Nachmittags 2 ½ Uhr im Gasthof zur Sonne. Der Assessor Döring, von Berlin zurückgekehrt, wird einen Bericht erstatten.'
> Die Versammlung fand statt, wenngleich sehr dürftig besucht. Herr Assessor Döring machte einen Versuch, das Verfahren der ungehorsamen Deputirten und die bereits vom ganzen Volke gebrandmarkte Steuerverweigerung zu rechtfertigen, so wie endlich unsere Constitution anzugreifen. Seine Rede ward mit Zeichen der Mißbilligung und Langeweile aufgenommen, und der sehr stockende Vortrag, oftmals durch Reclamationen unterbrochen."[94]

Um in der Bevölkerung den Eindruck der Bedrohung zu verstärken, kamen ständig neue Anschuldigungen hinzu. So soll der „demokratisch-constitutionelle Club" Aschersleben sich konspirativ verhalten und beispielsweise „mit den Halberstädter Demokraten [...] einen [...] Brief gewechselt"[95] haben. Aus diesem Grund wurde schließlich „ein Commissarius des Obergerichts"[96] entsandt. In einem Korrespondentenbericht aus Aschersleben vom 6. Januar 1849 ist zu lesen: „Gegenwärtig hält sich nun schon seit mehreren Tagen [...] ein Deputirirter [sic] des Inquisitoriats" in der Stadt auf, um „den Fäden einer weit verbreiteten Verschwörung auf die Spur zu kommen"[97]. Die Folgen dieser staatlichen

Die Constituirende Versamml

Konstituierende Sitzung der Preußischen National-
versammlung in der Sing-Akademie zu Berlin 1848

Ermittlungen seien gravierend, beobachten lasse sich „eine allgemeine Einschüchterung unter den hiesigen Volksklassen“:

> „Alle Redensarten, die seit den Märztagen über die Lippen der hiesigen Einwohner gegangen, werden hinterbracht und [...] mitunter wegen unsinnigen Gewäsches [...] werden ganz harmlose Leute von ihrer Arbeit gerissen und ins Gefängniß geworfen. [...] Der Hauptangriff ist aber auf die Führer der hiesigen demokratischen Partei, auf den O.-L.-G.-Assessor Döring, den Prediger der freien evangel. Gemeinde Herrendörfer und den Rector Lüben gerichtet. Bisher scheint man aber aus allen gegen sie vorliegenden Denunciationen nicht das Geringste herausfinden zu können, was Veranlassung gäbe, im Ernst gegen sie einzuschreiten.“[98]

Trotz aller Einschüchterungsversuche gab Döring aber nicht klein bei, sondern engagierte sich weiterhin politisch. Nachdem Friedrich Wilhelm IV. die Nationalversammlung am 5. Dezember 1848 für aufgelöst erklärt und eigenmächtig eine – nach intensiver Überarbeitung der vorliegenden Entwürfe durch seine Regierung entstandene – Verfassung erlassen hatte, wurde in Preußen ein Zweikammersystem installiert. Die Wahl zur Zweiten Kammer, der eigentlichen Volksvertretung, sollte am 5. Februar 1849 stattfinden. Die insgesamt 350 Abgeordneten wurden dabei über Wahlmänner bestimmt, zu deren Wahl – zumindest in der ersten Wahlperiode und damit vor Einführung des Dreiklassenwahlrechts – prinzipiell jeder selbstständige preußische Staatsbürger berechtigt war. Ein Korrespondentenbericht vom 24. Januar 1849 teilt über die Lage in Aschersleben mit:

> „Die [Vor-]Wahlen für die zweite Kammer sind hier entschieden zu Gunsten der Demokratie ausgefallen. Unter den 46 Wahlmännern befinden sich 30 Demokraten vom reinsten Wasser, welche meistens dem Handwerksstande angehören. Die übrigen 16 sind entweder zweifelhafter Natur oder ächt aristokratischen Vollblutes. Da das entschieden freisinnige Calbe und das erwachte Quedlinburg seine Wahlmänner mit den hiesigen vereinigt, so ist der Ausfall [gemeint ist: Ausgang] der Deputirtenwahl durchaus nicht zweifelhaft. Männer wie Schneider aus Schönebeck, Döring aus Aschersleben, welche mit Entschiedenheit an dem Rechte des Volkes festhalten und von der Sicherstellung desselben allein den Glanz und die Stärke der Krone, allein die Wohlfahrt und das Gedeihen des Bürgers abhängig machen – nur solche Männer sind hier der Wahl zu Deputirten sicher.“[99]

Mitbürger!

Das hiesige Königliche Landraths-Amt hat angeblich im Auftrage des Herrn Ministers des Innern gestern einen Aufruf von Berlin vom 17. d. Mts. zur allgemeinen Kenntniß gebracht, welcher die in Berlin tagenden Abgeordneten des Preuß. Volkes als Rebellen darstellt, die bemüht sind, den König vom Throne zu stoßen und damit das Vaterland in Krieg und Verderben zu stürzen. Zunächst haben wir die triftigsten Gründe, es zu bezweifeln, daß das Königliche Landraths-Amt einen Auftrag des Herrn Ministers des Innern zur Veröffentlichung dieses Aufrufs erhalten hat, zumal derselbe keine Unterschrift trägt. Wer die Wahrheit für eine gute Sache sagt, darf sich nicht scheuen seinen Namen dazu herzugeben. Demnächst dürfen wir Euch kaum sagen, daß die in dem Aufrufe enthaltenen Anschuldigungen offene Unwahrheiten sind; es fällt unsern Abgeordneten nicht bei, irgend wie gegen den König sich aufzulehnen. Sie streiten nur mit den Waffen des Gesetzes für die Rechte des Volkes, welches sie vertreten, des Volkes, dessen Wohl und Wehe auch das Wohl und Wehe des Königs ist. Es handelt sich gegenwärtig in Preußen in keiner Weise um einen Abfall vom Könige, dem wir alle treu ergeben sind, sondern nur darum, daß es einer alles Recht, alles Gesetz mit Füßen tretenden Partei, welche sich zwischen den König und das Volk gedrängt hat, ferner unmöglich gemacht wird, ihre für Beide gleich verderblichen eigennützigen Pläne auszuführen. Mitbürger, seid wachsam und prüfet, was Lüge und was Wahrheit ist. Culm, den 22. November 1848.
Döring. Fink. Knorr. E. Eitner. H. Alberty. Bachmann. Wollenschläger. Utesch. F. Rauch. Groch. Werner. F. Reichhold.

Magdeburgische Zeitung, Nr. 292, 29.11.1848

doch unterliegen muß. Es lebe die Freiheit, es lebe das Vaterland!

Berlin, den 27sten November 1848.

Die Abgeordneten der National-Versammlung.

Anwandter. Arnold. Arntz. Bading. Baltzer. Bauer. Bazynski. Beek. Behnsch. Berends. v. Berg. Beck. Bliesner. Borchardt. Born. Brill. v. Brodowski. Becker. Bloem. v. Bruchhausen. Bunzel. Baumgart. D'Ester. Dierschke. Dittrich. Döring. Dziadeck. Ebel. Eichner. Elsner. Esser. Nees v. Esenbeck. Euler. Friedrich. Funke. Fischer. Gladbach. Gräff. Grün. Grebel. Guitienne. Gorzolka. Hänel. Haußmann. Heilig. Herold. Hermann. Hildenhagen. Hildebrandt. Hoferichter. Hoyoll. Horn. Humann. Heinatz. Hahnrieder. Jacoby. Jung. Jung. Juncker. Iwand. Kabus. Kaul. Keiffenheim. Kittelmann. Klingenberg. Kneip. Köhler. Körfgen. Krackrügge. v. Kraszewski. Krause. Krüger. Kuhr. Kunz. Kutzner. Kaliski Laraß. Laßwitz. Lentz. v. Lipski. v. Lisiecki. Lebermann. Lellek. Maager. Mann. Mätze. Matthaei. Meßrich. Mildner. Moldenhauer.

* Döring (?), spät eingetreten, hat die Aufruhrproclamation unterzeichnet.

Das schwarze Buch der aufgelösten Preußischen National-Versammlung. Ein Warnungsspiegel für Preußische Wahlmänner

Die Wahl der Abgeordneten für den Wahlkreis Aschersleben-Calbe fiel dann aber anders aus als allgemein erwartet. Wie es dazu kam, darüber berichtet ein „Inserat" in der *Magdeburgischen Zeitung* vom 5. Februar 1849:

> „Seit 10 Monaten ist hier von der Partei, welche sich die *democratisch*-constitutionelle nennt, gearbeitet, ihren Führer, Assessor *Döring*, als Deputirten zu sehen. Die neben Freiheit auch Ordnung und Recht liebende, großentheils aus den Landleuten bestehende Partei, wünschte die Wahl des Gerichtsraths *Immermann* und einigte sich mit dem gleichgesinnten Theile des stark vertretenen Handwerkerstandes, dem Wunsche des letzteren gemäß, den Buchbinder *Behren[d]s* aus Magdeburg zum 2. Deputirten zu wählen, wenn vorher *Immermann* gewählt sei, und diese so vereinigte Partei bildete die absolute Mehrheit. [...] Die demokratischen Candidaten, Bürgermeister *Schneider* und Assessor *Döring*, blieben dann bei Seite liegen"[100].

Diese Meldung erwies sich allerdings als verfrüht und gab nur ein vorläufiges Zwischenergebnis wieder. Endgültig gewählt wurden nämlich der erneut kandidierende Schneider und Immermann; Döring dagegen erhielt „nur 127 Stimmen"[101], zur absoluten Mehrheit fehlten ihm ganze 54 Stimmen. Der genaue Hergang des Wahlvorgangs geht aus einem späteren, auf die Vorgängermeldung Bezug nehmenden Zeitungsbericht hervor:

> „In der ersten Beilage von Nr. 36 der Magdeburg. Zeitung findet sich ein Inserat aus Aschersleben vom 5. Febr. c. über die an dem genannten Tage dort statt gehabte Wahl der beiden Abgeordneten für Berlin. – Wie wohl überall, so standen auch hier 2 Parteien sich scharf gegenüber: Von der Volkspartei waren aus dem Calbeschen Kreise der frühere Abgeordnete Schneider aus Schönebeck, aus dem Aschersleber Kreise der Assessor Döring und der Buchbinder Behrends als Candidaten aufgestellt. [...] Nachher ist Behrends als Candidat zurückgetreten, um Zersplitterungen zu vermeiden, seine Freunde bestanden jedoch fest auf seiner Wahl und so kam bei der Wahl des 2. Abgeordneten, nachdem Schneider ohne engere Wahl mit 183 Stimmen zuerst gewählt war, der Gerichtsrath Immermann [...] auf die engere Wahl, bei welcher derselbe mit 208 Stimmen gewählt wurde."[102]

Um den tendenziösen Wortlaut des ersten Zeitungsartikels vom 13. Februar nicht unkommentiert zu lassen, veröffentlichten die „demokratischen Wahlmänner zu Aschersleben" schließlich noch eine vom 16.2. datierte Gegendarstellung, in der sie Döring als „zuverlässigen Diener der heiligen Sache der Volksfreiheit"[103] würdigten.

Schon kurz nach den Wahlen kam es zu Verhaftungen. Gegen mehrere politische Aktivisten, die seit längerem observiert worden waren, wurde Anklage erhoben. Ende Februar brachte die *Magdeburgische Zeitung* die Meldung, dass staatlich beauftragte „Denuncianten" „unlängst 3 Personen nach Halberstadt ins Gefängniß und 6 andere von [sic] den Criminal-Rath von Kaysenberg, der als Untersuchungsrichter hier erschienen war", gebracht hätten, und fügte die Information hinzu: „unter den Letzteren befanden sich [...] zwei Oberlandes-Gerichts-Assessoren"[104]. Julius Döring war einer davon. Ihm wurde zur Last gelegt, dass der „demokratisch-constitutionelle Club", dem er angehörte, in einer öffentlichen Erklärung gegen die Inkraftsetzung der vom König eigenmächtig erlassenen Verfassung protestiert und dabei den preußischen Ministerpräsidenten Friedrich Wilhelm Graf von Brandenburg beleidigt habe. Schließlich sei in dem entsprechenden Text zu lesen gewesen: „Das Ministerium Brandenburg hat zu den Staatsstreichen, an welchen sein kurzes Dasein so überreich ist, so eben einen neuen hinzugefügt"; indem es den König „dazu bewegt habe, „die Nationalversammlung aufzulösen und einseitig eine Verfassung zu geben", habe es „die Contrerevolution vollendet"[105]. Anfang März 1849 kam es zur Verhandlung. Die Presse berichtete darüber Folgendes:

> „Am 6. d.[es] M.[onats] standen zwei [...] in weitern Kreisen bekannte Männer vor dem Schwurgericht in Halberstadt, der Gerichts-Assessor Döring, stellvertretender Abgeordneter zur ehemaligen Nationalversammlung in Berlin, und E. Herrendörfer, Prediger der freien Gemeinde. Ersterer, der Ministerbeleidigung, welche in einem von ihm veröffentlichten Protest gegen die octroyirte Verfassung vom 5. December gelegen haben soll, angeklagt, bestimmte durch seine gediegene Vertheidigungsrede, in der er Nichts von dem, was er gesagt und gethan hatte, zurücknahm, die Geschworenen, das Nichtschuldig über ihn auszusprechen. Ihm zur Seite stand der Rechtsanwalt Holthoff, der [...] nicht wenig zu der glänzenden Freisprechung beitrug, über welche die große Menge der Anwesenden in lauten Jubel ausbrach."[106]

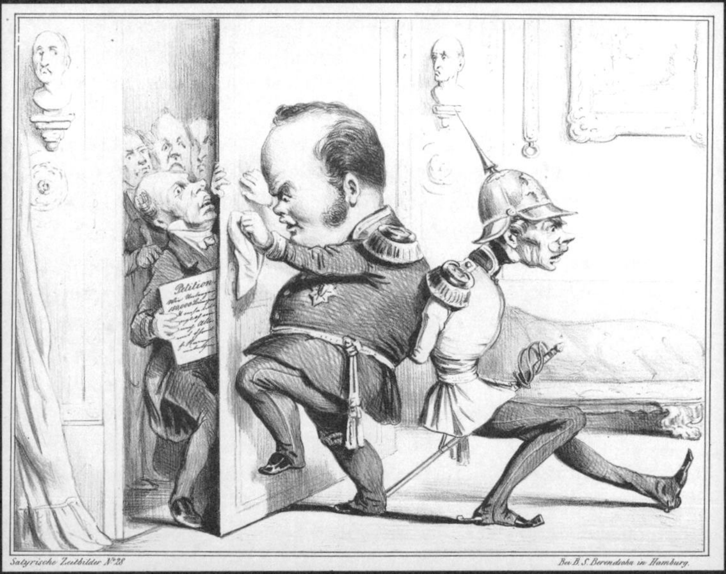

Zwischen mir und mein Volk soll sich kein Blatt Papier drängen

Damit war die Angelegenheit aber längst nicht erledigt, wie aus Dörings letztem Brief an Bettine von Arnim hervorgeht:

> „In Folge dieses Protestes hatte das Oberlandesgericht zu Halberstadt mich zur Untersuchung gezogen und bei dem Justizminister darauf angetragen, mir meine hiesige Hülfsrichterstelle, welche ich seit 3 ¼ Jahren verwaltet, zu entziehen. Wie vorherzusehen, hatte der Justizminister, – den ich mitangeklagt! – bereitwillig die Richterrolle übernommen und mir eröffnet, daß ich zum 1*st* März meiner hiesigen Stellung verlustig sei und bei dem Oberlandesgerichte zu Magdeburg wieder einzutreten habe, um dort gratis zu arbeiten.“ (BRIEF 97)

Döring beantragte darauf, man möge ihn „bis zur Reorganisation der Gerichte“, die durch die bereits Anfang Januar 1849 erlassene ‚Verordnung über die Aufhebung der Privatgerichtsbarkeit und des eximirten Gerichtsstandes, sowie über die anderweitige Organisation der Gerichte‘ bevorstand, auf seiner Hilfsrichterstelle in Aschersleben belassen. Die Verlängerung wurde ihm aber „nur bis zum 1*st* April“ (BRIEF 97) gewährt. Zugleich fragte er bei Bettine von Arnim an, ob sie ihm nicht „ein vorläufiges Unterkommen […] verschaffen“ (BRIEF 97) könne. Doch auch auf diesen Hilferuf reagierte sie nicht mehr. Ebenso wenig hatten Dörings Eingaben bei Justizminister Ludwig Simons Erfolg. Vielmehr zog ihm die Weigerung, weiter als Assessor beim Oberlandesgericht in Magdeburg zu arbeiten, eine disziplinarische Maßregelung zu. Nach einigem Hin und Her wurde er deshalb 1850 „zur Strafe […] nach Pleschen nahe der russisch-polnischen Grenze versetzt“[107], dort aber immerhin als Kreisrichter eingesetzt. Dass diese Maßnahme nicht nur eine Reaktion auf seine Unbotmäßigkeit war, sondern auch seinem früheren politischen Engagement galt, liegt auf der Hand.

Mit einem Mal fand sich Döring an der äußersten Peripherie des preußischen Staatsgebiets wieder. Die Provinz Posen war stark agrarisch geprägt und gehörte neben Westpreußen „zu den besonders rückständigen Teilen des preußischen Staates“[108]. Auch war es die einzige preußische Provinz mit nicht-deutscher Bevölkerungsmehrheit. Konfessionell war sie katholisch dominiert: Von den 1,1 Millionen Einwohnern, die es 1835 gab, waren „Evangelische 320000, Katholiken 700000, Juden 80000“[109]. Verwaltungstechnisch zerfiel die Provinz Posen in die Regierungsbezirke Posen und Bromberg. Einer der insgesamt 17 Kreise des Regierungsbezirks Posen war der Kreis Pleschen, der über vier kleinere Städte verfügte, Jarocin, Mieszkow, Neustadt und „Pleschen (Pleszew), eine ziemlich gut gebaute Stadt, mit 2 kathol. Kirchen, 360 Häusern"[110]. Im gesamten Regierungsbezirk Posen gab es „ein Ober-Appellations-Gericht" (Posen), „ein Ober-Landes-Gericht" (ebenfalls in Posen") sowie „20 Land- und Stadtgerichte" – eines davon in Pleschen – und „2 Inquisitoriate"[111]. Zum Zeitpunkt der 1843 durchgeführten Volkszählung lebten im Kreis Pleschen rund 55.000 Menschen, die gleichnamige Stadt hatte „4508"[112] Einwohner; selbst in den folgenden zwei Jahrzehnten wuchs diese Zahl nur auf bescheidene „4927"[113] an. Das Land- und Stadtgericht Pleschen zählte dabei zu den Untergerichten erster Klasse – ähnlich wie Wolmirstedt. „Das etatsmäßige Richterpersonal" bestand „aus 1 Direktor und 8 Kreisrichtern"[114]; Döring war einer davon, sein Vorgesetzter war Kreisgerichtsdirektor Schultz.

Am 8. Juli 1857 starb im Alter von 81 Jahren der Vater, der zwei Tage später auf dem „Neuen Gottesacker"[115] in Wolmirstedt beerdigt wurde. Es ist unwahrscheinlich, dass Julius Döring an der Beisetzung teilgenommen hat, war dafür doch die Zeit für die Benachrichtigung und die Reise zu kurz. Allerdings muss er sich kurz darauf auf den Weg in seine Heimatstadt gemacht haben. Gemeinsam mit seiner Mutter beschloss er, dass das bisher bewohnte Anwesen verkauft werden soll. Und so ließ er am 24., 25. und 26. Juli folgende – auf den 22.7. datierte und mit der Berufsangabe „Königl. Kreisrichter" unterzeichnete – Annonce in die *Magdeburgische Zeitung* setzen:

> „Das zum Nachlasse des Gerichtsraths *Döring* gehörige Grundstück soll aus freier Hand verkauft werden. Dasselbe ist neben dem hiesigen Rittergute belegen [sic] und enthält ein massives Wohnhaus, Stallungen, Hofraum und einen daran stoßenden Garten von etwa einem halben Morgen. Kauflustige wollen sich zur Abgabe ihrer Gebote bis spätestens den 28. d.[es] M.[onats] bei dem Unterzeichneten melden."[116]

Der Verkauf des elterlichen Hauses dürfte Dörings finanzielle Lage entspannt und ihm einen größeren Handlungsspielraum verschafft haben. Johanne Döring zog darauf von Haus Nr. 246 in das Haus Nr. 10, wo sie in der Folgezeit mit der 21-jährigen „Magd" „Blümner Marie"[117] lebte. Danach verlieren sich ihre Spuren. In der „Liste" der „Civil Einwohner der Stadt Wolmirstedt" aus dem Jahr 1861 wird sie dort nicht mehr geführt. Wohin sie zog und wann sie starb, ist unbekannt.

Der Sohn blieb in Pleschen nicht weniger als eine Dekade in der bescheidenen Stellung eines Kreisrichters. Erst in den ersten Monaten des Jahres 1860 wurde er zum Kreisgerichtsrat ernannt.[118] Seine ehemalige Briefpartnerin Bettine von Arnim, die er 1844 das letzte Mal gesehen hatte, lebte da schon seit einem Jahr nicht mehr. 1861 konnte er dann die Kleinstadt Pleschen verlassen. Zwar hielt das Justizministerium die Verbannung nach „Preußisch-Sibirien“ aufrecht, doch machte es ihm das Leben erträglicher, indem es ihn in die Hauptstadt versetzte.[119] Sein Vorgesetzter war dort Kreisgerichtsdirektor Friedrich Wilhelm Ludwig Guderian. Das an der Mündung der Glowna in die Warthe gelegene Posen befand sich zwar immer noch an der Peripherie Preußens, verfügte aber über eine wesentlich bessere Infrastruktur als das bescheidene Pleschen. Hier gab es – wie eine zeitgenössische Übersicht akribisch vermerkt –

> „6 Vorstädte, 4 Hauptthore, 3 Pforten, 1 Schloß, 1 schöne Domkirche, 27 kathol., 2 evang. Kirchen, 1 griechisches Bethaus, 1 Synagoge, 1 Kollegiatstift, 1 Priesterseminarium, 2 Gymnasien, 1 kathol. Schullehrer-Seminar, 1 Hebammen-Lehranstalt, 1 Krankenhaus der grauen Schwestern, 1 Verpflegungsanstalt für verwahrloste Kinder, und eine für junge Waisenmädchen, eine Blinden-Unterrichts-Anstalt, 2 Hospitäler, 1 Waisenhaus, 1,200 Häuser und 30000 Einwohner“[120].

Außerdem war „die Stadt [...] der Sitz eines Erzbischofs, des Ober-Präsidenten der Provinz, der Regierung, einer Provinzial-Landschafts-Direktion, einer General-Direktion der Land- und Feuer-Societät, eines Ober-Appellationsgerichts, eines Oberlandes-Gerichts, eines Landrathsamtes, eines Land- und Stadtgerichts, eines Inquisitoriats, einer Superintendentur, eines Ober-Postamtes, einer Provinzial-Steuer-Direktion, eines Provinzial-Eichungsamtes“, eines „Intelligenz-Comptoirs“ und des „bischöflichen Palasts“[121].

Mit Hilfe eines „Theaters“, von „zwei Buchhandlungen“ und drei Presseorganen – der *Zeitung für das Großherzogthum Posen*, dem *Amtsblatt der Königlichen Regierung* und einem „Intelligenzblatt“[122] – konnte man sich auch in diesem entlegenen Winkel Preußens zumindest einen Überblick über die aktuelle Situation in den Bereichen Politik, Wirtschaft und Kultur verschaffen.

> „Für die Beamtenschaft des preußischen Staates, die hierhin versetzt wurde, hatte dies zwei Konsequenzen. Zum einen schrumpften dadurch die Möglichkeiten des sozialen Umgangs, zum anderen mussten aufgrund der Schwäche des lokalen Bürgertums die vorwiegend aus anderen preußischen Provinzen stammenden Beamten seine Rolle als Organisator und einer der Hauptakteure des sozialen Lebens der Deutschen im Posener Land übernehmen. Die Staatsdiener strömten dabei so zahlreich hierhin, dass die Hauptstadt Posen den Beinamen ‚Beamtenstadt‘ erhielt.“[123]

General-Karte von dem Regierungs-Departement Posen im Grossherzogthum Posen: Pleschener Kreis

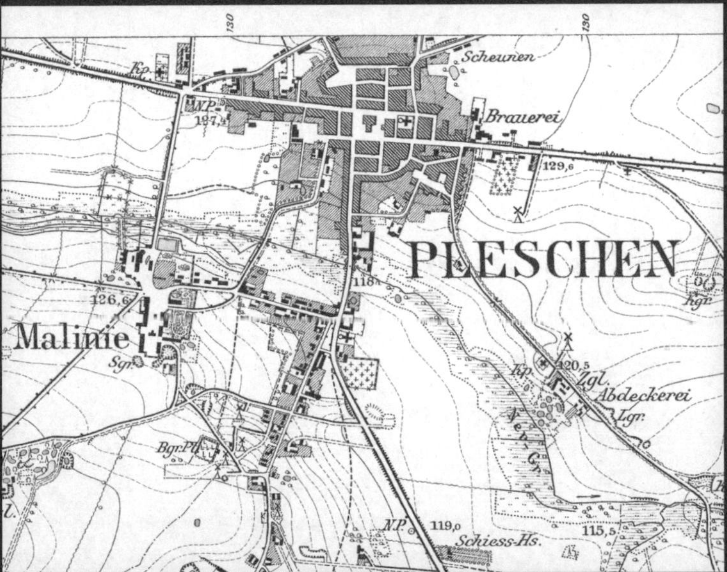

Pleschen, Meßtischblatt 2347

Posen

Plan der Stadt Posen

A Magazinstraße 2: Kreisgericht (Land- und Stadtgericht Posen)

B Mühlenstraße 9: Julius Dörings Wohnung, ca. 1865-76

C Gartenstraße 13a: Julius Dörings Wohnung, ca. 1861-64

Döring arbeitete nun am Kreisgericht in Posen, das „zugleich Schwurgericht“[124] war. Dessen Bezirk umfasste „die Stadt *Posen* und den Landkreis *Posen* mit den Städten Schwersenz und *Stenszewo*“[125]. „Das etatsmäßige Richterpersonal“ bestand „aus 1 Direktor und 22 Kreisrichtern“[126], Kreisgerichtsdirektor Carl Cleinow war Dörings Vorgesetzter.

Schon kurz nach der Versetzung lassen sich wieder politische Aktivitäten nachweisen. So war im Herbst 1861 in der *National-Zeitung* folgende Meldung zu lesen:

> „*Posen*, 19 September. Der Kreisgerichtsrath Döring hat folgenden Aufruf erlassen:
> ‚An *die deutschen Frauen und Jungfrauen in der Provinz Posen*
> Ein deutscher Lehrer in dieser Provinz soll gesagt haben: Die deutschen Frauen haben keinen Patriotismus! – Als thatsächliche Antwort auf diese Behauptung sind mir als „Beiträge für eine deutsche Flotte unter Preußens Führung‘ zugegangen von Frau Th. K. in K. 50 Thlr., Fräulein M. H. in K. 2 Thlr., Frau KGR. P. D. in P. 5 Thlr. Ich bin von Herzen gern bereit, den deutschen Frauen und Jungfrauen Gelegenheit zu einer glänzenden Widerlegung jenes Mannes zu geben und fernere Beiträge zu gleichem Zwecke entgegen zu nehmen. ich werde öffentlich Rechenschaft ablegen und die Sammlung dem preußischen Marine-Ministerium [unleserlich; vermutlich: „unterbreiten“].“[127]

Offenbar konnte Döring in Posen auch wieder Kontakte zu Abgeordneten knüpfen. Im November 1861 war in der Presse zu lesen:

> „Das *Central-Wahlkomité* der deutschen *Fortschrittspartei* ist von vielen Seiten angegangen worden, passende *Candidaten* für die bevorstehenden Wahlen zu bezeichnen. Es hat daher eine Liste aufgestellt, und dieselbe im vertraulichen Wege den betreffenden Wahlkreisen mitgetheilt. [...] Bei der Ergänzung der Kammer durch *neue* Mitglieder mußte sich die Aufmerksamkeit zunächst dahin richten, die parlamentarischen Kapazitäten einer früheren Periode dem über sie verhängten Banne zu entziehen, und ihnen eine lange versagte Genugthuung zu gewähren.“[128]

Unter den „früheren Mitgliedern des Frankfurter Parlaments, der Nationalversammlung und früheren Kammer“ die diesem „Programm zugestimmt und sich zur Annahme einer Kandidatur bereit erklärt“ haben, wird auch „Kreisgerichtsrath *Doering* in Posen“[129] genannt.

Doch es sollte noch fast zehn Jahre dauern, bis Döring eine zweite Chance als Parlamentarier erhielt. Über insgesamt „fünf Legislaturperioden“[130] hinweg wurde in Posen Gotthilf Berger als Deputierter für das Abgeordnetenhaus gewählt – anfangs für die Fortschrittspartei, schließlich für die 1866 neu gegründete nationalliberale Partei. Döring vollzog diesen Richtungswechsel mit und trat in der zweiten Hälfte der sechziger Jahre gleichfalls zu den Nationalliberalen über. Als Berger sich nicht mehr aufstellen ließ, wurde er am 30. Oktober 1870 in den Preußischen Landtag gewählt, und zwar mit einer überwältigenden Mehrheit von „125 St.[immen]“[131] oder 73,1 %[132]; seine Konkurrenten, „Rechtsanwalt Lewandowski“ und „Regierungsrath Krieger“, landeten mit nur „43“ bzw. „3“[133] Stimmen weit dahinter. Und auch bei der Folgewahl am 4. November 1873 entfielen 70,3 %[134] der Stimmen auf ihn. Insgesamt über sechs Jahre in zwei Legislaturperioden (Nr. 11 und 12) war Döring für den Wahlkreis 78: Posen-Stadt Abgeordneter der Provinz Posen im preußischen Parlament und gehörte dabei der Kommission „für Petitionen“[135] an. Bei seinen Aufenthalten in Berlin bezog er anfangs Logis im „Perlewitz Hôtel garni (Jerusalemerstr.)“[136] – gemeint ist die Perlewitz'sche Pension in der Jerusalemerstr. 29, in der auch Fontane immer wieder abstieg –, später wohnte er in der „Leipzigerstr. 36“[137].

Der 1876 erfolgte Verzicht auf die weitere Tätigkeit als Abgeordneter ging einher mit einer erneuten Versetzung. Im Herbst meldete das *Justiz-Ministerial-Blatt für die Preußische Gesetzgebung und Rechtspflege*: „Versetzt sind: der Kreisgerichtsrath *Döring* in Posen an das Kreisgericht in Erfurt“[138]. Bestätigt wird dieser Wohnortwechsel durch die Adressbücher der Stadt, in denen in den Folgejahren der Eintrag zu finden ist: „Döring, Julius, Landgerichts-Rath. Anger 3.“[139] Als der aus Wolmirstedt stammende Jurist nach Erfurt kam, gab es dort schon eine Person mit diesem Nachnamen, die ebenfalls als Landgerichtsrat tätig war. Es liegt nahe anzunehmen, dass es sich dabei um einen Verwandten gehandelt hat. In den Adressbüchern der Stadt wird der Namensvetter geführt unter: „Döring, Ed., Landgerichts-Rath. Gartenstr. 18.“[140] Gemeint ist damit sehr wahrscheinlich Eduard Döring, der vorher Auskultator beim Appellationsgericht in Naumburg war und am 11. Oktober 1849 zum Referendariatsdient zugelassen wurde.[141] Und da es 1874 in der Übersicht des Gerichtskollegiums heißt: „(Eine Stelle ist zur Zeit unbesetzt.)“[142], könnte es durchaus sein, dass Eduard Döring sich dafür eingesetzt hat, dass der mit ihm verwandte Julius nach Erfurt berufen wird.

Das Sitzungsgebäude des Zollparlaments
(Abgeordnetenhaus im Palais Hardenberg)

Erfurt, Anger 3 (rechtes Haus)

Stadtplan Berlin

A Albrecht(s)str. 14: Julius Dörings Wohnung Anfang 1839

B Hinter dem neuen Packhof 2: Bettine von Arnims Wohnung 1844

C Unter den Linden 21: Bettine von Arnims Wohnung 1839

D Leipziger Str. 36: Julius Dörings Wohnung 1874-76

E Jerusalemer Str. 29: Julius Dörings Wohnung 1871-73

F Köthener Str. 8/9 bzw. 44: Bettine von Arnims Wohnung 1845/46

G Schiedlersches Haus in der Besselstraße: Julius Dörings Wohnung 1844

H Zietenstr. 23 bzw. 6c: Julius Dörings Wohnung 1886-93

Mit der 1849 in Kraft getretenen neuen preußischen Gerichtsverfassung wurde das bisherige Stadtgericht in Kreisgericht Erfurt umbenannt. Es verfügte über eine Abteilung für strafrechtliche und privatrechtliche Angelegenheiten und eine zweite für sonstige Angelegenheiten der Rechtspflege. Der Gerichtsbezirk des Kreisgerichtes umfasste die Orte Ranis, Ziegenrück, Gefell, Weißensee und Sömmerda. Unterstellt war das Gericht dem Appellationsgericht in Naumburg (Saale). Mit dem Inkrafttreten der Reichsjustizgesetze am 1. Oktober 1879 erfolgte eine erneute Umstrukturierung der Gerichtsbarkeit in Amts-, Land- und Oberlandesgerichte. Das Bezirksgericht Erfurt wurde erneut zum Landgericht Erfurt, die örtlichen Zuständigkeiten blieben aber weiter bestehen.

Einem der beiden Dörings verlieh der Deutsche Kaiser und Preußische König Wilhelm I. am „Krönungs- und Ordensfeste“ 1881 „den Rothen Adler-Orden IV. Klasse“[143]. Wer ihn tatsächlich bekam, ist unklar. Der Umstand freilich, dass es „Landgerichtsrath Döring I. zu Erfurt“[144] war, der damit ausgezeichnet wurde, lässt vermuten, dass Eduard Döring ihn erhielt. Julius Döring gehörte dem Königlichen Landgericht bis 1884 an. In seiner Dienstphase erlebte er den Bau eines neuen Gerichtsgebäudes am Friedrich-Wilhelms-Platz 37 mit, das 1879 nach fünfjähriger Bauzeit fertiggestellt wurde. Darin walteten ein Präsident, zwei Direktoren, sieben Räte und drei Staatsanwälte ihres Amtes. Nach insgesamt acht Jahren verließ er Erfurt wieder. 1884 wird Döring schon nicht mehr im Adressbuch der Stadt genannt. Wie es scheint, wurde er zwischenzeitlich pensioniert. Danach lebte er in Berlin. Auch wenn er im *Berliner AdreßBuch für das Jahr 1884* und auch in dem für 1885 noch nicht geführt wird, findet sich ab dem Folgejahr der Eintrag: „Döring, J., Landger. *Rath*, *W* Zietenstr. 23. I.“[145] Innerhalb der Zietenstraße ist er später noch einmal umgezogen, wird in seinem letzten Lebensjahr doch als Wohnanschrift genannt: „Döring, J., Landger. *Rath* a. D., *W* Zietenstr. 6c. III.“[146]

Als er 1893 starb, brachten nur einige wenige Blätter eine Nachricht. Die *Allgemeine Zeitung* vermerkte kurz: „Landesgerichtsrath a.D. *Julius Döring*, ein Veteran von 1848, ist in Berlin am 16. April gestorben.“[147] Etwas ausführlicher war die Todesanzeige in der *Illustrirten Zeitung*, wo man lesen konnte: *„Julius Döring*, Landgerichtsrath a.D., 1848 Mitglied der berliner Nationalversammlung und von 1870 bis 1877 als nationalliberaler Vertreter der Stadt Posen im preußischen Abgeordnetenhause, einer der Begründer der berliner ‚Nationalzeitung‘, † in Berlin am 16. April, 76 Jahre alt.“[148] Interessant ist hier vor allem der Hinweis auf Dörings Beteiligung an einem der wichtigsten liberalen deutschen Presseorgane, der am 1. April 1848 ins Leben gerufenen *National-Zeitung*. Bisher ist über seine Rolle beim Zustandekommen des Blattes nichts bekannt, wie überhaupt Vieles in seiner Biographie im Dunkeln liegt. Die Korrespondenz mit Bettine von Arnim umfasst offenbar die einzigen Briefdokumente, die sich von Julius Döring erhalten haben. Dadurch ist es immerhin möglich, eine entscheidende Phase im Leben dieses Vergessenen schlaglichtartig zu erhellen.

1
IP I, S. 22.

2
Die Angaben sind den Kirchenbüchern 1815–1829 der Kirchengemeinde St. Katharinen, Wolmirstedt, entnommen, die als Mikrofilme im Archiv der Evangelischen Kirche der Kirchenprovinz Sachsen, Magdeburg, zugänglich sind. Vordtriede gibt den Namen des Vaters fälschlich als „Friedrich Hermann Karl Döring" an; Vordtriede, S. 424. Der einzige Biograph, der Julius Döring ein eigenes Kapitel gewidmet hat, ist Fritz Böttger: Bettina von Arnim. Ein Leben zwischen Tag und Traum. Berlin (Ost) 1986, S. 255–263 („Der Blonde"). Einige lebensgeschichtliche Informationen liefert Martin Wiehle: Julius Döring. In: Altmark-Persönlichkeiten. Biografisches Lexikon der Altmark, des Elbe-Havel-Landes und des Jerichower Landes. Oschersleben 1999 (= Mittelland-Bücherei 17; Beiträge zur Kulturgeschichte der Altmark und ihrer Randgebiete 5), S. 40f. Vgl. auch den Zeitungsartikel von Otto Zeitke: Sie verehrte Goethe und brachte Wolmirstedt in die Literatur ein. In: Wolmirstedter Volksstimme, 23.7.1994.

3
Schlüssel zu dem Nystädtischen Frieden, Welcher, nebst einer Chronologischen Tabelle derer Könige in Schweden und Czaren in Moscau, ingleichen einer Geographisch- und Historischen Beschreibung von Finnland, Ingermanland und Liefland, die vornehmsten Kriegs- und Friedens-Geschichte der beiden Reiche, kürzlich und unpartheiisch eröffnet und anzelget [...]. Nürnberg 1722, S. 78.

4
Ebd., S. 108.

5
Adolph Müllner: König Yngurd. Trauerspiel in fünf Akten. Leipzig 1817, S. 3. Es ist wahrscheinlich, dass Bettine von Arnim Müllners Stück kannte, da es im Juni 1817 in Berlin aufgeführt worden war und der mit ihr befreundete Architekt Karl Friedrich Schinkel die Bühnenbilder dazu geliefert hatte.

6
IP II, S. 312.

7
[N. N.:] Bettina's Theetisch. In: Die Gartenlaube. Illustrirtes Familienblatt, 1868, Nr. 35, S. 552–554, hier: S. 552.

8
Werke und Briefe, Bd. 2, S. 564.

9
Schultz, S. 78f. Da das ohne Datumsangabe versehene Schreiben den Poststempel vom 25. März 1839 trägt, datiert Schultz es naheliegenderweise auf diesen Tag. Möglicherweise handelt es sich dabei jedoch nicht um den Ausgangs-, sondern einen Eingangsstempel. Dann könnte der Brief schon am 23. März geschrieben worden sein, so dass sich Bettine von Arnims Angabe, sie habe „vorgestern [...] mit einem jungen Studenten" Wein getrunken, auf den 21.3. bezieht. Aber natürlich ist auch denkbar, dass sich die Briefschreiberin bei der Zählung der Tage geirrt hat. Sicher scheint lediglich, dass mit dem „jungen Studenten", in den sie „verliebt" ist und den sie als „plebeisches Herz" bezeichnet, Döring gemeint ist. Dies wiederum legt es nahe anzunehmen, dass nach der ‚offiziellen' Verabschiedung mit Ringübergabe am Folgetag noch eine kurze weitere, nächtliche Begegnung stattgefunden hat.

10
„Die Seelenliste pro 1840 von Wolmirstedt" (Stadtarchiv Wolmirstedt-53/A III/23–22) nennt ihn neben seinen Eltern und der Magd Lisette Niemann, während die frisch verheiratete Schwester Clara nicht mehr aufgeführt ist.

11
Handbuch der Provinz Sachsen. Mit Genehmigung des Herrn Ober-Präsidenten hrsg. 1839. Magdeburg/Salzwedel o.J., S. 162.

12
In den vierziger Jahren des 19. Jahrhunderts gab es dort lediglich „12 Katholiken und 75 Juden"; Das Königreich Preußen geographisch, statistisch und topographisch dargestellt von Eugen Huhn. Erster Band: Provinzen Brandenburg und Sachsen. Neustadt a.d.O. 1848, S. 46.

13
Ebd.

14
Karl Wedel in Verbindung mit Hans Kunze: Das Kloster Unserer Lieben Frauen in Magdeburg. Augsburg 1925 (= Germania Sacra B/I/C), S. 20.

15
Ebd., S. 19.

16
Ausführliche topographische Beschreibung des Herzogthums Magdeburg und der Grafschaft Mansfeld, Magdeburgischen Antheils. Berlin 1785, S. 177.

17
Peter Wilhelm Behrends: Neuhaldenslebische Kreis-Chronik, oder Geschichte aller Oerter des landräthlichen Kreises Neuhaldensleben im Magdeburgischen. Aus archivalischen Quellen bearbeitet. Zweiter Theil. Neuhaldensleben 1826, S. 230f.

18
Um eine Familie gründen zu können, muss Friedrich Döring bereits zur Zeit seiner Heirat „Assessor" gewesen sein, mit dieser Bezeichnung in amtlichen Nachschlagewerken geführt wird er mindestens seit 1820; Handbuch über

den Königlich-Preussischen Hof und Staat für das Jahr 1821. Berlin o.J., S. 403.

19

Jahrbücher für die Preußische Gesetzgebung, Rechtswissenschaft und Rechtsverwaltung. Hrsg. im Auftrage des Königl. Justiz-Ministeriums. Sieben und vierzigster Band. Drei und neunzigstes und vier und neunzigstes Heft. Berlin 1836, S. 659.

20

IP II, S. 312.

21

Die Matrikel der Friedrich-Wilhelms-Universität zu Berlin 1810–1850. Bearbeitet und hrsg. von Peter Bahl und Wolfgang Ribbe. Teil 2: Die Matrikel für das 24. bis 40. Rektoratsjahr (1833 bis 1850). Berlin/New York 2010 (= Einzelveröffentlichungen der Historischen Kommission zu Berlin 86/2), S. 746.

22

Amtliches Verzeichnis des Personals und der Studierenden der Königl. Friedrich-Wilhelms Universität zu Berlin. Auf das Sommerhalbjahr von Ostern bis Michaelis 1837. Berlin 1837, S. 7.

23

Amtliches Verzeichnis des Personals und der Studierenden auf der Königl. Friedrich-Wilhelms Universität zu Berlin. Auf das Winterhalbjahr von Michaelis 1838 bis Ostern 1839. Berlin 1838, S. 7.

24

Er war deshalb auch bestrebt, ausstehendes Kapital einzutreiben – und sei es auf juristischem Wege; siehe die „Zinsforderung des Land- und Stadtgerichtsrats Doering zu Wolmirstedt an das aufgelöste Königreich Westpfalen aus dem Staatsvertrag vom 29. Juli 1842“ (http://www.deutsche-digitale-bibliothek.de//item/KT2JYJ6K5AENIACWZLYO3OOWPRQ2R3SK).

25

Nicolas Lührig: Vorbereitungsdienst: Ein Erfolgsmodell erobert Deutschland. Die Professionalisierung der Juristenausbildung am Kammergericht im 18. und 19. Jahrhundert. In: Anwaltsblatt Online 2018, S. 986–990 (http://anwaltsblatt.anwaltverein.de/files/anwaltsblatt.de/anwaltsblatt-online/2018-986.pdf), hier: S. 988. Allerdings galt seit dem 30. Dezember 1831 offiziell ein Numerus clausus: „Zur ersten juristischen Prüfung wurden nur noch solche Kandidaten zugelassen, die ein Abitur der Klasse I oder II aufzuweisen hatten, während Abiturienten mit der Note III nicht mehr zugelassen wurden.“ Sandra Fischer: Juristen in Westfalen im 19. Jahrhundert – Soziale Herkunft und Karrieren. Berlin 2012 (= Ius vivens B/24), S. 20f.

26

Vgl. Thomas Kolbeck: Juristenschwemmen. Untersuchungen über den juristischen Arbeitsmarkt im 19. und 20. Jahrhundert. Frankfurt a.M./Bern/LasVegas 1978 (= Rechtshistorische Reihe 3), S. 47.

27

Sandra Fischer: Juristen in Westfalen im 19. Jahrhundert – Soziale Herkunft und Karrieren, a.a.O., S. 21.

28

Ebd., S. 21f.

29

Vgl. die Angaben in den „Bürger-Rollen der Stadt Wolmirstedt“ und den „Seelenlisten“ des Ortes. In einer auf den 27. Juli 1836 datierten Übersicht, die vermerkt, welche „Einwohner bis jetzt nicht als Bürger hiesiger Stadt angenommen und verpflichtet“ (Stadtarchiv Wolmirstedt – 53/A II/8–5) sind, wird als Nr. 19 Friedrich Döring aufgeführt.

30

Sandra Fischer: Juristen in Westfalen im 19. Jahrhundert – Soziale Herkunft und Karrieren, a.a.O., S. 25.

31

Er muss sie entweder mit Note 1 oder 2 abgeschlossen haben, denn seit einem Cirkular-Reskript des preuischen Justizministerium vom 27. April 1836 galt, „daß Kandidaten, die ihr Examen nicht gut bestehen, gleich abgewiesen werden“; Annalen der Preußischen innern Staats-Verwaltung. Hrsg. von K.[arl] A.[lbert] von Kamptz. Zwanzigster Band. Jahrgang 1836 (Zweites Heft. April bis Juni). Berlin 1836, S. 355.

32

Amts-Blatt der Königlichen Regierung zu Magdeburg. Jahrgang 1839. Magdeburg 1839, S. 285.

33

Ergänzungen der Allgemeinen Gerichtsordnung und der allgemeinen Gebührentaxen [...] hrsg. von Friedrich Heinrich von Strombeck. Vierter Band [...], bearbeitet [...] von Ferdinand Leopold Lindau. Leipzig 1838, S. 401 (§ 1184).

34

Friedrich Lucanus: Wegweiser durch Halberstadt u. die Umgegend für Heimische und Fremde. Halberstadt 1843, S. 28.

35

J.[ohann] B.[ernhard] Gleim: Reise nach dem Brocken, der Baumannshöhle, der Bielshöhle und der Roßtrappe. Quedlinburg 1816, S. 6f.

36

Werke und Briefe, Bd. 4, S. 392.

37

Briefwechsel der Brüder Jacob und Wilhelm Grimm. Bd. 3: Briefwechsel der Brüder Jacob und Wilhelm Grimm mit Gustav Hugo. Hrsg. von Stephan Bialas. Stuttgart 2003, S. 139.

38

IP II, S. 232f.

39

Püschel, S. 44.

40
[August Heinrich] Hoffmann von Fallersleben: Mein Leben. Aufzeichnungen und Erinnerungen. Dritter Band. Hannover 1868, S. 113f.

41
IP II, S. 172–174.

42
IP II, S. 29f.

43
IP II, S. 172.

44
IP II, S. 31.

45
Karl Gutzkow: [Rez.:] Deutscher Musenalmanach auf 1841. In: Karl Gutzkow: Vermischte Schriften. Bd. 2: Vermittelungen. Kritiken und Charakteristiken. Leipzig 1842, S. 182–197, hier: S. 195.

46
Richard Morning: [Rez.:] Deutscher Musenalmanach auf 1841. In: Blätter für literarische Unterhaltung, Nr. 186 und 187, 5. und 6.7.1841, S. 755f. und 759f., hier: S. 755.

47
Vgl. Levin Schücking: Deutscher Musenalmanach für 1841. In: Hallische Jahrbücher für deutsche Wissenschaft und Kunst, 4. Jg., Nr. 79–81, 2., 4. und 5.4.1841, S. 315f., 318f. und 323f., hier: S. 324.

48
Athenäum. Zeitschrift für das gebildete Deutschland. Redigirt von Dr. Karl Riedel. Erster Jahrgang. 1841. Berlin 1841, S. 89.

49
Münchener Politische Zeitung, Nr. 279, 20.11.1840, S. 1586.

50
Ergänzungen der Allgemeinen Gerichtsordnung und der Allgemeinen Gebührentaxen [...] hrsg. von Friedrich Heinrich von Strombeck. Vierter Band [...], bearbeitet [...] von Ferdinand Leopold Lindau. Leipzig 1838, S. 401 (§ 1184).

51
Zwar bestand grundsätzlich die Möglichkeit, das Referendariat beim Kammergericht in Berlin zu absolvieren, doch boten die Vorschriften dafür kaum Spielraum, legten sie doch fest: „Die Zahl der Referendarien beim Cammergericht zu Berlin ist auf 60 beschränkt, [...] Candidaten aus den Provinzen sind aber, in sofern nicht ganz erhebliche Gründe zu ihrer Anstellung vorhanden sind, in die Provinz zurückzuweisen." Ergänzungen der Allgemeinen Gerichtsordnung und der Allgemeinen Gebührentaxen [...] hrsg. von Friedrich Heinrich von Strombeck. Dritte, sehr verbessert eund vermehrte Ausgabe. Erster Band. Leipzig 1829, S. 740 (§ 1578).

52
Der Preußische Staat in allen seinen Beziehungen. Eine umfassende Darstellung seiner Geschichte und Statistik, geographie, Militairstaates, Topographie, mit besonderer Berücksichtigung der Administration. Bearbeitet von einem Vereine von Gelehrten und Freunden der Vaterlandskunde unter dem Vorstande des Freiherrn L.[eopold] von Zedlitz-Neukirch. Dritter Band. Elfte Lieferung. Berlin 1837, S. 204. Dabei waren die „Vorstädte Sudenburg und Neustadt" noch gar nicht mit eingerechnet; ebd.

53
Karl Theodor Gaedertz: Was ich am Wege fand. Blätter und Bilder aus Literatur, Kunst und Leben. Neue Folge. Leipzig 1905, S. 124.

54
Sandra Fischer: Juristen in Westfalen im 19. Jahrhundert – Soziale Herkunft und Karrieren, a.a.O., S. 51.

55
Ebd., S. 53.

56
Nicht selten war das Referendariat aber auch „vierjährig"; Nicolas Lührig: Vorbereitungsdienst: Ein Erfolgsmodell erobert Deutschland, a.a.O., S. 988.

57
Magdeburg 1844, S. 246. Eine ähnliche Meldung findet sich auch in Heft 125/126 der *Jahrbücher für die Preußische Gesetzgebung, Rechtswissenschaft und Rechtsverwaltung*: „Zu Assessoren wurden ernannt: Döring am 28. Juni, mit der Anciennität vom 7. Mai, bei dem Oberlandesgericht zu Magdeburg"; Drei und sechszigster Band. Berlin 1844, S. 553f.

58
Sandra Fischer: Juristen in Westfalen im 19. Jahrhundert – Soziale Herkunft und Karrieren, a.a.O., S. 57. Das Assessorat „konnte aber auch durch Zulassung als Rechtsanwalt oder durch Ausscheiden aus dem Staatsdienst wegen anderer Gründe beendet werden"; ebd.

59
Ebd.

60
„Die [...] Tätigkeit der Assessoren war wegen der schlechten Stellenaussichten oft [...] jahrelang unbesoldet." Ebd., S. 22. Vgl. auch Wilhelm Bleek: Von der Kameralausbildung zum Juristenprivileg. Studium, Prüfung und Ausbildung der höheren Beamten des allgemeinen Verwaltungsdienstes in Deutschland im 18. und 19. Jahrhundert. Berlin 1972 (= Historische und pädagogische Studien 3), S. 151.

61
Amts-Blatt der königlichen Regierung zu Erfurt. Jahrgang 1846. Erfurt o.J., S. 40.

62
J.A.F. Hermes/M.J. Weigelt: Historisch-geographisch-statistisch-topographisches Handbuch vom Regierungsbezirke Magdeburg, a.a.O., S. 273.

63
Justiz-Ministerial-Blatt für die Preußische Gesetzgebung und Rechtspflege, Zehnter Jahrgang, 1848, a.a.O., S. 410.

64

J.A.F. Hermes/M.J. Weigelt: Historisch-geographisch-statistisch-topographisches Handbuch vom Regierungsbezirke Magdeburg. Erster, oder allgemeiner Theil. Magdeburg 1843, S. 273.

65

Justiz-Ministerial-Blatt für die Preußische Gesetzgebung und Rechtspflege. Hrsg. im Bureau des Justiz-Ministeriums. Zehnter Jahrgang. Berlin 1848, S. 410.

66

Der Preußische Staat in allen seinen Beziehungen, Dritter Band, Elfte Lieferung, a.a.O., S. 195.

67

Vgl. Karlheinz Gerlach: Die Freimaurer im Alten Preußen 1738–1806. Teil 1: Die Logen zwischen mittlerer Oder und Niederrhein. Innsbruck/Wien/Bozen 2007 (= Quellen und Darstellungen zur europäischen Freimaurerei 8/I), S. 599.

68

Sandra Fischer: Juristen in Westfalen im 19. Jahrhundert – Soziale Herkunft und Karrieren, a.a.O., S. 57.

69

Jahrbücher für die Preußische Gesetzgebung, Rechtswissenschaft und Rechtsverwaltung. Sechs und Sechszigster Band. Hundert und ein und dreißigstes und hundert und zwei und dreißigstes Heft. Berlin 1845, S. 369. Eine entsprechende Meldung brachte auch die Deutsche Allgemeine Zeitung, Nr. 365, 31.12.1845, S. 3594.

70

Amts-Blatt der Königlichen Regierung zu Magdeburg. Jahrgang 1847. Magdeburg 1847, S. 98.

71

Assing, S. 394–397. In seiner Autobiographie berichtet Hoffmann von Fallersleben: „Daß meine Bibliothek zu Kauf stände, war wol in öffentlichen Blättern angezeigt, auch wol näher besprochen worden. Dann war es wieder still; ich bekam keine Anfragen, keine Angebote. Da erfuhr ich denn in einem Briefe von Philipp Nathusius vom 12. Oct., daß sich Frau Bettina von Arnim der Sache annähme." [August Heinrich] Hoffmann von Fallersleben: Mein Leben. Vierter Band. Hannover 1868, S. 305.

72

Assing, S. 397 f.

73

Diesen mythologisierenden Eigennamen hatte Bettine von Arnim bereits im persönlichen Umgang mit Philipp Nathusius verwendet. Jedenfalls legte dieser 1836/37 ein Heft mit Notizen und Aufzeichnungen an, das er überschrieb: „Brosamen von Ambrosia. Aus Gesprächen mit Bettine." Eleonore Fürstin Reuß: Philipp Nathusius Jugendjahre. Nach Briefen und Tagebüchern unter Mitwirkung von D. Martin von Nathusius. Berlin 1896, S. 64.

74

Für die Wahl des Namens „Ilius" könnte Dörings Briefpseudonym „Ingurd" ein Bezugspunkt gewesen sein. Interessanterweise taucht dieser Name später in Bettine von Arnims gemeinsam mit der Tochter Gisela verfasstem Märchenroman *Das Leben der Hochgräfin Gritta von Rattenzuhausbeiuns* auf, wo Ingurd der Bruder einer jungen Nonne ist.

75

Fritz Böttger: Bettina von Arnim. Ein Leben zwischen Tag und Traum, a.a.O., S. 261.

76

Supplemente zu Pierer's Universal-Lexikon der Gegenwart und Vergangenheit oder Neuestem encyclopädischen Wörterbuch der Wissenschaften, Künste und Gewerbe bearbeitet von mehr als 300 Gelehrten. Bd. 1. Altenburg, S. 76–80 („Stichwort „Association"), hier: S. 77.

77

Ebd., S. 78.

78

Ebd.

79

Magdeburgische Zeitung, Nr. 120, 21.5.1848, unpag.

80

Erste Beylage zu Nr. 297 der Magdeburgischen Zeitung, 16.12.1848, unpag.

81

Dieter Horst Steinmetz: Geburtswehen der deutschen Demokratie – Teil 2: „Die teuer errungene Freiheit gilt es zu erhalten!" Das Wirken des Demokraten Wilhelm Loewe von der Märzrevolution bis zur Septemberkrise. In: Sachsen-Anhalt. Journal für Natur- und Heimatfreunde, 26. Jg., 2016, Heft 3 (http://journal.lhbsa.de/cpt-articles/geburtswehen-der-deutschen-demokratie-teil-2/).

82

Verhandlungen der constituirenden Versammlung für Preußen. 1848. VII. 82–89. Sitzung. Berlin 1848, S. 4468. In anderen Quellen ist als Ort irrtümlich „Oschersleben" genannt.

83

Wilhelm Blos: Geschichte der Deutschen Bewegung von 1818 und 1849. Stuttgart 1893, S. 471.

84

Magdeburgische Zeitung, Nr. 274, 19.11.1848, Zweite Ausgabe, unpag.

85

Magdeburgische Zeitung, Nr. 282, 29.11.1848, unpag. Wortgleich auch in: Neue Rheinische Zeitung. Organ der Demokratie, Nr. 155, 29.11.1848, unpag.

86

Ebd.

87

Vgl. Das schwarze Buch der aufgelösten Preußischen National-Versammlung. Ein Warnungsspiegel für Preußische Wahlmänner. Berlin 1848, S. 9–14.

88

Magdeburgische Zeitung, Nr. 288, 6.12.1848, unpag.

89
Unpag.
90
Ortwin Diez: Otto, Abgeordneter für Trier. Ein Beitrag zur preußischen Verfassungsgeschichte. Ein Beitrag zur preußischen Verfassungsgeschichte. In: Gedenkschrift zur Einweihung der neuen Universitätsbibliothek der Johannes Gutenberg-Universität Mainz. Hrsg: Dr.-Ing. Hermann Eibel in Gemeinschaft mit Dr. phil. Hermann Sauter im Auftrag der Vereinigung „Freunde der Universität Mainz". Mainz 1966, S. 136–169, hier: S. 137.
91
Ebd., S. 137f.
92
Ebd., S. 155.
93
Magdeburgische Zeitung, Nr. 286, 3.12.1848, unpag.
94
Magdeburgische Zeitung, Nr. 297, 16.12.1848, Erste Beylage, unpag.
95
Magdeburgische Zeitung, Nr. 7, 10.1.1849, unpag.
96
Ebd.
97
Ebd.
98
Ebd.
99
Magdeburgische Zeitung, Nr. 21, 26.1.1849, unpag.
100
Magdeburgische Zeitung, Nr. 36, 13.2.1849, Erste Beilage, unpag.
101
Magdeburgische Zeitung, Nr. 43, 21.2.1849, unpag.
102
Magdeburgische Zeitung, Nr. 38, 15.2.1849, Erste Beilage, unpag. Der Artikel ist namentlich gezeichnet: *„Calbe a. d. S.*, den 13. Februar 1849. *Adolph Nicolai."* Der Tuchfabrikant Nicolai galt als einer der führenden Linksliberalen in Calbe. Er und sein Bruder hatten ihre Arbeiter in den vierziger Jahren mit preiswerten Lebensmitteln versorgt. Später wurde er wegen revolutionärer Umtriebe vor Gericht gestellt.
103
Magdeburgische Zeitung, Nr. 43, 21.2.1849, unpag.
104
Magdeburgische Zeitung, Nr. 48, 27.2.1849, Erste Beilage, unpag.
105
Magdeburgische Zeitung, Nr. 294, 13.12.1848, Zweite Beylage, unpag.
106
Magdeburgische Zeitung, Nr. 62, 14.3.1850, unpag. Der Berliner Anwalt Aurel Holthoff galt als „acharnirter Fortschrittsmann"; Enthüllungen über das tragische Lebensende Ferdinand Lassalle's. Auf Grund authentischer Belege dargestellt von Bernhard Becker. Schleiz 1868, S. 22. Er verteidigte später auch Ferdinand Lassalle.
107
Preußischer Landtags-Almanach. Begründet von Georg Hirth. Fortgesetzt unter Mitwirkung von Landtags-Mitgliedern von Fr. Kortkampf. XI. Legislatur-Periode. 1. Session. Berlin 1871, S. 36 (2. Haus der Abgeordneten).
108
Christian Myschor: Dienen in „Preußisch-Sibirien". Zu sozialer Stellung, Funktion und Kontakten der höheren Beamten in der Provinz Posen 1871–1918. In: Jahrbuch des Bundesinstituts für Kultur und Geschichte der Deutschen im Östlichen Europa 21 (2013), S. 243–268, hier: S. 245.
109
Der Preußische Staat in allen seinen Beziehungen, Dritter Band. Elfte Lieferung, a. a. O., S. 149.
110
Ebd., S. 161.
111
Verzeichniss sämmtlicher Ortschaften des Regierungs-Bezirks Posen. Mit einer kurzen geographisch-statistischen Uebersicht derselben. Posen 1845, S. X.
112
Ebd., S. 183.
113
Heinrich Wuttke: Städtebuch des Landes Posen. Leipzig 1864, S. 390.
114
Jahrbuch der Preußischen Gerichtsverfassung mit den Anciennitätslisten der Justizbeamten, redigirt im Büreau des Justiz-Ministeriums. Zweiter Jahrgang. Berlin 1852, S. 175.
115
Kirchenbuch der Kirchengemeinde St. Katharinen, Wolmirstedt, 1857, zugänglich als Mikrofilm im Archiv der Evangelischen Kirche der Kirchenprovinz Sachsen, Magdeburg.
116
Magdeburgische Zeitung, Nr. 170, 24.7.1857, Beylage.
117
Liste sämmtlicher Civil Einwohner der Stadt Wolmirstedt 1858 (Stadtarchiv Wolmirstedt – 53/A III/34–32).
118
Vgl. Königlich Preußischer Staats-Anzeiger, Nr. 56, 4.3.1860, S. 437, bzw. Magdeburgische Zeitung, Nr. 55, 5.3.1860, Abend-Ausgabe, unpag.
119
Justiz-Ministerial-Blatt für die Preußische Gesetzgebung und Rechtspflege. Hrsg. im Büreau des Justiz-Ministeriums [...]. 23. Jg. Berlin 1861, S. 96 (Nr. 21, 17.5.1861).

120

Der Preußische Staat in allen seinen Beziehungen, Dritter Band. Elfte Lieferung, a.a.O., S. 162f.

121

Ebd., S. 162.

122

Ebd., S. 162f.

123

Christian Myschor: Dienen in „Preußisch-Sibirien". Zu sozialer Stellung, Funktion und Kontakten der höheren Beamten in der Provinz Posen 1871–1918, a.a.O., S. 244.

124

Jahrbuch der Preußischen Gerichtsverfassung, redigirt im Büreau des Justiz-Ministeriums. Achter Jahrgang. Berlin 1868, S. 345.

125

Ebd.

126

Ebd.

127

National-Zeitung, Nr. 443, 22.9.1861, Erstes Beiblatt, unpag. Ähnlich hieß es am selben Tag in einem anderen Blatt: „In Posen hat Kreisgerichtsrath Döring bereits mehrere stattliche Beiträge für die Flotte von deutschen *Frauen und Jungfrauen* veröffentlichen können"; Süddeutsche Zeitung, Nr. 484, 22.9.1861, Morgenblatt, unpag.

128

National-Zeitung, 14. Jg. Nr. 522, 8.11.1861, Morgen-Ausgabe, unpag.

129

Ebd. Wenig später wurde dieser Artikel nachgedruckt in: Die Zeit. Tageblatt für Politik, Handel und Wissenschaft, Nr. 189, 10.11.1861, S. 2284.

130

Moritz Jaffé: Die Stadt Posen unter preußischer Herrschaft. Ein Beitrag zur Geschichte des deutschen Ostens. Leipzig 1909 (= Schriften des Vereins für Socialpolitik. 119. Band. Zweiter Teil: Verfassung und Verwaltungsorganisation der Städte. Dritter Band: Königreich Preußen. Zweiter Teil), S. 328.

131

National-Zeitung, 23. Jg., Nr. 546, 16.11.1870, Abend-Ausgabe, unpag.

132

Thomas Kühne: Handbuch der Wahlen zum preußischen Abgeordnetenhaus 1867–1918. Wahlergebnisse, Wahlbündnisse und Wahlkandidaten. Düsseldorf 1994 (= Handbücher zur Geschichte des Parlamentarismus und der politischen Parteien 6), S. 272.

133

National-Zeitung, 23. Jg., Nr. 546, 16.11.1870, Abend-Ausgabe, unpag.

134

Thomas Kühne: Handbuch der Wahlen zum preußischen Abgeordnetenhaus 1867–1918, a.a.O., S. 272.

135

Preußischer Landtags-Almanach. Begründet von Georg Hirth. Fortgesetzt unter Mitwirkung von Landtags-Mitgliedern von Fr. Kortkampf. XI. Legislatur-Periode. 1. Session. Berlin 1871, S. 128 („Mitglieder der Commissionen des Abgeordnetenhauses").

136

Ebd., S. 36 (2. Haus der Abgeordneten).

137

Parlamentarisches Handbuch für den Deutschen Reichstag und den Preußischen Landtag. Ausgabe für die XII. Legislatur-Periode des Preußischen Landtags. Zweiter Theil: Die beiden Häuser des Landtages. Hrsg. unter Mitwirkung von Abgeordneten von Rudolf Kropp. Berlin 1874, S. 56f.

138

Justiz-Ministerial-Blatt für die Preußische Gesetzgebung und Rechtspflege. Hrsg. im Büreau des Justiz-Ministeriums [...]. Acht und dreißigster Jahrgang. Berlin 1876, S. 175 (Nr. 32, 22.9.1876).

139

Adreßbuch der Stadt Erfurt für 1880 u. 81. Hrsg. von den Beamten des Melde-Amts. Erfurt o.J., S. 49.

140

Ebd.

141

Vgl. Amts-Blatt der Preußischen Regierung zu Erfurt. Jahrgang 1849. Erfurt o.J., S. 335 (Stück 49, 10. November).

142

Handbuch für das Deutsche Reich. Zusammengestellt während der Monate Oktober und November 1874. Bearbeitet im ReichsKanzler-Amt. Berlin 1874, S. 42.

143

Justiz-Ministerial-Blatt für die Preußische Gesetzgebung und Rechtspflege, 43. Jg., Nr. 4, 28.1.1881, S. 14.

144

Ebd.

145

Berliner AdreßBuch [sic] für das Jahr 1886. Unter Benutzung amtlicher Quellen redigirt von A. Ludwig. [...] Hrsg. von W. & S. Loewenthal. Erster Band. XVIII. Jahrgang. Berlin o.J., S. 188.

146

Berliner AdreßBuch [sic] für das Jahr 1893. Unter Benutzung amtlicher Quellen redigirt von A. Ludwig. [...] Hrsg. von W. & S. Loewenthal. Erster Band. XXV. Jahrgang. Berlin o.J., S. 234.

147

Allgemeine Zeitung, 95. Jg., Nr. 108 (Morgenblatt), 19.4.1893, S. 3.

148

Illustrirte Zeitung, Bd. 100, Nr. 2600, 29.4.1893, S. 454.

S. 493 oben
N. N.: Das Rosenthor zu Goslar, Radierung, um 1820

S. 493 Mitte
N. N.: Hotel Kaiser(s)worth und Rathaus in Goslar, Farblithographie, ca. 1890 – 1900

S. 493 unten
N. N.: Der ehemalige Dom in Goslar, Holzstich, 1881

S. 494
N. N.: The Zwinger, Goslar, Germany, Holzstich, in: Picturesque Europe. Ed. by Bayard Taylor. London/New York 1875

S. 496
N. N.: Gustav Hugo, Stich nach einer Zeichnung von Sophie von Schmerfeld (Ausschnitt)

S. 496 unten
Ludwig Emil Grimm: Doppelporträt Jacob und Wilhelm Grimm, Radierung nach einer Bleistiftzeichnung, 1843 – FDH, Inventar-Nr.: III-12845

S. 499
Ludwig Rohbock: Fritzlar, Stahlstich, 1850

S. 499 unten
Friedrich Wilhelm Ferdinand Theodor Albert: Althaldensleben (Gutshaus), Lithographie, in: Die ländlichen Wohnsitze, Schlösser und Residenzen. Hrsg. von Alexander Duncker. Sechzehnter Band. Berlin 1871 – 83

S. 500
Johann Gottlieb Rost: Philipp Nathusius und seine Braut Marie Scheele, Öl-Pastell, 1840 – Museum Althaldensleben

S. 503
Deutscher Musenalmanach für 1841. Hrsg. von Th.[eodor] Echtermeyer und Arnold Ruge. Berlin o.J., Titelblatt und S. 304

S. 510
Häusergruppe auf dem Breiten Wege (Nr. 175 und 177) in Magdeburg (Eigentümer: Firma Nathusius), kolorierter Holzstich, o.J.

S. 511
Carl von Wildt: Friedrich Wilhelm IV., König von Preussen, Lithographie nach einer Zeichnung von Franz Krüger, Berlin 1840 (Ausschnitt)

S. 514
Plan u.[nd] Ansicht der Stadt Magdeburg. Nach der Natur gezeichnet von Ferd.[inand] Aug.[ust] v.[on] Witzleben, Magdeburg 1830 (Ausschnitt)

S. 514 unten
F. G. Belwe: Plan der Stadt Aschersleben, Aschersleben o.J. (Ausschnitt)

S. 519
Christian Hoffmeister: August Heinrich Hoffmann von Fallersleben, Stich nach einer Zeichnung von Ernst Fröhlich, 1841

S. 522 oben
Bettine von Arnim an Julius Döring, 6.2.1839, mit nachträglicher Korrektur des Absendernamens (Ausschnitt)

S. 522 Mitte
Julius Döring an Bettine von Arnim, 4. und 5.2.1839, mit nachträglicher Korrektur des Absendernamens (Ausschnitt)

S. 522 unten

Bettina Arnim: Ilius Pamphilius und die Ambrosia. Bd. I. Zweite Auflage. Leipzig 1848, Titelblatt

S. 528 und 529

N. N.: Konstituierende Sitzung der Preußischen Nationalversammlung in der Sing-Akademie zu Berlin 1848 (Holzstich). In: Illustrirte Zeitung, 1848, XI. Band, Nr. 265, S. 72f.

S. 531

Magdeburgische Zeitung, Nr. 292, 29.11.1848 (Ausschnitt)

S. 532

Das schwarze Buch der aufgelösten Preußischen National-Versammlung. Ein Warnungsspiegel für Preußische Wahlmänner. Berlin 1848, S. 14 und 24 (Abschnitt)

S. 535

Isidor Popper: Zwischen mir und mein Volk soll sich kein Blatt Papier drängen, Lithographie, Hamburg o.J. [1849] (= Satyrische Zeitbilder 28)

S. 539

General-Karte von dem Regierungs-Departement Posen im Grossherzogthum Posen entworf. u. gez. von E. Peschell. Auf den Stein gez. u. grav. von Anton Freudenreich, No XII: Special Karte von dem Pleschener Kreise, 1821 (Ausschnitt)

S. 539 unten

Pleschen, Meßtischblatt 2347, Reichsamt für Landesaufnahme, 1889 (Ausschnitt)

S. 540

Napoleon Orda: Posen, Lithographie, o.J.

S. 540 unten

Plan der Stadt Posen, in: Adress- und Geschäfts-Handbuch der Stadt Posen 1886, Posen 1886 (Ausschnitt)

S. 543

N. N.: Das Sitzungsgebäude des Zollparlaments (Abgeordnetenhaus im Palais Hardenberg), Holzschnitt, in: Die Gartenlaube. Illustrirtes Familienblatt, Jg. 1868, Heft 20, S. 309

S. 543 unten

Erfurt, Anger 3 (rechtes Haus), s/w-Foto – Stadtarchiv Erfurt

S. 544

Stadtplan Berlin, in: Meyers Konversations-Lexikon. Bd. 2. Leipzig/Wien 1890, zwischen S. 752 und 753 (Ausschnitt)

S. 546

Julius Döring an Bettine von Arnim, 6.3.1842 – Unterschrift (Ausschnitt)

PERSONENREGISTER

Nicht aufgenommen sind Personen, deren Lebensdaten nach dem Korrespondenzzeitraum liegen, jene Angehörigen von historischen Personen, die zwar erwähnt werden, sich namentlich aber nicht näher identifizieren lassen, sowie mythologische und literarische Figuren.

VERZEICHNIS DER BRIEFE

BRIEF 1 Julius Döring an Bettine von Arnim, Berlin, o.D. [Ende Januar 1839]
BRIEF 2 Bettine von Arnim an Julius Döring, Berlin, 1.2.1839
BRIEF 3 Julius Döring an Bettine von Arnim, Berlin, 4. [und 5.]2.1839
BRIEF 4 Bettine von Arnim an Julius Döring, Berlin, 6.2.1839
BRIEF 5 Bettine von Arnim an Julius Döring, Berlin, o.D. [12.2.1839]
BRIEF 6 Julius Döring an Bettine von Arnim, Berlin, 9. und 12.2.1839
BRIEF 7 Bettine von Arnim an Julius Döring, Berlin, 15. und 16.[2.1839]
BRIEF 8 Julius Döring an Bettine von Arnim, Berlin, 19.2.1839
BRIEF 9 Bettine von Arnim an Julius Döring, Berlin, [19. und] 22.[2.1839]
BRIEF 10 Julius Döring an Bettine von Arnim, Berlin, 23.2.[1839]
BRIEF 11 Bettine von Arnim an Julius Döring, Berlin, o.D. [23.2.1839]
BRIEF 12 Julius Döring an Bettine von Arnim, Berlin, 24.2.[1839]
BRIEF 13 Julius Döring an Bettine von Arnim, Berlin, 12.3.1839
BRIEF 14 Julius Döring an Bettine von Arnim, Berlin, 14.3.[1839]
BRIEF 15 Julius Döring an Bettine von Arnim, Berlin, 17.3.1839
BRIEF 16 Bettine von Arnim an Julius Döring, Berlin, o.D. [18.3.1839]
BRIEF 17 Julius Döring an Bettine von Arnim, Berlin, 19.3.1839
BRIEF 18 Bettine von Arnim an Julius Döring, Berlin, 19.[3.1839]
BRIEF 19 Bettine von Arnim an Julius Döring, Berlin, 20.[3.1839]
BRIEF 20 Julius Döring an Bettine von Arnim, Berlin, 20.3.1839
BRIEF 21 Julius Döring an Bettine von Arnim, Wolmirstedt, 27. und 28.3.1839
BRIEF 22 Bettine von Arnim an Julius Döring, Berlin, [25., 26., 30. und] 31.3.1839
BRIEF 23 Julius Döring an Bettine von Arnim, Wolmirstedt, o.D. [3.4.1839]
BRIEF 24 Bettine von Arnim an Julius Döring, Berlin, o.D. [4.4.1839]
BRIEF 25 Julius Döring an Bettine von Arnim, Wolmirstedt, 5.4.1839
BRIEF 26 Julius Döring an Bettine von Arnim, Wolmirstedt, 25.4.1839
BRIEF 27 Bettine von Arnim an Julius Döring, Berlin, 28.4.1839
BRIEF 28 Bettine von Arnim an Julius Döring, Berlin, 3.5.1839
BRIEF 29 Julius Döring an Bettine von Arnim, Wolmirstedt, 11.5.1839

SIGLEN

Assing

[Ludmilla Assing (Hrsg.):] Aus dem Nachlaß Varnhagen's von Ense. Briefe von Stägemann, Metternich, Heine und Bettina von Arnim, nebst Briefen, Anmerkungen und Notizen von Varnhagen von Ense. Leipzig 1865.

FDH

Freies Deutsches Hochstift/Frankfurter Goethe-Museum

Püschel

„Die Welt umwälzen – denn darauf läufts hinaus". Der Briefwechsel zwischen Bettina von Arnim und Friedrich Wilhelm IV. Hrsg. und kommentiert von Ursula Püschel. Mitarbeit: Leonore Krenzlin. 2 Bde. Bielefeld 2001.

Schellberg/Fuchs

Die Andacht zum Menschenbild. Unbekannte Briefe von Bettine Brentano. Hrsg. von Wilhelm Schellberg und Friedrich Fuchs. Jena 1942.

Schultz

Der Briefwechsel Bettine von Arnims mit den Brüdern Grimm 1838–1841. Hrsg. von Hartwig Schultz. Frankfurt a.M. 1985.

Vordtriede

Werner Vordtriede: Bettina von Arnims Briefe an Julius Döring. In: Jahrbuch des Freien Deutschen Hochstifts 1963, S. 341–488.

Werke und Briefe

Bettine von Arnim: Werke und Briefe in vier Bänden. Hrsg. von Walter Schmitz und Sibylle von Steinsdorff. Bd. 1: Clemens Brentano's Frühlingskranz/Die Günderode. Hrsg. von Walter Schmitz. Frankfurt a.M. 1986 (= Bibliothek deutscher Klassiker 12); Bd. 2: Goethe's Briefwechsel mit einem Kinde. Hrsg. von Walter Schmitz und Sibylle von Steinsdorff. Frankfurt a.M. 1992 (= Bibliothek deutscher Klassiker 76); Bd. 3: Politische Schriften. Hrsg. von Wolfgang Bunzel, Ulrike Landfester, Walter Schmitz und Sibylle von Steinsdorff. Frankfurt a.M. 1995 (= Bibliothek deutscher Klassiker 119; Bd. 4: Briefe. Hrsg. von Heinz Härtl, Ulrike Landfester und Sibylle von Steinsdorff in Zusammenarbeit mit Ursula Härtl, Bettina Kranzbühler und Walter Schmitz. Frankfurt a.M. 2004 (= Bibliothek deutscher Klassiker 186).

Werner

Maxe von Arnim. Tochter Bettinas/Gräfin von Oriola 1818–1894. Ein Lebens- und Zeitbild aus alten Quellen geschöpft von Johannes Werner. Leipzig 1937.

Die Korrespondenz zwischen Bettine von Arnim und Julius Döring – beide wechselten zwischen Januar 1839 und März 1849 gut 100 Briefe – ist nahezu vollständig erhalten. Das hängt damit zusammen, dass Bettine von Arnim sich Ende des Jahres 1840 die Schreiben, die sie bis dahin an ihr Gegenüber gerichtet hatte, zurückgeben ließ, um sie für ein von ihr geplantes Werk mit der Überschrift „Meine letzten Liebschaften" zu nutzen. Doch auch als feststand, dass das Projekt nicht realisiert werden würde, behielt sie die Dokumente weiterhin in ihrem Besitz. Den wiederholten Bitten ihres Korrespondenzpartners, sie ihm wieder zurückzugeben, kam sie nicht nach, so dass er lediglich über die wenigen Briefe verfügte, die sie ihm ab dem 15. Dezember 1840 schrieb. (Außer dem Schreiben von diesem Tag, das Döring nicht mit zurückschickte, weil es so aktuell war, dass es nicht relevant zu sein schien für das Publikationsprojekt seiner Briefpartnerin, dürften das nur drei Schriftstücke aus dem Jahr 1841 gewesen sein.) 1846 unternahm Bettine von Arnim dann einen zweiten Anlauf, den Briefwechsel mit ihm zu publizieren: Die Korrespondenz sollte nun mit der seines Bekannten Philipp Nathusius gekoppelt und unter dem Titel *„Ilius, Pamphilius und die Ambrosia"* (Assing, S. 394) veröffentlicht werden. Da Döring ihr jedoch zu verstehen gab, dass er auf Grund der beruflichen Position, die er mittlerweile inne hatte, keinen Abdruck seiner Briefe mehr wünsche, brachte Bettine von Arnim nur den Briefwechsel mit Nathusius zum Druck; er erschien, unter Wegfall des Kommas, als *Ilius Pamphilius und die Ambrosia* (1848).

Während Dörings Nachlass nicht mehr existiert und die späten Schreiben, die ihn noch erreichten, als verloren gelten müssen, hat Bettine von Arnim große Mühe darauf verwendet, ihre Briefschaften für die Nachwelt zu erhalten. Als sie Anfang der fünfziger Jahre ihren Nachlass zu ordnen begann und in diesem Zusammenhang viele Schriftstücke ihrem Vertrauten Karl August Varnhagen von Ense zur dauerhaften Aufbewahrung übergab, erwog sie zwischenzeitlich, ihm auch das Konvolut ihrer Korrespondenz mit Döring anzuvertrauen. Dementsprechend notiert Varnhagen am 17. September 1854 in sein Tagebuch: „Zu mir kam Bettina von Arnim und brachte einen großen Pack Druckblätter, lauter Rezensionen ihrer Bücher und kritische Aufsätze über sie; wir sahen sie durch […]. Auch ein andres Packet, Briefe des Ilius und der Ambrosia, hatte sie mitgebracht, zeigte mir es aber nur obenhin, und nahm es wieder fort." (Aus dem Nachlaß Varnhagen's von Ense. Tagebücher von K. A. Varnhagen von Ense. Elfter Band. Hamburg 1869, S. 235f.)

Die meisten Schriftstücke, die Bettine von Arnim Varnhagen übergab, stammten von ihrem Bruder Clemens und ihrem Mann Achim von Arnim. Die Weitergabe hatte vor allem den Zweck, das Überlieferte dem Zugriff ihrer Kinder zu entziehen. Persönliches Material behielt sie dagegen. Es wurde nach ihrem Tod vom zweitältesten Sohn Siegmund und dem Enkel Achim, dem einzigen Kind des erstgeborenenen Sohnes Freimund, verwahrt, die beide sehr restriktiv damit umgingen und eine Auswertung oder gar Publikation verhinderten. Als Achim von Arnims Onkel Herman Grimm Anfang der neunziger Jahre darum ersuchte, Bernhard Suphan – den ersten Direktor des Goethe-Schiller-Archivs in Weimar – für die historisch-kritische Gesamtausgabe von Goethes Schriften, Tagebüchern und Briefen die in Familienbesitz befindliche Korrespondenz Bettine Brentano/von Arnims mit Goethe einsehen zu lassen, lehnte dieser umstandslos ab und erklärte: „Ich [...] denke in diesen Dingen in erster Linie an meinen Großvater [d.h. Ludwig Achim von Arnim] und in seinem Andenken ist es mir geradezu peinlich, wenn die Schwärmerei seiner Freundin, Braut, Frau und Witwe für andere Männer, mögen diese nun Goethe oder Pückler oder Schleiermacher oder Döring oder sonst wie heißen, immer wieder breit getreten wird." (Zitiert nach Ingeborg Drewitz: Bettine von Arnim. Romantik – Revolution – Utopie. 5. Aufl. München 1984 [= Heyne Biographien 56], S. 283.) Wie die Nennung von Dörings Namen zeigt, wussten die familiären Nachlassverwalter genau, welche Schriftstücke sich in dem sekretierten Konvolut befanden.

Nach dem Tod des kinderlos gebliebenen Achim von Arnim – sein Onkel Siegmund war bereits 1890 gestorben und hatte gleichfalls keine Nachkommen hinterlassen – und der ältesten Arnim-Tochter Maximiliane von Oriola im Jahr 1894 kam es zu einer Aufteilung des Nachlasses. Teile des Handschriftenbestandes und des Mobiliars gingen dabei an Irene Gräfin von Flemming über, eine Tochter von Bettines Tochter Armgart. Sie hatte Maximiliane von Oriolas jüngsten Sohn geheiratet, ließ sich aber schon 1895 wieder scheiden und ehelichte im Jahr darauf den englischen Oberst John Forbes-Mosse. Nach dem Tod Irene Forbes-Mosses im Dezember 1946 verwahrte ihre Lebensgefährtin Berthy Moser das Material. Als 1956 dann auch die designierte Erbin Sophie Brentano (genannt: Sissi) starb, schenkte Moser die familiengeschichtliche Nachlassenschaft Irene Forbes-Mosses, darunter die Korrespondenz von deren Großmutter Bettine von Arnim mit Julius Döring, am 24. November 1960 dem Freien Deutschen Hochstift. Lediglich ein einziges Schreiben kam auf anderem Weg nach Frankfurt. Auch John (eigentlich: Johannes Christian Michael) Brentano, der Sohn des Philosophen Franz Brentano, vermachte nämlich dem Freien Deutschen Hochstift Schriftstücke aus dem Eigentum der Familie. Der Umstand, dass er im Besitz von Dörings auf den 24. Januar 1841 datierten Brief an Bettine von Arnim war, deutet darauf hin, dass die Adressatin dieses Schreiben aus dem Konvolut der übrigen Korrespondenz herausgenommen und gesondert aufbewahrt hat. Da der Brief im Wesentlichen Gesprächsäußerungen Bettine von Arnims über das Verhältnis von Armen und Reichen enthält, die Döring aus der Erinnerung heraus protokollierte, liegt es nahe anzunehmen, dass dieses Dokument zu den Materialien für das geplante ‚Armenbuch' kam.

Um auf den bedeutsamen und der Öffentlichkeit bis dahin völlig unbekannten Briefbestand des Hochstifts aufmerksam zu machen, brachte der Germanist Werner Vordtriede 1963 einen Großteil der Schreiben Bettine von Arnims an Döring unter Aussparung der Antwortbriefe im *Jahrbuch des Freien Deutschen Hochstifts* zum Abdruck und versah seine Quellenveröffentlichung mit dem Hinweis: „Die Herausgabe des Gesamtbriefwechsels in einer gesonderten Publikation ist geplant." (Vordtriede, S. 341) Eine entsprechende Edition unterblieb allerdings, so dass die – mit den oben genannten Einschränkungen – vollständige Korrespondenz erst 160 Jahre nach Bettine von Arnims Tod erscheint. Zugleich nimmt damit eines ihrer Werkprojekte greifbare Gestalt an, das seinerzeit nicht zustande gekommen („Meine letzten Liebschaften") bzw. nur zur Hälfte realisiert worden ist (*Ilius Pamphilius und die Ambrosia*). Vordtriede spricht denn auch zu Recht von einem „Werk Bettinas" (Vordtriede, S. 482). Angesichts der Bedeutung, welche die Autorin selbst dem Schriftverkehr mit Julius Döring beigemessen, und des Aufwands, den sie betrieben hat, um das Material zu erhalten und zu veröffentlichen, lässt sich mit einigem Recht sagen: Ein unbekanntes Briefbuch Bettine von Arnims ist zu entdecken.

Mein herzlicher Dank gilt der Direktorin des Freien Deutschen Hochstifts, Anne Bohnenkamp, für die Publikationsgenehmigung. Bedanken möchte ich mich aber auch bei allen anderen Personen und Institutionen, die Material oder Informationen für diese Edition beigesteuert haben, namentlich Anette Pilz und Jörg Bonewitz vom Museum Wolmirstedt, Kornelia Werner vom Stadtarchiv Wolmirstedt, Luisa Töpel vom Stadtarchiv Aschersleben, dem Archiv der Evangelischen Kirche der Kirchenprovinz Sachsen, der Kirchengemeinde Wolmirstedt, der Biblioteka Jagiellońska in Kraków, dem Kunsthistorischen Museum Wien (Theatermuseum) sowie den Mitarbeiterinnen und Mitarbeitern aus dem Freien Deutschen Hochstift, besonders Sonja Gehrisch, Michael Grus, Cornelia Ilbrig, Holger Schwinn und Bettina Zimmermann.

Die Briefe werden textgetreu, also in der vor allem für Bettine von Arnim so kennzeichnenden Eigenwilligkeit in Orthographie und Interpunktion dargeboten. Lediglich die durch Überstreichung geforderte Gemination von Konsonanten wird stillschweigend umgesetzt, auch werden vergessene Umlaut- und „i"-Punkte immer dann ergänzt, wenn andere Lesarten ausgeschlossen sind. Unterstrichene Wörter, Satzteile oder auch ganze Sätze werden kursiviert wiedergegeben; um auch die gelegentlich begegnende doppelte Unterstreichung abbilden zu können, musste vereinzelt auf unterstrichene Kursive zurückgegriffen werden. Nicht gekennzeichnet sind in lateinischen Buchstaben geschriebene Wörter, und zwar aus zwei Gründen: Zum einen lässt sich nicht immer entscheiden, ob deutsche Kurrentschrift vorliegt oder lateinische Lettern gebraucht werden, zum anderen verfährt Bettine von Arnim selbst nicht einheitlich und schreibt Personennamen – darunter ihren eigenen – oder Ortsbezeichnungen wie etwa „Berlin“ auf verschiedene Weise. Die wenigen durch Schreibversehen nötig gewordenen Herausgebereingriffe in den Text sind ausnahmslos im Kommentar verzeichnet. Versehentlich vergessene Buchstaben oder Worte werden in eckigen Klammern ergänzt.

Da einige Briefe bei der Vorbereitung für den Druck nachträglich durch Bettine von Arnim redigiert wurden, wird jeweils die Textgestalt abgedruckt, die dem Zeitpunkt der Abfassung entspricht. Gewöhnlich lässt sich gut erkennen, welche Eingriffe später erfolgt sind, weil Bettine von Arnim dunklere Tinte verwendet hat und auch der Schreibduktus abweicht. Dennoch war nicht in jedem Fall eine zweifelsfreie Zuordnung möglich. Nicht gesondert aufgeführt werden Sofortkorrekturen der jeweiligen Briefschreiber. Auch hat Bettine von Arnim in vielen ihrer Briefe schon bei der Abfassung einzelne Buchstaben oder Wörter mit Wasser ausgewischt und dann neu darüber geschrieben. All diese einzig den Schreibprozess betreffenden Korrekturen, die nur philologisch interessant sind, bleiben – nicht zuletzt aus Umfangsgründen – unberücksichtigt. Im Kommentarteil verzeichnet werden lediglich die nachträglichen Eingriffe und Ergänzungen Bettine von Arnims, die auf die redaktionelle Bearbeitung des Materials im Zuge der Vorbereitung für den Druck verweisen. Die dabei vorgenommenen Überschreibungen von Wörtern haben den ursprünglichen Wortlaut an einigen Stellen unlesbar gemacht; solcherart unentzifferbare Buchstaben und Wörter werden durch „#“ bzw. „###“ markiert. Unsichere Lesungen sind durch ein nachgestelltes „[?]“ gekenzeichnet.

Der Briefkopf nennt jeweils Schreiber und Empfänger, Absendeort und Datum. Alle nicht aus dem Brieftext selbst stammenden, sondern von den Herausgebern erschlossenen Datumsangaben stehen dabei in eckigen Klammern. Der Kommentar teilt zu Beginn jedes Schreibens den Aufbewahrungsort der Handschrift mit und verzeichnet die bisherigen Drucke. Auf eine genaue Beschreibung der Überliegerungsträger wird verzichtet. Des weiteren gibt der Kommentar vorhandene Adressen (Zeilensprung wird durch „/“ markiert) wieder, führt identifizierbare, sinntragende Bemerkungen auf dem Adressfeld auf und nennt die Orts- und Datumsangaben sämtlicher Poststempel. Bei erschlossenen Datierungen werden die Argumente genannt, die zur jeweiligen Entscheidung geführt haben. Die sehr seltenen Fälle von Textverlust (z.B. durch Siegelabriss) sind durch „[]*“ gekennzeichnet.

LETZTE LIEBE. DAS UNBEKANNTE BRIEFBUCH VON BETTINE VON ARNIM ist im Mai 2019 als vierhundertdreizehnter Band der ANDEREN BIBLIOTHEK erschienen.

Die Herausgabe lag in den Händen von Christian Döring.

Der Briefwechsel Bettine von Arnims mit Julius Döring wurde von Wolfgang Bunzel vollständig erschlossen und ediert. Für seine umfangreiche Einzelstellenkommentierung wie sein aufschlussreiches Nachwort danken wir ihm.

Dieses Buch wurde von BUREAU SANDRA DOELLER, Frankfurt am Main, gestaltet und ausgestattet.
Den Satz übernahm DÖRLEMANN SATZ, Lemförde, mit den Schriften Centennial und Prestige Elite.

Die Herstellung betreute KATJA JAEGER, Berlin.

Das MEMMINGER MEDIENCENTRUM druckte auf 100 g/m² holz- und säurefreies, ungestrichenes Munken Pure. Dieses wurde von ARCTIC PAPER ressourcenschonend hergestellt.

Den Einband besorgte die Verlagsbuchbinderei CONZELLA in Aschheim-Dornach.

Die Originalausgaben der ANDEREN BIBLIOTHEK sind limitiert und nummeriert.

1.– 4.444 2019
DIESES BUCH TRÄGT DIE NUMMER:

1034 *

ISBN 978-3-8477-0413-3
AB – DIE ANDERE BIBLIOTHEK GMBH & CO. KG
BERLIN 2019